LES

ANCIENNES CORPORATIONS DIJONNAISES

RÈGLEMENTS, STATUTS & ORDONNANCES

PAR

A.-V. CHAPUIS

Publication de la Société Bourguignonne de Géographie et d'Histoire.

DIJON
LIBRAIRIE J. NOURRY
12, place du Théâtre, 12

1906

LES
ANCIENNES CORPORATIONS
DIJONNAISES

RÈGLEMENTS, STATUTS & ORDONNANCES

PAR

A.-V. CHAPUIS

Publication de la Société Bourguignonne
de Géographie et d'Histoire.

DIJON
LIBRAIRIE J. NOURRY
12, place du Théâtre, 12

1906

PRÉFACE

Si l'on parcourt l'histoire descriptive de Dijon, on rencontre maints noms de rues relatifs aux industries qui s'y exerçaient autrefois. Nous avons encore de nos jours la rue des *Forges*, la rue *Verrerie*, la rue *Chaudronnerie*, la rue *Vannerie ;* on se rappelle encore la *Grande Boucherie*, la *Poissonnerie*, la *Charbonnerie*, mais on ne connait plus guère la *Place au Lait*, les rues de la *Draperie*, de la *Parcheminerie*, de la *Poulaillerie*, de la *Corroyerie*, de la *Coutellerie*, de la *Serrurerie*, de la *Tonnellerie*, de la *Rouherie*, des *Tondeurs*, des *Huiliers*, des *Orfèvres*, puis *l'Archerie*, les *Halles Champeaux*, etc.

Chaque industrie avait ainsi son habitat particulier et distinct, où les maitres vivaient en famille, sans autre ambition, bien légitime, que de conserver à leurs fils le monopole de leurs métiers. Cette agglomération commerciale était la suite des anciennes coutumes pratiquées dans les foires primitives où chaque spécialité avait ses étaux et ses bancs côte à côte sur le même emplacement réservé.

Cet usage avait un double avantage : l'acheteur pouvait d'un seul coup d'œil choisir, parmi les marchandises de même sorte étalées à la même place, celle qui lui convenait le mieux ; ensuite les visiteurs officiels de chaque denrée pouvaient facilement vérifier la spécialité qu'ils devaient expertiser.

Confinés plus tard dans les boutiques des villes, les industriels continuèrent à se grouper par métier ; chaque rue, chaque quartier abrita la même industrie, rivale mais non concurrente, et prit le nom de cette industrie.

Le numérotage des maisons ne fut établi à Dijon qu'en 1772, et encore n'eut-il qu'une série unique partant de l'hôtel de ville, sans dénomination de rues ou de places, chaque immeuble ayant son numéro particulier. Il y avai donc autrefois une difficulté réelle pour les commerçants d'indiquer aux acheteurs l'emplacement de leurs boutiques ; il s'ensuivit que les marchands arborèrent des enseignes choisies de manière à attirer l'attention et se graver dans la mémoire de la clientèle ; c'était à qui adopterait les plus étranges images ou les plus vulgaires rébus. Quelques-unes de ces enseignes, devenues légendaires, ont passé à la postérité ; d'autres ont donné leurs noms à des rues ; ainsi les rues *Charrue* et du *Rabot* en témoignent encore.

Ces artisans travaillant bruyamment sous leurs auvents relevés, ces vendeurs des rues criant leurs denrées, ces merciers (nom générique) blottis dans leurs logettes, aux carrefours des rues ou aux angles des vieilles églises, et aussi cette foule flâneuse et variée des jours de marché au moyen âge, donnaient une physionomie pittoresque et animée à notre vieux Dijon.

Pour nous qui sommes de la même famille, la vie de ces artisans nous passionne autant que les hauts faits d'armes de nos brillants ducs et gouverneurs ; cependant nos historiens dijonnais n'ont fait qu'effleurer notre sujet et s'en tiennent à quelques corporations favorisées. Notre étude ne comprendra pas les professions dites libérales. Les simples artisans et marchands fournissent déjà une documentation infinie et nous ne voulons parler que d'eux et n'écrire que pour eux. Notre inexpérience d'auteur nous a fait négliger l'indication de plusieurs sources documentaires, mais nos renseignements sont puisés aux archives départementales pour quelques notes indiquées, et surtout aux archives de la ville dans les séries G et B. Il serait donc facile de nous contrôler avec le seul recours de *l'Inventaire* de ces dépôts. Les statuts imprimés des corporations au XVIIIe siècle, que nous possédons presque en totalité, nous ont fourni aussi nos renseignements pour cette époque.

A la fin du XIIe siècle, les armoiries, qui n'étaient que personnelles, furent adoptées par les villes, les bourgades, et ensuite par les communautés civiles et religieuses. Le blason des corporations ouvrières, brodé sur la bannière de la confrérie, représentait ordinairement le saint patron du métier, ou les attributs de la profession, quelquefois il était simplement héraldique. A défaut de bannière la confrérie avait toujours son *bâton*, dont il reste encore quelques spécimens, mais les bannières ne semblent pas avoir survécu à ceux qui les arboraient.

Les corporations dijonnaises, suivant un édit du roi de 1697, firent enregistrer leurs armoiries dans le grand recueil d'Hozier. L'édition de cet armorial, concernant la Bourgogne, fut éditée en 1875 par M. H. Bouchot; c'est là que nous avons pris les quelque 60 blasons des corporations dijonnaises (1). Nos archives sont muettes en ce qui concerne ces armoiries, nous n'y avons rencontré qu'un reçu d'enregistrement des armoiries des menuisiers de Dijon.

(1) L'édition Bouchot aurait besoin d'être *revue*, il s'y est glissé certaines erreurs.

Aucun document de sigillographie ou de numismatique ne nous est tombé sous la main ; nous n'avons ni sceau, ni cachet, ni jeton à décrire. Seuls les ouvriers de la monnaie de Dijon sont représentés par deux jetons catalogués au médailler d'Aumont dans le tome X[e] des *Mémoires de la Commision des antiquités de la Côte-d'Or*.

LES

ANCIENNES CORPORATIONS

DIJONNAISES

L'origine des associations ouvrières dans nos contrées nous est révélée par des inscriptions lapidaires provenant du vaste livre de pierres enseveli dans le sous-sol dijonnais. Deux de ces inscriptions gallo-romaines ont disparu, il y était question des ouvriers en fer et des tailleurs de pierre, elles sont aujourd'hui réputées fausses ou mal interprétées. Mais il nous reste un monument anthentique conservé au Musée archéologique de Dijon, stèle funéraire d'un chef des nautonniers de la Saône, avec cette inscription :

NAVTA ARARICVS.

H. M. S. L. H. N. S.

« Monument à la partie inférieure duquel est représenté un char en osier (benna) attelé d'un cheval et dans lequel un homme paraît verser le contenu d'un *modius*. Sur le montant de gauche, un personnage portant une corbeille chargée sur son épaule. — Trouvé à Dijon, en 1768, dans une tour du Castrum avoisinant la Tour de Bar (1). »

(1) *Catalogue du musée des antiquités du dép. de la Côte-d'Or*, 1894.

M. Paul Lejay fait le commentaire suivant: « Il doit manquer une ligne contenant le nom du défunt. Les *nautæ ararici* formaient pour la navigation de la Saône une corporation puissante. Cette corporation était surtout en relation avec trois autres associations. Nous avons ici la preuve vivante des relations des *nautæ* avec les marchands de grains. Le bas-relief qui accompagne notre inscription serait inexplicable autrement et c'est ce que confirme une inscription trouvée à Lyon où le même personnage est qualifié de *nauta araricus* et d'*honoratus negociator frumentarius*. Une autre corporation avait souvent aussi affaire avec les *nautæ*, c'était celle des négociants en vin, « les négociants en vins qui se tiennent aux celliers de Lyon », comme les appellent les inscriptions. Les vins de la vallée de la Saône étaient transportés par les *nautæ ararici;* aussi les relations étaient-elles intimes entre les deux collèges et les mêmes personnages sont souvent mentionnés comme appartenant aux deux associations. C'est ainsi qu'un patron des *uinarii*, auquel ceux-ci élèvent une statue, est ou a été aussi patron des *nautæ ararici*. Accessoirement, par suite de leurs relations avec les *uinarii*, les *nautæ* faisaient des transports pour les fabricants et marchands d'outres, *utricularii*, et souvent ils appartenaient aussi à ce collège. Cet ensemble de faits est résumé pour ainsi dire dans une inscription de Lyon, où l'on voit que le même personnage, chevalier romain, a exercé deux fois la curatelle des *uinarii* et a été patron des *nautæ* et des *utricularii* (1).

Les invasions barbares couvrirent notre sol de cendres et de débris, passons. Sous la féodalité on ne rencontre que quelques groupes politiques, bien timides, sous divers noms suivant les régions, et qui furent le noyau

(1) Paul Lejay, *Inscriptions antiques de la Côte-d'Or*, Paris, 1889, nº 103, pages 96, 97.

des futures municipalités. On y aperçoit aussi quelques associations ouvrières relevant du seigneur de la terre sur laquelle elles étaient installées.

Avant l'affranchissement de Dijon la juridiction des *gens de métiers* était aux mains du duc ou de son prévôt, mais par sa charte d'affranchissement (1187) la mairie, la *commune*, étant devenue haute-justicière, eut le pouvoir de connaître de toutes les causes concernant la police et la justice des corporations ouvrières.

Un des plus anciens cartulaires de la ville de Dijon (XIIIe siècle) nous montre les corporations dijonnaises déjà officiellement constituées et dont les unes sont soumises au *plaid généraul* et les autres en sont exemptes. Celles qui sont soumises au plaid devaient contribuer aux frais de justice, assister les juges et prêter main-forte à l'exécution des sentences.

La cause de cette distinction nous est inconnue ; il en est de même de celle qui se retrouve dans les registres d'Etienne Boileau, prévôt de Paris, et consistant à être ou à ne pas être exempt de guet et garde.

Voici ce rôle du cartulaire de Dijon, conservé aux archives municipales.

Ce sont cil qui doivent le plait généraul et comment on le paie.

Toutes manières de gens de Dijon qui sont de mestier, excepté les hommes du vicomte et des églises c'est assavoir de Saint-Bénigne et de Saint-Estienne, s'ils sont femmes et maris paieront huit deniers du plait généraul et se li homme n'a point de femme, ou la femme point de mari, il ne paiera que quatre deniers du plait généraul.

Ce sont les mestiers qui doivent le plait généraul.

Tixerans de toiles,
Tixerans de draps,
Boulengiers,
Corduanniers,
Courroiers daucerre,
Courroiers de bourses et de braies,
Peletiers de cuirien,

Gantiers,
Borreliers,
Celiers,
Pourpointiers,
Chevreux,
Tanneurs,
Chandeliers,
Savetiers,
Peletiers de braies et de chemise,
Lacez de laz de brayes et de fil,
Chauderonniers,
Gainiers.
Postiers d'estain,
Et gasteliers (Pâtissiers).

Ce sont cil qui sont frans du plait généraul et qui riens n'en doivent.

Tailleurs de robes,
Serruriers,
Mareschaulx,
Parcheminiers,
Courroieurs de peaulx et de maisgis,
Courroieurs de peaulx de cordouen et de mouton,
Coiffières de toile et de soye,
Tixerans de queuvrechiefz,
Et tixerans dorans que font queuvrechiefz qui n'ont que un pié de large que l'on vend en Languedoc.

Entre les mains des chefs de la cité, les corporations furent mieux gouvernées que sous une prévôté étrangère dont le titulaire changeait au gré du seigneur justicier, et nos magistrats ne négligèrent rien pour seconder l'industrie locale tout en ménageant l'intérêt des consommateurs. La rédaction des statuts, la réception à la maîtrise, la nomination des jurés-experts, enfin toute la police et la justice des corporations subissaient la sanction municipale. Le vicomte-mayeur était en quelque sorte le juré des jurés, et il n'usait de son droit qu'après la consultation des intéressés pour et contre.

A la « chambre de ville » s'annexa un véritable musée industriel ; on y trouvait tous les « patrons », matrices, étalons, servant d'échantillons et de références aux objets fabriqués par les industriels dijonnais, depuis la pièce d'étain titrée à son alliage, jusqu'à la tuile modèle pour les fabricants, la verge de fer pour la longueur des sacs de charbon, l'aune de Dijon, et toutes les jauges et mesures, variées à l'infini et gravées des armoiries de la ville. On y voyait aussi des plaques d'étain ou d'airain sur lesquelles la plupart des corporations faisaient graver les noms et surnoms des maîtres en regard de leurs poinçons et marques professionnelles. De plus les murs étaient ornés de « tableaux » contenant les ordonnances de la plupart des corporations et transcrites sur de belles peaux de parchemin illustrées par les maîtres enlumineurs et « escripvains » du xve siècle.

Les officiers des ducs de Bourgogne, surtout sous la seconde race, cherchèrent maintes fois à s'ingérer dans les affaires de l'administration municipale, mais les ducs, qui avaient juré de maintenir les privilèges et les franchises de la ville, donnaient souvent, quelquefois trop tard, raison aux magistrats dijonnais.

La juridiction communale sur les corporations fut confirmée par lettres-patentes de Louis XI du mois d'août 1477 et promulguées par son bailli de Dijon, Antoine de Baissey, le 3 décembre 1477 (1).

Louis XI faisait l'impossible pour se concilier les Dijonnais ; il semblait oublier la révolte des habitants contre la royauté et ne voulait pas se souvenir que les « gens de mécaniques et de mestiers », comme Chrétiennot Vyon, épicier, Etienne Billard, éperonnier, et Jean Gabut, bonnetier, furent les principaux fauteurs de la révolte qui dura trois jours. Il est vrai que ces trois partisans de Marie de Bourgogne furent pendus (2).

Sentant leurs causes protégées par le gouvernement, et ne reconnaissant pour chefs que leurs jurés, les corpo-

(1) Le vidimus de ces lettres est aux arch. dép. et municip. de Dijon.

(2) *Analecta divionensia*, tome VI, introd.

rations, ces petites communes, s'émancipèrent et devinrent bientôt une puissance avec laquelle la grande commune n'eut pas toujours la volonté ou l'énergie de lutter avec avantage. Les chefs des corporations, profitant des difficultés que rencontraient si souvent les magistrats municipaux, s'attribuèrent de plus en plus le monopole de l'industrie et du commerce en écartant de la maîtrise tous ceux qui n'étaient pas de leur choix ou qui pouvaient les gêner dans l'éternelle lutte de la concurrence.

Les droits de réception pour les étrangers à la corporation furent portés à des prix presque inaccessibles ; le nombre des apprentis fut limité ; les chefs-d'œuvre rarement acceptés, si bien que le prix des denrées et marchandises monta à un taux si élevé que la mairie fut obligée d'intervenir. Par sa délibération municipale de 1497, elle abolit toutes formalités de réception, se réserva à elle seule le droit de nomination à la maitrise et proclama la liberté du métier. C'était un peu prématuré ; aussi malgré la sanction de Louis XII en 1501, cette délibération radicale n'en tomba pas moins en désuétude et quelques années plus tard, tous les abus se faisaient jour de nouveau et donnèrent lieu bien entendu aux réclamations du public lésé.

Pour remédier à la situation, le maire, Pierre Sayve, promulgua en 1529 l'énergique ordonnance suivante :

Réformation des ordonnances faictes sur le faict des mestiers jurés de la Ville de Dijon.

Par le moyen des maistrises mises sus chacun mestier et pour les intelligences que avoient entre eulx les compaignons desd. mestiers jurés, saichant qu'il falloit nécessairement passer par leurs mains et que autres que eulx ne seroient receuz à besoingner de leurs mestiers en lad. ville, avoient mises telles chiertés es denrées, marchandises et ouvraiges, que chacun estoit grandement intéressé car ce qui ne souloit couster que cinq sols ou plus ou moings, coustoit à présent le double et ne trouvait-l'on en aulcuns desd. mestiers avoir meilleurs marchiefs que en ung aultre, pour ce que tous estoient monopollez, aians intelligence entre eulx et mectant le prix eulx-mesmes en toutes leurs danrées, ouvraiges et faiçons. En sorte que si aulcuns d'eulx faisaient meilleur marchef que les autres, ils estoient déchassez et déboutez par les autres dud. mestier. Et affin que lesd. gens de mestiers jurés ne fussent en trop grand nombre et qu'ils fissent mieulx leur prouffit, avoient mis sus plusieurs bancquets et excessifs frais qu'il convenoit faire en un chacun mestier à lever et prendre sur ceulx qu'ils se vouldroient passer maistres dud. mestier; les chargeant aussi de gros chiefz-d'œuvre en sorte que pour le présent et à cause desd. frais et pour la rigueur que tenoient lesd. maistres à ceulx qui désiroient estre receuz et passez comme eulx, l'on trouvoit peu de gens qui se voulsissent arrester en lad. ville ; et se aucungs s'y arrestoient et marioient, ils mouroient de faim pour ce qu'ils ne pouvoient besoingner que soubz lesd. maistres et à la journée et n'osoient entreprendre aulcungs ouvraiges à cause desd. ordonnances, en sorte que plusieurs bons ouvriers ingénieux, actifs, inventifs et d'esprit, par faute d'entremise et de n'avoir puissance de passer maistres, se absentoient journellement de lad. ville qu'estoit au détriment, préjudice et dommaige du bien publique de lad. ville...

Tous ceulx qui vouldront lever et tenir astelliers, ouvreurs et boctiques ouvertes à besoingner de quelque mestier que ce soit, avant que de ce pouvoir faire, ils seront tenus eulx venir présenter à nous pour demander permission spéciale de ce faire et avant que d'y estre receu de savoir s'ils seront souffisans ou non pour ouvrer le mestier dont ils se vouldront empescher, nous nous informerons ou ferons informer sommairement et s'ils sont trouvez souffisans, ils seront par nous receuz sans pour ce estre subjectz n'y tenus à jurer aucunes confrairies, faire chiefs-d'œuvre, ny paier aulcungs dignez ou bancquetz pourveu toutesfois qu'ils prestent le sèrement en nos mains...

L'aspirant devait avoir au moins l'âge de vingt ans ou être marié et en ménage. Les quatre professions de chirurgiens, apothicaires, orfèvres et serruriers étaient maintenues sous l'ancien régime comme métiers de danger, c'est-à-dire que la réception exigeait un examen spécial par des experts compétents pour la garantie de leur suffisance et capacité. Ils devaient subir des épreuves, un examen et produire des chefs-d'œuvre particuliers comme par exemple, les serruriers qui devaient faire une serrure non crochetable. Après la permission accordée aux étrangers de s'établir en ville à la condition de faire « de bons ouvrages à bons et compétans prix », l'ordonnance continue :

Pour ce que l'on est adverti que plusieurs gens de mestier d'icelle ville font congrégacion et associacion par ensemble qu'ils dénomment confrairies, et aux jours de dimanche eulx trouvans ensemble pour célébrer quelques messes et soubz telle couleur pourparlent des affaires concernans leur mestier, imposans illec tel taux que bon leur semble sur les marchandises de leur mestier, qu'estoit chose prohibée de tous droitz et police publique dont résultent plusieurs inconvéniens... pour à quoy obvier l'on statue et ordonne que désormais telle congrégacion ne se feront en lad ville.

Les assemblées corporatives ne pouvaient se faire dorénavant que sous la présidence du procureur de la ville ou des échevins, à peine pour les délinquants d'être fustigés de verges par tous les carrefours de la ville.

Et pour ce que la chierté advenue sur lesd. mestiers est en partie à raison de ce que les gens de mestiers, leurs femmes et familliers et domestiques se habillent de habillemens superflux et plus riches que à leurs estats n'appartient, portant drap de soie, tant en pourpointz, sayons, robbes que autres portant chaulses bigarrées et deshicquetées en façon d'adventurier selon que aussy font les varletz maistres [ordonnons] de plus pourter lesd. habits [et de s'habiller simplement selon son métier] (1).

Cette notable ordonnance ne fut malheureusement pas plus respectée que les précédentes. Les magistrats n'avaient d'abord pas toujours l'aptitude nécessaire pour juger la valeur et le talent des aspirants ; ensuite ils ne persévérèrent pas longtemps dans la fermeté nécessaire pour empêcher les nombreux abus commis par des artisans habitués depuis quelque temps à une certaine indépendance ; puis les pouvoirs municipaux n'avaient qu'une durée passagère, les Pierre Sayve, comme tous les vicomtes mayeurs, n'occupaient la mairie que pour une année, aussi les abus se rétablirent d'eux-mêmes et les vieilles coutumes reparurent bientôt sans être troublées avant le siècle suivant. Les corporations essayèrent même de disputer à la mairie son droit d'élire les jurés, mais Henri IV le lui confirma.

Le XVIIe siècle ne fut pas plus favorable aux corporations qu'aux communes. Les Etats-généraux de 1614, ayant émis un vœu pour la suppression des maîtrises, la mairie de Dijon se prononça en faveur de cette mesure et s'adressa au roi pour en obtenir la réalisation. En recourant ainsi à la royauté, la mairie témoignait de son impuissance ou tout au moins semblait abdiquer ses antiques prérogatives. Louis XIII était bien l'homme désigné pour en recueillir la succession. Nous sommes en présence de demi-mesures qui mécontentent les uns et les autres sans satisfaire personne, excepté le pouvoir souverain qui peu à peu absorbait la *commune haute justicière*. Rien ne paraît justifier des règlements comme celui qui oblige certaines professions à produire chefs-d'œuvre, tandis que d'autres en étaient exemptes tout en étant d'un accès aussi difficile (2). Enfin la juridiction des métiers échap-

(1) Arch. municip., G. 3.

(2) La suppression des maîtrises se manifesta encore par des délibéra-

pait chaque jour à la mairie et plusieurs édits royaux les régissaient déjà directement. La délivrance des nouveaux statuts, obligatoires sous ce nouveau régime des édits, devait, pour être valable, subir la sanction et l'homologation du Parlement de Bourgogne.

Dès 1581, Henri III avait établi un droit royal sur les lettres de maîtrise ; moyennant finance, chaque maître devait posséder cette lettre de maîtrise ; quelques-unes étaient réservées gratuitement à des artisans que le roi voulait récompenser à l'occasion d'événements particuliers. En 1587, Henri III créa le droit royal de réception, puis Henri IV promulgua l'édit de Nantes — 13 avril 1598 — qui supprima l'information sur la religion de l'aspirant. Mais la révocation de ce fameux édit en 1685 rétablit cette information avec effet rétroactif, ce qui fit émigrer un grand nombre de Français dont toute la fortune était dans l'industrie. « Les industriels et artisans de toutes les corporations de toutes les villes et bourgs de France, qui étaient protestants, quittèrent en masse leur pays et portèrent leurs talents, leurs industries et leur fortune à l'étranger, » dit M. Forgeais.

Nos contrées, plutôt agricoles qu'industrielles, ne comptaient relativement pas beaucoup de protestants et souffrirent moins de l'émigration que d'autres pays ; c'est parmi les industriels et les compagnons sur le « tour de France » que se recrutaient principalement les nouveaux prosélytes. Toutefois la fabrication des serges, dites de Marey, qui se vendaient beaucoup à Dijon, fut presque ruinée par le départ des principaux fabricants et Is-sur-Tille, le centre du protestantisme dans le bailliage de Dijon, petite ville industrieuse et commerçante, fut ruinée du coup.

tions municipales et des arrêts du Parlement de Dijon, dans les années 1616-17 et 1646.

Sous Louis XIV, les corporations subirent des charges immenses et si elles demeurèrent debout c'est qu'elles étaient une assiette toute prête pour la répartition des impôts que multipliait sans cesse le roi. Outre les édits bursaux des règnes précédents, elles durent supporter une lourde charge par la création d'une multitude d'offices. Reconnaissant que c'était un moyen très commode de battre monnaie, Louis XIV en usa sous toutes les formes. A part les offices des hautes fonctions administratives, il en fut créé qui étaient absolument inutiles et qui démontraient clairement le but vénal de leur institution. Cette création d'offices consolida les corporations en les groupant sous une même bannière pour faciliter l'équilibre proportionnel et la confection du rôle d'impôts, et ensuite par la nécessité où furent les jurés répartiteurs de connaître intégralement tous les membres du corps en général et leur situation personnelle, industrielle ou commerciale. Ces expédients budgétaires écartèrent donc pour un temps la suppression des maîtrises.

Créer les offices, dit M. Thomas, « c'était multiplier à la fois les immunités et la misère en déchargeant de la taille ceux qui les achetaient pour en charger ceux qui ne les achetaient pas. Les supprimer, c'était renverser toutes les existences qui s'étaient arrangées pour en vivre (1). »

Les corporations se plièrent donc à ce nouveau régime et empruntèrent les sommes nécessaires au rachat de ces offices ; elles s'endettèrent, mais il valait mieux pour elles administrer leurs affaires que de passer par les mains vénales des titulaires des offices. Cette façon d'agir leur fut plutôt préjudiciable, car aussitôt qu'elles avaient racheté leurs offices le roi en créait de nouveaux.

En 1701, Louis XIV ne demanda pas d'argent, mais

(1) *Une Province sous Louis XIV,* Paris, Dijon, 1844.

des soldats : une levée de 710 hommes dut être fournie par les corporations de Bourgogne. Celles-ci, déclinant leur incompétence pour la bonne exécution de cet ordre, transigèrent et offrirent au roi, qui voulut bien accepter, la somme de 71.000 livres.

En confirmant en 1673, les édits de 1581 et 1587, le roi prescrivit l'incorporation de tous les artisans et marchands qui négligeaient de le faire, puis le renouvellement des statuts et le paiement des sommes imposées. Les corporations dijonnaises versèrent de ce chef la somme de 7500 livres entre les mains du sieur Jeannot, garde du trésor royal, qui donna quittance le 10 novembre 1675.

A partir de cette époque les offices se multiplient : voici d'abord celui de *Maîtres et gardes jurés et syndics des corps des marchands et des arts et métiers*, de 1691, qui coûta 45.832 livres 12 sols aux corporations de la ville. En 1694, fut créé celui d'*Auditeurs, examinateurs des comptes de communautés*, soit 35.500 livres pour Dijon. En 1702, on créa un *Trésorier receveur et payeur des droits communs*, avec charge de rédiger les règlements sur l'apprentissage, coût : 13.200 livres pour Dijon. Deux ans après on s'aperçoit que cet office peut occuper deux titulaires, on crée alors un *Greffier des brevets d'apprentisage*, chargé d'enregistrer ces brevets, les lettres de maîtrises, et les actes d'élections des jurés, coût : 15.000 livres. La même année on institue un *Contrôleur-visiteur des poids et mesures*, qui coûta aussi 15.000 livres. En 1706, ce sont des *Conseillers-contrôleurs des registres de commerce ;* en 1708, des Gardes dépositaires des *archives des communautés ;* en 1745 des *Inspecteurs contrôleurs*.

Outre les officiers qui avaient des pouvoirs sur les corporations en général on en nomma d'autres avec des attributions spéciales et limitées à quelques professions, comme *Jaugeur-vérificateur-mesureur* pour les tonneliers, vinaigriers et marchands de vin; *Inspecteur* des boucheries; *Juré mouleur-compteur-mesureur-peseur* de tous bois à brûler et charbon, etc. Bref, vers 1780, on comptait au moins 40 offices, mais bien peu furent vendus à des titulaires. A Dijon, toutes les corporations rachetèrent le droit de s'administrer elles-mêmes; comme on l'a vu il leur en coûta cher et elles furent obligées de contracter des emprunts dont le paiement des intérêts n'était pas la moindre difficulté de leur administration. Quant au remboursement du capital, le comptable de la Révolution en porta le plus grand nombre au compte de profits et pertes.

Pour la bonne répartition de ces charges et pour le paiement des droits royaux, il fut décidé de diviser les corps de métiers en quatre classes suivant l'importance des professions. Cette mesure fut sanctionnée par une délibération municipale de 1711, confirmant une ordonnance publiée en 1697, qui supprimait déjà les festins et les banquets de réception. Cette délibération est si importante que nous n'hésitons pas à la reproduire malgré les imprimés qui en restent.

Délibération de la Chambre du Conseil et de Police de la Ville de Dijon, concernant tous les Corps et Communautés des Marchands, Arts et Métiers de ladite ville.

Du mercredi 21 janvier mil sept cens onze.

Ce jour, M. Bernard Chambain, Procureur à la Cour, Syndic de la ville de Dijon, a dit à la Chambre qu'il avait reçu plainte que certains corps et communautés de marchands et artisans de cette ville exigeaient des apprentis et aspirants à la maîtrise des repas et buvettes, quoique prohibés, et des sommes beaucoup plus considérables que celles à eux attribuées, sous prétexte des anciennes et nouvelles finances qu'ils ont faites au Roi pour la réunion à leur communauté du droit royal, des offices héréditaires de maîtres et gardes, jurés-syndics, d'auditeurs examinateurs de leurs comptes, et des greffiers d'insinuation et enregistrement de brevets d'aprentissages, lettres de réceptions et autres actes concernant la police et discipline desdits corps et communautés, créés par édits des mois de mars et décembre 1691, mars 1694 et août 1705 ; et que pour empêcher tel abus à l'avenir, il estimait qu'il serait à propos de renouveller les défenses portées par la Délibération du 4 mai 1697, et de faire un nouveau Règlement de tous les droits attribués jusqu'à présent aux dites communautés par lesdits édits, et par les déclarations, arrêts du Conseil et ordonnance de M. l'Intendant, données en exécution les 1er et 18 avril 1692, 27 juillet 1694, 21 mai 1695, 19 mai 1705 et 19 avril 1706, afin que chacuns en fussent bien informés : Sur qoi Veu lesdits édits, déclarations, arrêts, ordonnances et délibérations : Et oui les conclusions dudit Procureur-syndic ; la Chambre du Conseil et de Police de la ville de Dijon a fait et fait de nouveau très expresses inhibitions et défenses à tous les corps et communautés des marchands, arts et métiers de cette ville, même aux maîtres et gardes jurés syndics, procureurs et anciens maîtres, de prendre, recevoir et exiger à l'avenir directement ou indirectement des aspirants à la marchandise ou à la maîtrise, pour quelque cause ou occasion que ce soit, aucuns repas, festins ni buvettes, quand même ils leur seraient volontairement offerts, ni autres et plus grands droits que ceux portés et réglés par lesdits édits, déclarations, arrêts et ordonnances, et suivant la distinction des classes ci-après savoir :

Pour ceux de la première classe, composée des marchands de drap et de soye ; imprimeurs, libraires et relieurs, marchands épiciers, marchands de fer, marchands merciers, boutonniers, cartiers, quinqualiers et vendeurs de chapeaux, apothicaires, orfèvres, chirurgiens et tanneurs, la somme de vingt et une livres pour l'insinuation et enrégistrement du brevet d'apprentissage, et celle de nonante livres pour les droits royal de réception et d'enrégistrement de ladite réception de chaque marchand ou maître, à la réserve des fils de maîtres qui ne payeront que la somme de cinquante livres pour lesdits droits royal de réception et enrégistrement d'icelle, et ceux qui épouseront des veuves ou filles de maîtres, que celle de soixante livres pour les mêmes droits, conformément aux édits, arrêts et ordonnances.

Pour ceux de la seconde classe, composée des tapissiers, barbiers et perruquiers, cordonniers, conroyeurs, bouchers, tripiers, marchands de bétail, boulangers, pâtissiers, cuisiniers, marchands de vin tant en gros qu'en détail, rotisseurs, charcutiers et fromagers, serruriers, chapeliers, carrossiers et bourreliers, fourbisseurs, potiers d'étain, tondeurs et tainturiers, la somme de treize livres pour l'insinuation et enrégistrement du brevet d'aprentisage, et soixante livres pour les droits royal, réception de chaque maître et enrégistrement d'icelle, à la réserve aussi des fils de maîtres qui ne payeront que la somme de trente-trois livres six sols huit deniers, et ceux qui épouseront des veuves ou filles de maîtres, que celle de quarante livres pour les susdits droits royal, de réception et enrégistrement d'icelle.

Pour ceux de la troisième classe, composée des fruitiers, orangiers, limonadiers, fayanciers et bouquetiers, gantiers, parcheminiers, pelletiers, passementiers et brodeurs, tailleurs d'habits, fripiers et revendeuses de meubles, vitriers, menuisiers et ébénistes, vinaigriers, tonneliers, maréchaux, taillandiers, écrivains et maîtres d'écoles, peintres, sculpteurs et doreurs, fondeurs en cuivre, chaudronniers, horlogeurs, arquebusiers, couteliers, éperonniers, et poissonniers, la somme de huit livres pour l'insinuation et enregistrement du brevet d'apprentissage, et trente deux livres pour les mêmes droits royal, de réception et enrégistrement d'icelle, à la réserve pareillement des fils de maîtres qui ne payeront que la somme de dix-sept livres treize sols quatre deniers et ceux qui épouseront des veuves ou filles de maîtres, que celle de vingt-et-une livres pour lesdits droits royal, de réception et enrégistrement d'icelle.

Et pour ceux de la quatrième classe, composée des tourneurs, vanniers et sapiniers, drapiers drapans et cardeurs, tissiers de toile, bonnetiers et chaussetiers, charpentiers et scieurs de bois, couvreurs, blanchisseurs et platriers, charrons, forestiers ou pochers, cordiers, savetiers, massons, paveurs et tailleurs de pierres, jardiniers, joueurs d'instruments et maîtres à danser, couturières, lingères et sages-femmes, gainiers, talonniers et formiers, paumiers ou tripotiers et teneurs de billards, huilliers et lanterniers, la somme de quatre livres pour l'enregistrement et insinuation du brevet d'aprentissage, et seize livres pour les droits royal, de réception et enregistrement d'icelle, à la réserve aussi des fils de maîtres qui payeront seulement huit livres seize sols huit deniers, et ceux qui épouseront des veuves ou filles de maîtres, ne payeront que dix livres dix sols pour les susdits droits royal, de réception et enregistrement d'icelle.

Outre lesquels droits ci-dessus rapportés, la chambre ordonne, en conformité de sa délibération du deux août 1692, que les aspirants marchands et maîtres aux arts et métiers, qui seront reçus en ladite Chambre, payeront après leur réception, aux gardes, jurés, syndics et anciens maîtres desdits corps et communautés, savoir :

Aux jurés de la première classe, quarante sols à chacun et vingt sols à l'ancien maître. Aux jurés de la seconde classe, à chacun, trente sols et quinze sols à l'ancien maître. Aux jurés de la troisième classe, ving-cinq sols chacun et douze sols six deniers à l'ancien maître. Et aux jurés de la quatrième classe, vingt sols aussi à chacun et dix sols à l'ancien maître, et ce pour leurs journées et salaires à déposer aux informations qui seront faites des vie, mœurs, âge, religion, suffisance et capacité desdits aspirants et à les présenter à la Chambre pour y être reçus et prêter le serment à la forme accoutumée ; dans lesquelles informations deux jurés et l'ancien maître de chaque corps seront tenus de déposer, avec défenses à eux et à tous autres maîtres d'exiger plus grands droits, ni aucuns repas ou buvettes desdits aspirants ; comme encore de les recevoir ou admettre en leurs corps et communautés et de les inscrire sur leurs régistres avant qu'ils ayent été présentés et reçus en ladite Chambre et prêté le serment requis suivant les édits, déclarations et arrêts, le tout à peine d'amende arbitraire et d'être procédé contre les contrevenans ainsi qu'il appartiendra.

Et à l'égard des droits de visites attribués par lesdits arrêts, édits et ordonnances aux dits corps et communautés et qui doivent être payés par chacun des marchands et maîtres à chacune des quatre visites qui se doivent faire pendant l'année, savoir, six livres par ceux de la première classe, qui est trente sols par visite, quatre livres par ceux de la seconde classe qui est vingt sols par visite; quarante sols par ceux de la troisième classe qui est dix sols par chacune visite et vingt sols par ceux de la quatrième classe qui est cinq sols par visite. La Chambre fait pareillement défenses auxdits corps et communautés de prendre et exiger de plus grands droits, ou aucuns autres, directement ou indirectement, à moins qu'il n'ait été autrement convenu en assemblée générale desdits corps et communautés, et que les délibérations prises à ce sujet n'ayent été à connaissance de cause duement autorisées et homologuées par la Chambre, aux mêmes peines que dessus ; ordonne que tous lesdits droits de visites, de réception, de brevet d'aprentissage et droit royal ou autres sommes qui seront levées en conséquence de délibérations duement homologuées, seront employées annuellement au payement des dettes et affaires desdits corps et communautés par les jurés, gardes, syndics, procureurs ou receveurs d'icelles, qui en rendront bon et fidèle compte chacun an en la manière accoutumée : Ordonne aussi à tous lesdits corps et communautés de nommer et élire annuellement leurs maîtres et gardes, et jurés-syndics, et à ceux qui seront élus auxdites charges de se retrouver après leur nomination en l'Hôtel de Ville pour y prêter le serment requis, et jusques à ce leur fait défenses d'en faires aucunes fonctions à peine de vingt livres d'amende.

Et sur les plus amples réquisitions dudit procureur-syndic la Chambre fait encore inhibitions et défenses à tous lesdits corps et communautés de se pourvoir en première instance ailleurs qu'en cette chambre de police suivant l'attribution à elle faite par plusieurs édits, déclarations, règlemens et arrêts, pour la connaissance des manufactures et dépendances d'icelle, élections des maîtres et jurés de chaque corps de marchands et métiers, des brevets d'aprentissage et réceptions des maîtres, des raports et procès-verbaux de visite, des maîtres, gardes et jurés, l'exécution des statuts et règlemens desdits corps et communautés, de la reddition de leurs comptes, des contraventions à l'exécution des ordonnances, statuts et règlemens faits pour la librairie et imprimerie, l'exécution des statuts et règlemens des chirurgiens, brevets d'aprentissage, reddition de leurs comptes et différends qui peuvent naître entre les maîtres, compagnons et aprentis, et des contestations entre les médecins, chirurgiens, apothicaires et sages-femmes, pour ce qui concerne leur art et profession, de l'inspection sur les manufactures des cuirs pour la bonne ou mauvaise qualité, tant avant qu'après qu'ils ont été marqués et controllés, l'exécution des statuts des maîtres tanneurs, circonstances et dépendances, de la marque particulière que chacun desdits tanneurs doit avoir pour la reconnaissance des marchandises et de tous les comptes des affaires de la communauté desdits tanneurs, comme aussi pour la reddition des comptes des jurés et gardes des orfèvres, des différends d'entre les maîtres, leurs compagnons, aprentis ou fils de maîtres travaillans en boutique ou en chambre, de tout ce qui regarde leur confrairie, et généralement de tout ce qui concerne le fait de police ordinaire conformément à l'arrêt du conseil d'Etat du 20 janvier 1703, confirmé par la déclaration de sa Majesté du 1er février 1710, qui fixent et règlent les affaires et matières dont les juges des monnaies peuvent connaître, autres que dans les cas ci-devant exprimés qui en sont exceptés, le tout aux peines portées par lesdits édits, déclarations, règlemens et arrêts. Et sera la présente délibération exécutée en cas d'appel par provision, attendu qu'il s'agit de fait de police, publiée à son de trompe et cri public par les carrefours et enrégistrée dans les régistres desdits corps et communautés à la diligence des maîtres et gardes, et des jurés, syndics et procureurs, et ce incontinant la réception des imprimés qui leur en seront envoyés, afin que personne n'en prétende cause d'ignorance et d'en certifier la Chambre dans la huitaine après, à peine de dix livres d'amende contre chacun des contrevenans.

Signé, par ordonnance :

CINQFONDS, *secrétaire.*

Ce règlement fait époque dans le régime des corporations dijonnaises, c'est l'autonomie communale qui abdique entre les mains du « pouvoir absolu » ; c'est la centralisation des affaires sous l'autorité du Parlement. C'est bien la chambre de ville qui délibère, mais sous la tutelle du procureur (à la Cour).

***

La rédaction des statuts corporatifs était une affaire de la plus haute importance. Aux XIIIe et XIVe siècles, la plupart des métiers, surtout ceux concernant l'alimentation, étaient régis par de simples ordonnances périodiques consignées dans les registres des délibérations municipales. Chaque année, au lendemain de son élection, le vicomte mayeur de Dijon instituait les *commis à visitation*, ou jurés chargés de l'expertise des denrées et marchandises mises en vente à l'intérieur et à l'extérieur. Les lieux et heures des marchés étaient soigneusement indiqués et publiés afin que les experts pussent s'y rendre et procéder à une visite minutieuse avant la mise en vente. Le taux des denrées et « gros fruits » était publié périodiquement; le prix du pain, par exemple, était taxé chaque semaine après le marché aux grains.

Ces ordonnances devinrent bientôt insuffisantes et au XVe siècle, toutes les corporations dijonnaises reçurent des statuts particuliers. Ils s'échelonnent de 1407, en commençant par ceux des serruriers, pour finir en 1490, par ceux des apothicaires. D'autres ordonnances furent publiées à la même époque ou vinrent ensuite : ce ne sont que des modifications ou *ampliacions* aux statuts primitifs ; puis vinrent des statuts accordés à des corporations nouvelles ou dérivées des anciennes. Les derniers statuts furent publiés à la suite des offices.

On peut donc assigner deux époques bien distinctes à la publication des statuts : Le xve siècle, qui fut l'époque par excellence du réveil des arts et de l'industrie à Dijon, et si bien favorisée par l'avènement des Valois au Duché de Bourgogne — et le xviiie siècle qui marque le régime nouveau des corporations. A cette dernière date, quelques professions étaient encore en possession de leurs premiers statuts.

Ceux du xve siècle, véritables codes industriels, sont enregistrés au cartulaire ou livre des ordonnances des métiers de Dijon, conservé aux archives municipales sous la cote G, 3. C'est un beau registre in-4 de 312 feuillets en parchemin dans sa vieille reliure en cuir brun, avec coins et plaques en cuivre sur les plats gravées aux armes de la ville. Quelques pages postérieures, en papier, ont été ajoutées, mais il manque malheureusement quelques feuillets. Ce cartulaire servait de référence pour la police et la justice des *gens de métiers*. En ce qui concerne les règlements généraux les statuts reproduisent à peu près les mêmes formules, mais si nous abordons la fabrication et le chef-d'œuvre, nous y trouvons des détails techniques, des particularités pleines d'intérêt, des usages locaux complètement inédits, enfin des termes disparus pouvant servir à la linguistique et qu'on ne rencontre que là.

En général, le premier article interdit le métier à quiconque n'est pas de la communauté et s'il n'y a pas été reçu selon les formes établies par les statuts, c'est-à-dire s'il n'a pas fait preuve de suffisance et de capacité par la confection du chef-d'œuvre prescrit ou désigné par les jurés, et exécuté sous leur surveillance. Le récipiendaire devait acquitter les droits de réception et offrir un repas aux jurés et aux échevins délégués, quelquefois même tous les maîtres devaient être invités au banquet. Ces festins pouvaient se remplacer par une somme énoncée aux statuts. Le vicomte mayeur ne figurait pas parmi les convives, mais souvent il avait un plat réservé; c'étaient ses épices qui plus tard, comme celles du palais, furent converties en monnaie courante.

Le chef-d'œuvre consistait à faire la pièce principale, ou la plus difficile du métier; l'aspirant en faisait les frais et n'en conservait pas toujours le bénéfice. Les chefs-d'œuvre des gainiers, les gants, la rapière, restaient à la mairie pour servir de *montre* aux aspirants futurs. Les gants faits par les fils de maîtres restaient la propriété personnelle du vicomte-mayeur, les fils de chapeliers lui délaissaient aussi « ung bel et bon chappeaul » pour son usage. Les selles appartenaient aux jurés et aux échevins; les roues à canon des « rouhiers » demeuraient à la ville « pour un prix honnête et médiocre » convenu avec l'aspirant.

Les jurés nommés par le vicomte-mayeur étaient choisis parmi les échevins ou les notables de la ville et parmi les maîtres des métiers; les intérêts étaient ainsi balancés. Aussitôt nommés, les jurés prêtaient serment de bien et fidèlement remplir leur devoir, de faire visite « toutesfois que bon leur semblera » et de faire « bon et loyal rapport devers la cour et registre de la justice de la ville de tout ce qui par eux était trouvé de faux, sans dissimulation quelconque ». Peu à peu les corporations obtinrent le droit d'élire elles-mêmes leurs jurés avec la sanction municipale, alors les jurés maîtres devaient, dans le cours de leurs visites, se faire accompagner par un échevin, ou son délégué, ou un officier de police, pour imposer plus d'autorité à leurs procès-verbaux. Lorsque des métiers présentaient quelque connexité de travail, les jurés avaient un droit mutuel de visite pour reconnaître s'il n'y avait pas usurpation professionnelle des uns chez les autres. Les jurés étaient ordinairement au nombre de deux, quelquefois de quatre, renouvelables annuellement par moitié, de sorte qu'on distinguait les anciens et les nouveaux ; le juré receveur était chargé de la comptabilité et devait rendre ses comptes annuels à l'assemblée générale qui se tenait la veille ou le lendemain de la fête corporative.

Reconnus « ydoines et souffisans », les nouveaux maîtres devaient prendre leurs lettres de maîtrise, prêter serment devant le maire, acquitter les droits respectifs, se faire inscrire au registre officiel de la communauté. Ils pouvaient alors seulement fabriquer, exposer et vendre leurs marchandises et denrées dans leurs boutiques ou sur les étaux des halles et marchés, mais il était défendu d'avoir plusieurs boutiques ouvertes à la fois. Dans beaucoup de professions : orfèvres, potiers d'étain, charrons, fourbisseurs, drapiers, ciriers, boulangers, parcheminiers, tanneurs, les ouvrages devaient porter la marque personnelle ou poinçon du fabricant et, comme référence, cette marque était déposée à la chambre de ville et « insculpée » sur des tablettes à cet usage.

Un principe fidèlement maintenu et conservé jusqu'aux derniers temps, était le privilège accordé aux fils de maîtres pour que la profession se conservât dans la famille. Ce privilège, dont les motifs se comprennent, diminuait la difficulté du chef-d'œuvre et réduisait de beaucoup les droits de réception. Ces anciennes corporations, se renouvelant de père en fils à travers les siècles, étaient véritablement une grande famille et c'était presque toujours parmi les maîtres de ces familles patriarcales que se choisissaient les jurés. Leur expérience et leur autorité suffisaient souvent à rétablir les différends entre patrons ou entre patrons et ouvriers. « L'honorabilité d'une famille s'établissant de génération en génération par l'estime de ses pairs, l'élevait au rang de syndicale, prévotale même et finissait par la faire entrer dans la noblesse, comme on l'a vu plus d'une fois » (Forgeais). Nous en avons plusieurs exemples dans les familles dijonnaises ; citons seulement la famille Berbisey. Au XIVe siècle, Perrenot Berbisey était un marchand d'une juste réputation, son fils Etienne vendait en 1408 des harengs, verjus et autres épiceries à la cour ducale, il habitait sur la paroisse Notre-Dame dont il était l'un des plus imposés (1).

Les articles des statuts concernant les veuves de maîtres variaient quelque peu ; ordinairement elles pouvaient continuer la profession en s'adjoignant un compagnon reconnu capable par les jurés ; si elles se remariaient, leur privilège subissait différentes atteintes, et quelquefois il était supprimé.

La condition d'apprenti avait un air de famille qu'on ne rencontre plus guère aujourd'hui. Le patron admettait l'apprenti à son travail, à son foyer, à sa table, en un mot il remplaçait le père, et les contrats d'apprentissage se passaient devant notaires. Les contrats du XIVe siècle, les plus anciens qui nous restent (2), présentent une curieuse anomalie : l'apprentissage était plus long dans les vulgaires professions que dans celles où l'accès était plus difficile. Ainsi on exigeait 10 ans pour faire un boulanger, tandis qu'on pouvait être serrurier après 4 ans et sculpteur en 5 ans. Cette contradiction, si le salaire n'y entre pas en ligne, ne peut s'expliquer que par la durée du stage comme compagnon. En effet, en sortant d'apprentissage, il fallait passer par le compagnonnage dont la durée était aussi fixée par les statuts.

Pour beaucoup d'ouvriers, le compagnonnage durait toute la vie, mais c'était quand même une émancipation où ils pouvaient conquérir de solides connaissances et réaliser de réels progrès dans la pérégrination du classique Tour de France. Les sociétés de compagnonnage

(1) D'Arbaumont, *Les Origines de la famille Berbisey.*

(2) Arch. dép., B, Protocoles des notaires.

qu'ils fondèrent leur donnèrent une puissance avec laquelle les maîtres et les pouvoirs publics eurent à compter plusieurs fois. Ces associations s'étendaient, non plus à une seule ville, mais à toute la France, et comprenaient tous les ouvriers de la même profession ; elles étaient soutenues par une caisse commune alimentée par divers versements. Chaque métier avait sa *Mère* dans les principales villes et lorsqu'un compagnon se présentait il lui suffisait de se faire reconnaître par des signes conventionnels et particuliers pour obtenir du travail ou des secours de route. Ces sociétés ont eu un but primitif d'une louable moralité : la solidarité et la mutualité des sociétaires, mais elles dégénérèrent en castes turbulentes et provoquèrent des manifestations qu'on dut réprimer maintes fois en tous lieux et à toutes occasions. Dès le XVe siècle, la mairie de Dijon rendait des ordonnances singulièrement motivées pour interdire des réunions qui tournaient toujours au désordre. Plus tard et de concert avec le Parlement, elle réprimait avec sévérité toutes assemblées de compagnons, leur défendait toutes interventions dans les questions de salaires et obligeait les maîtres à gérer eux-mêmes les bureaux de placement dont la chambre de police avait déjà la surveillance. Il était assez difficile aux compagnons de connaître les règlements variant à chaque ville, aussi la mairie de Dijon, pour éclairer la religion des compagnons, interdit-elle radicalement toutes ces sociétés en général. Qu'elles fussent du *Devoir* ou des *Gaveaux,* elles furent cassées et les adhérents poursuivis et punis avec rigueur. Ordre fut donné aux patrons d'héberger dans leurs maisons tous leurs ouvriers, défense aux compagnons de s'attrouper, de se réunir plus de deux ou trois, de se trouver dans les rues après neuf heures du soir, etc. Un ouvrier arrivant à Dijon et ne trouvant pas d'ouvrage devait immédiatement quitter la ville.

La cérémonie du baptême d'un compagnon était célébrée par tous les confrères, avec festins, musiques et des rites pittoresques. L'enrôlement comprenait le baptême proprement dit, mais c'était un baptême laïque qui se passait sur les bords de l'Ouche où les compagnons aspergeaient l'aspirant. Ces procédés ont disparu, mais le compagnonnage et quelques-uns de ses rites se sont conservés dans certaines professions jusqu'à nos jours.

Au XVIIIe siècle et conformément aux édits royaux, les statuts furent renouvelés et dressés suivant le règlement général de 1711. Plusieurs corporations n'avaient pas attendu ce règlement pour moderniser les leurs, mais rédigés à la hâte au sein des assemblées inquiètes, ils ne contiennent que des articles concernant les finances et la confrérie, il n'est fait mention d'aucun chef-d'œuvre, tout se rapporte à la complète incorporation des gens de même métier dans une même communauté pour la bonne répartition des impôts.

La rédaction des derniers statuts du XVIIIe siècle fut plus complète et pourrait encore servir d'ébauche à nos syndicats modernes.

Les articles étaient d'abord élaborés par les jurés et les maîtres qui les envoyaient à la mairie ; celle-ci en informait les corporations similaires, recueillait les observations et, le cas échéant, modifiait les articles qui pouvaient nuire à l'administration ou aux autres professions. Après entente plus ou moins laborieuse, les statuts étaient soumis au Parlement pour être homologués, puis revenaient à la mairie qui les enregistrait et les délivrait aux intéressés.

L'élection des jurés aux assemblées générales était soumise à la sanction municipale. Il était quelquefois stipulé que les jurés ne pourraient entreprendre aucuns procès sans le consentement des maîtres ; cette mesure est imitée de l'édit de 1683, confirmé le 2 août 1703, qui défend aux communes d'entreprendre aucune action judiciaire sans avertir l'intendant.

Dans la police des marchés, les maîtres étaient soumis aux mêmes règlements que les forains. Dans certaines corporations les achats faits sur les marchés ne devaient être valables et livrés qu'avec l'autorisation des maîtres présents ; si plusieurs maîtres étaient acheteurs d'une même marchandise, on procédait alors par lotissement. On croyait par ce moyen éviter les accaparements.

La convocation aux assemblées était faite par les jurés au moyen de billets signés d'eux et distribués par le ou les derniers maîtres reçus. En ces assemblées, chaque maître devait porter la parole à son tour, c'est-à-dire prendre part à la discussion suivant le rang qu'il occupait par date de réception ; il était défendu d'y proférer des injures et de manquer de respect aux anciens ; chaque délibération était rédigée sur le champ, enregistrée sur le registre de la communauté et signée par tous les maîtres le sachant faire. Les absences non justifiées étaient punies d'amende.

Les cas sujets aux amendes étaient nombreux et constituaient un véritable revenu pour l'entretien de la caisse, car les contraventions comme l'absence aux assemblées, ou aux services religieux et mortuaires, étaient à l'entier profit des sociétés. Quant aux amendes provenant des contraventions aux règlements généraux, elles étaient partagées entre la mairie et la société, et quelquefois aussi avec l'hôpital général auquel on appliquait les denrées confisquées.

Le produit des amendes précitées, la quote-part personnelle et tous les autres droits (droits royaux exceptés) entraient en compte dans les recettes, mais parvenaient rarement à équilibrer le budget ; la dette allait plutôt en augmentant qu'en diminuant et nous avons peu d'exemples de corporations en prospérité financière. Il était généralement spécifié que chaque nouveau maître élu acceptait et ratifiait toutes les charges antérieures de la corporation.

Le dernier alinéa portait ordinairement que les statuts devaient être lus, publiés et imprimés aux frais de la communauté. Chaque maître devait posséder un exemplaire imprimé des statuts de sa corporation. Ceux du XVIIIe siècle furent en effet, presque tous imprimés ; mais la bibliothèque de Dijon en possède bien peu d'exemplaires et, en général, ces publications sont très rares aujourd'hui (1).

***

En dehors de tous ces règlements, plusieurs autres furent publiés pour l'observance des jours fériés. Au XVe siècle, il fallait une licence pour que les drapiers-drapans puissent travailler ces jours-là, mais les boutiques, en général, devaient rester fermées ; il n'y avait d'exception que pour les métiers d'alimentation et encore devaient-ils fermer boutiques pendant la célébration des offices. Pendant les guerres de religion, l'interdiction fut encore plus étroite, aucune licence n'était accordée dans la ville ligueuse. Il y eut ensuite un relâchement auquel on dut mettre des bornes. Les jours fériés furent alors officiellement déclarés : outre les dimanches et fêtes légales, on devait chômer toutes les fêtes de la Vierge et des Apôtres, une partie de la veille de ces fêtes, et le matin des trois jours des Rogations, puis la Sainte-Anne et le jour du saint Patron.

(1) Nous aurions peut-être dû les rééditer entièrement, mais ce travail aurait presque doublé notre publication sans lui donner une importance capitale.

La Sainte-Anne était particulièrement fêtée à Dijon en souvenir du vœu fait par la ville en 1531, pour la préservation de la peste. Ce vœu se renouvelait tous les ans e le centenaire se célébrait avec pompe, par tous les habitants. Voici la formule du vœu prononcé au centenaire de 1731 :

Nous, vicomte-mayeur, échevins, syndics et autres composant le corps de cette ville, tant pour nous que pour nos successeurs aux dites charges et encore pour les habitans présens et avenir de tous ordres et états, conformément à ce qu s'est pratiqué en 1531 et 1631, vouons et offrons à Dieu de continuer à perpétuité de célébrer chaque année le jour de la fête Sainte-Anne en toute solennité, par une procession générale qui se fera le dimanche ou fête le plus prochain qui la précédera ; et en outre, nous, vicomte mayeur, échevins, syndics e corps entier de cette ville, jurons et promettons d'observer le jeûne de la veille, sans pouvoir en être dispensés sinon pour cause de maladie ou autre empêchement légitime, et, après nous être confessé, de communier publiquement et de faire ensuite les stations accoutumées aux églises de Notre-Dame des pères Capucins et de la Sainte-Chapelle ; le tout en mémoire de la délivrance de la peste qui affligea cette ville en 1531 e 1631, et que Dieu fit cesser au moment même du vœu fait à sainte Anne, priant sa divine bonté de préserver nos citoyens de tous fléaux de sa colère.

Le 1er février 1755, les marchands drapiers adressèren à la mairie une requête exposant « que par l'usage où son depuis longtemps les habitans de la campagne de venir à la ville les fêtes et dimanches, faire leurs emplettes, les supplians se sont trouvés obligés de tenir leurs boutiques ouvertes dans ces jours qui sont plus particulièremen destinés au culte divin... » que la Chambre de ville veuille bien ordonner la complète fermeture des boutique pour ces jours-là. En conséquence pour établir une règle absolue et générale la Chambre de police, rappelant les règlements de 1733, 1734 et 1735, fait de nouveau défense à tous les gens de métier d'ouvrir leurs boutiques lesdits jours, à peine de dix livres d'amende pour la première fois et de cinquante livres en cas de récidive. Les cabaretiers et le commerce de consommation ne fermaient que le matin de neuf heures à midi. En 1789, cette mesure s'étendait aux boulangers, pâtissiers, charcutiers, traiteurs, rôtisseurs, bouchers, cafetiers, limonadiers, vinaigriers, taverniers, paumiers, tripotiers, cabaretiers, perruquiers. Il était bien spécifié que cette fermeture devait se faire avec les volets et non pas la simple fermeture des serrures. Quant aux revenderesses des marchés, faute de volets et de vitres, elles devaient recouvrir leurs denrées avec des toiles aux mêmes heures. La circulation des voitures était interdite, et les portiers de la ville ne devaient laisser entrer ni sortir aucun véhicule. Tous ces règlements de police devaient être inscrits sur les registres des corporations.

L'observance des « jours maigres » donna lieu aussi à plusieurs règlements, il en fut publié en 1710, 1767, 1782. Celui du 19 décembre 1767 fut motivé par la condamnation d'un cabaretier nommé Lecamp, frappé d'une amende « modérée » de cinq livres pour avoir fait manger du boudin un jour de « quatre-temps ».

***

Le 17 mars 1791, la Constituante proclama la liberté du commerce et de l'industrie ; les maîtrises et jurandes avaient vécu, les impôts changèrent de nom. Le 1er avril de la même année les différentes charges des anciennes corporations furent remplacées par la *patente*. On s'efforça de faire en sorte que la répartition du nouvel impôt fût équitable et juste, mais plus que jamais il fallait payer, le temps n'était pas aux discussions oiseuses et le gouvernement avait besoin de toutes ses ressources. Les corporations furent invitées à rendre leurs comptes, actif et passif, par les mains de leurs jurés-syndics. Ces comptes devaient être contrôlés par le Directoire du département et soumis aux commissaires royaux chargés de la liquidation de la dette publique. Les corporations furent si lentes ou si désintéressées à produire leurs comptes que le département fut obligé de rappeler plusieurs fois à la municipalité dijonnaise l'exécution de cet ordre ; en vain, pour encourager les magistrats, leur fut-il remontré qu'il était attribué deux sols par livre sur les patentes pour les communes, la liquidation de ces comptes fut très laborieuse et n'était pas terminée en 1793 ; elle fut très onéreuse pour les créanciers mais le moment était mal choisi pour traiter de finances.

ALIMENTATION

BOULANGERS (1)

PATRONAGE : Saint Honoré

ARMOIRIES : *D'azur, à un saint Honoré en habit d'évêque, crossé et mitré d'or.*

Dans les questions d'alimentation, le pain a toujours occupé le premier rang ; aussi la boulangerie a-t-elle été continuellement soumise à des règlements dont le nombre égale au moins la rigueur. Quand la Constituante proclama la liberté absolue du commerce, elle se réserva néanmoins la taxe officielle du pain qu'elle délégua aux municipalités.

Une étude complète des marchés aux grains, de la meunerie, de la boulangerie, dévoilerait toutes les passions nobles ou cupides de la politique économique, de la diplomatie et des finances, depuis les idées les plus libérales jusqu'aux spéculations les moins avouables. Mais cette étude devant s'inspirer du régime d'une province au moins, est très loin du cadre que nous nous sommes tracé. Nous aborderons uniquement le métier de boulanger et encore abrégerons-nous, car il serait inutile de rapporter les innombrables règlements de police, et superflu de toucher au chapitre non moins considérable des contraventions.

(1) Arch. municip., G. 293 à 303.

Les boulangers de Dijon nous sont connus au XIIe siècle par les anciens cartulaires de la ville, mais ce n'est qu'au siècle suivant et dans les plus anciens registres municipaux que nous trouvons les premiers règlements concernant la taxe du pain. Nous savons que chaque année, lors de son élection, le vicomte mayeur nommait les commis jurés chargés de l'expertise des denrées et marchandises mises en vente à Dijon. Pour la boulangerie, ces jurés étaient chargés de vérifier les poids et balances, de s'assurer de la bonne qualité et cuisson du pain, et de contrôler la marque personnelle que chaque boulanger devait mettre sur ses miches. Ils devaient en outre fixer le prix du pain, comme nous le verrons plus loin.

La vente du pain se faisait alors sur les marchés publics où les boulangers étalaient sans scrupule leurs cymereaulx, pains blancs, pains bruns, tartes et fouasses. Comme marchands forains, ils payaient un droit de vente au propriétaire du terrain qu'ils occupaient: ainsi en 1399, tout boulanger déballant sur le marché de Saint-Bénigne devait payer à l'abbé une maille ou obole par semaine. Il n'y avait proprement dit pas de boutique de boulangerie ; les habitants qui ne voulaient pas se fournir aux marchés achetaient leur farine et faisaient cuire chez eux ou chez les *fourniers* dont le métier était seulement de cuire à façon. Il y avait encore des *fourniers* sur la fin du XVe siècle et ils étaient assujétis aux visites des commis-jurés boulangers ; leurs pains devaient aussi porter leurs marques particulières ; les sacs au service de la boulangerie portaient non seulement la marque personnelle du propriétaire mais aussi celle de la ville.

Chaque samedi les jurés boulangers se rendaient au marché au blé et transmettaient le prix moyen du cours à la mairie qui se basait sur le prix de la farine à pain blanc pour publier la taxe hebdomadaire. Contrairement à nos mœurs actuelles c'était le pain de luxe qui était taxé ;

quant au pain bis, il fut délibéré en 1416 « que toutes manières de gens, beloingers et autres qui voudront faire pain bis à vendre sans pois (poids) en facent, pourveu qu'ils le vendent raisonnablement et que l'on n'y mecte point de bran » (son). C'était déjà la guerre ouverte contre les boulangers, et pour qu'ils ne fassent pas grève on leur ordonne en même temps de « faire telle diligence de cuire pain blanc que la ville n'en ait point de faulte ». On croirait que nos magistrats aient eu peur de manquer de pain blanc, en effet, ils publient encore, deux ans après, que les boulangers cuisent assez de pain blanc afin que « les habitans et affluans en icelle ville n'en aient point de faulte ».

Pour arriver à établir le plus équitablement possible une taxe légale et rémunératrice, la mairie avait recours à des essais de panification dont nous trouvons une première mention au registre municipal de 1401. Ces essais furent renouvelés souvent et même jusqu'au XIXe siècle. La mairie achetait elle-même le grain au marché de Dijon, le faisait moudre et cuire sous sa surveillance et tout compte fait, la façon, le déchet, les issues, le bénéfice à prendre, elle établissait le prix de revient; puis elle prévenait les boulangers et leur communiquait le résultat qui devait servir de base à la taxe. Seuls les boulangers qui adhéraient à la taxe pouvaient continuer le métier. Comme garantie de sûreté, la mairie prenait les essayeurs en dehors de la corporation; en 1567, c'est le pâtissier Ruffey qui fit l'essai dont le résultat fut fort préjudiciable aux boulangers, car ceux-ci l'accusèrent de malversation et le menacèrent si ouvertement que le parlement dut prendre Ruffey sous sa protection. Les boulangers auraient dû se souvenir qu'en 1525, c'était un des leurs qui avait fait un essai d'échaudé pour la taxe des pâtissiers.

Les ordonnances sur la boulangerie figuraient à la Chambre de ville sur un tableau faisant pendant à celui qui contenait leurs noms, surnoms et marques professionnelles. En 1533, il est payé à Robert le Couturier, « escripvain », la somme de 60 sols tournois pour l' « escripture » de ce tableau dont le cadre fut fait par le menuisier Henri Petit et l'illustration par l'enlumineur Odot Matuchet, qui touchèrent chacun 15 sols pour salaire. En 1566, « cinquante sols sont payés pour un tableau en noir où sont les ordonnances nouvelles faites sur la police du pain, estant à la Chambre ».

Mais il est temps de rapporter quelques-unes de ces ordonnances ; voici d'abord une des plus anciennes à laquelle on peut donner la date de 1400 environ.

Et premièrement. — Sur le pain blanc et brun.

Le pain est à quatre pois, c'est assavoir que le symereaul et pain de boiche doit estre de XX onces. La tourte et fouasse de XXX onces. La miche blainche de LX onces. Et la miche brune de IIII^xx onces (80 onces).

Et est assavoir que la miche brune est toujours à moins de pois de 1 denier tournois que la blainche. Et est l'amende tèle sur ledit pain que chacun denier à quoy il est l'on paie V sols, et se peult monter et avaler selon le marchief du blef.

Et premièrement. — Les mayeur et eschevins voient qu'il est temps de monter ou avaler, eue la relation des commis sur ladicte visitacion du pain qui se doivent sur ce donner garde à tous les marchiefz.

Item. — Que lesdits commis ont la moitié des amendes qui trouvent et la ville l'autre, et parmy ce ils doivent aussi faire la visitacion du pain qu'on amène de hors et y mectre le pois, et est assavoir que les maistres visiteurs boulangiers doivent double amende que les autres.

Item. — Que ceulx qui amènent le dit pain de hors ne le doivent ne peuvent vendre jusques il soit viseté et que le pois y soit mis par lesdits commis, et s'ils ne le font ils seront amendables à la somme de X sols.

C'est la manière comment le pain est amendable.

Premièrement. — S'il n'est du pois avant dit, il paiė l'amende et se est donné pour Dieu.

Item. — Si le pain est mal cuit.

Item. — Si le pain n'est de bon blef.

Item. — S'il est mal gouverné.

Item. — Si le blef n'est bon et si s'est mauvaise saveur.

Item. — S'il est trop brun.

Item. — S'il est meslé comme bran et autre mesle que de sa farine dont il doit estre et en espécial es miches; et doivent les miches blainches autant d'amende comme le pain blanc (1).

Pour assigner une date à cette ordonnance nous l'avons comparée à la délibération suivante du registre de 1389 :

Le cimereau sera fait de bon froment buleté à un bon buleteau (blutoir) de rains (rames, ramilles) sans trop fer et pesera XX onces. La fouace brune et la bonne tourte sera faicte de la seconde fleur prise après la fleur des cymereaulx buletée à un plus gros buleteau, et seront les fouaces et tourtes de XXX onces. Le pain de froment blanc sera tout de soy sans buleter et pesera LX onces et sera vendu au pris du cymereau. Le pain de tourte sera de XL onces et se vendra selon que le blef coustera au regard des maistres.

Par délibération municipale un essai de pain fut fait en 1426; le compte rendu fut rédigé en séance du 31 août 1426 et après le résultat, la mairie rendit l'ordonnance suivante :

Ce jourd'hui IIIIe jour du mois de septembre l'an mil quatre cens vingt et six, où estoient pour ce assemblez messeigneurs les mayeurs et eschevins de la ville de Dijon.... ont esté faictes par mesdisseigneurs les ordonnances cy-après déclairées.

Premièrement. — Quand l'émine de froment vaudra deux frans, les boulengiers vendront le pain blanc appelé cymereaul deux deniers tournois, et se l'émine se vend plus jusques à deux frans demi, ils ne devront plus vendre ledit et ainsi en montant ou

(1) Arch. mun., G. 2.

en avalant, dix sols ne jouyront point, car se le froment monte de deux francs demy jusques à trois francs, l'on aulcera ledit pain d'une maille et vauldra lors ledit pain deux deniers et maille et au-dessoubz selon le pris du blef en regard à ce que dit est.

Item. — Feront lesd. boulengiers de trois manières de pain jusques autrement il soit advisé, c'est assavoir : le pain blanc appellé cymereaul du pois de XX onces, et le second pain appellé miche blainche de froment du pois de soixante et dix onces et vendront lad. miche blainche le double du cymereaul, et la miche brune autant que la miche blainche, et feront ledit pain de bon froment blanc bien cuit et bien laboré sans failly, sur les peines accoutumées es anciennes ordonnances jà sur ce faictes.

Les quelles ordonnances cy-dessus déclairées estre faictes par grant avis et délibéracion en la présence et du consentement desdiz boulengiers ou de la plus grande partie d'iceulx cy-après nommez: Regnauldot le Soppolenet, Jehan Marchant, la femme Jeannot de Bougenois, Nycolas du Quartier, Michellet Poirey, Henri Lageusse, Jose Lagueusse, Gillot Haquin, Jehannot de la Croix, Anceaul Perrier, Pierre de Verdin, Girard Rouhier, Moingin Baudot, Joffroy Moingin, Phelisot le Jacquemet, Jeannin Bertrand, Jehan Dequan, Colin Champenois, Guillin Oudot, Jaquet du Meix, Phélix de Bucy, Jehan Chaperon, Jehan Michault, Jehan Lanceron, Thiébault Thiebault et Poinceart le Bonjaillet, qu'ils tous ont eu pour estre agréables lesd. ordonnances et icelles ont promis et juré entretenir et accomplir de tout leur pouvoir (1).

Maintenant voici les ordonnances de 1469, consignées au cartulaire des métiers et qu'on peut considérer comme les premiers statuts des boulangers :

Ordonnances sur le faict et mestier des bolengiers de la ville et commune de Dijon

A tous ceulx qui ces présentes lectres verront, nous Jacques Bonne, escuier, mayeur, et les eschevins de la ville et commune

(1) Arch. mun., G. 2.

de Dijon, salut. Savoir faisons, nous avons receu la requeste des bolengiers à présent tenans ouvreur et faisans pain en ceste ville de Dijon, contenant en effet que combien que ledit mestier de bolengerie feust et soit le plus nécessaire entre les autres mestiers ouquel l'on devoit avoir grant regard et visitacion, toutes voyes sur icelluy mestier n'avoient par cy-devant esté faictes aucunes ordonnances ainsi que faict avoit esté sur plusieurs des anciens mestiers de lad. ville de Dijon ou grant intérest et dommaige desd. boulengiers et de la chose publique de lad. ville et des habitans d'icelle, et plus seroit se provision n'y estoit mise ; nous réquérans sur ce estre pourveu, pourquoy inclinans à lad. requeste comme juste et raisonnable et eu avis et consultacion avec plusieurs des conseillers, bourgeois et habitans dud. Dijon, nous, du vouloir et consentement de honnorable homme Jehan Rabustel, clerc procureur de la ville et commune de Dijon, avons fait, ordonné et estably, faisons, ordonnons et establissons de et sur led. mestier de bolengerie, les provisions et ordonnances qui s'ensuyvent.

Premièrement. — Que tous les serviteurs boulengiers et ouvriers dud. mestier non mariez et non enfans et faisans pain en lad. ville de quelque estat qu'ils soient, ne pourront doresnavant faire ne cuire pain en lad. ville ne es feurbourgs d'icelle, ne lever ouvreur de boulengerie en quelque manière que ce soit sans premièrement avoir fait par eulx leur chief-d'œuvre à leurs missions et despens par devant les eschevins, maîtres-jurés et commis sur la visitacion de la boulengerie qui en l'année seront sur ce députez et que du pain de leurdit chief-d'œuvre, tant blanc que brun, ils ne pourront vendre jusques à ce qu'il soit veu et visité par lesd. eschevins, jurés et commis, lesquels seront tenus de faire leur raport par devers nous mayeur et nos successeurs pour savoir s'ils seront ydoines et souffisans pour estre receuz en lad. boulengerie, et lesquels seront tenus de sur ce faire les sermens en tel cas pertinens es mains de nous mayeur et de nosd. successeurs et de prendre lectres de réception et institucion par devers le scribe de la court de lad. mayerie sous le scellé d'icelle court.

II. *Item*. — Que après ledit rapport fait et avant que comme dessus est dit, que celluy qui ainsi aura fait son chief-d'œuvre et vouldra estre receu boulengier pour vendre pain, qu'il sera tenu de faire le pain au pois et aloy de la ville, il paiera et sera tenu de paier préalablement la somme de soixante sols tournois pour et au prouffit de lad. ville; auxdiz eschevins et jurés sur la visitacion de lad. boulengerie quarente sols tournois, et avec ce soixante sols tournois pour conseutir et emploier es affaires et nécessitez du mestier de boulengerie.

III. *Item.* — Que tous fils de maistres ouvrans et continuans led. mestier pourront lever ouvreur et vendre pain se bon leur semble, pourveu toutesvoyes qu'ils seront tenus de donner à disner ausd. eschevins, jurés et commis qui pour l'année seront tant seulement.

IV. *Item.* — Que si l'un des maistres dud. mestier va de vie à trespas, survivant sa femme et icelle sa femme se remarie en l'un des enfans de maistres dud. mestier, il sera tenu de donner à disner tel que dessus, sans autre chose paier se déjà toutesvoyes il ne l'avoit pas fait.

V. *Item.* — Et se lad. femme ne se remarie et elle veuille tenir ouvreur dudit mestier, elle le pourra faire pourveu qu'elle ait bons et souffisans ouvriers en son hostel pour ce faire, lesquels seront approuvez par lesd. eschevins, jurés et commis, lesquels ne seront par ce aucunement passez pour maistres; ains s'ils veuillent estre receuz, ils seront tenus de faire leur devoir comme les autres ainsi comme devant est déclairé, tant au regard du chief-d'œuvre, de la paie, que de prandre leurs lectres et faire les autres choses dont dessus est faicte mencion.

VI. *Item.* — Et se lad. vesve se remarie en ung homme qui ne soit pas dud. mestier, en ce cas elle ne pourra ouvrer ne tenir ouvreur dud. mestier de bolengerie en quelque manière que ce soit.

VII. *Item.* — Et se lad. femme se remarie en ung autre ouvrier dud. mestier, lequel n'ait esté passé maistre ou qu'il ne soit fils de maistre, icelluy son mary ne pourra faire ne cuire pain jusques à ce qu'il ait fait son chief-d'œuvre en la manière avant dicte et qu'il ait payé à lad. ville soixante sols tournois, auxdiz eschevins et jurés quarente sols et auxd. maistres soixante sols pour emploier comme dessus et qu'il ait ses lectres de récepcion.

VIII. *Item.* — Tous ceulx qui seront trouvez avoir mépris ou fait de la boulengerie en faisant pain de mauvais aloy, de non pois ou autre faulceté, seront amendables chacun d'eulx et pour chacune fois que reprins y seront de l'amende ordonnée et accoustumée, c'est assavoir : quand le pain sera d'un petit blanc pièce, de la somme de quinze gros ; quant led. pain sera à pris de deux nicquets pièce, de la somme de dix gros ; et quant il sera à un nicquet, de cinq gros, dont et desquelles amendes la moitié sera pour et au prouffit de lad. ville de Dijon, et l'autre moitié pour et au prouffit desd. eschevins, jurés et commis sur lad. bolengerie.

IX. *Item.* — Que tous patissiers ne se pourront mesler ne entremectre de faire chose dud. mestier de bolengerie pour vendre publiquement en leurs hostels ne dehors en quelque manière que ce soit, ne semblablement lesd. bolengiers, de chose qui touche le mestier de patisserie ; ains fera chacun son mestier, sur peine de quarente sols tournois à lever sur chacun de ceulx qui seront trouvez faisans le contraire pour chacune fois que reprins y sera et à applicquer c'est assavoir, la moitié au prouffit de lad. ville, et l'autre moitié aux eschevins, jurés et commis.

X. *Item.* — Que nul de quelque estat qu'il soit vendant graisses, huilles, chandoilles et harens, ne pourront ne devront vendre pain en lad. ville sur peine de quarente sols tournois d'amende à lever et appliquer comme dessus.

XI. — Et en tant qu'il touche les cuites de feusses, elles seront par ceste réservées aux bolengiers et patissiers pour cuire pain feusses ainsi qu'ils ont accoustume faire par cy-devant.

Lesquelles provisions et ordonnances faictes, passées et accordées en la présence et du consentement de Jehannin Molet, Humbert Fouchier, Jehan Grivet, Jehan Rousselot, Milot Chouard, Jehan Jacopin, Gaultier Gecton, Estienne Bourlée, Guillaume Picard, Oudot Cartier, Perrenot Masselin, Guillemin Bernard, André Golion, Gauthier du Quartier, Pierre Raguin, Guiot Caillier, Jehannin Monnot, Guiot Boussard, Jean Doulcelet, alias Gendarme, Jehannin Dupuis, Guillaume Tixer, Offroy Caillier, Guillemot Rouyer, Jehannin Vincent, Pierre Villain, Laurent Seurrot, Regnault le Ventru, Guillaume Forgeot, Jehan Hallelin, Thirion Taillet, Jehannin Daviot, Perrin Champonnet, Jehannot Poisson et Jehan Bernard, tous maistres boulengiers... le lundy XXVIe jour de février l'an mil CCCC soixante et neuf.

Cette même année 1469, les pâtissiers eurent aussi leurs ordonnances, mais il paraît que les attributions professionnelles n'étaient pas suffisamment délimitées et de nombreux débats s'élevèrent pour cause d'usurpations mutuelles, il s'agissait de prononcer où s'arrêtait la boulangerie et où commençait la pâtisserie; la mairie publia donc en 1489, sous le majorat de Philippe Martin de Bretennières, les additions suivantes :

Assavoir que lesdits boulengiers ne leurs successeurs ne pourront doresenavant faire ne faire à faire en leurs hostels ne ailleurs pour vendre en leursdits hostels ne sur leursdits estaulx ne autrement en quelque manière que ce soit aucunes salées que l'on fait communément en lad. ville ou temps de carême.... Et se aucunes desdites salées sont trouvées par lesd. commis sur lad. visitacion de lad. pâtisserie esd. hostels desd. boulengiers ne sur leurs dits estaulx ne ailleurs pour vendre, lesd. commis les pourront prendre pour donner pour Dieu et ainsi que l'on a accoustume de faire des eschaudez qui sont trouvez de non poix. Mais se lesd. boulengiers sont requis par aulcungs des habitans de ceste ville et non d'autres de mectre la pâte d'un pain ou de deux ensemble pour leur en faire une salée pour leur mesnaige et non autrement et sans faulte, faire le pourront sans les mectre sur leurs estaulx et dehors pour les vendre ne en baillier aucunes à leurs trezeniers pour les vendre ne autrement en quelque manière que ce soit et en ce cas ne seront tenus lesd. boulengiers d'en payer pour ce aucune amende.

Item. — Que lesd. pâtissiers ne leurs successeurs ne pourront aussi doresenavant faire ne faire à faire en leurs hostels ne sur leurs estaulx ny autrement en quelque manière que ce soit, aucuns crételetz que l'on fait du temps de caresme, à lad. peine de dix sols tournois..... Et se aulcungs desd. crételetz sont trouvez par lesd. commis..... les pourront prendre et donner pour Dieu et ainsi que l'on a accoustume de faire du pain qui n'est de poix ne d'aloy.

Item. — Que lesd. boulengiers ne leurs successeurs ne pourront doresnavant.... faire ne cuire.... aulcungs patez ne flans tant grans que petits de la fleur et autres estouffes d'iceulx boulengiers ; mais s'ilssont requis par aulcungs desd. habitants de lad. ville de faire cuyre en leurs hostels aulcungs patez ou flans soient grans et petits et en la fleur ou autres estouffes desd. habitans tant seulement pour eulx et pour leurs hostels et non pas pour vendre ne autrement, lesd. boulengiers le pourront faire sans pour ce paier aucune amende.

Item. — Que lesd. boulengiers ne pourront faire ne cuyre en leurs hostels ne ailleurs.... aulcungs patez ne flans soient grans ou petits pour aulcungs estrangiers non estant de lad. ville ne des faubourgs d'icelle.... ains les envoyeront ausd. pâtissiers pour les cuyre ou faire cuyre. Aussi en ensuyvant les premières ordonnances, les pâtissiers ne pourront cuyre pain ne fouasse pour les estrangiers, fors pour les habitans de lad. ville et faubourgs d'icelle.

Lesquels articles ont esté leuz en présence de Jehannin Vincent, Symon Coignot, Henry Lasneret, Ouffroy Caillier, Perrin Champonnet, Claude Marteaul, Parizot Damote, Pierre Vignyer, Guy Prévost et Claude Saugey, tous boulengiers ; Nicolas   , Jehan Mailly, Gillet la Gaieté, Jehan Forest, Jehan Gaultier, Perrenot Callot, Jehan Colombat et Othenin Robinet, tous maîstres pâtissiers à Dijon.... Fait le mescredy pénultième jour du mois d'avril l'an mil quatre cens quatre-ving et neuf.

Au XVIe siècle, les règlements de police, les ordonnances municipales ne suffisant pas, paraît-il, l'autorité y ajouta les arrêts de Parlement, et le 15 juin 1533, un arrêt fut rendu dont nous extrayons ce qui suit :

Tous ceux qui voudront faire pain blanc et miches, sont libres de le faire à condition de le dénoncer aux maires et échevins pour être inscrits au rôle des boulangers et payer 10 deniers tournois. Aucun chef-d'œuvre, indemnité, banquet, ne sont exigés. Le pain devra être du plus beau blé qui se vend au marché, dit communément bled à main de boulanger. Le marché au blé sera visité par deux échevins commis le mercredi et le samedi pour connaître le prix du blé et établir la taxe qui sera publiée à son de trompe le dimanche suivant. Le pain ne sera vendu que huit heures après sa cuisson. Les balances, poinçonnées à la marque de la ville, seront mises en évidence sur les étaux. Le pain fait avec le blé à main de boulanger sera de trois poids différents et quand ce blé vaudra 8 sols 4 deniers tournois la quarteranche, le pain de 18 onces sera vendu 2 deniers, celui de 27 onces 4 deniers et celui de 54 onces 6 deniers. Toutes personnes pourront cuire tel autre blé et vendre tel autre pain qu'il leur plaira à la seule condition de le faire sans faute ni vice (1).

Philibert Berbis, un des notables conseillers de la ville, fut commis à la bonne exécution de cet arrêt important qui porta un coup terrible aux boulangers. A partir de cette époque les arrêts et les règlements se succèdent sans interruption. Il est défendu aux boulangers de faire commerce de grains, d'aller au-devant des approvisionneurs, de faire leurs achats aux halles avant midi et même avant deux heures, afin que les particuliers aient le temps de faire leur provision. S'il y a disette ou pénurie de blé, il leur est défendu de cuire du pain blanc pendant cette période ; ils ne doivent alors faire que du pain dit *bourgeois*, car s'ils faisaient du pain blanc ils seraient capables de faire les autres sortes avec les issues. Mais comme le pain blanc est indispensable aux malades (et sans doute à quelques privilégiés) on autorise deux ou trois boulangers à en faire. Quelquefois c'est le pain bourgeois qui est défendu ; mais en 1537, par exemple, c'est le tour du pain blanc : « et prions tous nobles bourgeois eulx passer de manger du pain blanc huit jours durant ».

Quand l'approvisionnement du marché faisait défaut,

(1) Bibl. de Dijon, fonds Saverot, 3.

la mairie achetait elle-même le blé où elle en pouvait trouver. Les archives municipales conservent un registre complet mentionnant les livraisons périodiques de blé acheté à l'abbaye Saint-Bénigne : « A esté prins audit Saint-Bénigne IIII[c] XXXII (432) émines et quartaulx de blefz au pris de III sols VIII deniers l'émine qu'est la quarteranche XI blancs. » Tant que le stock acheté par la mairie n'était pas écoulé, il était défendu aux boulangers d'en acheter ailleurs. C'est l'origine des greniers d'abondance.

A ces règlements multiples et à la concurrence des pâtissiers, il faut ajouter la rivalité des *gaudiers* qui apparaissent à Dijon vers 1477. Le pain de gauderie se vendait sur les marchés les mercredi, vendredi et samedi, les autres jours on le trouvait « au dessus du Bourg », les visiteurs savaient donc où le trouver pour l'inspecter, le peser et surtout pour veiller à ce que les *gaudiers* ne vendent pas de pain de boulangerie. En 1522, vu la cherté du blé, le pain de gauderie fut interdit, puis en 1530, sur la plainte des boulangers, les gaudiers furent licenciés pour avoir vendu du pain de mauvais aloi ; c'était Philippe Michelot qui était alors commis-visiteur aux gages de cent sols par an. Mais les gaudiers reparurent bientôt plus nombreux que jamais et la mairie dut en limiter le nombre. En 1570, on leur défendit d'acheter du blé au marché autrement que pour leur usage personnel, ensuite on défendit aux boulangers de cuire pour eux. En 1580, 16 gaudiers furent assignés pour avoir empiété sur le fait de la boulangerie. En dépit des boulangers, les gaudiers demeurèrent jusqu'au XVIIIe siècle et on prétend que les marchands de pain de *gaulderye* existent encore dans la corporation si dijonnaise des fabricants de pain d'épices (1).

(1) Voir, au chapitre des pâtissiers, un mot sur les gaudiers.

Et la querelle durait toujours avec les pâtissiers! Un arrêt du bailliage de 1618 permet aux boulangers de faire des « fers de cheval » malgré les prétentions contraires des pâtissiers. Les boulangers peuvent faire aussi des « pains molletz » pourvu qu'ils soient bons et de poids voulu, mais cette faculté leur est retirée en 1653; en revanche ils peuvent faire des « pains en forme de pistolletz entortilez et pétry avec du lait et du sel », mais défense à eux d'y mettre du beurre ou d'autres graisses; cette suprême gourmandise ainsi que la confection des brioches est réservée aux seuls pâtissiers (1682).

Par règlement de police de 1646, « les boulangers de Dijon seront apelez chacun an à la Chambre au jour qui sera advisé pour aporter leur marque afin d'être mise sur une table d'airin ou d'estain, et sera ladite marque apparente [sur les pains] des premières lettres de leur nom et surnom que la cuite du pain qu'ils feront ne la puisse effacer. Lesdits boulangers seront visitez chaque sepmaine pour reconnaître si leur pain sera de poids et fait comme il doibt estre. Et d'autant que sur le rapport qui se fait à la Chambre du prix des grains vendus au marché. Le taux du pain se prend au plus haut, lesdits boulangers eux-mêmes ou par personnes interposées achettent trois ou quatre mesures du plus beau froment au plus haut prix et s'en fournissent d'autre beaucoup moindre de ce qui leur est besoin pour leur boutique. Défenses sont faictes tant ausdits boulangers qu'autres pour eux d'acheter du bled les veilles et jours de marché sinon aux halles et de s'y trouver ni entrer, à peine de cinquante livres d'amende, avant la cloche sonnée, laquelle pour cet effet sera mise auxdictes halles... »

Outre ces règlements périodiques rédigés sainement par les magistrats, il s'en rencontre d'autres plus ou moins équitables, élaborés à la hâte et à l'occasion d'événements imprévus : disette, abondance ou affluence d'étrangers en ville. Quand, par exemple, les Condé donnent des fêtes, toutes les précautions sont prises contre les menées des boulangers, et le prince permet à tous les habitants de faire du pain et de le vendre aux prix de la taxe. Quelquefois, quand les magistrats trouvent le pain défectueux, ils permettent aux boulangers de la campagne de déballer leurs pains sur la place de la Sainte-Chapelle.

Il ne se faisait alors que deux sortes de pain ; défense d'en faire de moins d'une livre de 16 onces ; obligation d'avoir les étaux suffisamment garnis, sans aucune réserve en arrière-boutique ; déclaration du poids du pain vendu ; débit par demi-livre et même par quarteron aux pauvres ; etc. Et la taxe régnait toujours, la moindre fluctuation de prix était prétexte à taxe nouvelle ; la hausse arrivait-elle, la mairie en informait les boulangers et le public, mais si c'était la baisse, les boulangers ne craignaient pas de faire sourde oreille le plus longtemps qu'il leur était possible.

Dans ces alternatives presque quotidiennes, on comprend facilement que les contraventions étaient inévitables ; aussi les condamnations pleuvaient allant de la confiscation jusqu'à la démolition du four en passant par l'amende arbitraire, mais laissons ce chapitre de côté ; demandez seulement au boulanger Jacquelin ce qu'il en coûte pour vendre le pain un seul denier de plus que la taxe ? Il vous répondra que par jugement de 1636, il fut condamné à être exposé au carcan pendant trois heures, avec un pain pendu au col. C'était alors l'usage d'exposer le corps du délit avec le corps du délinquant.

Des règlements furent encore édictés en 1667 et en 1669 ; puis un arrêt de la Chambre des vacations ouvre la série de ceux qui ont été rendus au XVIIIe siècle. Par cet arrêt de 1709, il est de nouveau ordonné aux bou-

4

langers de signer leur pain d'une marque particulière dont « l'empraincte » sera déposée au greffe de la Chambre de Ville, plus, comme innovation, ils devront marquer sur chaque pain le « poids d'icelui par autant de rond qu'il y aura de livres » sans majoration « d'une seule once ou quarteron » ; et s'ils font des pains d'une demi-livre, ils les marqueront « par un demi-rond ».

Cette terrible année 1709, si désastreuse pour tout le monde, le fut particulièrement pour les boulangers qui, avec une disette si complète, furent dans l'impossibilité d'exécuter les règlements. Tous les historiens mentionnent l'incroyable famine qui régna dans toute la France. A Dijon, malgré la réserve des greniers d'abondance, la disette se fit sentir pendant deux ans. C'est alors que les règlements sur les grains, sur la farine, sur la boulangerie, se multiplièrent à l'infini dans l'espoir d'apaiser le peuple qui voyait des accapareurs dans toutes personnes s'occupant du commerce des grains. C'est alors aussi que le *pain bis* fit son apparition, et cette fois les boulangers eurent seuls le droit d'entrer au marché ; ces pauvres mitrons, en ce moment critique, ne furent pas soupçonnés d' « enharrements. » Le blé qui valait 12 sous et demi, cinquante ans auparavant, valut jusqu'à *douze francs* la même mesure, ce qui le portait à environ 30 francs les cent kilogs pour l'époque. Le pain blanc fut taxé jusqu'à 5 sous 4 deniers la livre, le bis-blanc 4 sous 2 deniers et le bis 3 sous 2 deniers. En tenant compte de la dépréciation du numéraire on peut supputer « l'éloquence des chiffres ».

Sortons de cette funeste époque, qui malheureusement ne fut pas un accident isolé, et arrivons au règlement de 1739 qui fut en vigueur jusqu'à la veille de la Révolution; en voici les principales lignes :

Règlemens politiques pour le taux du pain blanc et du pain entre bis et blanc, faits par la Chambre du Conseil et de Police de la ville de Dijon en presence des maîtres boulangers d'icelle, homologués par arrêts.

Du vendredi 14 août 1739.

Ce jour à l'issue de l'audience ont comparu judiciellement : F. Tribolet, Alb. Seroin, J. Chatelain, Mamet Boiveux, Hugues Lucotte, Cl. Laborde, F. Comard, F. Roussin, V. Pertuisot, Et. Bochot, F. Chaignet, Blaise Coquet, F. Lecoq, Jean Guillemont, Alex. Perruchot, J. Chauderon, J. Richard, Cl. Nicolas, Dominique Raviot, J. Desclair, J. Bizouard, J. Gailly, Th. Collenot, Bénigne Guillier, P. Bouret, Cl. Ducharme, F. Bernard, J. Chaignet, Aug. Garot, J. Petit, J. Laborde, F. Roussin, Cl. Lecoq, Hub. Robelot, Bénigne Girot, Cl. Cavignon, Ant. Denizot, Edme Robelot, B. Corberan, Jacques Refroignet, J. Arlin, Fr. Guillier, Cl. Bouhin, J. Galette, P. Collardot, Denis Tainturier, J. Bouquet, Cl. Colin, Toussaint Prieur, S. Quillardet et Ch. Robin, tous maîtres boulangers en cette ville, composans la communauté des boulangers de ladite ville et faubourgs d'icelle, lesquels ont remontré à la Chambre que par ses délibérations des 1er avril 1667 et 3 août 1669, elle aurait fait un règlement pour la fixation du prix du pain tant blanc que bis, lequel a été homologué, suivi et exécuté jusqu'à ce jour ; que depuis ce temps le prix du bois a augmenté considérablement puisque le moule de bois qui se vendait lors desdites délibérations, trois livres, se vend à présent huit à neuf livres. Que les loyers des maisons, de même que les gages des domestiques, ont doublé en sorte qu'il leur est impossible de subsister en exerçant cette profession de boulanger.... etc.

Lesdits maîtres boulangers retirés et ouï le syndic en ses conclusions, auquel le tout a été communiqué, les opinions prises,

La Chambre ayant reconnu que depuis les règlements de 1667 et 1669, le prix du bois a presque triplé, que les loyers des maisons et gages des domestiques ont beaucoup augmentés et par ces considérations voulant faciliter et procurer un profit honnête ausdits boulangers et leur donner moyen de gagner leur vie, a délibéré et ordonné que le tarif fait le 3 août 1669 sera changé, ce faisant que lorsque la mesure de blé à main de boulanger se vendra 24 sols et ira jusqu'à 29 sols exclusivement, c'est-à-dire 28 sols compris, la livre de pain blanc vaudra, y compris les cinq sols par mesure de bled pour le doublement d'octroi arrivé depuis 1669, un sol six deniers et la livre de pain entre bis et blanc neuf deniers.... et ainsi en augmentant et diminuant de 5 en 5 sols.

Ordonne ladite Chambre que de mois en mois, le prix du pain sera réglé sur celui du froment, et suivant le rapport qui en sera fait à ladite Chambre par les commis.

Et à l'égard des remontrances et demandes faites par lesdits boulangers pour l'exécution des anciens règlements à ce qu'aucun d'eux ne puisse faire à l'avenir plus de deux sortes de pain, ladite Chambre en renouvellant les anciennes délibérations rendues à ce sujet a ordonné et ordonne qu'à l'avenir lesdits boulangers ne pourront faire.... que deux sortes de pain : du blanc mollet ou tourné et de couche en miche ou en pain à raison de 16 onces pour la livre, de froment de bonne qualité, bien panneté et cuit ; du pain entre bis et blanc, aussi bien panneté et cuit de froment de bonne qualité qu'ils vendront la moitié du prix du pain blanc....

Fait défense à tous lesdits boulangers de faire d'autres sortes de pain à peine de 20 livres d'amende pour la première fois et de cinquante livres pour la seconde.... Ayant été accordé, à la prière desdits boulangers, qu'allant en visite, il ne sera pris que des pains du jour.

Cette délibération fut signée par 36 des 51 boulangers présents, et homologuée au Parlement le 14 décembre de la même année ; elle ne fut renouvelée qu'en 1789. Pendant cette période, la question économique prit un développement hors des attributions municipales et en 1774, le ministère Turgot proclama la liberté du commerce. Cette réforme produisit, pour les grains, tout le contraire de ce qu'on espérait ; au lieu de diminuer ou de prendre un cours normal, le prix du blé augmenta dans des proportions que rien ne paraissait justifier. Le peuple dénonçait ouvertement les soi-disant accapareurs, les accusait d'agiotage, d'enharrements, de spéculations et les déclarait fauteurs de la disette générale. Des émeutes éclatèrent dans plusieurs villes ; d'après des auteurs sérieux et modérés elles furent suscitées par les ennemis du ministère, mais en réalité la misère n'y fut pas étrangère. Dijon ne fut pas épargné ; plusieurs chroniqueurs ont raconté l'émeute du mois d'avril 1775, où le conseiller au Parlement, Filzjean de Sainte-Colombe, et le meunier Quarré furent en butte au soulèvement de la populace ; le moulin de l'Ouche et l'hôtel du conseiller furent pillés presque sous les yeux de l'autorité inquiète et hésitante ; quant au conseiller et au meunier ils ne durent leur salut qu'à la fuite et à l'intervention personnelle de l'évêque de Dijon qui se dévoua deux fois pour apaiser la fureur des émeutiers.

Sous la Révolution, une première délibération de 1789 fixe le prix du pain blanc à 4 sous 6 deniers, et le pain entre bis et blanc à 2 sous la livre, fait défense aux boulangers d'excéder ce prix et leur ordonne de se conformer aux articles suivants :

Défense de faire plus de deux sortes de pain. Le pain entre bis et blanc ne sera fait qu'avec du blé froment de bonne qualité sans en ôter la fine fleur et en n'en extrayant que les recoupes et le gros son. Les boulangers seront obligés de marquer leur pain. Ils seront obligés de faire sur chaque miche autant de petits ronds qu'il y aura de livres, et chaque miche aura un poids fixe de livres sans fractions. Ils devront toujours avoir leurs étaux garnis des deux sortes de pain. Ils devront le détailler et le vendre même par demi-livre. Ils tiendront leurs balances et poids bien justes et leurs balances seront suspendues à la hauteur de quatre pouces de leur comptoir sur lesquels les deux bassins de balances porteront.

Au mois de décembre suivant, la mairie, revenant sur cette délibération, n'autorise plus qu'une sorte de pain dit *pain bourgeois*, et à la suite d'une expérience de panification, ce pain fut taxé à trois sous la livre à partir du 14 décembre 1789. Une expérience eut encore lieu en 1790 et il fut même question d'en faire une en 1820, mais le rapporteur de la commission municipale jugea inutile de recommencer ces essais dont les résultats, dit-il, exprimés en mesures anciennes ou en nouvelles, sont connus depuis longtemps et ne peuvent en rien changer les rapports des quantités. Il se faisait alors trois sortes de pain, le *blanc*, le *bourgeois* et le *bis*.

A travers toutes ces vicissitudes, les boulangers avaient heureusement une seconde corde à leur arc : c'était le droit de débiter à boire et à manger dans leurs boutiques; ce privilège s'étendait aussi aux pâtissiers. Mais au XVIe siècle, ce droit leur échappa, ils n'eurent plus que la faculté de vendre du vin sans en laisser faire la consommation sur place. Au XVIIIe siècle on voyait encore beaucoup de boulangers marchands de vin *à porte-pot*. Parmi les 168 membres de la corporation des cabaretiers en 1732, on comptait 18 boulangers portés dans les rôles d'impôts.

La confrérie de Saint-Honoré a laissé bien peu de traces dans les documents que nous venons de parcourir ; en 1665, chaque apprenti devait verser 3 livres 5 sols à la confrérie, mais nous ne trouvons aucunes relations de fêtes ni de services célébrés à l'église des Jacobins où la confrérie Saint-Honoré était fondée depuis longtemps.

PATISSIERS (1)

PATRONAGE : Saint Louis.

ARMOIRIES : *D'azur à un saint Louis, roi, tenant d'une main la couronne d'épine et de l'autre le bâton de justice.*

La pâtisserie a toujours été en grand honneur à Dijon; les pâtissiers et les « obloyeurs » y avaient de nombreux étaux et d'autant plus fréquentés qu'on y trouvait, outre la pâtisserie, toutes sortes de rôtisseries qu'on pouvait au surplus arroser avec du « vin du crû ». On trouvait dans leurs boutiques : oublies, eschaudez, patez, crestelletz, gastelletz fourrez, tartes au fenouil, darioles, crespes, beignetz, rissoles, ravioles, lestumes, ordettes, petz d'Espagne, pains faitis, emplumeurs de pommes, fourmentée, sucreaux, anis et aulx confitz, champaigneul, blé vert, coignardes, estriers, noix musquettes, etc.

Quant à la *bouchée*, boichet, de Mme la duchesse, dit M. Canat (2), je puis dès à présent annoncer à la postérité qu'elle était composée de fine fleur de farine et de miel blanc, auxquels on ajoutait du levain, et quand je songe que c'est en Bourgogne que se confectionnait surtout cette friandise, dont la composition a tant d'analogie avec celle d'un des plus fameux produits comestibles de Dijon, je soupçonne que le boichet est l'ancêtre du pain d'épice. C'est là une découverte qui m'est propre... » Mais alors, que deviennent nos gaudiers dijonnais? Les gaudes dont ils se servaient venaient du millet d'Italie, farine « d'un usage fort répandu en Bourgogne au XVIe siècle. On en expédiait à la Duchesse pendant ses séjours en Flandre » (3). Devons-nous conclure que le boichet

(1) Arch municip., C. 61, 62, 63.

(2) *Marguerite de Flandre, sa vie intime et l'état de sa maison,* Paris, Dijon, 1860.

(3) C. Monget, *La Chartreuse de Dijon,* tome I, 1898.

et le pain de gauderie étaient le même produit qui s'appelle aujourd'hui *pain d'épice?*

Revenons à nos pâtissiers qui arboraient un rond de buis pour enseigne et qui dès 1567 prenaient le titre de pâtissiers, fabricants de pains d'épices.

Comme denrée alimentaire, la pâtisserie était assujettie à la taxe municipale ; en 1416, il est délibéré que « nuls fourniers faiseurs et vendeurs de pastez, ne mectent aucun os es pastez qu'ils vendront et feront pour vendre, à peine de cinq sols d'amende. » En 1430, le prix et le poids sont taxés ; les échaudés de sept onces se vendront un denier ; les salées même poids et même prix ; les « cretelez » seront de neuf onces pour un denier. Dans les années de disette, comme en 1452, il est défendu « de faire des gasteaux à cause de la cherté du blé ».

L'habitude, pendant les soirées d'hiver, de crier les oublies et de les faire jouer dans les rues, ayant occasionné quelques désordres, le vicomte-mayeur, par son ordonnance du 5 décembre 1494, prohiba les cris et les jeux. L'amende était de vingt sols contre les contrevenants. On permit seulement aux obloyeurs de porter vendre les oublies dans les maisons et d'en aller remplir leurs boîtes au besoin. Mais voici qu'en 1605, une autorisation est donnée aux serviteurs des pâtissiers d'aller de nuit par la ville crier les oublies, vu que, portant lanterne à la main, ils pourraient aider à la découverte des malfaiteurs (1).

En 1469, ils colportaient les pâtés comme nous l'indique cette première ordonnance :

Ordonnance sur la patisserie.

A tous ceulx qui ces présentes lectres verront, nous Jacques Bonne, escuier, mayeur et les eschevins de la ville et commune de Dijon, salut. Savoir faisons que nous, à la supplicacion et

(1) Clément-Janin, *les Cris de Dijon.*

requeste des ouvriers pâtissiers tenans ouvreurs de patisserie en lad. ville de Dijon, et par l'advis de plusieurs conseillers et bourgeois d'icelle ville, pour ce assemblez en la chambre du Conseil de lad. ville, avons pour le bien et utilité de la chose publique, fait, ordonné et estably et par la teneur de ces présentes lectres, faisons, ordonnons et establissons du consentement et en la présence de Girard Bernard et Guillaume Billocard et des coadjuteurs de Jehan Rabustel, clerc procureur de lad. ville et commune, de et sur led. mestier de patisserie, les establissemens et ordonnances qui s'ensuyvent. En retenant et réservant à nous et à nos successeurs mayeurs et eschevins de lad. ville, limite et faculté de y povoir adjouster, corrigier et diminuer toutes et quantes fois que bon semblera à nous et à nos successeurs et qu'il sera expédient de ainsi le faire pour le bien du commung d'icelle ville.

Premièrement. — Que quiconque vouldra doresenavant ouvrir et lever ouvreur de patisserie en la ville et banlieue de Dijon, ce le pourra pourveu que premièrement et avant toute euvre celui qui ainsi vouldra tenir ouvreur dudit mestier sera tenu de faire son chief-d'euvre à ses despens par devant les eschevins, jurés et commis sur la visitacion de lad. patisserie qui a ce seront ordonnez et depputez, lesquels en feront leur rapport par devers nous mayeur et nos successeurs mayeurs de la ville de Dijon. Et s'il est trouvé estre ouvrier souffisant et ydoine, il sera receu en lad. patisserie parmi ce qu'il sera tenu de faire les sèremens en tel cas pertinens et nécessaires es mains de nous mayeur et de nos successeurs et prendre ses lectres de récepcion et institucion par devers le clerc et scribe de la court de la mayerie dudit Dijon.

II. *Item.* — Cellui qui ainsi sera receu pour tenir ouvreur dudit mestier sera tenu avant ce qu'il puisse lever son ouvreur ne ouvrer d'icellui mestier de paier et bailler les sommes qui s'ensuyvent, c'est assavoir, la somme de vingt sols tournois pour et au prouffit de lad. ville.

III. *Item.* — Ausd. eschevins, jurés et commis, vingt sols tournois à partir entre eulx et semblablement de vingt sols tournois pour convertir et employer es besoingnes et affaires dud. mestier.

IV. *Item.* — Tous fils de maistres ouvrans et continuans led. mestier pourront lever et tenir ouvreur se bon leur semble moyennant ce qu'ils seront tenus de donner à disner ausd. eschevins, jurés et commis qui pour l'année seront tant seulement.

V. *Item.* — Que si l'un des maistres dud. mestier va de vie à trespas, sa femme survivant et icelle femme se remarie en l'ung des enffans des maistres d'icellui mestier, il sera tenu de donner à disner comme dessus sans autre chose payer, se toutesvoyes il ne l'avoit jà fait.

VI. *Item.* — Et se lad. femme ne se remarie et elle vueille tenir ouvreur dud. mestier il se pourra faire pourveu qu'elle ait bons et souffisans ouvriers en son hostel pour ce faire, lesquels seront approuvez par lesd. eschevins, jurés et commis et lesquels n'en seront par ce aucunement passez maistres, car s'ils vueillent estre receuz ils seront tenus de faire leur devoir comme les autres ainsi que devant est déclairé, tant au regard de leur chief-d'œuvre, de la paye, que de prendre, leurs lectres et faire les autres choses dont devant est faicte mencion.

VII. *Item.* — Et se lad. vesve se remarie en homme qui ne soit pas dud. mestier, en ce cas elle ne pourra ouvrer ne tenir ouvreur d'icellui mestier de patisserie en quelque manière que ce soit.

VIII. *Item* — Et se lad. femme se marie à ung homme dud. mestier, lequel n'ait point esté passé maistre ou qui ne soit fils de maistre icellui son mary ne pourra lever ne tenir ouvreur dud. mestier jusqu'à ce qu'il ait fait son chief-d'œvre en la manière avant dicte et qu'il ait payé et fait son devoir comme devant est divisé.

IX. *Item.* — Tous ceulx qui seront trouvez avoir mesprins ou fait de la patisserie seront amendables chacun d'eulx pour chacune fois que reprins y seront, de la somme de dix sols tournois dont la moitié sera au prouffit de lad. ville et l'autre moitié au prouffit des eschevins, jurés et commis.

X. *Item.* — Les boulengiers ne se pourront mesler de chose qui soit du mestier de patisserie pour vendre publiquement en leurs hostels ne dehors en quelque manière que ce soit ; ne semblablement lesd. patissiers ne se pourront entremectre d'aucune chose qui touche led. mestier de boulengerie, ains fera chacun son mestier, sur peine de quarente sols tournois à lever sur chacun qui fera le contraire pour chacune fois que reprins il sera et appliquer, c'est assavoir : la moitié au prouffit de la ville et l'autre moitié ausd. eschevins, jurés et commis.

XI. *Item.* — Que aucuns de quelque estat qu'ils soient, vendans estacenerie, graisses, huilles ne chandoilles, ne pourront ouvrer dud. mestier de patisserie à semblable peine de quarente sols tournois à lever et appliquer comme dessus.

XII. *Item.* — Les patissiers ou leurs serviteurs qui pourteront vendre les pastez parmy lad. ville de Dijon, ne les soufferont point manier par les malades, soit de maladie de leppre ou autrement sur peine de perdre lesdiz pastez.

XIII. *Item.* — Et en tant qui touche les cuictes de feusses elles seront réservées aux boulengiers et patissiers parmy ce que ce soit pain de feusses ainsi qu'ils ont accoustume de faire par cy-devant.

XIV. — Et avons déclaré par ceste, le mestier de oblayerie estre et devoir demourer avec ledit mestier de patisserie.

Lesquelles ordonnances ainsi faictes et accordées en la présence et du consentement de Jehannin Colot, Antoine Bernard, Guillaume Domino, Jehannin Varin, Jehan Bretin, Jaquot le Paqucrolot, Jehan Soulanisey, Jehan Gaultier, Thevenin Génois, Milot Fevre, Nicolas Gueney, Jehannin Forney, Guiennot Motot, Jehan Courdeaul et Nicolas Jannier, tous patissiers tenans ouvreurs dud. mestier qui ont juré aux sains évangilles de Dieu, nostre seigneur, de entretenir, garder et observer lesd. ordonnances; icelles avons voulu et voulons estre gardées et entretenues entièrement ainsi que cy-devant sont escriptes, sur les peines et amendes que dessus par tous qu'il appartiendra. Et pour faire entretenir le contenu en ces présentes, nous confians à plain de l'expérience, loyaulté et bonne diligence de Jehan Félix, nostre coeschevin, Richard Berbisey, bourgeois dudit Dijon et Jehannin Colot, patissier, iceulx avons commis, ordonné et depputé... sur la visitacion dud. mestier et dependances d'icellui pour ceste année présente finissant à la feste de Nativité Saint-Jehan-Baptiste prochainement venant..., le vendredy XXIIIe jour du mois de mars avant Pasques, l'an mil CCCC soixante et neuf.

Les fours n'eurent plus qu'à chauffer... mais les épidémies presque périodiques de cette époque ralentirent fatalement l'industrie pâtissière, de plus l'autorisation de vendre des pâtés dans les rues leur fut bientôt retirée. Les pâtissiers supplièrent la mairie de revenir sur cette décision et alors en 1491 parut l'*ampliation* suivante :

Ampliation sur les ordonnances des patissiers.

A tous ceulx qui ces présentes lectres verront, Henry Chambellan... mayeur de la ville et commune de Dijon et les eschevins d'icelle ville, salut. Receuz avons humble requeste et supplicacions des patissiers tenans ouvreurs dud. mestier de patisserie en icelle ville de Dijon, contenant en effect et substance combien que par les ordonnances dèz piécà faictes par nos prédécesseurs mayeurs et eschevins de lad. ville sur led. mestier de patisserie, lesd. patissiers eussent congié, licence et faculté de pourter et faire pourter par leurs serviteurs leurs pastez parmy lad. ville et les vendre et distribuer pertinement hors de leurs hostels et ouvreurs, néantmoings puis certain temps en ça et mesmement de la peste qui lors régnoit, leur avoit fait défense expresse et à peine, de non plus pourter ne faire pourter vendre leurs pastez par lad. ville ainsi qu'ils avoient accoustume auparavant, ains qu'ils feussent tenus de les distribuer en leurs maisons et ouvreurs, qu'estoit et est en leur très grant perte, intérest et dommaiges et plus seroit se par nous ne leur estoit sur ce pourvehu de bonnes provisions dont ils nous ont très instamment requis. Pourquoy, nous, les choses dessusdictes et mesmement que la plupart des patissiers qui sont de présent en grant nombre sont pouvres compaignons ayant grant charge de femme et de petitz enffans et ausquels il convient et fault paier selon leur possibilité les aydes du Roy, nostre sire, et affaires de lad. ville et aussi que leur convient payer de grans deniers pour le louaige de leurs maisons et supporter plusieurs autres charges, et eu sur ce advis et consultacions des conseillers d'icelle ville, ausd. patissiers supplians avons permis et permectons en leur donnant et ouctroyant congié et licence de pourter et faire pourter pour vendre doresnavant leurs pastez parmy lad. ville, feurbourgs et banlieue d'icelle ainsi qu'ils avaient et ont accoustume de faire, toutes voyes soubz les promesses, manières et condicions qui s'ensuyvent et ausquelles ils se sont soubmiz et obligez, est assavoir que lesd. patissiers feront pourter vendre leurs pastez par ung de leurs apprentis dud. mestier et de leurs hostels et non par autres, lesquels seront tenus de les pourter parmy lad. ville, feubourgs et banlieue d'icelle, en un beaul pagnier couvert garny d'une belle et blanche serviecte bien nectement et honnestement, et ne les souffriront point toucher ne manger par les malades soit de maladie de leppre ne d'autres maladies quelxconques, et ce sur peine de perdre lesd. pastez, lesquels pastez seront donnez pour Dieu par les eschevins commis sur lesd. mestiers et aussi à peine de dix sols tournois d'amende... et d'être privé de pourter vendre pastez...

Au XVIe siècle, la concurrence avec les boulangers fut terrible ; à la première apparition d'un produit culinaire, c'était à qui en aurait le monopole, la mairie, comme nous l'avons vu pour les boulangers, était obligée de fixer des limites à chacun des deux métiers, et si elle fit faire des essais de pain elle fit aussi faire des essais d'échaudés et c'est un boulanger qui fut choisi en 1525, pour cette opération : Henry Loiseaul, boulanger, reçut la somme « de dix-huit blancs, monnaie courant, pour avoir fait un essay de eschaudez pour le faire refaire de pois aux pâtissiers de ceste ville ».

Menacés en 1571 dans leur privilège de servir à boire et à manger dans leurs boutiques, les pâtissiers adressèrent une requête à la mairie « disant que combien que de toute ancienneté, non seulement en lad. ville, maisen toutes les autres bonnes villes de ce royaume, il soit permis aux pâtissiers de donner à boire et à manger aux estrangiers passans par lesd. villes, pour se ayder à débiter leurs ouvraiges de pâtisseries, fricandeaux, atreaux, craquelins, eschaudez et autres sortes d'ouvraiges qu'ils tiennent prêts pour subvenir à la nourriture des habitans de la ville, qui le plus souvent leur demeurent sans estre débitez non vendus à leur grande folle et perte, n'estoient les estrangiers passans et repassans qui en venant vendre leurs denrées et marchandises en ville, pour éviter la grande dépence qu'ils feroient es hostelleries et cabarets, se mectent en quelque bouticque de pâtissiers, envoyant quérir du vin aux prochaines caves où l'on en vend au pot et en détail aux habitans desd. villes, ou bien en prennent en pot en la cave des pâtissiers..... » Enfin les suppliants se firent si humbles que le droit de servir à boire chez eux leur fut conservé ainsi qu'aux boulangers. Cette requête est signée : Simon Gillot, Simon Paillet, Estienne Preschey, Jehan Bertrand, J. Gonriot, Bénigne Dumont, Fr. Bollier, Estienne Victor, J. Colombet, J. Josselin, Fr. Berthault, J. Prévot, Mathieu Gousselin, J. Pinot, J. Boulée, Hélie Gillot, Laurent Ligier, Girard Patoureaul, Nicolas Denis, Gillot Claude, André Gaultier, Jehan Gillot, Philippe Horiot, Charles Masson, Vesve Bénigne Placart, Jehan de Paris.

Les petits pâtés et les « carquelins » étaient alors fort en vogue et se débitaient à un liard la pièce, mais en 1588, la mairie voulut réduire ce prix à deux deniers, ce qui lui valut encore une humble requête des pâtissiers dans laquelle ils remontrent qu'il leur est impossible d'arriver à ce prix « à cause que toutes estoffes sont grandement enchéries, tant soit gras de bœuf, chair de bœuf et de vaiche, œufs, beurre, fromage que autres, mesmement le boys, selon qu'il est tout notoire à chacun ». Au reçu de cette requête, la mairie convoqua les 14 pâtissiers qui l'avaient signée, mais nous ignorons la suite de l'entrevue, en tout cas une délibération municipale de 1593 défendit aux pâtissiers « de faire des craquelins au beurre, ains seulement des sallées et eschaudez ronds » au prix fixe de deux deniers.

Le droit de *servir* du vin chez eux leur échappa vers cette époque, mais ils conservèrent l'autorisation d'en vendre à porte-pot ou au *pot-renversé*. Ce droit fut confirmé par leurs statuts de 1595. Enfin jusqu'à ce moment leur situation ne paraît pas très prospère et la moindre concurrence les tient en éveil ; c'est ainsi qu'ils firent interdire un pauvre diable qui, sans être maitre pâtissier, vendait des oublies et des menues gourmandises devant le portail de la Sainte-Chapelle ; « vu son peu de ressource » il n'est point condamné à l'amende, mais sa marchandise est confisquée au profit des pauvres par délibération municipale de 1581.

Durant les troubles des guerres religieuses, la mairie ligueuse surveillait de très près les corporations où se manifestaient des idées contraires. Ces quelques lignes des *Mémoires du conseiller Breunot* signalent bien l'état des esprits : « Sur les neufs heures, l'on porte proche la porte d'Ouche, une escharpe blanche, un chappeau gris avec un manteau dessus ; celui qui la portoit passe devant le logis de Pignalet qui le suit au logis où il estoit entré. Les pâtissiers lui dient que c'estoit leur enseigne de taffetas blanc, semée avec des fleurs de lys d'or, que l'un d'eux avoit apporté audit logis et laquelle ils avoient faicte en l'honneur de saint Louis qu'ils avoient pris pour patron, de peur qu'elle ne fut perdue au lieu ou elle estoit encore ; qu'il n'en fut rien. » *Il n'en fut rien*, c'est-à-dire que la mairie n'osa donner suite à cette manifestation, elle sentait que le pouvoir de Mayenne allait s'effondrer. Aussi lorsque Henri IV fut prêt à entrer à Dijon, les choses changèrent de face sans la moindre secousse, et ce fut précisément un pâtissier, Antoine Dubois, qui fut chargé de fournir le déjeuner aux magistrats municipaux réunis à l'abbaye Saint-Etienne, avant d'aller ouvrir au roi la porte Saint-Pierre.

Pleins des bonnes grâces royales, les pâtissiers en profitèrent pour demander au roi lui-même des statuts calqués sur ceux de leurs confrères de Paris ; ils les présentèrent au roi qui les approuva « à Dijon au mois de juillet l'an de grâce 1595 et de [son] règne le sixiesme » (1).

Suivant ces statuts, la corporation fut distinguée en *pâtissiers* et en *oublaiers*. L'aspirant pâtissier devait faire pour chef-d'œuvre six plats dans le même jour et au choix des jurés. L'aspirant oublaier devait faire cinq cents grandes oublies, trois cents supplications, deux cents estriers et six pâtés bons et suffisant le tout dans le même jour. L'apprentissage était de cinq ans. Défense de vendre grands et petits pâtés s'ils ne sont de bonne chair et de bons poissons ; défense de faire tartres et tartellettes si elles ne sont de bons et loyaux fromages et de bonne crème, de faire rissolles si elles ne sont de bons moutons ou de tranches de cimier de bœuf et qu'elles soient vendues le même jour : défense d'employer chair et poissons corrompus sous peine d'être « lesdits ouvrages ars et brulez » devant la maison du délinquant. Défense de vendre les pâtés réchauffés ; de vendre et débiter par la ville : petits pâtés, petits choux, échaudés, risolles, tartellettes et autres ; de vendre en carême « begnets » et poissons de friture. Enfin il leur est permis de vendre du vin « tant à asseoir qu'à pot et détail. » Leurs jurés avaient droit de visite sur les fromages, œufs et beurre mis en vente « attendu qu'ils y ont intérêts, mettant en œuvre ladite marchandise, ce qui sera un grand bien pour la république. » Nuls autres, même les boulangers,

(1) Arch. départ., E, 5. Imprimés sous le titre : *Statuts et privilèges accordés aux maîtres pâtissiers de Dijon, par Henri IV, au mois de juillet 1595.*

ne pourront vendre « saucisses, hatereaux, pastez, gasteaux, tartres, etc. »

En possession de leurs statuts royaux, les pâtissiers en demandèrent aussitôt l'enregistrement à la mairie ; mais, jalouse et froissée, et redoutant ce procédé qui pouvait avoir des suites fâcheuses, pour son autorité, la mairie différa cette formalité et déclara que : « avant de faire droit sur la vérification des lettres et règlemens obtenus du roi par les maistres pâtissiers, lesdites lettres et règlemens seront montrés aux cabaretiers dudit Dijon et enjoint au procureur-syndic d'icelle de mettre dans trois jours, par devers le greffe, les règlemens fais en la Chambre de ville entre les pâtissiers et les cabaretiers. » Par malheur le procureur ne sut trouver aucun règlement, mais rien n'indique que les pâtissiers aient continué de vendre du vin « à asseoir ».

Ces statuts furent cependant confirmés par Louis XIII en 1612 et, toutefois, la mairie se refusa encore à les enregistrer. Les pâtissiers ne se découragèrent pas, ils relancèrent de nouveau au roi qui en 1619 leur adressa de nouvelles lettres en ces termes :

.... Nos chers et bien amez les maistres paticiers de nostre ville et faulxbourgs de Dijon, nous ont très humblement fait remontrer qu'il nous avait plu par nos lettres du mois de septembre 1613, confirmatives de celles octroyées par le feu roy au mois de juillet 1595, deument vérifiées, leur accorder la manutention et conservation des privilèges et statuts de leur mestier.... Mais d'aultant que les maire et eschevins de nostre ville de Dijon, ont obtenu de nous au mois de septembre de l'année dernière certaines lettres portant révocation de la jurande de tous les arts et mestiers d'icelle ville, il doubte que lesd. maire et eschevins ne voulussent cy-après prétendre celle desd. exposans y estre comprise, combien qu'ils aient, comme dit est, esté par nous confirmez en icelle et par conséquent les troubler et empescher en la jouissance de leurs privilèges et statuts s'il ne nous plaisoit leur octroyer sur ce nos lettres nécessaires,.... nous n'entendons pas entendre ny comprandre la jurande des paticiers dans la révocation générale de laquelle, ensemble de leurs privilèges et statuts nous voulons et entendons qu'ils jouissent et usent plainement, paisiblement et conformément aux susdictes lettres de feu nostre sieur père et les nostres et tout ainsi qu'ils en ont bien et deument jouy et usé, jouissent et usent encores de présent, la leur ayant, en tant que besoing est ou serait de nouveau continué et confirmé....

Ce favoritisme donna plein essor aux discussions et aux plaidoiries. A chaque contravention les pâtissiers opposaient le silence de leurs statuts et puisqu'il n'y avait pas défense, il y avait, suivant eux, permission; ils tournaient même les règlements des marchés en y entrant aux heures défendues aux marchands acheteurs. Le jour de Sainte-Anne, officiellement chômé à Dijon, ne figure pas dans leurs statuts, ils se croient alors autorisés de chauffer le four ce jour-là et d'ouvrir leurs boutiques. Le jour de la Fête-Dieu n'est pas mieux respecté par certains pâtissiers (1).

En 1598, la récolte étant bonne, dit la délibération, il fut ordonné aux pâtissiers de faire les petits pâtés et les craquelins plus gros. En 1606, un subside royal ayant été voté sur les farines, la mairie dut recourir au roi pour contraindre les pâtissiers à payer leur quote-part. Elle se vengeait tant qu'elle pouvait, la mairie! Par les amendes sur les produits n'ayant pas le poids voulu, sur les pâtés trop faisandés et « tous puants »,

(1) C'est en 1620 que Nicolas de Lamonnoye fut condamné pour n'avoir pas fermé boutique le jour de sainte Anne. Il ne faut trop mettre en cause l'impiété du père de Bernard de La Monnoye, en ce cas-là; c'était plutôt un défi porté aux autorités par toute la corporation. En 1638, il est aussi condamné à 3 livres d'amende pour avoir construit sans permission un étau devant sa maison proche l'église Notre-Dame (Arch. municip., M. 202).

sur l'emploi des sacs « non égandillés », etc. Les pâtissiers, puisque c'était leur droit, nommaient leurs jurés, mais la mairie refusait régulièrement de confirmer leur choix et se laissait traduire devant les plus hautes juridictions ; enfin en 1623, par un accord commun, la mairie et les pâtissiers nommèrent chacun leur juré.

Au sujet de la concurrence, les pâtissiers ne sont pas mieux disposés ; des épiciers sont poursuivis pour vente de biscuits, des hôteliers pour avoir exposé des pâtés, des rôtisseurs pour avoir fait de la pâtisserie, enfin tous leurs collègues subissent des assauts. Assaut peut s'employer au propre dans le cas suivant : les jurés pâtissiers, assistés du substitut du procureur et flanqués de deux sergents de la mairie, allant à la chasse aux contrevenants, étaient sur la porte du greffe de la mairie lorsqu'ils aperçurent « des cuisiniers qui portaient des plats garnys de toutes sortes de viandes assaisonnées, et deux jeunes hommes et une servante qui portaient deux grands plats sur chacun desquels *il y avait une tourte,* alors les pâtissiers se seroient *jettés sur les plats* » et après en avoir opéré la saisie, les envoyèrent à l'hôpital pour les pauvres où leur réception est constatée par le reçu suivant : « Nous, sœur de l'hospital sertifions avoir receut des maire, juré et consors trois tours (sic) ce jourd'hui 22 septembre 1672 (signé), sœur Catherine Colin. »

Quand un cuisinier faisait des biscuits, il était en contravention, mais quand il les portait cuire chez un boulanger, comme il arriva en 1625, la contravention était double; aussi les boulangers étaient-ils surveillés de près ; en 1645, ils ne devaient pas même faire cuire les pâtés pour les particuliers. Toutes les pâtes blanches comme « flans, pastés, torteaux, gasteaux et autres ouvraiges » étaient défendus aux boulangers. En 1682, les pâtissiers firent saisir, chez le boulanger Béleurgey, des pains « en forme de pistollets » dans lesquels il y avait du beurre, car les boulangers ne pouvaient employer « beurres, œufs, fromages, ni autres graisses ». Cette défense fut renouvelée en 1700, et même par arrêt du Parlement, en 1706. En 1724, un autre boulanger se laisse confisquer 19 artichauts qu'il cuisait pour un voisin. Les boulangers de la banlieue n'étaient pas mieux épargnés quand par malheur on les surprenait à vendre leurs galettes en ville. Les bonnes femmes de la campagne apportant sur leur tête des balles de flans pour les vendre à la porte des Capucins ou ailleurs, furent dénoncées en 1702 ; malgré la saisie d'une balle opérée sur une femme de Plombières, cette ancienne coutume fut encore combattue en 1737 ; ce que voyant la mairie permet aux jurés pâtissiers de visiter aux portes de la ville tous les paniers qu'on y apportait. Cette visite fut concédée au fermier des octrois en 1741.

Les relations entre nos maîtres et la mairie étaient donc moins tendues, elles s'étaient encore améliorées en 1675 puisque c'est la corporation seule qui nomme ses jurés et son procureur. Les membres qui, pour une cause légale, ne pouvaient assister à une assemblée corporative, avaient le droit d'envoyer leur *veto* au président ; nous ne trouvons cet usage que dans cette corporation. Décidément les pâtissiers dijonnais étaient d'une pâte particulière et la mairie commençait à savourer cette pâte. Au XVIIe siècle, les pâtissiers sont en faveur et ce sont eux qui préparent les brillants festins offerts par la ville. En 1648, Jean Loison, pâtissier, reçoit 118 livres 10 sols pour fourniture de mets de poissons servis au logis du maire pour la réception de l'évêque de Genève. En 1687, c'est un étranger qui a le monopole de la vente du café, chocolat, thé et sorbet, mais en 1693 ce monopole passe aux mains du pâtissier Rouhier, par convention avec le fermier général. La vente des gâteaux et galettes de pâte non levée est aussi réservée aux pâtissiers seuls.

Enfin les oublies sont en grande vogue et sont colportées par les rues plus que jamais, même la nuit, dans des paniers couverts et bien « garnys d'une belle et blanche serviecte ». Ce sont les fils de maîtres ou les apprentis qui ont droit de faire cette vente ; en 1604, quelques maîtres n'ayant ni fils ni apprentis ou préférant les employer ailleurs, envoyèrent leurs serviteurs crier les oublies par les rues, ils furent assignés par leurs collègues, mais la Chambre du conseil « ayant mis en considération que la souffrance et tolérance faicte de porter lesdites oublies, est plus pour découvrir les malfecteurs allant par icelle ville, aussy le feu, se aucung en arrivait, parce que lesd. porteurs d'oblies, allant par lad. ville la nuit, ont en main leurs lanternes et lumière qui éclaire par toutes les rues où ils se tiennent, plustôt que pour commodités que l'on recepvoit desd. oblies... » donne la permission aux serviteurs de continuer leur commerce à condition d'avoir la nuit leurs lanternes et lumière. Le registre de 1604, ne nous donne pas le texte du cri des porteurs, mais en 1774, la femme Leclerc eut le droit de colporter les oublies en criant :

Voilà le plaisir des Dames !

La création des offices, ou la mode, jeta le trouble dans la corporation ; au XVIIe siècle le nombre des maîtres s'éleva jusqu'à 49, tandis qu'en 1726 nous n'en trouvons que 11, dont voici le rôle d'impôts :

1re classe :	Philibert Lenoir :	25 livres
2e classe :	P. Godard	11 livres
—	G. Davadant	
—	Sulpice Goisset	
—	Fr. Lhuillier	
3e classe :	Cl. Badel	6 livres
—	Gilbert Moussière	

4e classe : G. Reignault		
— Pierre Bonouvrier	4 l. 15 sols.	
— Vve Saussereau		
— Pierre Ozé		

Le monopole des pâtissiers avait sans doute été amoindri par les charcutiers, les rôtisseurs et les cabaretiers.

La confrérie sous le patronage de saint Louis avait son siège au couvent des Carmes.

BOUCHERS (1)

PATRONAGE : Saint Antoine

ARMOIRIES : *D'argent à un saint Antoine de sable ayant son cochon à ses pieds, de même.*

La corporation des bouchers était, sinon la plus nombreuse, du moins la plus puissante de celles de Dijon. Son influence morale s'étendait sur tout le *quartier du Bourg* et tenait souvent en échec l'autorité municipale, qui essaya plusieurs fois vainement la décentralisation de la « *grande Boucherie* » où le commerce de la chair était exclusivement concentré. Les règlements les plus opportuns s'émoussaient constamment contre les menées de la corporation dont l'étroite solidarité semblait impossible à rompre. Prenant les règlements municipaux à contre-pied, les bouchers élaboraient immédiatement un système contraire qui finissait souvent par prévaloir et à se maintenir hors d'atteinte, soit qu'il s'agît de la tuerie, de l'hygiène publique, de la taxe officielle ou de la réception d'un aspirant.

« Ils se moquaient des ordonnances politiques, vendaient leur viande suivant leur caprice et traitaient les

(1) Archiv. municip., 304 à 324.

magistrats de veaux et de bélitre (1). » Il faut reconnaître néanmoins que la mairie multiplia ses efforts pour combattre cette espèce de dictature, et que les bouchers savaient s'adresser à de hautes personnalités rivales des magistrats. La mairie aurait peut-être été vaincue sans les réclamations incessantes contre ce monopole arbitraire, d'une part, et d'autre part contre le danger perpétuel des épidémies et des incendies qui l'un et l'autre pouvaient légitimer la destruction complète de ce quartier.

Sans aucun souci de l'hygiène et de la sécurité publiques, les bouchers et les tripiers tuaient, échaudaient le bétail, « frillaient » les porcs, au milieu de ces rues non pavées, sur les bords de Suzon qui coulait alors à ciel ouvert et qu'on ne nettoyait que lorsque les immondices accumulées gênaient le cours des eaux. Toutes les ordures, le fumier, le sang et les débris d'animaux étaient jetés dans cette rivière où suintait une boue infecte dégageant des miasmes pestilentiels. Ce pauvre Suzon était le dépotoir universel de toutes les manipulations riveraines et n'était purifié que par les pluies diluviennes amenant les grandes eaux. Le système du « tout à l'égout » y était pratiqué avec un sans-gêne que les règlements de police parvenaient à peine à suspendre au temps de contagion.

Le quartier du Bourg, remuant et frondeur, n'échappait pas à la plume des chroniqueurs : le conseiller Breunot mentionne dans ses *Mémoires*, comme un événement notoire, qu'en 1594, « ceux du Bourg avoient bien préparé et nettoyé leur rue pour la procession qui y devoit passer ». Plus loin il signale le caractère des « Bourins » : « l'on signifie une taille de dix-sept mille livres seulement, en faisant laquelle signification, ceux du Bourg *se pensèrent mutiner*. Mais cela passa plus avant. » Le chanoine Pépin dit : « Le 27 juillet 1596, il y eut danger

(1) J. Garnier, *Histoire du quartier du Bourg*, Dijon, 1853.

de peste dans la rue du Grand Bourg, de façon qu'il fut commandé par MM. les maire et eschevins, tenir la boucherie aux carrefours et places publiques. » Le froid étant revenu, les bouchers se dépêchaient de réintégrer leurs bancs. Le président Legouz de la Berchère écrivait en 1631 aux magistrats dijonnais : « Or le moyen est comme vous savez, d'éviter la fréquence des peuples et lieux publiques, y nécessaires, néantmoins *le mal est votre boucherie*, que j'ai sceu autrefois n'y ayant le tiers du mal dans la ville qui y est de présent; dispersez et ordonnez par toutes les rues jugées à ce nécessaires qui est chose qu'il me semble que vous ne devez différer davantage. »

Il y avait cependant longtemps que la « tuerie » existait; le projet du premier abattoir conçu en 1490 était établi en 1508 sur l'emplacement du « cymetière à chevaulx », sur l'Ouche, à l'extrémité de la rue Maison-Rouge. L'année suivante, la maison du parcheminier Jean Boillot y fut annexée et deux ans après on ajoutait le jardin du tanneur Petijean pour la création d'une vaste cour. A peine terminé cet abattoir fut incendié par des « avanturiers » à la remorque de l'armée suisse qui assiégeait Dijon en 1513. Quatre ans plus tard la construction du bastion de Guise le fit rétablir à côté, sur les plans de Hugues Sambin, Aubert Fleutelot et autres, sur un terrain contigu à la grande tour de la porte d'Ouche et traversé par le cours de Suzon (1). En 1538, il fut aménagé en face, sur la rive droite de l'Ouche, où il demeura trois siècles. Malgré l'établissement de la tuerie, les bouchers continuaient à abattre dans leur rue, ou dans la rue des *Tueurs* qu'on a connue jusqu'à nos jours, sous le nom falsifié des *Etioux*. En 1513, trente-six bouchers furent condamnés chacun à 20 sols d'amende pour cette contravention.

(1) Arch. municip., K. 75-78.

Indépendamment de la boucherie, dit M. Garnier, et du marché au bétail qui se tenait dans la rue même et sur la place de la maison au Bœuf (place Saint-Georges), il y avait encore un marché quotidien d'herbages aux deux bouts de la rue. Des merciers y étalaient aussi leurs marchandises et jusqu'à des boulangers y venaient débiter leurs fouasses et leurs pains de différentes qualités. Ajoutons pour compléter le tableau que le marché de la volaille et du gibier pouvait être considéré comme une annexe de la rue du Bourg, puisqu'il se tenait dans la rue de la *Petite-Juiverie*, appelée depuis *Poulaillerie* et actuellement *Piron*.

La ville ne fut guère complètement pavée qu'au xve siècle, mais longtemps encore l'enlèvement des immondices, laissé à la charge des habitants, fut un obstacle invincible aux constants efforts de la magistrature municipale pour assainir la ville. Quand l'accumulation des fanges encombrait une rue, des échevins s'y transportaient et, séance tenante, les habitants du quartier, ayant nettoyé *chacun en droit soy*, portaient les immondices aux décharges publiques. Aux termes d'une ordonnance municipale de 1388, les bouchers devaient tous être munis d'une *réable* (racloir) pour *bouter* les ordures des bancs et de la rue...

Nous savons qu'anciennement le commerce, au lieu d'être disposé dans les différents quartiers, était concentré dans des emplacements spéciaux désignés par l'usage et affectés par des ordonnances. Donc la viande ne devait se vendre qu'au Bourg, sous la surveillance des commis-jurés nommés par la mairie. L'ouverture de la vente était annoncée chaque matin par la cloche sonnant la première messe à l'église Notre-Dame, « à laquelle répondait aussitôt la cloche élevée au milieu même du Bourg. Cette cloche, suspendue au-dessus de la maison qui porte aujourd'hui le n° 44, et qui à cette époque (xve siècle) était la maison de la confrérie des bouchers et le lieu de leur réunion, servait aussi à convoquer les assemblées. On devait la sonner en cas d'alarme ou d'incendie; hors ces cas prévus par les règlements, toute sonnerie était défendue sous peine de mort » (J. Garnier). Cette maison fut vendue en 1715 par les bouchers et la cloche, descendue en 1792, fut convertie en vulgaire monnaie de billon.

Les registres municipaux de la fin du XIVe siècle contiennent plusieurs règlements sur la boucherie : nul ne pouvait vendre chair et poisson qu'au Bourg; le bétail ne devait être abattu que « es hostels dedans la ville »; nul ne pouvait tuer en « surjour » c'est-à-dire que la vente devait se faire le jour même de l'abattage; passé ce temps, la viande devait se vendre salée. En 1389, les bouchers ne pouvaient fondre leur suif qu'en « la fonderie sur ce ordonnée » dans un local spécial nommé la *maison des arsures*, qui existait encore en 1732. Nul ne pouvait vendre chair que « ceulx qui d'ancienneté l'ont accoustume ou leurs devanciers jusques il auront fait le mangier accoustumé », et ce n'était pas peu de chose que le dîner pantagruélique des compagnons du Bourg ! En 1394-95, les bouchers devaient livrer à la *Maladière* de Dijon les langues des bœufs et des vaches qu'ils tuaient.

Au commencement du XVe siècle, fut rendue une ordonnance sur la boucherie, consignée au registre G. 2 des arch. municipales. Le maire Demoinge Vautherin la confirma en 1417 en y ajoutant que : « nuls taverniers et hostelliers publiques en la ville de Dijon, ne tuent ou facent tuer aucunes chars à vendre en leurs maisons qui ne soient saines et visitées par les commis. »

Les bouchers avaient donc des concurrents, mais ceux-ci ne pouvaient tuer que le bétail qu'ils servaient à manger dans leurs hôtels. En 1419, la mairie permit aux bouchers de faire et vendre des chandelles de suif, et en même temps elle leur défendit de vendre les cuirs à d'autres qu'aux tanneurs de la ville et banlieue.

Une délibération municipale de 1464 maintient les 28 bouchers du Bourg dans le droit exclusif de vendre la viande et de faire payer le « maingier » à tous les nouveaux maîtres. Le droit de vendre des chandelles de suif leur est conservé, attendu, dit la délibération, que les estassonniers les vendent trop cher.

De nouvelles ordonnances, confirmant les antécédentes, furent données aux bouchers en 1469 ; cette fois les hôteliers ne doivent tuer « aucunes grosses chers », le droit d'écuelle au maire et le festin de réception peuvent être remplacés par une certaine somme ; la question d'hygiène y paraît bien timidement, enfin comme sanction définitive ces ordonnances furent enregistrées au cartulaire des métiers comme suit :

Ordonnances sur la boucherie de Dijon.

A tous ceulx qui ces présentes lectres verront et ourront, nous Jaques Bonne, escuier, mayeur et les eschevins de la ville et commune de Dijon, salut. Savoir faisons comme par cy-devant et de longtemps par nos prédécesseurs mayeurs et eschevins ayent esté faictes plusieurs ordonnances sur le fait, mestier et marchandise de la boucherie de Dijon, esquelles ordonnances ayent esté trouvez plusieurs difficultés et obscurités pour raison et occasion desquelles se sont mehuz et ensuys plusieurs discors et débats, tant entre les maistres bouchers de lad. boucherie et ceulx qui vouloient et prétendoient estre receuz en icelle boucherie comme anciennement font chacun jour et sont en voye de plus grant mouvoir le temps advenir, se provision ne estoit mise. Ainsi est que nous voulans de nostre pouvoir et désirans les habitans et subgectz de lad. ville de Dijon estre ensemble entretenuz en bonne paix, union et concorde, avons par l'advis et délibéracion de plusieurs des conseillers bourgeois et habitans de lad. ville de Dijon, et du consentement de Jean Rabustel, clerc procureur de lad. ville et commune, fait, ordonné et estably, et par la teneur de ces présentes faisons, ordonnons et establissons pour le bien et utilité de la chose publique de et sur le mestier et conduicte de lad. boucherie et dépendances d'icelle, les establissemens, provisions et ordonnances qui s'ensuyvent, en cassans lesd. anciennes ordonnances en aucuns pointz et les entretenemens en aucuns des autres pointz.

Premièrement. — Que quiconque vouldra estre receu pour estre bouchier et vendre cher en la boucherie dud. Dijon, il sera prouvé et examiné par les eschevins, jurés et commis bouchiers qui en icelle année seront ordonnez et instituez par nous et nos successeurs sur la visitacion de lad. boucherie, pour savoir s'il sera à ce souffisant et ydoine. Et se par l'advis et rapport desd. eschevins, jurés et commis, cellui qui vouldra estre bouchier de bon faire et renommée ydoine et souffisant ouvrier et bouchier, il sera à ce receu moyennant et parmy ce que préalablement il sera tenu de faire le serment en tel cas pertinens es mains de nous mayeur et nosd. successeurs et dont il sera tenu de prendre lectre de institucion soubz le scel de la court de la maierie dud. Dijon par devers le cler et scribe de lad. court du jour de sa récepcion et institucion. Sera aussi tenu cellui qui ainsi sera receu bouchier de donner aux maistres et compagnons de lad. boucherie le septier accoustumé ou pour icellui septier la somme de dix livres tournois, lequel que mieux lui plaira.

II. *Item.* — Aussi sera tenu cellui qui ainsi sera receu en lad. boucherie de bailler et payer la somme de dix livres tournois dont la moitié sera mise et appliquée à lad. ville et commune de Dijon, et l'autre moitié es eschevins, jurés et commis de l'année de lad. réception. Et oultre plus sera tenu cellui qui ainsi sera receu de bailler et paier à cellui qui pour le temps sera mayeur pour et au lieu du droit d'escuelle, que selon lesd. anciennes ordonnances il souloit prendre et avoir, la somme de cent sols tournois.

III. *Item.* — Aussi sera tenu de donner ausd. maistres et compagnons de lad. boucherie le maingié ou disner accoustumé ainsi que contenu est esd. anciennes ordonnances ou, pour et au lieu dud. maingié, bailler et paier ou prouffit du commung de lad. boucherie pour employer à leurs affaires communes, la somme de quarante livres tournois et au dessoubz selon les facultés de ceulx qui vouldront estre receuz en lad. boucherie et par l'advis et modéracion de nous et de nosdiz successeurs.

IV. *Item.* — En tant qu'il touche les enffans masles des maistres bouchiers de lad. boucherie qui vouldront estre receuz en icelle sans paier ne bailler aucune somme de deniers ne aultre chose quelconque ausd. bouchiers ne aultres, se n'est pour disner ni autrement pourveu toutes voyes qu'ils soyent souffisans et ydoines pour estre bouchiers et que tels ils soient trouvez par le rapport desd. eschevins jurés et commis sur lad. boucherie et parmy ce qu'ils seront tenus aussi de faire le sèrement es mains de nous mayeur ou de nosdiz successeurs et de prendre lectres de institucion et de récepcion.

V. *Item.* — Les vesves des maistres bouchiers pourront se bon leur semble, durant le temps de leur viduité, tenir banc et vendre cher en lad. boucherie et joyr des droits d'icelle pourveu que celle qui sera vesve ait ung enffant parmy ce qu'elle auroit avec masles du corps de feu son mary maistre bouchier, elle ait aydes et bons ouvriers experts ou fait de lad. boucherie, qu'ils seront examinés par lesd. eschevins, jurés et commis, lesquels ouvriers et aydes ne seront par ce aucunement passés maistres bouchiers en lad. boucherie, ils seront tenus, de faire, paier, fournir et accomplir tout le contenu cy-dessus en la forme et manière que devant est déclairée. Et se lesd. vesves se remarient en homme qui ne soit point receu maistres bouchier, elles ne jouyront point des droits de lad. boucherie et ne pourront envoyer vendre cher.

VI. *Item* — Que aucun ne vendra en lad. boucherie de Dijon, cher se elle n'est propre, bonne et convenable pour user à corps humains et que icelle cher soit de bonne mort, qu'est à entendre que la beste puisse boire et maingier lorsque l'on l'a tuera et qu'elle soit de graisse essuite.

VII. *Item.* — Que l'on ne vendra cher de porc en lad. boucherie qui soit pahue de malon (1), de chenaive, mais sera vendue dehors lad. boucherie, es lieux sur ce d'ancienneté accoustumez.

(1) Repue, nourrie, Malon, mathon ; lait caillé.

VIII. *Item.* — Que aucun ne vendra cher en lad. boucherie, si la beste n'est en telle disposition qu'elle y puisse venir à ses pieds.

IX. *Item* — Que ceulx qui vouldront vendre cher en lad. boucherie seront tenuz de les pourter et mectre à leurs bans le matin qu'elles seront tuées, au respond de la messe matinale de l'église Notre-Dame.

X. *Item.* — Que aucun ne fournira chastron et fera signe de boicte (1) en vaiches, thorres, ne berbis.

XI. *Item.* — Que aucun ne vendra cher de porc ne de larc tuée de plus de deux jours, dèz le terme de Pasques jusques à la Nostre-Dame de la my-aoust.

XII. *Item.* — Que aucun ne tuera cher en surjour jusques à ce que les commis et jurés à la visitacion de lad. boucherie auron veu et visité se elle sera propre et convenable pour tuer.

XIII. *Item.* — Que aucun ne vendra cher de porc grené deans lad. boucherie, se ce n'est en dehors d'icelle es lieux sur ce d'ancienneté accoustumez.

XIV. *Item.* — Que la cher qui demeurera à vendre le jeudi au soir en lad. boucherie ne sera point mise en vente, de la feste de la Penthecouste jusques à la feste de Nativité de Nostre-Dame en septembre, se toutes voyes lad. cher n'est salée sans corrupcion, laquelle cher en ce cas se pourra vendre en plat, escuelle ou autrement devers les chers fresches que l'on vendra es bans et esteaulx de lad. boucherie.

XV. *Item.* — La cher de beuf et de mouton qui sera tuée le diemanche se pourra vendre du diemanche au mardy.

XVI. *Item.* — Et affin de congnoistre la cher de berbis ou coillus et celle de chastrons, a esté ordonné et advisé que les berbis se royront de long, les coillus ou moutons ne se royront point et les chastrons naturels se royront de travers.

XVII. *Item.* — Que aucuns rotisseurs, taverniers ne hostelliers publiques en lad. ville de Dijon ne tueront ou feront tuer

(1) Tromperie sur le sexe. Le boucher Liégeart fut condamné en 1449 à 6 gros d'amende pour avoir exposé sur son étal une brebis à laquelle il avait « actaichié au cartier d'arrière le pissot d'ung mouton » (M. 420). Il avait voulu « fournir » sa brebis !

aucunes grosses chers à vendre en leurs maisons, et s'il est trouvé avoir mesprins es choses dessus dictes ou en aucunes d'icelles et fera le contraire de ces nos présentes ordonnances, il sera amendable de la somme de vingt sols tournois pour chacune fois que reprins il sera, dont la moitié sera au prouffit d'icelle ville et l'autre moitié pour et au prouffit desd. eschevins, jurés et commis, et sera la cher donnée en aulmosne aux povres des hospitaulx de lad. ville.

XVIII. *Item.* — Que aucuns ne soient si ozez de souffler mouton, berbis, veaulx ne autres bestes qu'ils tueront, à la peine que dessus et à applicquer comme dessus.

XIX. *Item.* — Que tous les bouchiers et autres qui tueront bestes seront tenus, le jour qui tueront icelles bestes ou le lendemain matin suigant au souleil levant, de pourter ou faire pourter le sang dehors lad. ville au cours de la rivière d'Oische, affin d'éviter les infections qui s'en pourroient ensuyr et ce à la peine de vingt sols tournois d'amende à lever et applicquer comme dessus.

XX. *Item.* — Que aucuns bouchiers ne autres marchans pour revendre, ne achètent aucunes bestes, comme beufs, vaiches, moutons, berbis, ne autres bestes en la ville et banlieue dud. Dijon, et ne voisent au devant des marchans les jours de marchiés ne la voille d'iceulx dès le medy de la voille des marchés jusques au medy du jour desd. marchiés, à peine de cent sols tournois à lever et applicquer comme dessus.

Toutes lesquelles provisions et ordonnances ainsi faictes, passées et accordées en la présence de Jehan de Voissy, Viennot Michault, Guion Baudot, Jehannot Chartreux, Jehan Girault, Jehan Boudrot, Girard Petit, Jehan Bryois, Jehan Cartault le vielz, Jehan Cartault le jesne, Perrenot Dargelin, Odin Blair, Jehannin Morizot, Jehan Fèvre le jesne, Jehan Delong *alias* Picard, Guillemin Chartreux et Jehan Colot, tous maistres bouchiers et tenans bans en lad. boucherie de Dijon, nous avons voulu et voulons estre gardées, entretenues et observées entièrement par tous qu'il appartiendra, et ont tous les dessus nommez bouchiers, juré et promis aux sains évangilles de Dieu es mains de nous mayeur, de les garder, observer, entretenir de point en point ainsi et selon que cy-devant est déclairé sur les peines que dessus et ausquels bouchiers nous avons ordonné et fait deffense de non doresnavant aucune chose innover ne changier en ces présentes ordonnances en aucune manière que ce soit, sur peine d'en estre amendable arbitrairement envers lad. ville. Et ce fait, nous confians à plein des sens, loyaulté et bonne diligence de nobles hommes Girard de Saint-Légier et Estienne Bastier, eschevins de lad. ville de Dijon ; Guion Baudot, Michel Guenot et Jehan Boudrot, bouchiers, iceulx de rechief, en tant que mestier est, avons commis et député, commectons et députons pour ceste année présente à la visitacion de lad. boucherie en leur donnant puissance et autorité de veoir et visiter toutes bestes, chers et autres choses servans au fait et article d'icelle boucherie, rappourter au contrerôle de lad. ville toutes amendes qui seront par eulx trouvées estre raisonnablement deues et se toute autres choses en tel cas appartenant et nécessaires et que bons et loyaulx commis peuvent et doivent faire ; en retenant et réservant à nous et à nosdiz successeurs, mayeurs et eschevins, l'auctorité et faculté de povoir adjouster, corrigier et diminuer se mestier est à ses présentes ordonnances toutes et quantesfois que bon leur semblera.... En tesmoing desquelles choses nous avons fait mectre le grant scel.... le lundy XXIXe jour du mois de janvier l'an mil CCCC soixant et neuf (1).

Pourvus de leurs statuts officiels, les bouchers, qui avaient juré de les observer, s'efforcèrent absolument de les appliquer à leurs intérêts personnels et la même année 1470, la mairie, comprenant qu'elle avait été trop libérale, essaya de réagir en voulant établir des boucheries municipales sous sa surveillance directe. Les bouchers prirent peur et en appelèrent directement au duc Charles, par l'entremise d'un des leurs, Richard de Montrousseau, fournisseur des cuisines ducales. Le duc écrivit à la mairie, lui disant d'ajourner son projet jusqu'à son arrivée à Dijon.

(1) Janvier 1470, n. s. — Pour cette rédaction nous avons emprunté, outre le registre G. 3, les documents de la liasse G. 304.

A la réception de ces lettres qui arrivèrent à Dijon le 27 septembre 1470, la mairie manda les bouchers qui déclarèrent avoir aussi reçu la copie de ces mêmes lettres. Néanmoins comme Charles retarda son entrée jusqu'en janvier 1474, et que les circonstances ne lui permirent point de vider cette affaire, le monopole de la boucherie, contre lequel la mairie s'élevait avec juste raison, continua et ne put être modifié que trente ans plus tard (Garnier).

En 1497 et 1500, continue M. Garnier, la mairie avait, sur la demande de la populeuse paroisse Saint-Nicolas, décidé l'établissement de deux nouvelles boucheries, à la porte Saint-Nicolas et au Champ-Damas; une troisième devait s'établir porte d'Ouche; « mais comme l'exécution de ce projet avait été retardée et que les bouchers, comptant sur l'ancien état de choses, et mieux, irrités de ces tentatives contre leur monopole, s'ingéniaient à résoudre à leur profit l'éternel problème commercial, c'est-à-dire à acheter à bas prix pour revendre le plus cher possible, la mairie, dis-je, résolut d'en finir. Une ordonnance du 28 mai 1501 consacra l'établissement de deux nouvelles boucheries, admit au métier toute personne trouvée *souffisante* par les échevins et commis délégués, abolit le *maingier* de la réception, prescrivit la construction d'une tuerie sur l'Ouche et commit des députés pour constater la qualité des bêtes d'abat », et pour éviter « infection et pugnaisie » il fut défendu aux bouchers de jeter le sang et les entrailles à Suzon. De plus et pour montrer quelle importance elle attachait à ces mesures dictées par l'intérêt général, elle les soumit à la sanction du roi Louis XII qui les approuva et en ordonna la stricte exécution.

Ces ordonnances portèrent la consternation dans la rue du Bourg. Toutefois les bouchers n'étaient pas hommes à se rendre sans combat; ils relevèrent le gant et voulurent lutter contre l'autorité municipale. « Nous sommes, disaient-ils, trente-six sous un mesme chaperon; nous avons une bonne bourse, et en vertu d'icelle, veuille ou non, nous déchasserons les nouveaux bouchiers et nous ne serons plus gouvernés par un tas de bélitres. » La bourse de saint Antoine fit, en effet, son jeu. Sous prétexte que les nouveaux bouchers avaient été reçus contrairement aux anciennes ordonnances, sans faire chef-d'œuvre, ils obtinrent des officiers du bailliage de mettre opposition à l'enregistrement des lettres-patentes. Déjà même ils chantaient victoire aux dépens de leurs adversaires, dont la présence au Bourg était saluée par des cris de : coquins, bourreaux, murdriers et qu'on pourchassait dans les foires. Mais leur cause était trop mauvaise ; le parlement, sur l'appel de la mairie, en fit prompte justice. En 1503, la ville acheta, moyennant 131 francs 9 gros, une maison sise rue de l'Archerie, contiguë aux halles Champeaux et y installa sa boucherie municipale connue sous le nom de *Petit-Bourg*. Ce bâtiment, qui jadis contenait quatre bancs distincts, est encore aujourd'hui (1853) occupé par un boucher. Il s'ouvre sur la rue Saint-Nicolas, n° 100. Avant la Révolution on voyait sculptés au-dessus de l'arcade de la porte deux *chapechoux* (couperets) surmontés des armes de la ville. Ce fut là le premier coup porté au monopole du Bourg. Toutefois de longues années devaient encore s'écouler avant d'en voir l'anéantissement. Vingt-sept ans après, les anciens bouchers avaient absorbé les nouveaux et le Petit-Bourg, au lieu de se maintenir comme concurrence, était devenu la succursale du Grand.

Dans cet éternel conflit, les bouchers employaient aussi des moyens particuliers que les règlements n'avaient pas prévus ; par exemple, ils décidaient entre eux de ne tuer qu'un bœuf par semaine, ce qui amenait la rareté et ses conséquences ; puis ils appliquaient une manière d'achat qui réussissait toujours : quand un boucher marchandait une bête au marché, il offrait d'abord un prix trop bas, survenait un second boucher qui baissait encore le prix, ensuite un troisième... et ainsi de suite jusqu'à rebuter le vendeur qui s'en retournait avec son bétail « au grand détriment et dommaige du peuple » qui payait la viande toujours trop cher. Aussi les plaintes arrivèrent-elles si pressantes que la mairie se décida à nouveau d'agir plus énergiquement. Elle accepta comme maîtres bouchers les rôtisseurs, les aide-bouchers et autres étrangers sans aucun frais ni banquets, ni confrérie, et leur permit de « vendre et tuer cher audit Dijon, de pouvoir dresser leurs bancs pourtatifs par les places et carrefours sans que pour ce ils soient tenus payer aucune chose à lad. ville. Puis les anciens bouchers furent mis en demeure de continuer comme par le passé, sous peine de dix livres d'amende et de confiscation de leurs bancs. Ce règlement, du 11 mai 1527, se maintint assez longtemps car en 1566, le rôtisseur Ternant obtenait encore l'autorisation de tuer et de vendre « la grosse viande » à la seule condition de se conformer à ce règlement. Les bouchers essayèrent en vain de réagir, « l'appui du bailliage leur manqua et le Parlement lui-même sanctionna les ordonnances municipales ».

Si la tuerie avait émigré, *l'échaudoir public où l'on plumait les porcs*, et la triperie étaient restés ; encore était-il écrit que cette séparation ne devait pas être de longue durée, car la construction du bastion de Guise, en 1546, ayant nécessité la suppression de l'abattoir, les bouchers rouvrirent avec empressement les vieux *tueurs* de la ruelle. Toutefois, hâtons-nous de le dire, si les difficultés du moment contraignirent l'administration à tolérer le retour de ces abus, elle mit tous ses soins à en atténuer les effets. A partir de cette époque, les registres de la mairie sont remplis d'ordonnances prescrivant aux bouchers de nettoyer la rue des ordures, *sang de bestes et fumiers qui rendant infection et puantise peuvent causer maladies contagieuses*. Les tripiers qui, retirés dans les maisons profondes aboutissant sur Suzon, faisaient déjà de ce canal le récipient de leurs manipulations, furent souvent contraints de le vider à leurs dépens ; on défendit les amas de paille à cause des incendies ; on régularisa l'alignement des bancs ; le passage couvert fut déblayé. Aux invasions de la peste les précautions redoublaient ; alors les bouchers ont beau s'obstiner, on disperse leurs étaux à travers la ville avec injonction ne ne laisser toucher la viande aux chalands qu'avec des bâtons blancs disposés à cet effet. Les bouchers devaient aussi se servir de ces bâtons pour désigner la viande aux clients ; ils devaient encore « mettre les meilleures pièces à un des bouts de leurs bancs, les moyennes pièces à l'autre bout et les moindres au milieu » (1580). Le soufflement des bêtes était interdit sous peine de mort. Au mois d'août 1576, la contagion ayant éclaté au Bourg et à la maison du Bœuf, le nombre des maisons à *cadener* devint si grand qu'on barra la rue pour l'isoler du reste de la ville. Durant trois mois les habitants du quartier qui avaient fui le fléau ne purent rentrer chez eux ; quiconque l'eût osé risquait d'être arrêté par les *maugoguets* et arquebusé par le bourreau. Les bouchers n'eurent pas même dans cette circonstance la ressource de se retirer dans la maison des *Arsures*, où déjà depuis longtemps ils fondaient leurs graisses. Les pestiférés, trop à l'étroit dans leur maisonnette de l'Ile et à l'hôpital neuf, l'avaient envahie.

Ces prescriptions sanitaires n'étaient pas les seules imposées à la boucherie ; l'exercice du métier, le prix de la viande, excitaient toujours la sollicitude de la Chambre de ville. Elle avait, entre autres mesures, obligé sous peine de trois sols d'amende les bouchers à apporter en ville *la chair enveloppée dans un linge blanc et honneste*. L'affranchissement du métier, moyen héroïque consacré par l'ordonnance de 1527, n'avait pas, à ce qu'il paraît, produit les résultats qu'on en espérait puisqu'au mois de mai 1546, la chambre de ville avait obligé la plupart des bouchers à faire *chiefs-d'euvre*, et à acquitter les droits dus à la mairie. Les anciennes ordonnances municipales qui réglementaient le prix de la viande étaient déjà depuis bien longtemps tombées en désuétude, lorsque l'édit de Folembray, du 26 novembre 1546, qui enjoignait aux magistrats des villes de taxer les victuailles des hôteliers, vint fournir à la mairie le prétexte de soumettre les bouchers à la loi qui depuis si longtemps régissait la boulangerie. Elle manda les jurés du métier et sur leurs renseignements fixa la taxe en leur présence.

La viande fut classée en trois qualités pour chaque espèce de bétail et tarifée à la pièce (1).

(1) Voir ce tarif dans la brochure de M. J. Garnier, *Histoire du quar-*

Sans doute l'avantage du public eût été plus grand si le débit au poids eût remplacé la vente au morceau, conservé dans le tableau des victuailles ; mais tout incomplète qu'était cette taxe, quelque latitude qu'elle laissât encore aux exorbitants bouchers, elle n'en constituait pas moins un progrès réel, complété quatre ans plus tard par l'édit de Nantes, prescrivant aux officiers de justice de taxer *es temps et saisons requises*, la viande de boucherie, avec obligation de la débiter à la livre de 16 onces.

Les boulangers n'eurent dès lors rien à envier aux bouchers ; le même joug pesa également sur les uns et sur les autres. Dès le commencement du XVe siècle, on avait fait des essais de pain, on fit aussi des essais de viande. De ces derniers, qui durent se répéter bien des fois, il ne nous en reste qu'un très petit nombre. Celui de l'année 1574 fut entièrement rédigé par le vicomte-mayeur Bernard d'Esbarres qui, comprenant dignement sa mission, ne dédaigna pas de diriger lui-même une opération si importante pour ses concitoyens...

Quatorze ans plus tard, un nouvel essai eut lieu, mais le résultat en ayant été tout autre que ceux que l'autorité en attendait, en ce sens que le prix de revient dépassait celui exigé par les bouchers, la Chambre de ville décida prudemment *qu'on n'en sonneroit mot*, et renvoya à l'étal la matière de l'expérience.

La taxe au poids ne fut point la seule entrave apportée à la liberté du commerce de la boucherie. Au milieu des guerres de religion, on vit naître dans notre ville deux institutions destinées à raffermir la foi catholique sans cesse battue en brèche par les huguenots : l'une toute spirituelle, les prédications de l'avent et du carême faites par des ecclésiastiques aux gages de la ville ; l'autre, au contraire, toute temporelle, la boucherie de carême, c'est-à-dire le privilège exclusif accordé à un ou deux bouchers de vendre la viande aux malades et aux infirmes seulement depuis le mercredi des Cendres jusqu'à Pâques. Ceux qui en étaient chargés payaient une certaine somme aux

tier du Bourg, à laquelle nous empruntons le plus grand nombre de nos renseignements.

pauvres et à la confrérie de Saint-Antoine. Attribué dans le principe aux jurés visiteurs du métier comme rémunération du temps qu'ils consacraient à leur office, ce privilège amenait des bénéfices qui furent bientôt convoités. On cabala dans le Bourg pour être visiteur, comme on cabalait dans la ville pour être maire ou échevin. Bref cela donna lieu à tant d'abus que, par la suite, la Chambre des Pauvres (1) dans les attributions de laquelle la boucherie de Carême avait été placée, prit le parti de la mettre aux enchères publiques, et cela jusqu'à la Révolution qui abolit cette coutume avec tant d'autres.

Interrompus durant la Ligue (2), les démêlés de la mairie avec les bouchers recommencèrent aussitôt que l'administration, abandonnant la politique, s'occupa exclusivement des intérêts de la cité; les nombreuses ordonnances concernant le Bourg rendues durant les deux derniers siècles, témoignent à la fois de son zèle à cet égard et du mauvais vouloir apporté par les bouchers à l'observation des règlements municipaux. Cette opposition, du reste, avait complètement changé de caractère. A la violence avait succédé une sorte de force d'inertie qui souvent paralysait les efforts de la Chambre de ville pour assainir le quartier et procurer aux habitants une nourriture abondante et peu coûteuse.

Le premier soin de la mairie fut d'en écarter le marché au bétail. Après l'avoir tenu devant l'hôpital du Saint-Esprit, au Coin-des-cinq-Rues, puis sur la place du Morimond, on le

(1) La *Chambre des Pauvres* était le conseil de direction et d'administration des hôpitaux de la ville. Le maire et les échevins n'y étaient pas en majorité et subissaient l'autorité des délégués du Parlement. En 1665, la mairie voulut mettre la boucherie de carême en adjudication, tandis que la Chambre des pauvres, sous l'influence du Parlement, voulait la laisser aux mains des bouchers; le bon sens eut raison des rivalités des Chambres et la mairie réussit dans ses entreprises. La Chambre des pauvres se rangea alors du côté du bon sens malgré les intrigues des bouchers (Thomas, *Une province sous Louis XIV*).

(2) Durant les guerres de religion, les bouchers n'osaient même pas conduire leur bétail à l'abattoir qui était hors des murs, dans la crainte de les voir enlever par les troupes royalistes qui chevauchaient de temps en temps jusqu'au pied des remparts de la ville.

transféra définitivement au *Champ-de-la-Saussaye*, où il resta jusqu'en 1792. Il va sans dire qu'elle n'attendait pas chacun de ces changements pour réprimer les menées des bouchers vis-à-vis les marchands de bétail.

La rue du Bourg ainsi déblayée, les magistrats portèrent leur attention sur la préparation de la viande. Nous avons vu plus haut comment les malheurs du temps avaient nécessité la réouverture des tueries particulières ; l'habitude en était si bien prise que jusqu'au milieu du règne de Louis XIV, on tua dans le Bourg du gros et du menu bétail. De leur côté les tripiers exerçaient sans entrave leur métier dans tous ses détails (1). Bref, sauf un peu plus de propreté dans la rue, résultant du nouveau service de balayage, l'aspect général était tel qu'aux beaux jours de Philippe le Bon ; aussi n'était-ce qu'un cri dans la ville..... Mais ce mal paraissait si enraciné que souvent les magistrats désespérèrent eux-mêmes de l'extirper. Qui croirait, par exemple, que dans le rapport des commissaires municipaux sur l'ouverture de la rue Brulart, en 1641, on mentionna tout au long qu'un des avantages de la nouvelle rue percée serait « de donner moyen à ceux du voisinage de Saint-Jean, d'éviter les périls auxquels ils se retrouvent souvent par la rencontre des bœufs et vaches qui s'enfuient de la boucherie par ladite rue de la Chapelotte, où il y a eu plusieurs personnes blessées et en péril, mêmement un nommé Demachy, qui naguères y fut tué d'un bœuf fuyant de ladite boucherie » (2).

Cependant vers le milieu du XVIIe siècle, les plaintes du public, les ordres réitérés du parlement et de l'intendance, stimulèrent le zèle de nos édiles. La ferme résolution prise par la Chambre de ville de mettre fin à tous ces désordres surmonta à la longue tous les obstacles. La défense d'abattre du

(1) En 1623, défense est faite aux tripiers de cuire les tripes chez eux, mais de le faire vers la tuerie, comme ils ont fait du passé.

(2) En 1620, les habitants de la rue Maison-Rouge demandèrent que les bouchers fissent le triage de leurs bestiaux devant l'hôpital, car ils encombraient toute la rue devant le jeu de l'arbalète, ce qui occasionnait des accidents, « tellement que les bêtes entrent même dans les maisons ».

bétail rouge dans le Bourg s'étendit peu à peu jusque sur les moutons.

Si la situation des bouchers entre deux rues en rendait la surveillance facile, en revanche elle était à peu près impraticable chez les tripiers qui, comme je l'ai dit plus haut, avaient petit à petit quitté les maisons des bancs pour établir leurs échaudoirs au fond de ces étroites et profondes maisons du côté opposé, et là, à proximité du Suzon, s'y livraient à toutes leurs manipulations, sans se soucier de la santé publique. Déjà plusieurs arrêtés étaient restés sans effet, lorsqu'en 1667, sur les énergiques remontrances de l'*antique mayeur*, M.-A. Millotet, avocat général au parlement, dont la maison située rue Poulaillerie touchait au derrière du Bourg, la Chambre de ville fit défense aux tripiers de fondre la graisse, les cornes et d'encombrer le cours du Suzon, sous peine de 50 livres d'amende. Pour donner plus de force à la mesure, le rédacteur de l'ordonnance, commentant à sa manière la brève narration de l'incendie de 1137, rapportée dans le cartulaire de Saint-Etienne, prétendit que cet incendie « provenait de ce que le feu s'étant pris aux boucheries qui pour lors étaient hors de l'enceinte de la ville, la flamme provenant des suifs et des gresses s'éleva de telle sorte, qu'elle passa par dessus les murailles et qu'il fut impossible de secourir les maisons à cause de l'odeur insuportable desdites gresses ».

Six ans plus tard (1673), elle renouvela cette même défense avec menace aux délinquants de les poursuivre comme empoisonneurs publics. A la longue, de fréquentes visites, une surveillance continuelle amenèrent les choses dans l'état où elles sont encore aujourd'hui (1853).

Dans leur tuerie sur l'Ouche, les bouchers et les tripiers n'en continuèrent pas moins leurs pratiques malsaines. Cette rivière, comme Suzon, leur servit de dépotoir et il fallut encore des règlements pour les obliger à porter « leurs salletez et vuidanges » par delà le Pont-aux-Chèvres. Le règlement imprimé en 1646 reproduit en général les articles déjà cités. Nous trouvons ensuite l'obligation d'entrer la viande en ville par la seule porte d'Ouche, défense de vendre le sang pour en faire du boudin ; défense de mêler du suif de tripes et de cochons avec les pains de suif; enfin les bouchers ne pouvaient plus faire de chandelles que pour leur usage particulier.

Etroitement surveillés pour la vente, les bouchers tâchaient de se venger sur les achats en continuant d'offrir des prix ridicules aux marchands de bestiaux. En 1732, un maquignon ayant amené quatre bœufs au marché, les bouchers en offrirent moitié prix ; ne voulant pas céder ni repartir avec son bétail, le marchand demanda la permission de le tuer et de vendre lui-même la viande au prix du cours; les bouchers s'y opposèrent et leurs jurés manœuvrèrent si bien que le procureur de la ville refusa cette permission à moins que le marchand ne se fît recevoir maître boucher. L'année 1772 ne fut pas si favorable aux bouchers : leurs deux jurés furent condamnés à 150 livres d'amende pour avoir excédé le prix officiel ; pour la même fraude, douze autres bouchers furent punis de 100 livres d'amende et pour avoir fermé leurs boutiques et envoyé leurs femmes « attroupées chez les magistrats ».

Il y eut cependant des jours meilleurs : le *Mercure dijonnais* nous apprend que « le dimanche 28 novembre 1784, les bouchers de Dijon ayant eu la prime du bœuf gras à l'ouverture des foires de Seurre, ils le promenèrent par la ville en grande pompe, ils étaient à cheval, l'épée à la main et avaient la musique du Prince ». Du haut de leurs chevaux, et dans les rythmes de la musique princière, les bouchers devaient singulièrement narguer la mairie et tout l'échevinage !

Signalons le règlement entre la boucherie et la charcuterie passé en 1788 et cité au chapitre suivant, et terminons par l'arrêté du Directoire du département de la Côte-d'Or, du 19 juillet 1791 : tous marchands bouchers de la ville ou de la campagne, payant patente, pouvaient exercer le métier en déclarant au greffe de leur mairie les lieux où ils s'établissaient et l'espèce de viande qu'ils se proposaient de vendre. La viande de bœuf ne devait pas se vendre sur les mêmes étaux que celle de vache, ni même dans la même maison. La rue du Bourg conserva la vente du bœuf ; la vache se vendait ailleurs et principalement sous les hangars de la Poissonnerie, enfin des écriteaux étaient exigés pour la distinction de ces deux viandes lorsqu'elles se vendaient autres parts qu'à ces deux endroits. L'abattoir avait son règlement spécial et comme précédemment l'entrée des viandes devait se faire par la porte d'Ouche. Le taux de la viande était ainsi fixé : 6 sous la livre de bœuf et de mouton, 7 sous la livre de veau, et 5 sous la livre de vache.

L'office d'*Inspecteur de la Boucherie* fut créé par édit royal en 1704 ; supprimé en 1708, il fut rétabli en 1732. Indépendamment du droit prélevé sur le bétail qui entrait en ville, dit *octroi des bêtes vives*, la viande payait aussi l'octroi du *pied fourché*. C'est pour cet octroi que la viande devait entrer par la porte d'Ouche afin d'en rendre la perception plus facile, les clerceliers des autres portes devaient en empêcher l'entrée à moins d'un ordre de la mairie.

La confrérie des bouchers se ressentait naturellement de l'importance de la communauté. Dès 1434, les confrères avaient une chapelle consacrée à saint Antoine, sous le portail de l'église Notre-Dame, à droite en entrant. Les armes de Philippe le Bon décoraient la voûte, et les attributs du métier, tout en vermeil, ornaient l'autel de cette chapelle qui exista jusqu'à la Révolution (1).

La brochure de M. J. Garnier contient quelques détails sur la fête de Saint-Antoine, qui commençait la veille par les vêpres, le jour même on chantait matines, on disait une grande messe à la chapelle Saint-Antoine et une autre à neuf heures et demie au maître autel ; à trois heures les vêpres suivies des complies, d'une gaude et d'une bénédiction, puis les vêpres des morts ; quelques jours après, on célébrait à la chapelle un service mortuaire pour les bouchers défunts.

L'*Histoire de l'église Notre-Dame de Dijon*, par M. Bresson (Dijon, 1891), signale une cause célèbre ayant pour objet le *Chef de saint Antoine*. Cette cause nous apprend que la confrérie des bouchers célébrait sa fête à l'ancienne Commanderie de Norges, le lundi de la Pentecôte.

CHARCUTIERS, FROMAGERS, GRAINETIERS (2)

PATRONAGE : Saint Antoine.

ARMOIRIES : *D'or à un chevron de sinople.*

L'industrie du charcutier est très ancienne. Les Gaulois étaient des éleveurs réputés qui exportaient surtout en Italie une grande quantité de viande des porcs qu'ils élevaient à l'état demi-sauvage dans leurs immenses forêts où pullulait le gland des chênes. Les porcs étaient tranchés, salés ou fumés et expédiés aux *salsamentarii*, marchands de salaisons, et aux *botularii*, marchands de boudins, qui les revendaient au grand régal des Romains. Le nom de charcutier se perdit vers le milieu du ve siè-

(1) J. Garnier, *Histoire du quartier du Bourg.*

(2) Arch. municip. G. 19.

cle, englobé par les bouchers qui vendaient la viandede porc crue. La chair cuite, soit de porcs ou autres, était vendue par les rôtisseurs, oyers et pâtissiers. Ce n'est qu'en 1475 qu'on fait mention à Paris de la corporation des *charcutiers-saulcisseurs*, mais les bouchers n'en continuèrent pas moins à vendre le porc cru. A Dijon, mais beaucoup plus tard, on conserva une singulière coutume : les charcutiers et les rôtisseurs eurent le droit de vendre au détail, cru ou cuit, le *porc frillé*, tandis que les bouchers ne vendaient que la viande crue des *porcs écorchés ;* et pour que ceux-ci n'usurpassent pas sur ceux-là, les charcutiers demandèrent et obtinrent le monopole de *friller les porcs*. Il faut être Dijonnais pour friller les porcs ! et sait-on où on le faisait ? Au beau milieu des rues, à l'endroit qui plaisait le mieux, mais c'est surtout sur la place Saint-Georges, en plein milieu de la ville, qu'on flambait les « habillés de soie ». Ce dangereux abus fut dénoncé plusieurs fois, en 1719, en 1777, sur les pressantes réclamations des voisins qui étaient, dit leur requête, non seulement gênés par la fumée et les cris des animaux, mais étaient en craintes continuelles des incendies. Toutefois l'habitude était si bien enracinée qu'elle dura jusqu'aux premières années du XIXe siècle, elle était même pratiquée par les simples particuliers.

La vente des porcs vivants devait se faire aux halles. Dès le XVe siècle, le *reverchage*, ou visite des porcs, était affermé à un visiteur qui fut nommé plus tard *langueyeur* parce qu'il devait regarder la langue des porcs pour s'assurer si l'animal n'était pas atteint de ladrerie. En cas de maladie, il coupait en fente l'oreille du porc dont la viande, comme nous l'avons vu aux ordonnances des bouchers, devait se vendre sur des étaux spéciaux. Tout achat fait ailleurs qu'aux halles et, plus tard, au marché de la Saussaye, était passible d'une amende.

Plusieurs contraventions furent poursuivies pour achat dans les hôtelleries.

La viande de porcs, comme toute la boucherie, subissait la taxe municipale, chaque quartier était détaillé et tarifé, la plus grande partie au poids; seuls quelques morceaux comme la cervelle, la tête, la langue, l'échine, étaient vendus « à la main », c'est-à-dire à la pièce.

Sur la fin du XVIIe siècle, et pour se conformer au nouveau régime, les charcutiers furent obligés de s'ériger en communauté, et comme ils étaient peu nombreux on leur adjoignit les fromagers et les grainetiers, puis on leur octroya des statuts en 1695, dont les 31 articles furent signés par les douze maîtres suivants : Pellerin, Pierre Contesse, Giroud, Gendarme, Bachelet, Défossey, Mairet, Joret, Drouhin, Collombet, Jolibois et Ferrière. Ils érigèrent d'abord une confrérie sous le vocable de saint Antoine, en l'église des Cordeliers, dont la fête se célébrait le 17 janvier; une messe basse devait aussi se dire le premier dimanche de chaque mois. Les six premiers articles sont consacrés au bon fonctionnement de la confrérie. Ceux qui se présenteront à la maîtrise, dit l'art. VII, ne seront admis qu'après information de leurs vie, mœurs, religion, et de leur capacité contrôlée par les deux jurés auxquels il sera payé trente sols à chacun et quarante sols à l'ancien. Les jurés feront quatre visites par an; il sera établi quatre classes pour la répartition bien proportionnée des impôts. « Sera permis aux maîtres charcutiers de convertir les viandes des cochons qu'ils tueront en saucisses, saucissons, et cervelats, pour en faire la distribution au public, ainsi qu'il se pratique en la ville de Paris. » Défense aux cabaretiers, boulangers et autres de vendre « aucuns lards, jambons, ny viandes de cochon crues ». Mêmes défenses seront faites aux maîtres rôtisseurs et cuisiniers de cette ville et aux tripiers, et même aux bouchers, à moins que les cochons que débitent ces derniers ne soient « écorchés et non sallés, attendu qu'il leur est deffendu de les faire brûler ».

Cette rédaction annonce bien une profession à ses débuts et nous fait voir d'où elle est sortie, c'est-à-dire des métiers qui l'avaient absorbée au moyen âge.

Trente ans après, la corporation, qui s'était sensiblement accrue puisqu'elle comptait 63 membres, demanda et obtint le renouvellement de ses statuts. Les 32 articles de ces nouveaux statuts furent homologués en Parlement le 9 janvier 1737 (1).

Ces statuts mentionnent les fromagers et grenetiers, passés sous silence auparavant, c'est l'appoint de ces nouveaux maîtres, qui avaient négligé de s'enrôler en 1695, qui fait l'augmentation des membres. Rien ne fut modifié aux articles concernant les charcutiers. Les grenetiers eurent le droit de vendre toutes sortes de légumes, et les fromagers toutes sortes de fromages, aussi bien aux halles qu'en leurs boutiques ; mais il y avait peu de boutiques de fromagers, leur commerce se faisait surtout aux halles ; ce n'est que vers 1750 qu'ils commencèrent à ouvrir boutique. Il y eut cependant une distinction : par jugement rendu par le procureur-syndic de la ville, sur une contravention commise par un aubergiste, il est dit que « les gruyères et vachelins seront déposés aux halles, sans pouvoir être vendus ailleur..., mais les marolles et l'erricey (fromages de Ricey) se pourront vendre partout. » Il s'agit en ce cas du commerce de gros.

Par les statuts de 1737, l'entrée à la confrérie était facultative ; chaque confrère devait prendre le bâton à son tour et faire un don suivant ses moyens, même ne rien donner s'il était trop pauvre. Le droit de confrérie était de 8 sols par maître et 4 sols par maîtresse. Le

(1) Imprimés chez Sirot, à Dijon, 9 pages in-4, et chez Defay, 9 pages in-4, éditions sans date.

droit de maîtrise se réglait selon la délibération générale de 1711 ; et les aspirants devaient verser 30 sols à chacun des jurés et 15 sols à l'ancien. Le coffre de la communauté était chez l'ancien juré et la clef entre les mains du nouveau. Les assemblées devaient se composer au moins de vingt membres pour la validité des délibérations ; les maîtresses n'y étaient pas admises. Les jurés devaient faire quatre visites par an et recevaient quatre livres de salaire ; ils devaient examiner la qualité des viandes, celle des fromages, légumes et graines rondes, vérifier si les porcs n'étaient pas de mauvaise « poture » et cangrenés et si les lards « qui en proviendront sont assez sallés pour être débités au public ». Les charcutiers pouvaient débiter en gros et en détail, lards, jambons, etc. (comme ci-devant). « Défenses à tous cuisiniers, rôtisseurs, bouchers, tripiers, de vendre aussi la viande crue, à moins que les cochons vendus par les bouchers ne soient écorchés et non sallés, attendu qu'il leur est défendu de les faire brûler, leur demeurant néanmoins permis de vendre leurs levures de lards et les dépouilles des cochons, après les avoir offerts aux charcutiers. » Défense aux maîtres d'ouvrir deux boutiques ou de tenir deux bancs à la fois. Les amendes étaient partagées par moitié entre la ville et la corporation.

Voici une dernière délibération municipale de 1788 :

... Fait très expresses inhibitions aux bouchers de cette ville d'acheter aucuns cochons en ladite ville, fauxbourgs et banlieue d'icelle, singulièrement sur la place de la Saussaye et dans les tects à porcs du faubourg d'Ouche : comme aussi d'aller au devant des cochons sur les routes et avenues de Dijon, sauf auxdits bouchers de se fournir dans les campagnes des cochons dont ils auront besoin. Défense aux bouchers de tuer, vendre et débiter des cochons depuis le mardi gras jusqu'au 9 octobre de chaque année. Ils devront vendre et débiter la chair des cochons qu'ils achèteront hors la ville et banlieue, sans la dégraisser. Défense aux bouchers et charcutiers de tuer, vendre et débiter aucunes truies ayant déjà porté, aucuns verrats, ni vendre et débiter la chair d'aucuns cochons cangrenés. Ordonne à tous marchands de cochons de ne les exposer en vente à l'avenir que dans les fossés du bas du rempart, à l'extrémité de la place aux Veaux et défense de les placer sur les lieux destinés aux marchés des bœufs, veaux et moutons.

Le marché aux divers bestiaux s'étendait donc depuis la porte d'Ouche jusqu'à l'Arquebuse. La Sausseraye (lieu planté de saules) était à côté du jeu de l'Arquebuse.

APOTHICAIRES, EPICIERS, ESTASSONNIERS (1)

PATRONAGE, APOTHICAIRES : Saint Côme et saint Damien.
EPICIERS : La Chandeleur, puis Notre-Dame de septembre.

ARMOIRIES, APOTHICAIRES : *D'or, à trois bandes de sable.*
EPICIERS : *D'azur, à un saint François d'or.*

La réunion de ces professions en une seule corporation s'explique parfaitement par la similitude des produits qu'elles trafiquaient anciennement. Outre les médicaments, les apothicaires vendaient toutes sortes d'épices, de confiserie, drogues et denrées n'ayant aucun rapport avec la pharmacie. Les épices étaient alors fort rares et très chères ; il était de mode d'en offrir aux magistrats pour le succès d'une cause à plaider et cet usage fut converti plus tard en une taxe pécuniaire nommée les *épices du palais*. Quant aux *boëtes* de confitures, surtout celles d'épine-vinette, c'était une suprême friandise offerte de préférence aux dames.

A mesure que se développa la navigation, les produits exotiques devinrent plus abondants, leur commerce mul-

(1) Arch. municip. G., 6 et 7.

tiplia les professions qui s'en occupaient et peu à peu chaque négociant spécialisa sa vente. L'épicier, l'estassonnier, le confiseur s'affranchirent de l'officine de l'apothicaire, tandis que ce dernier, se localisant dans les médicaments, se transformait en pharmacien.

L'état des officiers des ducs de Bourgogne de la dernière race nous montre les épiciers en charge à leur cour à côté des chirurgiens, maîtres d'hôtel, pages, sommeliers, garde-robes, valets de chambre, etc. Philippe le Hardi avait son épicier chargé de lui fournir les drogues, confitures, dragées, et surtout l'indispensable *hipocras*. Boissonnet était apothicaire du duc en 1385, et Guillaume de Montaut était son épicier fournissant les *épices de chambre, anis, sucre rosat, noisettes et osties dorées ;* il fournissait aussi les cierges et les chandelles quand la duchesse était en couche. En 1393, l'épicier du duc livrait « six barris d'yeau rose de Damas, demie-livre de graine de genoivre et deux fioles de pouldre de violette ». Parmi les épiciers du duc nous trouvons Odenet de Baumez, Jehan Guillaume, Jehan Rémond, Jacquot Michel, puis les Berbisey de l'illustre famille dont les membres occupèrent les plus hautes fonctions et qui s'éteignit, en 1756, dans la personne de Jean de Berbisey, seigneur de Vantoux (1).

Lorsque le maire de Dijon institua, en 1401, les commis chargés de la visitation des métiers, il nomma les jurés visiteurs de l'*Ouvrage de cire, moutarde et poids à peser ;* aucune mention n'est faite des apothicaires et c'est sur le travail de la cire et sur l'épicerie que nous trouvons la première ordonnance, sans date, mais aux environs de cette date 1401. Les quinze premiers articles de cette

(1) Voir : *Mémoires pour servir à l'histoire de France et de Bourg.*, 1729 ; — *Itinéraire de Philippe le Bon et de Jean sans Peur*, par M. E. Petit, 1888 ; — *Marg. de Flandres*, par M. Canat, 1858.

ordonnance ont rapport à la façon des torches, cires, chandelles, et donnent minutieusement le poids et la longueur avec ce qui doit entrer dans leur composition et le prix de vente. « Toutes poudres d'espices seront faictes de bonnes espices et seront colorées de bon saffrans celles qui le debvront estre et non d'aultre chose. La pouldre de poyvre sera faicte de poyvre pur, léal et marchant, sans y mectre aultre espèce que le poyvre seulement. Semblablement la pouldre de gingimbre blanc sera faicte de bon gingimbre blanc en gribal et en estorche, sans lui bailler couleur blanche d'aultre chose que sa couleur naturèle. Toutes les choses cy-devant escriptes se vendront au pois de seize onces, qu'en qu'elles soient esté achetées aultre part hors de ceste ville à maindre pois. Toutes dragées ou confitures qui se vendront en ceste ville seront vendues et pesées audit pois de seize onces et ne se peseront point les boîtes avec lesd. dragées, mais seront pesées toutes nues et le vendeur sera tenu d'envaisseler la dragée parmy le marché. » (G. 2).

Une délibération de 1451 règle la vente de la poudre, les apothicaires pouvaient la vendre moulue ou non, « et pour ce que les aucuns desdiz espiciers on dit que aucunes fois il y a aucuns qui leur requière en avoir de la moulue, en ce cas ils en pourront faire pour ceulx qui leur requierront, pourveu que incontinent faicte ils la mectent en sacs et escripront dessus pouldre pour celluy pour qui elle est faicte.... et n'en exhiberont point à vendre ».

Les estassonniers, jaloux des bouchers qui avaient le droit de faire et vendre la chandelle, en appelèrent à la mairie en 1463, mais elle continua d'en tolérer la vente aux bouchers, à condition de les faire aussi bonnes au même poids de seize onces à la livre et au même prix que les estassonniers dont les jurés obtinrent le droit de visite chez les bouchers.

Jusqu'ici aucun règlement spécial n'est attribué aux apothicaires, mais voulant aussi jouir du privilège de leur art, ils adressèrent à la mairie un mémoire prouvant l'importance de leur profession. Par ce document, les apothicaires nous apprennent qu'ils doivent faire en temps dû les drogues requises et que rien ne doit en être fait sans la présence des médecins, sans en fixer le prix et sans en avoir la composition présente. C'était déjà l'ordonnance du médecin. Le nom des drogues doit être écrit « en papier publiquement pour savoir ce qu'il y a comme cannes, sirops, pilles, électuaires, fleurs, semences, pouldres, oppiates, lahook » etc. Nul apothicaire ne devait prendre serviteur ne connaissant pas la langue latine, ni envoyer aux malades un autre médecin que le premier choisi par le patient « pour garder concorde et amytié. La cause du maltraité les povres malades, c'est la ignorance des apothicaires et le superflux nombre non ayant chacun pratique pour vuivre, dont les drogues sont vieilles et consumées et faulte tant pour les parens que amis estre servis par eulx contre le vouloir des médecins vertueux. Par iceulx sont entretenus illicites médicamens. Pourvoyez leurs boticles furtivement avec larcins. A ceste cause plusieurs tiennent tables, taverniers, jeux de quartes, daez et semblables deshonnêtes vies où les vertueux ne se tiennent, mais médecins illicites et cupides de gaigner... »

Des gens raisonnant si bien dérogeaient certainement en faisant de la chandelle aussi « Pour iceulx entretenir, que les apothicaires eussent à vendre toutes choses de appoticairerie et non aultres, et que les stasseniers, graisses, chandelles, lart, oing, oste la vraye appoticairerie, car les médicamens meslés en cest estat se gâtent et évaporent de leur bonté de nature ».

La mairie publia enfin, en 1490, les ordonnances suivantes, qui rangeaient nos associés sous la même bannière :

Ordonnances sur les marchandises et mestiers d'appothicairerie, espicerie et estassonnerie.

A tous ceulx qui ces présentes lectres verront, nous Henry Chambellan, conseiller du roy, général maistre des monnoies en Bourgoigne, et mayeur de la ville et commune de Dijon et les eschevins d'icelle ville, salut. Savoir faisons que nous pour le bien utillité et proufit de la chose publique et mesmement des manans et habitans de lad. ville de Dijon, et par l'advis d'aucuns des conseillers d'icelle ville, avons fait ordonné et estably, ordonnons et establissons de et sur les marchandises et mestiers d'appothicairie, espicerie et estassonnerie, les articles et ordonnances qui s'ensuyvent :

I. Premièrement. — Que doires en avant aucuns ne puissent tenir ouvreur ou bouticle ne eulx entremectre d'appothicairerie en lad. ville et banlieue d'icelle, s'ils ne sont saichans et expers en l'art d'appothicairerie et que pour le préalable ils soient examinez et approuvez par deux appothicaires des ouvreurs de lad. ville jurés pour l'année en présence des médecins et de deux de messieurs les eschevins de lad. ville.

II. Et s'ils sont trouvez bons et souffisans, qu'ils soient passez maistres et paient pour une fois cent sols tournois assavoir cinquante sols tournois au prouffit de lad. ville ; aux eschevins et jurés commis quarante sols tournois et dix sols au mayeur qui en ce temps sera.

III. *Item.* — Que lesdiz ainsi passez maistres ne soient si ozez de tenir ne avoir aucunes faulces drogues, eaux, ne faulx ciroz, oignemens, emplastres, opiaces, ne en bailler ne distribuer à aucuns passiens à peine d'amende arbitraire et en estre pugnis comme raison devra, et à ceste cause seront visitez chacun an par lesd. eschevins et jurés quand mestier sera.

IV. *Item.* — Que aucuns estrangiers n'aptienne et ne soient si ozez d'amener ou apporter vendre ne distribuer en lad. ville aucunes eaux, drogues, ciroz ne autres des choses dessusdictes, s'ils ne sont bons et loyaulx et que pour le préalable ils soient veuz et visitez par lesdiz eschevins et jurés, à peine de les perdre et de cent sols tournois à les applicquer assavoir : la moitié à lad. ville et l'autre moitié ausdiz eschevins et jurés.

V. *Item.* — Que lesd. eaux, drogues et autres choses dessus dictes ne sont trouvées bonnes et loyales, qu'elles soient bruslées comme faulces à tel jour de marchié et en un tel lieu qu'il plaira à mesdisseigneurs les mayeurs et eschevins de ordonner.

VI. *Item.* — Que lesd. appoticaires, espiciers, ouvriers de cire et estassonniers puissent vendre et tenir ouvreurs en lad. ville de Dijon et feurbourgs, d'espicerie et estassonnerie et en distribuer, tant en gros comme en menu, avec des triacles et métridac dessusdiz, pourveu que (ce) soit marchandise loyale et non sofistiquée, à peine de les perdre et d'en payer dix sols tournois d'amende, la moitié à applicquer au prouffit de lad. ville et l'autre moitié ausd. eschevins jurés et commis pour l'année sur la visitacion desd. mestiers, chacun en ce qui regarde son mestier, savoir : l'apoticaire de son apoticairie, l'espicier l'espicerie et l'estassonnier en ce qui concerne l'estassonnerie.

VII. *Item.* — Aucuns estrangiers, soit marchans ou autres ne puissent et ne leur appartiengne amener ou apporter vendre en lad. ville et banlieue aucunes espiceries ne saffrans soient entiers ou en pouldre se ce n'est bonne et loyale marchandise, et se ce n'est en gros et en leur chambre et que préalablement elle soit visitée par lesd. eschevins jurés et commis, à peine de cent sols tournois d'amende, la moitié à applicquer à lad. ville et l'autre moitié ausd. eschevins jurés et commis.

VIII. *Item.* — Que d'oires en avant aucuns marchands ne vendront en lad. ville et banlieue d'icelle, huile de noix, de chenève, de navettes ne autres qui soient meslées ne gastées, ains se vendront loyalment et nectement chacune à part çoy, et préalablement seront veues et visitées par lesd. eschevins, jurés et commis, à peine de vingt sols tournois d'amende pour chacune fois sur le desfaillant, la moitié à applicquer au profit de lad. ville et l'autre moitié ausd. eschevins, jurés et commis.

IX. *Item.* — Et pour ce que souventesfois marchans estrangiers amènent en ceste ville harens sors et blans, molues, saulmons et aultres poissons de mer salés qui sont pugnais et tous infectz et pozé oires que lesdiz harens blans soient esté bons, toutesfois trouve-l'on souvent que les tonnes sont fourées et les harens mis debout au moyen de quoy plusieurs en sont souvent trompez et déceuz, a esté ordonné que d'oires en avant aucuns desd. estrangiers ne soient si ozez ne si hardiz de amener vendre en lad. ville et banlieue d'icelle aucunes desd. denrées s'elles ne sont bonnes et loyales et non frauduleuses et que pour le préalable elles soient menées en la halle pour les veoir et visiter par lesd. eschevins jurés et commis, à peine de perdre lad. denrée qui sera trouvée pugnaise et malvaise par lesd. marchans estrangiers ou en faire à l'ordonnance de mesdisseigneurs et de leurs successeurs et de quarante sols tournois d'amende pour chacune tonne malvaise desd. harens blans, sors et de faulx saumons ou autres poissons de mer salés, semblable somme de quarente sols tournois à applicquer la moitié à lad. ville et l'autre moitié ausd. eschevins, jurés et commis. Et auront lesd. jurés pour la visitacion de chacune tonne de harens soit bonne ou malvaise sur le vendeur cinq deniers ; pour chacun auboure de salmon deux deniers tournois, et se lesd. marchandises sont trouvées bonnes et loyalles, les tonneaux seront marquez à la marque de lad. ville tel que advisé sera.

X. *Item.* — Quant aux habitans de ceste ville, s'ils en achètent hors de ceste ville et les amènent en icelle, ils ne seront point tenus de les mener ausd. halles se bon ne leur semble, et seront toutesfois visitez et s'ils ne sont trouvez bons et loyaulx, en sera fait à l'ordonnance de messeigneurs les eschevins et mayeur et seront amendables pour chacune tonne de harens de la somme de vingt sols tournois, de semblable somme pour millier de faulx harens sors et de faulx saulmons et d'autres poissons de mer, la moitié à applicquer à lad. ville et l'autre moitié ausd. eschevins et jurés et si payeront visitacion en la manière avant dicte et si seront marquées en rouge lesd. tonnes.

XI. *Item.* — Et pour ce que plusieurs hostelliers font souventes fois le courretaige desd. harens et d'autres denrées concernans lesd. mestiers pour en prendre et avoir du prouffit des marchans et habitans en cellant les marchans à qui appartiennent lesd. denrées dont l'on ne peult ne sauroit-l'on avoir d'icelles denrées que par les mains d'iceulx hostelliers en abusant lesd. marchans et encherissement desd. denrées qui est grant dommaige pour les marchans vendeurs et acheteurs, l'on deffend à tous hostelliers à peine d'amende arbitraire de non plus que cy après receller lesd. marchans ne de faire tel courretaige ne souffrir descharger lesd. denrées en leurs hostels, ains les envoyent aux halles de la ville à peine que dessus.

XII. *Item.* — Que tous les maistres et ouvriers à présent tenans ouvreurs puissent ouvrer de tous ouvraiges de cire et de sup (suif) pour vendre et distribuer en lad. ville et banlieue, ainsi qu'ils ont accoustume par cy-devant.

XIII. *Item.* — Que aucuns de quelque estat qu'ils soient ne puissent faire ouvraige de cire d'oires en avant ne en tenir ouvreur en lad. ville et banlieue pour en vendre si non que préalablement ils soient ouvriers et ayent fait leurs chiefs d'œuvre par devant les eschevins, jurés et commis pour l'année dud. mestier et de deux des anciens qui soient bons ouvriers dud. mestiers, ils soient après présentéz à mondit seigneur le mayeur et à ses successeurs pour recevoir le sèrement d'eulx en tel cas pertinent, les instituer maistres dud. mestier en leur donnant licence et congié de povoir tenir dès là en avant ouvreur publique en lad. ville et feurbourgs d'icelluy mestier à leurs despens.

XIV. *Item.* — Que après qu'ils auront esté receuz et que la licence leur aura ainsi esté octroyée, qu'ils soient tenus de paier chacun d'eulx pour une fois la somme de quatre livres dix sols tournois à la ville et quarente sols tournois ausd. eschevins et jurés et de prendre leurs lectres de licence et réception devers le scribe de la mairie dud. Dijon ainsi qu'il est accoustume de faire.

XV. *Item.* — Que tous ceulx tenans bouthiques et ouvreurs d'appoticairerie, d'espicerie et estassonnerie puissent tenir ouvreurs desd. ouvraiges de cire en tenans varlets et ouvriers souffisans, pourveu que lesd. varlets se despartent et s'ils veulent lever et tenir ouvreur desd. ouvraiges, ils ne le pouront faire sans ce que pour le préalable ils soient passez maistres et qu'ils aient fait leur chief-d'œuvre et paier les droits comme dessus.

XVI. *Item.* — Que tous les enffans masles desd. maistres

onvriers qui d'oires en avant vouldront tenir ouvreurs desd. mestier ne soient tenus si non de paier pour une fois assavoir, un franc à applicquer à lad. ville et un franc ausd. eschevins et jurés pourveu qu'ils soient ouvriers souffisans.

XVII. *Item.* — Que les maistres dud. mestier ne soient si ozez de substraire aucuns varlets ne apprantifs les ungs des autres durant leurs services et apprentissaiges ausquels ils sont obligés, à peine de soixante sols d'amende à prendre sur les subtrayans, la moitié à appliquer à lad. ville et l'autre desd. eschevins et jurés.

XVIII. *Item.* — Que d'oires en avant que tous les ouvriers maistres dud. mestier soient tenus de mectre en chacune torche pour vendre d'une livre la quantité de douze onces de cire sans y comprendre le lunement et le baston, et aussi en toutes les autres torches pour vendre au dessus et en dessoulz selon le plus ou le moings ils y mectront le poix de cire et sy seront tenus de y mectre bon lunement et baston raisonnable selon la quantité de la cire et qu'elle le pourra porter, assavoir : la torche de demi-livre, deux pieds et quatre pouces de longueur de cire et celles de deux livres de quatre pieds de longueur sans le baston, à peine de dix sols tournois la moitié au prouffit de lad. ville et l'autre moitié aux eschevins, jurés et commis.

XIX. *Item.* — Que toutes chandelles de cire faictes à la main que désormais lesd. ouvriers feront ne seront aucunement gomées et si seront faictes de bon lunement blanc, à peine de dix sols tournois...

XX. *Item.* — Que toutes chandelles de cire fondue que feront cy-après lesd. ouvriers se feront de cire necte sans estre chargées de gome ne de poy quelle qu'elle soit et si feront de coton à la peine...

XXI. *Item.* — Ne feront iceulx ouvriers ouvraiges en torches ne en cierges qui soient aucunement gomées de poy ne d'autres gomes se non les grosses torches de quatre-vingts ou cent livres que communément l'on a accoustume de faire pour les églises parrochiales.

XXII. *Item.* — Que nulz de quelque estat qu'ils soient ne facent en lad. ville et banlieue aucunes chandelles de sup pour vendre sinon qu'ils soient passez maistres et qu'elles soient bonnes et loyales et bien faictes et qu'elles ne soient de maindre sub deans que la couverte, la mesche de bon lunement blanc et raisonnable selon la grosseur des chandelles.

XXIII. *Item.* — Et se sy après lesd. maistres desd. mestiers trouvent pourtant parmy la ville ouvraiges de sub, tant par gens de villaiges que par autres qui aient achetées denrées que desd. ouvriers passez maistres, il les pourront prendre et faire payer l'amende de dix sols tournois à ceulx qui les auront faictes et vendues...

XXIV. *Item.* — Et le cas advenant qu'aucuns desd. maistres vont de vie à trespas, la vesve pourra tenir ouvreur dud. mestier jusques elle se remarie pourveu qu'elle ait avec elle ouvriers souffisans, et se elle se remarie en ouvriers qui veullent lever ouvreur soit d'appoticairie ou d'ouvraiges de cire et de sub, faire le pourront pourveu qu'ils soient ouvriers souffisans et passez maistres en la forme et manière avant dictes.

XXV. *Item.* — Seront tenus tous ceulx qui seront passez maistres desd. marchandises et mestiers d'appoticairie, espicerie et estassonnerie de prendre lectre sur ce par devers le scribe de la maierie dud. Dijon, ainsi qu'il est accoutume de faire.

XXVI. *Item.* — Et est permis à tous habitans de ceste ville, feurbourgs et banlieue d'icelle de faire en leurs hostels et pour leurs usaiges, toutes chandeilles de suyp, et par tel que bon leur semblera.

Lesquelles ordonnances et constitucions nous avons ordonné et ordonnons estre gardées et entretenues de point en point selon que cy-devant est contenu et escript et sur les peines dessus déclairées par tous ceulx et celles qu'il appartiendra sans y aucunement défaillir. En tesmoing desquelles choses nous avons fait mectre le grand scel aux causes de la court de la mayerie dud. Dijon, à ces présentes faictes et données en la Chambre du Conseil de lad. ville le quatriesme jour du mois de novembre l'an mil quatre cens quatre-vingt et dix.

Signé : Demongeu.

Voilà donc nos associés en puissance de leur monopole, chacun en ce qui concerne son métier, jusqu'à concurrence mutuelle ou étrangère, laquelle ne tarde pas à se produire. Ce sont d'abord les insinuants merciers qui, dit une requête du 9 juillet 1506, vendent « reubarbe, casse, camphre, dyadragant, diaris, panitres, drague, pouldre fine de menue espice et toutes aultres pouldres, huille d'olive, de noix, de chenève, chandeilles de suif, oingt et toutes autres choses servans aux mestiers d'apoticairie, estassonnerie et espicerie ». Bientôt aussi quelques apothicaires, ne craignant pas de s'abaisser, fabriquent et vendent « chandeilles de suif, gresses et huiles à clairer ». La mairie intervint et par délibérations de 1565 et 1567, elle défend ce commerce aux apothicaires, mais en 1598, comme les apothicaires avaient le droit statutaire de travailler la cire, la mairie leur permet de faire des chandelles de suif et de cire à condition de faire chef-d'œuvre.

Par une lettre de 1521, François Ier demande à la mairie de Dijon de faire en sorte que les jurés du métier ne mettent aucun empêchement à la réception de Philibert Rondot dans le corps des apothicaires. Ce désir royal, formulé dans les règles hiérarchiques, fut accueilli, car Rondot fit souche à Dijon : Bénigne Rondot, son fils, était juré apothicaire en 1555, c'est en cette qualité qu'il procède, avec son collège Perruchot, à une visite d'officine où il est constaté que trois apothicaires n'ont pas l'assortiment voulu (1).

Pendant ce XVIe siècle, alors que la peste était presque sédentaire à Dijon, il se faisait une consommation considérable de drogues dont les noms bizarres, ainsi que les produits qu'ils désignent, sont de véritables énigmes. Nous n'en voulons pour preuve que cette longue liste insérée dans un *Edit des traites foraines* imprimé à Dijon par Jean des Planches :

(1) A cette date, 1555, il y avait 14 apothicaires à Dijon.

Girofles, capellettes ou fust de girofles, canelles ou cinamones, noix muscades, noix d'Inde, de Chypre, de Galle, noix vomique, macis, poivre, gingembre, galingal, citoar, mesquin, maniguette ou graine de paradis, saffran, colombin, terra merita, sucres, dragées, confitures, mirabolans, embliques, citrons, pignons, reubarbe, reu pontique, pistacs, dattes, anacardes, avelines, raisins, figues, sebesten, tamarins, jujubes, casses, pruneaulx, granates, oranges, cappres, olives, mane, miel, cire, turbit, scamonie, alve, cicotrin, agaric, hermodates, sené, colloquinte, élébore, ésule, kébus, belleriez, indez secz, epithim, mus, ambre, civette, corne de licorne, semences de perles, corail, lignum, cèdre, gaiac, spica, folium, castor, roses de Provins, sticados, squinatum, azarum, cantarides, spodes, stincs, calamus aromaticus, écorce de tamarin, écorce de cappe, squilles marines, doronicum romanum, coste, ben, diptamus, pencenade, pirètre, iréos, riquelice, opium, acatia, hyposquistidos, sang de dragon, momie, amidon, tournesol, colles de toutes sortes, esponges, azur fin, rosette, vermillon, labdanum, canfre, antie, blanc de plomb, roche de boras, céruse, es ustum, aspaltum, sel armoniac, salnitré, salgemin, arsenic, orpiment, sublimé, réalgar, verdegris, vif argent, vitriol, alun, litarge, souffre, boliarmini, pierre ponce, pierre d'aimant, huile d'aspic, terbentine, bénédic, laurin de tartre, scorpion, chenevis, sperme de baleine, savon de Caste et de Gayette, mastic, gomme de cèdre, d'amoniac, de lhierre, arabic, aragone, oppoponax, galbanum, sagapin, sarcocolle, eusorbe, mirrhe, loca, bedelium, storax, bengeoyn, assa fetida, encens, bray-gummin olampin, taleth, vernis ou sandarac à peintre, poix grécine noire et blanche, housblach, glus, barbotine, culèbe, cardomomi, agnus castus, ris, anis verd, senegré, comin, coriandre, fenouil, caruy, concombres, coucourdes, melons, citroles, graines d'escarlate, ou alchermée, mille, mirtilles, sumach, staphisagre.

Les épiciers tenaient encore : « tourmantine, drante, couperose, gironne, sucre rosat, manuscriti, madrien, pâte de roy, pignolat, etc. »

Toutes ces bonnes choses n'étaient certes pas des

médicaments, mais le mithridate et la thériaque (1) suffisaient pour remplacer tous ces produits, c'était la panacée universelle et qui pouvait être vendue par les épiciers comme par les apothicaires. Maintenant, nous dira-t-on, qu'étaient tous ces produits? Nous avouerons que nous avons essayé de traduire cette nomenclature, mais à part quelques noms reconnaissables, le résultat de nos recherches a été si médiocre que nous n'hésitons pas à le passer sous silence.

Enfin c'était avec des drogues de ce genre que les chirurgiens ou physiciens, c'est-à-dire les médecins, voire les charlatans, essayaient de combattre les maladies et même la peste. Il y avait des chirurgiens de peste chargés de fournir des remèdes aux pestiférés, comme il y avait aussi des barbiers de peste et des sages-femmes de peste, car la mairie employait tous les moyens à sa portée pour lutter contre le fléau, elle acceptait même et sans contrôle les propositions charlatanesques d'opérateurs, étrangers pour la plupart, qui garantissaient la guérison des pestiférés sans même les toucher; les malades n'avaient qu'à avaler les médicaments préconisés. En 1605, c'est un Italien qui obtint la permission municipale de vendre certains produits, comme par exemple de l'huile de pétrole contre la peste! Deux ans après, c'est Pierre Barzelin; de la « ville d'Aryette, pays d'Italie » (toujours les Italiens), qui vend ses produits; la mairie poussa l'obligeance jusqu'à lui faire construire, par Maître Jean Boucherot, maçon, un fourneau pour distiller le romarin; il est vrai que ce fourneau, « édifié à la grande salle de l'Hôtel de ville », ne coûta que vingt-cinq sous.

(1) Le mithridate et la thériaque étaient composés d'opium et d'un grand nombre d'autres substances; c'était l'électuaire, l'antidote, le spécifique appliqué à toutes sortes de maladies internes.

Mais nous voilà au XVIIe siècle, la séparation des professions se manifeste ouvertement. Dès 1604, le premier article des statuts de 1490 étant confirmé, il fut défendu aux apothicaires de s'occuper d'épicerie, et dix ans après, le 23 juin 1644, les dix apothicaires dijonnais se soumettent au règlement suivant :

Ordonnances sur l'art et mestier d'appoticaires de la Ville de Dijon, pour estre gardées et observées par les maistres appoticaires, ouï celles cy-devant faictes registrées au registre des ordonnances et statuts faicts sur les arts et mestiers jurés de ladicte ville qui est à la Chambre d'icelle ville.

Pour être reçu à faire chef-d'œuvre, il fallait justifier d'un apprentissage de trois ans, réduit à deux pour les fils de maîtres. Les apprentis devaient avoir au moins, quinze ans, connaître la langue latine et verser trois livres à la boîte de la communauté et la moitié de cette somme s'ils étaient fils de maîtres. Un maître ne pouvait avoir que deux apprentis. Les épiciers, les estassonniers et le service de leurs apprentis n'entraient pour aucun compte dans la profession d'apothicaire. L'aspirant devait être examiné et interrogé par les jurés et échevins commis à cet effet; s'il était jugé capable il était admis au chef-d'œuvre désigné par les jurés et faisait deux compositions, une pour usage interne et une pour usage externe. Il devait payer les droits usuels, plus 18 livres à la caisse de la communauté; les fils de maîtres ne payaient que moitié.

Sont faictes défenses à tous empiriques charlatans passans par la ville, d'exposer et vendre drogues simples et composées qu'ils n'en ayent advertis (les magistrats et jurés, subi la visite, payé les droits et pris connaissance de la durée du temps de la vente).

Pareilles défenses sont faictes aux estassonniers.... ni aussi d'avoir en leurs boutiques, boittes paintes ou pot avec inscriptions latines, comme aussi à toutes autres personnes de quelques calités qu'ils soient, autres que lesd. appoticaires, tirer prouffit d'aucunes compositions....

Pour subvenir aux affaires dudit estat et secourir les pauvres compagnons passans ou malades, pour empescher qu'ils ne mendient, sera disposé une boicte fermant à clefs à la garde du plus ancien maistre dont les deux jurés auront une clef, et seront tenus lesdits maistres apoticquaires aulmoner en icelle chacun trente sols par an.

Protégés du côté de leurs anciens confrères, les apothicaires eurent à conjurer le danger permanent des charlatans ; la crédulité populaire était si facile à exploiter que les empiriques trouvèrent encore longtemps les moyens lucratifs de débiter leurs antidotes et ce malgré les règlements de police sollicités par les apothicaires et les médecins. Nos maîtres eurent encore à lutter contre les pâtissiers : c'est ainsi qu'en 1685, le pâtissier Marillier fut accusé d'avoir vendu des biscuits purgatifs, ce qui relevait « du domaine de l'apoticairie ». La Chambre de ville ordonna alors que « avant de faire droit, lesdits maistres apoticaires mettent es mains du procureur-syndic les mémoires des particuliers qui ont esté incommodés pour avoir usé des biscuits purgatifs ». Le délit fut parfaitement constaté et Marillier sommé de cesser sa fabrication. Jugement assez singulier en somme, car enfin si les biscuits n'eussent pas produit d'effet, les consommateurs auraient pu réclamer !

En 1725, il y avait huit apothicaires : Maîtres Jean Piron, Louis Fabry, Claude de Requeleyne, Gaspard de Vandenesse, Jean Petit, Antoine Armedey, Guillaume Auprêtre et Poissonnier.

Depuis les derniers statuts, diverses modifications avaient eu lieu dans la réception qui jusqu'alors se faisait chez l'un des jurés ; en 1731, les échevins commis à l'examen manœuvrèrent pour que l'aspirant fût reçu à l'Hôtel de Ville. Le débat fut porté en Parlement qui donna gain de cause aux échevins. La réception se fit donc à l'Hôtel de Ville, publiquement, avec l'assistance de deux médecins, des jurés et des maîtres qui devaient en outre veiller à la confection du chef-d'œuvre. C'est ainsi que fut reçu en 1713 J.-B. Milsand, qui fit souche d'apothicaires à Dijon. A la réception de Gourdon, aspirant en 1738, le juré Piron prononça un discours, non pas en *jantais* ni en patois comme aurait pu lui apprendre son père Aimé, mais en latin ; ce qui n'empêcha pas Gourdon d'échouer pour cette fois.

La Chambre de Ville approuva de nouveaux statuts en 1734, puis d'autres en 1767, et rendit encore une délibération en 1782... Mais laissons les apothicaires s'élever dans l'art de la pharmacie, et revenons aux épiciers.

Au commencement du XVIe siècle, la vente de la marée était entre les mains des épiciers qui en conservèrent le monopole concurremment avec les poissonniers, mais à ceux-ci était de plus réservée la vente des poissons d'eau douce. La vente du sel, objet de régie, était aussi du domaine de l'épicerie qui le vendait pour le compte des greniers à sel. En 1545, les fermiers de la gabelle (1) ima-

(1) La Gabelle, ou impôt sur le sel, refusée par les Etats de Bourgogne en 1355, fut établie en Bourgogne par Philippe le Hardi, par lettres-patentes datées de Talant en 1730, et on commença alors d'organiser des greniers à sel indépendants de ceux du royaume. Deux ans après une somme de onze mille francs d'or fut votée pour la décharge de cet impôt en Bourgogne. Rétablie et supprimée plusieurs fois, la gabelle, qui n'existait pas à l'avènement de Charles le Téméraire, fut reconstituée par ce dernier duc. La juridiction en appartenait à la Chambre des comptes qui ne pouvait majorer le prix du sel sans le consentement des Etats. Henri IV soumit la Bourgogne à la gabelle française (Voir : Thomas, *Une province sous Louis XIV*).

ginèrent de vendre le droit de débiter le sel au détail, c'est pourquoi les estassonniers, dans une requête de cette époque, exposent leurs doléances, disant que « de tous temps et ancienneté excédant la mémoire des vivants, eulx et leurs prédécesseurs ont toujours librement vendu sel tant de mer que de salins sans repréhension quelconque ; ce néanmoins puis quelque temps en ça le grenetier du grenier à sel voulant assujétir les manans et habitans de lad. ville, ne veut pas que personne vende sel sinon ceux qui bailleront finances et acheteront leur état, qui est directement contrevenir aux privilèges de lad. ville... » Que pouvaient la mairie et les suppliants contre la gabelle ?

La mairie ayant donné permission à quelques négociants « pauvres et infirmes » de vendre « huilles et espices » par les rues, ce commerce était si fructueux, qu'en 1609 il y avait 30 colporteurs faisant par la ville concurrence aux épiciers ; ceux-ci s'en plaignirent et les assignèrent en vérification de leurs lettres de permission, en disant qu'on pouvait se passer « de ces rouleurs puisqu'il y avait à Dijon quarante-cinq épiciers et huit huilliers ». Néanmoins la brouette des marchands d'huile roula toujours sur les pavés de la ville ; en revanche les épiciers obtinrent en 1678, et malgré les pâtissiers, le droit de vendre des biscuits et des massepains.

Certaines réclamations étant survenues contre les apothicaires qui vendaient de la confiserie, il s'ensuivit un règlement, en 1665, dont voici quelques articles.

Que tous ceux qui voudront estre receus maistres espiciers en cette ville, avant que d'y pouvoir parvenir seront obligés de faire deux ans d'apprentissage et icellui achevé, deux ans de séjour chez les maistres, dont ils justifieront par marchef et certificat en bonne forme, après quoi estant receus par la Chambre à la manière ordinaire, ils pourront travailler à boutique ouverte sans estre tenu de faire aucun chef-d'œuvre.

Que tous maistres espiciers pourront vendre toutes sortes d'espicerie, drogues, drogueries, confitures, dragées, ouvrages de cire, chandelles et tous fruits venans de la ville de Lyon, sans néanmoins pouvoir empêcher les maistres apothicaires de vendre comme eux les drogues, composer et débiter confitures et dragées et faire leurs ouvraiges de cire pour les vendre... Ceux des apothicaires qui voudront doresnavant travailler ouvraiges de cire seront obligés de faire un acte de capacité par devant l'un des jurés des maistres apothicaires, auquel la Chambre permet, comme à tous autres, de vendre en gros ou en détail en maison ou parmy les rues tous fruits venans de la ville de Lyon et autres lieux, comme raisins, citrons, oranges, marrons, cèpes et autres, ainsi qu'on a usé du passé.

Toutes marchandises cy-dessus seront déposées aux halles par les forains pour estre visitées... faisans deffences à tous hotelliers de les vendre...

Le chocolat qui paraît vers 1524, le thé vers 1636 et le café en 1644, étaient choses si rares qu'il n'en est pas question; ces produits étaient alors la spécialité d'un confiseur ou d'un apothicaire à la mode.

Le nom d'estassonnier se perd au XVIIIe siècle; nous rencontrons alors des regrattiers, comme François Hénaux qui, en 1719, est commis par le fermier des grandes et petites gabelles pour revendre le sel à petite mesure ou au poids à Dijon. Les métiers n'ont pas changé, seuls les noms sont remplacés, c'est ce qui arriva en 1723 où nous trouvons les statuts des épiciers-confiseurs, droguistes, etc. Cette fois la séparation avec les apothicaires est complète, la fête de la corporation est la Nativité qui se célèbre chez les Cordeliers. Les ouvrages de cire doivent être marqués « à la marque particulière de ceux qui les auront fabriqués », etc. Mais on s'aperçut bientôt que ces statuts étaient insuffisants et qu'il y avait d'autres professions à enrôler; dix ans après, en 1733, ils sont remplacés par les suivants qui réunissent sous la même bannière les

ÉPICIERS, DROGUISTES, CONFISEURS, CIERGERS, CHANDELIERS, DRAGISTES, FRUITIERS, ORANGIERS ET LIMONADIERS

(Extrait des registres du Parlement, du 8 août 1733.)

Vu les status et reglemens projetés et convenus sous le bon vouloir de la Cour par la communauté des épiciers, etc. tous ne composans qu'un seul corps et communauté, à ce qu'attendu lesd. statuts et réglemens avoient été dressés dans une assemblée générale de leur communauté pour prévenir les abus et malversations qui pouvoient se commettre dans l'exercice de leur profession, il plut à la Cour ordonner qu'ils seroient reçus, autorisés et homologués, etc... La Cour ayant aucunement égard ausdits statuts et reglemens a ordonné et ordonne qu'ils seront exécutés entre lesdits marchands et néanmoins sous les clauses, modifications, ampliations et restrictions ci-après en la forme qui suit :

Il sera nommé annuellement deux jurés choisis dans les anciens et nouveaux maîtres. — Les assemblées se feront chez le bâtonnier, quinze membres présents suffiront pour la validation des délibérations, les abstentions non légitimées seront amendables de 30 sols. — L'assemblée générale se fera chaque année le jour de la Nativité de la Vierge. — Tous les maîtres opineront chacun à leur tour de réception. — Les jurés feront quatre visites par an. — Ils seront assistés d'un échevin et du procureur-syndic ou de l'un de ses substituts. — L'apprentissage et le service comme ouvrier seront de deux ans ; le droit d'apprentissage sera de 21 livres et le droit de maîtrise de 90 livres. « Et néanmoins attendu que tant les épiciers que les confiseurs, estassonniers, ciriers ou chandeliers et droguistes, réunis auxdits fruitiers, orangiers et limonadiers, ont payé lors du joyeux avènement 1389 livres pour le droit de confirmation et 3300 livres pour les dix maîtrises qui restaient à vendre dans la communauté, demeure permis auxdits marchands de doubler le droit de réception et de le payer jusqu'à 180 livres jusqu'à ce qu'ils aient été remboursés desdites sommes. » Les fils de maîtres ne payeront que moitié desdits droits. — Toutes les réceptions, de fils de maîtres ou d'autres, seront imposées au versement de 40 sols à chacun des jurés et 20 sols à l'ancien. — Au décès de son maître, l'apprenti pourra continuer son stage chez la veuve ou ailleurs en prévenant les jurés. — Les veuves pourront continuer dans les mêmes conditions de maîtrise sans pouvoir céder à d'autres non reçus. — Ils tiendront en leurs boutiques : sucre, sucrerie, cassonade, poivre, girofle, canelle, muscade et autres drogueries, confitures, dragées, cire ouvrée, flambeaux, chandelles de suif, huile d'olive, poissons, savons, raisins, capres, figues, olives, oranges, citrons, tous autres fruits venant de Provence, et toutes sortes de salines, sans que les marchands des autres communautés puissent s'ingérer de vendre desdites marchandises à peine de confiscations et de 50 livres d'amende et sans néanmoins exclure de tenir des salines les poissonniers et autres vendeurs de salines. — Pour éviter les fraudes des forains, coureurs ou colporteurs, nul épicier, ou autres ne pourra faire acte de courtier ou commissionnaire, ni vendre et débiter aucunes de leurs marchandises en qualité de courtier pour étranger. — Les étrangers qui enverront des marchandises à vendre aux épiciers et que ceux-ci refuseront, elles pourront être vendues aux halles. — Défense aux hôteliers, cabaretiers et habitants de vendre aucunes des dites marchandises dans leurs maisons. — Les forains qui viendront au temps des foires ne pourront déballer qu'aux halles et vendre qu'après expertise. — Ils ne pourront exposer en vente que quatre mois après les foires. — Hors le temps des foires ce déballage ne sera que de trois jours. — En outre les forains ne vendront que huit jours avant ou après les foires. — Le travail de la cire se fera conformément aux arrêts du conseil du roi de 1723, qui règle la fabrication des cierges et bougies dans les provinces de Bourgogne et Bresse et pays et comtés en dépendant. Fait en Parlement, le 8 août 1733 (1).

A part quelques réclamations de forains, nos associés

(1) Imprimé à Dijon, chez Hucherot, en 1765.

paraissent avoir vécu en paix, soit entre eux, soit avec les huiliers ou les poissonniers. Les terribles bouchers, ne pouvant plus faire de chandelles, se vengèrent en vendant leur suif à l'étranger ; il en résulta, disent les épiciers, une augmentation considérable et préjudiciable non seulement aux plaignants, mais à tous les consommateurs de la ville ; la mairie défendit aux bouchers et aux tripiers de vendre leur suif ailleurs qu'à Dijon. Une dernière requête des épiciers nous apprend qu'ils n'avaient pas entièrement le monopole de la vente de tous les fruits et ils se lamentent sur le préjudice que leur causent les marchands de marrons. La mairie voulut bien encore leur confirmer ce monopole, mais à l'exception des « *marrons cuits* qui pourront être vendus dans cette ville ». Grâce à cette distinction précise, les « frigoleurs de châtaignes » continuent leur paisible métier.

La confrérie Saint-Côme et Saint-Damien était chez les Jacobins; là aussi les épiciers y célébraient la *Chandeleur*, mais vers 1685, ils fondèrent aux Cordeliers une nouvelle confrérie sous le patronage de la Nativité. Le droit de bâton était de 50 livres et chaque confrère payait, en 1708, trois livres par an pour subvenir aux frais de luminaire.

HUILIERS (1)

PATRONAGE : Saint Jean Porte-Latine.

ARMOIRIES : *De sinople à cinq olives d'argent posées en croix.*

Au XVe siècle les épiciers vendaient l'huile de noix et de « chenève » qui était taxée quatre gros la pinte ; plus tard ils vendirent des huiles de navettes, de camomille,

(1) Arch. munic., G. 45.

d'olive, de poissons, etc. Au XVIIIe siècle, ils n'avaient plus que le monopole de l'huile d'olive et de poissons. Nos premiers documents ne concernent que la vente et nullement les fabricants. On peut supposer avec raison que les huileries n'étaient pas établies dans la ville même et par conséquent hors de la juridiction de la mairie. Au XVIe siècle nous trouvons bien un huilier installé dans la rue du Pautet, mais, sur la plainte des voisins, Louis Fouret est obligé de quitter son usine à cause de la mauvaise odeur qu'elle répandait.

Il nous faut arriver au XVIIe siècle pour trouver des huiliers à Dijon. Voulant profiter des avantages de leur métier, ils se syndiquèrent sans le secours ni l'autorité des magistrats. Ils établirent « un monopole de complot » et décidèrent « que celuy d'entre eux qui façonnerait de l'huile pour quelques particuliers habitans qui ont accoustume d'en revendre à meilleur prix que lesdits huilliers, seroient obligés de payer par forme d'amende dix livres qui seroient divisée et distribuée à chacun d'eux pour en faire son prouffit particulier... » C'était usurper les droits de la mairie, aussi fit-elle une enquête et assigna les huiliers pour les contraindre à cesser cet abus qui « tournoit à l'intérest de tous les habitans ». En même temps elle leur défendit d'accaparer les navettes chez les producteurs et les força de les acheter comme tout le monde et comme toutes les autres denrées, aux halles de la ville (1640). Les huiliers se résignèrent à se conformer aux règlements et durent subir la concurrence de la vente au détail par les rues de la ville.

A cette époque de menues industries locales il y avait sur les cours d'eau une foule de petites usines ne nécessitant que la main-d'œuvre du patron et de sa famille : moulins, scieries, foulons, filatures, huileries. C'est de ces huileries que venait la concurrence du commerce des rues. Les huiliers dijonnais, voulant y mettre empêchement, adressèrent, en 1692, une requête demandant que l'huile fût vendue aux halles avec des mesures « égandillées » à celles de la ville. La mairie, indisposée contre les huiliers, ne donna pas suite à leur réclamation et laissa circuler les marchands avec leurs brouettes, comme ils en avaient déjà l'autorisation depuis 1669, à la seule condition d'avoir des mesures légales.

Le désaccord devait continuer : en 1733, la mairie mit les huiliers en demeure de s'ériger en communauté avec des statuts, comme toutes les autres professions. Les huiliers déclarèrent que n'ayant jamais eu de statuts, ils continueraient à s'en passer, attendu que chez eux on n'exigeait aucun droit de maîtrise puisqu'ils ne travaillaient presque pas de leur métier à cause des étrangers qui venaient journellement vendre et distribuer leur huile par la ville. C'était renvoyer la balle à la mairie pour lui donner à entendre qu'elle ne protégeait pas leur métier ; mais le procureur syndic répondit que ces raisons n'étaient pas valables et que s'ils n'avaient pas encore eu de statuts c'était par une tolérance qu'il ne permettrait pas plus longtemps ; néanmoins il leur promettait d'empêcher le colportage des rues. Ils présentèrent alors en 1735 des projets de statuts qui furent homologués la même année et plus tard remplacés par d'autres présentés en 1786, homologués le 16 juillet 1788. Il y avait alors neuf maîtres huiliers à Dijon ayant une dette corporative de 540 livres. Voici le résumé de ces statuts.

STATUTS DES HUILIERS

Les maitres établiront une confrérie dans l'église des PP. Cordeliers, en l'honneur de saint Jean Porte-Latine, leur patron, dans laquelle tous les maitres seront obligés de se faire inscrire. Les assemblées seront annoncées par billets distribués par le dernier maitre reçu. L'apprentissage et le service comme ouvrier seront de deux ans chacun, chaque maître n'aura qu'un apprenti, ou deux quand le premier aura fait un an. L'apprenti paiera 4 livres, l'aspirant 16 livres, les fils de maîtres 8 livres 16 sols 8 deniers, et les gendres ou maris de veuves 10 livres 10 sols. Chaque aspirant paiera en outre 1 livre à chacun des jurés et 10 sols à l'ancien.

Les maîtres travailleront aux huilles de noix, de navettes, de chenevis, de camomille et de lin et autres ouvrages de leur métier avec tous soins, vigilance, honneur et en leur conscience, afin que le public ait lieu de se reposer sur leur personne, et ne pourront vendre et débiter aucunes denrées en gros et en détail qu'elles ne soient bonnes, loyalles et marchandes à peine d'être jettées à l'eau en présence des jurés et de cinquante livres d'amende.

Les jurés s'assureront si les outils sont en bon état.

Les maîtres, compagnons et apprentifs qui feront l'huille et la porteront vendre et débiter par la ville seront sains de corps, leurs habits nets et modestes, à peine de dix livres d'amende.

Chaque maître aura sa marque particulière sur ses bures, cruches, barils et autres vases d'huile, afin qu'on puisse reconnaître le fabricant. Les marchands forains, après autorisation de la mairie et visite des jurés, pourront vendre leur huile quatre fois par an de trois en trois mois et pendant trois jours chaque fois.

Fait, réglé et arrêté à l'assemblée de la communauté, tenue ce jourd'hui 24 juin 1786. Signé : Bredillet, juré, Vaudoizot, Forquet, Gilliot, Mercy, Garnier, Vivien, Garrot, Michaux (1).

(1) Imprimé à Dijon, chez Causse, 8 p. in-4, 1788.

VINAIGRIERS. — MOUTARDIERS (1)

PATRONAGE : Saint Vincent.

ARMOIRIES : *D'azur à un entonnoir d'argent.*

On n'aborde pas un produit aussi local en possession immémoriale d'une réputation universelle sans rencontrer des devanciers qui ont traité de son histoire. Donnons donc de suite la parole à M. J. Garnier (2).

Dans la Bourgogne, pays vignoble et boisé, la préparation de la moutarde obtint toujours un grand succès. Dès le XIIIe siècle, comme le prouve le *Dit de l'Apostoille*, c'est-à-dire à une époque où les différents pays qui composent aujourd'hui la France n'avaient entre eux que des rapports lointains, la moutarde de Dijon jouissait déjà d'une telle réputation, qu'elle figurait dans les dictons populaires appliqués aux productions des grandes villes du Royaume.

Nos annales la mentionnent pour la première fois dans une occasion solennelle. Lors des fêtes données à Rouvres, en 1336, par le duc Eudes IV au roi de France, Philippe le Bel, on consomma dans les festins un poinçon de moutarde...

A Dijon, la moutarde se fabriquait en grand, c'est-à-dire que dans chaque moulin à blé se trouvait un moulin spécial où marchands et habitants allaient à tour de rôle *more* la moutarde dont ils avaient besoin. Les communautés religieuses en usaient de même (3). On remarque notamment dans les comptes des chartreux qu'en 1650, un vinaigrier de Dijon approvisionnait de moutarde la grande Charteuse de Grenoble, celle de Paris, de Langres et d'autres villes. La moutarde de notre ville ne cessa point de figurer sur la table des souverains. Le maître de la Chambre aux deniers du duc inscrit

(1) Arch. mun., G, 72, 73.

(2) *Essai sur la moutarde.*

(3) Un moulin à moutarde fut installé en 1385 à la Chartreuse de Dijon.

dans ses comptes de 1347 une somme de douze francs pour moutarde envoyée à la reine. En 1345, le receveur général de Bourgogne achète du sénevé et du vinaigre pour faire deux cents livres de moutarde qu'il expédie dans quatre barils au roi Jean et à la reine Jeanne de Boulogne. La dépense monte à 27 livres. Quant aux ducs, les mémoires de l'argentier témoignent que la production qui faisait la renommée de leur capitale tenait sur leur table, toujours si splendide, le rang qui lui appartenait.

Cette moutarde était de deux sortes : l'une, fabriquée en temps de vendange avec du *moult doux*, se conservait longtemps si le liquide avait été soumis à l'ébullition. L'autre, dont parle aussi le *Ménagier parisien*, avait pour base le vinaigre : « Si vous voulez faire, est-il dit, de bonne moutarde et à loisir, mettez le senevé tremper par une nuit en bon vinaigre, puis le faites bien broyer au moulin et bien petit à petit à détremper de vinaigre ; et si vous avez des épices qui soient de remenance (restant) de gelée, de clare (clairet), ypocras ou de saulces, si soient bien broyées avec et après la laisser parer (se faire). »

Ce dernier procédé, le plus ancien du reste, fut constamment employé à Dijon. Les magistrats municipaux, qui tenaient à honneur de maintenir l'antique réputation de ce produit pour ainsi dire indigène, avaient imposé à sa fabrication des règlements qu'on ne pouvait enfreindre sans de grandes peines pécuniaires.

« Que la moustarde, dit l'ordonnance du 10 août 1390, soit de bonne grène et trempée de compétant vinaigre, et quand le vinaigre dont elle sera trempée aura esté gité dehors, sera moulue et essouvie de bon vinaigre et qu'on ne la vende que douze jours après qu'elle aura été faite. »

Cette ordonnance défendait aussi de vendre « verju de pomme soit aigre ou non aigre à peine de XL sols et de afondrer le queveaul où il sera ».

Ces règlements s'exécutaient à la lettre. Le soin de les appliquer était remis aux jurés du métier, qui, sous la présidence d'un échevin, exerçaient une surveillance active sur les fabricants et confisquaient toute moutarde reconnue mauvaise, sans préjudice de l'amende encourue.

Comme exemple, voici un extrait d'un procès-verbal de visite en 1443 :

Jehan Estienne alias Pruchot, Symon Torchon et Colin Malart, visiteurs, commis à visiter... la moutarde... dient qu'ils se transportèrent en l'hostel de Colin Lhomme et illec trouvèrent sur son étal, un pot à moustarde d'estain plein de moustarde, laquelle moustarde veue par lesd. commis, iceulx commis dient au sieur Colin (Lhomme) que sa moustarde n'estoit point bonne et qu'il devoit l'amende ; lequel Colin respondit ausd. visiteurs que sadicte moustarde estoit bonne (ainsi) qu'il en seroit permis de faire ; quoy véant, lesd. commis respondirent audit Colin que puisqu'il la maintenoit bonne, ils la pourteroient monstrer et visiter à messieurs les mayeur et eschevins de lad. ville; et lors ledit Colin dit ausd. visiteurs qu'ils le condamnoient à tort et lui faisoient tort, réitérant deux ou trois fois lesd. paroles et à tant que ledit Colin Malart cloit ledit pot et le scella de son scel et le mit en garde chiez l'un des voisins dudit Colin Lhomme..., lequel fut parfaitement condamné à 65 livres d'amende.

Cette surveillance, continue M. Garnier, était d'autant plus nécessaire que l'introduction, dès le commencement du xve siècle, des moulins à moutarde portatifs avait fait abandonner ceux des usines à blé et multiplier le nombre des fabricants, la plupart épiciers, estassonniers ou apothicaires. C'est un apothicaire qui, en 1477, l'année de la réduction de la Bourgogne, fournit la moutarde que, par flatterie sans doute pour ses nouveaux sujets, le roi Louis XI fit venir de Dijon pour son usage personnel... Nos fabricants, pour en accroître le succès, en broyaient de deux sortes : l'ancienne, qui, criée dans les rues, se débitait par petites quantités ou s'expédiait au loin dans des barils, et une seconde qui, séchée et réduite en pastille, était d'un transport commode pour le consommateur. Malheureusement la mairie ayant ralenti la surveillance qu'elle exerçait sur cette industrie, des fabricants cupides en profitèrent pour sophistiquer leur moutarde au grand mécontentement des amateurs.

La fabrication entre les mains de divers industriels en

rendait d'abord le contrôle assez difficile, les règlements sur la vente, comme par exemple, la défense de mener *brouhotte* par la ville les jours fériés, ne suffisaient pas non plus pour maintenir la bonne qualité. Il fallait grouper les fabricants en un seul corps et leur donner des règlements, c'est le but des statuts de 1634, dont voici le texte :

STATUTS ET ORDONNANCES SUR LE MESTIER DE VINAIGRIERS ET MOUTARDIERS DE LA VILLE DE DIJON

A tous ceux qui ces présentes lettres verront, salut, Nous Jaques de Frasans, escuyer, conseiller du roy, vicomte mayeur de la ville de Dijon, et en cette qualité baron propriétaire d'Antilly, Champseul et Lochères..., et les eschevins d'icelle, scavoir faisons que sur la requête à nous présentée par les vinaigriers et moutardiers demeurans audit Dijon, veu les articles qui nous ont été présentez de leur part, communicquez au procureur-syndic et de son consentement, avons statué, ordonné et délibéré en faveur des maîtres dudit métier et pour règlement à l'advenir qui ne pourra être enfreint pour quelque cause et occasion que ce soit, ce qui s'ensuit :

I. Premièrement. — Que tous lesd. vinaigriers et moutardiers résidans en la ville de Dijon en laquelle jusques à présent il n'y a heu maitrise ny jurande dud. mestier, seront receus maîtres par messieurs les maire et eschevins et presteront serment de bien et fidèlement servir le roy et la ville, sans qu'ils soient tenus de faire preuve aucune de leur expérience attendu le long temps qu'il y a qu'ils exercent ledit métier dans lad. ville, ains seulement de paier douze livres pour le droit d'habitant par les forains et estrangers, et par les autres trente sols pour le droit de maîtrise.

II. Qu'à l'advenir aucun dud. métier ne pourra lever boutique ny travailler dans lad. ville qu'il n'ait été receu maître dud. métier par les sieurs vicomte-mayeur et eschevins à la forme ordinaire et accoustumée et qu'il n'ait fait preuve de ses vie, mœurs, religion, expérience et suffisance dud. métier à peine de dix livres d'amende contre les contrevenans aplicable moitié à lad. ville et l'autre moitié à la confrairie dud. métier.

III. Que nul dud. métier ne pourra prendre ny avoir apprentifs à moindre temps que trois ans accomplis, à peine de même amende aplicable comme dessus.

IV. Qu'aucun maître dudit métier ne pourra avoir qu'un seul apprentif pendant ledit temps de trois ans, fors et excepté qu'après les deux premières années, se non plutôt, il en pourra prendre un autre pour autre temps de trois ans entiers.

V. Lorsqu'un maître dud. métier aura prins un apprentif, il sera tenu huit jours après le dénoncer aux maîtres jurés dud. métier estans en l'année de leur charge, et leur représenter le contrat dud. apprentissage, pour être ledit contrat escript au registre dud. métier qui demeurera es mains desd. maîtres jurés, et ce à peine de trois livres d'amende contre le contrevenant aplicable comme dessus.

VI. Que chacun apprentif paiera, pour son droict d'entrée, vingt sols aplicable à ladite confrairie.

VII. Après ledit apprentissage fait pendant lesd. trois ans accomplis, les compagnons qui voudront être receus à maitrise seront tenus d'advertir les maîtres jurés qui seront nommez et établis chacun an par lesd. vicomte-mayeur et eschevins, lesquels se pourvoieront aud. vicomte-mayeur ou à la Chambre du conseil à la forme des lettres de déclaration du roy contenant l'abolition des maitrises et jurandes, pour avoir permission de lever boutique après avoir fait preuve de leur expérience, bonnes mœurs et religion ainsi qu'il est dit ci-dessus ; ce qu'ayant été fait et l'information rapportée en lad. Chambre, il sera pourveu, le syndic ouï, sur la réception dud. maître et prestation de serment, et en cas qu'il soit receu paiera six livres à lad. confrairie pour son droit d'entrée.

VIII. Que aucun maître receu aud. métier ne pourra mettre en besogne, ne tenir en sa maison ni ailleurs, lye puante, vin ni rappet puant ni boutez sur peine de vingt sols d'amende, aplicable moitié à lad. ville et l'autre moitié à lad. confrairie.

IX. Que les lyes, vins puans et autres denrées servans aud. métier qui seront trouvées corrompues ne seront mises en œuvre, ains icelles dans des conduits afin que personne ne les puisse exposer ni vendre.

X. Que les maîtres dud. métier tiendront tous les outils de leur métier bien netz, à peine de dix sols d'amende contre les contrevenans, aplicable comme dessus.

XI. Qu'ils ne pourront mettre en besogne vin recueilli par terre, à peine de confiscation dudit vin et de l'amende de vingt sols, aplicable comme dessus.

XII. Que les maîtres dud. métier ne pourront mettre en besogne ni faire travailler le valet d'un autre maître pendant qu'il sera à son service sans la licence et permission dud. maître, à peine de trois livres d'amende aplicable comme dessus.

XIII. Que lors des visites qui seront faites es maisons desd. maîtres par les jurés dud. métier en présence de l'un de messieurs les eschevins et du procureur-syndic ou de l'un de ses substituts, lesd. maîtres seront tenus de leur représenter et faire voir tous les outils servans aud. métier de vinaigrier et moutardier pour recongnoistre s'ils sont bien netz et conditionnez, à peine de confiscation desd. outils qui auront été recélez et de l'amende de dix sols aplicable comme dessus.

XIV. Semblablement seront tenus lesd. maîtres de monstrer ausd. jurés le moulin où ils feront la moutarde, le vinaigre et le senevé pour recongnoitre s'ils sont de la qualité propre à cet usage, pour être vendu et distribué au publicq, à peine de dix sols d'amende contre les refusans et de confiscation des choses recélées.

XV. Que les apprentifs et compagnons dud. métier qui feront la moutarde et la porteront vendre et débiter par la ville seront sains de corps et leur linge et habitz netz et modestes à peine de dix sols d'amende contre les maîtres, aplicable comme dessus.

XVI. Quand les enfans des maîtres dud. métier désireront être reçus maîtres, lesd. jurés seront tenus de les recevoir en faisant même preuve que dessus, et sans pour ce payer aucune chose.

XVII. Pourront lesd. maîtres apprendre leurs enfans sans qu'ils leur tiennent lieu d'apprentifs et néanmoings où les enfants desd. maîtres feroient leur apprentissage dud. métier ailleurs qu'en la maison de leur père, ils seront appelés apprentifs et en tous cas, soit en la maison de leur père ou ailleurs, feront leur apprentissage trois ans accomplis avant que d'être receus aud. métier.

XVIII. Les veuves des maîtres tant qu'elles seront en viduité jouiront du mesme privilège que lorsque leur mary vivoit, duquel elles demeureront excluses si elles passent en second mariage avec un autre que dud. métier de vinaigrier et moutardier, pendant laquelle viduité elles ne pourront prendre ni faire aucun apprentif, ains se serviront des compagnons dud. métier; et où du vivant de leur mary il y auroit un apprentif en leur maison, elles lui pourront faire parachever le temps qui restera dud. apprentissage en leurd. maison à la forme de la convention faite avec leur mary.

XIX. Que lesd. veuves pendant leur viduité ne pourront avoir plus d'un compagnon dud. métier en leur maison, soit pour y travailler ou pour cryer la lie et moutarde par cette dicte ville et banlieue.

XX. Si aucun apprentif sortoit d'avec son maître avant les trois ans de son apprentissage, où il ne reviendroit dans un mois après sa sortie, ledit maître en pourra prendre un autre et ne pourra led. apprentif travailler dud. métier s'il ne montre une excuse légitime de sa sortie.

XXI. Nul maître dud. mestier ne pourra tenir deux ou plusieurs boutiques en divers lieux de cette ville, à peine de dix livres d'amende, aplicable comme dessus.

XXII. Seront tenus les maîtres dud. métier d'avoir chacun une marque pour marquer les barils de moutarde qu'ils vendront, à peine de vingts sols d'amende, applicable comme dessus, afin que nul ne puisse desuer ce qui viendra de lui.

XXIII. Qu'encore que lesd. compagnons du métier viendroient à se marier avec une veuve aussi dud. métier, néanmoing ils ne pourront tenir ni lever boutique qu'ils n'aient fait preuve comme dessus et payé six livres pour les droicts d'entrée, aplicable à lad. confrairie.

XXIV. Que aucun marchand forain ne pourra exposer en vente en cette ville et banlieue, lye, vin et rapet, servant aud. mestier, que préalablement ils n'aient été visitez par les maîtres jurés dud. métier et par un eschevin en présence du procureur-syndic ou de l'un de ses substituts, à peine de confiscation des choses qui seront ainsi exposées en vente et de l'amende de dix livres aplicable comme dessus et lesquels forains paieront aux jurés pour chacune pièce qu'ils visiteront un sol tournois pour leur droit.

XXV. Que dans lad. ville et banlieue aucun ne pourra faire vinaigre de vin buffé, ni pressurer lye pour vendre et débiter soit en gros ou en détail à peine de trois livres d'amende aplicable comme dessus, et neanmoings où les habitans de lad. ville, fauxbourgs et banlieue auraient du vin aigre ou des lyes, ils pourront faire dud. vinaigre, le vendre et débiter soit en gros ou en détail sans encourir aucune amende ou confiscation pourveu qu'il soit trouvé bon, loyal et bien conditionné.

XXVI. Semblablement personne ne pourra amener ni vendre en cette dicte ville cendrée forte gravelée que premièrement la visite n'en aye été faicte par les jurés dud. métier, en présence d'un eschevin, du procureur-syndic ou de l'un de ses substituts pour recognoistre s'ils sont de bonne qualité, sur peine de confiscation et de trois livres d'amende aplicable comme dessus, et auront lesd. jurés pour leur droict de visite, un sol pour chacune pièce.

XXVII. Que aucun autre que les maîtres dud. métier ne pourra acheter lye, vinaigre et rapet servant à faire vinaigre, ni lesd. maîtres ayans acheté du vin à faire vinaigre, l'exposer en vente pour être vendu au pot pour du bon vin, à peine de trois livres d'amende aplicable comme dessus.

XXVIII. Que chacun an sera faicte nomination de deux maîtres dud. métier pour prendre garde de veiller sur les autres maîtres dud. métier afin que les ordonnances cy-dessus soient gardées et observées, laquelle nomination sera faicte par lesd. sieurs vicomte-mayeur et eschevins ainsi qu'il se fait pour les autres métiers de lad. ville.

XXIX. Et comme lesd. vinaigriers et moutardiers ont fondé quelque service à l'église des Jacobins et étably une confrairie en l'honneur et gloire de Dieu soubz les vœux et prières de saint Vincent qu'ils ont choisi pour leur patron, comme il est porté au contract du vingt-troisième janvier mil six cent trois, receeu par fut maître Edme Cazotte, notaire royal, lesdits vinaigriers et moutardiers accompliront led. contract selon la forme et teneur aux peines contenues.

Fait en la Chambre du Conseil de la ville de Dijon, le vingt sixième jour de may l'an mil six cent trente quatre (1).

On voit par ces statuts que la corporation avait le monopole de la fabrication des eaux-de-vie ; quelques documents leur donnent même le nom de *Brandevigniers*. Par délibération de 1647, la mairie leur fit défense de faire aucunes *cendres fortes* en leurs maisons ni d'y brûler les lies de tonneaux ; en même temps elle leur assigne des emplacements hors la ville pour leur distillation. Une autre délibération de 1698 nous apprend que la bière était aussi du domaine des vinaigriers-moutardiers, mais cette année-là il leur est défendu d'en faire à cause de la rareté des grains ; ils restaient libres d'employer autre chose que les grains ; du reste la délibération ne nous dit pas avec quels produits ils pouvaient brasser. Le premier brasseur dijonnais que nous avons rencontré est Louis Dubourdier, de Lyon, lequel est autorisé, le 29 avril 1611, à établir à Dijon « une brasserie de bière et une savonnerye hors la ville », à condition qu'il vendra son savon douze deniers au-dessous du prix des autres marchands. Cette condition n'était pas faite pour encourager le débutant, aussi les brasseurs ont laissé peu de trace à Dijon avant 1792 ; ce n'est qu'en 1759 que nous voyons figurer sur le rôle de nos maîtres les *brasseurs de bière* et les *distillateurs*. Depuis ces époques les industries des moutardiers, vinaigriers, distillateurs et brasseurs ont singulièrement prospéré et forment aujourd'hui une des premières branches du commerce dijonnais.

Le régime des offices fit tomber les statuts de 1634 en désuétude ; de nouveaux étaient nécessaires et le 18 juil-

(1) Arch. munic., G. 3.

let 1711 la Chambre de ville les envoyait au Parlement qui les homologua le 5 mars 1712.

Ces statuts intitulés *Nouveaux statuts, règlemens et ordonnances de la communauté des maîtres vinaigriers, moutardiers et vendeurs d'eau-de-vie et verjus et distillateurs d'esprit de vin de laditte ville et faubourgs de Dijon*, ont eu deux éditions imprimées (1); nous croyons donc superflu de les reproduire. Ces deux exemplaires contiennent une liste de 91 maitres avec la date de leur réception depuis 1671 jusqu'à 1769. L'original des statuts de 1711-1712 est signé de Naigeon et Tranchant, les deux jurés, et de 23 maitres « le sachant faire ». La corporation était divisée en quatre classes, dont la dernière se composait des veuves, pour la répartition des charges et des intérêts d'une somme de 3.300 livres « empruntées pour la finance de plusieurs offices réunis à ladite communauté ».

HOTELIERS, CABARETIERS, AUBERGISTES MARCHANDS DE VIN (2)

Patronage : Sainte Marthe.

Armoiries : *De sinople à un plat d'argent.*

Aucun art, aucun chef-d'œuvre ne trouvent place dans ces professions; on n'y rencontre que des règlements pour l'alimentation ou sur la police des métiers comme établissements publics, En ce qui concerne la police, les hôteliers et consorts étaient soumis à une étroite surveillance pour tout ce qui se passait chez eux et pour tous les clients qu'ils hébergeaient. Ils devaient, pour ainsi

(1) A Dijon, chez A.-J.-B. Augé, 1734, 36 pages in-4; — à Dijon, chez L. Hucherot, 1769, 36 pages in-4.

(2) Arch. mun., G. 16, 17.

dire, établir l'état civil de leurs hôtes et le présenter à chaque réquisition de la Chambre de police. Au xve siècle déjà, tous les logeurs étaient obligés de tenir un registre pour y inscrire les noms et surnoms de leurs clients sédentaires ou passagers, et chaque jour ce registre devait être présenté à la police. Peu à peu la communication du registre se ralentit, elle se fit ensuite tous les huit jours, puis tous les quinze jours. Il était expressément défendu à tous les débitants de recevoir chez eux les jeunes gens, les fils de familles, les « bourdeliers, les affronteurs, les cagnardiers » et autres vagabonds. Pour l'observance des dimanches et fêtes et des « jours maigres », les règlements surgissaient chaque année aux approches des dates désignées par la loi de l'Église, et ils devinrent encore plus fréquents lors des guerres de religion. A chaque contravention, et elles furent nombreuses ! la Chambre de ville profitait du jugement rendu pour confirmer avec plus de sévérité les règlements antérieurs. Plus d'un cabaretier vit fermer sa boutique pour avoir servi de la viande aux jours défendus, ou même simplement pour avoir reçu des protestants (1).

En ce qui concerne l'alimentation, tous les produits et denrées du ressort de ces professions subissaient la taxe officielle, la nourriture de l'homme, celle du cheval, le logement, tout était tarifé. Vers l'an 1400, le meilleur vin devait se vendre six blancs la pinte. Dans les années fructueuses, comme en 1402, il était défendu de vendre, en gros et en détail, d'autre vin que celui des crus dijonnais.

L'*ordonnance royale sur les victuailles* parut en 1503, le 29 décembre. Nous en trouvons une copie aux archives municipales et en extrayons ce qui suit : Après avoir fait

(1) Nous retrouverons ces règlements au chapitre des académiciens, Paumiers, etc.

défense de jurer, blasphémer, dépiter le nom de Dieu, de la sainte Vierge et des saints et saintes, sous peine d'avoir la langue percée d'un fer chaud, arrive le prix de chaque denrée avec défense de « prendre ne exhiger des gens de pied ou de cheval » qui seront logés, « plus avant ne plus haut des prix qui s'ensuivent à la peine de cent sols tournois d'amende pour la première fois et pour la seconde fois à peine d'amende arbitraire et d'en estre si griefvement pugnis que cera exemple à tous autres ».

Pour la journée entière de lomme et de son cheval quatre gros, assavoir, pour la disnée six blans et pour la souppée dix blans.

Pour la disnée d'un cheval deux blans et pour la souppée quatre blans, le cheval couchant le maistre (1).

Et pour la disnée de lomme quatre blans et pour la souppée de lomme quatre blans aussi.

Et quant aux roliers et charretiers venans loiger aux hostelleries, lesquels preingnent l'avenne à la mesure pour leurs chevaulx, lesd. hostelliers seront tenus de donner ausd. roliers et charretiers la carteranche d'avenne pour deux blans plus qu'elle n'aura costé au marchief précédent.

Que lesd. hostelliers ne vendent aucungs pains blans ne bis qu'il ne soit marqué de la marque du bolangier qui l'aura fait et cuit.

Et quant aux voulailles, l'on ordonne que doresenavant aucungs ne soient si hardiz de les vendre plus avant que des prix qui s'ensuivent :

Le chappon de poullaillier, six blans et au dessoubz ;
Le chappon de marché, cinq blans.
La poule, dix nicquetz ;
Le poucin de poullaillier, cinq nicquetz ;
Le poucin de marché, quatre nicquetz ;
Le faisan, quatre gros ;

(1) Cet usage se pratique encore dans quelques-uns de nos pays, le voyageur avec cheval ne paye pas sa chambre mais... il y a le pourboire !

La faisande, trois gros ;
La perdrix rouge et grise, six blans ;
La gelynotte, deux sols ;
La bécasse, quatre blans ;
Le congnis (lapin de garenne), six blans ;
Le lyèvre, six blans ;
Le levreaul, quatre blans ;
L'oiseau de rivière, dix niquetz ;
Le plongon et autres tels semblables oiseaulx de rivière, six deniers ;
Gryves, estourneaulx et merles, deux deniers pièce ;
La grue, quatorze blans ;
L'oye saulvaige, quatre sols demy ;
Le signe, sept gros ;
L'otarde, six gros ;
Le hairon, quatre sols ;
L'oison gras avec la plume engraissé chieux le poullailler, quatre sols ;
L'oison de marché, trois sols ;
Le pingeon prins chieux le poullaillier, quatre nicquetz ;
Le pingeon de marché, ung blant ;
La tourterelle nourrie chieux le poullailler, quatre nicquetz ;
La tourterelle de marché, ung blant ;
Le cabris gras, six blans ;
Le meilleur couchon de lait, deux gros ;
La livre de beurre fretz (frais) de cy la Pasques, deux sols.

En outre, tous les restaurateurs devaient se conformer aux règlements spéciaux des marchés en n'y entrant qu'après l'heure permise, soit 8 heures en été et 9 heures en hiver. Les prix variaient nécessairement suivant la disette ou l'abondance et la majoration était prononcée par la mairie ou les officiers du bailliage. En 1540, François Ier, « après plusieurs grandes plaintes et doléances qui luy avoient esté faictes du prix voluntaire excessif et intolérable que les hostelliers de son royaume faisoient payer à leurs hostes allans, venans, passans et repassans », prescrivit d'appliquer l'ordonnance de 1503 et fixa le prix de la journée pour un homme et son cheval à dix sols tournois y compris « souppée, disnée, bois, chandelles et gistes ».

En 1546, les baillis, sénéchaux et autres officiers royaux devaient établir tous les trois mois la taxe sur les vins. Par lettres patentes de 1551, Henri II, « affin de pourveoir et faire vuivre » le peuple à prix raisonnable et supportable, défend aux hostelliers de servir de la volaille et du gibier, et d'autres chairs que celles du bœuf, veau, mouton, porc, et les oblige à peser à la livre de seize onces.

Les *pilles-passants* n'étaient pas tous embusqués dans les fossés des routes, mais n'accusons pas trop les anciens hôteliers, ne voyons-nous pas de nos jours un tarif officiel affiché dans tous les buffets des gares !

Taxés pour les prix, les débitants l'étaient de plus pour les quantités ; chaque mesure à liquide devait porter le poinçon municipal et était vérifiée comme tout le reste; chaque acheteur et consommateur avait le droit de s'assurer si on lui servait bien son dû. Les boulangers et les pâtissiers, qui vendaient à boire et à manger, furent obligés en 1556 de se faire recevoir dans la corporation des hôteliers-marchands de vin. Déjà, à cette époque, les débitants avaient adopté pour enseignes un rond de verdure, ou couronne, suspendu au-dessus de leur porte. Quant aux particuliers ou vignerons qui vendaient le vin de leur récolte, ils n'arboraient qu'une branche de verdure. Cet usage s'est encore conservé dans nos campagnes, mais on n'y rencontre plus guère qu'une branche de genévrier.

Une assignation, dont nous ignorons la cause, fut lancée en 1577 contre des maîtres d'hôtels; nous y trouvons les *logis* suivants :

Jean Frouaille, hôte de la Croix d'Or,

Claude Moissenet, hôte de l'Ecu de France,
Dominique Danoy, hôte du Lion d'Or,
Anthoine Chanteret, hôte de la Cloche,
Jehan Saige, hôte du Cerf-Volant,
Guillaume Terreste, hôte du Cheval-Rouge,
Jehan Symonot, hôte de Saint-Julien,
Claude Luchart, hôte du Pot-de-Cuivre.

Jusqu'alors il ne paraît pas que la corporation ait eu des statuts. La réception d'un maître se faisait par la Chambre de ville après les informations d'usage, l'aspirant payait ses droits, prenait sa lettre de maîtrise et pouvait décorer sa porte du « bouchon » de buis. La liasse G. 16, aux archives municipales, renferme une belle lettre de maîtrise sur parchemin, avec le sceau de police et signée du maire Laverne en 1567 ; elle est adressée à Huguenin Dubois qui est reçu maître à condition qu'il « ne se meslera d'autres mestiers, ny de la rotisserie que pour les hôtes qu'il logera ».

Un règlement de 1646 établit le tarif suivant : « Les hosteliers, pour homme et cheval, lesdits hommes vivant à table d'hoste, n'auront que cinquante sols par jour. Pour la journée d'un cheval, quinze sols fournissant l'ordinaire d'avoine, scavoir : deux picotins le matin et trois le soir, les seize picotins faisant la mesure. Pour l'homme de pied, vingt-cinq sols par jour à l'ordinaire. Pour celui qui vivra à table d'hoste, trente sols. Pour les laquais, douze sols par jour. Pour le louage d'un cheval, par jour, seize sols. »

A la création des offices royaux, on réunit les hôteliers, les cabaretiers et les marchands en gros et en détail dans la même corporation. En 1738 on y comptait 168 membres, dont 11 boulangers, répartis en quatre classes pour la formation des rôles d'impôts. Ils formaient une confrérie sous le patronage de Sainte-Marthe dont le siège était aux Cordeliers. Toutes les assemblées se faisaient dans une salle du couvent ; les comptes-rendus nous apprennent que les réunions étaient tumultueuses et que nos maîtres employaient journellemenl des « mots sâles et deshonnêtes ».

Le rôle de 1762 ne compte que 44 membres et celui de 1767 n'en porte plus que 24 y compris un boulanger. La corporation avait alors une dette de 5.600 livres empruntées aux Ursulines. En 1789, alors qu'il fallait faire preuve de patriotisme, il lui fut impossible de souscrire à l'approvisionnement des greniers d'abondance ; la corporation avoue que, dans ses comptes, les dépenses excèdent toujours les recettes.

Cette décadence provenait d'une scission qui eut lieu en 1732. Dans la corporation se trouvaient 32 maîtres marchands de vin en gros et en détail ; voulant former un corps distinct, ils élaborèrent des statuts et manœuvrèrent pour les faire homologuer. Parmi les formalités nécessaires à la réception, il fallait que le candidat eût le palais assez délicat pour déguster les vins et en proclamer sûrement l'âge et la provenance. Cette exigence éveilla les doutes du procureur-syndic de la ville qui réclama une nouvelle rédaction de cet article et modifia profondément les autres. Nous ignorons si ces statuts furent homologués, mais dans une assemblée générale du 18 mars 1788, il fut décidé qu'à l'avenir les marchands de vin rentreraient dans les rangs et formeraient communauté avec les hôteliers et cabaretiers. De nouveaux statuts furent donc dressés, approuvés le 12 avril suivant par la Chambre de police et homologués le 15 décembre de la même année et le 12 avril 1789.

La corporation comptait alors 74 membres dont 7 marchands de vins en gros, lesquels sept maîtres supportaient le tiers des charges. Les 40 articles des *Statuts et règlemens du corps des marchands de vin en gros et en détail, hôteliers et cabaretiers de la ville, fauxbourgs et banlieue de Dijon*, furent imprimés à Dijon, chez Causse en 1789, in-4, 22 pages. Ce sont les derniers des corporations dijonnaises.

ROTISSEURS, CUISINIERS, TRAITEURS (1)

PATRONAGE : Saint Laurent (antérieurement saint Antoine).

ARMOIRIES : *D'or à un saint Laurent de gueules tenant sa grille de sable.*

Dans les professions dont il vient d'être parlé, nous avons vu simplement le bon fonctionnement administratif de vulgaires marchands, sans y rencontrer de statuts techniques comme ceux qui étaient délivrés aux artisans du XVe siècle ; de fréquents règlements municipaux, des ordonnances de police se rapportant au débit d'une bonne et saine alimentation, la tenue morale des établissements, suffisaient à ceux qui exerçaient la vente. Mais si nous abordons les *Rôtisseurs-Cuisiniers*, nous touchons à l'*Art*, paraît-il, car dès 1484, nous avons les statuts suivants :

Ordonnances sur le mestier de Rôtisserie.

I. PREMIÈREMENT. — Que cellui qui vouldra estre et passé maistre dudit mestier doresenavant soit approuvé et interrogié avant toute euvre par les eschevins et jurés d'icellui mestier qui seront pour l'année commis ad ce par messeigneurs les mayeur et eschevins dud. Dijon et leurs successeurs mayeurs et eschevins se il est trouvé ouvrier souffisant dudit mestier et que tel soit fait le rapport par lesdiz commis à mesdis seigneurs et aussi qu'il soit de bon famé, et ne se pourra entremectre de quelque autre mestier que ce soit s'il ne renonce à icellui mestier de rôtisseur, et aussi tenu de payer pour une fois la

(1) Arch. municipales, G, 17.

somme de vingt sols tournois au prouffit et entretènement de la confraire monseigneur sainct Anthoine au Pont-de-Norges.

II. *Item.* — Paiera à cellui qui pour le temps sera mayeur de lad. ville, la somme de dix sols tournois pour son plat.

III. *Item.* — Que les enffens nez et à naistre desd. maistres passez, seront passez maistres sans examen ne payer aucuns droiz pourveu qu'ils soient souffisans.

IV. *Item.* — Que les vesves qui à présent sont des compaignons dudit mestier (sic) et qui seront ci-après, joyront durant leur viduité se bon leur semble en lieu honneste et publique; et se icelles vesves se marient en homme qu'il ne soit pas du mestier, le cas ainsi advenant, elles n'en joyront plus mais en seront privées dès lors.

V. *Item.* — Quiconque dud. mestier sera trouvé avoir miz en roz char de veaul sans estre pourbellie lardées suffisamment de bon larc ou surfondue de sain frèz et nect, il soit amendable pour chacune fois qu'il en cherra de la somme de dix sols tournois, la moitié au prouffit de lad. ville et l'autre moitié ausd. commis.

VI. *Item.* — Se l'on trouve se aucun d'eulx ait appareillé venoison et sauvaigine quelle quelle soit et aussy perdriz, coniz, chappons, gelines, poussins et autres viandes à quoy affiert larc et surfondue, sans les avoir lardées ou surfondues par la manière que dessus, il l'amendera de cinq sols tournois pour chacune fois qu'il encherra à applicquer comme dessus.

VII. *Item.* — Se l'on trouve que aucuns d'eulx ayent viandes infectées, soit porc grené ou autre quelle qu'elle soit et y avoir fait fraude pour la cuider amender soit pour pourbellir, renfreschir en cave en quelque manière que ce soit, lad. vyande soit donnée es hospitaux ou gectée en la rivière se la chose y offre, et qu'il soit amendable pour chacune fois de vingt sols tournois à applicquer comme dessus. Et se l'on apperçoit qu'il continue et qu'il ne désiste de plus ainsi faire, qu'il soit suspendu et privé dud. mestier jusqu'au bon plaisir de mesdiz seigneurs.

VIII. *Item.* — Est deffendu à tous ceulx qui s'entremectent du mestier de treperie et à tous autres de quelque mestier qu'ils soyent, que doresenavant ils ne cuisent ne vendent char boulie avec les trippes, ne autrement ne s'entremectent dud. mestier de rotisserie ne en usent en leurs hostels se non pour leurs mesnaiges seulement, à peine de dix sols tournois d'amende à applicquer comme dessus à lever sur chacun d'iceulx qui seront trouvez faisans ou avoir fait le contraire pour chacune fois, sans toutesvoyes entendre que les hostelliers publiques soient comprins en lad. deffense, mais usent pour leur service de leurs hostels et de leurs mesnaiges de appareiller roz et bouly ainsi qu'ils ont accoustume de faire, sans autrement eulx entremectre dudevantdit mestier de rotisserie se chacun de ceulx qui sera trouvé faisant ou avoir fait le contraire ne veult estre amendable de dix sols tournois à applicquer comme dessus pour chacune fois qu'il en sera encheu.

IX. *Item.* — S'il advient des autres mestiers dessus diz soient trippiers ou autres se veuillent désister de leurdit mestier et requérir estre receuz et passez maistres dud. mestier de rotisserie, en besoigner en lieux honnorables et publiques selon que ledit mestier le requiert, en ce cas, s'il plaît à mesdiz seigneurs les mayeur et eschevins, lad. réception leur pourra estre octroyée en faisant le sèrement et payant tous les debvoirs dessus déclairez.

X. Et prendront lectres de leur institucion dudit mestier tous ceulx que cy-après y seront receuz quels qu'ils soient, soubz le scel de lad. maierie par les mains du scribe d'icelle.

XI. Et si l'on treuve que aucuns dud. mestier présens et advenir soient excommuniez, l'on ne leur souffrira point d'eulx en entremectre jusques à ce qu'ils soient absolz.

XII. Et ont reservé mesdiz seigneurs de corrigier, amender, acroistre ou diminuer ces présentes par eulx et leursdiz successeurs toutes les fois qu'il leur plaira et verront estre nécessaire.

Fait le XXIe jour de may l'an mil CCCC quatre-vingt et quatre.

C'est le seul document que nous fournissent les XVe et XVIe siècles. La communauté, sous le patronage de saint Antoine, vivait à la remorque de celle des bouchers ; mais le 10 août 1639, les cuisiniers, voulant s'affranchir, fondèrent une confrérie sous le patronage de saint Laurent au couvent des Cordeliers. L'acte de fondation fut passé le 15 juillet 1641 par devant notaires et signé des vingt et un cuisiniers suivants : Jean Piot, Julien Girault dit Piémontois, André Godard, Sulpice Bouvée, Georges Givoisey, Etienne Leclout, Urbain Bouvier, Charles Darsut, Edme Brunet, Jacques du Saussoir, Claude Dubois, Nicolas Tobie, Nicolas Robinet, Antoine Bolard, Bénigne Piot, Charles Jordain dit Lacaille, Nicolas de Monsac, Nicolas Carteret, Gilbert, Nicolas Didier et Vivant Michelot.

Quelques jours après, le 6 août 1641, des statuts furent octroyés à la nouvelle communauté sous le nom de *cuisiniers, rôtisseurs* et *traiteurs* ; ces statuts furent confirmés par le roi le 27 février 1642.

Ayant délaissé Saint-Antoine de Norges, la confrérie n'en continua pas moins ses pérégrinations rurales, mais elle changea de direction, et « suivant l'antienne coustume », les confrères allaient, le 15 août de chaque année, en pèlerinage à l'église Saint-Laurent de Daix. Tous les maîtres es arts culinaires faisaient l'ascension de la colline, se rendant à l'église alors au sommet, « pour y faire leur dévotion et entendre la sainte messe » qui s'y célébrait en l'honneur « de l'assomption Notre-Dame, mère de Dieu ». Les contraventions à ce devoir étaient punies d'une amende « d'un quarteron de cire blanche ». En 1689, l'amende fut portée à une livre de cire blanche.

Le régime des offices jeta le trouble dans la communauté, elle chercha à former deux corps : les poulaillers-traiteurs et les traiteurs-cuisiniers, dans le seul but de parvenir à établir leur rôle d'impôts. Cette mesure n'eut pas de succès et dans une assemblée générale de 1704, de nouveaux articles furent élaborés pour subvenir aux frais nouveaux. Les apprentis devaient verser trois livres pour « droit de tablier », les absences non légitimées aux réunions étaient amendables de quinze sols, puis une amende de vingt sols ou d'une livre de cire était infligée à chaque confrère qui n'allait pas à la messe de Daix, « le jour de la feste de l'Assomption Nostre-Dame, où lesdits maistres ont eu de tout temps une dévotion particulière à cause de saint Laurent leur patron, au nom duquel cette église est consacrée ». Cette délibération est signée, le 8 janvier 1704, par les onze membres suivants : Jean Poisot, P. Garnir, Picardet, Boiveux, Pinsson, Ardan, Carrelet, Lambert Lory, Orième Liotet, P. Boudier; quant aux cinq autres, Claude Monin, Pierre Dijot, Henri Dijot, Charles Garreau et Benoît Juillet, ils ont déclaré ne savoir signer.

Un de ces maîtres cuisiniers, Philippe Boyveux, a laissé pour son don de bâton en 1675, « 2 bans pour asseoir les maîtres de la confrérie de saint Laurent ». Ces deux bancs en beau chêne, provenant sans doute du couvent des Cordeliers, sont à l'heure actuelle dans une chapelle de l'église Saint-Michel de Dijon.

Le pèlerinage de Daix eut encore de beaux jours au XVIIIe siècle; seulement les confrères témoignent plus d'appétit que de dévotion, comme nous l'apprend leur délibération du 18 août 1731 : « Défenses seront faites à tous les maîtres traiteurs et rotisseurs de jurer et proférer des mots sales lors du rafrachissement qui se prend ordinairement, tous les ans le jour de l'Assomption au lieu de Fontaine-les-Dijon, en revenant de Saint-Laurent qui est une chapelle située au village de Daix, destinée et choisie par le corps pour faire leur devotion. » Ce pèlerinage, bannière armoriée de saint Laurent déployée au soleil d'août, à travers la belle campagne de Fontaine et de Daix, devait être d'un charme pittoresque!

Les bouchers, charcutiers, hôteliers et poulaillers du marché étaient les concurrents directs des rôtisseurs. Ces professions se touchaient de si près que le moindre écart constituait une contravention. Ainsi les hôteliers pouvaient confectionner les plus appétissants rôtis, les pâtés les plus dorés, les servir délicatement sur leurs tables, mais défense à eux de les vendre et même de les exposer en vente. Les délits étaient faciles, quelquefois involontaires, mais n'en étaient pas moins suivis de condamnations.

La situation financière n'était toujours pas prospère ; en 1755, dans l'espoir d'y remédier, les maîtres s'imposèrent à « dix sols par tête de chevreuil ou de sangliers, trois sols par chaque marcassin et chevrillard, trois sols par douzaine de peaux de cabrits, agneaux et lièvres, que chaque maître vendra et achetera, pour aider au paiement de l'impôt ».

Les derniers *Statuts et règlements pour les maîtres traiteurs, cuisiniers et rôtisseurs de la ville de Dijon* furent homologués en Parlement le 12 décembre 1767 (1).

L'article premier dit que les maîtres auront toujours saint Laurent pour patron et qu'ils devront assister la veille et le jour de la fête à tous les offices ; une messe de fondation devait se dire aux Cordeliers le jour de saint Roch. Leurs boutiques devaient être fermées le jour entier aux quatre grandes fêtes de l'année ; les autres jours de fêtes et dimanches ils devaient fermer de neuf heures à midi.

L'apprentissage était de deux ans, passés soit chez les maîtres, soit « dans des maisons de condition ou ailleurs ».

Enfin on peut recourir à l'imprimé pour les 48 articles des statuts dont huit ont rapport au règlement des marchés.

(1) Imprimé à Dijon, chez Hucherot, 1768, 8 pages in-4.

ACADÉMISTES, PAUMIERS, TRIPOTIERS, TENEURS DE BILLARD (1)

Patronage : Sainte Barbe.

Armoiries : *D'or à trois pals d'azur.*

Le mot *Académie,* appliqué autrefois à une foule de sociétés savantes ou non, a été tellement prodigué, qu'on l'a même donné aux assemblées de joueurs qui se réunissaient chez les paumiers ou tripotiers, qui prirent alors le nom d'*académistes.*

Le jeu de *longue paume* se jouait en plein air, le jeu de *courte paume* se donnait chez les paumiers ou tripotiers dans leurs grandes salles publiques où débuta le théâtre quand il eut quitté la rue. Au XVIIIe siècle, ces salles donnaient encore asile aux comédiens, aux danseurs de cordes et autres acrobates. Les charlatans y débitaient aussi leur baume universel, avec leurs farces et avec permission municipale accompagnée de l'expertise des jurés apothicaires.

Un des plus célèbres tripots dijonnais était celui dit de la *Poissonnerie,* rue des Godrans, en face la rue Musette ; il existait en 1388 et la *Mère-Folle* y tenait ses joyeuses réunions. Le tripot de la *Grande Salamandre,* ou de la *Poulaillerie* (rue Piron) et celui des *halles Champeaux,* étaient aussi en vogue depuis longtemps. Le dernier survivant fut le tripot dit des *Barres,* ancien jeu de paume des abbés de Saint-Etienne ; il appartint ensuite à la vieille famille d'Esbarres, d'où vient son nom, et la ville l'acheta en 1717, pour en faire son théâtre municipal. L'ancien Hôtel de Ville de la rue Jeannin et le Palais des Ducs avaient aussi leur jeu de paume, et il est question du jeu de paume des Jacobins, en 1390.

(1) Arch. municipales, G. 5.

Un règlement municipal, imprimé en 1580 (1), tout en donnant le tarif du jeu de paume, enjoint déjà aux paumiers d'observer les ordonnances de police sous peine d'une amende de dix écus, somme énorme pour l'époque. Voici le paragraphe :

JEUZ DE PAUME

Pour la douzaine d'esteufs (balles) neufs et blans aux jeuz de paume couverts . . .	six sols.
Pour ceux à demy blancs, qui n'ont guères couru.	quatre sols.
La douzaine de regrattez (balles remises à neuf).	trois sols.
Et aux jeuz de paume communs non couverts.	idem.

A la charge de fournir bonnes raquettes avec défenses de tenir autres jeuz, ne souffrir jouer les enfans de famille et de garder les ordonnances : à peine de dix escus d'amende.

Malgré la défense d'y jouer d'autres jeux, ces lieux étaient le rendez-vous de joueurs de toutes espèces ; on y jouait la bastelle, le hoca, le trinquet, la bassette, le pharaon, le lansquenet, les dés et autres « jeux de hasard ». Les règlements contre le jeu sont aussi anciens que le jeu lui-même, les plus anciens registres signalent les mesures prises contre cet abus ; le bourreau de la ville surveillait les jeux et avait le droit de saisir les enjeux pour son salaire. Plus tard la mairie et le parlement usèrent toutes les formules de règlements et toute la série des pénalités contre les joueurs, rien ne les arrête, ni leur serment sur l'évangile, ni la prison, ni la menace d'avoir le poignet droit coupé. En vain les tripotiers sont-ils prévenus et menacés de la fermeture de leur

(1) *Le Règlement politicque fait par les vicomte-mayeur, prévost et eschevins de la ville de Dijon, émologué par la cour de Parlement du duché de Bourgongne en février 1580, à Dijon*, par J. des Planches, 1580, petit in-4, 30 pages.

établissement, en vain la défense de jouer à toutes personnes ou de faire jouer pendant les offices et en autres temps, de prêter de l'argent « aux fils de famille »... Les « brelans » n'en continuent pas moins.

Parmi tous ces règlemens périodiques, citons seulement celui du 4 avril 1710, dont l'exposé trace un tableau des mœurs de l'époque, — tableau tout à l'avantage de nos mœurs actuelles :

Le procureur du roy a dit que la Cour... a fait plusieurs règlemens pour abolir les brelans et les académies, mais que l'amour du jeu a presque toujours prévalu à des lois aussi sages qu'elles étaient nécessaires ; que la disette de l'année dernière qui s'est fait sentir aux plus riches, n'a pû éteindre cette dangereuse passion, qu'on la voit renaître avec les espérances de la récolte, et depuis quelques mois elle a passé jusqu'aux artisans. Que des gens trop avides du gain la favorisent en livrant leurs maisons le jour et la nuit ; que dans ces lieux où les pères et les magistrats ne sauraient entrer sans oublier ce qu'ils doivent à leur famille et à leur caractère, tout inspire la licence ; la table y succède au jeu, le jeu à la table, et les plus sages font des pertes qui les incommodent ; les plus modérés excitent des querelles et les voisins frémissent d'horreur au bruit des juremens et des blasphèmes qu'on y profère. Que l'interdiction des académies n'aurait pas un succès entier si on ne défendait encore les jeux de hazard à toutes personnes dans toutes sortes de maisons. Que pour faire cesser les désordres qui troublent si souvent pendant la nuit le repos et la sureté publique, il estimait nécessaire d'abréger au moins le temps de la débauche. En conséquence...

La Cour a ordonné et ordonne que les ordonnances et arrêts concernant les académies et jeux de hasard seront exécutés selon leur forme et teneur, ce faisant, fait défense à toutes personnes de tenir académie ou assemblée de jeux à peine de trois mille livres d'amende... défend expressément à tous de donner à jouer à quelque jeu de hasard que ce soit... de donner à boire et à manger les jours de fêtes et dimanches pendant la messe, les vêpres de paroisses et service divin.... de fournir et donner à manger de la viande pendant le carême et tous autres jours d'abstinence.... ordonne de fermer leurs boutiques à dix heures du soir du 1er octobre au dernier mars et à onze heures du 1er avril au dernier septembre.

Les pauvres paumiers auraient pu fermer boutiques, car les amendes furent si fréquentes qu'ils ne purent parvenir à les payer ; il fallut un nouvel arrêté du 9 juillet suivant pour contraindre les joueurs pris en délit à participer au paiement des amendes. Devant une telle calamité, la clientèle déserta les tripots et se dispersa dans des maisons particulières à l'abri de la police, ce qui motiva la requête suivante :

Supplient humblement, les maîtres paumiers de cette ville et dient que nonobstant la misère des tems, la rareté de l'argent qui fait que presque personne ne joue dans leurs tripots, ils sont néanmoins tous chargés de gros loyers et de taxes aussi considérables que dans les tems où l'on voyait journellement les supplians occupés de leur profession.

Puis ils déclarent que beaucoup de particuliers donnent à jouer continuellement chez eux, même à la jeunesse, à toutes sortes de jeux défendus, et ils citent les noms d'individus que les visiteurs ont trouvés faisant jouer aux cartes et au billard pendant les vêpres, ce qui leur portait un réel préjudice. Mais la Chambre de police tint ferme et tout en cherchant à réprimer ces scandales, confirma purement et simplement le règlement de 1710. Cependant en 1714 et après une nouvelle requête, elle permit à nos maîtres de faire jouer aux gallets.

De requête en requête, les paumiers obtinrent enfin des statuts, homologués en 1734, et dont voici le résumé :

Statuts des maîtres paumiers et teneurs de billard.

I. [Les maîtres prendront chacun à leur tour le bâton de sainte Barbe, patronne de la corporation.

II. Le coffre contenant les papiers sera entre les mains du bâtonnier sortant et du bâtonnier rentrant qui tous deux auront la charge de syndic-juré.

III. La clef du coffre sera entre les mains du plus ancien maître.

IV. Les membres devront tous assister aux réunions sauf les cas de force majeure.

V. Ils seront tenus d'assister à tous les offices et service de la fête.

VI. Ils payeront exactement leur quote-part pour solder les arrérages ; ceux qui ne paieront pas sur le champ auront un délai de trois jours pour le faire, sinon ils seront assignés pour y être contraints et condamnés].

VII. Comme il est dû par les RR. PP. Jacobins de cette ville, une messe basse tous les dimanches de l'année et que peut-être par la négligence du marguillier de la communauté, les messes ne seroient pas dites régulièrement, il sera donné état ou mémoire audit marguillier pour avertir la veille du dimanche celui qui à son tour sera obligé de s'y trouver, lequel en cas d'absence ou empêchement y enverra une personne, et faute d'en faire trouver une, sera condamné à l'amende de quinze sols...

VIII. Il ne sera permis à aucun desdits maîtres de donner à jouer pendant les messes paroissiales et vêpres des dimanches et fêtes, depuis neuf heures jusqu'à onze heures et depuis trois jusqu'à quatre...

IX. [Aucun maître ne donnera à jouer aux jeux de hasard.

X. Le maître qui prendra le bâton pour la première fois devra verser six livres pour l'entretien du luminaire de la confrérie et aux réparations de la chapelle.

XI. Défense à tous autres d'exercer le métier sous peine de

confiscation des tables, tapis de billard, billes et masses dont on se sert pour jouer.

XII. Les maîtres seront tenus de se trouver chez le bâtonnier le premier mercredi après le premier dimanche d'août pour assister à la messe de mort qui se dit pour le repos de l'âme du fondateur.]

Et ne donneront pas à jouer pendant les quatre grandes fêtes de l'année.

En 1762, il fut réglé qu'un maitre ne pourrait pas s'établir dans une maison déjà occupée par l'un d'eux. Deux ans après, les tripots devaient fermer le soir à huit heures en hiver et à neuf heures en été. Comme jeux permis, on ne pouvait jouer que l' « écot », mais sous ce prétexte les jeux reprirent une vigueur qu'il fallut réprimer par un règlement de 1765. Il fut encore défendu, en 1781, de jouer à la bauche, aux quilles et autres jeux de boules. Malgré toutes ces entraves, le nombre des tripots augmentait dans de telles proportions que la Chambre de police résolut de n'en plus permettre l'installation avant que le nombre ne soit réduit à six et qu'elle s'en tiendrait à ce chiffre. Ces six maîtres, est-il dit, pourront avoir chacun deux billards, mais leur salle ne devra avoir qu'une seule issue afin d'en faciliter la surveillance; défense aussi de recevoir des écoliers et des étudiants et obligation de se conformer aux éternels règlements.

A partir de 1637, les registres des délibérations municipales contiennent aussi de nombreux règlements contre l'abus du tabac qui prit naissance dans les tripots qu'on appelait aussi *stecqs*. Peu à peu on se mit à « prendre du tabac en pipes » partout, si bien que la police dut défendre de fumer dans les corps de garde et même dans les églises, comme le désigne une délibération de 1665. C'est peut-être de cette époque que date la pipe du Jaquemart qui martelle les heures à l'horloge Notre-Dame.

TONNELIERS (1)

Patronage : Sainte Marie-Madeleine.

Armoiries : *D'or à une barre de gueules.*

Le régime de la corporation des tonneliers comprenait l'industrie du métier et le commerce des vins qui était généralement du domaine des jurés-tonneliers, nommés par la mairie de Dijon. C'est en considération de ces dernières attributions que nous classons les tonneliers dans l'alimentation. Le marché au vin, qu'on appelait l'*Etape*, se tenait très anciennement sur la place Saint-Jean sous la direction des commis-jurés tonneliers qui étaient alors les *courtiers* du marché. En dernier lieu l'étape se tenait sur la place du Morimond.

Presque oublié de nos jours, dit M. Lavalle (2), le gourmet (nom usité à Beaune), joua dans les siècles derniers un rôle des plus importants ; c'était lui qui, par la dégustation, fixait le prix du vin apporté sur le marché, vérifiait s'il avait bien été récolté dans les climats indiqués par le vendeur, s'il ne provenait que de raisins pinots ou d'un mélange de pinots et de gamets, si on avait mêlé des vins blancs ou de différentes années, etc., etc. Le gourmet trouvait dans sa science moyen de prononcer presque infailliblement, assurait-il, sur tous ces points et se jouait des plus grandes difficultés. Nombre de procès furent jugés de par l'autorité des dégustateurs-jurés et des procès-verbaux et des saisies furent faits par milliers sur leurs témoignages. Néanmoins les maires choisirent souvent aussi parmi les vignerons ceux à qui ils confiaient ces fonctions. Mais depuis le milieu du XVIe siècle, les jurés-vignerons et les jurés-tonneliers se virent privés d'une prérogative qui à partir de cette époque constitua une fonction spéciale.

(1) Arch. municipales, G. 72, 73, 248, 249.

(2) *Histoire de la vigne et des grands vins de la Côte-d'Or*, 1855.

Nous verrons cependant, dans des documents postérieurs, cette fonction exercée encore par des jurés-tonneliers dijonnais. En 1601, la mairie se priva, en effet, du concours des tonneliers par une délibération qui dit : « sur ce qui a été démontré que par délibération ait été commis et institué, goûté et taté le vin où s'aposera la marque à feu de lad. ville, pour lever les abus cy-devant faits et commis par des tonneliers, lesquels sous prétexte de gain et proffit particuliers aposent lad. marque à toutes sortes de vin qui se conduisoit et charrioit hors le pays », la mairie a révoqué et révoque toutes les commissions et institutions qu'elle a ci-devant données et accordées aux tonneliers de ladite charge. Après confirmation par le bailliage, la mairie institua Jacques Fornier, échevin, Nicolas Durand et Nicolas Tortal, marchands, pour goûter et taxer les vins que l'on voulait faire marquer au poinçon de la ville. Le graveur Pierre Millot fit en 1604, moyennant cent sols, le fer à marquer au feu les fûts de vins destinés à l'exportation. Les vins du bailliage de Dijon étaient poinçonnés aux armes de la ville et ceux des autres pays portaient la marque des experts. Dans une période de quelques mois de l'année 1610, le marché dijonnais fut fermé aux vins étrangers, c'est sans doute l'abondance qui avait dicté cette mesure. En 1625, encore une année d'abondance, les six jurés en exercice, prévoyant qu'ils auraient beaucoup de besogne, demandèrent à la mairie de leur adjoindre deux autres jurés, il en fut référé au bailliage qui refusa. Le salaire des jurés était de deux sols par muid pour jauge, dégustation et marque. Rien n'indique la profession des jurés, mais en 1636, les jurés étaient des tonneliers chargés de visiter tous les vins qui entraient en ville ; ils obtiennent même de la mairie qu'elle donne aux portiers et aux soldats gardiens des portes, le droit d'empêcher l'entrée des vins non expertisés et marqués.

Ces jurés étaient aussi chargés de visiter les cercles et « ozières » mis en vente sur les places Saint-Jean et Saint-Michel ; en 1648, ils demandèrent pour leur salaire à prélever une douzaine d'osiers sur chaque charrette et deux molettes sur chaque cent de cercles mis en vente. Ce droit leur fut refusé et nous ignorons s'ils furent plus heureux dans une même demande en 1667.

Le maire de Dijon conserva jusqu'à la Révolution le privilège de nommer les jurés experts ou *gurmetz*. La nomination des vigniers était aussi un droit de la mairie ; quant au *Ban des vendanges*, c'était l'attribution même du maire qui s'en allait avec ses échevins, son procureur syndic et les vigniers, chevauchant à travers les coteaux de la banlieue, proclamer l'ouverture des vendanges. Cette cérémonie donnait lieu à de grandes réjouissances publiques où les festins entraient en première ligne. Le nom de *courtier* paraît en 1672, cette année-là il y avait six courtiers-tonneliers et six courtiers-vignerons. Leur nomination se faisait avec solennité : à l'issue de la messe des Carmes, le 30 juin de chaque année, les magistrats municipaux, à la sortie du couvent par la porte de la rue Maison-Rouge, allaient au coin de la rue de la Truie-qui-file, où les attendaient les maîtres tonneliers ; les anciens jurés présentaient les nouveaux, et les magistrats les investissaient de leurs nouvelles fonctions en leur remettant les jauges officielles de la ville. Cette transmission de pouvoir s'observait encore au XVIIIe siècle.

En 1752, il n'y avait plus que quatre jurés tonneliers ; l'étape était transportée place du Morimond ; une délibération de 1762 règle ainsi le marché : « Les vins qui seront vendus sur la place des étapes seront amenés et déposés par les forains dans les caves que le fermier des halles sera tenu de leur fournir dans le voisinage de ladite place des étapes, et pour la garde et dépôt d'iceux sera payé 15 sols par queue, savoir 10 sols pour l'entrée et 5 sols pour la sortie, outre les frais de descendre et tirer les vins qui seront à la charge de celui qui les aura déposés. »

Les conducteurs devaient ranger leurs voitures derrière l'hôtel des abbés de Morimond et non sur la rue où elles auraient gêné la circulation, La marque des fûts devait indiquer en chiffres romains la quantité de pintes qui manquaient à la contenance voulue. Si le vin était aigre ou piqué, le fût était marqué « au rond », mais s'il était frelaté, les jurés prévenaient immédiatement les officiers de police.

Une administration qui veillait si sévèrement à la bonne tenue des vins ne devait non plus pas négliger la qualité des fûts ; contenu et contenant étaient donc toujours l'objet de règlements préservatifs contre toute fraude qui aurait pu nuire à la réputation des vins de Bourgogne. Voici d'abord une ordonnance sur les matières employées qui date des environs de l'an 1400.

Tonnellerie

Les queues, poinçoon, socles, oizières, et marrien à vin et sur les ouvraiges dudit mestier et aussi sur la vente des ais.

I. Premièrement. — Que tous socles (cercles) que l'on amènera es marchiefs et foires de Dijon, se vendront par demis fais et ne seront point fardez, et qui autrement le fera, il paiera pour fais XII deniers d'amende, et seront déliés et les mauvais seront ars et les bons se vendront.

II. *Item.*— Tous les marriens (merrains) à vin que l'on amènera es marchiefs et foires se vendront au grand millier, c'est assavoir XVI^c pour millier, c'est assavoir XI^c de douves et V^c de fonds ; et doit estre léal et marchand et sans arbel (aubier) et s'il n'est léal et marchand, le millier devra X sols tournois d'amende et le cent I gros, et doit contenir ledit cent VII^{xx} pièces, c'est assavoir C douves et XL pièces de fons et doit estre léal et marchand comme dit est, et qui ainsi ne le fera il paiera lad. amende comme dessus est dit et seront brulez et ars les diz mauvais socles et marriens esdix marchiefz et foires.

III. *Item.* — Qu'il fera courtes quehues et poinceon, c'est assavoir : la quehue moins de deux moulx muid et le poinceon un moul, ne tient-l'on pas que ce soit quehue celle (si elle) ne tient deux moulx, ne poinceon s'il ne tient un moul ; il paiera d'amende pour quehue I gros et pour poinceon X deniers ; et si ledit ouvraige est mal fait il sera visité par les commis et paiera l'amende en ceste manière, et ne se vendront point les choses dessus dictes jusques à tant que elles seront visitées par les commis sur peine de V sols.

IV. *Item.* — Que nul ne mecte en vente ne achète ais esdiz marchietz jusques à ce que prime soit sonée à l'église de St-Estienne de Dijon, sur la peine de dix sols à lever tant sur le vendeur comme sur l'acheteur.

V. *Item.* — Que nul ne vende oizières se le compte n'y est, c'est assavoir, XXX rons qui font IIII[xx] et X quartiers en chacune torche et qui soit léalz et marchandes telle deans comme dehors sans farder, sur peine de VI deniers d'amende pour chacune XIIe de torches. Desquelles amendes la ville a la moitié et les commis l'autre.

Ce règlement ne concernait que la vente de la marchandise, mais, en 1444, furent promulgués les statuts suivants qui traitent de la fabrication.

Ordonnance de Tonnellerie

I. Et premièrement. — Que tous ouvriers dudit mestier de tonnellerie qui feront doresenavant euvre neufve qui tiennent de présent ouvreur en la ville de Dijon et qui doresenavant vouldront tenir ouvreur en lad ville soient tenus de faire deux ou trois pièces d'euvre dud. mestier de tonnellerie de leurs mains au regard de quatre commis qui seront veus de par nous ou nos successeurs mayeur et eschevins.

II. *Item.* — Que aucuns tonnelliers qui ne seront point ouvriers en euvre neufve et qui n'auront licence et congié d'ouvrer, ne seront si hardiz de faire point d'euvre neufve en leurs hostels ne ailleurs pour vendre, sur peine de l'amende de cent sols tournois à lever sur eulx et chacun d'eulx qui sera trouvé faisant le contraire et applicquer la moitié à la ville et l'autre moitié ausd. visiteurs et commis.

III. *Item.* — Que tous compaignons qui ont seing et qui ne sauront faire une pièce d'ouvraige dud. mestier, leur dit seing leur sera osté et ne leur sera point rendu jusques à ce qu'ils saichent bien faire une pièce d'euvre de toute façon au regard desd. commis.

IV. *Item.* — Que toute pièce d'euvre à deux fons qui se feront de ci en avant en lad. ville de Dijon et banlieue d'icelle, seront signées du seing du maistre qui les fera ou du taicheron ouvrant devant led. maistre s'il n'est homme ayant seing, afin de congnoistre de quelle main partira ledit ouvraige et que aucun ne le puisse ignorer, sur peine de vingt deniers tournois d'amende à lever et applicquer comme dessus.

V. *Item.* — Doresenavant les jurés qui seront mis de par nous ou nos successeurs mayeurs et eschevins pour visiter les ouvreurs de lad. ville, ne seront si hardiz de bailler seing à aucun ouvrier ne réquérant jusques à ce que ledit réquérant ait faicte la pièce d'euvre et qu'il ait congié de nous ou nos diz successeurs et commis et leur sera chacun an par nous lesd. mayeurs ou nosdiz successeurs en faisant le sèrement de lad. visitacion.

VI. *Item.* — Que doresenavant toutes queues et poinssons seront barrez et lesd. queues sommelées, et seront les barres de chaisne actachées à la queue à trois chevilles et au muy à deux chevilles de chacun cousté, et ne passera la queue plus de deux septiers oultre moison, et le muy ung septier, et au regard de demy-muys il les pourront faire de douze septiers et non plus et au dessoubz se bon leur semble.

VII. *Item.* — Que tout ouvraige qui sera trouvé par lesd. commis en lad. ville et banlieue estre mal fait et amendable, sera signé par manière de ouvraige infâme si apparamment que chacun le pourra veoir et s'en paiera l'amende entièrement ordonnée et cy-après déclairée. Et quant aux queues et poinssons qui seront trouvés cours et non estre de moison, ils seront confisqués et acquis à la ville et l'amendera l'ouvrier de vingt deniers tournois pour chacune queue et de dix deniers pour chacun muy, à lever et applicquer comme dessus.

VIII. *Item.* — Et pour ce que en lad. ordonnance ancienne sont compris les vasseaulx qui se font en lad. ville et banlieue seulement et ne parle point expressément des ouvraiges que l'on peult amener d'autres lieux, soubz umbre de quoy ont esté faictes plusieurs faultes dont nous avons esté souffisamment informés, et mesmement que aucuns marchans de lad. ville en ont fait faire à Messigney, Talent, à Gevrey et aultre part qui ont esté trop cours et en ont esté deceuz les marchans estrangiers qui eulx confians de lad. ordonnance et visitacion, ne les ont point fait jaulger et quand ils en ont demandé avoir raison, ceulx qui les ont vendu ne les veulent recongnoistre, ains les ont désadvoez et ne s'est peu monstrer que ainsi feust, pour ce que lesd. vasseaulx n'estoient point signez. Laquelle chose est venue en grand domaige desd. marchans et charge, deshonneur de lad. ville et pourroit plus avant faire le temps advenir se pourveu n'y estoit, car aucuns de malvaise conscience pourroient acheter et faire à faire dehors tel mauvais et deffendu vaisseaulx qui seroit continuer lad. fraulde. Nous, pour ce a pourveoir et en faisant déclairation de ce plus amplement que faicte n'estoit en lad. ancienne ordonnance, deffendons à tous qu'ils ne usent plus desd. vaisseaulx achetez dehors s'ils ne sont bons et loyaulx tenans leur droicte et ancienne moison, et que préalablement ils soient veuz et visitez par lesd. commis sur peine de l'amende et en faire comme dessus.

IX. *Item.* — Que toutes queues où l'on trouvera bois rouge excessivement seront amendables à la ville, chacune queue, de vingt deniers tournois, à lever et applicquer comme dessus.

X. *Item.* — Que toutes queues neufves qui seront trouvées par lesd. visiteurs et commis esquelles il aura pingnes rompuz, seront amendables chacune de vingt deniers tournois, à lever et applicquer comme dessus.

XI. *Item.* — Que toutes queues neufves qui seront trouvées par lesd. visiteurs et commis esquelles il aura encoingnures seront amendables chacune de vingt deniers tournois, à lever et applicquer comme dessus.

XII. *Item.* — La queue neufve qui sera trouvée par lesd. visiteurs et commis en laquelle il aura plus du gros de une ligne d'aubez, sera amendable de vingt deniers tournois, à lever et applicquer comme dessus.

XIII. *Item.* — La queue qui sera trouvée mal assoinye et mal faicte, et là où il aura borsure ne gorge coupée, sera amendable de vingt deniers tournois, à lever et applicquer comme dessus.

XIV. *Item.* — Le poinsson de muy qui sera trouvé par lesd. visiteurs où il aura bois rouge comme dit est es queues, sera amendable à la ville de dix deniers tournois, à lever et applicquer comme dessus.

XV. *Item.* — Le poinsson qui sera trouvé où il y aura plus d'une ligne d'aubez sera amendable de dix deniers tournois, à lever et applicquer comme dessus.

XVI. *Item.* — Le poinsson qui sera trouvé où il y aura encoignures ou borsure, sera amendable de dix deniers tournois à lever et applicquer comme dessus.

XVII. *Item.* — Que tous poinssons qui seront trouvez mal fais, mal assoinis ou gorge coupée, le poinsson sera amendable de dix deniers tournois à lever et applicquer comme dessus.

XVIII. *Item.* — Le poinsson qui sera trouvé où il y aura pingnes rompus sera amendable de dix deniers tournois à applicquer comme dessus.

XIX. *Item.* — Le poinsson qui sera trouvé où il y aura trop d'artusons sera amendable de dix deniers tournois, et la queue de vingt deniers tournois, à lever et applicquer comme dessus.

XX. *Item.* — Le millier de grant marrien qui se vendra loyal et marchant, doit estre et sera revenant à cinquante queues, et si n'y revient sera amendable de dix sols à lever et applicquer comme dessus. Et le millier de poinssons loyal et marchant doit rendre et rendra cinquante poinssons, et doit contenir et contiendra ledit millier XVI^{c} pièces, c'est assavoir : XI^{c} de doves et V^{c} de fons, et le millier de marchandise à demy-muid doit estre de dix cents, c'est assavoir : sept cents de doves et trois cents de fons loyal et marchant.

XXI. *Item.* — Le millier de grand marrien qui sera trouvé par lesd. visiteurs dud. mestier es foires et marchiefz de Dijon et en la banlieue et ne sera loyal ne marchant, devra et paiera dix sols tournois d'amende à lever sur le marchant qui le mectra en vente et à applicquer comme dessus.

XXII. *Item.* — Que se lesd. visiteurs trouvent lesd. marrien estre court de sa moison, le marchand qui l'amenera paiera dix sols d'amende pour chacun millier, à applicquer comme dessus.

XXIII. *Item.* — Que se lesd. visiteurs trouvent oudit marrien excessivement bois rouge, le marchant qui le vendra paiera dix sols d'amende pour chacun millier, à applicquer comme dessus.

XXIV. *Item.* — S'il est trouvé par lesd. visiteurs oudit marrien aucun bois pouilleux ou artusionné, le marchant paiera dix sols d'amende pour chacun millier, a applicquer comme dessus.

XXV. *Item.* — Se lesd. visiteurs trouvent oudit marrien aucunes pièces où il y ait un doit d'auber, et il y en ait un nombre excessif, montant jusques à la vingtième partie, le marchant paiera vingt sols d'amende pour chacun millier.

XXVI. *Item.* — Le millier de marrien qui sera trouvé de bois goursus ou de bois trop ploiteux ou qui ait mauvaise teste et ne soit de souffisante espesseur et mal ouvré, paiera dix sols d'amende à lever et applicquer comme dessus.

XXVII. *Item.* — Que tous marchans qui auront danrées à vendre pour ledit mestier ne vendront plus avant l'eure de huit heures avant midy sur ce anciennement ordonné et jusques la visitacion en soit faicte, et qui fera le contraire, il paiera un frant d'amende, et l'acheteur semblablement un frant à lever, et applicquer comme dessus.

XXVIII. *Item.* — Le faiz de socles de queues qui sera trouvé es foires et marchiefs de Dijon par lesd. visiteurs, estre court de sa moison sera amendable à la ville de douze deniers pour faiz à lever et applicquer comme dessus.

XXIX. *Item.* — Le faiz de socles de poinssons, s'il est trouvé court sera amendable de douze deniers tournois, à lever et applicquer comme dessus.

XXX. *Item.* — Le faiz de socles qui sera trouvé par lesd. visiteurs estre de socles trop menuz, paiera douze deniers tournois d'amende à lever et applicquer comme dessus.

XXXI. *Item.* — Le faiz de socles qui seront trouvez cuys, est amendable de douze deniers tournois à applicquer comme dessus.

XXXII. *Item.* — Le faiz de socle qui sera trouvé par lesd. visiteurs estre meslez des socles vertz et scez, est amendable de douze deniers tournois, à lever et applicquer comme dessus.

XXXIII. *Item.* — Le faiz de socles qui sera trouvé estre hors du compte est amendable de douze deniers tournois d'amende, à lever comme dessus.

XXXIV. *Item.* — Que aucuns sockiers ne vendent leurs socles avant l'eure ordonnée de huit heures avant midy et avant la visitacion faicte desd. socles sur peine de vingt sols tournois d'amende à lever sur le vendeur et semblablement des autres vingt sols à lever sur l'acheteur se toutesvoyes led. acheteur est tonnelier.

XXXV. *Item.* — Que aucun ne achète lesd. socles esd. foires et marchiefz pour revendre le jour qu'il les achetera sur peine de cent sols d'amende à applicquer comme dessus. Et est assavoir que le faiz de socles de queue doit estre de dix douzaines.

XXXVI. *Item.* — Le fait de socles de rappenot doit estre de quatorze douzaines.

XXXVII. *Item.* — Le fait de socles de moison doit estre de huit douzaines

XXXVIII. *Item.* — Le fait de socles de deux toises et demie doit estre de quatre douzaines.

XXXIX. *Item.* — Le fait de socles de trois toises doit estre de trois douzaines.

XL. *Item.* — Le fait de socles de cinq pieds de long doit estre de seize douzaines.

XLI. *Item.* — La douzaine d'ouzières qui sera trouvée par lesd. visiteurs esd. foires et marchiefz de Dijon, estre vermoisselée doit six deniers d'amende, à lever et appliquer comme dessus.

XLII. *Item.* — La douzaine d'ouzières qui sera trouvée estre courte doit six deniers d'amende, à lever et applicquer comme dessus.

XLIII. *Item.* — La douzaine d'ouzières qui est trouvée estre de menue ouzière parmy les grosses doit six deniers d'amende à lever comme dessus.

XLIV. *Item.* — La douzaine d'ouzières qui est trouvée estre eschauffée pour faulte de garde, doit six deniers d'amende.

XLV. *Item.* — La douzaine d'ouzières qui est trouvée estre plumeuse pour avoir esté moillie et rassutes, doit six deniers d'amende.

XLVI. *Item.* — La douzaine d'ouzières qui est trouvée estre hors du compte doit six deniers d'amende.

XLVII. — Et est assavoir que la douzaine d'ouzières doit estre de douze poingnies, la poingnie de trente rons qui sont IIII^{xx} et dix quartiers par poingnie.

XLVII. *Item.* — Que aucuns marchans ne vendent ses ozières avant l'eure ordonnée de huit heures et avant la visitacion faicte, sur peine de vingt sols d'amende et l'acheteur aussi de vingt sols, à lever et applicquer comme dessus.

XLIX. *Item.* — Que aucuns ne achètent lesd. jours de foires ou de marchiefs aucunes dessus dictes ouzières pour revendre ledit jour, sur peine de vingt sols tournois, à lever et applicquer comme dessus.

Toutes lesquelles provisions et ordonnances, nous lesd. mayeur et eschevins et conseillers, du consentement de Girard de Lomont, Jehan Regnard, Jehan Gaisot, Jehannin Archangier, Henry le Sireur, Jehan Michiel, Jehannin Loste, Nycolas Colin, Thiébault Liéget, Jehan Marteau *alias* Berbier, Jehan Couchet *alias* de Montigny, Guillaume Parpiennot et Guillaume Richardot, tous tonneliers demourans à Dijon, faisant le plus grant nombre et saine partie des tonneliers de lad. ville, avons ordonné et ordonnons par ces présentes estre gardées et entretenues de point en point selon leur forme et teneur... Et pour faire la visitacion dud. mestier es choses dessus dictes ceste présente année, nous avons ordonné et commis, ordonnons et commectons par cesd. présentes led. Guillaume Richardot, Jehannin Archangier, Girard de Lomont et Henry le Sireur, lesquels ont prins et accepté en eulx la charge et ont sur ce fait le sèrement en tel cas appartenant... En tesmoing desquelles choses nous avons fait mectre le grand scel aux causes de la court de lad. maierie dud. Dijon, le XIXe jour du mois de febvrier l'an mil quatre cens quarante et quatre (G. 3).

Si le nombre des tonneliers est en rapport avec la longueur de leurs statuts, ils devaient être nombreux à Dijon et il n'y aurait rien de surprenant car on voit qu'il y avait quatre jurés. Aussitôt nommés, ces jurés procèdent à la kyrielle ordinaire des contraventions contre ceux qui emploient du bois « veyneux, rouge, blanc ou piqué, etc. » et contre ceux qui leur font concurrence, comme les sapiniers qui façonnaient « des petits tonneaux ». En revanche les vinaigriers cherchent à leur empêcher l'achat de vieux tonneaux où il se trouve des restes de vin susceptible à faire du vinaigre, mais les tonneliers protestent en disant que la lie des tonneaux leur sert seulement à faire du vin pour leurs domestiques...

Les statuts de 1444 furent en vigueur jusqu'au régime des offices, qui en nécessita d'autres rédigés par devant le notaire Pierre, en 1686, et homologués par délibération municipale du 20 janvier 1694. Il y avait alors les 32 tonneliers suivants : Louis Mongeot, Hugues Odiot, Nic. Saint-Didier, J. Bichon, Cl. Bolletet, Fr. Noirot, J. Lorrain, Jacques Lulier, Nic. Trabosset, Bernard Liébault, Et. Siméon, Toussaint Bourgeois, Cl. Parigot, Mathieu Mutinot, Edme Chosvot, Michel Regnard, Simon Poinsot, Cl. Bourgoin, Cl. Bollet, Simon Bégin, Simon Parigot, Hugues Mugnier, Philippe Saget, J. Bazenet, Thomas Chosvot, Sébastien Lagoutte, Jacques Bégin, Claude Carré, J. Farnet, Jacques Brigodeau, Philippe Tonnelier et J. Bolletet, lesquels assemblés en une salle du couvent de la Madeleine se constituèrent en communauté sous le patronage de la sainte du lieu dont ils devaient célébrer la fête le

22 juillet de chaque année. Ils devaient sans faute assister aux services de la confrérie, en acquitter le droit de dix sols et s'assembler le 30 juin chez le bâtonnier pour prendre le bâton à tour de rôle en versant onze livres. Les apprentis devaient verser trois livres à la confrérie et les veuves deux sols six deniers. Les comptes annuels se rendaient huit jours après la Sainte-Madeleine.

Comme tous les statuts de l'époque, ils avaient plutôt en vue un groupement d'individus pour établir les rôles d'impôt d'une profession. Pour parvenir à la bonne répartition des charges, la communauté fut divisée en trois catégories :

1° Ceux qui faisaient exclusivement le neuf.

2° Les anciens maîtres qui ne travaillaient pas le neuf.

3° Les « barbotin » (1).

Ce classement eut pour effet inévitable de créer trois groupes en complet désaccord ; il en résulta une jalousie qui se manifesta dans l'absence de la bonne moitié des membres aux assemblées corporatives. Une requête de 1694 fait entrevoir la situation : « huit ou neuf maistres faisant le milours (nous pensons qu'il faut lire meilleur — ou milords ?) veulent gouverner tous les autres à leur fantaisie sans leur vouloir faire connaître les affaires... » On aurait pu leur répondre : venez aux assemblées, vous connaîtrez alors les affaires. Pendant ces discussions survint le règlement général de 1711, les esprits s'apaisèrent et, en 1714, une assemblée, qui parvint à réunir 22 membres, délibéra que les statuts seraient fidèlement observés et suivis d'après ce règlement de 1711. Mais il y eut toujours des dissidents manœuvrant pour obtenir de nouveaux statuts ; enfin les anciens n'étant plus compa-

(1) On appelait *barbotte* une espèce de petit bateau. Les barbotins pourraient bien être ceux qui faisaient, en bois blanc, les récipients à eaux.

tibles avec le nouveau régime, il en fut octroyé de nouveaux qui furent homologués en Parlement le 6 février 1726.

Parmi les 23 articles des *Statuts et règlemens des maîtres tonneliers de la ville, faubourgs et banlieue de Dijon* (1) il y en avait deux par lesquels les maîtres se réservaient le droit de réparer seuls les fûts des habitants et de descendre et monter le vin de leurs caves. L'autorité comprit que ce privilège était abusif et par arrêt du parlement de 1766, il fut permis aux habitants d'employer les personnes qu'ils voudraient pour soigner leurs fûts et leurs vins.

Un autre arrêt du parlement du 4 août 1763, confirmant celui du 25 septembre 1715, permit aux jurés tonneliers de se transporter dans les bourgs et villages du bailliage de Dijon pour y visiter les fûts neufs et pour y vérifier leur jauge et leur fabrication.

Un arrêt du Conseil d'Etat du roi du 5 avril 1729 fait défense « à tous marchands de transvaser les vins de Languedoc et Dauphiné dans les futailles de Bourgogne ».

FAIENCIERS, BOUQUETIERS, FRUITIERS, LIMONADIERS, ORANGIERS, DROGUISTES, VERRIERS, TERRALIERS, BOUCHONNIERS, VENDEURS D'HUILE ET SAVON ET JARDINIERS (2).

PATRONAGE : Faïenciers : Saint Antoine de Padoue.
Jardiniers : Saint Fiacre.
Verriers-bouchonniers : Saint Clair.
Fruitiers-droguistes : La Nativité.

ARMOIRIES : Faïenciers-bouquetiers : *D'argent, à un vase d'azur miraillé d'argent, rempli de fleurs au naturel.*

(1) Imprimé à Dijon, chez A. Defay en 1726 et chez Hucherot en 1770, 15 pages, in-4.

(2) Arch. municipales, G. 16, 19.

ARMOIRIES : Fruitiers, orangiers, limonadiers : *De gueules, à une orange d'or.*

Jardiniers : *D'azur, à un saint Fiacre d'argent, couvert d'un manteau de Jacobin de sable, tenant en sa main dextre une broche d'or.*

Cette association hétérogène fut le résultat du régime des offices. Une première corporation de 1709 se composa d'abord des *limonadiers, fruitiers, fayanciers, verriers, terraliers et ceux vendans huille et savon ;* on y ajouta les *droguistes*, et en 1730 les *orangiers*. Cette société ne fut pas sitôt formée que ses membres demandèrent à se diviser en deux corps. Cette juste demande fut agréée en 1733, et les *faïenciers, potiers de terre, cristalliers, verriers,* auxquels on joignit les *bouchonniers*, furent réunis en une seule corporation à laquelle on donna des statuts qui ne furent homologués que le 27 mai 1771. Leur commerce consistait en porcelaine, poterie, faïence, cristaux, verrerie, bouchons de liège. Leur patron était saint Clair. C'est à peu près tout ce qu'il y a de plus intéressant dans les 27 articles de leurs statuts.

L'autre partie des associés primitifs qui comprenaient les *droguistes, confiseurs, ciergers, chandeliers, dragistes, fruitiers, orangiers, limonadiers,* fut réunie aux épiciers par des statuts homologués en parlement le 8 août 1733 (Voir les épiciers).

Au XVIIe siècle, les faïenciers et les bouquetiers formaient une même communauté avec leurs armoiries et leur patron saint Antoine de Padoue. Au siècle précédent nous n'avons ni faïenciers, ni bouquetiers, mais de coquettes bouquetières, trop coquettes, hélas ! car, chose étrange, leur profession fut dénoncée par les terribles lois somptuaires. En 1573, il était défendu de faire, donner et recevoir des bouquets. Cependant l'année suivante, les bouquetières furent autorisées à vendre des bouquets aux merciers et aux « porte-paniers (1). Il s'agissait sans doute de fleurs artificielles. En même temps, et sur la requête des bouquetières, il fut fait défense de vendre par la ville des bouquets de fleurs naturelles, exception faite des jardiniers qui pouvaient en vendre dans des paniers. Divers débats eurent lieu entre ces vendeurs ; il s'ensuivit des règlements futiles, comme par exemple, celui qui ordonne que les fleurs *montées* pourront se vendre par les bouquetières tandis que les jardiniers ne pourront les vendre qu'en *pied.*

Au XVIIe siècle, les bouquetières avaient le droit de vendre leurs fleurs par les rues de la ville, et il était défendu aux parents de laisser aller leurs enfants faire concurrence aux bouquetières dont le métier était en jurande. Les magistrats devaient bien certaine faveur à une communauté composée uniquement de personnes du beau sexe, et qui de plus était chargée de leur fournir des fleurs pour la procession annuelle de la Sainte-Hostie. Cette fourniture est constatée par des mandats de paiement s'échelonnant de 1684 à 1787. La livraison de 1686 comptait 24 bouquets de fleurs d'orangers se soldant par trente livres ; il y a des années où la facture se monte à 60 livres, mais dans les mauvaises années elle descend jusqu'à 14 livres.

Une requête de 1762, adressée à la mairie par les maîtresses portant plainte contre les jardiniers, dévoile une singulière coutume pratiquée par les marguilliers des paroisses. Ces fonctionnaires avaient le déplorable privilège, toléré par la mairie, de vendre à leur profit les couronnes mortuaires laissées aux enterrements. Le syndic de la ville en réponse aux vœux de cette requête maintint d'abord le droit des jardiniers de vendre des

(1) Les porte-paniers ou porte-balles furent aussi appelés « petits merciers ».

fleurs non montées, en branches ou en bouquets, et les herbières dans le droit de tenir sur leurs bancs des fleurs achetées aux jardiniers, sans être montées ni attachées, à la réserve des bouquets de violettes. Quant aux marguilliers, continue le syndic, ils conserveront la faculté de *vendre les couronnes artificielles ou naturelles qui proviendront de dessus les corps qui seront enterrés dans la ville, à condition qu'ils ne les changent point de nature.* Les couronnes mortuaires pouvaient donc servir à plusieurs deuils; peu délicate, la coutume!

En 1769, la corporation des bouquetières se composait de huit maîtresses : Mesdemoiselles Sigaud, Leclerc, Maillot, Redet, Bonnot, Souladoux, Bourgeois et Tillié, cette dernière « jurée-receveuse » dépositaire de la clé du coffre qui était chez l'ancienne maîtresse. Le règlement suivait la délibération générale de 1711 où la corporation était comprise dans la troisième classe.

Les jardiniers avaient dès 1685 une confrérie aux Jacobins sous le patronage de saint Fiacre; en 1741 leur saint patron était saint Antoine de Padoue, de concert avec leurs associés, les faïenciers. Les documents pour cette corporation sont maigres, ils ne consistent qu'en quelques rôles d'impôts parmi lesquels nous voyons qu'en 1692 il y avait 90 jardiniers imposés à la somme de 176 livres.

Les fabricants faïenciers ont eu l'honneur d'une charmante publication par M. le Dr Marchant (Dijon, 1885), éditée avec luxe et reproduisant quelques spécimens de la fabrication dijonnaise. Nous aurions très mauvaise grâce d'en parler après un tel érudit, si nous n'avions recueilli deux pièces aux archives municipales (série L) non encore classées lors de cette publication.

Le premier document nous indique que la fabrique de faïence de la rue Maison-Rouge existait avant 1726; c'est une requête signée du patron de la fabrique, François Puberot alias Puberault, qui nous apprend que son usine fut incendiée le 19 novembre 1704. Tous les meubles de Puberot furent détruits « de même que toutes les marchandises desdits suppliants, non cuites, avec les caisses qui servent à remplir le fourg pour les faire cuire ». La ruine fut complète, « cequi est causeque lesdits supplians ne pourront continuer le travail de leur profession estans réduits dans la dernière misère, à moings qu'ils ne soient aidés de quelque charité pour les faire remonter.... » Ils furent exempts pour trois ans de la taille et du logement des gens de guerre.

La seconde requête n'ajoute que le nom d'un simple ouvrier : « ....J.-B. Malet, compagnon faïencier dit qu'apres avoir payé les charges publiques en cette ville pendant plus de trente-cinq ans qu'il travailla pour le sieur Dupont, faïencier, il fut obligé après sa mort (1711) ne trouvant plus d'ouvrage et n'ayant aucun bien » de quitter la ville. Après avoir « erré » pendant quinze ans, il revint très âgé à Dijon et c'est à la date de 1724, qu'il demande et obtient de n'être taxé qu'à 20 sols.

Il résulte aussi d'après les documents parcourus que les faïenciers furent séparés des limonadiers, fruitiers, droguistes, bouchonniers et marchands d'huile et savon ; la séparation de cette « association si disparate » eut lieu en 1733.

HABILLEMENT

DRAPIERS. — MERCIERS (1)

PATRONAGE : La Trinité, saint Bernard et saint Maur.

ARMOIRIES : *Coupé, d'azur, semé de fleurs de lys d'or à une bordure componée d'argent et de gueules, parti, d'azur, à trois bandes d'or et une bordure de gueules, au deuxième, d'azur à une foy d'argent.*

La draperie était l'industrie la plus florissante de Dijon aux XIVe et XVe siècles. A cette profession se rattachaient les drapiers drapans, les tondeurs de drap, les foulonniers, les teinturiers qui étaient régis par les mêmes ordonnances. Les chaussetiers, les bonnetiers, les tisserands étaient aussi assimilés aux drapiers, mais ces derniers obtinrent des statuts particuliers au XVe siècle. En dernier lieu, les merciers furent réunis aux drapiers mais ceux-ci n'étaient plus que des marchands ne s'occupant d'aucune fabrication.

La mairie de Dijon affectionnait particulièrement la draperie; elle réglementait avec soin toutes les attributions du métier : confection, dimension, préparation, teinture, vente et achat, et ne négligeait rien pour favoriser une industrie qui au XVe siècle occupait « *trois à quatre mille personnes* ».

(1) Arch. munic., C. 31 à 38.

La vente de la draperie, comme toutes les autres marchandises, se faisait primitivement sur les foires et marchés. Une délibération municipale de 1388 dit que « les drapiers vendans drap à Dijon, le jour de la Toussains, payeront chacun an à ladite foire de Toussains, X sols pour leur étalage, ainsi que autrefois a esté deliberé ». L'année suivante, il est décidé que les forains venant à la foire de Saint-Jean ne payeront rien pour cette présente année 1389. Cette faveur semble avoir eu pour cause les mesures pratiquées par les drapiers dijonnais qui étaient amodiataires des places réservées à cette vente. Les drapiers de la ville avaient sous-loué ces places, avec tréteaux, tables et tentes aux forains étrangers; de son côté la mairie voulait exiger son droit de places d'où double charge pour les forains. La ville toléra le paiement de location du matériel, se réserva le droit de stationnement et nomma des délégués pour résoudre les débats. C'est à la suite de ces débats qu'elle fit construire des loges pour l'étalage des drapiers. Ces « loiges » établies cette même année 1389 sont peut-être l'origine des « arches » de la rue de la Draperie, dont parle l'abbé Chenevet (1).

Une délibération municipale de 1413, motivée pour les emplacements des marchés, dit que les « drapiers vendront en la place accoustumée près de Nostre-Dame ». (B. 148.) Le marché aux draps s'étendait donc de l'abside de cette église en suivant la rue de la Chouette, la rue de la Draperie, jusqu'à la rue Ramaille.

Les draps des pays voisins venaient aussi alimenter le marché dijonnais sous les auspices des magistrats municipaux et sous la surveillance de leurs délégués qui devaient pratiquer une expertise minutieuse pour empêcher toutes fraudes et veiller à ce que les draps étrangers

(1) Courtépée, IIe éd. Arch. munic., B. 133.

fussent de la « moison de la ville où l'on les a fait et sans coudre la lisière au drap », comme il fut crié et publié en 1392.

Parmi les villes dont Dijon était tributaire, il faut citer d'abord Châtillon-sur-Seine, avec ses laines renommées dès l'époque romaine et dont les importantes fabriques de drap l'avaient fait classer, au XIe siècle, au nombre des dix-sept villes de loi de l'ancienne France (1). Aussi lorsque la draperie dijonnaise sortit de la routine, la mairie, voulant lui octroyer des ordonnances dignes de son rang, prit conseil de Jean de Ruffey et de Pierre de Bussières, « marchans drapiers demeurans à Chastillon-sur-Seigne », lesquels approuvèrent l'ordonnance de 1410. De cette ordonnance les marchands châtillonnais « ont dit et rapporté qu'elle est bonne » ; il faut s'en tenir à leur rapport car elles ne nous sont pas tombées sous la main. La première que nous rencontrons est de 1425 ; la corporation était alors nombreuse, puisqu'elle comptait quatre jurés-maîtres et quatre échevins commis à la visitation ; et cette visite était sévère, trop sévère peut-être, car, en 1443, un échevin en fonction fut gravement insulté par un drapier pris en défaut. Celui-ci fut mis en prison par jugement de la mairie ; appel de ce jugement fut porté au Parlement et c'est dans l'exposé de cet appel que nous trouvons, entre autres renseignements, l'évaluation du nombre d'ouvriers occupés par la draperie : « Que entre autres mestiers et marchandises qui sont en ladicte ville, est le métier et marchandise de la drapperie qui est un mestier et estat dont vivent en lacdite ville trois ou quatre mille personnes, et se est ladicte drapperie bien renommée et se distribue en plusieurs pays prouchains et loingtains... »

Même en tenant compte de l'exagération, qui n'a guère

(1) Lapérouse, *Histoire de Châtillon-sur-Seine.*

de raison d'être en ce cas, on voit que cette industrie était en pleine activité; aussi les magistrats continuaient la longue série des règlements, dirigeant les uns, protégeant les autres et les ménageant tous. S'inspirant des ordonnances du roi « nostre sire, dès piécà sur ce faictes » ils taxent le prix des draps comme simples denrées alimentaires : « l'aulne de la plus fine écarlate » devait se vendre « huit frans et au dessoubz ; l'aulne des plus fins noirs, six francs ; l'aulne des plus fins gris, quatre francs » ; enfin rien n'était négligé pour maintenir la réputation dijonnaise ; la mairie envoie même en 1544, comme délégué à Dôle, « un homme de pied pour scavoir le cri touchant la drapperie ».

Au XIVe siècle une *chambre* spéciale, affermée cinq livres par an, était affectée à l'expertise de la draperie mise en vente. Plus tard, lors de la construction des halles Champeaux, commencée en 1423, la mairie y mit des bancs au service des drapiers, puis en 1431 elle décida que les « estaulx que les drappiers tiennent es halles Champeaux » seraient faits de « plaistre aux despens de la ville ». Avant d'arriver sur ces étaux ou sur tout autre marché, les draps devaient tous passer par la chambre de visitation située près du couvent des Jacobins ; cette formalité occasionnant un déplacement, il fut décidé en 1469 d'établir la visite aux halles mêmes. C'est donc désormais aux halles et dans des locaux confortables que va se concentrer tout le commerce de la draperie. Toutes les pièces sortant des métiers devaient y être présentées et soumises à l'examen d'un préposé spécial nommé le *alier*, assisté d'un échevin délégué par la mairie. Les draps dijonnais vérifiés étaient marqués du sceau municipal et les draps étrangers du sceau du *alaige*, vers 1490, le fer des halles portait d'un côté le mot ALE (halle) et de l'autre VISITE. Après avoir été minutieusement « visitez et tirez à la perche » les draps étaient taxés d'un octroi variant suivant leur provenance, qualité et dimension ; exception était faite pour les draps vendus aux foires de la Saint-Jean et de Notre-Dame dont la vente était franche ; les forains n'avaient qu'à payer les droits du tenancier de la foire, mais ces différents droits et franchises varièrent suivant les époques.

Outre la vente des foires et marchés, il y avait déjà aux lointaines époques du XIVe siècle, des marchands de draps qualifiés *bourgeois* qui vendaient dans leurs boutiques la marchandise de luxe. Une lettre du duc Robert mentionne, en 1303, un nommé Monin Malechart qui vendait de la draperie dans sa maison sise près la porte aux Lions (1). Guichard Lombard, drapier et bourgeois de Dijon, fournit en 1389, aux Chartreux de Champmol, « une pièce de fustaine double et 11 aulnes de semblable fustaine pour faire 7 chasubles blanches ; il fit encore d'autres fournitures avec Henry de Moirey, et des toiles et des nappes furent livrées par Jean de Blaisy (2). Ce dernier nom est bien du pays ; quant à Guichard Lombard il pouvait bien être de la Lombardie. M. de Laborde (3) nous apprend que les archives de Lille conservent, dans les comptes des ducs de Bourgogne, plusieurs documents relatifs à des fournitures livrées par les drapiers de Dijon aux ducs dans les années 1454 et 1455. Les drapiers dijonnais pouvaient donc servir la clientèle la plus difficile, mais ces boutiquiers ne trafiquaient guère que des marchandises étrangères et spéciales à la noblesse et au clergé, beaucoup plus somptueuses que les produits dijonnais destinés à la clientèle ordinaire.

Il est temps de transcrire quelques-unes des anciennes ordonnances sur le métier ; elles nous feront connaître

(1) Recueil Peincedé, aux Arch. dép.
(2) Comptes de la Chartreuse, 1389.
(3) *Les Ducs de Bourgogne*, Paris, 1849-1852, 3 vol.

plus intimement le mode de vente et de fabrication. La première coïncide avec l'ouverture des halles Champeaux, c'est-à-dire en 1425.

Ordonnances faictes par Messeigneurs les mayeur et eschevins de la ville et commune de Dijon, le XXIIe jour du mois d'avril après Pasques, l'an mil CCCC vingt et cinq, auquel temps estoit maire sire Estienne Chambellan, sur les ouvraiges et mestiers cy-après déclairez, pour le bien, honneur, prouffit et utilité de lad. ville et du bien public d'icelle, publiees parmy lad. ville au cor et au cry d'icelle.

Et premièrement sur draperie.

I. — Les ouvriers de draps demorans en la ville de Dijon, feront doresenavant pignes pour faire drap de lisières blanc et camelines et autres en XIIIe fils et n'y doivent point estre mis rebolis de peaulx, bourre de chardon, de tondeur ne de peliçon.

II. *Item.* — Doivent faire pignes pour faux sergis en XIe et XX fils et ne seront point tixié en long ne en large et n'y doivent point mectre de rebolis.

III. — Et c'est assavoir que lesd. ouvriers défaillans oudit nombre de fil sont amendables à lad. ville en la manière qui s'ensuit : pour faux de XL fils, paieront des XX, amende celle que dit est, et pour chacun des autres XX fils, V deniers tournois ; et pour faux de fil excédant ledit nombre de quarante, l'amende de chacun des fils de II deniers tournois.

IV. *Item.* — S'il est trouvé que lesd. ouvriers mectent esd. draps ribolis de paulx, bourre de chardon et tondeur ne de peliçon, ils l'amenderont en lad. ville de XL sols.

V. *Item.* — S'il est trouvé que lesd. ouvriers tixent ledit sergis, ils l'amenderont pour chacune aulne de XII deniers.

VI. *Item.* — Que tous ouvriers de draps et autres qui ont accoustume de faire draps en leurs hostels et autre part et qui doresenavant feront drap de layne, seront tenus de les apporter doresenavant en la Chambre de ville ou l'hostel des commis à ce, trois jours en la sepmaine, c'est assavoir : le lundi, le mercredi et le vendredi, à heure de huit heures avant midi desd. jours, et mesmement les apporteront ceulx qui les vouldront teindre avant qu'ils soient taincts ne mis en taincture, pour les veoir et visiter s'ils seront bons et recevables pour mectre en taincture, et lors seront scellés de l'un des scels de lad. ville s'ils sont bons. Et en cas qu'ils ne soient bons et recevables pour mectre en taincture, lesd. commis tireront l'une des lisières d'iceulx draps tout au long et ne seront point passez pour mectre en taincture.

VII. — Et quant iceulx draps seront taincts, ceulx à cui seront les draps seront tenus de les rapporter en lad. chambre tous taincts, pour les veoir et visiter s'ils seront de bonnes tainctures et adonques seront scellés de l'autre scel d'icelle ville et expediez pour les exposer et mectre en vente.

VIII. *Item.* — Seront tenus lesd. ouvriers de mectre en chacun qu'ils feront quatre pièces de laynes au moins.

IX. *Item.* — Ne pourront lesd. ouvriers faire taindre aucun drap en chaisne à peine de XL sols, la moitié a appliquer à lad. ville et l'autre moitié ausd. commis.

X. — Et ne pourront lesd. commis ne autres mectre et exposer en vente iceulx draps jusques à ce qu'ils soient visitez par les commis à ce députez et scellez dudit scel, à peine de quarante sols d'amende pour chacun drap et pour chacune fois qu'ils en seront reprins faisant le contraire à appliquer la moitié à lad. ville et l'autre moitié ausd. commis et de tranchier au travers tous lesd. draps que l'on trouvera vendans ou exposez et mis en vente non signez et scellez comme dessus.

XI. — Et pour sceller iceulx draps paieront ung chacun draippier et autres qui vouldront sceller, deux blans pour drap pour une fois seulement, dont la moitié sera au prouffit de la ville et l'autre moitié aux commis à ce, lesquels commis seront tenus de demeurer esd. trois jours en lad. chambre dès lad. heure de huit heures jusqu'à heure de dix heures avant midy desd. jours.

Les noms des commis sur la visitation dud. mestier : Aymé de Bretennières, Perrenot Robot, Jehan Marriot, Jehan le Latier, eschevins ; Marceau Humbert, Jaquot le Rousselot, Henry Maistre et Girard Coutier, drappiers.

Dix ans après, en 1435, parurent de nouvelles ordonnances consignées aux deux registres G. 2 et G. 3 avec quelques variantes ; voici celles du registre cartulaire G. 3.

Ordonnance de la draperie et visitacion d'icelle.

I.— Draps fiilez à la quenoille : seront les maindres ou compte de XX[c] et XXIIII[c] et au-dessus à cui il plaira, et auront lesd. draps lisière telle que bon semblera au maistre à cui sera le drap, dehors ou dedans, par ce réservé lisière de Rouen. Et seront lesd. draps scellez de deux sceaulx et seront revisitez par les jurés sur ce commis bien et loyaulment, et se faulte y a, le maistre à cui sera le drap l'amendera ou les ouvriers ou folons ou celui des trois à cui sera la faulte et se aura une des lisières levée tout au long ou sera arce se besoing est. Et aussy au cas qu'il sera trouvé peliz depuis le premier jour d'avril jusques au dernier jour de juing ne aussy tout au long de l'année rebolin, gratuise, reboursure de tondeurs, bourre de chardons, le maistre à cui sera le drap sera amendable pour chacune fois de soixante sols tournois. Et sont deffenduz pour toute l'année lesd. peliz, rebolins, gratuise, reboursure de tondeurs et bourre de chardons. Et sera applicquée lad. amende la moitié à la ville et l'autre moitié aux jurés et commis.

II. *Item.* — Que les gris fllez à la quenoille seront de bonne taincture de guiède et de garance sans y mectre noir de chaudière ne pelle feu ne autres tainctures quelxconques se ce n'est racine car elle est bonne et seure, et l'y peut mectre le maistre à cui est le drap. Et mectront au gris telle lisière que bon leur semblera par ce réservé lisière de Rouen. Et seront tenus lesd. jurés d'aller revisiter tous les draps de la façon de Dijon, à toutes heures que bon leur semblera au lieu ordonné, et au cas qu'il y aura aucun felon qui moille aucun drap sans avoir enseigne de la visitacion, il paiera dix sols d'amende. Et pareillement tous les tixerans appourteront tous les draps qu'ils feront à la visitacion à leure ordonnée à peine de dix sols d'amende à lever comme dessus.

III. *Item.* — Aussy pareillement le felon le pourra pourter à la visitacion une fois le jour, qui sera à deux heures après midy, pour visiter et sceller, à peine de dix sols d'amende au prouffit que dessus.

IV. *Item.* — Tous auversins blans seront à XIIII et XVI[c] et au dessus, à peine de l'amende de soixante sols.

V. *Item.* — Tous les auversins gris auront chacun en son estaing la lisière de hors perse, et aura tout au long de la lisière parmy le millieu un fil de son estaing doble, et tous autres auversins blans pareillement ; et ou cas que lesd. gris et blans ne pourteront lad. lisière, ledit tixerand ou maistre paieront soixante sols tournois d'amende et le drap à la merci de la ville. Et ou cas que en tous ces gris le harnois ne sera plain, s'il en falloit une pourtée, il le pourroit tiltrer, foler et sceller en demandant licence ausd. jurés et commis après ce qu'il sera veu et visité, et ou cas qu'ils n'en demanderont licence ausd. jurés et commis, led. tixerand paiera pour chacun root vuide douze deniers d'amende au prouffit que dessus.

VI. *Item.* — Seront plains lesd. harnois jusques à un root près et à la garde, et semblablement de tous auversins blans, et pour chacun root de faulte led. tixerant paiera douze deniers d'amende comme dit est au prouffit que dessus.

VII. *Item.* — Sur chacune graippe qui passera trois filles que led. tixerant laissera courre, il sera amendable de douze deniers.

VIII. *Item.* — Pour chacun faulx cop que led. tixerant fera chacun en sa lisière, il paiera douze deniers d'amende.

IX. *Item.* — Pour chacun fil que led. tixerand laissera courre au drap pignez de trois quartiers de long, il paiera douze deniers, et pour chacun auversin d'une aulne de long tant blans que gris, paiera douze deniers, et pour chacune roye vuide passant une aulne dedans le drap, il paiera douze deniers, et pour chacun pas davantage douze deniers.

X. *Item.* — Le felon pour chacune cassure qu'il fera au drap, se elle est d'un pousse de large paiera d'amende douze deniers en ensuyvant pour ung chacun pousse pareillement, et pour chacune esglavures, qui s'entend que le drap ne soit pas cassé tout oultre, il paiera pour chacun pousse de long et de large six deniers et ensuyvant pareillement. Et sera tenu de le bien labourer et mectre ainsi qu'il appartient.

XI. *Item.* — Pour chacune roye qui sera trouvée en travers du drap de laine non pareille au drap gris et blanc, le tixerant sera tenu de paier l'amende de douze deniers, ou le maistre à cui sera led. drap au deffaut du tixerant. Et pour chacune roye qui ira tout au long dud. drap led. tixerant paiera l'amende de cinq sols, tant drap fillez à la quenoille que auversins, se le maistre à cui sera led. drap n'en prend licence aux jurés. Et se la roye au travers a un pousse de large ou environ led. tixerant paiera d'amende cinq sols où le maistre à cui sera le drap et se elle a plus d'un pousse de large sera payé au feur l'emplaige.

XII. *Item.* — Lesd. jurés et revisiteurs auront pour leur revisitacion et peine, la moitié du drap (?) du scel de chacun drap qu'ils scelleront et la moitié des amendes. Et auront les trois clefs du petit coffret : mons. le mayeur, l'une, les marchans sur ce esleuz ayans en ce congnoissance, l'autre, le folon et le tixerand, l'autre.

XIII. *Item.* — Sera payé pour chacun drap pigné qui sera scellé de deux sceaulx, deux blans, et pour chacun drap auversin qui sera scellé d'un scel, un blant, un prouffit que dessus.

XIV. *Item.* — N'auront point lesd. tixerant et folon les clefs des sceaux pour sceller nuls draps de la façon de Dijon sans l'ung des commis avec eulx sur ce ordonnez, lesquels pourteront les clefs desd. sceaux.

XV. *Item.* — Que tous draps entiers ne demy drap qui seront faiz en la ville de Dijon, tant draps fillez à la quenoille que auversins, aucuns marchans à cui seront lesd. draps, ne seront si hardiz de en tenir à leurs hostels ne en leurs ouvreurs, ne les mener ou faire mener hors lad. ville sans estre scellez du scel de lad. ville et de la licence desd. jurés, à peine de soixante sols d'amende et les draps à la volenté de la ville.

XVI. *Item.* — Que passé Pasques l'on ne vendra aucuns draps de bourre et led. temps passé se l'on trouve aucuns desd. draps, ils seront commis et confisquez à la ville, à peine de vingt sols d'amende.

XVII. *Item.* — Que tous maistres tixerans que ouvrent en laine et peux qui ne seront du bougeon, paieront pour chacun arnois vingt sols d'amende au prouffit que dessus.

XVIII. *Item.* — Que tous draps tains que viendront à la visitacion seront scellez du scel de la taincture, ou cas que lesd. draps seront recevables ; et ce faute y a il ne sera point scellé, mais sera amendable au prouffit que dessus et du maistre à cui sera led. drap et sera scellé du scel duquel l'on paiera ung blant.

XIX. *Item.* — Que doresnavant aucuns tondeurs ne soient si hardiz de tondre ne ployer aucuns draps de la façon de la ville de Dijon, jusques a ce qu'ils soient veuz et visitez et aussy scellez par lesd. commis à peine de vingt sols tournois.

XX. *Item.* — Que nuls taincturiers ne tainnent aucuns draps de la façon de Dijon sans estre visitez et scellez sur peine d'amende à applicquer comme dessus.

XXI. *Item.* — Que tous draps de la façon de Dijon écrus seront de trente six aulnes de long et s'il est trouvé le contraire, le tixerant paiera l'amende de dix sols au prouffit que dessus.

XXII. *Item.* — Que se esd. draps a aucunes faultes quelles quelles soient, qui ne soient mises ou escriptes en l'ordonnance cy-dessus, lesd. jurés et commis en feront paier l'amende ainsi qu'il appartiendra.

XXIII. *Item.* — Que tous draps pignés de XX[c] en avant seront foulez au pied, à peine de quarante sols d'amende et de perdre le labour dud. drap, se le maistre à cui sera led. drap n'en prend licence.

XXIV. *Item.* — Que tous draps de XXII[c] et au dessus, violet, pers et vert, seront tains en laine à peine de soixante sols d'amende et le drap à la merci de la ville au prouffit que dessus.

XXV. *Item.* — Que nul drap de la façon de Dijon s'ils ne portent chiefz ou entrebat, cellui à cui sera led. drap paiera l'amende de dix sols s'il coppe ledit chief ne fait le contraire.

XXVI. *Item.* — Que l'on ne fera doresnavant en quelque manière que ce soit, en lad. ville de Dijon et banlieue, nulles chaignes tainctes à peine de vingt sols d'amende au prouffit que dessus et le drap à la merci et volenté de lad. ville.

Tesmoing le seing manuel de Jehan Balier, clerc, cy mis au mois de décembre, mil CCCCXXXV.

(En regard de l'art. XXIV, il est écrit en marge). *Nota :*

« que les draps en XXII^{c} ont esté deffendus et doivent estre de vingt quatre cens ».

On voit par ces statuts que la fabrication était tout à fait rudimentaire et que les seigneurs ducs et autres n'employaient pas d'étoffes « de la façon de Dijon ».

L'année suivante les tondeurs de drap reçurent aussi leurs ordonnances :

Ordonnances sur le mestier de tondeurs de draps.

A tous ceulx qui ces présentes lectres verront et ourront, Pierre Berbis, ...mayeur... et les eschevins... savoir faisons... à la requête de Jehan Douges, Rolny Bugnon, Pierre de la Franche, Jacquemin Berthin, Jehannin Rosille, Moingin Pautherot, Perrin Jacquelin, Guiennot Perret et Jehannin Oudot, tous ouvriers dud. mestier de tondeurs et la plus grant et seure partie des autres ouvriers dud. mestier demourans à Dijon, avons fait passé et ordonné.... les provisions et ordonnances sur led. mestier et ouvraige de tondeur ce qui s'ensuit :

I. Premièrement. — Que aucun dud. mestier ne autres qui ont accoustume de eulx entremectre d'icelluy, ne pourront doresnavant lever leur ouvreur dud. mestier ne eulx entremectre d'icelluy en la ville et banlieue de Dijon, jusques à ce qu'ils soient approuvez par nous et les commis députez ad ce et qu'ils ayent fait leur chief-d'œuvre devant lesd. commis.

II. *Item.* — Que aucun ouvrier dud. mestier ne fera rien pour tenir son ouvreur dud. mestier jusques à ce qu'il aura payé la somme de huit frans, c'est assavoir : trois frans au prouffit de lad. ville, trois frans ausd. commis et jurés sur led. mestier, et deux pour maintenir le cierge que iceulx ouvriers et commis sur led. mestier de tondeur ont desjà devant l'image Nostre-Dame.

III. *Item.* — Que tous ouvriers estrangiers qui viendront ouvrer dud. mestier de tondeur en ceste dicte ville ne seront point receuz ne mis en euvre jusques à ce qu'ils auront payé pour leur bien venue quatre gros, la moitié à appliquer à lad. ville et l'autre moitié ausd. commis et jurés ainsi que l'on a accoustume faire es autres bonnes villes du Réaume de France esquelles ils en paient plus de cinq frans.

IV. *Item.* — Est ordonné que chacune tablée qu'il sera mal faicte en quelque drap que ce soit tondu, l'ouvrier qui aura tondu led. drap paiera six deniers, la moitié à appliquer à icelle ville et l'autre ausd. jurés et commis.

V. *Item.* — Est ordonné que tous les fils d'iceulx qui seront trouvez suffisamment passez pour ouvriers et qui auront licence de lever et tenir ouvreurs seront receuz à lever leurd. ouvreur en paiant trois gros, la moitié à appliquer à lad. ville et l'autre moitié à iceulx commis, parmy ce que aussy iceulx fils seront tenuz de faire leur chief-d'euvre comme les autres.

VI. *Item.* — Que nuls ouvriers dud. mestier ne seront si hardiz de tondre aucuns draps sans estre moilliez et retenuz à peine de soixante sols d'amende, la moitié à appliquer à icelle ville et l'autre moitié ausd. commis.

VII. *Item.* — Est ordonné que nul desd. ouvriers ne pourra tenir que ung apprentif et un vaslet à peine de cent sols tournois à lever sur celluy qui sera trouvé faisant le contraire, à appliquer la moitié à lad. ville et l'autre moitié à iceulx commis et jurés.

VIII. *Item.* — Que lesd. commis et jurés pourront aler visiter tous draps tondus en lad. ville toutes fois que bon leur semblera.

IX. *Item.* — Que aucuns desd. ouvriers ouvrent de nuyt et ils facent faulte en aucun drap; ceulx qui auront faicte la faulte paieront l'amende à l'ordonnance et avis desd. commis.

X. *Item.* — Est ordonné que aucuns desd. ouvriers dud. mestier de lad. ville ne pourra mectre en besongne aucuns apprentiz ou varletz qui sont allouez ou commandez à autres ouvriers de celluy ou ceulx à cui lesd. apprentiz et valetz seront alouez ne sont de ce contans, à peine de soixante sols d'amende à appliquer comme dessus.

XI. *Item.* — Est ordonné que si aucuns ouvriers estrangiers venaient en ceste ville, qui desjà soit passé pour ouvrier souffisant pour ouvrer dud. mestier, avant ce qui s'entremecte pour ouvrer d'icelluy mestier en ceste dicte ville, il sera tenu de payer huit frans comme font les autres de lad. ville et seront appliquez comme dessus. Et se lesd. estrangiers avoient aucuns enffans, avant ce qu'il fut passé pour ouvrier souffisant, ils seront tenus de paier lesd. huit frans et faire leur chief-d'euvre comme dessus.

XII. *Item.* — S'il y a aucun desd. ouvriers qui soit trouvé ouvrant d'icelluy mestier es festes ordonnées et commandées, sans la licence desd. commis, sera amendable de vingt sols, la moitié à appliquer à lad. ville et l'autre moitié ausd. commis.

XIII. *Item.* — Que nuls ouvriers dud. mestier de tondeur ne pourra tenir d'icelluy que ung ouvrier seulement à peine de dix livres d'amende pour chacune fois que reprins y sera, la moitié à appliquer à lad. ville et l'autre moitié ausd. commis.

XIV. *Item.* — Avons ordonné et ordonnons par ces mesmes présentes que lesd. commis quand ils auront passez aucuns desd. ouvriers et il les trouveront souffisans à tenir leur ouvreur, iceulx commis seront tenus de présenter lesd. ouvriers ainsi passez à nous ou à ceulx qui pour lors auront le gouvernement de la justice de lad. ville, avant ce qu'il puisse lever son dit ouvreur, pour recevoir le serment de luy en la manière en tel cas appartenant.

Lesquelles ordonnances tous lesd. tondeurs dessus nommez ont promis et promectent entretenir en la forme et manière qu'elles sont dessus déclairées sans jamais contrevenir en aucune manière. Après lesquelles choses ainsy faictes, nous confians à plain des sens, loyautez et bonne diligence de Perrenot Mutin et Jehannin Billocard, drappiers, Oudot Girardin et Jehannin Oudot, tondeurs de drap, iceulx avons ordonnez et instituez commis et visiteurs sur led. mestier de tondeur. En tesmoing desquelles choses nous avons faict mectre le scel... à ces présentes lectres faictes et données le jeudy XXIe jour de feuvrier, l'an mil quatre cent trente et six.

L'immixtion de deux jurés drapiers dans ces ordonnances nous montre bien que les tondeurs étaient sous la tutelle des drapiers ; ceux-ci auraient pu être même leurs patrons.

Enfin un demi-siècle après, en 1486, Philippe Martin,

seigneur de Bretennières, maire de Dijon, fit publier les ordonnances suivantes; les précédentes concernaient principalement la fabrication, celles-ci ont spécialement rapport à la vente :

I. — Que toutes manières de gens de quelque estat qu'ils soient qui font et feront faire draps de la façon de Dijon, blans ou grisaillez pour vendre en gros en icelle ville, seront tenus de porter ou faire porter lesd. draps au halle sur ce ordonnée qui sera faicte au marchef de Champeaulx es jours cy-après mentionnés pour illec les vendre et distribuer sur les peines cy-après déclairées, c'est assavoir, les lundy, mercredy et vendredy de chacune sepmaine, ou cas toutesfois que lesd. jours ne seront fériés et s'ils sont fériables aux jours subséquans; à chacun desquels jours lad. halle se ouvrera par celluy ou ceulx qui seront à ce commis par nous mayeur et eschevins de lad. ville et nos successeurs, assavoir : dès Pasques charnel jusques à la Toussaint à sept heures du matin et se fermera à dix heures avant midy dud. jour, et lesd. jours depuis deux heures jusques à quatre heures après midi dud. jour. Et dès le jour de feste de Toussains jusques au jour de Pasques charnel se ouvrera lad. halle à chacun desd. jours dès huit heures et sera ouverte jusques à onze heures du matin, et après disner dès une heure jusques à trois heures après midy.

II. *Item.* — Que tous lesd. draps blans et grisaillez de la façon de Dijon qui seront vendus en gros aud. Dijon et banlieue d'icelle seront scellez d'un petit scel qui pour ce sera ordonné, et pour le droit d'icelluy scel et de l'alaige sera payé pour chacun drap entier l'un parmi l'autre, deux blans, assavoir : un blant par le vendeur et un blant par l'acheteur au prouffit de lad. ville ; et pour chacun demy drap un blant qui se paiera comme dessus.

III. *Item.* — Que les marchans grossiers (en gros) habitans de lad. ville, qui vont faire emploite de drap en plusieurs et divers lieux, ne seront point tenus de mectre leurs draps en lad. halle se bon ne leur semble; et se leur plaisir est de les y mectre ou faire mectre, faire le pourront en payant le halaige et la mise en la manière déclairée en précédent article.

IV. *Item.* — Que tous marchands et ouvriers faisans draps en lad. ville, les pourront faire taindre se bon leur semble et s'ils les veueillent vendre en gros en icelle ville, ils seront tenus de payer l'halaige en la manière que dessus.

V. *Item.* — Que tous marchans estrangiers qui amèneront ou feront conduire et amener en ceste ville de Dijon, draps pour vendre, seront tenus de les mener et descharger en la maison de l'alaige de lad. ville à ce ordonnée pour illec vendre et distribuer lesd. draps, sans les povoir vendre en quelque lieu d'icelle ville ne à quelque jour que ce soit, et ce à peine de cent sols tournois d'amende à lever sur chacun qui sera trouvé faisant au contraire et pour chacune fois que reprins y sera, à appliquer à lad. ville.

VI. *Item.* — Et affin que lesd. marchans estrangiers n'ayent cause de se couvrer en ceste ville, en quoy ils pourroient estre adomaigez, a esté advisé, ordonné et délibéré que lad. maison se ouvrera chacun ouvreur de la sepmaine et y placé le commis à ce pour l'expédition desd. marchans.

VII. *Item.* — Que les marchans tant de cette ville que autres ne pourront ne devront acheter desd. marchans estrangiers aucuns draps en quelque lieu de lad. ville, fors seulement en lad. maison de l'alaige, à semblable peine de cent sols tournois à lever et appliquer comme dessus.

VIII. *Item.* — Que lesd. draps d'iceulx estrangiers qui ainsi seront vendus, seront scellez du petit scel, et pour le droit d'icelluy et dud. halaige sera payé, pour un chacun drap entier, l'un parmy l'autre, deux blans, par le vendeur et un blant par l'acheteur estrangier, et pour chacun demy-drap la moitié du prix dessus déclairé ; et pour chacun drap entier en estroit, le vendeur paiera semblablement deux blans et un blant pour le demy-drap au prouffit que dessus et se l'acheteur est de la ville, il n'en paiera aucune chose.

IX. *Item.* — Que se lesd. marchans estrangiers amenoient draps de Rouan, Montvilliers, Lille et Mend, paieront pour chacun desd. draps entiers, trois gros, assavoir : le vendeur deux gros et l'acheteur estrangier, un gros, et s'il est de la ville il ne paiera rien.

X. *Item.* — Que tous ceulx qui amèneront ou feront amener

draps de quelque sorte ou couleur que ce soit, de quarente sols tournois et au-dessoubz l'aulne de Provins, paieront pour chacun drap entier deux gros, et pour demy-drap un gros, par le vendeur six blans et par l'acheteur estrangier deux blans, et s'il est de la ville rien n'en paiera.

XI. *Item.* — Que tous ceulx qui amèneront pour vendre comme dessus draps de couleur de quelque sorte ou couleur que ce soit, de trente sols tournois et au dessoubz l'aulne de Provins, paieront pour chacun drap entier six blans et pour demy, comme dessus, assavoir : le vendeur un gros, et l'acheteur estrangier deux blans, et ceulx de la ville rien.

XII. *Item.* —Que tous ceulx qui amèneront draps comme dessus de quelque sorte ou couleur que ce soit de vingt sols tournois et au dessoubz l'aulne de Provins, paieront pour chacun drap entier, un gros et demy-drap deux blans par moitié le vendeur et acheteur estrangier, et s'il est de la ville il ne paiera rien.

XIII. *Item.*— Que tous ceulx qui amèneront ou feront amener draps pour vendre en gros, de Raines, Louviers, Vicomté, Arneta (Darnétal), paieront pour chacun drap six blans et pour demy-drap trois blans, assavoir : par le vendeur un gros et par l'acheteur estrangier deux blans, et s'il est de la ville il ne paiera rien.

XIV. *Item.* — Et se lesd. marchans estrangiers amènent en lad. ville draps de Normandie, Poitou, Bretaigne, Abbeville, paieront pour chacun drap entier quatre blans par moitié le vendeur et l'acheteur estrangier, et s'il est de la ville rien. Et aussy pour chacun coupple de drap de Douay, deux blans et pour demy-coupple, un blant.

XV. *Item.* — Que aucune personne de quelque estat qu'elle soit ne pourra faire vendre ses draps par les tondeurs, ne les mectre ne laissier en leurs hostels et maisons pour les vendre ne faire vendre, fors seulement pour faire les montres ou tondre se mestier est, à peine de cent sols tournois à lever sur ceulx qu'ainsy feront le contraire, tant ceulx qui les feront vendre, comme sur les tondeurs et autres qui les vendront, et ce au prouffit de lad. ville.

XVI. *Item.* — Que aucuns tondeurs ne leurs serviteurs et

maignies ne autres pour eulx ne pourront vendre ne prendre charge de vendre ou faire vendre aucuns draps pour les habitans de lad. ville ne autres estrangiers, à peine de l'amende de cent sols tournois à lever sur chacun de ceulx qui feront le contraire pour chacune fois que reprins y seront, à appliquer au prouffit de lad. ville.

XVII. *Item.* — Et ne pourront lesd. tondeurs garder ne prendre charge de tenir et garder en leurs hostels et maisons aucuns draps pour lesd. habitans ou estrangiers, se non seulement qu'ils leur soient bailler pour tondre et apprester, à la peine et à appliquer comme dessus.

XVIII. *Item.* — Et s'il est trouvé ou sceu que lesd. tondeurs ayent aucuns draps en leurs maisons et hostels vendus par lesd. habitans ou estrangiers qu'ils ne soient scellez dud. petit scel d'icelle halle, celluy ou ceulx desd. tondeurs qui sera ou seront trouvez avoir desd. draps en leurs maisons et hostels vendus et non scellez comme dit est, seront amendables de semblable somme de cent sols tournois pour chacune fois que reprins y seront, à appliquer comme dessus.

XIX. *Item* — Que aucuns desd. tondeurs ne pourront acheter pour quelxconques personnes que ce soit en lad. ville et banlieue aucun desd. draps, fors pour eulx seulement aux jours que lesd. halles seront ouvertes, et en icelles halles et non ailleurs ne à autres jours, à la peine et icelle appliquer comme dessus.

XX. *Item.* — Que le commis à la garde desd. halles et scel sera tenu pour l'expédition des marchans tant de lad. ville que estrangiers, de ouvrer lesd. halles et sceller du petit scel, les draps qui seront vendus toutesfois que requis en sera à heure due, sans à lad. cause lever ne demander ausd. marchans aucun droit, excepté les sommes cy-devant déclairées seulement, à peine de l'amender arbitrairement par le jugement de nous lesd. mayeur et eschevins ou de nos successeurs. Et desquelles amendes ceux qui relateront et rappourteront auront vingt sols pour chacune amende à leur prouffit.

XXI. *Item.* — Tous marchans estrangiers qui amèneront ou feront amener draps en ceste ville de Dijon ez foires de la Nativité de monseigneur saint Jean-Baptiste et de Nostre-Dame de Dijon, c'est assavoir ez veilles des foires et deux jours après, seront tenus frans et quittes des sommes et charges dont cy-dessus est faict mention et aussy seront tenus quittes tous les habitans de ceste ville de tous les draps qui seront vendus es dictes foires, tant les vendeurs que les acheteurs, pourveu qu'ils soient vendus es halles es jours dessus diz et non autrement.

XXII. *Item.* — Que les commis à visitacion des draps pourront aler visiter es hostelz des tondeurs toutes les fois qu'il leur plaira pour scavoir se par fraulde il y auroit aucuns draps recelez qui deussent estre portez en la halle et en ce cas prendre lesd. draps pour en estre ordonné par lesd. mayeurs et eschevins ainsi qu'ils verront estre à faire par raison.

Toutes lesquelles provisions et ordonnances ainsy par nous et par l'advis que dessus, faictes, passées et conclutes en la présence des marchans et ouvriers de draps cy-après nommez, c'est assavoir : Jehan Quantin, Jehan Chappuis, Jehan Roigeot, Guillaume de la Salle, Oudot Boquet, Pierre Arbeaul, Jehan Rousseaul, Guillaume Noblet, Viennot Basin, Perrenot Garmier, Regnier Lecoq, Nicolas Prot, Jehan de Rivet, Colin Chappelain, Jehannot Masson, Jacquot Chappelain, Ougier Greuslet, Jehan Morot, Jehan Arbeaul, Jehan Gaillard, Jehan Chappelain, Jehan Boichardet, Huguenin Gros, Soueldyn Saquenay, Jehan Prévost, Pierre Masson, Monnyot Masson, Jehan Rateaul, et Jehan Maistre.

...le vendredy XXIIe jour du mois d'avril l'an mil CCCC quatre vingt et six.

C'était le régime prohibitif dans toute sa rigueur, la draperie dijonnaise avait déjà besoin de ces mesures protectrices. Il n'y avait guère de liberté commerciale qu'aux jours de foires et encore n'était-ce que dans le but de favoriser ces pauvres foires de Dijon dont la prospérité a toujours été boîteuse. Diverses contraventions sont consignées dans les documents de la corporation, beaucoup d'étoffes furent refusées et quelquefois même les draps furent « coupés par le milieu ». Les fabricants étrangers ne sont pas épargnés, les jurés procèdent contre ceux de Semur, Saulieu, Autun et contre les Picards et Lombards comme s'ils avaient dû connaître les règlements de la fabrique dijonnaise. Il était surtout défendu de déballer dans les auberges où logeaient les marchands étrangers, défense aussi de colporter la draperie dans les rues de la ville. Enfin, mais beaucoup plus tard, en 1724 par exemple, le Parlement autorise des Juifs de Bordeaux à vendre à Dijon leurs marchandises pendant un mois, mais cet arrêt, ainsi qu'un semblable de 1730, sont cassés au conseil du roi en 1731, qui permet seulement aux Juifs de trafiquer dans les villes où ils ont élu domicile.

Mais revenons au XVe siècle. En même temps que la mairie octroyait les ordonnances de 1486, elle s'occupait de réédifier la chambre de la draperie aux halles Champeaux. Les travaux furent terminés en 1488 et on régla les comptes de Jacot Légier, charpentier, de Lestorcier, serrurier, de Thiébault Mignot, lambroisseur, qui avaient aménagé confortablement ce local ainsi que la maison du hallier. Quand maître Thiébault Laleure eut posé ses belles verrières, le peintre Girard le Lorrain traça les notables ordonnances du métier sur « deux peaulx de parchemin, icelles collées en ung tableau de bois lequel est en la maison de la visitacion des draps. » Drouhin le Fort fut nommé hallier; on lui adjoignit un « courtier » et tous deux furent chargés du service; ils devaient ouvrir les portes aux heures et jours prescrits, veiller à la propreté des lieux, « bien aulner » toutes les pièces présentées, les soumettre à l'expertise officielle et les plier avec soin après les avoir scellées et enregistrées par ordre sur le registre ad hoc (1). Cette fonction de hallier

(1) Quatre de ces registres sont conservés aux archives municipales, ils contiennent des opérations faites dans les années 1685, 1686 et 1687.

était assez enviée, puisque trois postulants se présentèrent lors d'une vacance en 1678, ce qui n'empêcha pas, l'année suivante, le hallier et le courtier d'implorer une gratification ; la mairie leur accorda dix livres.

La chambre de la draperie fut restaurée plusieurs fois, et deux ans après le travail de Girard le Lorrain, son tableau fut remplacé par un nouveau, exécuté par le peintre J. Chandelier, qui en réclame le paiement par une requête dont l'apostille porte la date de 1490. Le 13 septembre 1529, le maire Pierre Sayve commanda de refaire encore un tableau « auquel seront contenues les ordonnances de la drapperie selon la correction qui en a esté naguères faictes ». Elles furent alors affichées dans un tableau enluminé et « hystorié » par le peindre Odot Matuchet et calligraphiées par Robert le Cousturier, « escripvain ». Le peintre reçut trois francs et l'écrivain reçut cent sols à condition de s'engager de plus à « faire le tableau et l'ordonnance du temps des Suisses » (?). Sur la fin du XVe siècle on remit à neuf une « tendue » et deux « traveaulx » au plancher de la Chambre de la draperie ; enfin pendant les trois siècles de son existence elle reçut constamment des modifications et subit de nombreuses restaurations comme l'indiquent les mandats de paiement délivrés aux maçons, charpentiers, menuisiers, serruriers, artistes, etc.

Les halles étant affermées, la chambre des drapiers fut placée de même sous ce funeste régime. C'était généralement le fermier des halles qui cumulait ces deux fonctions, et qui percevait les droits d'expertise, de vente et d'octroi. Au XVIe siècle le fermier prélevait 3 sols 4 deniers sur chaque pièce de drap étranger. Au siècle suivant, il eut à lutter contre la contrebande : il se plaint que les tondeurs vont eux-mêmes acheter leurs draps à Marey, Selongey, Avot et autres lieux et les envoient teindre sans les présenter aux halles. En 1724, autres doléances : les courtiers et les auneurs vont acheter directement des draps aux environs, au grand détriment de la bourse du « fermier des sceau et police des draps, serges et autres manufactures de laine ». C'est le titre qu'il se donne dans une plainte au bailli en lui dénonçant des pièces de serges trop étroites, fabriquées dans le bailliage.

Le fermier avait vraiment lieu de se plaindre ; l'industrie des draps désertait la ville et périclitait de jour en jour. La mairie voulut réagir et créa elle-même un établissement à l'hospice Sainte-Anne en 1634. Cette manufacture devait, tout en donnant un nouvel essor à l'industrie lainière, occuper charitablement les orphelins de la ville. Son règlement est consigné, avec les autres règlements généraux de l'hospice, dans un chapitre spécial :

Du devoir de celuy qui a charge des manufactures de l'hôpital.

La charge de celuy duquel il est icy question, l'oblige à pourvoir à ce que ceux ou celles qui filent les laines soient pourvues de bonnes brissoires, cardes et roues pour bien travailler, et qu'ils ne manquent point de laine tant pour carder que pour filer. — A la fin de chaque semaine, il doit compter avec les maîtres Drappiers de la besogne qu'ont fait les pauvres... Il doit aussi acheter les laines et filets pour les filles qui travaillent en tapisserie, nuances, point coupé, point d'Espagne et de Gennes (1).

Un délégué au chapitre général de Cîteaux visita cet établissement en 1667 et relate ainsi son impression :

Admis sans difficulté (à visiter l'hospice) nous trouvâmes cet hospice... très vaste mais divisé en un grand nombre de salles

(1) *Fondation, construction,... des Hôpitaux... de Dijon*, Dijon, Palliot, 1649, in-4.

et d'ateliers assez mal tenus ; les unes sont remplies de berceaux et de vagissements, d'autres renferment des enfants et des jeunes gens occupés à divers métiers, notamment à carder de la laine, que, par un travail assez rude, ils transforment ensuite en fils et en tissus (1).

A partir de cette époque, les règlements sur les manufactures de laines se multiplient à l'infini, il en vient de toutes parts : du roi, des inspecteurs généraux, de l'intendant, du bailliage... La matière première, la vente, l'achat, furent réglementés à outrance. Les teinturiers dépendaient aussi directement de l'Etat, avec désignation personnelle de *teinturier en grand teint* et *teinturier en petit teint*, sans que l'un pût faire le travail de l'autre ; les tisserands devaient se restreindre à la toile seule, avec tolérance de faire « boge et droguet ». Les laines brutes étaient soumises à un examen sévère par les gardes-jurés, elles ne devaient être ni humides, ni mouillées, ni mélangées de plusieurs qualités. Défense aux fabricants d'aller sur les chemins et avenues de la ville au-devant des producteurs pour accaparer les laines servant soit au tissage, soit à la bonneterie, laquelle commençait à être travaillée au métier. Aucun ouvrier ne pouvait vendre de laine filée, aucun drapier faire le courtage. Les quatre gardes-jurés n'étaient élus qu'en présence de deux échevins délégués, etc. Enfin l'aune de Provins, en usage à Dijon, fut remplacée en 1670 par l'aune officielle de Paris.

Sous l'influence de ces nombreux règlements, cette industrie aurait dû reprendre son importance, mais il n'en fut rien, la draperie déclinait et ne devait pas se relever. Ainsi, lorsqu'en 1670, l'intendant Bouchu fit assembler les drapiers pour l'élection de leurs jurés, il ne se présenta que *six maîtres !* Vingt ans après, les statuts

(1) *Voyage d'un délégué suisse...* par M. Chabeuf. Dijon, 1885, in-8.

homologués en Parlement le 12 juillet 1690, ne mentionnent que huit maîtres : Claude Villiers, Deverdun, Fr. Ponsot, Bénigne Marteret, Nic. Ravaillot, Pierre Gaucherot, Léonard Douet, et F. Arcelin. Ces statuts, rédigés en hâte le lendemain de la création des offices, sont peu intéressants : ils traitent de la dimension des pièces d'étoffes et de l'administration de la Confrérie.

Les cardeurs et fileurs de laine, simples ouvriers, furent compris dans la quatrième classe des métiers et taxés sur le rôle des drapiers qui, eux, faisaient partie de la première classe. Aussi en 1698, ils se laissent assigner par les drapiers en paiement de leur taxe ; il y avait alors une quarantaine d'ouvriers drapiers-drapans, cardeurs et fileurs. Un rôle de 1706 compte 14 drapiers-sergers et 22 cardeurs et fileurs. En 1738, leur réunion au corps des maîtres drapiers fut prononcée avec obligation de subvenir proportionnellement aux charges de la communauté.

Au XVIIIe siècle, les règlements, provenant de l'intendance, s'étendent au régime de toutes les manufactures de la province. En 1701, il est spécifié que les draps tant blancs que gris qui se fabriquent à Dijon, Selongey, Semur, Saulieu, Vitteaux, Rouvray, Is-sur-Tille, auront quatorze cent huit fils, faisant quarante-quatre portées de trente-deux fils chacune, les liteaux compris... Que les serges qui se fabriquent à Dijon, Marey, Avot, Bussières, Montenaille, Louhans, tant blanches que grises, et celles de Lamargelle, Châtillon, Saint-Seine, Selongey et Is-sur-Tille, subiront aussi les ordres de l'inspecteur.

La manufacture de l'hospice Sainte-Anne était à cette époque administrée par les sieurs Augier et Audras, directeurs. Ils devaient, ainsi que tous les autres fabricants, mettre *au métier* et non à la main, leurs noms et surnoms à la tête et à la queue de toutes les pièces sortant de leurs fabriques. Cette mesure fut modifiée en 1782, et il fut délibéré que les pièces nouvelles seraient poinçonnées d'une marque officielle adoptée pour l'avenir ; quant aux pièces anciennes en magasins, elles reçurent une marque dite « de grâce », sans laquelle elles ne purent être mises en vente sans s'exposer à être confisquées.

Toutes les *Lettres-patentes en forme de règlement pour les manufactures de draps et d'étoffes de soye dans la Bourgogne* pouvaient, à la rigueur, s'adresser encore à la province, mais sa capitale ne faisait guère que de les enregistrer sans avoir besoin de les appliquer, car ces manufactures avaient presque toutes déserté la ville. Les derniers vestiges de la draperie dijonnaise ont disparu lors de la tourmente révolutionnaire ; l'éclat en était déjà sensiblement terni et Courtépée nous apprend qu'à son époque (1777) il n'y avait plus à Dijon qu'une seule manufacture de velours sur mousseline établie en l'Ile (1). « Il s'y fait aussi des droguets de fil et laine, rayés et unis et même quelques draps façon de Semur. Un fabricant fait de belles ratines, des serges larges et étroites, du drap commun et des couvertures. Un autre fait des draps et des serges. Les capucins de Dijon fabriquent chez eux des draps pour la confection de leur ordre. »

Une filature de coton, administrée par la mairie, fonctionna de 1777 à 1788, elle occupait une soixantaine d'ouvriers ; les cardeurs gagnaient au début 5 sols par jour, en dernier lieu leur salaire avait doublé. Les mandats de paiement mentionnent des ouvrières ayant leurs rouets chez elles ; celles qui filent du (coton de) Saint-Domingue ; il y a aussi la rubrique « le maitre d'école » qui émargeait au budget de la fabrique. Ce qui nous indique que les en-

(1) Cette usine, très modeste, mise en adjudication en 1765, prit le nom de *Manufacture de mousseline et toiles peintes, établie en MDCCLXV, sous la protection des Etats de Bourgogne*. Son aménagement dans l'ancienne Maladrerie fut adjugé à Poyet, pour la somme de 11.300 livres.

fants des ouvriers recevaient l'enseignement gratuit.

Toutes ces entreprises officielles ou privées ont laissé peu de trace depuis la décadence de l'industrie lainière à Dijon et depuis 1883, quoi qu'en disent les géographies modernes, il ne se travaille plus un seul brin de laine brute dans notre ville. Si cette industrie a déserté nos régions, il ne faut en accuser ni les règlements, ni l'autorité supérieure et encore moins le manque de matières premières ; les laines de Bourgogne et surtout du Châtillonnais ont toujours été un produit suffisamment abondant et justement réputé. Il faut chercher le motif ailleurs : à notre avis deux causes y ont contribué, la première, comme date, est que nos pays ont toujours pu se suffire par la richesse productive du sol ; les produits naturels suffisaient à l'économie domestique, vendre la laine parut préférable que de la travailler. La seconde cause, presque moderne, est la centralisation industrielle, dont il est inutile de rappeler l'utilité pour les producteurs et fabricants.

A mesure que déclinait l'industrie de la draperie à Dijon, les *marchands de draps* remplacèrent les *fabricants drapiers*. Plus que jamais, les Dijonnais voulaient des draps et des étoffes à la mode ; or, nous l'avons dit, la draperie locale n'était pas entièrement du goût des habitants notables. Les premiers négociants qui vendirent la draperie étrangère furent les merciers qui exerçaient déjà depuis fort longtemps toutes sortes de commerce. Leur rôle primitif était d'acheter aux fabricants pour revendre en détail toutes espèces de marchandises, ils servaient ainsi d'intermédiaires. Leur principal champ d'action, au moyen âge, était les foires et marchés ; peu à peu ils se mirent à colporter leurs objets de vente, à dresser des étaux aux carrefours et ensuite à ouvrir boutiques. Ces boutiques, par une tolérance inconcevable en ces temps de jurandes, étaient de véritables bazars, où l'on rencontrait une multitude d'articles particuliers à certaines industries ; ainsi on y trouvait tous les objets de parure, de luxe ou de nécessité: ganterie, parfumerie, bimbeloterie, « clinquaillerie », outils, joaillerie, coiffures, etc. Ils vendaient même des livres et s'intitulaient orgueilleusement *Marchands de nouveautés*. C'est à ce titre sans doute qu'ils s'approprièrent la draperie étrangère comme « nouveauté ». La marasme de la draperie y aidant, les drapiers furent obligés de compter avec eux, de les souffrir comme collègues et finalement de les accepter dans leur corporation.

La mercerie de Paris était depuis les temps les plus reculés fort puissante; c'était une véritable souveraineté ayant à sa tête un « Roy des merciers », dès le VIIIe siècle, avec une hiérarchie de lieutenances dans les provinces du Royaume. La Bourgogne, pays d'Etat, se plia difficilement à cette souveraineté de « porte-balles », et quand, certain jour, le maître des merciers des duché et comté de Bourgogne voulut prendre possession de sa lieutenance à Dijon, il se heurta à la haute justice du mayeur. En effet, le maire fit interloquer maître Thiébault Gruson, titulaire de l'office, « devant l'hostel et maison de feu Petitjean, l'espicier, assise près de l'ancienne croix du cimetière de Saint-Michel de Dijon... » en la présence d'un notaire et de plusieurs témoins. Le procureur de la ville « en adressant sa parole à Gruson, lui dit : — L'on m'a dit que vous aviez obtenu un mandement royal pour être maître des merciers et que vous vous vantez de l'exploiter et mettre en exécution en cette ville de Dijon et prendre congnoissance et loy sur lesdits merciers et leur mectre règle sur leurdit métier ; je vous notifie que jamais il ne fut vu ni visité en icelle ville ne mectre ordre et police sur leur métier fors que Messieurs les mayeurs et échevins ausquels la congnoissance appartient, et pour ce je vous en advertis affin que vous ne faites choses qui soient au préjudice des mayeurs et échevins, ne des autres droits de ladite ville. » Gruson répondit : — « Je vous en répond que sont environ trois ans que je obtins lectres du roy pour estre maistre des merciers au duchié et comté de Bourgogne » etc., puis il termine en disant qu'il n'entend pas exploiter les merciers de la ville, mais seulement ceux qui viennent y vendre aux foires et marchés. Depuis, l'on n'entendit plus parler du roi des merciers à Dijon...

Les apothicaires et épiciers subirent la concurrence des merciers qui, en 1506, vendaient « illégalement reubarde, scamonée, casse, camphre, dyadragant, diaris, pénitre, dragie, poudres fines de menues espices et toutes autres poudres, huilles d'olive, de noix, de chenevis, suif, oingt, » etc. C'est encore une série d'articles à ajouter au comptoir des merciers, mais les magistrats devaient avoir un faible pour eux, car n'ayant pas de magasins en ville, la mairie leur avait fait édifier des « loigettes » autour de l'église Saint-Michel et sous la « pourtelle » de Saint-Etienne. La location de ces logettes « en bois, à vendre mercerie » s'adjugeait aux enchères par les soins et aux bénéfices de la mairie. Perrenot Demoinge avait même un banc devant l'église Saint-Michel. Mais c'est surtout en la Grande Salle du Palais de Justice que se tenaient de préférence les merciers à la mode. En 1598, les jurés-orfèvres y avaient droit de visite pour expertiser les objets de joaillerie. En 1688, Jacques Veullien y fournissait des « bonnets carrés » aux juges qui avaient là un vestiaire sous la main. Enfin c'était le « Palais-Royal » de Dijon, et M. H. Beaune n'a pas dédaigné d'y consacrer une page dans son *Palais de Justice de Dijon*.

Outre ces merciers semi-sédentaires, locataires de la ville ou du palais, la corporation comprenait encore les porte-balles ou petits merciers et ils n'étaient pas les moins bien achalandés ; on trouvait vers eux jusqu'à des cuirs de Russie et de Hongrie, des veaux d'Angleterre, etc. Aussi les jurés-merciers de la ville obtinrent le droit de les visiter dans les hôtels où ils logeaient. Ces colporteurs ne pouvaient rester que 24 heures en ville pour y débiter leur « menüe mercerie et clinquaillerie ». Mais c'était une race difficile à réglementer, car, dit une requête de 1749, « quoique l'on sorte de tenir la foire Saint-Martin, qui a duré huit jours, ils sont au moins dix colporteurs qui n'ont point désemparé la ville et qui vendent furtivement dans les auberges et maisons particulières ». Il était en effet difficile d'incorporer ces nomades pour leur faire payer les charges professionnelles.

La tenue des Etats de Bourgogne était aussi occasion pour les merciers d'ouvrir leurs boutiques — triennales aussi — dans la première encognure vide et à la portée des chalands. Ainsi en 1784, J. Richard, mercier, demande à la mairie la permission de construire « une petite boutique à la gauche de la porte de l'hôtel de Langres, sur la place Royalle, contre une des arcades fermées pour y établir, pendant la tenue des Etats, ses marchandises de mercerie ». Sa requête fut accueillie par le procureur-syndic de la ville « à condition que la boutique ne pourra avoir plus de cinq pieds de profondeur, sur dix de long et de l'enlever immédiatement après la tenue des Etats ».

C'est sur la fin du XVIIe siècle, sous le régime des offices, qu'eut lieu un premier projet de réunion des merciers aux drapiers. Ensuite il y eut en 1718 un essai de statuts communs où chacun devait s'en tenir à sa spécialité, mais la réunion était considérée comme officielle puisqu'un arrêt du conseil du roi, du 14 décembre 1728, accepte les offres des *drapiers-merciers* de Dijon de verser la somme de 11.165 livres pour entrer en possession de 17 maîtrises déclarées vacantes dans leurs professions. La vente des étoffes de soie fut une première cause de débats entre les maitres; permise depuis longtemps aux merciers, renouvelée en 1712, les drapiers voulaient absolument jouir de ce monopole. Mais en même temps qu'il fut défendu aux drapiers de vendre de la mercerie et des étoffes de soie, il fut défendu aux merciers de vendre de la draperie. Des jurés furent nommés des deux côtés avec obligation de faire des visites réciproques, ensuite il fut décidé que ceux qui voudraient exercer les deux professions seraient admis à en faire la déclaration dans la quinzaine; ce délai expiré, ils resteraient seulement ou merciers ou drapiers. Cette mesure qui, entre gens revêches, pouvait devenir une source de discordes, devint au contraire une cause de rapprochement et la réunion se fit complète par des statuts délivrés en 1734. Les intéressés firent preuve en cela d'un tact qui manqua dans beaucoup d'autres professions.

Les « *Statuts et règlemens des marchands Drapiers et Merciers de la ville de Dijon, homologuez en Parlement le 31 mars 1734 et registrez au greffe de la Chambre de ville le 5e juin suivant, par les soins, poursuites et diligences des sieurs Lavoignat et Chrétiennot, grands gardes et jurés de ladite communauté* » (1), sont très étendus; ils contiennent 41 articles, puis un arrêt royal interdisant la vente du colportage aux Juifs.

L'année suivante, 1735, fut publié un règlement portant accord entre les merciers, d'une part, et les libraires et orfèvres d'autre part. En 1741 un arrêt du conseil du roi défendit aux colporteurs « porte-balles » de vendre à Dijon, autres que des lacets, ciseaux, et autres me-

(1) Imprimés chez A.-I.-B. Augé, à Dijon, en 1734, 42 pages in-4.

nues merceries et sans que ces articles soient sujets à visitation par les jurés drapiers-merciers, lesquels devaient seulement être avertis de l'arrivée de ces concurrents.

Ces diverses professions eurent plusieurs saints patrons. Les tondeurs de draps, comme la plupart des anciens drapiers de France, célébraient la Notre-Dame. Dès 1436, leur confrérie était à Notre-Dame de Dijon, où ils faisaient continuellement brûler un cierge; en 1506 leurs apprentis versaient six gros pour l'entretien de ce luminaire. La corporation portait : *d'azur à une fasce d'or*.

Les drapiers-drapans, portant : *d'or, à une Trinité de gueules*, avaient au xve siècle une confrérie à l'hôpital du Saint-Esprit sous le vocable de la Trinité, patronne de l'établissement. Cette chapelle de la Trinité, établie à l'hôpital par Simon Albosset en 1459, parait avoir été le centre spirituel des divers métiers établis sur la rivière d'Ouche. Les drapiers-drapans et cardeurs devaient assister aux services qui y étaient fondés, comprenant une messe basse le deuxième dimanche de chaque mois, les offices de la fête, les services mortuaires et les anniversaires des membres défunts.

Les merciers-quincailliers avaient saint Maur pour patron et portaient *d'argent à un saint Maur de sable*. En 1685, lors de la fusion des merciers et drapiers, les deux corps élaborèrent les statuts de leur confrérie qui devait rester sous le patronage de saint Maur. Ces statuts furent homologués le 15 janvier 1686 et la fête se célébrait le 15 janvier de chaque année, en l'église Notre-Dame. C'est sans doute avant l'institution de cette confrérie que les drapiers eurent momentanément saint Bernard pour patron, dont il est question dans quelques documents que nous avons parcourus.

Les drapiers adoptèrent bien le patron des merciers, mais ils renouvelèrent leurs armoiries en adoptant ce beau blason à la foy d'argent avec un coupé aux armes de Bourgogne moderne.

TEINTURIERS (1)

Patronage : La Trinité.

Armoiries : *D'argent à un pal d'azur.*

Les premiers établissements de teinture à Dijon coïncident avec l'apparition des fabricants drapiers. Les règlements des teinturiers se trouvent édictés dans les nombreuses ordonnances de la draperie, et tout porte à croire que les drapiers primitifs faisaient eux-mêmes la teinture de leurs étoffes. En effet, l'ordonnance de 1435 dit « que les draps filez à la coloingne (quenoille, ou quenouille) seront de bonne taînctures de gaide et de garance sans y mectre de noir de chaudière, ne pelle feul ne autres taînctures quelxconques, se ce n'est racine, car elle est bonne et seure ». La teinture était donc une branche de l'importante draperie dijonnaise au XVe siècle, et il est déjà spécifié que les teinturiers formeront deux catégories : ceux qui teindront « de guède ou de garance » et ceux qui teindront « de noir de chaudière ; » c'était l'avant-coureur de la distinction du *grand teint* avec le *petit teint*. Dès cette époque aussi chaque maître teinturier devait apposer sa marque personnelle sur tous les ouvrages sortant de son usine.

Ces usines étaient nécessairement établies sur les cours d'eau, ce qui obligeait la mairie à surveiller de près la propreté des rivières déjà souillées par la boucherie, la tannerie et autres causes. Il était sévèrement défendu

(1) Arch. mun., 31 à 38.

aux teinturiers et aux « felonniers de draps » de jeter à l'eau leurs résidus et leur « pugnaiserie » pour éviter la « pestilence et épidémie que Dieu veuille apaiser », comme le cite une délibération de 1452. Le faubourg d'Ouche était principalement le quartier des teinturiers, des foulonniers, des drapiers-drapans ; leur confrérie, avec son patronage de la Trinité, fondée à l'hôpital du Saint-Esprit, était à proximité de leurs usines. L'hôpital lui-même était, en quelque sorte, leur domaine et ils ne craignaient pas d'étendre, sur ses murs mêmes, leurs étoffes sortant de manipulation, mais cette tolérance leur fut retirée en 1617, car un de ses murs avait été « ruiné » par des draps que le teinturier Pamponne avait étendus et « planté ». Les murailles de la ville servaient aussi de séchoirs ; avant 1540, on pouvait voir tous les jours les remparts tapissés de toutes sortes d'étoffes, mais à partir de cette date, l'étendage fut défendu les jours fériés.

Les teinturiers eurent des règlements particuliers en 1465, il y est dit : « Quiconque vouldra estre tainctu-rier en lad. ville et banlieue, estre le pourra, excepté les tisserands de langes et les foulons qui estre ne le pourront pourvu ceulx qui estre le vouldront tenir et lever leur ouvreur, soient avant tout euvre examinez par les jurés dud. mestier. » Il y avait trois jurés, ce qui prouverait l'importance du métier rival de la draperie.

Le *Règlement politique* imprimé en 1580 contient le chapitre suivant :

Tainturiers de draps et serges de laines.

Il est défendu à tous tainturiers de ne taindre cy-après aucuns draps et serges sinon en la manière qui s'ensuit :

Premièrement — Pour le regard des draps et serges, qui leur seront delivrez pour taindre en bon noir, seront tenuz lesdiz tainturiers, iceux draps et serges, les taindre de peur gaide et garance, et qu'ils soyent bien taints et bien tranchez, à peine que s'ils ne sont bien tranchez et bien taints, ils n'en seront payez que pour moyen noir, et pour le regard des moyens noirs, seront tenus les imprimer, et leur bailleront du gaide comme à un bleuf.

Aussi pour le regard des petits noirs, ny mettront aucune estoffe, laquelle puisse préjudicier lesdicts draps et serges, qui leur seront délivrez pour taindre en ladicte couleur de petit noir; ausquels draps et serges concernans ladicte tainture de noir, seront tenus lesdicts tainturiers apposer un sceau au chef et premier bout d'iceux draps et serge; auquel sceau sera leurs marques, et à l'entour d'iceluy sceau sera escript à scavoir: aux noirs de bonne tainture, bon taint; aux moyens noirs, moyen noir; et au petit noir, petit noir, premièrement que de rendre lesdicts draps et serges aux tondeurs ny à autres personnes.

Et en ce qui concerne les draps et serges taintes en couleurs, seront tenus lesdicts tainturiers de taindre lesdictes couleurs comme s'ensuit :

A scavoir, les draps et serges qui leur seront délivrés pour taindre ausdictes couleurs, premièrement le pers, le tanné garancé, le surbrung, le cannellé de gaide, le viollet, le vert, le bleuf, seront taints de pur gaide et garance et loyalle estoffe, et leur donneront du gaide et garance et autres estoffes comme lesdictes couleurs cy-mentionnées le requièrent, à celle fin que elle soit bien et loyallement tainte et seure de tainture, et y apposeront leursdicts sceaux et marques où à l'entour sera escript, bon taint.

Est défendu expressément ausdicts tainturiers ne taindre draps ni serges en tanné garancé, surbrung, cannellé de gaide, viollet, verd, bleuf en fauce couleur à peine de vingt escus d'amende.

Est néanmoins permis ausdicts tainturiers de taindre lesdicts draps qui leur seront délivrez en petit cannellé, moyennant qu'ils seront foncez de bonne garance ausquels petits cannellez sera semblablement apposé leursdictes marques et sceaux, escrit, petit taint.

Défendant ausdicts tainturiers, ne travailler en aucune façon de bois d'Inde, et où il s'en trouveroit en leurs boutiques et maisons, seront condamnez en vingt escus d'amende et lesdicts bois confisqués.

Et sont invitez les tainturiers des villes de Chastillon, Beaune et autres du ressort de la Cour, ne taindre draps ny serges, qui leur seront délivrez qu'en la sorte et manière qui est cy-devant déclairée. Et ne rendre lesdictz draps et serges aux tondeurs ny à autres personnes que leurs marques et sceau ne soyent apposez au chief et premier bout, attendu que c'est l'évident proffit du publicq.

Au XVIIe siècle, les échantillons de teinture étaient entre les mains des drapiers pour servir de modèles. La création d'un Inspecteur des Manufactures et teintures royales écarta les règlements municipaux et mit les teinturiers de France sous le même régime ; c'est M. l'Inspecteur qui désormais désigne telle drogue pour telle teinture et qui nomme les teinturiers du grand teint et ceux du petit teint. La mairie doit même interpréter les règlements royaux dans les amendes encourues par les maîtres teinturiers ; en 1688, un maître dijonnais ayant employé de la « moulée de taillandier détrampée » fut condamné à l'amende de 20 livres par la chambre de police ; cette peine sembla trop légère à l'inspecteur qui s'en plaignit au ministre Louvois lequel foudroya la chambre de police d'une lettre sévère, où elle est menacée, à l'avenir, de payer l'excédent des amendes qui n'atteindraient pas le taux des règlements.

C'est vers cette époque que des échantillons de teinture, provenant des *Gobelins*, furent déposés au coffre des drapiers pour servir de référence aux teinturiers. On voit aussi que les *maîtres* teinturiers avaient droit de visite les uns chez les autres, ce qui ferait supposer l'absence des jurés habituels.

Malgré l'ingérence de l'inspecteur, la mairie revendiquait le peu de droit qui lui restait et à la suite de la réception d'un maître par ses collègues, elle réclama ses droits d'élection à la maîtrise et en notifia la validité aux maîtres Tixier, Moulin, Parnier et Furnet qui semblent être les quatre seuls teinturiers dijonnais de l'époque.

Dans le *Règlement* du 15 janvier 1737, il est toujours spécifié que les teinturiers en laines et en étoffes de laine se distingueraient en teinturiers de grand et bon teint et en ceux de petit teint. « Pour parvenir à cette distinction, le juge de police des lieux où elle a été faite choisira, entre les plus expérimentés des teinturiers, ceux qui sont les plus capables de faire le bon et grant teint, à la charge par eux de renoncer expressément au petit teint et de faire le chef-d'œuvre du bon et grand teint. »

On ne comptait alors à Dijon que deux maîtres, Clavin et Quillot ayant le monopole du grand teint ; les autres pouvaient teindre aussi mauvais teint qu'ils voulaient.

TISSERANDS (1)

PATRONAGE : Saint Simon et saint Jude.

ARMOIRIES : *De sinople, à une navette de tisserand d'argent.*

La profession de tisserand de toile, reléguée de nos jours dans quelques villages d'arrière-plan, était très prospère à Dijon dans les XIVe et XVe siècles. Une délibération municipale de 1374 taxe la longueur et la largeur de chaque pièce de toile et menace d'amende toute fausse mesure et tout défaut de tissage. La mesure matrice était l'aune de Dijon représentée par une tige de fer scellée à la Chambre de Ville et où chaque pièce sortant du métier était mesurée et vérifiée. L'institution de deux maîtres jurés-tisserands est signalée dans l'entrée en

(1) Arch. municipales, C. 31 à 38 et 71.

fonction du maire en 1385. C'est aux environs de cette date que nous placerons l'ordonnance suivante :

Tixerie de toilles

I. Premièrement. — Que en toutes toilles qui se font à Dijon, le pigne sur le mestier doit avoir le large de la verge de fer que l'on a accoustume pourté d'ancienneté par les maistres dud. mestier ; et pour chacune dant vuide audit pigne, l'on doit XII deniers d'amende.

II. *Item.* — Doit avoir la toille qui se vend à Dijon, une aulne de large à l'aulne de lad. ville.

III. *Item.* — Toute la pièce de toille doit avoir suyvant une aulne de large, et au cas qu'elle ne l'auroit, le vendeur doit XII deniers d'amende et aussy l'ouvrier qui l'aura faicte ou feroit en lad. ville.

IV. *Item.* — La pièce ploié en troux (1) doit avoir XXII aulnes de long et si elle ne le contient, l'ouvrier qui l'a déclairée ou le marcheant qui assure y avoir une pièce et elle n'y est justement trouvée, doit 2 sols d'amende et la pièce de XVI aulnes doit douze deniers d'amende au cas dessus dit.

V. *Item.* — Que toutes pièces de toilles de V quartiers de touailes ploiés qui ne contiennent que XII aulnes, doivent XII deniers d'amende et le pigne doit avoir sur le métier V quartiers de large, et il ne les a il doit sept sols d'amende, et pour une chacune dant vuide, XII deniers d'amende dont la moitié d'icelle amende est à lad. ville et l'autre au commis.

VI. *Item.* — Un chacun ouvrier dud. mestier demorant en lad. ville doit XII deniers une fois en l'an, pour continuer à dire une messe pour les trespassés dud. mestier, et les doivent paier le diemenche avant la Toussains et pour faire un gros cierge de cire que l'on a accoustume porter quant il trespasse aucuns desd. ouvriers, et pour maintenir le drap que l'on a accoustume mectre sur le trespassé et pour donner pour Dieu aux povres de l'hospital de Nostre-Dame qui y seront trouvés le jour du trespas d'aucun iceulx ouvriers (G. 2).

(1) En rouleaux.

Dans le cours des années suivantes, on trouve plusieurs règlements plus ou moins importants pris en délibération municipale, mais en 1468, on remplaça toutes les « ordonnances dès piécà et paravant faictes » par les suivantes :

Ordonnances sur le mestier de Tixerans de toilles.

A tout ceulx qui ces présentes lectres verront, nous, Pierre Marriot,.... mayeur et les eschevins dud. Dijon.... salut. Savoir faisons que.... avons fait, passé et accordé.... les statuz, constitucions et ordonnances qui s'ensuyvent....

I. Premièrement. — Que doresenavant aucun de quelque estat qu'il soit ne pourra lever ne tenir ouvreur dud. mestier en lad. ville de Dijon, ne banlieue d'icelle jusques ad ce que premièrement il soit approuvé par les jurés et commis sur le fait de la visitacion dud. mestier de tixerie et qu'il ait fait son chief d'euvre de toille en vint deux cens soit de chauline ou de lin, et napperie en vingt quatre cens.

II. *Item.* — Sera tenu cellui qui vouldra lever son ouvreur dud. mestier, avant qu'il puisse lever ouvreur, bailler caucion jusques à la somme de dix livres tournois pour restituer tous domaiges qu'il y pourroit faire et commectre.

III. *Item.* — Sera aussi tenu avant qu'il puisse lever sondit ouvreur et mestier de payer la somme de soixante sols tournois monnoye courant, c'est assavoir : trente sols au prouffit de lad. ville, et les autres trente sols au prouffit de ceulx qui lors seront maistres et jurés dud. mestier et ausquels jurés avec ce sera tenu de donner à disner le jour qu'il sera passé maistre du mestier.

IV. *Item.* — Que doresenavant tous les enfans masles des maistres dud. mestier pourront tenir et lever leur ouvreur dud. mestier, parmy ce qu'ils feront leur chief-d'euvre comme dit est et donneront à disner aux maistres et jurés qui seront pour l'année sur la visitacion dud. mestier.

V. *Item.* — Que quand aucun desd. maistres yra de vie à trespas, la vesve dud. maistre trespassé pourra durant sa viduité tenir ouvreur dud. mestier et le faire conduire par ung ouvrier dud. mestier soit maistre passé ou non, pourveu qu'il soit à ce faire ydoine. Et se ledit ouvrier n'est maistre passé lorsque sa maistresse se remariera, il ne sera pas réputé maistre s'il ne fait le devoir tel que dessus nonobstant qu'il ait tenu l'ouvreur de sa maistresse, elle étant vesve.

VI. *Item.* — Que tous pingnes qui seront trouvez sur le mestier pour faire quelque toille que ce soit seront du large de la verge de fer que l'on a accoustume de pourter d'ancienneté en lad. ville de Dijon.

VII. *Item.* — Que doresenavant les commis jurés sur le fait de la visitacion dud. mestier, toutesfois qu'il leur plaira pourront aler visiter par les ouvreurs dud. mestier et veoir les ouvraiges qu'on y fera tant en nappes, toilles que autrement, et là où il semblera ausd. commis avoir faulte et qu'il y échée amende autres que cy-devant déclairées, ils en advertiront nous et nos successeurs mayeurs et eschevins pour adjuger lesd. amendes dont lad. ville aura la moitié et lesd. commis l'autre.

VIII. *Item.* — Pour chacune dant vuide qui sera trouvée au pigne seront payés douze deniers d'amende dont la moitié sera au prouffit de lad. ville et l'autre moitié aud. jurés et commis.

IX. *Item.* — Que toute la toille qui se vendra doresenavant en lad. ville et banlieue de Dijon, aura une aulne de large selon l'aulne d'icelle ville, à peine de dix sols d'amende tournois d'amende pour chacune pièce, à appliquer, c'est assavoir : la moitié à lad. ville et l'autre moitié ausd. jurés et commis.

X. *Item.* — La pièce de toille en troux que l'on fera en lad. ville contiendra et aura trente deux aulnes de long et la demie pièce seize aulnes de long, à peine, chacune pièce, de deux sols six deniers tournois à appliquer comme dessus.

XI. *Item.* — Que aucuns marchans ne autres estrangiers ne pourront vendre aucunes toilles ne nappes, en lad ville et banlieue de Dijon, jusques à ce qu'elles soient veues et visitées par lesd. maistres et commis, à peine de dix sols tournois d'amende à appliquer comme dessus. Et se lesd. nappes et toilles desd. estrangiers ne sont de telle largeur que celles que l'on fera en lad. ville de Dijon, il ne les pourront vendre es marchiefs ne es foires, mais ils les pourront aller vendre et pourter par la ville et lieux hors desd. marchiefz et foires, à peine de cinq sols d'amende à appliquer la moitié à lad. ville et l'autre moitié ausd. commis. Et a l'occasion de lad. largeur soit moindre ou plus grande que celle de lad. ville, l'on ne pourra reprendre les marchans estrangiers ne en lever amende sur eulx. Mais se en la tixerie desd. nappes et toilles estoient trouvées faultes, ils seront amendables pour chacun troux, de dix sols tournois à appliquer comme dessus.

Et lesquels jurés et commis seront ung chacun an instituez et ordonnez par nous et nos successeurs mayeurs et eschevins de lad. ville et commune de Dijon. Lesquelles présentes ordonnances et institutions ainsi par nous faictes et passées en la présence et par l'advis de Estienne Martin dit Lestot, Guillemin Payart, Pierre Monais, Jehan de Montjeu, Droyn Baronille, Laurent Petit, Jaquot Charle, Guillemin Quaternaul, Huguenin Beroignot, Guyon Lomme, Jehan Raoul, Haguimet Langrois, Aliot Lomme, Guillemin Moine, Jehan Tramplet, Guillaume Benigne, Pierre Madulot, Jehannin Ferran, Forquet Lorecte, Jaquot Mathyot, et Estienne Mathyot, tous maistres tenans ouvreurs dud. mestier de tixerie en lad. ville de Dijon ; iceulx nommez ont promis et juré tenir, garder et observer entièrement et les faire tenir et garder par tous autres qu'il appartiendra sur les peines dont dessus est faicte mencion. Et à ce faire, nous, conflans à plain des sens, loyaultés et bonne diligence de honnorable homme maistre Jehan de Pintevilliers et Pierre Cornille, eschevins de la ville de Dijon, Huguenin Beroingnot et Guyon Lomme.... En tesmoing desquelles choses nous avons fait mectre le grand scel... à ces présences faictes et passées le vendredy XXIXe jour du mois d'avril l'an mil quatre cens soixante et huit (G. 3).

La profession était représentée par 21 maîtres, nombre assez restreint, pourrait-on supposer, mais ces patrons occupaient alors des compagnons dont le salaire, en 1494, était taxé par la mairie de la manière suivante :

Que doresenavant aucuns maistres particuliers dudit mestier ne soyent si ozez ne hardiz de bailler ne payer à aucuns ouvriers dud. mestier de tixerie ouvrans à leur pièce, pour quelque ouvraige qu'il saichent faire, plus avant que du franc, sept gros, sans leur en payer ne bailler aucune autre chose qu'elle qu'elle soit, moyennant ce que lesd. maistres seront tenus de entretenir et fournir lesd. ouvriers de tous utis servans aud. mestier, leur bailler lesd. ouvraiges ouvrés et mis à poinct jusques à besoingner en iceulx ouvraiges. Et en oultre leur fournir leurs potaiges, feug et chauffaiges seulement et autres leurs necessitez ainsi que d'ancienneté l'on a accoustume de faire ausd. ouvriers, excepté de la lumière duille ou chandoilles que convient avoir pour besoingner dud. mestier par nuyt ou du matin.

Chose étrange : des patrons furent poursuivis pour avoir payé un salaire plus élevé !

Pour éviter les fraudes dans la confection du chef d'œuvre, il fut ordonné, en 1518, que les aspirants le feraient dans l'hôtel de l'un des jurés et en présence d'un échevin délégué.

Le règlement général de 1711 classe les tisserands dans la dernière catégorie des métiers, ce qui prouve qu'ils avaient perdu de leur importance. Les tisserands dijonnais avaient, en effet, une concurrence redoutable dans les tisserands de villages et bientôt ils demandèrent à la mairie aide et protection ; c'est pourquoi il fut défendu, en 1692, aux tisserands étrangers à la ville d'y venir faire provision de « filets d'œuvres, étouppes, lin et coton », pour les travailler chez eux. Cette défense fut renouvelée un siècle après, avec, de plus, la permission aux tisserands de la ville de faire publier et afficher ce règlement à leurs frais ; mais on ne voit pas que la vente des toiles ait été prohibée en ville ni à quelles conditions elles y étaient livrées. Néanmoins les tisserands ruraux étaient surveillés avec diligence : une pièce de toile amenée par Pauthenet, de Messigny, pour être livrée à Villemeureux, de Dijon, fut déposée, en l'absence du destinataire, au cabaret de la dame Brou ; les jurés tisserands, flairant un délit, s'en emparèrent et la déposèrent au secrétariat de l'hôtel de ville. C'était une véritable confiscation et il fallut une requête fortement motivée pour que le propriétaire pût rentrer dans son bien.

De leur côté les tisserands dijonnais étaient aussi surveillés par les drapiers ; les tisserands devaient s'en tenir à la toile et rien qu'à la toile ; s'ils avaient le malheur de prendre la laine pour du chanvre, ils couraient le risque d'une forte amende et de représailles très désagréables, comme il arriva à Claude Bordet en 1734. Ce malheureux tisserand fut condamné à 300 livres d'amende et ses étoffes, où il y avait de la laine, furent coupées par morceaux de deux aunes et distribuées aux pauvres des hôpitaux.

Sur la fin du XVIIIe siècle, il y avait bien encore une trentaine de tisserands en ville. En 1782, avec permission du vicomte mayeur ils firent mettre au dessus de la porte de leur juré receveur « une enseigne ou placart » portant ces mots : BUREAU DE LA MARQUE DES TOILES. Nous n'avons pas trouvé leurs statuts de la dernière époque.

La confrérie des tisserands était chez les Minimes au commencement du XVIe siècle ; ils y faisaient célébrer quatre messes par an. Quelques confrères négligeant d'acquitter leurs droits de confrérie, les jurés furent obligés de recourir à la mairie pour obtenir le pouvoir de faire payer les retardataires, afin que les frères mineurs pussent continuer la célébration des offices. Au siècle suivant, la confrérie était transférée chez les Cordeliers, et chaque maître devait verser huit livres par an, mais, là aussi, le zèle des confrères eut besoin d'être excité au paiement de la cotisation.

CHAPELIERS (1)

Patronage : La Décollation de saint Jean-Baptiste.

Armoiries : *De gueules, à deux chapeaux d'argent, posés l'un sur l'autre.*

Les « escroes » de Marguerite de Flandre, duchesse de Bourgogne, mentionnent l'apparition de chapeaux de roses vermeilles, le 21 mai 1385. « Qu'étaient ces couvre-chefs ? dit M. Canat ; de véritables couronnes ou des chaperons ornés de fleurs ? On l'ignore, mais ils étaient éphémères à n'en pas douter, car on ne saurait expliquer sans cela la grande quantité qu'on en consommait à la cour (2). » La fille de Marguerite, Catherine d'Autriche, femme du duc Léopold IX, avait le même penchant pour les chapeaux ou tout au moins pour certain chapelier, car en 1417, elle mit son crédit au service d'un chapelier qui exerçait à Dijon ; il est vrai que cet artiste était un de ses compatriotes, ce qui explique sa démarche auprès du maire et des échevins de Dijon qui délibèrent : « Veu que madame d'Austeriche a fait réquir pour aucun de ses gens que ung chappelier du pays d'Allemaigne qui fait des chapeaux à Dijon, ne paie rien des fraiz et impotz de la ville eu regard à ce qu'il n'y demeure fors que ou temps d'été. » La chambre de ville consent à exempter le chapelier de ses impôts (B. 149).

« Au temps d'été » signifie au besoin qu'on ne faisait alors que des chapeaux d'été avec des fleurs naturelles. C'est le premier chapelier que nous rencontrons à Dijon. La corporation des chapeliers de Paris date de 1380 ; néanmoins les Bonnetiers eurent encore de beaux jours

(1) Arch. municipales, G. 18.

(2) *Marguerite de Flandre, duchesse de Bourgogne, sa vie intime et l'état de sa maison*, Paris, 1860.

et les chaperons, bonnets, huques, mortiers, capuches, continuèrent encore longtemps à servir de coiffures malgré les chapeaux de fleurs et les chapeaux de paille. Ceux-ci ne parurent que vers 1425.

Les chapeliers dijonnais reçurent les statuts suivants en 1487 :

Ordonnances des Chappeliers

A tous ceulx qui ces présentes lectres verront, nous Philippe Martin... mayeur... et les eschevins... salut. Savoir faisons, nous avons receu la requeste des ouvriers du mestier des chappelliers de ceste ville de Dijon... Pourquoy inclinans à lad. requeste comme raisonnable et pour le bien de la chose publique avons fait et estably... les statuts et ordonnances qui s'ensuigvent.

I. Premièrement. — Que aucun compagnon dud. mestier quel qu'il soit ne pourra lever ouvreur d'icellui mestier en lad. ville de Dijon ne es feurbourgs et banlieue d'icelle, ne ouvrer dud. mestier en chambre ne ailleurs quelque part que ce soit, s'il n'est ouvrier dud. mestier, approuvé et passé maistre par les eschevins jurés et commis sur le fait dud. mestier ad ce ordonnez pour l'année par nous mayeur et eschevins et nos successeurs, à peine de cent sols tournois d'amende à appliquer c'est assavoir : la moitié à lad. ville et l'autre moitié au prouffit desd. eschevins, jurés et commis.

II. *Item.* — Que cellui qui se vouldra passer maistre dud. mestier et pour ouvrer d'icellui, il sera tenu de faire son chief d'euvre à ses despens de trois chappeaulx de lainne bonne et loyale en la manière qui s'ensuit, c'est assavoir : un chappeaul noir à la verge frisé qui sera de bonne lainne fine et laquelle lui sera baillée par les maistres jurés et commis dud. mestier, lequel chappeaul sera bon et souffisant audit. rapport desdiz eschevins, jurés et commis et sera ledit chappeaul d'une livre de lainne.

III. *Item.* — Sera aussi tenu de faire un chappeaul blanc crappé (crêpé) à l'esguille aussi de fine lainne telle que lui sera baillée par lesd. maistres jurés dud. mestier aux despens dud. ouvrier, lequel chappeaul sera bon et souffisant, audit. rapport desd. eschevins jurés et commis dud. mestier.

IV. — Et un chappeaul grossier noir à la verge tondu de grosse laine bonne et loyale telle que lui sera baillée par lesd. eschevins, jurés et commis à ses despens, lequel chappeaul sera bon et souffisant audit rapport desd. eschevins, jurés et commis sur le fait dud. mestier. Et lesquels trois chappeaulx seront faiz en l'hostel de l'un desd. jurés, tel que par les eschevins sera advisé.

V. — Et se lesd. trois chappeaulx sont trouvez estre bons et souffisans et faiz selon et en la manière dessus dicte et audit rapport desd. eschevins jurés et commis, il sera receu à estre passé maistre dud. mestier. Et se lesd. chappeaulx ne sont bons et souffisans, en ce cas il ne sera pas passé maistre dud. mestier, mais lui sera deffendu ledit mestier, jusques à ce qu'il ait appris et saiche mieux ouvrer d'icellui mestier, et lui seront rendus lesd. trois chappeaulx pour en faire son prouffit.

VI. *Item.* — Que cellui qui ainsi se vouldra passer maistre dud. mestier et qu'il soit trouvé ad ce ydoine et souffisant par lesd. eschevins, jurés et commis sur le fait dud. mestier, en ce cas il sera receu par nous mayeur ou nos successeurs et fera le sèrement en tel cas requis et de ce prendra sa lectre de reception par devers le clerc et scribe de la court de la maierie dud. Dijon.

VII. *Item.* — Et avec ce sera tenu de payer pour ce la somme de trois frants et demy qui seront distribuez en la manière qui s'ensuit, c'est assavoir : la somme d'ung frant au prouffit de lad. ville, ung frant au prouffit de la confrairie de noms. saint Jehan-Baptiste appellée la décollasse, qu'est la confrairie desd. chappelliers, la somme de six gros pour le droit du mayeur et ung frant au prouffit desd. eschevins, jurés et commis sur led. mestier pour lad. année. Et avec ce sera tenu cellui qui ainsi sera passé maistre audit mestier de donner à disner ausd. eschevins, jurés et commis de lad. ville à ses depens.

VIII. *Item.* — Que tous lesd. chappelliers ouvriers dud. mestier qui ainsi seront passez maistres dud. mestier, ne feront aucuns chappeaulx esquels ils mectent poil de chieuvre, de beufz, de vaiches ne de bourre quelle qu'elle soit, ne d'autres telles choses meschantes, fors que de bonne lainne pure, necte et loyale. Et se lesd. chappeaulx se treuvent autrement estre faiz, ceulx qui les auront ainsi faiz seront amendables de la somme de vingt sols tournois.

IX. *Item.*— Que aucuns marchans estrangiers ne autres de lad. ville quels qu'ils soient ne pourront vendre en lad. ville de Dijon ne es feurbourgs et banlieue d'icelle aucuns chappeaulx qu'ils y améneront en gros ne en détail jusques à ce qu'ils soient veuz et visitez par lesd. eschevins, jurés et commis de lad. ville, et ce à peine de soixante sols tournois d'amende à lever et applicquer la moitié au prouffit de lad. ville et l'autre moitié aux eschevins, jurés et commis.

X. *Item.* — Que tous les chappeaulx qui seront trouvez es hostels des merciers et marchans habitans de la ville dud. Dijon et autres estans et demeurans en icelle, pour iceulx vendre, seront visitez par lesd. eschevins, jurés et commis de lad. ville, toutes fois que bon leur semblera. Et se lesd. chappeaulx sont trouvez bons et loyaulx, ils se vendront comme bons tant en gros que en détail et s'ils sont trouvez faulx, ils seront amendables comme les autres chappeaulx des ouvriers dud. mestier demeurant en lad. ville et es feurbourgs et banlieue d'icelle et les amendes applicquées comme cy-devant il est déclairé, et avec ce desdiz chappeaulz sera fait à la volonté de mesd. seigneurs les mayeur et eschevins, commis et jurés pour l'année, ainsi qu'il est cy-devant dit et déclairé.

XI. *Item.* — Que les eschevins, jurés et commis pourront visiter l'ouvraige dud. mestier es hostels desd. chappelliers et aussi es ouvreurs et hostels desd. merciers et marchans vendant lesd. chappeaulx, toutes et quantesfois que bon leur semblera et aussi quand aucune plainte ou doléance en sera faicte ausd. eschevins, jurés et commis.

XII. *Item.*— Que nuls ouvriers dud. mestier ne pourront avoir ne tenir deux ouvreurs d'icellui mestier et aussi ne pourront ouvrer leur ouvreur ne mectre avant devant leur hostelz aucuns chappeaulx pour les vendre en détail ne en gros à quelque personne que ce soit aux jours des dyemenches, aux jours de Nostre-Dame, aux jours de festes d'appostres ne aussy aux jours solempnez ne autres jours commandez à l'église, synon que les festes venissent aux jours de marchié, et en ce cas ils ne ouvreront que une fenêtre de leur ouvreur, et ce à peine d'une livre de cire qui sera applicquée au prouffit delad. confrairie dud. monseigneur saint Jehan-Baptiste.

XIII. *Item.* — Et ne pourront lesd. chappelliers ne aussy lesd. merciers ne autres marchans quels qu'ils soient vendre chappeaulx, tenir bans dehors de leurs hostels pour vendre chappeaulx, le jour du grant vendredy sainct jusques après le service dud. jour, et ce à peine d'une livre de cire qui sera au prouffit de lad. confrairie de monseigneur saint Jehan-Baptiste.

XIV. *Item.* — Que nuls maistres dud. mestier ne pourront soustraire aucuns serviteurs des hostels des maistres, avec lesquels ils demeureront, ne ne les pourront mectre en euvre en leurs hostels ne ailleurs jusques à ce que lesd. serviteurs auront parfait leur terme avec leurdit maistre, et avec ce que ce soit du vouloir et consentement de leurdit maistres, et ce à peine d'une livre de cire qui sera au prouffit de lad. confrairie et aussi de l'amende de cinq sols tournois qui sera applicquée la moitié à lad. ville et l'autre moitié aux eschevins, jurés et commis.

XV. *Item.* — Que tous les fils de maistres présens et advenir qui ainsi seront passez maistres dud. mestier comme dessus est dit, pourront doresenavant se bon leur semble lever et tenir ouvreur dud. mestier, pourveu qu'ils soient à ce ydoines et souffisans et que tels ils soient trouvez par lesd. eschevins, jurés et commis dud. mestier, auquel cas ils seront tenus de faire le sèrement es mains dud. mayeur qui lors sera, sans pour ce paier aucune chose des droits dessus diz, excepté seulement que lesd. fils desd. maistres seront tenus de donner à digner ausd. eschevins, jurés et commis ordonnez de par la ville pour l'année sur le fait dud. mestier, ou leur donner, pour led. digner, chacun d'eulx la somme de cinq sols tournois, lequel qu'il plaira ausd. eschevins, jurés et commis et de donner aud. mayeur pour son droit ung bel et bon chappeaul.

XVI. *Item.* — Que les vesves des maistres dud. mestier pourront se bon leur semble durant le temps de leur viduité tenir ouvreur dud. mestier et vendre chappeaulx tout ainsi qu'elles faisoient avant leurd. vesveté, parmy ce que l'ouvraige qu'elles vendront sera bon, loyal et marchant selon qu'il est bien au long cy-devant déclairé et à la peine y contenue, et aussi qu'elles auront et tiendront en leurs hostels bons compaignons ouvriers dud. mestier, ung ou deux pour ce faire.

XVII. *Item.* — Que se lesd. vesves se remarient en autre homme qu'il ne soit dud. mestier, elles ne jouiront point des droits dud. mestier ne ne tiendront point d'ouvreur dudit mestier.

Toutes lesquelles provisions et ordonnances qui ont esté passées et accordées en présence et du consentement de Jaquot Durand, Jehan Pied alias du Bourg, Jehan Clerc, Perrenot Plantot, Huguenin Allois, Didier Bernard, Guillaume Siret, Jehan Boutellier, et Huguet Poulecte, chappelliers, tenans ouvreurs dud. mestier aud. Dijon, lesquels ont juré sur les sains évangilles de Dieu, les entretenir et avoir agréables, et aussi seront tenus les nommez ci-après de les jurer comme devant, c'est assavoir : Moingeon Regnier, Jaques Sambenet, François Taby et la vesve Barthelemy Pied, tenans ouvreurs en lad. ville dud. mestier..... En tesmoing desquelles choses nous avons fait mectre le grand scel..... à ces présentes faictes, données et passées..... le lundy XXIIe jour du mois d'octobre l'an mil CCCC quatre vingt et sept.

Ces ordonnances tracées par l'escripvain Girard le Lorrain furent affichées l'année suivante en la chambre de ville et demeurèrent en vigueur jusqu'au nouveau régime des corporations.

Les chapeliers d'alors n'avaient guère de concurrents, malgré cela l'entrée à la maîtrise n'était pas toujours facile aux aspirants : vers 1540, un désaccord étant survenu entre l'aspirant Damotte et les jurés chapeliers qui refusaient son chef-d'œuvre comme insuffisant, la mairie intervint et nomma des délégués chargés de se rendre dans les villes voisines pour exhiber le chef-d'œuvre et recueillir l'avis des gens du métier. A la honte des jurés chapeliers de la ville de Dijon, le travail de Damotte fut reconnu acceptable à Beaune et à Chalon et son auteur admis à la maîtrise par la mairie.

A part quelques contraventions contre les déballeurs, un procès-verbal de visite et une infraction à la fête de sainte Anne, amendée à 10 livres, nos documents sont muets jusqu'en 1636. A cette date ils eurent de nouveaux statuts, mais ils ne nous sont connus que par la citation qui en fut faite en 1718 dans une assemblée corporative. Le privilège des chapeliers était déjà battu en brèche par les forains qui pouvaient déballer et vendre leur marchandise sans payer de droits au profit des chapeliers dijonnais. D'un autre côté les merciers et les *vendeurs de chapeaux*, avec leurs nouveautés, commençaient à supplanter les fabricants de la ville. Dans le règlement de 1711, nous voyons les marchands de chapeaux classés dans la première catégorie, tandis que les fabricants ne sont que dans la seconde.

Dans cette assemblée des maîtres en 1718, ils essayèrent de réagir et la délibération suivante fut prise :

L'assemblée des maîtres chapeliers de la ville de Dijon, faite dans la salle ordinaire des R. P. Cordeliers, à la manière accoutumée, à laquelle se sont trouvés Jacques Berger, Sébastien Binet, Etienne Foucherot, Pierre Thevenin, Claude Lemort, Antoine Pellerin, Pierre Carteret, Claude Niessart, Antoine et Etienne Brunet, François Moreau, Nicolas Jolibois, et Jacques Foucherot, composant le corps desdits maîtres chapeliers, pour délibérer sur les moyens qu'il convient de prendre pour prévenir les contraventions qui se font journellement aux articles 5 et 6 de leurs statuts, en ce que la plupart d'entre eux achètent des chapeaux qui sont amenés en cette ville par les marchands de dehors sans qu'ils ayent été préalablement visités et le droit de cinq sols par chaque douzaine payé, ce qui fait que le public est trompé parce que ces chapeaux sont la plupart mal conditionnés ; la chose mise en délibération, il a été convenu d'une voye unanime que tous les chapeaux de feutre qui seront amenés du dehors pour vendre en cette ville, seront déposés chez le marguillier de la confrérie...

Ces chers maîtres avaient moins en vue l'intérêt du public que la concurrence des vendeurs de chapeaux, aussi le procureur de la ville opposa un refus formel à l'homologation de leur délibération et ordonna que les chapeaux étrangers seraient déballés, visités, et vendus publiquement aux halles de la ville à tous les habitants et à tous les marchands. Ils essayèrent encore en 1727 de s'opposer à la vente des chapeaux faite par les drapiers-merciers, mais ils n'eurent pas plus de succès, leurs produits n'étaient plus de mode ou ne plaisaient plus aux Dijonnais. Leur industrie décroissait et allait disparaître presque complètement. Courtépée nous le dit lui-même : « Les chapeliers ne travaillent plus guère que pour les habitants des campagnes ; le reste de la chapellerie se tire de Paris ou de Lyon. »

Un édit royal de 1690 avait créé l'office de *Visiteur des chapeaux*; il fut supprimé pour toute la Bourgogne le 1er janvier 1702.

Saluons en terminant maître Pierre Sauvageot, le « chapelier du Bourg, », juré de la corporation en 1785 et maire de Dijon dans la funeste période de 1793. Nous avons sous les yeux une lettre-facture d'un chapelier de Ville-Affranchie (Lyon) qui annonce au « citoyen Sauvageot » l'envoi de 25 douzaines de chapeaux à son adresse ; cette lettre confirme un premier envoi et en annonce un troisième de même quantité, soit 900 chapeaux « pour le compte de l'administration de la Côte-d'Or ». Même en 1793, la fonction de maire de Dijon n'empêchait pas d'être fournisseur de l'administration départementale.

***

Le registre G. 2, aux archives municipales, contient l'ordonnance des Maistres des cuevrechiefs. C'étaient les modistes de l'époque fabriquant les étoffes destinées aux coiffures féminines. Nos fabricants dijonnais n'employaient que le vulgaire lin qui fut bientôt détrôné par la soie et abandonné dans le cours du XIVe siècle, époque de ces ordonnances.

I. Premièrement. — La chesne des cuevrechiefs doit estre en XI portées ou au moins en X portées de la portée de XV fils, et en cas qu'elle ait en moins, de dix portées, l'ouvrière qui l'aura faicte doit estre amendable en V sols, la moitié à appliquer à la ville et l'autre moitié aux maistres ordonnez à la visitacion dud. mestier.

II. *Item.* — Doit estre la chesne de la trayme singnée à l'estaing et n'y doit point avoir de chenove, à la peine que dessus, avecque le fil de lin.

III. *Item.* — La pièce du cuevrechief doit avoir VI aulnes de long et la moitié de cinq quartiers de large.

IV. *Item.* — La tixière faisant ledit cuevrechief doit pour chacune dant vuide usée en son pigne, XII deniers d'amende, à appliquer comme dessus.

V. *Item.* — La tixière faisant ledit cuevrechief, au cas qu'ils seront trouvez maul tixer, doit pour la chesne desdiz cuevrechiefs V sols d'amende à appliquer comme dessus.

VI. *Item.* — Doivent aler les maistres ordonnez à la visitacion, chacun mois deux fois revisitant lesd. mestiers de tixerie.

VII. *Item.* — Doivent lesd. maistres revisiter lesd. cuevrechiefs dedans les buevresses pour savoir si elles sont bien empesées et buées ; chacune douzaine maul buée et maul empesée, buevresse doit XII deniers d'amende.

VIII. *Item.* — Doit mectre lad. ouvrière de tixerie en chacune son seing.

BONNETIERS (1)

Patronage : Saint Bonnot.

Armoiries : *D'azur à une sainte Barbe d'or vêtue d'une jupe de gueules.*

Le nom de Bonnetier, qui a presque perdu son sens primitif, s'appliquait jadis aux fabricants de ces antiques coiffures en étoffes ou en fourrures, alors en usage avant l'apparition et pendant les premiers usages des chapeaux. Le chapelier de coton, qui se montra plus tard, donna naissance aux bonnetiers modernes et absorba aussi les anciens chaussetiers en accaparant la bonneterie mécanique qui comprit dès lors tous les genres de vêtements tricotés : bonnets, bas, chaussettes, tricots, maillots, caleçons, etc.

En 1490, les huits bonnetiers de Dijon reçurent les statuts suivants qui vont nous apprendre à connaître le métier :

Ordonnances sur le fait du mestier des Bonnetiers.

A tous ceulx qui ces présentes lectres verront, Henry Chambellan... Savoir faisons que veuz certains advertissements et articles à nous présentez et baillez par les maistres bonnetiers .. avons fait, passé et accordé... sur le mestier de bonneterie, les ordonnances qui s'ensuivent.

I. Premièrement. — Qu'il ne sera cy-après loisible à quelconque personne de tenir ouvreur en ceste ville de Dijon, feurbourgs ne en toute la banlieue d'icelle, se premièrement il n'est passé maistre et fait chief-d'euvre, lequel chief-d'euvre sera de faire une caule (2) à revers d'oultre fin pesant une livre et demie, lequel chief-d'euvre sera fait en l'hostel de l'un des maistres jurés dud. mestier.

(1) Arch. mun., G. 31 à 38.
(2) Du vieux français cale, calotte.

II. *Item.* — Que ceulx qui voudront estre passez maistres dud. mestier paieront pour une fois la somme de quatre frans demy, assavoir : deux frans à la ville, six gros à monseigneur le mayeur qui pour lors sera, dix-huit gros aux eschevins et jurés et six gros pour la confrairie desd bonnetiers. Et seront tenuz ceulx qui seront passez maistres de prandre leurs lectres de réception devers le scribe de lad. ville, ainsi qu'il est accoustume de faire.

III. *Item.* — Que les enffans masles desd. maistres présens et advenir pourront tenir ouvreurs dud. mestier en lad. ville et banlieue d'icelle pourveu qu'ils soient ouvriers souffisans et qu'ils ayent fait chief-d'euvre d'un bonnet double et sainglé à l'advis des eschevins et jurés, lesquels bonnets seront ausd. eschevins et jurés, et seront fait lesd. bonnets de lainne d'oultre fin.

IV. *Item.* — Que les vesves desd. maistres durant le temps de leur vesveté, pourront tenir ouvreur dud. mestier se bon leur semble en tenant avec elles ouvriers souffisans et non autrement.

V. *Item.* — Que lesd. maistres ne pourront tenir pour une fois que ung ou deux apprentiz dud. mestier, lesquels serviront par le temps de leur amandise, et paiera chacun apprenti pour une fois et pour sa bien venue aud. mestier la somme de trois gros au prouffit de lad. confrairie.

VI. *Item.* — Que lesd. maistres ne pourront soustraire les valletz et apprentiz l'un de l'autre, ne les tenir avec eulx, ne bailler à ouvrer, jusques à ce que lesd. vallez et apprentiz ayent appoinctez avec les maistres ausquels ils seront commandez et obligez, et ce à la peine d'un frant d'amende, la moitié à applicquer à lad. ville et l'autre ausd. eschevins et jurés.

VII. *Item.* — Seront visitez par les eschevins et jurés, les bonnets et ouvraiges desd. maistres affin que se aucuns sont trouvez qu'ils ne soient léaulx ne marchans et tout pur de laine sans aucune tromperie, ils paieront un frant d'amende assavoir : six gros à la ville, et six gros aux eschevins et jurés ; et ne se pourront vendre ne distribuer, lesd. faulx ouvraiges en lad. ville et banlieue, à la peine que dessus.

VIII. *Item.* — Sera faicte visitacion par lesd. eschevins et jurés sur tous les merciers et autres gens tant estrangiers que de lad. ville vendans bonnets doubles et sainglés.

IX. *Item*. — Au regard des bonnets doubles, ils seront faits tout d'une laine tant dehors comme deans, à peine d'un frant d'amende, la moitié à appliquer à lad. ville et l'autre moitié ausd. eschevins et jurés.

X. *Item*. — Que se iceulx ne sont trouvez bons, loyaulx, marchans et tains de bonne taincture, que les maistres et marchans qui les vendront payent la somme d'un frant d'amende pour chacune fois, assavoir : six gros à lad. ville et les autres six gros au prouffit des eschevins.

XI. *Item*. — Seront tenus lesd. bonnetiers de taindre leurs bonnets de bonne taincture leaule et marchande et n'y mectront point d'arssels (orseille) ne de noir de chauldière, et ce à la peine de vingt sols d'amende pour chacune fois qu'ils feront le contraire, la moitié à applicquer à lad. ville et l'autre ausd. eschevins et jurés.

XII. — Et avons accordé et accordons ausd. bonnetiers de pouvoir vendre et distribuer leurs bonnets et danrées qu'ils ont de présent et ce deans le temps et terme de la Nativité nostre Seigneur prouchainement venant.

Lesquelles ordonnances ont esté faictes et passées en présence et du consentement, en tant que mestier est, de Humbert Maisselier, Jaques Devevet, Philippe Cournu, Jehannin Didier, Jehan Lignier, Thomas Coussart, François Clerget, Jaquot Maloyre, tous bonnetiers et tenans ouvreurs dud. mestier de bonneterie en lad. ville de Dijon... le lundy XIIIe jour du mois d'aoust l'an mil CCCC quatre vings et dix.

Une addition à ces statuts fut faite en 1504, le chef-d'œuvre devait consister en « une toque double à deux rebras d'oultre fin pesans une livre et demie » lequel chef-d'œuvre demeurait au profit de la confrérie des bonnetiers « par eulx érigée en l'église des frères prescheurs en l'honneur de monseigneur sainct Bonnot ». La réception était de cinq francs ; les fils de maîtres en étaient exempts mais ils devaient confectionner « un bonnet double et un simple d'oultre fin ».

Au XVIIe siècle, les bonnetiers, accolés aux chaussetiers, figurent dans la quatrième et dernière classe des métiers et étaient destinés à disparaître l'un et l'autre.

CHAUSSETIERS (1)

Les chaussetiers étaient les fabricants de chausses en drap, toile ou soie, c'est-à-dire des articles aujourd'hui remplacés par les bas et chaussettes. Ce métier a disparu depuis longtemps, aussi ne nous reste-t-il que des anciennes ordonnances que nous allons transcrire. Voici d'abord une délibération de la chambre de ville de 1411 :

Considérant que plusieurs personnes font et font faire à Dijon chausses pour vendre qui sont de malvais draps et qui aucunes fois ne sont moillez ni tonduz, qui est grant dommaige pour les acheteurs, est délibéré que l'on tienne que aucun ne face ou face faire de cy en avant chausse pour vendre que de bon et compétant drap et qu'il soit moillié et tondu à peine de perdre lesd. chausses et de l'amende arbitraire à la ville.

Puis en 1425 nous trouvons les

Ordonnances faictes par messeigneurs les maïeur et eschevins de la ville et commune de Dijon, le XXIIe jour après Pasques, l'an mil CCCC vingt et cinq, auquel temps était mayeur sire Estienne Chambellan, sur le mestier de chaussetier, pour le bien, honneur, prouffit et utilité de lad. ville, de la police et du bien public d'icelle publiées parmy icelle au cor et au cry en la manière accoustumée.

I. Premièrement. — Que aucuns chaussetiers ne autres qui ont accoustume de vendre et faire chausses, ne pourront doresen-

(1) Arch. municipales, G. 31 à 38.

avant lever ouvreur dud. mestier ne eulx entremectre d'icelluy en la ville et banlieue de Dijon, jusques à ce qu'ils soient approuvez par mesdisseigneurs maieur et eschevins ou par les commis et députez de par eulx à ce faire.

II. *Item.* — Que nul dud. mestier ne autres ne pourront vendre ou faire vendre chausses de valeur ne autres se elles ne sont de bon drap loyal et marchant bien moillié et tondu et bien garnies de toutes estouffes appartenans aud. mestier de chaussetier et de bonne toile neufve, à peine de copper lesd. chausses par le mylieu et de dix sols d'amende à applicquer la moitié à lad. ville et l'autre moitié ausd. commis.

III. *Item.* — Que nul dud. mestier de chaussetier ou autres ne pourront faire nulles chausses de drap de bourre, ne de drap de bourras, ne de drap de Fribour, à peine d'ardoir et de brusler lesd. chausses devant l'hostel d'icelluy où elles seront trouvées et dix sols d'amende à applicquer comme dessus.

IV. *Item.* — Que nul estrangiers ne autres quelxqu'ils soient qui ameneront ou feront amener chausses de hors en lad. ville, ne les pourront mectre en vente jusques à ce qu'elles soient visitées par les commis sur lad. visitation pour savoir si elles sont bonnes et garnies à souffisance de bonnes estoffes en la manière que dessus à peine de dix sols d'amende à applicquer en la manière que dit est.

V. *Item.* — Que nul ouvrier dud. mestier de chaussetier ne autres ne pourront doresenavant faire ne faire faire chausses en la ville de Dijon ne banlieue d'icelle, feur que en la manière dessusdicte, pour icelles chausses vendre en lad. ville ne dehors à peine de perdre lesd. chausses et de cent sols d'amende à applicquer comme dessus.

VI. *Item.* — Que aucun tondeur ne pourra tondre drap s'ils ne sont bien moilliés et retrais à peine de dix sols d'amende à applicquer à la ville.

VII. *Item.* — Que celluy qui sera approuvé par les maistres et commis sur led. mestier de chaussetier sera tenu de bailler et donner ausd. maistres, deux paires de chausses de la première taille qui sera devant eulx, soit qu'il soït ouvrier ou non, et quand ils le passeront pour ouvrier, ledit ainsi passé sera tenu de donner à digner ausd. maistres seulement sans en paier aucune autre chose. Et seront tenu iceulx maistre de le présenter à mesdiz maïeur et eschevins ou à ceulx qui auront le gouvernement de justice de lad. ville, avant ce qui puisse lever son ouvreur, pour recevoir le sèrement de lui en la manière en tel cas appartenant (G. 2.)

Trente ans après, ces ordonnances furent remplacées par les suivantes enregistrées au cartulaire des métiers :

Ordonnances sur le mestier de chaulsterie

A tous ceulx qui ces présentes lectres verront et ourront, Jacques Bonne... savoir faisons que comme le mestier de chausseterie soit ung notable, bel et honnorable mestier et y annexé grant marchandise tant de chausses comme de draps et lequel mestier est mout nécessaire et se employe chacun an grans danrées ou fait d'icelluy mestier.

I. Premièrement. — Qui vouldra estre chaussetier de Dijon, estre le pourra s'il est à ce faire ydoine et souffisant, et ne pourront aucun estre passez pour maistres chaussetiers en lad. ville, s'ils ne sont approuvez estre ouvriers par les commis à la garde et visitacion dud. mestier ; et iceulx ainsy approuvez seront par lesd. gardes et commis présentez comme ydoines et souffisans à nous et à nosdiz successeurs mayeurs de Dijon pour les enseigner et donner licence de avoir estaulx et ouvreurs dud. mestier et pour recevoir d'eulx le sèrement en tel cas accoustumé.

II. *Item.* — Ne pourront aucuns habitans de Dijon vendre chausses ne tenir ouvreur de chausseterie se non par ouvrier et maistre passé et approuvé comme dessus sur peine de cent sols tournois d'amende à applicquer la moitié à la ville et l'autre moitié aux maistres et gardes dud. mestier pour leurs peines de faire les diligences et visitacion à ce nécessaires.

III. *Item.* — Qui se vouldra passer maistre dud. mestier sera tenu de tailler devant et en la présence desd. maistres et gardes dud. mestier, deux paires de chausses de drap de couleur en valeur de dix-huit gros du moins, lesd. deux paires ; lesquelles deux chausses de la première taille demeureront ausd. maistres ou en et lieu auront les dix-huit gros se mieulx leur plait, et si leur donnera à disner lesd. nouveaux maistres sans autre chose paier s'il est trouvé estre souffisant, et se non il remppourtera son drap ainsi que taillé l'aura et paiera ausd. maistres dix sols tournois pour leurs peines tant de l'avoir veu tailler comme de lui avoir dit en quoy il aura fait faulte et lui remontrer qu'il s'amende et retourne tailler quand il aura mieulx appris.

IV. *Item.* — Aucun marchant estrangier ne autres quelxconques ne pourront déployer ne mectre en vente chausses à Dijon faictes autre part que en lad. ville, se non qu'elles soient premièrement veues et visitées par lesd. maistres et gardes du mestier, assavoir si elles seront bonnes et souffisans et se elles seront faictes de bon drap bien moillié et tondu et fournies de bonnes estouffes et si elles sont trouvées pourront estre vendues aud. Dijon, et si elles ne sont telles que dit est, ceulx à qui elles seront les repourteront sans en paier aucune amende se non s'ils s'efforçoient de les vendre sans estre visitées, auquel cas ils paieront cent sols d'amende à applicquer comme dessus, et demourront les chausses au dangier de la ville pour en faire selon que par bon conseil faire se devra, veues les faultes qui y seront trouvées.

V. *Item.* — Pourront lesd. maistres passez et approuvez en la manière avant-dicte avoir et tenir tant de varletz gaingnans argent comme de apprentiz que bon leur semblera et pour tel prix que accordé en pourront avec lesd. varlez et apprentiz, et ne pourront iceulx apprentiz besoingner dud. mestier soubz aultre maistre que celluy à qui il sera alouhé jusques à ce qu'ils ayent accomplix leur terme dud. apprentissage et fournies les faultes du service qui pourroit avoir faictes à son maistre se aucunes en avoient faictes audit et regard desd. maistres et gardes dud. mestier.

VI. *Item.* — Que quant aucun desd. maistres chaussetiers yra de vie à trespas, la vesve dud. trespassé pourra le temps de sa viduité tenir ouvreur dud. mestier et le faire conduire par un homme ouvrier dud. mestier qu'il soit passé maistre ou non, pourveu qu'il soit à ce faire souffisant et que avant toute euvre s'il n'est maistre passé, il ait taillé devant lesd. maistres et gardes deux paires de chausses c'est assavoir : une paire à usaige domme et une paire à usaige de femme, dont lesd. maistres n'auront aucun prouffit, sinon que lad. vesve leur donnera à disner pour leurs peines seulement, le jour que led. compaignon taillera lesd. chausses, et au départir que fera led. compaignon de avec lad. vesve, il ne sera pas pourtant maistre pour tenir ouvreur en son nom se desjà ne l'estoit, jusques à ce qu'il ait taillé et fait le devoir de maistre en la manière cy-devant déclairée.

VII. *Item.* — Lesd. maistres passez et approuvez comme dit est seront tenus de faire leurs chausses à vendre de bons draps loyaulx et marchans, bien moillez, retrais et tondus affin de les tailler et de faire de vray et droit bihais sans tordure, ne mectre en la fourniture droit fil contre bihais, et les fournir de drap neuf et convenablement sans y mectre quelxconques pièces de drap vielz ne autre couleur que le corps de la chausse : et celles qui seront garnies de toille, elle sera toute neufve, loyale et marchande et blanche compétament. Et qui fera le contraire, lesd. chausses seront couppées par le millieu et si l'amenderont les maistres en la manière qui s'ensuit, c'est assavoir : pour chacune paire de chausses du prix de vingt sols tournois en amont, où sera trouvé aucunes des fautes dessus dictes dix sols tournois ; et pour chacune paire moindre de la valeur de vingt sols tournois, sera payé cinq sols d'amende à applicquer comme dessus. Et au regard de celles qui seront couppées par le millieu, les pièces seront rendues aux maistres pour en faire leur prouffit ainsi que mieulx faire pourront en payant lad. amende.

VIII. *Item.* — Sont déffendus ausd. chaussetiers tous draps de bourre de bourras, de Fribourg et aussi tous draps en estroit soient blans, gris, de couleur, desquels draps ils ne pourront faire chausses à vendre sur peine d'estre arses et bruslées devant l'hostel de cellui qui sera trouvé faisant le contraire et de paier dix sols tournois d'amende à applicquer comme dessus, excepté toutesvoyes que lesd. draps en estroit, il sera et est permis ausd. chaussetiers de povoir faire chausses à usaige de femme pour des povres gens et aussi chausson de toute moison, parmy ce que en vendant lesd. chausses et chaussons, ils seront tenus de dire aux acheteurs de quel drap ils seront faiz, c'est assavoir : du drap en estroit, sur peine de deux sols tournois d'amende à applicquer comme dessus. Et aussy leur est permiz de garnir desd. draps blans en estroit et par dedans toutes chausses à usaiges d'hommes.

IX. *Item.* — Que lesd. marchans et chausseliers pourront faire et vendre chausses et chaussons de tous autres draps bon et loyaulx de toutes couleurs et de toutes moisons, et ouvrer dud. mestier de jour et de nuyt, et jours non deffendus par l'église et coudre de bon fil retor et bonne costure bien et loyaulment ainsi comme ils ont accoustume et que raison est.

X. *Item.* — Et pour ce que comme nous avons esté advertis que aucuns desd. maistres chaussetiers font souvent de mauvais ouvraiges qu'ils ne mectent point avant à Dijon publiquement, doutans que se lesd. maistres et gardes du mestier les trouvoient ils fussent amendables selon les fauctes qu'ils y auroient faictes, mais les vendent secrétement ou les portent et font pourter dehors es foires et marchiez esquels ils vont et illec les distribuent et vendent au mieulx qu'ils peuvent, en quoy les povres simples gens et autres qui ne se congnaissent aud. ouvraige sont desceuz cuidant que pour ce que lesd. chausseliers sont de Dijon, leur ouvraige soit bon et loyal et soit bien veu et visité, laquelle chose reconnue à grant charge et deshonneur à la ville, pourquoy, nous, voulans obvier à telles fraudes, avons ordonné et ordonnons en deffendant par ceste à tous lesd. maistres et autres de lad. ville que désormais ils ne portent ou facent pourter hors lad. ville de Dijon aucunes chausses neufves quelles qu'elles soient pour vendre à quelque foire ou marchié que ce soit, se elles ne sont bonnes loyales et marchandes ou jusques à ce que les gardes du mestier les ayent veues et visitées, assavoir se elles ne sont souffisantes et s'il n'y a rien à reprendre, à peine de quarante sols tournois d'amende à applicquer comme dessus et lever sur les faisans le contraire et par tant dehors que reprins y seront ; et ne soient lesd. chausseliers si ozez de reffuser à montrer ausd. maistres et gardes tout l'ouvraige qu'ils auront en leurs hostels, sur peine que dessus, toutes fois que requis en seront.

XI. *Item.* — Que aucuns desd. marchans et ouvriers de

Dijon ne d'ailleurs ne puissent pourter, ne faire pourter par lad. ville, chausses neufves à l'avanture pour plusieurs fraudes et décepcions qui s'en peuvent ensuir, c'est assavoir que quant le comportez se seront congneuz et ils vendent leurs chausses aucunes fois vieilles pour neufves et aucunes fois sont de draps où il y a des cassures qui sont retraites compétament et s'en donne l'en garde, ou elles sont estouffées de mauvaises et moins que souffisantes estoffes et les acheteurs cuident avoir acheté bonnes danrées mais quant ils s'en donnent garde qu'ils sont desceuz, ils ne peuvent trouver leurs vendeurs, ne scèvent à qui ils sont affaires, par quoy ils perdent leur argent et se trouvent fraudez. Ce qui ne seroit point es ouvreurs desd. marchands vers lesquels ils pourront avoir recours qui leur auroit baillé mauvaises denrées, et pour ce quiconque sera trouvé pourtant ne repourtant telles chausses, elles seront forfaictes, se demourant à la volenté de la ville et l'amendera le marchant à qui elles seront de la moitié de la valeur desd. chausses à appliquer comme dessus.

...... Y aura chacun an ung ou deux de nos successeurs eschevins et avec eulx deux notables maistres et ouvriers dud. mestier habilles et congnoissans, lesquels garderont led. mestier et y feront les diligences et choses y appartenant... En tesmoing de ce nous avons fait mectre le grand scel..... le vendredy XXVIIIe jour du mois de novembre l'an mil quatre cens cinquant et cinq.

Ces ordonnances ne furent pas fidèlement observées et la concurrence s'en mêla bientôt. Parmi les couturiers, il y avait des « couturiers de guêtres » qui se trompaient facilement en taillant des chausses pour des guêtres ; ensuite les drapiers ne se gênaient pas beaucoup pour vendre des chausses.

Pour rétablir chacun en son métier, la mairie publia encore, en 1490, des

Ampliations sur le métier de Chaussetiers.

I. Premièrement. — Pour ce que plusieurs jeunes gens

dés qu'ils scèvent tenir les ciseaulx et ung peu magnier l'esguille se vueillent passer maistres dud. mestier et en vueillent lever ouvreur.... avons ordonné et ordonnons que doresnavant aucuns ne soient receuz.... s'ils ne sont esté apprentifs ou serviteurs en icelle ville pour le moins trois ans entiers.... et qu'ils ayent fait leur appreuve, c'est assavoir : de fournir et tailler deux paires de chausses de coleur en valeur de trois francs les deux.... qu'ils soient tenus de payer chacun avant qu'ils soient receuz ne passez maistres dud. mestier, assavoir : à monseigneur le mayeur qui pour lors sera ung frant.

II. *Item.* — Au prouffit de lad. ville, quatre frans et demy ; aux eschevins, jurés et commis de l'année, quatre frans et demy, et moyennant ce lesd. deux paires de chausses demeureront et seront pour lesd. compaignons ouvriers et non aux jurés et avec ce seront tenus quitte du disné desclairé au troisième article desd. premières ordonnances.

III. *Item.* — [Défense de faire des chausses en drap étroit.]

IV. *Item.* — [Défense de faire des chausses en drap noir de chaudière.]

V. *Item.* — [Les fils de maîtres feront l'épreuve de deux paires de chausses, une à usage d'homme et une à usage de femme, et payeront deux francs à la ville et deux francs aux échevins et jurés, moyennant quoi leur chef-d'œuvre restera à leur profit. Défense aux couturiers de vendre aucunes chausses.]

VI. *Item.* — Que aucuns marchans drappiers vendans draps ne pourront tenir ouvreur de chausseterie ne en vendre et distribuer s'ils ne sont maistres dud. mestier ou qu'ils aient avec eulx leurs enffens ou gendres qui soient passez maistres d'icellui mestier et vivans ensemble à ung pain, feug et sel. Et pourront lesd. marchans drappiers et chaussetiers faire chausson de drap en estroit.

VII. *Item.* — [Tous les maîtres reçus devront prendre leur lettre de réception.]

Lesquelles ampliations faictes et passées en la présence et du consentement en tant que mestier est, de Guillaume Millière, Odinet Barbe d'or, Oigier Beuvriant, Oudot de Savoye, Jacques du Champ, Chrétien Poiretet, Jehan Bonardet, Perrenot Demoinge, Humbert de Beligny, Jehan Domino, Thiébault Malpoy, Laurent le Grain, Jehan Morel et Michel Petit, tous maistres et tenans ouvreurs dud. mestier en lad. ville de Dijon.... En tesmoing des quelles choses nous avons fait mectre le grant scel... le lundy neufviesme jour du mois d'aoust l'an mil CCCC quatre vings et dix.

Les drapiers profitèrent bientôt de la latitude de l'article VI pour se faire recevoir maîtres chaussetiers, les couturiers se mêlèrent aussi de faire des chausses de toile, si bien que la chaussetterie fut absorbée par les drapiers, mais pas pour bien longtemps, car l'usage du métier fit disparaître pour toujours les chausses et les chaussetiers.

En 1517, les apprentis chaussetiers devaient payer 50 sols à leur confrérie, mais c'est tout ce que nous savons, nos documents ne mentionnent pas de patronage ; quant aux armoiries, à l'époque où elles furent enregistrées par d'Hozier, la communauté était sans doute trop affaiblie pour remplir la formalité légale.

COUTURIERS, TAILLEURS D'HABITS (1)

PATRONAGE : La Nativité de la Vierge.

ARMOIRIES : *D'or, à quatre bandes de sable.*

Les *faiseurs de brayes* et de *sayes*, les *colletiers*, *doubletiers*, *couturiers*, *pourpointiers*, sont aujourd'hui remplacés par les *tailleurs*. Tous les vêtements d'hommes et de femmes étaient compris dans ces anciennes professions. Le tailleur pour dames apparait au XVIe siècle, puis on trouve les couturiers et couturières, mais à Dijon on ne connaissait au XVe siècle que le *couturier* et c'est

(1) Arch. mun., G. 29-30.

spécialement de lui que s'occupent les ordonnances suivantes :

Ordonnances faictes sur le mestier de cousturier de ceste ville de Dijon.

I. Premièrement. — Que aucuns cousturiers ne autres qui ont accoustume de eulx mesler dud. mestier de cousturier, ne pourront doresenavant lever ouvreur dud. mestier ne eulx entremectre d'icelluy en la ville et banlieue de Dijon jusques à ce qu'ils soient approuvez par nous ou par les commis à ce deputez de par nous ad ce faire.

II. *Item.* — Que nul dud. mestier ne autres ne pourront faire ou faire faire pourpoincs pour vendre en lad. ville s'ils ne sont de bonnes futaines garnies de toile neufve et de coton tout blanc et qu'il ait dedans lesd. pourpoincs trois bonnes toiles souffisans depuis le faulx du corps en aval, à peine de dix sols tournois d'amende...

III. *Item.* — Que nul estrangier ne pourront vendre pourpoins en lad. ville jusques à ce qu'ils soient veuz et visitez s'ils sont bons et bien faiz de bonne matière.

IV. *Item.* — Que nuls dud. mestier ne pourront vendre en lad. ville, chapperons soit à homme ou à femme, jusques à ce qu'ils soient veuz et visitez par lesd. commis pour savoir s'ils sont de bon drap bien moillié et bien apperoillé ainsi qu'il appartient...

V. *Item.* — Que celluy qui sera approuvé par lesd. commis et passé pour ouvrier, ledit ainsy passé sera tenu de donner à digner le jour de son passement ausd. commis seulement, sans en payer aucune autre chose, et seront tenus iceulx commis de présenter ledy ainsy passé à nous ou à ceulx qui pour lors auront le gouvernement de la justice d'icelle ville, avant ce qu'il puisse lever son ouvreur pour recevoir et avoir le sèrement de luy en la manière en tel cas appartenant (G. 2).

Ces ordonnances furent octroyées par le maire, Richard Bonne, au chapitre des Jacobins, le 28 juin 1429.

Un demi-siècle après, les tailleurs en reçurent d'autres enregistrées au cartulaire des métiers :

Ordonnances sur le mestier des Cousturiers.

A tous ceulx qui ces présentes lectres verront, nous Estienne Berbisey l'ainsné, licencié en lois, conseiller du roy nostre sire et mayeur de la ville et commune de Dijon, et les eschevins d'icelle ville, salut. Savoir faisons que nous... avons pour le bien... fait et passé... sur le mestier des cousturiers les provisions et ordonnances qui s'ensuivent :

I. Et premièrement. — Que les jurés ouvriers dud. mestier commis à la visitacion d'icelluy seront chacun an esleuz par nous et nos successeurs mayeurs et eschevins de la ville de Dijon, et y aura deux ouvriers dud. mestier qui visiteront avec les eschevins de l'année; c'est assavoir : un ouvraige qui sera fait à usaige d'homme et un autre ouvrier qui visitera l'ouvraige qui sera fait à usaige de femme.

II. *Item.* — Que aucun dud. mestier ne autres qui auront accoustume d'eulx mesler dud. mestier ne pourront doresnavant lever ne tenir ouvreur dud. mestier ne eulx y entremectre en lad. ville et banlieue d'icelle jusques à ce qu'ils soient approuvez par lesd. eschevins, jurés et commis sur led. mestier et qu'ils aient fait leur chief-d'œuvre devant eulx.

III. *Item.* — Avons ordonné et ordonnons que toutes et quantes fois que par lesd. eschevins, jurés et commis seront trouvez en lad. ville et banlieue d'icelle, aucuns meslans et ouvrans dud. mestier à ouvreur ouvert sans avoir esté passez maistres ou qu'il n'ait licence de nous mayeur ou de nos successeurs. en ce cas ceulx qu'ils seront trouvez ce faisant seront amendables pour une chacune fois en la somme de cent sols à applicquer, c'est assavoir : la moitié à lad. ville et l'autre moitié ausd. eschevins, jurés et commis qui seront pour l'année.

IV. *Item.* — Avant ce que aucun ouvrier dud. mestier puisse estre receu et passé maistre dud. mestier, il sera tenu de tailler et faire son chief-d'euvre à ses despens par devant lesd. eschevins, jurés et commis ; et icelluy est trouvé ydoine et souffisant sera passé maistre dud. mestier et sera par iceulx eschevins et jurés présenté à monseigneur le mayeur qui pour le temps sera, pour recevoir et instituer en luy donnant licence, congié et faculté de tenir ouvreur dud. mestier et pour recevoir de luy le sèrement en tel cas appartenant, et aussi sera tenu de prendre sa lectre de licence par devers le scribe de la maierie dud. Dijon.

V. *Item.* — Que tous ceulx qui seront receux et passez maistres dud. mestier par la manière que dit est, incontinant après la réception et le sèrement par eulx fait seront tenus de paier pour une fois la somme de cents sols tournois dont la ville aura quarante sols, le mayeur qui recevra et fera faire le sèrement dix sols, les eschevins, jurés et commis de l'année quarante sols, et dix sols pour et au prouffit de la confrairie des cousturiers qui se fait au couvent des frères prescheurs de Dijon (Dominicains, dits Jacobins).

VI. *Item.* — Avons ordonné et ordonnons que tous les fils des maistres qui vouldront lever et tenir ouvreurs dud. mestier, seront tenus de faire leur chief-d'euvre à leur despens par devant lesd. jurés et commis, et iceulx estre souffisans, seront présentez comme dit est à nous mayeur ou à nos successeurs pour recevoir le sèrement partinent et sans que iceulx fils de maistres soient tenus aucune chose paier, excepté une livre de cire qui sera baillée et employée au prouffit de la confrairie des couturiers, et aussi chacun fils sera tenu de bailler vingt sols pour le disner desd. eschevins, jurés et commis de lad. année et procureur de lad. confrairie.

VII. *Item.* — Que aucuns des maistres dud. mestier ne pourront tenir varletz d'icelluy mestier en leurs hostels ne ailleurs au plus de huit jours, jusque à ce que par lesd. varletz soient tenus de paier un gros, lequel gros sera converti avec les deniers de la boite de lad. confrairie, et sera levé par les procureurs de lad. confrairie ou par les commis et maistres dud. mestier ainsi que d'ancienneté est accoustume de faire. Et au cas que aucuns tenans ouvreurs dud. mestier seront trouvez récélans lesd. varletz et détenans led. gros, en ce cas lesd. maistres ou récélans seront amendables de six gros dont la ville aura la moitié, lesd. ouvriers cousturiers commis pour lad. année deux gros, et lad. confrairie un gros.

VIII. *Item.* — A esté ordonné que lesd. maistres dud. mestier ne soubstraieront ne tiendront avec eulx pour leur service, apprentiz ne varletz dud. mestier pourveu qu'ils soient affermez à aucuns maistres autres d'icelluy mestier sans le sceu, congié et volenté de ceulx avec lesquels ils seront premiers commandez et affermez, et ce à la peine de six gros sur lesd. soubstraians pour une chacune fois, à appliquer la moitié à lad. ville et l'autre moitié ausd. eschevins, jurés et commis.

IX. *Item.* — A esté aussy ordonné que les maistres dud. mestier pourront faire denrées et ouvraiges concernans et despendans dud. mestier convenable et utile de vendre en leur ouvreur et ailleurs où bon leur semblera es limites de lad. ville de Dijon, banlieue et territoire d'icelle, pourpoincs qu'ils seront garnis de deux toilles tout du long et de trois doigs dessoubz le faulx, garnis de coton ou de bourre blanche, le coulet gentier au par dehors, le desseur bras des manches sans pièces sinon des coins elargy, l'assiète du derrier entier au corps. Et ou cas que l'on trouvera pièce entre deux espaules, ils seront amendables pour chacun pourpoinc et pour chacune fois qu'ils en seront reprins, de six gros, à appliquer c'est assavoir : la moitié au prouffit de lad. ville et l'autre moitié ausd. eschevins, jurés et commis.

X. *Item.* — Toutes et quantesfois que les jurés et commis ou dit mestier feront visitacion d'icelluy par les ouvreurs desd. maistres et autres, iceulx maistres et autres seront tenus de incontinent monstrer sans délay ou reffus quelconques l'ouvraige qu'est de visiter, mesmement pourpoinc qu'ils pourront licitement faire de futaines, veleurs, soyes, draps gris, blancs, noirs, rouges, boige, toille ou d'autres natures dont requis seront, à la peine de vingt sols tournois au prouffit de la ville.

XI. *Item.* — Les ouvriers dud. mestier ne pourront tenir en ceste ville, feurbourgs ne banlieue d'icelle que ung ouvrier seulement, à peine de quarante sols tournois à appliquer, c'est assavoir : la moitié à lad. ville, quinze sols ausd. eschevins, jurés et commis et cinq sols à la confrairie desd. couturiers.

XII. *Item.* — Les vesves des maistres trespassés, elles estans en viduité, pourront tenir ouvreur publique dud. mestier se bon leur semble, pourveu que icelles vesves tiennent ung bon varlet bien ouvrant dud. mestier et souffisant à ce. Et se d'aventure aucunes desd. vesves se remarient en leurs varletz ou autres dud. mestier, en ce cas led. varlet sera tenu de faire son chief-d'euvre et paier les droits en la manière avant dicte et prendre sa lectre de licence comme dessus est dit.

XIII. *Item.* — Avons ordonné que les ouvriers dud. mestier ne pourront vendre ouvraige neuf quel qu'il soit, s'ils ne sont passez maistres dud. mestier, à peine d'un frant d'amende à appliquer à lad. ville, pour chacune fois que reprins y seront.

XIV. *Item.* — Que lesd. commis et jurés et procureurs de lad. confrairie seront tenus de relever, notiffier et relater toutes amendes que viendront à leur congnoissance, tant des amendes de lad. ville comme des amendes appartenans à iceulx commis et jurés, et ce à la peine de l'amende arbitraire à lad. ville, pour chacune fois qu'ils feront le contraire.

XV. *Item.* — A esté ordonné que quand lesd. commis et jurés trouveront mauvais ouvraige et mal fait tant de robes comme de pourpoins, celluy qui aura fait led. mauvais ouvraige sera amendable de six gros pour chacune pièce d'ouvraige qui excédera un frant, en valeur de quatre gros pour chacune pièce au dessoulbz d'un colet, dont la moitié sera à lad. ville et l'autre moitié ausd. eschevins, jurés et commis, de laquelle porcion lesd. jurés et commis, lad. confrairie aura un gros pour chacune amende.

XVI. *Item.* — Que aucun soient hommes ou femmes ne pourront vendre ouvraige neuf, soient pourpoins ou autres ouvraiges neufs, s'il n'est fait par les maistres dud. mestier, et ce à peine de dix sols tournois d'amende dont la moitié sera au prouffit de lad. ville et l'autre moitié aux eschevins, jurés et commis.

XVII. *Item.* — Que aucuns ouvriers cousturiers s'ils ne sont passez maistres, ne pourront faire ouvraige d'icelluy mestier en chambre ne autre part, à peine de dix sols tournois, à lever et appliquer comme dessus, mais ils pourront aler ouvrer es hotels des bourgeois, marchans et habitans de lad. ville, s'ils en sont requis.

... En tesmoing desquelles choses, nous avons fait mectre le grant scel... à ces presentes... le mercredy XXIIe jour du mois de mars l'an mil CCCC soixante dix neuf (G. 3).

Au début du XVIe siècle, les 69 maîtres couturiers, s'estimant bien suffisants pour les besoins de la ville, déclarèrent qu'ils ne recevraient plus de nouveaux maîtres sans un rigoureux examen. Ils avaient peut-être raison, mais où ils eurent tort, c'est dans leur intention de vendre de la draperie. Les drapiers furent obligés de procéder contre eux pour leur défendre ce commerce à moins qu'ils ne fussent reçus maîtres drapiers. Les tailleurs opposèrent alors une résistance qui donna lieu à un règlement de 1502, dans lequel il est dit que les tailleurs pourront vendre chez eux « les draps de soye, sayettes, futaines, bauges, toilles en façon de robbe, pourpoins, doublures et robes en sayons ». Quant à la vente des draps en pièces, elle devait se faire aux halles pour tous ceux qui n'étaient pas drapiers ou chaussetiers.

Le règlement politique de 1580 nous a conservé le prix de façon d'un tailleur :

COUSTURIERS.

Pour la façon du pourpoint simple sans découpure ny arrièrepoint à usage d'homme non y comprins les boutons, ny la soye pour la boutonnière. . . . . . huict sols.
Pour la façon du poupoint du jeune enfant de l'aage de dix à seize ans . . . . six sols.
Pour le pourpoint à usage d'homme avec l'arrière point et découpure ou sans découpure . . . . . . dix sols.
Pour celuy du petit enfant de dix à seize ans, à l'équipollent . . . . sept sols.
Pour le saye et juppe, avec arrièrepoint . . douze sols.
Et pour lesdits enfans de dix à seize ans . . huict sols.
Pour la façon de la robbe longue d'un Advocat et Procureur, à manche étroite et arrièrepoint. . . . dix-huit sols.

Dans une procédure qui eut lieu en 1594, pour savoir

si les guêtres étaient « ouvrages de cousturiers ou de chaussetiers », nous remarquons qu'il y avait alors deux sortes de couturiers, ceux qui faisaient « chef-d'œuvre à us d'hommes » et ceux qui faisaient « chef-d'œuvre de femme ». C'est l'apparition du tailleur de dames et nous avons, dès 1583, la lettre de réception de Philibert Millot qui s'intitule « Tailleur de la reine de Navarre » (1).

C'est aussi l'époque des *couturières* qui commencent à faire concurrence aux tailleurs ; ceux-ci, obligés de les souffrir, obtiennent le droit de visite chez elles et sans nul souci des convenances, les jurés tailleurs inspectaient les toilettes des dames, puis, sans plus déroger, s'en allaient vérifier les rayons des fripiers pour s'assurer s'il n'y avait pas de vêtements neufs. Ce fut une mauvaise période pour les tailleurs, car outre ces concurrents, ils subissaient encore la taxe officielle et se plaignaient dans plusieurs requêtes des « seigneurs et gentilhommes » qui ne les payaient pas. Ces pauvres tailleurs, au XVIe siècle, ne surent même pas, comme leurs collègues parisiens, conserver le monopole des « corps » ou « corsets bardés de baleine ».

La création des offices n'améliora pas sensiblement la situation et fut cause de l'annexion des fripiers dans la corporation à laquelle on joignit encore les couturières et les revendeuses à la toilette. Il y eut alors trois jurés : deux tailleurs et un fripier. Dans le rôle d'impôts de 1692, la quote-part des tailleurs est établie pour une créance de 1200 livres et celle des fripiers pour une de 500 livres. Les fripiers et les revendeuses pouvaient vendre des habits neufs, mais ceux seulement *faits à l'aventure*, c'est-à-dire la confection. Quant aux couturières elles étaient taxées individuellement et payaient de 9 à 20 livres ; on en comptait alors 336, et pour travailler

(1) Arch. dép., E. 5.

chez elles ou chez les particuliers, elles devaient faire partie intégrante de la corporation.

Les anciens statuts étaient encore en vigueur, ils furent même confirmés, en 1694, avec quelques modifications, mais la situation en imposait de nouveaux. Les tailleurs les réclamaient avec instance, et pour eux seuls, avec exclusion des fripiers, car l'art du tailleur, qui pressentait déjà le XVIIIe siècle, s'accommodait mal du contact des fripiers. De nouveaux statuts furent donc soumis à l'examen de la Chambre de Ville, le 1er février 1732 ; la délivrance fut laborieuse et n'eut lieu qu'après l'avis des drapiers-merciers et des fripiers. Il y eut, à n'en pas douter des observations jalouses, car ces statuts ne furent définitivement enregistrés qu'à la délibération municipale du 25 mai 1750. Il y avait quinze ans que les fripiers avaient les leurs.

Les *Statuts et Réglemens pour les maîtres Tailleurs d'habits de la ville de Dijon* (1) contiennent 40 articles très étendus ; les intérêts des patrons et des ouvriers y sont bien délimités et la juridiction sur les compagnons y fait une clause spéciale, sauf recours, bien entendu, à la Chambre de police de la ville. On observera qu'il était bien difficile aux compagnons, sur le *Tour de France*, de connaître les articles de ces statuts, mais ces mesures ne paraissent pas trop sévères contre des sociétés dont la puissante affiliation remonte au delà du XVe siècle ; en effet les *Binchois* et les *Noiseux* avaient déjà, en 1443, des confréries redoutées des magistrats dijonnais qui prirent à leur égard une délibération que nous ne faisons qu'indiquer au registre B. 157, car la rédaction nous paraît obscure. En 1603, les compagnons tailleurs n'avaient qu'un délai de trois jours pour trouver de l'ou-

(1) Imprimés en 1750 chez Vve Sirot, in-4°. Une seconde édition fut publiée en 1764 chez Causse, en 33 pages in-16.

vrage ; en 1750, on leur accorde huit jours, passé ce terme, ils devaient quitter la ville et chercher de l'ouvrage ailleurs.

La corporation élisait trois jurés, le plus ancien était receveur et devait rendre ses comptes le 21 septembre de chaque année. Ils ne pouvaient, autant que possible, être nommés jurés qu'après dix ans de maîtrises. Les assemblées se faisaient aux Jacobins où la confrérie était établie sous le patronage de la Nativité de la Vierge. L'apprentissage était de trois ans et le compagnonnage de deux, après quoi l'aspirant devait faire son chef-d'œuvre en la maison de l'un des jurés ou en la chambre de la communauté, pour qu'il ne pût être aidé par aucune autre personne.....

Le chef-d'œuvre à produire était désigné en assemblée par les bâtonnier, jurés et six des maîtres, mais en 1764, la composition du chef-d'œuvre fut déterminée : l'aspirant, après avoir présenté son « extrait baptistaire », était interrogé sur les différentes pièces d'ouvrages, sur la largeur des étoffes, la quantité nécessaire pour diverses confections, prendre mesure d'un vêtement à l'un des maîtres présents ; puis, dans une seconde séance, il ne lui restait plus qu'à tracer et tailler sa pièce de chef-d'œuvre. Cette formalité fut renouvelée et confirmée le 30 janvier 1768 (1).

FRIPIERS, REVENDERESSES (2).

« La friperie occupait une grande place dans le commerce parisien au moyen âge et tout en étant surveillée

(1) Au XIVe siècle, les marchands-tailleurs avaient, à Notre-Dame de Dijon, une confrérie sous le patronage de Sainte-Anne (Bresson, *Histoire de l'église Notre-Dame de Dijon*, 1891).

(2) Arch. mun., G. 43.

de très près elle ne subissait pas l'infériorité qu'on lui attribue aujourd'hui (1). »

Les règlements sur cette profession apparaissent à Dijon au XVIe siècle. En 1520, il y avait *six revenderesses* tolérées par la mairie et dont les maris étaient solidaires de la caution exigée. Cette caution, de cent livres au moins, devait au besoin servir à restituer la valeur des *bagues* (bagages) engagées par le public. Car alors les revenderesses n'avaient pas le droit d'achat, elles recevaient seulement toutes sortes d'objets, fripés ou non, à titre de dépôt et ne devaient les vendre qu'au prix fixé par les déposants qui leur délaissaient, comme salaire, une légère commission convenue d'avance.

Ce genre de commerce, on le comprend, relevait directement de la police et motivait de sévères règlements; néanmoins il arrivait parfois que des revenderesses déménageaient « à la cloche de bois » emportant bagues et argent ; c'est ce qu'on appelait faire *banque rote*. Tout en leur recommandant de ne rien acheter « venant des lieux dangereux où il y avait eu inconvénient de peste », la mairie décida que les magistrats présideraient eux-mêmes à l'installation des revenderesses et des marchandes à la toilette, après toutefois mûre information de leurs bonne vie et mœurs, et défense à elles de trafiquer de marchandises neuves et d'acheter quoi que ce soit aux fils de famille ou aux domestiques de grandes maisons, mesure qui fut confirmée plusieurs fois.

Au XVIIe siècle, leur commerce avait pris de l'extension et comprenait : « meubles, hardes, habits, vivres et denrées. »

Les règlements périodiques paraissant insuffisants, la mairie publia les ordonnances suivantes :

(1) *Les Métiers de Paris.*

Ce sont les ordonnances que garderont les revenderesses de la ville de Dijon, à vendre et acheter bagues en ladicte ville.

I. Premièrement. — Qu'elles ne achèteront aucune chose de fils de famille, serviteurs ni servantes de ladicte ville, ne les induiront ne poursuivront à leur porter aucune chose pour vendre, à peine de dix livres tournois a commectre par elles et a appliquer à lad. ville, aussy d'estre bannyes d'icelle ville.

II. *Item.* — Qui si aucungs fils de famille, serviteurs ou servantes leur pourtent aucune chose pour vendre ou acheter, elles sauront d'eux de quelles maisons ils sont ou s'en enquerront secrètement en retenant rières elles ce que leur sera pourté... faignant qu'elles le veulent acheter, prenant quelque temps pour leur bailler leur argent dans lequel (temps) ils advertiront diligemment le maître ou la maîtresse de maison dont seront ceux qui leur pourteront lesd. bagues ; et si elles ne le peullent savoir en advertiront mons. le mayeur ou le procureur de lad. ville, et ce à la même peine que dessus.

III. *Item.* — Que se aucune chose leur est pourtée pour vendre ou acheter par gens estrangiers ou à elles incongneus, elles adviseront se le personnaige qui leur pourtera telles bagues est de qualité pour les avoir et pourter et se enquerront de leur demeurance, et si elles congnoissent que ledit personnaige ne soit de telle qualité pour avoir telles bagues, les retiendront faignant qu'elles les veullent acheter, prenant le temps pour leur bailler leur argent deans lequel ils (elles) advertiront lesd. sieurs vicomte-mayeur ou ledit procureur.

IV. *Item.* — L'on deffend ausd. revenderesses, à la peine que dessus de prendre ny recevoir en leurs maisons pour revendre ou acheter, aucune bagues, comme linges, lits, habillemens, tapisseries ou autres venans de lieux dangereux et où il y auroit lieu inconvéniant de peste, pour les dangiers qui pourroient ensuyr.

V. *Item.* — Pour ce que par cy-devant l'on a vehu et congneu que plusieurs desd. revenderesses, pour prendre gain sur les bagues qui leur ont esté baillez pour revendre ont retardé et déclaré en faire vendaiges pour ce qu'elles n'en trouvoient plus grant somme que celle dont elles avoient ordonnance... [doivent les céder aussitôt qu'elles en trouveront le prix convenu avec les déposants.]

VI. *Item.* — Que de toutes choses qui leur seront baillées pour revendre, elles prendront seulement un sol pour livre des vendeurs, sans ce qu'elles puissent contraindre l'acheteur leur bailler aucune chose pour leur vin pour raison du vendaige des dictes bagues, à peine de cent sols tournois et d'en estre pugnis corporellement.

VII. *Item.* — Que incontinent qu'elles auront reçues les sommes de deniers convenus avec elles par les vendeurs.... elles seront tenues le jour mesme dudit vendaige, ou le lendemain pour le plus tard, les rendre ausdictes partyes qui leur auront baillées.....

VIII. *Item.* — L'on deffend ausdictes revenderesses de elles (se) trouver sur la croix estant en la place du marchief de saint Michel, aux jours de marchief pour y vendre leurs dictes bagues, ains se retireront à l'un des cantons de ladicte place ou aux halles, pour ce que sur ladicte croix l'on a de coustume vendre de tout temps et d'ancienneté les gaiges qui se preignent pour exécutions par les sergens de lad. ville, et ce à peine de cent sols tournois (1).

IX. *Item.* — Que pour l'entretènement et observation des présentes ordonnances et pour sûreté de tous ceux et celles qui pourront avoir affaire ausd. revenderesses, icelles seront tenus bailler avec leurs marys, celles qui seront mariées, bonne et souffisante caution, qui se obligeront corps et bien pour restituer ausd. partyes tout dommaiges et interrêt.....

X. *Item.* — Et pour ce que par cy-devant l'on a congneu qu'il y avoit nombre éfrené de revenderesses en ladicte ville et que plusieurs femmes incongneues tant mendiantes que autres s'empeschoient dud. mestier, en quoy faisant, plusieurs abus se sont par elles commis en recepvant indifféremment toutes bagues de toutes gens qui s'adressoient à elles.... à cette cause a esté ordonné que ledit nombre éfrené sera réduict à huict...

(1) Les sergents de la mairie faisaient jadis les fonctions d'huissiers

lesquelles comme jurées, et non autres, auront permission de revendre et acheter bagues en lad. ville aux charges et conditions contenues es présentes ordonnances....

La rigueur de ces ordonnances dut faire diminuer le nombre « efrené » des revenderesses, car il fallait, pour les exécuter, le tact d'un sergent de ville ou le flair d'un bon gendarme.

La défense de faire des achats aux « enfans de famille, mineurs, écoliers, laquais, servantes et autres domestiques », fut renouvelée en 1701, affichée, lue et publiée et de plus adressée aux libraires, orfèvres, potiers d'étain, fondeurs, chaudronniers, fripiers, armuriers, revendeurs, revenderesses, cabaretiers et autres personnes. Vers cette époque le nom de revendeur et revenderesse semble désigner plus spécialement les marchands de fruits, légumes, laitage ; tandis que le nom de fripier, fripière, fut réservé aux vendeurs de marchandises *fripées* ; cette distinction devint tout à fait réelle lors de la réunion des fripiers avec les tailleurs d'habits.

Gouvernés par des règlements de police variant à l'infini, contrariés par des professions se prétendant lésées dans leur monopole et surveillés de trop près par les jurés-tailleurs, les fripiers cherchèrent à s'affranchir et à obtenir des statuts particuliers, les détachant de leurs jaloux confrères les tailleurs. De même que ceux-ci, en 1732, ils demandèrent donc des statuts qui, après les formalités d'usage, furent homologués en Parlement et délivrés, en 1735, sous le titre de *Réglemens et statuts pour le corps des Fripiers et Fripières de la ville de Dijon, faits par les soins et diligences de Pierre Velas, dit Lecomte, Grand Vendredy, Pierre Bazenet et Bénigne Boillot, fripiers et procureurs spéciaux de ladite communauté en 1735* (1).

(1) Imprimé à Dijon, chez Sirot, 1735, in-4°, 15 pages, et chez Causse en 1764, in-4°, 12 pages.

Un dernier règlement nomma deux jurés assermentés à la Chambre de police pour recevoir les billets de recommandation des objets perdus ou dérobés ; ces jurés devaient en prévenir et en instruire de suite les autres fripiers. De plus on prévient encore les fripiers d'avoir un registre régulièrement tenu pour y inscrire périodiquement la qualité, le nombre, la nature, le prix des marchandises achetées, ainsi que les noms des personnes les ayant vendues.

Les noms et demeure de tous les maîtres fripiers étaient inscrits sur un tableau affiché à l'Hôtel de Ville, et chaque changement y était rigoureusement consigné. Il leur était défendu d'avoir boutique sur la rue et d'y faire leur étalage, mais il leur était permis, comme par le passé, de porter leurs marchandises par les rues, sur leurs bras ou dans leur tablier.

Nous n'avons pas rencontré leur saint patron, pas plus que leurs armoiries.

GANTIERS (1)

PATRONAGE : Saint Maur, puis sainte Anne.

ARMOIRIES : *De gueules, à un gant renversé d'argent.*

Les chroniqueurs nous apprennent que dès le XIIe siècle, les nobles châtelaines tricotaient à l'aiguille les gants pour leur usage et celui de leur famille. Plus tard, la fabrication des gants se fit avec toutes sortes de peaux souples et légères ; c'était l'ouvrage des *gantiers*. La plupart des auteurs tiennent le gant pour une marque de condition, d'autres, considérant qu'on en distribuait aux ouvriers, prétendent que les gants étaient simplement destinés à protéger les mains.

(1) Archiv. mun., G. 15.

Les gantiers dijonnais nous sont connus en 1521 par les statuts suivants délivrés aux cinq maîtres : Josnel le Bossu dit Alouhette, Guillaume Frachet, Pierre Brenet, Damien Virtelle et Claude Bloquant :

Ordonnances sur le mestier des Gantiers.

A tous ceulx qui ces présentes lectres verront, nous Bénigne de Cirey, seigneur de la Motte d'Aiserey et de Poilly-les-Dijon, conseiller du roy, vicomte-mayeur de Dijon... statuons et ordonnons sur led. mestier ce qui s'ensuit :

I. Premièrement. — Quelconque vouldra lever et tenir ouvreur dud. mestier de ganthier à Dijon, feurbourg et banlieue d'icelle, il sera tenu de faire son chief-d'œuvre tel que luy sera ordonné de faire par les eschevins, maistres et jurés dud. mestier, qui sera un gant d'oiseaulx double tout d'une pièce, la doublure et tout.

Une paire de gans double d'une pièce et la quehue double.

Une paire de gans sanglé à usaige d'homme et une paire de gans à usaige de femme qui seront ouvrez.

Un gan à tirer de l'arc garnie de testes de chats. Et sera visité ledit chief-d'œuvre s'il est souffisant ou non par les dessus dits maistres avant ce qui puisse faire le sèrement dud. mestier ne lever sondit ouvreur, et s'il est trouvé souffisant, sera receu et fera le sèrement pertinent es mains de nous, vicomte-mayeur dud. Dijon et paiera pour son entrée assavoir, à monseigneur le vicomte-mayeur, dix sols tournois, et à la ville vingt sols tournois, à la confrairie monseigneur sainct Mors, dix sols. Et demeureront lesd. chiefs d'euvre à la ville pour en faire monstre et patron à ceulx qui vouldront faire chief-d'euvre pour estre passez maistres cy-après.

II. — Et pour ce que plusieurs valletz servans dud. mestier, vacabons et autres pourront venir demander à besoingner en ceste ville à autres que aux maistres dud. mestier, ou pourroient faire ouvraige en chambre qu'ils pourroient faire de meschans cuyrs et faire meschans ouvraiges, lesquels ils pourront vendre sans visitacion et sceu desd. maistres, pour obvier ausquelles fraudes et abus, avons pour le bien et utilité de la chose publique d'icelle ville et des habitans d'icelle, statué et ordonné, statuons et ordonnons que quiconque valletz dud. mestier et autres sera trouvé doresnavant ouvrant en chambre d'icellui mestier en lad. ville de Dijon et feurbourgs d'icelle hors l'hostel de sondit maistre ou alieurs ouvrans et tenans ouvreurs en lad. ville, il paiera dix sols d'amende pour chacune fois que l'on le trouvera ouvrant, la moitié à appliquer à lad. ville et l'autre moitié ausd. eschevins et jurés, et sera led. ouvraige confisqué à la ville.

III. — Que aucuns dud. mestier ne prendront aucun ouvraige pour vendre en menu (en détail), se le dit ouvraige n'est bien et loyalement fait et lesquels ouvraiges seront visitez par lesd. eschevins, jurés et commis et se lesd. ouvraiges ne sont bons et loyaulx, seront amendable de la somme de dix sols...

IV. — Que tous fils de maistres de lad. ville pourront jouyr et user des franchises et droits dud. mestier en faisant une paire de gans doubles pour la souffisance dud. mestier et paieront seulement le droit de la confrérie et une paire de gans doubles a monseigneur le vicomte-mayeur qui pour lors sera.

V. — Que les femmes desd. maistres après le décèz de leurdit mary pourront tenir leur ouvroir ouvert et ouvrer d'icellui mestier durant leur viduité pourveu qu'elle fera bons et souffisans ouvraiges subjects à visitacion, et si elle se remarie a un homme qui ne soit dud. mestier et n'ait fait son chief-d'euvre, il sera tenu de le faire comme dessus.

VI. — Que aucungs maistres dud. mestier ne soubstraieront apprentis ne valletz audit Dijon, pour iceulx mectre en euvre jusques à ce que les maistres devers lesquels lesd. apprentiz ou valletz seront départiz, soient contens d'eulx, à la peine de trente sols...

VII. — Que quiconque requira ou despitera le nom de Dieu, nostre benoist Créateur, de sa glorieuse mère ou de monseigneur sainct Mors, en passant maistre ou en payant bien-venue, il paiera pour chacune fois que reprins en sera une livre de cire pour lad. confrérie et oultre et pardessus l'amende sur ce ordonnée par nous lesd. vicomte-mayeur et eschevins.

VIII, — Est que tous ceulx qui seront trouvez ouvrans dud.

mestier es festes commandées, paieront un d'eulx pour chacune fois, à la dicte confrérie, une livre de cire.

IX. — Aussy que tous apprentiz d'icelluy mestier paieront à la dicte confrérie une livre de cire ou cinq sols pour une fois.

X. — Que toutes et quantes fois que visitacion d'icelluy mestier sera faicte, elle se fera par les eschevins et jurés dud. mestier qui ad ce seront ordonnez par nous lesd. mayeur et eschevins pour l'année ou nos successeurs.

XI. — Que chacun an seront esleuz et depputez par nous lesd. mayeur et eschevins ung ou deux de messieurs les eschevins et ouvriers dud. mestier pour avoir la visitacion sur icelluy mestier, toutes et quantes fois qu'il plaira à nous lesd. mayeur et eschevins, commis et jurés dud. mestier.

XII. — Que tous maistres tenans ouvreur et boticle aud. Dijon dud. mestier seront tenus de faire leur ouvraige bon et loyal et marchand, sans cassure, assavoir que en une paire de gans il n'y aura aucun pertuis de travers ne doig coppé ne cousture de deux doigs, ne aussy ne mectront le ventre de la peau sur main, à peine de cinq sols tournois d'amende...

XIII. — Que se aucuns marchans estrangiers amènent vendre aucun ouvraige dud. mestier de ganthier en cette ville, ils ne le pourront vendre aux marchans de lad. ville, ne aucuns marchans de lad. ville ne le pourra acheter sans estre visité par les eschevins, jurés et commis dud. mestier, à la peine, celluy qui le vendra sans advertir lesd. maistres et eschevins, de la somme de vingt sols d'amende...

XIV. — Que lesd. maistres pourront habiller leurs cuirs duisans à leur mestier de ganterye tantseulement et hors la ville, comme font les parcheminiers et autres ouvriers de cuyrs.

Toutes lesquelles ordonnances... faictes et passées... le vingt et sixiesme jour du mois de février l'an mil cinq cens vingt et ung.

Sous le régime des offices, les gantiers et les merciers étaient réunis dans la même confrérie sous le patronage de saint Maur. En 1618, Noël Piron, de Chateauvillain, était reçu habitant et maître gantier à Dijon ; et en 1660, maître Dechaux s'intitulait « gantier de son altesse serenissime Mgr le Prince ». Lorsque les merciers furent incorporés aux drapiers, nos maîtres gantiers, dans leur assemblée du 9 janvier 1690, demandèrent et obtinrent des statuts particuliers qui furent enregistrés en la Chambre de ville le 12 juillet de la même année. Une nouvelle confrérie fut alors érigée aux Cordeliers avec sainte Anne pour patronne. Les maîtres payaient 10 livres à la confrérie lors de leur réception et les apprentis 3 livres. Il y avait alors à Dijon les dix gantiers suivants : Paté, Peuttitret, Dechaux, Nault, Leclerc, Bonvou, Cotheret, Alaine, Paul Chapuis et Jean Casotte.

Les comptes de 1719 accusent une dette de 1470 livres, les intérêts de 61 l. 13 s. 4 d. étaient répartis sur les six maîtres gantiers, dont quatre de première classe : veuve Leclerc, veuve Millot, veuve Cazotte et Boramée, juré ; et deux de la seconde classe : Philibert Nault et femme Sellier.

BRODEURS, PASSEMENTIERS, BOUTONNIERS, etc. (1).

Patronage : La Vierge, puis saint Louis.

Armoiries des Brodeurs-Passementiers : *D'argent, à un pairle de sable ;* des Boutonniers : *D'argent, à une fasce de gueules.*

L'ancien brodeur peut être considéré comme un véritable artiste ; il devait d'abord et surtout connaître l'art héraldique, car c'est lui qui brodait les écussons portés à la ceinture par les nobles ou leurs suivants, ou suspendus à la selle des chevaliers ; ensuite il devait connaître l'élégance du vêtement, les grâces de la parure et jouir d'une parfaite probité comme étant dépositaire des ornements précieux et multiples dont la mode couvrait les riches et singuliers costumes du moyen âge.

(1) Arch. munic., G. 15.

Les passementiers brodaient à la main les étoffes, les glands, les galons, les boutons et boutonnières. Les tissotiers-rubantiers travaillaient les mêmes étoffes, mais en petite largeur et au métier ou à la navette. Tous ces artistes prenaient à Paris le nom de brodeurs-chasubliers. Trop peu nombreux à Dijon, où ils travaillaient en titre pour des patrons, nous ne rencontrons au xve siècle que quelques artistes occupés à la cour ducale ou par les ecclésiastiques de haute dignité, sans aucune mention de jurandes.

Les premiers règlements de ces professions n'apparaissent qu'en 1566, puis en 1593, ils sont accordés à la requête de Michel Tellier et Bénigne du Chaisne, passementiers à Dijon. La première condition pour passer maître est de professer la religion catholique, apostolique et romaine ; le chef-d'œuvre était de confectionner une cornette en tissu damassé ou autre au choix des jurés, puis le nouveau maître devait payer le droit de confrérie pour subvenir « au service divin, actes pieux, et non ailleurs ».

Les boutonniers qui, avec leurs boutons, fabriquaient toutes sortes de garnitures pour vêtements, attendirent jusqu'en 1627 pour demander, par des statuts, le monopole de leur profession.

Par suite de la création des offices, ces diverses professions formèrent deux corporations : les passementiers, tissotiers, rubantiers, d'une part, et de l'autre, les brodeurs-boutonniers.

Les premiers reçurent des statuts en 1684 ; il leur est permis d'établir entre eux une confrérie en l'honneur de la sainte Vierge dont ils célébreront la fête le 15 août ; les récipiendiaires verseront dix livres pour les besoins de la confrérie, les maitres, quinze sols par an pour les services religieux et cinq livres pour l'hôpital. Les deux jurés, dont un sera renouvelable chaque année, devront faire au moins deux visites par an. L'apprentissage sera de quatre ans, pour les apprentis comme pour les « apprenties ». Les maitres seuls ou leurs ouvriers attitrés auront le droit de travailler chez les particuliers. « Deffenses sont faites à tous maîtres dudit métier de faire ou faire fabriquer aucuns passemens ou galons de livrées ni ouvrage fait à la petite navette en quelque sorte que ce soit, où il y ait du filet, laine ou coton mêlé avec de la soie, ni filet guipé de soie, à moins que ledit passement ne soit dantelé ou à jour...... »

De leur côté, les brodeurs-boutonniers, représentés par les quatre maitres Hugues Maigrot, Outhenin Febvre, Philippe Heurtault et Jean Remy, réclamèrent un règlement *tiré sur ceux de Paris* ; ils s'obligent, disent-ils, en compensation, à faire un don général à la chapelle de la Chambre de Ville, si la mairie veut bien exclure tous concurrents à leur métier.

Nous ignorons si la mairie donna suite à ces avances et en quoi consistait le don général, en tout cas nous ne trouvons leurs statuts qu'en suite d'une délibération municipale du 2 août 1729 et encore ne furent-ils homologués qu'en 1734. Ils contiennent 26 articles signés par Pageault, Gironnet, Molle, Marcibrom, Demonnoye, Chanuel, Nicolle, Viard, Tenance et Catherine Chouet. Ce sont des règlements de confrérie sous le patronage de saint Louis ; on y rencontre peu d'articles techniques et c'est à peine s'il est stipulé de ne se servir que de « bon cordonnet, soye, fil et autres marchandises ».

A la veille de la Révolution, le 7 juillet 1789, les derniers statuts furent délivrés à ces artisans réunis en une seule corporation sous les noms de *Passementiers*, *Boutonniers*, *Rubaniers*, *Galonniers*, *Crépiniers*, *Blondiniers et Faiseurs d'enjolivemens*. La longue rédaction des 45 articles de ces statuts dévoile bien la mièvrerie de la mode du XVIIIe siècle. Le titre de Faiseurs d'enjolivements traduit à lui seul cette époque fin de siècle dont l'apogée se manifesta sous le Directoire.

Toutes ces professions demeurèrent sous le patronage de saint Louis. La Révolution leur laissa-t-elle le loisir de « aourner » et d'enjoliver leur bannière? C'est douteux, en tout cas, ils n'eurent pas le temps de faire imprimer leurs statuts, ou du moins nous n'en avons pas retrouvé la trace.

TANNEURS (1)

Patronage : Saint Denis, puis la Décollation de saint Jean-Baptiste.

Armoiries : *D'azur à une tête tranchée d'argent dont le sang tombe dans un bassin d'or, représentant la Décollation de saint Jean-Baptiste.*

L'industrie des cuirs était autrefois très florissante à Dijon et dans toute la Bourgogne (2) ; elle est signalée à Dijon dans les cartulaires de la ville dès le XIIIe siècle. Les tanneurs et les pelletiers devaient le plait généraul, les corroyeurs et les parcheminiers en étaient affranchis. Quant aux règlements, ils débutent avec les plus anciens registres des délibérations municipales : en 1388, il est délibéré « que le seing qui a esté fait pour seigner les cuirs bien tannez à Dijon sera baillé à un des maîtres dud. mestier, et sera criez que nuls tanneurs de cuirs ne vendront cuirs en lad. ville à quelconques personnes que ce soit, jusques led. cuir soit seigner dudit seing... Toute personne qui amenera du cuir à Dijon, le samedi au jour de marché, les ménera tout droit au marché desdiz cuirs pour les faire seigner du seing, avant qu'ils les puissent vendre... »

(1) Archiv. munic., G. 57, 58.

(2) Voir Courtépée qui, comme historien — et expert, puisqu'il était fils de tanneur, — nous en a laissé un tableau bien intéressant.

La mairie reconnut bientôt que le sceau des cuirs entre les mains d'un simple tanneur n'était pas une garantie suffisante, aussi, la même année, la marque des cuirs est-elle attribuée à l'échevin Mathey Chauchart qui, avec l'assistance d'un tanneur, doit signer lui-même les cuirs reconnus vendables. L'orfèvre Martinet grava, en 1407, un nouveau fer à marquer les cuirs.

Une ordonnance qu'on peut considérer comme les premiers statuts des tanneurs, fut rendue en 1418. Chaque maître devait avoir sa marque personnelle ; tous les cuirs mis en vente au marché de la place Saint-Etienne étaient marqués au fer de la ville après expertise ; le marché s'ouvrait au premier coup de cloche de prime sonnant à l'église Saint-Etienne, et les tanneurs dijonnais ne pouvaient y faire des achats qu'après midi.

La rédaction de cette ordonnance fut calquée sur celle qui fut donnée aux « grands jours » de Troyes, aux tanneurs, chipiers, corroyeurs de cette ville, dont la copie, portant la date de 1409, est conservée aux archives municipales de Dijon. Une nouvelle rédaction fut faite en 1478 et enregistrée comme suit au cartulaire des métiers :

Ordonnance de la Tannerie.

A tous ceulx qui ces présentes lectres verront, nous Estienne Berbisey l'ainsné, licencié en lois, conseiller du roy, nostre sire, et mayeur de la ville et commune de Dijon, et les eschevins de lad. ville... avons baillé par mémoire contenant la forme en suivant :

I. Premièrement. — Que nul ne pourra lever ne tenir ouvreur dud. mestier et marchandise de tannerie en la ville de Dijon, ne es feurbourgs et banlieue d'icelle, s'il n'est bon et souffisant ouvrier et que préalablement il ait fait son chief-d'euvre tel et ainsi que advisé et ordonné lui sera par les eschevins, maistres jurés et commis sur led. mestier de tannerie. Et se après ledit chief-d'euvre fait il est trouvé ouvrier souffisant et ydoine, il sera receu et passé maistre parmy ce qu'il sera tenu de faire le sèrement en tel cas appartenant es mains de monseigneur le mayeur de Dijon qui sera pour l'année et de prendre sa lectre de recepcion devers le scribe de la court de la maierie dud. Dijon, et avec ce sera tenu de payer pour et au prouffit de lad. ville la somme de quarante sols tournois pour une fois et vingt sols pour la confrairie de monseigneur sainct Denis, pour contribuer es deux gros cierges que les tanneurs entretiennent et continuent d'ancienneté en l'église paroichiale sainct Phelibert dud. Dijon, et vingt sols tournois pour les eschevins, maistres et jurés sur la visitacion de lad. tannerie de l'année de lad. recepcion. Et est assavoir, pour approuver celluy qui ainsy vouldra estre passé maistre, lesd. commis seront tenus de luy bailler pour faire son chief-d'euvre, deux cuirs de beuf, deux cuirs de vaiches, et une douzaine de veaulx, lesquels cuirs seront veuz par lesd. eschevins, maistres jurés et commis pour après ce, s'il est ouvrier souffisant, estre passé comme dit est.

II. *Item.* — Avec ce celluy qui sera receu et passé maistre sera tenu de donner à monsgr le mayeur d'icelle année, pour son plat, vingt sols tournois, et au procureur d'icelle ville dix sols tournois. Sera en outre tenu de donner à disner aux eschevins, jurés et commis de l'année de la recepcion et aux autres tanneurs de lad. ville, ou paiera pour le disner la somme de soixante sols tournois, lequel que bon leur semblera. Lesquels soixante sols tournois seront distribués entre lesd. eschevins, jurés et commis sur la visitacion de lad. tannerie et aux autres compaignons dud. mestier.

III. *Item.* — Tous les maistres ouvriers dud. mestier de tannerie de ceste ville de Dijon seront tenus de avoir chacun d'eulx son fer dont ils marqueront les cuirs que par eulx seront tannez et l'emprainte desquels fers sera mise en la pièce du cuir estant en la Chambre où l'on tient le conseil d'icelle ville, audessoubz du nom et surnom de chacun maistre dud. mestier, ainsi qu'il est accoustume de faire de longtemps afin qu'ils ne puissent nyer leur ouvraige.

IV. *Item.* — Les vesves des maistres ouvriers dud. mestier

pourront se bon leur semble tenir ouvreur et elles entretenir dud. mestier et marchandises de tannerie durant le temps de leur viduité, pourveu toutesvoyes qu'elles ayent avec elles bons compaignons ouvriers dud. mestier pour faire et entretenir led. mestier pour et en nom d'elles seulement et non autrement. Et s'elles se marient en hommes qu'il ne soit point dud. mestier, en ce cas elles ne pourront plus ouvrer ne faire besoigne, ne joyr des droits d'icelluy mestier en aucune manière ; ne aussi celluy ou ceulx qui auront esté en leur service ne pourront lever ne tenir ouvreur en lad. ville et banlieue se non qu'ils soient passez maistres selon et ainsy que dessus est dit.

V. *Item.* — Les maistres de lad. ville qui à présent sont et ceulx cy-après advenir, ne pourront ne devront vendre aucuns cuirs s'ils ne les marquent à leurs fers après ce qu'ils les auront vendus affin de savoir et congnoistre celluy qui les aura tannez se aucune faulte y estoit trouvée. Et se à peine de vingt sols........

VI. *Item.* — Que les marchans tanneurs ne aucuns autres quels qu'ils soient ne pourront ne devront exposer ne mectre en vente en lad. ville de Dijon, feurbourgs et banlieue d'icelle, aucuns cuyrs tannez se premièrement et avant toute euvre, s'ils ne les viennent présenter ou envoyent à la visitacion es halles de Dijon. Et lesquelles halles, nous lesd. mayeur et eschevins avons déclairé et déclairons par ceste estre le lieu de lad. visitacion et ce affin de relever les marchans estrangiers de peine et aussy que lesd. marchans estrangiers qui amèneront cuyrs saichent où leurs cuyrs doivent estre visitez. Ouquel lieu les commis seront tenus d'aler toutesfois que mestier sera sans faire demeurer les marchans estrangiers pour par eulx visiter lesd. cuyrs. Et se à peine de soixante sols tournois d'amende..... et aussy sur peine de confiscacion.... Et se après lad. visitacion faicte par les jurés et commis lesd. cuirs seront trouvés bons et loyaulx et bien tannez, ils seront marquez et signez au fer de la ville affin de les vendre comme bons ; lequel fer sera gardé pour les eschevins qui seront commis....

VII. *Item.* — Ne pourront acheter lesd. tanneurs, ne les corroyeurs, ne aussi autres revandeurs de ceste ville, cuirs es jours de marchiez jusques après le midy, à peine de soixante sols tournois à applicquer à la ville.

VIII. *Item.* — Tous cuirs tannez à l'esguille, réservé et excepté toutes voyes veaulx, corduans, moutons que l'on pourra tanner à l'esguille, sont totalement et expressément deffendus tant aux ouvriers tanneurs de lad. ville de Dijon, comme à tous estrangiers, de non les pouvoir tanner ne vendre en lad. ville et banlieue, sur peine de confisquer lesd. cuirs ainsy tannez à l'esguille, réservé veaulx, corduans et moutons, comme dit est.

IX. *Item.* — Les enffans des maistres tanneurs de ceste ville dud. Dijon pourront lever et tenir ouvreur dud. mestier en lad. ville et banlieue dud. Dijon, sans aucune chose paier, mais ils seront tenuz de faire le sèrement et de prendre leur lectre comme dessus est dit, se toutes voyes ils sont ouvriers souffisans dud. mestier de tannerie.

X. *Item.* — Et s'il advient que aucuns desd. tanneurs feussent excommunié, cellui ou celle qui sera excommunié et il ne se fait absouldre quinze jours après ce qu'il sera excommunié, les commis dud. mestier, se dudit excommuniement leur appert souffisamment, pourront deffendre audit excommunié de n'en plus soit mesler dud. mestier de tannerie jusques à ce qu'il soit absolz. Et cellui qui fera le contraire sera suspendu dud. mestier, jusque à ce qu'il soit absolz comme dit est, et le cas advenant qu'il soit désobéissant, sera amendable arbitrairement envers lad. ville.

XI. *Item.* — Les tanneurs de ceste ville ne pourront mectre en plain, cuirs pour les bouchiers de ceste ville ne autres se bon ne leur semble, pour iceulx cuirs revendre. Mais lesd. tanneurs pourront tanner cuirs tant pour lesd. bouchiers que pour tous autres habitans de ceste ville, pourveu que ce soit pour l'usaige de leurs hostels et mesnaiges et non aultrement, en eulx payant raisonnablement de leurs peines et dessertes.

XII. *Item.* — Et est assavoir que nous avons expressément réservé et réservons à nous et à nos successeurs mayeurs et eschevins de lad. ville de Dijon, l'auctorité et faculté de povoir modérer des sommes et choses dessus escriptes selon les facultés de ceulx qui vouldront passer maistres dud. mestier de tannerye. Et aussy de adjouter, corrigier et diminuer à ces présentes ordonnances toutes et quantesfois que bon semblera à nous et à nos successeurs mayeurs et eschevins de Dijon de ainsy le faire.

Toutes lesquelles puissances et ordonnances qui ont esté faictes et passées en la présence de Pierre Duquartier, Berthelemy de Morey, Jehan Brocard, Philibert Moreaul, Loys Gauthier, tous maistres et tenans ouvreurs dud. mestier de tannerie aud. Dijon... En tesmoing desquelles choses nous avons fait mectre le grant scel... à ces présentes lectres faictes et passées... le lundy tiers jour du mois d'aoust, l'an mil quatre cens soixante dix huit.

Ces statuts n'accusent que cinq maîtres, mais s'il n'y en avait pas davantage, ils occupaient certainement des ouvriers, puisqu'en 1490, il fut fait défense aux maîtres d'acheter des cuirs aux serviteurs et aux servantes des uns et des autres, sous peine de perdre leurs fers et marques et d'amende arbitraire envers la ville. Nombreux ou non, les tanneurs dijonnais étaient les maîtres du marché et la concurrence étrangère n'osait y entrer, mais ce monopole fut dénoncé et, en 1491, la mairie publia une addition enregistrée aussi au cartulaire des métiers.

Amplifications sur le fait de la Tannerie.

A tous ceulx qui ces présentes lectres verront, nous Henry Chambellan... Savoir faisons, nous avons receu la requeste des maistres corduanniers, courroyeurs et quarreleurs (savetiers) tenans ouvreurs dud. mestier en la ville dud. Dijon, en laquelle sont inscripts les noms cy-après, c'est assavoir : Gauthier Lunet, Jehan Prince, Gillet Brissonet, Estienne Mugnier, Pierre Costain, Jehan de Châlon, Jehan Millière l'ancien, Hanriot Lambert, Huguenin Dupont, Jehan Soudot, Oudot Vyot, Jehan Queneaul, Jehan Gaudrillot, Pierre Morrey, Estienne Syméon, Estienne de Chalon, Jehan Picard, Millot Journée, Daniel Legrand, Eymonet de Goux, Jehan Courdelier, Lambert Despaigne, Jehan de Lyon, Guiod le Carreleur,

Jehan Aubert, Gobelet, Grégoire Baudot, Loys des Ormes, Jehán de Thoisy, Bénigne Sicault, Henry de la Monnoye, Symon Sergent, Jehannin Muniot, Gautié Marteau, Huguet Doiret, Maistre Lieubert, Estienne Robin, Thiébault Vyard, Martin Opelle, Huguenin Teppeney, Pierre Durand, Bertrand de Buxy ; icelle requeste contenant en effect comme à raison de ce que sur la visitacion des cuyrs tannés tant de vaiches, beufz, veaulx, que autres qui se vendent à Dijon tant par les marchans estrangiers que de la ville, n'avoit et n'a aucun pris ne somme limitée, plusieurs marchans estrangiers faisoient et font difficulté de venir vendre leurs cuyrs audit Dijon, car les maistres et commis sur la visitacion desd. cuyrs y mectoient tel pris que bon leur sembloit, parquoy les marchans tanneurs de lad. ville de Dijon tenoient en subicicion lesd. supplians, par manière et façon que force leur estoit acheter les cuyrs à leur appétit, qu'estoit et est ou très grand dommaige et préjudice de la chose publique et desd. supplians ; réquérans très jùstamment iceulx supplians, mectre taux, ordre de police sur ce que dit est. Parquoy inclinans à lad. requeste, comme raisonnable, utile et prouffitable au bien de la chose publique à ce avons singulier regard et désir, avons ordonné et estably, ordonnons et establissons par ceste en mectant taux sur les choses dessus dictes, c'est assavoir que les eschevins, maistres jurés et commis sur lesd. marchandises et mestier dont dessus mencion, auront et leveront à leur prouffit pour leurs peines, vacacions et marques des cuyrs tannez que l'on amènera doresenavant vendre en lad. ville de Dijon, feurbourgs et banlieue d'icelle, les pris qui s'ensuivent et non plus avant, assavoir, pour chacune douzaine de beufz garnie, deux gros ; pour la douzaine d'eschines de vaiches ou de beufz un gros ; et pour la douzaine de veaulx, un petit blanc, monnoye courant, et non plus...

Si l'on excepte le XIe article des ordonnances de 1478, aucun accord n'est mentionné entre les tanneurs et les bouchers. Quoique très différents, les deux métiers avaient assez de points de contact pour nécessiter des conventions inévitables pour la bonne conduite des cuirs verts. Faute de règlements, les bouchers se crurent autorisés à travailler les peaux et même à accaparer les marques des tanneurs ; ceux-ci furent obligés, pour leurs intérêts, de recourir aux magistrats en dénonçant ces maneuvres déloyales. L'année même des ordonnances, ils adressèrent une requête à la mairie portant que aucuns bouchers « ne ousast tenir ou lever ouvreur dud. mestier (de tannerie) que premièrement il feustpar vous ou vos commis trouvé souffisant et approuvé pour ce faire, car lad. chose publique à ceste occasion par cy-devant a esté grandement et en plusieurs manières bien dommaigie, et est venue la chose jusques à tant que les bouchers de ceste ville pour la majeure partie se veullent entremectre et mesler de tenir boutique et ouvreur de tannerie, jà soit que à Paris et en aultres plusieurs bonnes villes de ce roialme, led. mestier de tannerie soit et doit estre pour plus fort raison deffendu et interdit à bouchers...... et la raison est bonne, car ce n'est chose à suffrir ne à permectre que ung tanneur qui en toutes heures tient et traicte toutes manières de cuyrs tant de bestes de murie comme plains de grand puantise, traicte la char et viande qui à l'usage de toutes gens grans et petits est employée ; est entendu mesmement que chacun jour lesd. tanneurs pour les puantises desd. cuirs se trouveront en grand dangier de morir et de griefve maladie, s'ils ne prenoient garde de les visiter et traicter plus du pied et de baston que de la main ; il vous plaise très honorez seigneurs, considérées les choses dessusdictes mectre loi et bonne ordonnance oudit mestier de tannerie..... »

Et les tanneurs ajoutent que les bouchers « usurpent leurs saings » et qu'ils « escorchent une chièvre ou un bouch, pourquoi encore moins par honnesteté de leur mestier, ils devront moins estre receuz à estre tanneurs. »

La mairie para à ce grand péril en modifiant les ordonnances. Le désaccord cessa-t-il? nous l'ignorons, mais il reprit bientôt avec les cordonniers qui se plaignirent de la façon dont les tanneurs noircissaient, dégraissaient et marquaient leurs cuirs. Ils sont encore accusés de vendre ces cuirs « tous moulz et chargez d'escorces et en telle sorte estoient contraints de les acheter et aussi de les y mectre en euvre de souliers et autres ouvraiges de leur mestier dont plusieurs dommaiges en survenoient, non seulement ausdiz corduanniers qui y soutenoient de grans périls et si en estoient vilipendez en leurs ouvraiges, mais aussi à tout le pouvre populaire et autres..... ils trouvent plusieurs pertuis et cotereaulx, lesquels au temps de lad. moiteur estoient bouchez..... et avec ce lesd. tanneurs avoyent coustume de coupper les cuirs de vaiches à la façon des cuirs de beufz.... »

La mairie remédie encore à ce « nouveau péril » en délibérant qu'aucun tanneur « ne soyent si ozez ne tant hardiz de vendre aucuns cuirs tannez qui soit moulz.... que tous cuirs tannez que lesd. tanneurs et aultres vouldront vendre, ils seront tenus avant que d'en faire aucun vendaige, de les laisser soicher, et après qu'ils seront soictz, seront tenus de les faire visiter par lesd. eschevins, jurés et commis, et s'ils sont trouvés soictz, bons et loyaulx, iceulx cuirs seront marquez d'un fer de marcque que pour ce sera faict armoyé aux armes de la ville..... Que aucuns desd. tanneurs ne autres ne vendent doresenavant aucuns cuirs de vaiches coppez en lieu de cuirs de beufz.... ainsi ordonné et délibéré.... le 27e jour du mois de septembre l'an Vc et V. »

Deux jours avant cette délibération, le maire Bénigne de Cirey, « pour le bien universel de ceste ville et habitans d'icelle » avait déjà publié une ordonnance portant que tous tanneurs et autres « amenans cuirs à vendre en ceste ville, seroient tenus de laisser seicher leurs cuirs avant que d'en faire aucun vendaige pour empescher fraudes et abus. Les tanneurs « trop follez et adommaigiez » se récrièrent mais ils furent contraints de se plier au règlement sous peine de 65 sols d'amende. Si leurs cuirs étaient « trouvez mal tannez et labeurez » ils n'étaient pas marqués mais étaient « émendables ». Si les cuirs étaient trouvés bons et loyaulx, ils étaient marqués au fer de la ville, déchargés et vendus aux halles. Le tarif de 1491 fut modifié comme suit : 4 deniers par douzaine de cuirs de bœufs, 2 deniers pour la douzaine de vaches et un denier pour la douzaine de veaux, moutons et autres cuirs. Cet octroi comprenait, outre la visite des cuirs, leur marque chez les tanneurs mêmes qui se faisait deux fois par semaine, les lundis et vendredis. La visite et la marque des cuirs étrangers se faisaient les jours du marché aux cuirs, mercredi et samedi ; le tarif était de 2 sols pour cuirs de bœufs, 3 blancs pour les vaches, 4 deniers pour les moutons, veaux et autres peaux, et 3 blancs pour la douzaine « d'eschines ».

Vexés et mécontents, les tanneurs portèrent plainte au bailliage contre ces ordonnances rendues, disaient-ils, sans qu'ils eussent été consultés et dont il n'était pas légal de leur faire supporter les rigueurs.

Il leur fut répondu qu'aux maires et échevins seuls appartenait le droit de juridiction sur les arts et métiers. Ces débats duraient encore en 1524, lorsque le bailliage proposa un arrangement ; mais la mairie fit appel au Parlement et triompha sans doute car elle conserva le droit de nommer les jurés-tanneurs ; de plus les jurés-parcheminiers obtinrent droit de visite chez les tanneurs.

De toutes ces procédures naquit un accord passé en 1523 entre les tanneurs et les professions similaires : les tanneurs eurent seuls le droit de mettre en plain le cuir avec poil pour leur compte personnel et pour le compte d'autrui, ce qui fut défendu aux parcheminiers. Quant aux bouchers, « eulx complaignans desd. tanneurs, et disant qu'ils vouloient avoir les cuirs avec le poil à vil pris, parquoy ils ne peuvent faire si bon marchief des chairs qu'ils vendent qu'ils feroient s'ils estoient raisonnablement achetez par lesd. tanneurs, lesquels ne le vouloient faire, ains avoient lesd. cuirs à leur appétit pour vil et petit pris, tellement que iceulx bouchers estoient contraincts faire seicher le plus souvent leurs diz cuirs, au moyen de quoy ils rendent grande infection.... réquerans lesd. tanneurs feussent tenus à les leur garder en plain et, en leur refus, les parcheminiers à pris compétans et raissonnable. Les parcheminiers eux aussi complaignans et disant que de mettre cuirs en plain et passer en alun n'estoit mestier de tannerie et que d'ancienneté ils avoient accoustume de faire tous cuirs blans pour selliers, bourreliers, ganthiers et autres usans de cuirs blans passez en alun, selon que les parcheminiers faisoient en autres villes jurées, et qu'ils estoient en ceste ville en bien grant nombre et deux fois plus que lesd. tanneurs, parquoy convenoit que chacun heut moyen à gaigner sa vie, requérant à mesd. seigneurs leur donner lad. permission.... »

Toute la magistrature de la ville s'étant assemblée plusieurs fois et ayant consulté les corroyeurs, cordonniers, selliers, bourreliers, rectifia les règlements et décida que les bouchers ne pourraient vendre les cuirs de bœufs et de vaches avec le poil à aucun marchand étranger ; ils devaient d'abord les offrir aux tanneurs de la ville et si ceux-ci n'en voulaient pas, les bouchers pouvaient les garder en plain, les vendre ailleurs ou les livrer aux parcheminiers pour les mettre en plain. « Et quant aux parcheminiers, considéré le nombre d'iceulx et qu'il est convenable peurveoir à chacun pour vuivre de son métier » on leur ordonne de faire comme par le passé en attendant qu'ils aient soumis à l'homologation les articles des statuts qu'ils étaient occupés à rédiger.

Le *Règlement de 1580*, va maintenant nous donner les prix officiels de la taxe :

Tanneurs.

Ordonnons aux tanneurs de laisser les cuirs qu'ils tanneront tant en pelain qu'à l'écorce, par temps suffisant à ce que lesdits cuirs soyent bien tannez et apprestez et qu'ils durent plus longtemps...

Vendront les dits cuirs au pris qui s'ensuit :

La peau de bœuf, bien couroyée et accoustrée, la plus grande, trois escus ; la moyenne, huict livres.

Le dos et eschine de vache. Les meilleures et plus grandes aussi bien tannées et accoustrées, six livres ; les moyennes, cent sols. Les peaux de vache déliées, pour faire les empeignes et quartiers, de mesme pris.

Le veau : Les meilleures peaux de veau, bien accoustrées et couroyées, seize sols.

Mouton : La peau de mouton, huict sols.

Du porc : La peau de porc, vingt huict sols.

La visite des cuirs à domicile fut supprimée, mais les tanneurs furent obligés de porter leurs cuirs aux halles pour y subir la visite et la marque ; cette formalité leur occasionnant un déplacement onéreux, ils proposèrent un local à leur portée au faubourg d'Ouche, mais la mairie refusa et fit homologuer sa décision par le Parlement.

Malgré toutes ces obstructions, la tannerie était encore prospère à Dijon et devait ainsi rester jusqu'à la fin du XVIIe siècle, car en 1660 on comptait encore une quarantaine de tanneurs en ville. A partir de la création des offices, le nombre diminua de jour en jour et il semble bien que ce fut ce régime qui ait préparé la décadence de l'industrie des cuirs.

L'édit de Folembray de 1596, confirmant celui de 1585, créa l'office de *Visiteur-marqueur des cuirs*. Le 29 avril

1630, on ajouta l'office de *Prudhomme* pour assister le premier. Les cuirs devaient être scellés au plomb de trois fleurs de lis. Le 14 juillet 1612, les cuirs de chevaux furent l'objet d'un arrêt les assimilant à la formalité des autres cuirs. Un autre arrêt du 30 mars 1628 ordonne aux tanneurs d'apporter leurs cuirs au bureau du commissaire pour les y contrôler, marquer, visiter et payer les droits. Le 10 février 1629 : Règlement pour la bonne exécution des droits sur les cuirs ; les tanneurs et autres sont contraints de déclarer les cuirs verts, en poil ou en laine, qu'ils achètent, pour en faire l'enregistrement gratuit ; défense de retirer des fosses les cuirs avant le temps nécessaire et voulu ; les étrangers doivent déclarer les cuirs qu'ils sortent du royaume et payer les droits... Le 16 juin 1629, la marque de plomb est remplacée par le marteau aux trois fleurs de lys, etc. (1).

L'office de Visiteur-marqueur ou *Contrôleur* des cuirs fut racheté par la ville et concédé à ferme par elle en 1611 à deux tanneurs, Quillardet et Binet. Ces deux concessionnaires payèrent annuellement la somme assez élevée de 6400 livres, ce qui prouve encore l'importance du métier ; mais quatre-vingts ans après, vers 1692, le fermier ne payait que 3.200 livres, juste la moitié !

Etonné de la diminution de la vénalité des offices, le roi chargea l'intendant, M. d'Argouges, de lui envoyer un rapport sur le commerce des cuirs à Dijon. Des renseignements rétrospectifs furent demandés aux tanneurs qui répondirent, en 1692, par le mémoire suivant :

(1) *Edits et arrêts concernant la marque des cuirs*. Dijon, Marteret, 1738, in-16.

Mémoire des marchands tanneurs de la ville de Dijon, responcif à la lettre à eux envoyée de la part de Monseigneur l'Intendant.

Pour le faire par ordre, ils commencent par l'espèce des cuirs qui se fabriquent en ladite ville, il y en a de quatre sortes, savoir : des cuirs de bœufs, des cuirs de vaches, des veaux et des moutons ; les premiers se fabriquent en cuirs forts et que l'on fait, aussi bien que les seconds, les meilleurs du Royaume, à cause de la bonté des escorces du pays, desquelles on leur donne nourriture. Les troisièmes, tant par cette considération que par la façon que le corroyeur y donne qui les aprestent en huile de poissons, sont meilleurs de beaucoup que les veaux d'Angleterre. Les derniers se fabriquent en bazannes qui sont pareillement très bonnes......

Quant aux lieux d'où ils se tirent, les tanneurs de Dijon n'en tirent aucuns du dehors ; ce sont les merciers de la même ville qui vendent les cuirs de vaches de Rousie (Russie), les maroquins du Levant, les veaux d'Angleterre et les cuirs de Hongrie.

Passant à l'état présent de ces manufactures, il est impossible de les réduire, non plus que leur négoce, en un plus mauvais.

En premier lieu, il y a près de quarante tanneryes qui estoient il y a trente ans toutes remplies par des personnes de la profession, desquels il ne reste plus que sept, les autres étant décédés, pour la plus grande partie réduits à la mendicité et leurs tanneryes sont aujourd'hui occupées par des bouchers qui y tuent leurs bestiaux et jettent leurs fiantes dans la rivière, ce qui la corrompt entièrement et les empêchent de travailler leurs cuirs proprement, outre qu'ils font même perdre l'envye à ceux qui voudroient s'établir de le faire à cause qu'il faudroit construire de nouveaux endroits à fabriquer les cuirs.

En second lieu les tanneurs lorrains et comtois viennent fréquemment enlever les gros cuirs de bœufs et vaches de la boucherie de cette ville, qui les débitent ensuite hors du royaume, dans la Suisse et l'Allemagne, ce qui les rend à Dijon extrêmement rares et cause la ruine totale des tanneurs parce qu'ils ne façonnent pas la sixième partie des cuirs qu'ils devroient faire.

En troisième lieu, ce qui les détruit entièrement, les tanneurs de Dijon sont les tanneurs qui s'établissent dans les villages, forges et autres petits lieux circonvoisins dans lesquels il n'y a point de jurande, ni même de droit de visite sur les cuirs qu'ils fabriquent, et sous ce prétexte commettent de deux sortes d'abus, le premier résulte de la mauvaise manière avec laquelle ils façonnent les cuirs.... le second regarde les tanneurs de Dijon que ces particuliers frustrent des droits de marques qui sont considérables.

En quatrième lieu, les cordonniers contribuent même à la destruction d'une profession en ce qu'ils se mêlent de revendre des cuirs sous prétexte d'un arrêt de 1672, qui leur permet de s'en remettre les uns aux autres sans fraude, cependant ils en estendent l'explication et font un gros commerce....

Une cinquième considération, très sensible, résulte d'un arrêt rendu en ce Parlement en l'année 1688, obtenu par les cordonniers contre les corroyeurs, qui fait défense à eux d'en acheter des tanneurs de Dijon même en temps de foire ; cet arrêt porte un préjudice considérable aux tanneurs qui n'ont pas la liberté de débiter leurs cuirs aux corroyeurs de cette ville, quoi qu'il soit impossible aux cordonniers de les employer qu'ils n'ayent été façonnés par lesd. corroyeurs, d'ailleurs tous ceux de cette profession du royaume ont cette liberté, hors eux.

Et quoique naturellement on deust ne point souffrir les estrangers vendre les cuirs qu'aux jours de foire, cependant ils en amènent journellement aux halles pour en fournir les cordonniers, et lorsqu'ils ne trouvent pas l'occasion de les débiter, ils les mettent en dépôt pour les exposer en vente au marchef publique suivant ce qui empêche la vente de ceux façonnés par les tanneurs de cette ville.

Pour ce qui est de l'augmentation des droits qui sont sur ces marchandises depuis l'année 1686, les tanneurs n'ont pas mieux vendu leurs cuirs depuis ce temps, quoique en 1690 il aye plu à sa Majesté leur imposer une troisième marque sur le même cuir qui se nomme *parisis* pour laquelle et pour les deux autres ces sept tanneurs qu'ils sont doivent *soixante sept mille livres*, savoir: pour la marque du Prudhomme et qu'est la première 37.000 livres et pour les deux autres 30,000 livres, pour payer l'une desquelles sommes, ils sont obligés de se cottisez parce que par le moyen de ce qu'on a remarqué cy-devant, le produit de ces mêmes marques n'est pas suffisant, et si sa Majesté n'a la bonté d'y remédier, non seulement ces mêmes marques s'aboliront, mais ils seront nécessités d'avoir le même sort que tous leurs deffuns confrères.

Le tableau était navrant, mais il ne désarma pas les créateurs d'offices : en 1705, fut institué l'office de *Juré-hongrieur*. Il fut supprimé, il est vrai, cinq ans après, mais la fabrication des cuirs dits de Hongrie fut cédée, moyennant finances, à des spécialistes pris en dehors des corps jurés et propriétaires du monopole de la vente. Les tanneurs furent donc encore obligés de subir cette concurrence. Cependant parurent quelques règlements ou arrêts favorables: défense de sortir du tan du royaume, d'acheter des cuirs ailleurs qu'aux halles, d'accaparer les cuirs verts, défense aussi aux cordonniers de vendre des cuirs non travaillés. L'industrie ne s'en porta pas mieux, témoin une requête de 1731 qui fait constater que trois tanneurs dijonnais ne travaillent pas faute de cuirs.

En fin de compte, les tanneurs essayèrent d'obtenir des statuts, ils y réussirent en 1733 et ces statuts furent homologués l'année suivante. Ils eurent alors le droit d'élire eux-mêmes leurs jurés ; les bourreliers et les cordonniers ne devaient vendre le cuir que dans les objets fabriqués par eux : les étrangers hors du ressort du Parlement qui achetaient des cuirs à Dijon devaient les déclarer au bureau des jurés et acquitter les droits de « demi marque ». En ce qui concerne la confrérie, les tanneurs voulant entretenir le vœu fait en 1598 par leurs prédécesseurs à l'image de la Décollation de saint Jean-Baptiste, patron de leur corps, dont la fête se célébrait le 29 août en l'église Saint-Philibert, décident que le dernier maître reçu entretiendra à ses frais les deux gros cierges qui brûlaient devant cette image depuis 1580.

De nouvelles plaintes s'élevèrent bientôt et se traduisirent par cette requête adressée à la mairie en 1765.

Supplient humblement les marchands tanneurs de cette ville et disent que leur communauté qui était autrefois composée de 35 maistres fabricants, se trouve aujourd'hui réduite à six qui sont chargés de 51.900 livres de capitaux, pour raison des différentes finances faites au roy, qui depuis plus de quatre ans vient de leur supprimer les charges de prudhommes et controleurs qui servaient à acquitter leurs intérêts, sans que depuis ce temps ils aient pu toucher un sol en capital et intérêts, de sorte qu'ils sont obligés de prendre sur leur travail et sur leurs propres fonds pour payer les intérêts qu'ils doivent à différents créanciers... Les cordonniers et autres vendeurs de cuirs, jusqu'à des fayanciers, se donnent la liberté de faire des enharremens de cuirs en poils qu'ils vendent aux étrangers... Pour faire cesser ces étranges abus, les supplians se sont assemblés le 5 de ce mois (mars 1765) et ont délibéré que vous serez suppliés, Messieurs, de leur accorder les statuts qu'ils ont fait rédiger en 19 articles qui sont ci-joints.

Ces derniers statuts furent signifiés aux corroyeurs, chamoiseurs, cordonniers, savetiers, bourreliers, selliers et aux jurés des hôteliers-cabaretiers qui donnèrent leur assentiment avec une rare promptitude et qui dénonce bien la gravité de la situation ; en effet, ils furent enregistrés à la Chambre de police, le 23 mars ; en voici un résumé :

Deux jurés seront élus annuellement ; l'assemblée aura lieu chez l'ancien juré et se composera d'au moins trois (*sic*) membres. L'apprentissage sera de deux ans, le service comme ouvrier de deux ans aussi ; l'aspirant paiera un droit de trois cents livres et fera comme chef-d'œuvre quatre cuirs de vaches, une douz. de veaux et deux douz. de moutons ; les fils de maîtres produiront simplement un certificat de capacité ; les veuves pourront continuer, mais ne prendront point d'apprentis. Les tanneurs exportant à l'étranger feront aux jurés la déclaration des cuirs exportés et en paieront les droits comme cuirs tannés. Défense aux étrangers d'importer des cuirs qui ne soient secs, bien tannés et « labourés » ; ils ne pourront les vendre qu'aux halles après expertise et paiement des droits de six sols par douz. de cuirs de bœufs, quatre sols par douz. de cuirs de vaches et d'échines, et un sol par douz. de cuirs de veaux et de moutons. Tous les cuirs reçus seront marqués du fer aux armes de la ville. Les cuirs dijonnais porteront la marque personnelle du fabricant. Défense aux corroyeurs, cordonniers, etc. d'empiéter sur la profession des tanneurs. Les maîtres et marchands seront suffisamment approvisionnés pour satisfaire à toutes demandes des cordonniers. Les jurés-tanneurs auront droit de visite chez les corroyeurs. Les cordonniers recevant des cuirs étrangers ne pourront s'en servir que s'ils sont marqués aux armes de la ville par les jurés-tanneurs (1).

(1) Nous n'avons pas rencontré d'exemplaires imprimés de ces sta-

Avec ces statuts amplement protecteurs, et le petit nombre des tanneries, il semble que la profession aurait pu se relever ; il n'en fut rien. D'abord dans la rédaction précipitée des statuts, un oubli, volontaire ou non, avait été fait en ce qui concerne la bonne façon des cuirs. En gens peu soucieux de l'avenir les tanneurs profitèrent de cet oubli pour préparer leur cuir « à l'orge ». C'était un travail nuisible, d'une part, à la qualité des cuirs et, d'autre part, un préjudice à l'alimentation par l'emploi d'orge retiré du marché. C'est surtout cette dernière considération qui contribua, en 1772, à faire rendre une ordonnance pour exclure l'usage de l'orge dans la tannerie. Ce genre de fabrication fut donc interdit et on accorda un délai de six mois pour l'écoulement des cuirs à l'orge, de plus il fut enjoint aux officiers de police de se transporter au moins quatre fois par an chez les tanneurs pour surveiller leur fabrication et saisir tous les cuirs préparés à l'orge ; des experts, nommés pour ces visites, devaient assister les officiers de police.

CORROYEURS (1).

PATRONAGE : saint Roch.

ARMOIRIES : *De sable, à deux lunettes de corroyeur d'argent posées l'une sur l'autre.*

En principe, le corroyeur reçoit du tanneur les cuirs pour les mettre à point et rendre propres au travail ; ordinairement ces deux professions sont exercées par le même industriel ; il n'en était pas ainsi autrefois, elles

tuts ; cependant, en vue de leur publication, les anciens statuts et règlements des tanneurs, antérieurs à cette époque, furent imprimés chez Hucherot en 1765, pour être présentés à l'assentiment des corporations intéressées.

(1) Arch. munic., G. 57, 58.

étaient distinctes et avaient chacune leurs ordonnances à Dijon. Elles leur furent données en même temps, 1418, et toutes deux calquées sur celles rendues à Troyes en 1409. Ces premières ordonnances des corroyeurs furent enregistrées au cartulaire des métiers à la date de 1454.

Ordonnances sur le mestier de Courroyeurs de cuirs.

A tous ceulx qui ces présentes lectres verront, Jacques Bonne, escuyer, mayeur de la ville et commune de Dijon, les eschevins et conseillers de lad. ville...... avons receue la supplicacion et requeste des maistres et ouvriers dud. mestier de courroyeurs de cuirs cy-après nommez, contenant en effect que naguères leur a esté fait commandement de par nous que eulx et chacun d'eulx aient un fer pour marquer et seigner les cuirs et ouvraiges qu'il par eulx seront composez et ouvrez de leur mestier afin de congnoistre et savoir se lesd. cuirs et ouvraiges seront bien et loyaulment faiz au prouffit de ceulx à qui ils seront, et que se faulte y estoit trouvée, cellui qui auroit faicte la faulte ne le peut nyer, mais soit congneu l'ouvraige par l'apportacion que en feroit led. fer et marque.... Considérans en oultre que depuis que ung cuir seroit bien et loyaulment tanné et estoit mal courroyé et conduit en sa graisse, plusieurs simples gens en pourroient estre déceuz. Pour remédier esquelles choses.... avons fait et faisons par ces présentes, les provisions et ordonnances sur led. mestier en la manière cy-après déclairée :

I. Premièrement. — Que aucun ouvrier dud. mestier de courroyeur ne pourra doresenavant lever ne tenir en lad. ville ne es feurbourgs, ne faire lever, ne faire tenir ouvreur, se non qu'il soit ouvrier dud. mestier. Et pour savoir et congnoistre se sera tel, lorsqu'il vouldra devenir et estre passé maistre, se tirera le compaignon ou ouvrier devers le maistre juré et visiteur dud. mestier pour l'année que sera, et lui requerra qu'il le veulle recevoir à faire son épreuve et chief d'euvre. Lequel maistre le recevra à ce et lui baillera à ouvrer et courroyer en l'ouvreur et hostel dud. maistre et en sa présence, se présent y veult estre, c'est assavoir : deux cuirs de moutons, deux cuirs de corduan, deux cuirs de vaiches et deux cuirs de beufs, lequel compaignon ou ouvrier les ouvrera et courroiera au mieulx que faire le pourra. Après lequel ouvraige ainsi fait, ledit maistre et visiteur aura advis avec les autres maistres dud. mestier ausquels il dira la vérité de l'ouvraige que aura fait le compaignon. Et s'il est ouvrier sera passé et tenu pour maistre dud. mestier. Et s'il n'est ouvrier et que led. ouvraige soit pas souffisant fait, il sera reffusé et non receu pour estre maistre jusques à ce qu'il ait aprins et saiche mieulx ouvrer. Ce qui se fera sans rigueur, haine ou envie et à la vérité sur le sèrement que led. maistre aura fait à lad. ville et aud. mestier.

II. *Item.* — Et affin que la chose soit bien entretenue et que l'on congnoisse les faultes se aucunes en sont faictes oudit mestier, et aussi soient congneuz ceulx qu'ils feront lesd. faultes, nous avons ordonné et ordonnons à chacun maistre dud. mestier, tant ceulx qui présentement le sont et qui seront cy-après nommez, comme les autres nouveaulx qui le temps advenir seront et viendront, ayent chacun son fer ou marque pour icellui fer ou marque seigner et marquer tout l'ouvraige qu'ils feront. Et que tous lesd. maistres présens et advenir ayent une pièce de cuir tanné qui sera mise et demeurera en la Chambre de lad. ville en laquelle seront frappez lesd. fers ou marques, et sera escript au droit de l'emprainte, et seing dud. fer, le nom et surnom de cellui à qui il sera, pour en faire patron et avoir recours sans le povoir nyer ne mescongnoistre son mauvais ouvraige s'il est trouvé estre fait et marqué soubz le fer.

III. *Item.* — Et quant le compaignon ou ouvrier dud. mestier qui aura fait son chief-d'euvre et sera approuvé et passé maistre en la manière dessusdicte, prendra son fer pour marquer les cuirs de son ouvraige il sera tenu de paier incontinent après ledit fer prins, la somme de quarante sols tournois, monnoye courant, pour sa bien-venue et maistrise dud. mestier, dont la moitié sera au prouffit de la ville et l'autre moitié au maistre visiteur dud. mestier. Et avec ce sera tenu led. nouveaul maistre de donner à disner le jour de sa maistrise audit maistre visiteur et aux maistres dud. mestier se bon lui semble pour et en récompensacion de leurs peines d'avoir veu et visité son chief-d'euvre. Réservé toutes fois les fils de maistres dud. mestier qui le jour qu'ils feront leur chief-d'euvre et prendront leur fer en la manière avantdicte, ne paieront aucune chose desd. quarente sols tournois, mais seront passez s'ils sont souffisans ouvriers en donnant à disner ausd. maistres ainsi que les autres non fils de maistres.

Et avec ce tous iceulx maistres nouveaulx, tant fils de maistres comme autres, seront, le jour de leurdicte maistrise, tenus de payer à nous lesd. mayeur et à nos successeurs un plat de vyande en la valeur de dix sols tournois, monnoye que dessus. Et en oultre tous iceulx nouveaulx maistres seront tenus, le jour qu'ils seront passez et approuvez, de faire le sèrement en nos mains et de nos diz successeurs mayeurs, de bien et loyalment ouvrer et entretenir led. ordonnances en tous leurs pointz sans les enfraindre en aucune manière.

IV. *Item.* — Et pour entretenir et avoir toujours coutumacion de ouvriers en lad. ville, lesd. maistres pourront prendre et avoir tel et nombre de apprentiz et les louher et retenir à tel temps et terme que bon leur semblera et selon qu'ils en pourront appoincter et accorder avec lesd. apprentiz.

V. *Item.* — Et pour ce que souvent advient que plusieurs maistres de divers estats et mestiers soustraient et les varletz et les apprentiz l'ung de l'autre, dont plusieurs noises, débatz et rancunes se sont ensuys et pourroient encore s'ensuyr et advenir le semblable entre lesd. maistres ou ouvriers dud. mestier, à quoy et tel semblable débatz nous désirons obvier de notre povoir, avons ordonné et ordonnons que aucuns des maistres présens et advenir ne soient si ozez de soubstraire, louher ne retenir aucuns apprentiz et varletz à louher et commander l'ung de l'autre, ne aussi leur donner à ouvrer à leurs pièces jusques a ce que au regard desd. apprentiz ils aient fournis et accomplis le temps de leur apprentissaige, et au regard desd. varletz, ils aient fait et accomplis leur terme et qu'il en appert....

VI. *Item.* — Que souvent et aucunes fois advient que aucuns desd. maistres en courroyant aucuns cuirs ne les tient pas assez gras, pourquoy ils vaillent moins, mais c'est chose qui bien se peult amender, avons ordonné et ordonnons aud. maistre visiteur que quant il trouvera tels cuirs courroyés et esquels n'y aura pas assez de graisse, il les face recourroyer et engraisser souffisamment. Lequel maistre qui ainsi les auroit fait et mal engraissez, sera tenu de les remettre à poinct à la manière avantdicte à ses despens sans autre amende. Et se led. maistre qui auroit fait lad. faulte, s'il ne les veut rengraisser et remectre à point, il l'amendera à l'ordonnance de nous et de nos successeurs mayeurs et eschevins selon la faulte et par l'advis dud. maistre juré.

VII. *Item.* — Et car il peut advenir que marchans forains ou autres pourroient amener en lad. ville, tous cuirs courroyés esquels en aucuns d'iceulx pourroient avoir et estre trouvée faulte, et pour obvier à la fraude qui s'en pourroit ensuyr, nous avons deffendu et deffendons à tous lesd. marchans que eulx ne aucuns d'eulx ne boutent ou mectent en vente aucuns desd. cuirs, soient bien courroyés ou non, jusques à ce qu'ils soient veuz, visitez et approuvez estre bons et loyaulx. Et se aucuns d'iceulx cuirs forains ou estrangiers sont trouvez non estre assez gras et ouvrez ainsi qu'il appartient, ils ne pourront estre ne seront approuvez ne marquez du grant fer de la ville, jusques à ce qu'ils soient rengraissez et remis à poinct ainsi qu'il appartient....

VIII. *Item.* — Avons ordonné et ordonnons du consentement et à la requeste que dessus que aucuns desd. maistres courroyeurs de lad. ville, présens et advenir, ne pourront désormais noircir, engraisser aucuns cuirs jusque à ce qu'ils soient visitez et approuvez estre bons et bien ouvrez......

IX. *Item.* — Et pour ce que par deffaut de bien et diligemment ouvrer et entendre à ce que aucuns ouvriers dud. mestier sont et advient que en courroyant lesd. cuirs, en y a que sont brulez, nous avons ordonné et ordonnons du consentement que dessus que quant aucun cuir sera trouvé brûlé, cellui qu'il aura corroyé sera tenu de paier l'amende de dix sols tournois à lever et applicquer comme dessus et de rendre le dommaige à cellui à qui sera led. cuir, lesquels dix sols d'amende ordonnez à paier pour la cause que dessus, se entend et entendons estre payez selon et entretenant l'ordonnance sur ce anciennement faicte par les ordonnances de la tannerie et corduannerie sans pour ceste présente cause estre levée se non lad. ancienne amende.

X. *Item.* — Et quand le cas adviendra que aucuns maistres courroyeurs présens et advenir passera de vie à trespas, la vesve d'icellui pourra durant sa viduité user du fer duquel usoit son mari en son vivant, pourveu que elle ait varlez ouvriers souffisans et saichans ouvrer dud. mestier.......

XI. — *Item.* — Et pour obvier à toutes faveurs que par adventure pourroient lesd. maistres visiteurs avoir aux autres maistres et marchans tant forains comme de la ville, en visitant leur chief-d'euvre ou autrement, nous avons ordonné et ordonnons que led. maistre visiteur et ses successeurs ne visiteront pour led. mestier sans les visiteurs tanneurs et corduanniers ou sans l'eschevin qui au temps y sera commis se n'estoit toutesvoyes en cas de présente faulte qui se pourroit trouver soudainement. Et semblablement quant lesd. tanneurs et corduanniers visiteront, ils appelleront led. maistre courroyeuret pour ce que les trois mestiers sont et despendent l'ung de l'autre......

XII. *Item.* — Et affin que lesd. provisions et ordonnances soient bien entretenues et gardées selon leur forme, nous avons ordonné et ordonnons du consentement que dessus que chacun an le jour que l'on institue et commet les visiteurs et commis sur les visitacions des danrées, mestiers et marchandises de lad. ville qui est communément le lundy ou autre jour prouchain après la feste de Nativité de saint Jehan-Baptiste, sera commis par nous et nos successeurs mayeurs et eschevins de lad. villeet à la garde et visitacion dud. mestier, ung notable homme preudhomme ouvrier et expert maistre dud. mestier qui aura la charge de ce faire avec les chacuns et autres qui seront commis à la garde et visitacion desd. mestiers de tannerie et corduannerie.

Toutes lesquelles provisions et ordonnances, nous lesd. mayeur et eschevins et conseillers, à la requeste et par l'advis, volenté et consentement de Guillaume de Dacevoir, Nycolas Legrand, Jehan Foret, Jehan Masson, Huguenin Foret, Pierre le Voisinet et Jehan Courbe, tous ouvriers et maistres dud.

mestier de courroyeur demeurans à Dijon, pour ce assemblez. En tesmoing desquelles choses..... nous avons fait mettre le grant scel.... à ces présentes.... le lundy XXIe jour du mois d'octobre l'an mil quatre cens cinquante et quatre.

Les corroyeurs subirent toutes les vicissitudes et tous les règlements de leurs collègues en tannerie ; les deux métiers, au lieu de s'unir simplement pour le monopole des cuirs, ce qui eût été naturel et plus avantageux à tous deux, subsistèrent côte à côte et distinctement jusqu'à la suppression des maitrises.

Leurs derniers statuts furent délivrés en 1787. Le chef-d'œuvre comprenait la façon de « deux cuirs de vaches lissées, deux vaches en blanc passées en huile, deux vaches en cuir jaune, deux veaux passés à l'huile et en noir, deux peaux de chèvres lustrées et deux cuirs noirs passés en suif. » La confrérie, sous le patronage de saint Roch, était, comme celle des tanneurs, établie en l'église paroissiale Saint-Philibert. Ces statuts portent huit signatures : Boursot fils, Febvre neveu, Nicolas Belin, Chevrier puiné, Poulain, Joliet, Gueniard et Joseph Febvre (1).

MÉGISSIERS, PARCHEMINIERS, PELLETIERS, CHAMOISEURS (2).

PATRONAGE : La Sainte Trinité.

ARMOIRIES : *D'azur, à une Sainte Trinité d'or.*

Les anciens parcheminiers et pelletiers dijonnais faisaient eux-mêmes leur mégisserie, car nos documents ne mentionnent les mégissiers qu'au XVIIe siècle. A l'époque où le parchemin était en usage pour les manuscrits, la

(1) Nous n'en avons pas rencontré d'exemplaires imprimés.

(2) Archives municipales, G. 56.

18

préparation exigeait un soin particulier et coûtait cher puisqu'on ne craignait pas de blanchir les anciens parchemins pour s'en servir à nouveau, ce qui entraîna la perte inappréciable de beaucoup de documents. Malgré l'apparition de l'imprimerie, l'industrie du parchemin n'en resta pas moins florissante à Dijon où toutes les sortes d'actes de la cité parlementaire se publiaient sur parchemin. Au XVIe siècle on y comptait encore 28 parcheminiers ayant presque tous leurs usines dans la rue de la Parcheminerie (partie nord de la rue Berbisey), à proximité du cours de Suzon. Cette profession ne fut constituée en jurande qu'en 1523 par ordre de la mairie qui engagea les parcheminiers à « bailler par escript les articles qu'ils les requièrent estre faiz et passez sur leurdit mestier afin de le rendre juré, et jusques à ce qu'il leur soit accordé et passé l'on les deffend de mectre aucuns cuirs en pelain ne eulx entremectre en aultre chose que ce qu'ils ont accoustume de faire par cy-devant ». Cette rédaction laisse à supposer que les parcheminiers ne travaillaient pas jusqu'alors les cuirs verts qu'ils tiraient probablement des tanneurs. Ils adressèrent donc à la mairie un projet de statuts en demandant leur homologation. Le chef-d'œuvre devait être une douzaine de « vellin fin bien et deuement faicts ; une autre douzaine de parchemin de froncine ; une douzaine de parchemin moyen ; une demi-douzaine de chevrotins et quatre avortons de vaches ». Mais ces statuts furent dénoncés par trois des plus anciens parcheminiers, Jehan Roux, Michel Perrot et Jehan Damotet comme inacceptables. La mairie en ajourna l'enregistrement et il est bien probable qu'ils demeurèrent à l'état de projet ; on était, du reste, sous l'influence du maire Pierre Sayve, partisan de la suppression des maîtrises. L'époque n'était donc pas favorable et ce n'est qu'en 1567 que nous trouvons les statuts suivants :

Ordonnances politicques sur le mestier de Parcheminerie.

A tous ceulx qui ces présentes lectres verront, nous Jaques Verne, docteur en droitz, seigneur de Baissey et de Marey sur Thille en partie, conseiller du roy nostre sire, vicomte-mayeur de la ville et commune de Dijon et les eschevins d'icelle ville... avons sur le fait dud. art et mestier de parcheminerie, ordonné et statué ce qui s'ensuit :

I. — Que nul ne sera receu à ouvrir et tenir boutique dudit mestier ny en faire exercice se il n'est appreuvé, juré et receu ouvrier souffisant par lesd. eschevins et jurés qui seront annuellement commis et députez pour la police d'icelluy mestier.

II. *Item.* — Que celluy qui vouldra estre passé maistre dud. mestier sera tenu de prendre sa pièce de chef-d'euvre par les mains desd. eschevins et jurés qui seront députez pour l'année.

III. — Et affin qu'il puisse estre mieulx inspiré à parvenir à son chef-d'euvre, il sera tenu de paier pour une fois en prenant sa dicte pièce, la somme de vingt sols tournois qui sera mise en la boëte dud. mestier des parcheminiers pour estre employée au divin service de leur confrairye entretenuë en l'église du Saint-Esprit.

IV. *Item.* — Et après il sera tenù pour sadicte pièce de chef-d'euvre faire une dozène de marroquins de bocqz et chièvres et une dozène de peaulx de motons passées en marroquin qu'est à entendre passées en galles.

V. *Item.* — Plus une dozène de peaulx de parchemin à mol faict au cercle comme il est accoutumé et observé par ceulx du mestier, et sera led. parchemin sec et apresté pour mectre en euvre ainsy qu'il appartient.

VI. *Item.* — Une autre dozène de cuyr de moton passé à fleur et en blanc, et une dozène d'aultre cuyr de moton afleuri et passé en alun loyal et marchant. Et le tout deans un mois, et ne sera nul receu audit chef-d'euvre qui n'aït esté premièrement apprentif en lad. ville et travaillé un an soubz un maistre dud. mestier.

VII. *Item.* — Que les fils de maistres dud. mestier seront tenus de faire souffisance seulement, qui leur sera donné par les eschevins dud. mestier et des maistres qui seront jurés pour l'année.

VIII. *Item.* — Que tous aultres qui n'auront faict chef-d'euvre ou souffisance comme dessus ne se pourront mesler dud. mestier en lad. ville ne banlieue d'icelle, quant à aprester les cuirs, ny en lever ou tenir tannerye ou boutiques encoires qu'ils feussent ouvriers de cuyrs, gans, clines, ou autres semblables ouvrages.

IX. *Item.* — Et affin que ceulx qui seront receuz maistres sachent ce qu'ils doivent faire et garder, il est ordonné que nul ne sera receu à faire son chef-d'euvre et souffisance que premièrement il ne sache lesd. ordonnances et qu'il n'en ait une copie pour les mieulx garder et observer.

X. *Item.* — Et celluy qui sera receu à faire son chef-d'euvre ou souffisance après qu'il l'aura faict et parfaict, s'il est trouvé souffisant, il sera receu audit mestier et pourra tenir boutique et tannerye d'icelluy moïennant le serment qu'il prestera entre les mains de mons. le vicomte-mayeur et des eschevins dud. mestier, de bien et loyallement se y conduire et gouverner selon les loix, statuts et ordonnances politiques faictes et à faire sur led. mestier sans y comectre fraulde ny abus, ains d'observer et garder de poinct en poinct tout le contenu ausd. ordonnances.

XI. *Item.* — Sera aussi tenu de prendre lectre de provision et maistrise de lad. ville et payer dix sols tournois à mons. le vicomte mayeur qui pour lors sera, pareille somme aux eschevins et encores autant aux jurés dud. mestier.

XII. *Item.* — Qu'il portera honneur et révérence à mesdisseigneurs les vicomte-mayeur et eschevins de lad. ville comme aussi aux jurés qui seront commis chaque année sur led. mestier.

XIII. *Item.* — Et affin d'obvier et pourveoir aux faultes et abus, que les fourains et estrangiers peuvent commectre audit estat, il est ordonné que nul estrangier ne pourra vendre ny distribuer en lad. ville et banlieue aucune pièce d'ouvrage tant de marroquin, mouton, parchemin que cuirs blans, que premièrement elle n'ait esté descendue et visitée aux halles de lad. ville, et lesd. marroquins et moutons marroquinez, marquez à la marque d'icelle par les maistres jurés dud. mestier se led. ouvrage est trouvé bien fait, à peine que l'ouvrage qui sera vendu avant que d'estre visité et marqué sera déclaré acquis à lad. ville et de l'amender arbitrairement encoires que led. ouvrage feust bon. Et si par la visitation qui en sera faicte avant la vente, led. ouvrage est trouvé mal faict et contre les statuts et ordonnances dud. mestier, il sera acquis à lad. ville et amendable à l'arbitrage de mesdiz seigneurs.

XIV. *Item.* — Qu'il sera payé pour le droit de visitation et marque quatre deniers pour douzène et douze deniers par boute qui contient trois douzènes qui sera départy moitié au prouffit de la ville et moitié au prouffit desd. jurés pour leurs peines et vaccations.

XV. *Item.* — Les maistres parcheminiers de la ville seront subjectz à la visitation des eschevins et jurés dud. mestier pour l'année et quant les ouvrages encoires par eulx non vendus ny débitez ne seront trouvez estre bien faicts selon les présentes ordonnances et statuts dud. mestier, sera paier par l'ouvrier, assavoir : cinq sols tournois d'amende envers la ville pour chacune peaul de marroquin ; trois sols pour chacune peaul de mouton marroquinée; deux sols pour chacune peaul de cuyr affleuré et douze deniers pour chacune peaul de parchemin. Seront aussy lesd. peaulx acquises et confisquées à lad. ville affin que personne ne soit trompé et déceu. Et mesmes amendes et acquisitions auront lieu si quelqu'un du mestier vend quelque peaul qui ne se trouvera bien faicte selon lesd. statutz, règles et ordonnances dud. mestier, auquel cas sera tenu led. vendeur rendre et restituer à l'acheteur le prix qui aura esté donné desd. peaulx.

XVI. *Item.* — Et pour congnoistre les bons et loyaulx ouvriers ou ceulx qui feront faultes aud. estat, les maistres parcheminiers seront tenus d'avoir une marque de laquelle ils marqueront toutes leurs peaulx de moutons marroquinées et marroquin, et n'en pourront vendre ny débiter tant en gros ou en menu qu'elles ne soient marquées de leurs dictes marques... Et seront les marques desd. maistres insculpées et empraînctes en une platine d'estain avec leurs noms au dessoubz, laquelle platine demeurera en la Chambre de lad. ville pour y recourir quand mestier sera.

XVII. *Item.* — Et est a entendre que pour aprester le marroquin comme il apertient, fault qu'il soit bien passé, vuydé et nourry de galles et non bruslé, aultrement il est amendable...

XVIII. *Item.* — Que le mouton marroquiné doit estre aussy bien vuydé, passé et nourry de galles et non bruslé.....

XIX. *Item.* — Quant au cuyr à fleur il doit estre bien vuydé, bien nourry d'alun, de fleur et d'œufs et non bruslé.....

XX. *Item.* — Le cuyr blanc doit estre aussy bien passé et vuydé et afleuré, bien nourry d'alun, de fleur et d'œufs et non bruslé.....

XXI. *Item.* — Le parchemin doit estre bien escharer, égeutté et bien faict, aultrement il est amendable.....

XXII. *Item.* — Que chacun an seront commis deux maistres jurés sur led. mestier par messieurs les vicomte-mayeur et eschevins de lad. ville, lesquels presteront serment de faire garder, entretenir et observer de point en point les présentes ordonnances et tout ce qui est dud. art et mestier, et seront tenus chacun mois pour le moins une fois faire visitation en toutes les boutiques et tanneries des maistres dud. mestier et es boutiques des courroieurs en ce qui sera du subject desd. parcheminiers seulement, pour scavoir et congnoistre les faultes qui se commectront, desquelles ils feront bon et fidèle rapport aux eschevins dud. mestier entre les mains desquels ils aporteront les peaulx et ouvrages qu'ils trouveront n'estre telz qu'il apartient, afin d'adjuger les amendes et confiscations en tel cas requises à peine que se lesd. jurés se trouvent négligens à faire lad. visitacion et rapport, d'en estre eux-mesmes responsables et amendables en leur propres et privez noms, sans aucune dissimulation et toutes excuses cessans.

XXIII. — Et ne se mesleront lesd. jurés de visiter les ouvrages de marroquin ny aultres semblables faicts par les tanneurs ; comme aussi les tanneurs ne s'empescheront de visiter les ouvrages desd. parcheminiers, mais seront visitez respectivement par lesd. eschevins et jurés dud. mestier. Et seront tenus néanmoins lesd. tanneurs marquer à leurs marques les marroquins et moutons marroquinez qu'ils auront aprestez et passez afin qu'ils soient congneus par qui auront esté faictes les faultes qu'ils y pourroient commectre et que les faulteurs en soient punis et corrigez.... Pour quoy faire et congnoistre seront aussy les ouvrages desd. tanneurs, par les eschevins et jurés dud. mestier, visitez de mois en mois une fois en leur boutique et tannerie et es boutiques des courroieurs en ce qui sera du subject desd. tanneurs seullement..... Et a cet effect seront les marques desd. tanneurs et noms emprainctz et insculpez à part, soit en lad. platine d'estain ou en une aultre.....

En tesmoing desquelles choses nous avons faict mectre le grant scel de la ville à ces présentes et icelles faict signer par le secrétaire de lad. chambre du conseil, l'an mil cinq cens soixante et sept, le vendredy IIIIe jour d'avril après Pasques (*signé*) Bouyer.

Nous retrouverons les parcheminiers au siècle suivant. Quant aux pelletiers, à part quelques professionnels isolés, comme Jehan de Saulx qui faisait des robes au fol du duc en 1432, ils débutent dans l'histoire locale en 1436. Triste début! ils étaient tous en prison pour avoir déclaré deux fois qu'ils ne travailleraient pas pour les bourgeois de Dijon si ceux-ci ne prenaient pas les peaux chez les pelletiers mêmes, et qu'ils n'iraient fourrer aucunes robes chez ces bourgeois mais qu'ils les façonneraient en leurs propres boutiques. Ils furent delà condamnés de deux à vingt sols, mais en même temps la chambre de police, par une loi de sursis anticipée, décida qu'elle les tiendrait quitte pourvu qu'ils ne recommençassent plus. Nos magistrats ne pouvaient pas, en effet, se passer de leur hermine!

Animée des mêmes sentiments, la Chambre de ville leur permit en 1568 « de sonner le tabourin et porter leur enseigne par la ville en plantant des images de la Trinité qui est leur feste ». Cet usage avait été aboli pour éviter les attroupements soupçonnés contagieux « en temps de peste ». Furent-ils aussi favorisés, vers cette même époque « de contagion », quand ils demandèrent l'autorisation de « user de leur confit de marchandise comme ils ont fait de tout temps et ancienneté dans leurs demeurances, ce qui se fait dans toutes les villes de la France, afin qu'ils ayent moyen de gagner leur vie »? C'est peu probable, car on commençait d'appliquer quelques notions d'hygiène, parmi lesquelles était la défense de se servir de bains de confit dans les maisons d'habitation de la ville (1).

A la requête des quinze maîtres pelletiers : Philippe Aubriot, Claude Bretel, Pierre Thomas, Jehan Poignan, Jehan Chiporée, Pierre Richard, Guillaume Canabelin, Pierre Morelet, Nicolas de la Forêt, Jacques de la Noix, Jehan Parrenet, Estienne Fournier, Claude Rousset, Goudin Claude et Anne Frachet, ils reçurent les statuts suivants à la date de 1579 :

Statuts des Pelletiers.

I. — Que doresnavant nul ne sera receu à lever et tenir boutique dud. mestier de peletier s'il n'a travaillé comme apprentif du mestier trois années, qu'il ne soit trouvé bon ouvrier et capable pour l'exercer, qu'il n'ait fait chef-d'euvre et soit passé maistre dud. mestier.

II. — Que ceulx qui se vouldront passer maistres dudit estat seront tenus de prendre ung demi-cent de peaulx crues, les conférer et habiller.

III. — Que lesd. peaulx estant habillées, ils les mectront en besoingne et pour ce faire les dresseront, tailleront, palatreront et fourniront de pièces nécessaires.

IV. — Que lesd. peaulx ainsi accoustrées, ils en fourniront une robe à usage d'homme ou de femme et y feront un parement tel qu'il sera ordonné.

V. — Seront tenus de faire bien et deuement en quatorze aigneaulx un bas de pelisson à deux tiers à usage de femme.

VI. — Seront tenus de faire en quatre peaulx de moutons ung

(1) *Confit*: Bain d'eau spécial dans lequel les chamoiseurs font macérer les peaux minces.

pelisson, le bas de longueur d'une aulne, mesure de Dijon, et de largeur d'une aulne et demie.

VII. — Seront tenus de faire une chamarre et ung petit pelisson pour enfans, la chamarre d'aigneaulx et le pelisson de mouton.

VIII. — Seront tenus de faire une paire de mitaine de la façon qui sera ordonnée par lesd. eschevins et jurés sur led. mestier, dresser le patron d'icelluy et des autres pièces dud. chef-d'euvre.

IX. — Que le chef-d'euvre sera fait en la maison et présence de l'ung desd. jurés représenté au logis et par devant les sieurs vicomte-mayeur qui pour l'année sera, en la présence de l'ung des eschevins sur led. mestier, du procureur scindicq de lad. ville et desd. jurés, lesquels jurés après estre enquis par led. sieur vicomte-mayeur des bonne vie et réputation de celluy qui vouldra estre passé maistre et de la souffisance d'icelluy, s'il est ainsi raporté par lesd. jurés, il sera passé maistre dud. mestier et lui en sera passé lectre en paiant à la ville soixante sols tournois et autres droits accoustumé paier, et encoires à la confrairie et société desd. pelletiers cinquante sols tournois.

X. — Que les fils de maistres qui seront receuz ne seront tenus que de faire souffisance telle qu'elle leur sera ordonnée..... et néanmoings paieront les droits tels qu'ils sont déclairés.

XI. — Ceulx qui seront passez maistres seront tenus de faire toutes pièces du subject dud. mestier de bonnes estouffes et l'ouvrage bien dressé et proportionné.....

XII. — Que toutes et quantes fois que visitation se fera, les maistres seront tenus de mectre en évidence et monstrer incontinent leurs marchandises et ouvrages.....

XIII. — Que tous apprentifs et serviteurs qui seront affermez par les maistres, seront tenus de faire bon service sans se povoir départir pour aller travailler ailleurs sans la licence..... de leurs maistres.....

XIV. — Que les vesves des maistres dud. mestier pourront jouir d'iceulx durant leur viduité, à la charge d'avoir serviteurs capables et souffisans pour l'exercice d'iceulx ; et où convoleroient en mariage avec autre personne d'autre art et mestier, elles n'en jouiront quant oires il seroit dud. mestier s'il n'en est passé maistre.

XV. — Que toutes marchandises de peleterie qui seront amenées en lad. ville et banlieue d'icelle : pelisson, pelissonnet, graiston, mitaines, peaulx en jambes, peaulx taillées, palatrées et autres telles qu'elles soient, seront veues et visitées par les eschevins et maistres jurés et où elles ne se trouveront bonnes et loyalles et bien ordonnées et aprestées, seront amendables comme s'ensuit : Savoir est, le grand pelisson, de dix sols — ledit pelissonnet, de trois sols — lesd. grans aigneaux de grosse, de trois sols, led. moïen graiston, dix huit deniers. Le dit aigneaul en jambes, de cinq deniers, led. aigneaul palatré, de semblable somme, et la douzaine desd. mitaines de six deniers la paire.

XVI. — Que les tailleurs de drap, de soyes, thoilles ny autres couturiers ny couturières n'entreprendront de fourrer ni défourrer habits, soient grands ou petits en quelque maison que ce soit à peine de vingt sols d'amende.

XVII. — Que tous tanneurs, parcheminiers, poulaillers, revendeurs et revendeuses et tous autres, hors les maistres dud. mestier, ne pourront acheter ou faire acheter pour revendre aucune marchandise que ce soit servant aud. mestier.

Lesquelles ordonnances accordées par lesd. pelletiers avant nommez qui ont iceulx articles juré et affermé de les entretenir et avoir pour agréables... En tesmoing de quoy nous avons faict mectre à ces présentes le scel de la ville, faictes et données en la Chambre du conseil le mardy XXV[e] aoust M V[c] soixante et dix neuf.

(*Signé*) Bouyer.

Comme concurrents, les pelletiers avaient les gantiers et ceulx-là avaient droit de visite chez ceux-ci, car il s'agissait de savoir où s'arrêtaient les mitaines et où commençaient les gants ! Un procès-verbal de visite de 1644 constate que trois gantiers usurpaient le métier de pelleterie : Jean Pelletier, gantier, est trouvé en possession de « manchon à mitaine de loup fourré de aigneaux et un grand bonnet aussi de peaul de loup ». Jacques Moreau avait un manchon semblable et Nicolas Dechaux, qui fournissait les Condé, avait « plusieurs manchons(1) et autres ouvrages concernant le mestier de pelletier. » Ces articles de contrebande étaient sans doute de la *nouveauté* incapable de sortir des ateliers dijonnais, car la pelleterie suivait le déclin de l'industrie du cuir. Aussi, quand l'Intendant de Bourgogne demanda, en 1692, des renseignements sur la profession, il ne se trouvait à Dijon que six maîtres, lesquels « tiraient des marchandises de Paris et de Lyon, qui sont des peaulx en poil toutes aprêtées ». Cependant ils travaillaient encore « les peaulx qui tombent dans la ville et es villes circonvoisines de la province de Bourgogne, comme regnard, foïnes, marte, loutre, pitois, chats sauvages, chevreuils, loups et chats ». Ils terminent en disant qu'ils ne vendent pas de belles marchandises, tandis que les marchands de la ville « vendent de la pelleterie estrangère de la plus belle ».

Au XVIIIe siècle la corporation comprenait les parcheminiers, mégissiers et chamoiseurs, représentés par cinq maîtres seulement. Nous n'avons pu découvrir leurs statuts. Une assemblée de la corporation rendit la délibération suivante : « Ce jourd'hui 7 mars 1732, ont comparu Denis Dubard, Jean Barbier, Jean Bardin, François Martin et Louis Fouchot, tous maistres chamoiseurs en cette ville, lesquels, pour satisfaire à la délibération de la Chambre de police, ont déclaré et délibéré unanimement que quoique leur profession de chamoiseurs soit entièrement différente de celle des marchands tanneurs, en ce que leur travail ne court presque aucun risque... ils consentent à se conformer à la délibération de la Chambre de police de ne point acheter à l'année les peaux des abatis des bouchers de cette ville, mais seulement par quinzaine. »

(1) Les manchons étaient alors des garnitures de manches ; on disait : une paire de manchons.

Il ne restait donc plus que des chamoiseurs ; le nom était nouveau, mais le métier n'a guère laissé de traces. La corporation avait loué le moulin Vesson pour 29 ans ; dans la suite, c'est le Moulin-Neuf (1) qui servait d'usine.

Vers 1388, il y avait à la chapelle du Saint-Esprit, à l'hôpital, une confrérie des mégissiers, parcheminiers, gantiers, lainiers et sergissiers qui était possesseur de vignes (Arch. dép., B. 11287).

CORDONNIERS, SAVETIERS (2).

PATRONAGE : Saint Crépin et Saint Crépinien.

ARMOIRIES : *D'azur à un saint Crépin d'argent tenant dans sa main dextre une palme d'or, le saint recouvert d'une chasuble de gueules* (3).

Les anciens cordonniers étaient nommés *vachiers*, *sueurs*, puis *corduanniers* (de Corduan) dont on a fait cordonnier. Les carreleurs ou savetiers étaient les ouvriers qui ne travaillaient que le vieux, c'est-à-dire qui ne faisaient que les réparations.

Dès 1390, il y avait sur le métier de corduannerie et savaterie à Dijon trois commis jurés nommés par la mairie pour l'expertise des chaussures mises en vente ; les souliers *faulx* étaient confisqués puis divisés en deux catégories, les plus mauvais étaient brûlés sans pitié et les passables étaient donnés « pour Dieu » aux pauvres des hôpitaux de la ville.

Comme la plupart des marchandises, la chaussure était

(1) Vesson est le dernier moulin sur l'Ouche de Dijon à Plombières. Le Moulin-Neuf est aujourd'hui englobé dans le pourpris de l'asile des aliénés.

(2) Arch. munic., G. 24, 25, 25 bis, 26.

(3) Les savetiers blasonnaient de même d'un saint Crépinien.

vendue aux foires et aux marchés. A l'ouverture des halles Champeaux, en 1427, des bancs spéciaux furent réservés aux cordonniers.

Avant d'avoir des statuts particuliers, la cordonnerie recevait de temps à autre divers règlements dans le genre de celui-ci qui porte la date de 1437 :

Que nul euvre de souleiz viez ou neufve, estiveaul ou autre chauce marchande ne soit pourtée pour vendre des ouvriers dud. mestier de lad. ville ne de feurs, en tout le marchief de saint Jehan a esteaul ne en autre lieu en appert en toute lad. ville par jour de diemenche ou de feste se n'est es marchiefs de la foire de la saint Jehan.

Que tous souleis qui seront trouvés ars seront eschevis au profit de lad. ville et se paiera l'amende cy-dessoubz escripte, cilz sur qu'ils seront trouvés.

Que corduanniers ne savetiers ne metront avant à leurs esteaulx es marchiefs du mercredy ne du semady, euvre viez ou neufve jusques à ce que les premiers cops de la cloiche de prime de saint Estienne de Dijon commence à sonner.

Que l'on ne mete en souleis neufs de corduan pièces de mouton qui puissent toucher à la semelle, excepté le contrefort et qui fera le contraire des choses dessus escriptes, il paiera X sols tournois dont la moitié sera à la ville et l'autre aux commis.

Que tous ouvriers desd. mestiers mètent de cy en avant tous euvres en graisse, tant ceulx dont on fait les semelles et rivés es souleis et estiveaulx comme autres, sans plus faire iceulx semelles et rivés se non de cuir mis en graisse.

Et est assavoir que nuls tanneurs ne corroyeurs de cuirs ne doibvent faire nuls souleis. (G. 2).

Jusqu'ici aucune distinction n'apparait entre les cordonniers et les savetiers qui travaillaient côte à côte dans leurs échoppes légendaires et sous les mêmes règlements. Au milieu du xve siècle, les cordonniers avaient ouvert boutiques et demandé des statuts, délivrés en

1468, où l'oubli, volontaire sans doute, des savetiers, fut la source de continuels conflits qui ne cessèrent qu'après la réunion des deux corps, c'est-à-dire à la veille de la suppression des maîtrises. Voici ces statuts :

Ordonnances sur le mestier de Corduanniers.

A tous ceulx qui ces présentes verront et ourront, nous, Jaques Bonne, escuier, mayeur et les eschevins de la ville et commune de Dijon, salut. Savoir faisons que veues par aucuns des conseillers bourgeois et habitans de ceste ville de Dijon et nous, la requête présentée et baillée par les ouvriers dud. mestier de corduannerie demourans et résidans en lad. ville de Dijon, contenant en effect comme chose soit bien agréable à Dieu notre créateur et prouffitable au bien commung, de vuivre par reigle et en bonne police sans commectre fraude ne décepcion l'ung envers l'autre et combien que lad. ville de Dijon feust et soit le chief-d'euvre et cappital ville de toutes les autres villes du duché de Bourgogne à l'exemple de laquelle toutes les autres villes du Duché se doivent régler..... faisons.... les establissemens et ordonnances qui s'ensuivent :

I. Premièrement. — Quiconque vouldra lever et tenir ouvreur dud. mestier de corduannerie en lad. ville de Dijon et es feurbourgs et banlieue d'icelle, il sera tenu de faire son chief-d'euvre tel et ainsi que par les eschevins jurés et commis sur led. mestier, lui sera donné, et s'il est trouvé ad ce ydoine et souffisant, il sera receu par nous mayeur et nos successeurs et fera le sèrement en tel cas appartenant et prendra sa lectre de recepcion par devers le clerc et scribe de la court de la maierie dud. Dijon, et avec ce sera tenu de paier la somme de quatre livres tournois, dont les quarente sols tournois seront pour et au prouffit de lad. ville et commune de Dijon, et les autres quarente sols tournois seront, c'est assavoir : vingt sols pour les eschevins, jurés et commis de l'année et vingt sols au prouffit de la confrairie des sains Crispin et Crispinien.

II. *Item.* — Les fils de maistres dud. mestier qui seront ouvriers pourront, si bon leur semble, lever et tenir ouvreur dud.

mestier pourvu qu'ils soient ad ce ydoines et souffisans et que tels ils soient trouvés par le rapport desd. eschevins, maistres et jurés et commis, ouquel cas ils seront tenus de faire le sèrement es mains du mayeur qui lors sera et prendre lectre de récepcion.

III. *Item.* — Les vesves des maistres dud. mestier pourront durant le temps de leur viduité tenir ouvreur dud. mestier parmy ce qu'elles auront et tiendront bons ouvriers et compaignons pour ce faire, lesquels seront approuvez par lesd. eschevins, jurés et commis ; toutesvoyes par ce ils ne seront point passez maistres, car s'ils se deptent (de détendre, se relâcher de) d'avec lesd. vesves, ils seront tenus de faire leur chief-d'euvre et faire comme les autres dont dessus est faicte mencion, tant au regard de la paie que de prendre leurs lectres et autrement, s'ils vueillent lever et tenir ouvreur dud. mestier. Et se lesd. vesves se marient à ung homme qui ne soit dud. mestier, elles ne jouyront point desd. droits s'elles ne font cession de bien ne s'elles praignent quinquenelles (délai de cinq ans) ou autres respis en fraudes des marchans leurs créanciers.

IV. *Item.* — Que tous corduanniers qui tiendront ouvreurs et seront approuvez par lesd. jurés et commis seront tenus s'ils vueillent vendre hors de leurs hostels et de leurs esteaulx anciens et ordinaires, de aler et pourter leurs danrées aux jours de marchiez en la halle sur ce ordonnée pour illec en faire vendre et distribuer ainsi qu'ils pourront.

V. *Item.* — Que aucuns ouvriers ne pourront faire ouvrage dud. mestier senon de cuir noir et gras, réservé toutesvoies estaffinons et botynes que autrement ne se peuvent faire et aussi qu'ils puissent, pour leurs hostels, qu'ils les requerront faire soulliers de cuir sans graisse.

VI. *Item.* — Ne mectront point de cuir de veaul avec le cuir de vaiche.

VII. *Item.* — Les corduanniers ne ouvreront point de cordouhan avec le mouton se non es portes et contreforts et aussy à faire botynes rondes.

VIII. *Item.* — Ne mectront point de cuir de cheval en semelles, rivez et empiennes en soulliers d'enffens qu'ils passent quatre ans.

IX. *Item.* — Ne feront aucuns soulliers de cuir bruslé.

X. *Item.* — Ne pourront lesd. corduanniers quarrelé soulliers de cuir d'autruy, mais bien le pourront faire de leur cuir ainsi qu'ils ont accoustume de faire.

XI. *Item.* — Les tanneurs et couroyeurs ne pourront faire ne vendre soulliers en quelque manière que ce soit.

XII. *Item.* — Ne pourront vendre lesd. corduanniers ou mectre avant leurs soulliers es jours de foires et marchiez jusques à ce que la cloiche sonnant à l'heure de prime à Saint-Estienne de Dijon soit sonnée.

XIII. *Item.* — Que aucun maistre ne pourra tenir ne avoir deux ouvreurs dud. mestier, et aussy ne pourront mectre avant leurs danrées et soulliers es jours de dyemenche ne es festes ordonnées à garder de l'église. Et quiconque sera trouvé avoir mesprins es choses dessus dictes et en aucunes d'icelles, il sera amendable de vingt sols tournois pour chacune foisque reprins y sera, à consentir et appliquer la moitié ausd. eschevins, jurés et commis sur led. mestier.

Lesquelles ordonnances ainsi passées et accordées en la présence et du consentement de Pierre Duchet, Nycolas Petit, Girard de Vesoul, Jehan Masson, Jehan Millière le Viez, Jean de Chalon, Huguenin Martenot, Guillaume Moreaul, Guillaume Lunet, Lambert Paruchot, Jehan Gaulterot, Jaquot Oudot, André de Paris, Estienne Mugnier, Robert Hélye, Jehan de Mex, Jehan Chevillon, Jehannin Huet, alias Bryois, Erard Petit, Jehan Legrand, alias Picard, Jacquemin de Morey, Jehan le Bourdeux alias Fermier, Pierre Bailli, Denizot Brenier, Huguenin Depoix, Hanriot Lambert, Pierre Boussard, Pierre Estouchet, Jehan de la Comté, Jehannin Mairot, Colin Viénot, Oudot Vyot, Thevenin Bergier, Jaquot Durand, Pierre Costain, Jehan Valier, Nycolas Juifs, Jehan Perrin, Symonnot de la Monnoye, Jaquin Jolois, Jehan Soudot, Jehannin Poulet, Symon Vincent, André de la Place, Jehan Aubert, Jehan Millière le jesne, Pierre Fèvre, Jehan Cousin, alias Cléot, Jehan Costain le jesne, Colin Marlet, Perrenot Rivenet, Jehannin Baicheret, Jehan le Raive, alias Gadrillet, Guyot Amiot, Jehan Ribereaul, Jehan Jehaninnot et Petitjean Fermier, tous maistres corduanniers tenans ouvreurs en lad. ville.. Et ce fait nous confians à plain des sens loyaulté et bonne diligence de honnorable homme, Aymé d'Eschenon, Jacques Baudot et Nycolas Humbert, eschevins, Jehan le Cléot, Colin le Marlet, corduanniers, iceulx avons commis, ordonné et députe... sur la visitacion dud. mestier... En tesmoing desquelles choses nous avons fait mectre le grant scel... à ces présentes... faictes et passées... le samedy second jour du mois d'avril avant Pasques, l'an mil CCCC soixante et neuf (n. s. 1470).

On voit que la corporation était nombreuse; ces 57 maîtres, du haut de leur privilège de travailler exclusivement le neuf, considéraient les carreleurs comme de véritables savetiers, tout au plus capables de raccommoder les vieilles chaussures ; et cependant, dit un mémoire du xve siècle « l'on comprend que le rempiettement des bouttes, bouttines, est l'un des points les plus requis à un bon ouvrier et non pas ouvrage de savetier ». On croirait que le nom de savetier est déjà pris en mauvaise part. Pour faire cesser toutes discussions, il eût été plus simple de réunir les deux professions en une seule corporation ; mais une dignité mal placée chez les cordonniers, et les charges inégales de part et d'autre, reculèrent cette réunion jusqu'en 1774. La chicane eut alors de beaux jours avec des professions présentant tant de connexité. Un siècle après les statuts de 1469, il était encore interdit aux savetiers d'ouvrir boutiques ; ils pouvaient seulement posséder « quelques ateliers parmy les rues, pour recareler les vieux soulliers et les rabiller, sans pouvoir faire du neuf, ni soulliers garnis de ampeignes ou quartiers neufs sur commande ». Ils ne pouvaient rien entreprendre sur la cordonnerie et les jurés-cordonniers avaient droit de visite dans les ateliers de savetiers ; mais peu de temps après, il y eut réciprocité ; défense fut faite aux cordonniers de s'occuper de « savaterie ». Le parlement lui-même ne craignit pas de déroger en rendant en 1572 un arrêt par lequel il fut permis aux save-

19

tiers présentement établis de continuer le métier sans autre forme de réception et d'employer du cuir neuf, mais seulement pour les réparations. Ce n'est qu'à partir de cette époque qu'on peut considérer les savetiers comme métier juré.

Mais avant d'avoir leur place au soleil, ils durent adresser à la mairie requête sur requête, et c'est en réponse à ces supplications que le réquisitoire suivant fut rendu en la Chambre du Conseil en 1566 :

Entre les maistres corduanniers de la ville de Dijon, demandeurs par requeste et deffendeurs contre les savetiers de lad. ville, deffendeurs et aussi demandeurs par requeste,

Veues en la Chambre du Conseil de la ville, les pièces produictes par lesd. parties selon leurs inventaires, signalement les articles donnés par escript par lesd. savetiers pour avoir règlement en leurdit mestier pour l'exercice d'icelluy, contre lesd. maistres corduanniers, ce qui a esté répondu par lesd. corduanniers, conclusion du Procureur par escript, aïant du tout heu communication. Veu aussi les ordonnances anciennes d'icelle ville sur le fait desd. mestiers, contenant le règlement et police d'iceulx, ouy le rapport du commis et heu sur le tout advis avec le Conseil de la ville ; icelle chambre en réglant lesd. parties sur le premier desd. articles faisant mencion des soulliers des petits enffans que lesd. savetiers requirent leur estre permis faire par la forme dud. article et déclare lesd. savetiers ad ce non recepvables de faire petits soulliers ny grands de cuir neuf et par cela est du subject et ouvrage desd. maistres cordonniers.

Au deuxiesme desd. articles, il est dit que les savetiers feront le dessus des soulliers vieux de cuir tout vieux sans les noirsir ny dégresser, feront la semelle de neuf ou vieux cuir et les vendront publiquement es marchiefs et en leurs boutiques ouvertes sans les faire et tenir en secret en leurs chambres et maisons.

Au troisième article, faisant mencion du rampiettement des bouttes, boutines et pantoufles, il est dit que les rampiettements de cuir neuf seront faiz dud. cuir neuf par lesd. maistres cordonniers et les rampiettements de cuir vieux par lesd. savetiers afin d'y garder égalité et observer par chacun ce qui est du subject et qui appartient à son mestier.

Ce qui sera fait et observer semblablement sur le IIIIe article, auquel est prouvé par le précédent, assavoir que lesd. savetiers et carreleurs ne feront aucuns souliers neufs soient grands ou petits.

Au Ve article, il est permis ausd. savetiers et carreleurs de semeller et bobeliner tous vieux souliers, vieilles pantoufles, vieilles bouttes et boutines.

Au VIe article, il est deffendu et prohibé ausd. cordonniers d'entreprendre sur le mestier desd. carreleurs et savetiers en ce qui est du subject d'icelluy et ausd. carreleurs et savetiers, sur le mestier desd. cordonniers en ce qui est aussy du subject d'icelluy.

Au VIIe article et dernier, il est dit sur la visitacion des ouvrages desd. carreleurs et savetiers, sera faicte par les eschevins de lad. ville seront annuellement à ce commis avec les maist.-jurés cordonniers qui seront aussy commis annuellement ainsy qu'il a esté fait, gardé et observé de tout temps et ancienneté, et n'auront lesd. savetiers et carreleurs aucune visitacion sur lesd. cordonniers, ains seulement lesd. eschevins et jurés dud. mestier. Bien leur est permis de faires toutes remonstrances et doléances verbalement et par escript de ce qu'ils auront à remonstrer ausd. commis en cas d'entreprise indeue sur eulx par lesd. maistres cordonniers, soit du mestier de carreleur ou autrement pour les prouver comme de raison.

Est prohibé ausd. savetiers de bailler à aucunes personnes du cuir neuf pour faire souliers neufs pour les vendre par eulx comme ils avoient accoustume faire cy-devant contre les ordonnances de la ville.

Et est prohibé à toutes personnes quelz quelz soient tant de ceulx résidant à la ville et autres qui y vouldront résider de ne lever banc de saveterie que préalablement ils ne aient demandé licence et permission à messieurs les vicomte-mayeur et eschevins, de l'authorité desquels ceulx qui vouldront lever leurdiz bans en prendront l'usage après lad. licence et permission le tout à peine de l'amender arbitrairement. Ordonnons au-pardessus ausd. parties de garder et observer les ordonnances anciennes faictes sur led. mestier aux peines contenues par icelles. Prononcé ausd. parties le vendredy septiesme jour de juing mil VC soixante et dix.

Le privilège des savetiers était mince, mais enfin c'était un pas vers l'émancipation. S'il est vrai que le succès rend ingrat, les savetiers le prouvèrent contre l'un d'eux, si l'on en croit la requête suivante de 1588 :

Supplie humblement Nicolas Michel, pouvre savetier de ceste ville de Dijon et qu'à cause de sa pauvreté..... les carreleurs avoient permis tenir son banc en telle rue de ceste ville qu'il voudroit affin de gaigner sa pouvre vye, à charge que ledit suppliant seroit tenu chaque dimanche de l'année se transporter en l'église des Carmes.... porter le pain bény, comme aussy aller inviter à l'obsèque desd. carreleurs qui viennent à décéder, sonnant par lad. ville une cloche affin d'advertir les autres carreleurs de s'y trouver. Néantmoins puis quelques jours en ça aulcungs desd. carreleurs lui auroient osté la clef des aumaires où se mectent les paiements du prestre qui dessert icelle messe en l'honneur de Dieu et de saint Grappin et fait oster son banc qu'ils luy avoient permis mectre en avant, comme dit est, ne sachant, ledit suppliant, où ouvrer ; c'est pourquoy il est contrainct recourir à vous à ce qu'il vous plaise, de vos grâces, attendu que ledit suppliant est chargé d'une femme et qu'il n'a autre moïen de gaigner sa vye.... comme aussy qu'il est impotant d'une jambe, ne se pouvant aider que d'une, l'autre aïant esté couppée..... de tenir son banc ou lui semblera avec deffense ausd. carreleurs de le plus troubler ny empescher.....

La peinture est bien de l'époque, elle nous montre une coutume inconnue, et le pauvre marguillier était réellement digne d'une faveur municipale.

Durant les guerres de religion, les confréries corporatives jouèrent un rôle efficace, mais qu'elles avaient intérêt à tenir secret et par là peu connu. Cependant le seul fait suivant nous montre que les cordonniers ne furent pas des ligueurs bien endurcis. En 1567, une grande partie de la corporation fut assignée pour avoir travaillé le jour de leur fête ; évidemment ces profanes devaient être, sinon des huguenots, au moins des manifestants contre les opinions de la mairie. Quant aux savetiers, c'étaient des *royalistes*. Breunot nous l'apprend dans ses *Mémoires* à la date du 22 mai 1594 : « Les carreleurs font leur feste accoustumée de la petite saint Crépin, en la devise de leur saint (sur leur bannière) avoient mis cette devise :

Craignons Dieu, aimons l'église,
Suivons le roy qui fort la prise.

« Monsieur le maire en estant adverti, mande les maistres de la feste, empêche que les saincts soient donnés. » On voit bien que ces confréries religieuses étaient bien un peu politiques.

La « petite Saint-Crepin » était la Saint-Crépinien, fête des savetiers, quant à la Saint-Crépin, les cordonniers la solennisaient le 25 octobre. Plus tard, les savetiers voulurent célébrer leur fête le jour du saint, c'est-à-dire le 25 octobre, jour même des cordonniers, mais ceux-ci s'y opposèrent « en quoy il n'y a aucune raison, disent les savetiers, puisqu'ils ne dépendent d'eux en façon que ce soit, leur mestier estant séparé de celluy desd. cordonniers, ayant chacun, lesd. maistres, leurs confréries distinctes, celles des maîtres cordonniers estant aux Pères Jacobins et celles des carreleurs aux Pères Carmes. » La jalousie, en effet, était mal placée (1).

(1) Voici le tarif officiel des chaussures en 1580, d'après le *Règlement politique* :

Vendront et délivreront la paire de souliers de vache simples pour gens de villages, de onze, douze et treize poinctz. . . . . vingt sols seulement.

Le XVIIe siècle apporta peu de soulagement aux savetiers, bien qu'il plût à Louis XIII d'octroyer, par lettres de 1642, une maistrise du métier à Nicolas Bellereux, à Dijon. En cette même année, les savetiers obtinrent pourtant le droit de faire des souliers neufs... pour leur usage personnel et celui de leur famille et à condition de mettre, pour la distinction, « en iceulx deux arbillons de vieux cuir » et de plus, les soumettre à la visite des jurés-cordonniers. Le privilège était plutôt vexant ! il devint cependant plus grand, car les savetiers vont obtenir le droit de visite chez les cordonniers ; ce droit leur était bien dû puisque les cordonniers avaient obtenu la permission de vendre et troquer les vieilles chaussures sans être forcés de les mettre en étalage. Aussi les visites réciproques sont-elles fréquentes, minutieuses et sévères ; en 1654, vingt-trois paires de souliers neufs sont confisquées chez un savetier par les jurés cordonniers qui, nonobstant, s'avouent lésés parce que la mairie s'adjuge la moitié de la saisie.

Vers cette époque, la mairie obligea les maitres des deux professions à avoir une marque particulière « insculpée à la Chambre de Ville » pour « signer » tous leurs

Ceux de mesme estoffe et façon, de huict à neuf et dix pointz. . . . . seize sols.
Ceux moindres . . . . huict sols.
Les souliers de veau, à double semelle, de onze, douze et treize poinctz . . . . seize sols.
De sept, huict et dix pointz . . . . dix sols.
Les moindres. . . . . huict sols.
Les mulles avec la semelle forte, dessus et dessous et l'escarpin de maroquin. . . . . trente sols.
Et avec l'escarpin de mouton . . . . .vingt-cinq sols.
L'escarpin seul de marroquin, pour les grands et hommes faictz. . . . . dix sols.
L'escarpin de veau . . . . huict sols.
Souliers de marroquin doublés. . . . dix-sept sols six deniers.

ouvrages. Chaque chaussure devait recevoir le coup de marteau de son fabricant et l'empreinte de l'un des jurés des métiers. Cette mesure était encore en vigueur à la veille de la Révolution.

Parmi toutes les maîtrises de la ville, celle des cordonniers était des plus inaccessibles; l'aspirant était tenu à des frais si élevés que les compagnons et « plusieurs jeunes hommes tant dudit mestier de cordonniers que autres artisans bien instruits et entendus de leur art et mestier, n'osoient se présenter pour chef-d'œuvre parce qu'ils estoient nécessitez de faire grants banquetz et déppense ». Ce qui donna lieu à la délibération municipale suivante du 16 décembre 1646 :

Vu la requête des jurés et procureurs de la confrairie des maistres cordonniers de cette ville.... il plaise ordonner que doresnavant nul ne seroit receu audit mestier que après information faicte de ses vie et mœurs et qu'il n'ait fait expérience en présence des eschevins et de deux jurés dud. mestier, pour estre pourvu ainsi qu'il appartiendra ; délibération du 12 octobre dernier par laquelle défense auroit esté faicte à tous les jurés et maistres desd. mestiers qui s'exerçoient en cette ville, autres toutesfois que les apothicaires, chirurgiens, orphèvres et serruriers.... de contraindre ceux qui se présenteroient pour travailler ausdits mestiers de faire avant chef d'euvre, suffisance ou pièces d'ouvrages d'iceux mestiers, à peine de cinq cens livres d'amende, et aux aspirants ausd. mestiers de se présenter devant les maistres ou jurés pour faire lesd. chefs-d'euvre ou suffisance, à même peine, leur enjoint seulement de se pourvoir à la Chambre pour estre receuz à travailler dud. mestier... Défense en outre ausd. jurés et maistres d'exiger des aspirants sous quelques prétextes que ce soit aucunes buvettes, festins ou sommes de deniers, molester ou empescher l'exercice de leur mestier.....

C'était une réédition des ordonnances de 1501 et 1529, tombées en désuétude et toujours éludées, mais ce qui n'avait pas réussi à ces époques échoua plus facilement en 1646, car la création des offices avait entraîné des charges qu'il fallait payer.

Les cordonniers avaient encore une ancienne charge : le fondateur de la Sainte-Chapelle des ducs de Bourgogne, pour en doter le chapitre, avait concédé son droit de *plaid généraul* sur les corporations qui y étaient soumises. Les dignitaires du chapitre avaient donc le droit d'imposer ces corporations et en 1654 chaque maître cordonnier devait 8 deniers par an et les veuves de maître 4 deniers.

Pour satisfaire aux « finances du roy » la corporation avait emprunté et devait 7.300 livres de capital, mais cette dette fut bientôt éteinte et, contrairement à la plupart des corporations, celle des cordonniers fut en prospérité financière jusque vers le milieu du XVIIIe siècle. Dans la reddition des comptes annuels, où les recettes excèdent toujours les dépenses, nous voyons à leurs registres, de 1716 à 1736, les jurés sortants faire une sorte d'inventaire qui signale d'abord le reliquat des finances, les titres et papiers divers, puis chaque inventaire ajoute ensuite : un reliquaire, deux chandeliers, les burettes, la clochette, le plat, la pièce ancienne et trois cœurs, le tout d'argent. C'était un véritable trésor, dont la « pièce ancienne », connue seulement sous cette rubrique, éveille la curiosité, mais dont il faut faire son deuil.

Cette prospérité ne fut pas de longue durée. Il y eut d'abord une négligence de la part des jurés, qui prirent l'habitude, lors de la réception des nouveaux maîtres, de leur accorder un terme pour l'acquittement de leurs droits corporatifs. Cette fâcheuse habitude fut si bien prise, qu'en 1783, il y avait 39 maîtres qui tapaient de la semelle ostensiblement sans avoir payé leur maîtrise. Dix ans auparavant la dette était déjà de 19.700 livres, brèche fatale par laquelle les savetiers devaient pénétrer dans la place.

Les savetiers, sans s'occuper de la voie hiérarchique, s'adressèrent au roi qui les gratifia de lettres-patentes en 1774, leur accordant la permission de s'unir aux cordonniers. « Etant informé, disent ces lettres royales, des fréquentes contestations que l'analogie de la profession de cordonnier avec celle de savetier occasionne journellement parmi les membres des deux corps dans la ville de Dijon, ainsi que des dettes multipliées qu'ils ont contractées pour raison desdites contestations. Nous avons pensé que le plus sûr moyen de faire cesser de pareils abus, était de réunir les deux professions et de leur donner un règlement de police »..... Cette décision si simple avait mis trois siècles à se produire et fut encore trois bonnes années à attendre son enregistrement en Parlement ; il s'y décida enfin le 12 décembre 1777.

Les cordonniers, qui étaient cependant les plus endettés, s'opposèrent énergiquement à cette réunion, ils y employèrent toutes les juridictions et sans s'occuper du prix des plaidoiries, elles duraient encore en 1781. Les cordonniers ne voulaient absolument pas participer à la dette de 2.000 livres, empruntées par les savetiers pour obtenir les lettres-patentes de 1774. Dans l'exposé des motifs du procès, en 1781, le factum plaisante facétieusement la position :

Les anciens cordonniers de la ville de Dijon ne sont point encore remis de la mortification qu'ils ont éprouvée en ce voyant réunis au corps des carreleurs de la même ville. Ceux-ci au contraire ne sont qu'infiniment louables d'avoir eu l'émulation de ne former qu'un seul et même corps...... Les uns avaient le droit exclusif de faire des souliers chers et quelquefois mauvais, les autres avaient celui de les réparer solidement et à bon marché..... La concurrence a mis l'équilibre et il est probable que si l'on n'est pas chaussé à meilleur marché, du moins les souliers seront de meilleure qualité....... Y a-t-il donc une si grande distance entre ceux qui font les souliers et ceux qui les remontent ? C'est la même matière qu'ils emploient et l'on pourrait mettre en problème s'il n'y a pas plus d'adresse à rendre neuf ce qui était vieux, qu'à faire du neuf...

Si une pareille rhétorique n'éclaire pas la religion des juges, elle a du moins la grâce de rompre le style processif !

Les tanneurs et les corroyeurs subirent aussi les attaques des cordonniers pour livraison de marchandises mal travaillées ou ne portant pas l'estampille du fabricant. Les formiers-talonniers ayant fait dresser procès-verbal aux cordonniers pour achat illégal de talons, ceux-ci, pour se venger, imaginèrent de faire des talons de cuir, ce qui n'était pas contraire aux statuts des talonniers ; la mairie ne s'y opposa pas et poussa même la complaisance, en 1663, de leur donner la manière de façonner ces talons de cuir.

La concorde ne régnait pas mieux au sein des assemblées dans leurs affaires particulières ; il est vrai qu'il y avait environ une centaine de confrères, c'était trop, aussi il fut décidé en 1771 qu'on choisirait dans les trois catégories du corps 24 maîtres qui représenteraient la communauté entière avec pleins pouvoirs de délibérer aux assemblés ordinaires et générales. Dans une de ces réunions il fut reconnu que les « chamberlands » faisaient une grande concurrence aux maitres, en conséquence la mairie autorisa les jurés à taxer les ouvriers en chambre à moitié prix, les chamberlands furent donc imposés à une demi-taxe.

Les compagnons cordonniers jouissaient d'une très mauvaise réputation, ils étaient accusés, à tort ou à raison, de voler tout ce qui leur tombait sous la main. Cette opinion émanait de leurs patrons qui tentèrent, en 1687, d'obtenir le droit de les faire arrêter sur leur simple réquisition..... A toutes ces attaques, la chambre de police répondait par les règlements d'usage, comme défense aux compagnons de s'assembler par bandes dans les rues ou ailleurs, défense d'exiger de leurs collègues aucunes sommes pour leur bienvenue, lesquelles sommes « ils convertissent en jeux, banquets ou autres débauches, cause du désordre qui règne audit mestier ».

Un bureau de placement fut établi, dont le buraliste, un maître cordonnier, touchait deux écus par an ; en 1695 ce salaire fut remplacé par une taxe prélevée sur chaque compagnon nouvellement casé, et sur ceux qu'on appelait *revire-pieds*. Le *droit de selle*, en 1739, était une taxe de trois sols par mois et par chaque compagnon, et payée alors par les maîtres comme revenu corporatif.

Un usage, qui justifie la méfiance dont étaient l'objet les compagnons cordonniers, et dont nous n'avons trouvé nulle trace ailleurs, existait entre patrons et ouvriers. Si un compagnon empruntait de l'argent à son maître pour faire son tour de France, il lui laissait en garantie un certain gage, ordinairement des habits, représentant environ la somme prêtée ; le plus souvent rien ne reparaissait, ni compagnon, ni argent. Alors au terme fixé pour le remboursement, le patron adressait au syndic de la ville une requête tendant à mettre en vente les objets en nantissement et constatant, par exemple, que les vêtements engagés ne valaient pas la somme prêtée et qu'ils étaient « tout mangés par les artoisins ». La requête était généralement bien accueillie, le syndic faisait faire une estimation par un fripier et la vente par un des sergents de la mairie ; le patron était remboursé, et s'il y avait un excédant, il était déposé au secrétariat de la mairie où le compagnon pouvait le réclamer.

La confrérie des cordonniers était une des plus nombreuses et populaires de la ville ; dès 1471 elle avait une chapelle particulière au couvent des Jacobins. Chaque apprenti devait primitivement une livre de cire à l'autel de Saint-Crépin, tandis que le bâtonnier était exempt du droit de bâton ; plus tard il dut payer 9 livres et chaque confrère 10 livres. Un droit unique de 15 livres fut consenti en 1685. Les 24 membres, députés par délibération de 1771, devaient tous assister aux obsèques et services mortuaires des confrères décédés. Les cimetières étant contigus aux églises, cette obligation s'exécutait assez ponctuellement ; il n'en fut pas de même quand, le 1er mai 1783, on inaugura le cimetière général de la Porte-Guillaume, la corvée des enterrements étant plus longue il fallut une délibération nouvelle du 27 décembre 1783 pour rappeler à leur devoir ces 24 membres députés.

La confrérie Saint-Crépinien des savetiers était au couvent des Carmes ; là aussi se tenaient leurs assemblées, pas plus calmes que celles des cordonniers. Il s'y faisait un tel tumulte que les Pères, un beau jour de 1692, les menacèrent de les mettre à la porte et de les envoyer siéger chez les Jacobins. Pour adoucir les pères, ils fondèrent à leur église une grande messe pour le repos de l'âme de tous les défunts confrères.

Au commencement du XIXe siècle, la Saint-Crépin était encore très populaire à Dijon. Les « bijoutiers sur le genou » se rendaient alors à l'église Saint-Michel.

Quelques documents nous ont conservé des prix de façons : en 1608, les compagnons avaient deux sols par paire de souliers bas, trois sols par paire de souliers à tige et sept sols pour les bottes ; plusieurs maîtres, trop généreux, affrontèrent des remontrances en pleine assemblée pour avoir payé davantage. En 1683, les prix de façon avaient sensiblement augmenté, une paire de souliers se payait douze sols, « ce qui est un prix même trop fort, un compagnon pouvant faire deux paires par jour ; » quelques patrons donnaient jusqu'à quatorze sols. Au siècle suivant les prix n'avaient guère changé, mais les patrons nourrissaient les ouvriers ; ceux-ci, trouvant qu'ils ne gagnaient pas assez, menacèrent simplement de faire grève, on leur accorda alors 19 sols pour souliers d'hommes et 20 sols pour souliers de femme, la nourriture étant supprimée chez les maîtres.

ARTS ET MÉTAUX

ORFÈVRES (1)

Patronage : Saint Eloi.

Armoiries : *D'or, à deux chevrons de sable.*

Les orfèvres dijonnais sont déjà connus par les ouvrages de MM. J. Garnier (2) et Clément-Janin (3) ; de plus M. Bernard Prost nous promet qu'il aura tôt ou tard à étudier la série de ces artistes presque inconnus pour la plupart.... (4). Abordons donc de suite les règlements de la corporation :

Règlement arrêté par les orfèvres de Dijon et de la Bourgogne pour l'exercice du métier : 1375.

L'an de grâce mil CCC soixante-quinze, le premier jour de décembre, a esté accordé et ordonné pour bien commun et à l'onneur de Monsieur Saint Eloy entre les maistres orfèvres de Dijon, c'est assavoir : Josset l'orfèvre de Monseigneur le Duc, Oudot des Grés et Jehan de Saint Digier pour eulx et pour tous

(1) Arch. munic., G. 60.

(2) *Les Anciens Orfèvres de Dijon*, par Joseph Garnier, Dijon, 1889, in-8.

(3) *Les Orfèvres dijonnais*, par Clément-Janin, Dijon, 1889, in-8.

(4) *Les Artistes dijonnais, Gazette des Beaux-Arts*, 1894.

les autres maistres orfèvres présens et a venir du duchié de Bourgoigne si comme ils disoient.

C'est assavoir, premièrement que decy en avant lesdiz maistres et tous les autres maistres et chacun d'eulx qui sont et seront, vonront en la ville de Dijon et ailleurs oudit duchié, pour demourer et tenir ouvreurs, paieront et mettront en boiste, qui sera gardée par cellui ou ceulx qui par les dessusdiz, seront à ce esleuz et ordonné, chascune sepmaine I blanc, qui vault le quart d'un viez gros tournois ou autre monnoie courant la vatue, pour mettre et dispenser selon leur ordonnance à l'onneur et service de Monsieur Saint Eloy. Et tous vallés servans qui venront et ouvreront à Dijon, gaignans argent, ou cas que ils demoureront jusques à ung mois et au dessoubz paieront à mettre en ladite boiste, chascun un blanc chascune sepmaine, jusques au terme de ung mois après leur venue audit lieu. Et se il y demeurent ouvrans et gaignans oultre led. mois, chascun d'eulx paiera pour tout le temps, depuis led. mois en avant pour chascune sepmaine que il y seront et ouvreront demiblanc de laquelle monnoye à mettre et emploier comme dessus.

Item ont ordonné que tous ouvrages qui se feront ou duchié seront de fin argent et seront signés par lesdiz maistres à six esterlins d'empirancepour marc d'argent ou ainsi comme il est acoustumé à faire à Paris. Et que le maistre qui signera lesdiz ouvrages aura pour chascun marc de vaisselle, un viez petit tournois. Et du même ouvrage pour marc 1 tournois et au dessoubz à la value pour chascun marcs un petit viez tournois et au dessoubz d'un marc, II tournois pour marc selon la value de l'ouvrage, tout à mettre en ladite boiste et audit service et proufit et à l'ordonnance comme dessus.

Et pour chascune pièce qui seroit trouvée estre faite autrement, sur quoy certaines personnes desdiz maistres seront ordonnez par eulx et leurs successeurs à visiter les ouvriers et ouvrages, sera paié par cellui qui fera le deffaut, pour chascun deffaut cinq sols monnoie courant et l'ouvrage despiécé, à mettre en ladite boiste et emploié comme dessus.

Et ceste ordonnance font et veulent estre tenue si comme il dient par tout le duchié de Bourgoigne pour eulx et tous les autres ouvriers présens et avenir dudit duchié.

Sur quoy ils me ont requis instrument soubz le scel de la cour Monseigneur le Duc. Tesmoings Jehan de Louviers et Orrion Naudet, sergent, et Hugues de Cirey.

Addition faite le 27 décembre suivant.

Et avec ce est ordonné par lesdiz maistres orfèvres que des ouvrages qui se feront en lad. ville et ou duchié par la manière que dessus, ne sera point ouvré d'or qui ne soit de poix, caras ou à la touche de Paris à la painne que dessus.

Et oultre est ordonné que à dimanches et festes de commandement en sainte église, ne soit ouvré dudit mestier par aucun ouvriers tant maistres comme vallés en lad. ville et duchié, se n'est par la besoingne nécessaire du prince et de la princesse et messieurs et dames leurs enfans, ou se n'est pour autre nécessité, dont congié sera prins au maistre sur ce ordonné, à painne d'un blanc à paier ce mettre en ladite boiste, pour tous ceulx qui feront le contraire et toutesfois que li cas escherra.

Item ont ordonné que aucung ouvrage de pierrerie ne soit ouvrée en or, se n'est fine pierrerie, soubz ladite painne de V sols et l'ouvrage d'or estre despécié. Et des charges et des saudeures (soudures), sera ordonné toutefois que le cas y escherra par lesdiz maistres et leurs successeurs perpétuellement. Fait le XXVIIe jour de décembre l'an (M.CCC) LXXV. Tesmoings Robin de la Fontaine et Huet Duneguy, orfèvres (1).

En 1390, la mairie délibère « que l'on fasse crier que nuls orfaivres ne autres ouvriers ouvreurs d'argent, ne facent aucuns ouvraiges d'argent se n'est d'argent fin, et ils seront commis certaines personnes que l'on y aviseroit. » C'était ordinairement deux échevins et un maître orfèvre qui étaient nommés. En 1422, il est délibéré que « les orfèvres de Dijon soient mandés pour leur faire

(1) Arch. départ. B. 11.288. Edité par M. Garnier, non pas dans l'Annuaire de 1889 qui contient *Les Anciens orfèvres de Dijon*, mais seulement dans le tirage à part.

commandement que doresnavant ne ouvrent que d'argent fin et que toute la vaisselle qu'ils feront soit signée aux armes de Mons. de Bourgogne et de leur dit seing au plus près, sur peine de dix frans d'amende. *Item.* — Leur sera fait commandement, à la peine que dessus, qu'ils ne mectent en euvre en or, aucune pièce se elle n'est fine. »

Les orfèvres dijonnais sont donc en jurande, ils travaillent l'or et l'argent et de plus ils ont leurs poinçons personnels. Dès cette année 1422, paraît aussi une première contravention contre Jean Robert et le 22 novembre, il lui est défendu « que doresnavant il ne soit si hardi de ouvrer en vaisselle si ce n'est d'argent fin et qu'elle soit signée de son seing et marquée du poinçon de la ville ; et lui a esté ordonné d'apporter sa marque en la Chambre de ville dans vingt jours prochainement venant, sous peine de cent livres d'amende. »

A défaut de statuts, les règlements partiels ne manquaient pas et jusqu'à 1422, la mairie ne faillit pas à la nomination des jurés, mais à dater de 1423, les registres des délibérations inscrivent aux lieu et place des jurés-orfèvres : « *Néant pour ce que débat est entre monseigneur et la ville.* » Quelle était la cause de ce débat qui dura dix ans ? Nous l'ignorons, et ce n'est qu'en 1434 que les noms des jurés-orfèvres commencent à reparaître. Nous croyons que ce débat, bien plus que les guerres mises en cause par M. Garnier, retarda la publication des statuts. Quoi qu'il en soit, voici les ordonnances de 1443 :

Copie des ordonnances sur le mestier et marchandises d'orfèvrerie.

A tous ceulx qui ces présentes lectres verront, Philippe Machefoing, varlet de chambre et garde des joyaulx de Monseigneur le Duc de Bourgoingne, mayeur de la ville et commune de Dijon et les eschevins avec les conseillers d'icelle ville, pour ce qui s'ensuit... salut. Savoir faisons comme il soit chose très agréable à Dieu nostre Créateur et Rédempteur que ceulx qui ont charge de police, gouvernement et administration de justice, facent tant que à ung chacun soit rendu ce qui lui est deu et par égualité et mesure raisonnable fait tellement que les non saichans ou congnoissans en matière de grant art et subtile science ne soient desfraudez ne baretez par ceulx qui ont plus grand spéculacion et subtilité esd. choses. Et il soit ainsi que de longtemps ayons et nos prédécesseurs mayeurs et eschevins de ceste dicte ville, esté informés que plusieurs orfèvres et gens tant ouvrans dud. mestier d'orfèvrerie comme vendans vaisselles et joyaulx d'or et d'argent en ayant plusieurs et diverses fois ouvré et vendu de moindre aloy que l'on ne fait en la bonne ville et cité de Paris qui est la plus notable et capitale ville de ce royaume de France, et en laquelle comme l'en dit et tient communément toutes choses sont et ont accoustume de estre mieulx et la plus grant reigle ordonnées et gouvernées, et que par les faultes que notoirement ont esté trouvées le temps passé, ou fait vendre et acheter en lad. ville de Dijon, vaisselles, cintures, chaines, fermilletz, signez, coliers, bracelez, ymaiges, reliquaires, verges (bagues sans chaton), aigneaulx (anneaux) et autres bagues et joyaulx d'or et d'argent ; plusieurs, tant gens d'église comme nobles et bourgeois, marchans et autres gens les aucuns assez compétamment en ce non congnoissans et les autres simples gens, ont esté déceuz en ce, tant parce que souventes fois quand ils ont veu la vaisselle ou joyaulx qui achetoient signez du seing de l'orfèvre qu'il avoit faicte, ils se sont rapportez aud. seing et ont repputé l'ouvraige estre bon. Et en oultre parce que en fait des courroyes, verges, aigneaulx et autres menues choses, n'avoit cy en arriers aucune ordonnance ou visitacion et que chacun en ouvroit à son plaisir, plusieurs y ont esté deceuz parce qu'ils les entendoient avoir acheté pour fines et quant elles ont esté vieilles et rompues et ils les ont cuider vendre, ilz y ont aucunes fois perdu la moitié ou plus ou moins selon l'aloy à quoy estoient faictes lesd. choses, parce que chacun les faisoit à son plaisir, comme dit est. Et par ce moyen lad. ville de Dijon a eslé et est moins fréquentée de toutes manières de gens ayans à faire des choses dessus dictes que se il feust notoire es pays loingtains et es villes voisines que sur ce que dit est eust bonne police et visitacion bien et justement gardée ; et avec ce nous ayans regard ad ce que en tous lieux où la chose est bien gouvernée par bonne justice, raison et police, la grâce de nostre benoist Créateur et Rédempteur y abonde plus largement que es lieux là où règne fraulde et décepcion. Et affin et entencion de faire chose agréable à nostre dit Créateur et plaisir à nostre dit très redoubté seigneur et prince monseigneur le Duc de Bourgoingne, nostre prince naturel qui désire de tout son cueur que ses villes et pays soient bien conduiz et gouvernez au bien et prouffit de la chose publique, nous a cui compète le gouvernement et administracion de la justice et police de lad. ville, ayant sur toutes autres choses regard à ce que nous puissions faire chose agréable à nostredit Créateur et nostredit seigneur et prince, et pour obvier aux frauldes et décepcions que sur led. fait peuvent advenir et se sont advenues le temps passé, avons ce jourd'huy comme par avant avyons plusieurs fois particulièrement fait mander par devant nous en la Chambre de lad. ville les orfèvres, marchans et marciers (merciers) d'icelle ville cy-après nommez, c'est assavoir : André de Vualy, Huguenin Loyet, Jehan Dast, Thevenin Censier, Jehan Degrain, Bernard Humbelot, François Vallecte, Joffroy Acquiétan, Thomassin de Bethesy, Jehannin Aynault, Elyardot Belle Branche, Jehannin Grisot, Jossin le Forestier, Daniel Pourteret, Jacques de Vaulx, Ardenet Guérin et Jehan Mahiet, tous orfèvres, Pierre Vyard, Oudinet Goudran, Phelippe Douhet, Jehan Vautheret, Jehannin de Mantes, Pierrotte, vesve de feu Estienne Marinet, Jacquemin Fairet, Colin Lomme, Thomassin de Boudas, Thierry de la Chapelle, Offroy le Bon, Jehan Barbier, Jehan Bigert, Jaquot le Noir, Pierre Tilement, Jehan Bertot, Jehan de Belle Manière, Jehan Loingtier et Jehan Droynot, tous marchans et merciers demeurans aud. Dijon, avec lesquels nous avons eu collacion sur led. fait ; et après les remonstrances à ce pertinens et nécessaires, nous, par l'advis et conseil desd. orfèvres et à leur requeste, et aussi par l'advis desd.

marchans et merciers, tous d'un commung voloir et consentement à ce accordans, avons ensemble conclud et délibéré de faire sur ce une belle et notable ordonnance à la louange et honneur de Dieu et au prouffit, utilité et honneur de ladicte ville et des seigneurs et gens d'église, nobles, marchans et autres gens y fréquentans, en la manière cy-après déclairée.

I. Et premièrement. — Que doresnavant ung chacun desd. orfèvres et tous ceulx qui après eulx viendront tant de leur lignée comme autrement, ouvreront et seront tenuz de ouvrer tant d'or comme d'argent à l'aloy et poix de lad. ville de Paris et dedans les remèdes, c'est assavoir : la grosserie à unze deniers douze grains fins et trois grains de remède et pour la menuerie aud. aloy et quatregrains de remède.

II. *Item.* — Ouvreront lesd. orfèvres tant présens comme advenir en tout ouvraige d'or tanten grosserie comme menuerie à dix-neuf karas fin du moins.

III. *Item.* — Ne se fera la besoingne en lad. ville et banlieue, d'or ne d'argent et tant en grosserie comme en menuerie, qui ne soit signée du poinsson et seing dud. maistre qui aura faicte lad. besoingne, ou cas que icelle besoingne sera assez forte et le pourra pourter; et ce à peine de vingt sols tournois d'amende, à lever sur celluy ou ceux qui feront le contraire, à applicquer la moitié à la ville et l'autre moitié aux maistres commis à la visitacion dud. mestier.

IV. *Item.* — Que les fils des maistres dud. mestier et les apprentiz qui auront fait leur terme de six ans pourront ouvrer et lever leur ouvreur publiquement en lad. villeet seront tenuz les enffans des maistres de donner à disner aux maistres visiteurs dud. mestier pour une fois seulement quant ils leveront leurdit mestier. Et les apprentiz paieront et seront tenuz de paier ausd. maîtres visiteurs dud. mestier, soixante sols tournois pour une fois, dont la moitié sera à lad. ville et l'autre moitié ausd. maîtres visiteurs, et ce tant du regard des fils de maistres, comme des apprentiz, afin que iceulx maistres visiteurs les congnoissent et les facent régistrer et appeller avec les autres maistres leurs seings et poinssons comme cy-après sera déclairé.

V. *Item.* — Et s'il advient que ung orfèvre estrangier

vienne le temps advenir lever son mestier en lad. ville de Dijon, il sera avant toute euvre interrogié et examiné par lesd. maistres visiteurs, afin de savoir s'il est souffisant et ydoine pour tenir ouvreur. S'ils le tiennent souffisant à ce, led. estrangier paiera pour son entrée et bienvenue ung marc d'argent fin pour une fois, dont la moitié sera à la ville et l'autre moitié ausd. maistres et en ce faisant pourra ouvrer et tenir ouvreur en lad. ville soubz les aloy et ordonnances cy-dessus et cy-après déclairées, lesquelles il sera tenu de jurer et jurera avant toute euvre de entretenir comme l'un des autres de la ville.

VI. *Item.* — Et pour ce que plusieurs faultes ont esté le temps passé trouvées en fait de pierreries assises en or à quoy voulons et désirons remédier comme es aultres faultes et mesmement que aucunes fois une assez petite pierre, c'est assavoir, diamans, rubis ou saffiz est de grant pris et couste grans deniers à celluy qui l'achète et lesquelles pierres l'on peult avoir assez petite congnoissance quant elles sont assises et enchassées en or, se ne sont gens très expers en ce, nous avons deffendu et par cesd. ordonnances deffendons à tous orfèvres tant présens comme advenir demourans à Dijon et tant apprentiz comme aultres que doresnavant ils ne mectent ou souffrent mectre en euvre d'or quelle qu'elle soit aucune faulce pierre et aussy en et soubz pierre de saffir si tient aucun taint noir semblable à icelluy que l'on mect soubz les dyamans, à la peine de vingt livres tournois d'amende à prendre et lever sur celluy ou ceulx qui sera ou seront trouvez faisans le contraire de pourtant de fois que reprins y seront la moitié à applicquer à lad. ville et l'autre moitié ausd. maistres et visiteurs dud. mestier.

VII. *Item.* — Avons ordonné et ordonnons que désormais ne se feront aucuns reliquiaires ou joyaulx d'église en quelque manière que ce soit, de cuyvre tout doré ou argenté que n'y ait oudit reliquiaire ou joyaulx certaine place en lieu apparent descouverte en telle manière que l'on peust voir que led. reliquiaire ou joyaulx soit de cuyvre doré ou argenté et non pas d'argent, affin que gens ignorans ne l'achetassent pour argent, et ce à la peine de cent sols tournois d'amende à lever et applicquer comme dessus.

VIII. *Item.* — Que aucuns orfèvres ne mectent désormais

en leurs ouvraiges tant d'aigneaulx comme aultres tant de grosserie comme de menuerie et tant d'or que d'argent aucunes bosces de papier, cuyr ou autre chose se n'est or d'or semblable à l'ouvraige principal et en argent fin, à peine de cent sols tournois d'amende à lever et applicquer comme dessus.

IX. *Item.* — Que aucuns orfèvres quelz qu'ils soient ne besoingneront doresnavant en lad. ville et banlieue de loton (laiton) doré tant en reliquiaires comme autrement en quelque besoingne que ce soit, à peine de cent sols tournois d'amende à lever et applicquer comme dessus.

X. *Item.* — Et pour ce que le temps passé ont esté trouvées plusieurs faultes en ce que plusieurs achetoient tout ce qui leur venoit à vendre, jà soit ce que souvent y ait eu des choses mal prinses et par ce ont esté plusieurs calices, joyaulx d'église, vaisselles et autres choses perdues, nous avons deffendu et par ces présentes ordonnances deffendons à tous orfèvres, changeurs, marchans merciers et autres de lad. ville, qu'ils ne achètent désormais aucuns calices, joyaulx d'église ou aultres ne d'autre vaisselle d'or et d'argent pourveu qu'elle soit à eulx souffisamment recommandée, à peine de perdre l'argent qui en auroit esté payé par celluy qui ainsi l'auroit acheté et applicqué comme dessus, s'il apparoit que lesd. choses eussent esté emblées et mal prinses.

XI. *Item.* — Et pour ce que avons esté advertiz que aucuns merciers et autres marchans ont aucunes fois accoustume de aler acheter plusieurs joyaulx, cintures et bagues d'or et d'argent hors de lad. ville, lesquels sont de grans pris et de grant façon et par adventure sont signez de divers poinçons et seings selon les pays où ils sont faiz et ne sont pas si bons ne si fins qu'ils doivent estre, pourquoy plusieurs gens qui n'y ont pas parfaite congnoissance y peuvent et pourroient estre déceuz et ainsi seroit chose mout desraisonnable là où bonne justice et raisonnable police seroit et est mise sur led. fait es ouvriers et orfèvres de lad. ville que ouvraige venant d'estrange pays qui ne seroit pas si bon ne si fin comme celluy de lad. ville, se distribuat en icelle et en feussent déceuz les acheteurs tant de lad. ville que estrangiers ; nous pour obvier aux fraudes et décepcions qui en ce pourroient estre, avons deffendu et par ces mesmes ordonnances deffendons à tous merciers et autres marchans qu'ils ne vendent désormais en lad. ville et banlieue, joyaulx d'or ne d'argent qui ne soient loyaulx et marchans à l'aloy que dessus, à peine de dix livres d'amende à applicquer, comme dessus, laquelle nostre ordonnance et deffense avons ordonné et ordonnons estre notiffiée ausd. marchans et merciers par voix de cry publique affin que d'icelle ne puissent ou veuillent prétendre cause d'ignorance.

XII. *Item.* — Et pour ce que avons esté informez que en lad. bonne ville et cité de Paris, se vendent et distribuent les cintures à usaige de femmes, assavoir sur tixus d'Arras et mesmement se font communément les garnisons et ferrures d'iceulx tixus ausd. lieu de Paris, lesquelles cintures ont grant cours et ont eu le temps passé en cested. ville de Dijon, nous avons permis et permectons par ces mesmes ordonnances ausd. orfèvres, marchans et merciers qu'ils vendent lesd. cintures pourveu toutefois qu'elles soient bonnes et loyales, telles et semblables que l'en les fait et accoustume de les faire aud. lieu de Paris.

XIII. *Item.* — Et semblablement pour ce que l'ouvraige des verges et aignaulx tant d'or que d'argent que l'en fait au Puis en Auverne a eu le temps passé grans cours en cested. ville, nous avons permis et permectons ausd. orfèvres, marchans et merciers qu'ils puissent vendre en icelle ville de Dijon lesd. aignaulx et verges tant d'or que d'argent, pourveu en ceulx d'or où il y aura pierres, que icelles pierres soient fines et vaillables et que l'or soit bon et revenant à l'aloy cy-dessus déclairé, ou à tout le moins esmaillez d'esmail fin, et au regard desd. verges d'argent que elles soient bonnes et aussy esmaillées d'esmail fin.

XIV. *Item.* — Seront faictes deux tables de cuyvre dont l'une sera à la Chambre de Ville et l'autre es mains desd. maistres visiteurs dud. mestier, esquelles tables seront frappez les poinçons d'un chacun orfèvre tenant ouvreur en lad. ville, esquelz poinçons seront gravées et taillées les armes dud. Dijon et le nom du maistre à cui sera le poinçon escript tant dessus comme dessoubz, ainsi que mieulx faire se pourra et tellement toutefois que l'on puisse congnoistre à cui se sera, et lesquelles tables seront faictes dans la feste de Saint Michiel prouchain venant, et deans le temps ou à tout le moins icelluy venu, tous iceulx maistres rompront leurs vielz poinçons en la présence desd. maistres dud. mestier.

XV. *Item.* — Et lesd. tables ainsi faictes et les poinçons desd. orfèvres ainsi frappez en icelle comme dit est, nous dès maintenant pour lors et affin que aucune mauvaisetie ne se peut faire soubz umbre de lad. ordonnance et de la fiance que plusieurs pourroient avoir en l'ouvraige d'or ou d'argent qui seroit fait et signez du seing et poinçon armoyé aux armes de lad. ville, nous avons deffendu et par cesd. présentes deffendons à tous lesd. orfèvres présens et advenir qui auront poinçon frappé esd. tables que s'il advenoit par aucune adventure que ils ou aucun d'eulx se départit en lad. ville de Dijon pour aler demeurer ailleurs pour son plaisir ou autrement, il ne emporte son dit poinçon avec luy pour en signer aucun ouvraige en lieu où il seroit autre part que en lad. ville de Dijon, ains est et sera tenu audit cas et avant son partement de rompre et casser son dit poinçon en la présence desd. maistres-visiteurs, affin que incontinent fraude ne s'en peut ensuyr, et ce à peine de cent livres tournois d'amende à lever sur celluy qui fera le contraire et applicquer comme dessus, et aussy sur peine d'estre banny de lad. ville et banlieue et dud. mestier de ladicte ville par ung an et ung jour.

XVI. *Item.* — Et pour ce que lad. ordonnance seroit de petit éfait et comme nul se entretenue n'estoit, mesmement au regard de ouvrer tant d'or comme d'argent à l'aloy dessusdicte, nous qui désirons de tous nos cueurs icelle estre bien et entièrement entretenue, et affin que ung chacun doubte plus de l'enfraindre, avons du consentement de tous lesdessusdiz orfèvres, marchans et merciers, ordonné et ordonnons que ce aucun d'eulx ne autres le temps advenir est trouvé et reprins par lesd. maistres visiteurs dud. mestier ouvrant d'or et d'argent à autre aloy que dessus est déclairé, celluy qui y sera reprins pour la première fois, la pièce ou pièces d'ouvraige qui fera ou aura fait ainsy hors led. aloy, sera rompue par lesd. maistres en sa présence, et si rechiet ou face faulte pour la seconde fois son dit ouvraige sera semblablement rompu et paiera cent sols tournois d'amende à applicquer comme dessus; et en oultre s'il fait faulte en ce pour la tierce fois qu'il sembleroit estre chose obstinée et parsévéracion de malvais exemple, il sera banny hors de lad. ville de Dijon et banlieue d'icelle et dud. mestier par ung an et ung jour (1).

Et affin que lesd. ordonnances soient inviolablement gardées et entretenues de point en point à tousjours et pour que ung chacun à cui la chose touche soit plus craintiz et doubteur de y faire faulte, nous, du consentement des dessusdiz orfèvres, marchans et merciers, avons ordonné et ordonnons que chacun an le temps advenir, les maistres orfèvres dud. mestier tenans ouvreurs en lad. ville, ung jour qu'ils adviseront après le jour de Nativité Saint Jehan-Baptiste, se mectront ensemble et pour ce qu'ils congnoissent mieulx les gens de leurdit mestier plus expers et mieulx congnoissans, adviseront entre eulx deux notables maistres sans faveur ou emport pour avoir pour celle année la charge de la visitacion dud. mestier, et le lundy après le jour de lad. feste Saint Jehan, qui est le jour que l'on a accoustume de mectre et instituer les officiers et visiteurs de lad ville, viendront devers nous ou nos successeurs lors mayeurs et eschevins et maistres ainsy advisez par eulx si sont à ce ydoines et souffisans et qu'ils soient à nous et à nosdiz successeurs receuz et instituez oudit office pour ledit an, et feront le sèrement aux sains évangilles de Dieu que durant le temps qu'ils seront ad ce déPutez, ils, avec un des eschevins de lad. ville, qu'il sera ad ce député, garderont et entretiendront lad. ordonnance et feront garder et entretenir de point en point par les autres dud. mestier en les visitant et sollicitant de faire et ouvrer à l'aloy et selon que contenu est en icelle ordonnance et feront bon et loyal rapport dever la court et régistre de la justice de lad. ville de tout ce que par eulx sera trouvé de faulte sans dissimulacion quelconque; et au surplus feront en ce ainsi que bons et loyaulx maistres gardes et visiteurs doivent faire en tel cas. Et pour ce que à veue d'eulx seroit mout difficile de avoir congnoissance es ouvraiges des choses

(1) Cette sentence fut appliquée vers 1480, à Mathieu Lablais, pour vente d'une chaîne de mauvais aloi.

dessusdictes sans en faire essay, nous avons ordonné et ordonnons que toutesfois que les maistres visiteurs ou l'ung d'eulx surviendront sur aucun desd. orfèvres ouvrant dud. mestier, cellui qui fera quelque ouvrage que ce soit sera tenu de prendre un petit eschantillon de l'argent de la pièce d'ouvraige qui fera ou du semblable se icelle pièce est de telle disposicion que l'on ne puisse bonnement avoir sans domaige, et en icellui eschantillon frapera son seing et poinçon et de bailler ausd. maistre ou maistres pour le pourter essayer, affin de savoir s'il est bon ou non. Lesquels maistres après led. essay fait, seront tenuz d'en faire rapport léalment et sans faveur pour la vérité sehue, approuver ou rapprouver led. argent ou ouvraige ainsi que faire se devra par raison et pour en pugnir les deffaillans se faulte y est trouvée selon les peines dessus déclairées. Et pour avoir lad. charge de estre visiteurs et maistres dud. mestier pour ceste présente année, nous à plain et souffisamment informez des sens, loyaulté, preudommie et bonne diligence de honnorable homme Henry d'Eschenon, bourgeois dud. Dijon, nostre frère et co-eschevin, de Huguenin Loyet et Jehan Dast, orfèvres, Nous, iceulx Henry, Huguenin et Jehan avons créé et institué, créons et instituons maistres, gardes et visiteurs dud. mestier et des choses y appartenant pour icelle visitacion faire et exercer pour ce présent an et jusques aud. jour de feste Saint Jehan-Baptiste prouchainement venant et faisant toutes et singulières choses ad ce compétans et nécessaires. Lesquels en ont prins et accepté en eulx la charge. Et en présence des autres dessusdiz avons receu d'iceulx commis le sèrement tel et semblable dont dessus est faicte mencion, et ausquels commis nous avons donné et par ces présentes lectres donnons povoir, auctorité et mandement espécial de faire la visitacion et garde tant par tout lad. ville et banlieue en entretenant et faisant entretenir par ceulx qu'il appartiendra ces présentes ordonnances selon leur forme et teneur. Si donnons en mandement à tous les subgectz officiers et sergens de lad. ville, prions et requérons tous autres que ausdiz maistres visiteurs et commis, en faisant lad. visitacion et choses y appartenant, obéissent et entendent diligemment et leur preste conseil, confort, ayde et faveur se mestier est et requis en sont.

Mandons en oultre ausdiz orfèvres, marchans et merciers présens et advenir à chacun d'eulx que toutes et quantes fois que iceulx maistres et visiteurs les requerront es choses dessusdictes et en leur déppendance, ils obéissent à eulx, leur facent obéïssance et ouverture de leurs hostelz, ouvreurs et danrées en telle manière que lad. visitacion puisse estre telle et si entièrement entretenue que ce soit à la louange et honneur de Dieu et de lad. ville et au bien, prouffit et utilité de la chose publique. Saichans ceulx qui feront le contraire qu'ils en seront pugnis tant selon le contenu esd. ordonnances comme autrement deuement qu'il appartiendra par raison. En tesmoing de ce nous avons fait mectre le grant scel à ces présentes lectres aux causes de la court de la maierie de Dijon le VIIIe jour de juillet l'an mil CCCC quarante et trois, lequel jour tous les dessusdiz orfèvres, marchans et merciers estans présens en lad. Chambre de Ville. Et affin que icelles ordonnances se puissent mieulx et plus entièrement entretenir, mesmement qui sont ceulx à qui la chose touche principalement d'ung commun assentiment, ayant considéracion et regard ad ce que icelles ordonnances sont selon Dieu et bonne justice, ont juré aux sains évangilles de Dieu qu'ils les garderont et entretiendront de point en point inviolablement et sans les enfraindre ne souffrir enfraindre de leur povoir en aucun point, et pour ce faire ont soubmis eulx et leurs biens à la juridiction et contraincte de la court de lad. mairie et de toutes autres cours en vueillant estre de ce contrains et exécutez selon le contenu desd. ordonnances et chacune faulte et transgression d'icelles en quoy ils et chacun d'eulx y pourroient estre reprins. Présens ad ce : Jehan Phelibert, receveur de lad. ville et Thiébault Liégeart, clerc, demourant aud. Dijon, tesmoings ad ce appellez et requis.

Dans les années qui suivent nous relevons les noms des jurés : Andriet de Valy, Huguenin Loyet, Jehan Dast, Thevenin Sancier, Jehan Legrain, Oudot Douvet, Charles Humbelot, Drhynot Rouhier, etc. En 1481, au lieu d'élire deux jurés ensemble, il fut décidé qu'un seul serait remplacé et le paragraphe suivant fut ajouté aux statuts :

Le sixiesme jour de juillet l'an mil quatre cens quatre vingt et ung, en la Chambre du conseil de la ville, fut advisé et délibéré du consentement des orfèvres que doresnavant cellui qui aura èsté l'un des visiteurs pour la dernière année, il sera pour eulx l'année après et messieurs les mayeur et eschevins, le jour de l'élection des offices de visiteurs, en y commectront ung autre dud. mestier qui ne l'aura point esté l'année précédente, et pour y commencer et entretenir ce présent advis, ung nommé Symon y a esté commis avec le petit Liénart qui y fut commis l'année passée, et l'année prouchaine ledit Symon y sera et la ville en y commectra ung autre et doresnavant ainsi se fera et continuera.

En 1485, les jurés Rouyer et Regnauldot, dit Lacaille, nous ont transmis le procès-verbal de visite qui suit :

Le dernier jour de décembre, lesd. Rouyer et Lacaille se transpourtèrent au banc d'un nommé Edouard, mercier, lequel avoit plusieurs bagues à sondit banc, tant d'or, d'argent que autres pièces et quant iceulx Drouhot (Rouyer) et Lacaille voulsirent veoir et visiter lesd. bagues d'or et d'argent dud. Edouard pour scavoir s'elles estoient telles de l'aloy et fin d'argent comme tenus sont les vendre en lad. ville, lesd. merciers et argentiers, néanmoings icellui Edouard leur en montra aucunes et les autres il cacha en leur présence et les osta de sondit banc, disant qu'ils ne les verront ne tiendront jà, et quelque remonstrance qu'ils lui fissent, lui disant qu'ils estoient jurés d'icelle ville et que à eulx appartenoit la congnoissance de veoir et visiter lesd. bagues, icellui Edouard fut rebelle et désobéïssant en jurant villainement le sanc et la mort nostre sauveur Jhucrist, qu'ils ne les verroient jà et que c'estoient tous larrons.

Le lendemain l'inculpé se vanta de plus en présence de plusieurs notables qu'il regrettait de ne pas avoir « poncené de dague » les deux jurés. L'affaire fut portée à la Chambre de police, nous en ignorons la suite, mais on voit que la fonction de juré n'était pas sans danger.

L'ordonnance de 1443 avait placé l'orfèvrerie dijonnaise au niveau de celle de Paris et des meilleures villes de Flandre ; elle s'y maintint jusqu'à la chute du Téméraire et les orfèvres étaient nombreux à Dijon, mais la profession subit une crise inévitable occasionnée par la disparition de la cour ducale et par la guerre de succession. Louis XI fit travailler les maçons mais ses pierres ne sortaient pas des boutiques des joaillers ! La fin du xve siècle est signalée par une série de requêtes émanant des orfèvres dijonnais remontrant qu'ils gagnent peu de leur métier et se qualifiant de « pouvres hommes ». Dans la seule année 1495, nous trouvons cinq requêtes, en réduction d'impôts, signées par les orfèvres Laurent Spic, Pierre Noirot, Girard Lacaille, Drouhot Duvay et Philippe Moireaul.

Dès l'aube du xvie siècle, les orfèvres dijonnais se ressaisissent et prennent rang parmi les artistes qui font honneur à l'école de la Renaissance. La ville n'a qu'à choisir parmi leurs produits artistiques la pièce qu'elle veut offrir à ses visiteurs princiers ; la noblesse de fraîche date du Parlement dijonnais peut décorer avec art ses logis ; le clergé ne manque pas d'enrichir les trésors de ses nombreuses chapelles ; et tous les amateurs peuvent satisfaire leur goût, depuis le bibelot artistique jusqu'à la tabatière, finement ciselée, dont on commence à faire usage.

Les comptes de la Sainte-Chapelle mentionnent vers cette époque plusieurs livraisons d'objets orfévrés faites par Jehan du Bail, Jehan Fèvre et Jacques Richard, orfèvres dijonnais.

A l'entrée de Louis XII et d'Anne de Bretagne à Dijon en 1501, le présent de la ville consistait en un drageoir d'argent doré, orné de fleurs de lis dorées du prix de 253 francs 9 gros, pour le roi, et un de 135 francs 11 gros et 1 blanc, pour la reine, le tout ouvré par l'orfèvre

Drouhot Du Vay *alias* Duvet, « le père de Jean Duvet, le grave maître à la Licorne, le premier par ordre de date des graveurs français sur métal qui comptent dans l'histoire ; plus tard, après la mort de son père, il ira chercher fortune à Langres et ne quittera plus la cité épiscopale qui le revendique pour un de ses enfants ; mais des documents certains extraits des archives municipales tendent plutôt à établir que Jean Duvet est d'origine dijonnaise » (1).

Pour son entrée à Dijon en 1521, François Ier, accompagné de la reine, de sa mère, de la duchesse d'Alençon et d'une nombreuse suite, reçoit des joyaux fournis par Lambert le Villain et Jean Fèvre, coûtant 806 livres 14 sols 11 deniers. Ces fameux présents représentaient une « ville » dans laquelle était une « pucelle d'argent doré tenant en sa main un cœur où estoit une fleur de lys d'or » ; un drageoir et une coupe aussi d'argent doré et deux grandes aiguières d'argent en « façon de potz ». En 1548, « Benigne de Vault, orphèvre, a appourté en la Chambre de Ville un model de salière en façon de vaze qui se euvre en quatre pièces ouquel il y a une salière au milieu, vehu lequel, a esté délibéré que ledit de Vault en feroit une semblable de 8 à 9 vingt escus pour faire présent à la Reine ». Du Vault toucha 50 écus pour son travail offert à Henri II. Mais c'est en 1564, à l'entrée de Charles IX, que fut exécuté l'un des plus riches présents orfévrés par maîtres Jean et Bénigne Richard ; il coûta 922 livres 12 sols 6 deniers et représentait le baptême

(1) H. Chabeuf, *Dijon, Monuments et Souvenirs*. Nous pourrions même admettre que le nom de Duvet, Douvet, Douay, Du Vay, etc., désigne une même famille originaire de Douay. En 1520, Philibert Duvay, orfèvre, demeurait « vers les prisons ». Une requête de 1521 nomme Drouhot Du Vay, argentier, mort pendant le terme donné et sa veuve ne veut payer que la moitié des impôts, prétextant que l'héritier demeure à Langres.

de Clovis avec les personnages « tant de la Reine que de monsieur Saint-Remy ». Simon Fèvre fit une coupe de vermeil pour être offerte par la ville au fils du duc de Mayenne en 1580.

Ces présents, renouvelés à chaque visite princière, coûtaient cher à la ville, mais les plaintes étaient formulées si bas que tout semblait aller pour le mieux dans la profession des orfèvres qui avait retrouvé ses beaux jours du siècle des Valois. Mais la Ligue, puis les lois dites *somptueuses*, vinrent ternir cette brillante industrie. Sous le prétexte de l'amour du bien public, ces lois somptuaires, ressuscitées d'anciennes ordonnances royales et municipales, avaient la prétention de taxer et de réprimer le luxe, luxe de la table, des ameublements, des équipages, des vêtements et surtout de réagir contre la parure ; mais ces lois étaient en réalité dictées par une caste jalouse contre ceux qu'elle considérait comme des inférieurs. L'abus alla jusqu'à dicter à chacun la manière de s'habiller suivant sa condition sociale.

Les confréries, religieuses et laïques tout à la fois, fonctionnaient alors avec une ostentation étudiée. Les confrères s'observaient sournoisement et malheur à ceux qui semblaient conspirer contre la Sainte-Union. En 1592, maître Picquottin étant bâtonnier, quelques orfèvres ayant taillé des fleurs de lis, il y eut information et recherche de police qui aboutirent à l'emprisonnement de l'orfèvre Corderolle. Un autre confrère, Bénigne Fèvre, étant mort sur la paroisse Saint-Jean, le clergé refusa de l'enterrer et voulut faire conduire le corps du défunt à la voirie, sous prétexte qu'il était huguenot et qu'il n'avait pas communié depuis cinq ans. Il fallut un arrêt du Parlement pour ordonner que Fèvre serait inhumé dans la sépulture de sa famille au cimetière Saint-Jean.

L'élection alterne des deux jurés et la nomination annuelle des visiteurs continuait suivant le régime des anciens statuts, mais en 1556, les officiers de la monnaie cherchèrent à s'attribuer ce privilège et de plus voulurent exiger des orfèvres une caution de dix marcs d'argent, avec obligation de leur faire apposer leurs marques ou poinçons sur la table de cuivre que le prévôt de la monnaie avait installée dans son hôtel. La mairie opposa en vain son antique droit de haute justice et de juridiction sur tous les corps de métiers, en vain démontra-t-elle qu'elle était dotée « de ce beau fleuron tiré de la couronne des ducs et des princes », il fallut céder, mais les débats furent longs et ne cessèrent qu'en 1610, époque à laquelle le Parlement rendit un arrêt attribuant aux officiers de la monnaie le droit de visite sur le titre et l'aloi des matières d'or et d'argent, et à la mairie les autres droits de visite chez les maîtres et le pouvoir des réceptions. En 1581, la monnaie avait déjà cherché à retirer à la mairie ce dernier droit en formant opposition à la réception de deux maîtres.

Les statuts de 1443, dit M. J. Garnier, avaient, contrairement à ce qui se passait dans les autres métiers, exempté les apprentis orfèvres de la formalité du chef-d'œuvre exigé partout ailleurs. Au milieu du XVIe siècle, et sans qu'on puisse en préciser l'époque, ils rentrèrent dans la loi commune. On en a la preuve dans le dossier d'un procès intenté en 1561, devant la Chambre de Ville, aux jurés du métier par un ouvrier du nom de Guichard, parisien établi à Dijon, auquel ils avaient refusé d'exécuter un chef-d'œuvre dont le dessin atteste cependant la délicatesse et le bon goût (1).

Les raisons données par les jurés étaient puériles. Guichard avait contre lui d'être étranger et de produire son chef-d'œuvre concurremment avec celui d'un autre ouvrier. Mais le véritable motif qu'ils finirent par avouer, c'était que plusieurs fils de

(1) Ce dessin sur velin, conservé aux archives de la ville, est reproduit dans la notice de M. Garnier. Les jurés-orfèvres étaient alors Blaise Deroye et Bénigne Richard.

maîtres, ayant fini leur apprentissage et sur le point de produire leur chef-d'œuvre, la réception d'un étranger, dont on ne dissimulait pas l'habileté, augmenterait le nombre des orfèvres et diminuerait leur clientèle. C'était sans la déguiser la justification du monopole contre lequel la mairie avait voulu réagir en 1529. Aussi en fit-elle justice, car le rôle des tailles de la paroisse Saint-Jean, pour l'année 1562, nous montre Jean Guichard, orfèvre, établi dans une maison avoisinant le Coin du Miroir.

A l'époque qui nous occupe la profession de graveur était distincte de celle d'orfèvre ; en 1557, Jacques Vyard, qui s'intitulait orfèvre et graveur, fut obligé d'opter pour l'une des deux professions, « s'il veut être graveur, qu'il fasse le chef-d'œuvre et prête le serment comme il est ordonné à tous autres, notamment à Bourberain, qui se dit graveur, lequel a trois semaines pour faire chef-d'œuvre et prêter serment ». Cette époque vit naître aussi les ouvriers en chambre, mais ils furent impitoyablement poursuivis et obligés de travailler chez les maîtres en boutiques ou de quitter la ville immédiatement. Toutes marchandises trouvées en leur possession étaient « cizaillées et le moule rompu ».

Avant de quitter le XVIe siècle, signalons une dernière pièce, elle est en cuivre, celle-là ! C'est une plaque conservée aux Archives municipales, portant la date de 1534, sur laquelle les orfèvres gravaient leurs noms en regard de l'empreinte de leurs poinçons. On y lit les noms des trente maîtres suivants : Blaise Curdenée, Nicoula Meurderect, Jehan Tisserand, Girard Guillemin, Guiénot Corderot, Jaque Richard, Guille Audinel, Blaise Deloisi, Claude Ledouble, André le Villain, Blaise Deroye, Benigne Devault, Jehan Fèvre, Esme Alliot, Parnot Guinot, Guille Alix, Bénigne Fèvre, Guillaume Viapre, Jehan Lodier, Grégoire Desvarenne, Alemot Papillon, Jehan Girault, G. Cacheboy, Estienne Ales, Guillaume Courderot,

Lambert Audinelle, Anthoine Bide, Jaque Gougin, Pierre Richard et Bénigne Richard. Inutile de faire remarquer que cette plaque dut servir pour plusieurs années.

Soumis au contrôle des officiers de la monnaie, les orfèvres furent obligés d'avoir un registre coté et paraphé, pour y inscrire par ordre de date tous leurs achats et le nom des vendeurs ; ils devaient conserver pendant quelques jours les matières qu'ils achetaient avant de s'en servir, et si ces achats étaient des objets fabriqués, ils ne pouvaient les revendre qu'à un terme fixé. Tous les merciers, hôteliers et consorts qui recevaient en paiement des pièces orfévrées étaient tenus, avant de les accepter, de les présenter aux jurés-orfèvres afin de vérifier si ces objets n'étaient pas déclarés comme volés ou recommandés. Les jurés avaient aussi droit de visite chez les merciers, notamment chez ceux qui étaient installés dans la grande salle du Palais de Justice.

Le registre des orfèvres tenait la mairie en souci, elle aurait pu s'en servir par mesure de police, aussi exigea-t-elle des orfèvres la tenue d'un second registre identique pour lui être soumis à toutes réquisitions. Cette formalité fut, comme on pense, fort désagréable aux orfèvres qui en appelèrent au Parlement, en faisant observer, avec raison, que ce registre faisait un double emploi inutile. La mairie fut déboutée de sa demande ; ainsi se détachaient petit à petit tous les « fleurons » de sa couronne ; elle n'avait même plus le droit de nomination à la maîtrise d'orfèvres. Aussi, en 1637, c'est au général des monnaies que l'aspirant Claude Menestrier s'adresse pour être reçu maître ; il remontre que dès son jeune âge il a toujours travaillé du métier et qu'il a été instruit par son oncle Guillaume Desvarenne pendant neuf ans et qu'il a fait preuve de capacité par le moyen d'une boîte de portraits sur laquelle il y a dix-neuf diamants qu'il a façonnés en la maison de Gilbert Deslandes. Il fût reçu le 6 juillet 1637.

Un procès-verbal de visite de 1604 nous transmet les noms des 14 maîtres suivants : Sébastien Richard et Emiland de Vendenesse, jurés, Jehan Deslandes, Jehan Desvarennes, Claude Vitault, Pierre Corderot, Jehan Brie, Jehan Oulemier, Jehan Arbelot dit Pertuy, Jehan Cusenier, Jehan Morel, Lucas Chicart, Simon Dutreul et Edme Ledouble. Tous ces maîtres devaient graver leurs poinçons et leurs noms sur les deux plaques déposées l'une à l'Hôtel de Ville et l'autre à l'Hôtel de la monnaie. Les aspirants devaient présenter comme chef-d'œuvre une pièce quelconque d'orfèvrerie et fournir un cautionnement de la valeur de dix marcs d'argent. Les aspirants étrangers à la ville devaient en outre payer un marc d'argent fin dont la moitié à la ville et la moitié aux maîtres orfèvres.

Les présents d'orfèvrerie étaient encore en vogue au XVIIe siècle ; en 1632, Jean Ampain reçoit 2.955 livres pour le métal et 180 livres pour la façon du plat d'or que la mairie doit offrir au gouverneur de la province lors de son entrée à Dijon. En 1648, Etienne Papillon, l'orfèvre à la mode, reçoit 1250 livres pour un autre plat d'or offert au prince de Condé. En 1656, pour l'entrée du duc d'Epernon, « la ville lui fait présent d'une soucoupe et deux assiettes d'or, le tout pesant un peu plus de huit marcs », exécuté par François Pidard, orfèvre, qui fit partie de l'échevinage. M. de Boroche, écuyer du duc, reçoit pour 500 livres d'argenterie et les « demoiselles d'Artigues » (favorites du duc) un frestoir ou brasier ou brasero d'argent du prix de 1.000 livres qui fut fait par Etienne Papillon.

Ce Papillon fut nommé orfèvre de la maison du prince de Condé, Henri de Bourbon, gouverneur de Bourgogne, en 1632 ; Clément-Janin le fait descendre du « fameux orfèvre troyen » de ce nom. Notons que Alemot Papillon figure sur la plaque officielle de 1534 et qu'il jouissait déjà d'une certaine notoriété puisqu'en 1569 et 1576, il acheta les joyaux de la Sainte-Chapelle vendus pour parfaire les sommes nécessaires au paiement des impôts établis sur le clergé.

Par arrêt du Conseil d'Etat du 11 septembre 1703, à la requête de Pierre Gilbert, orfèvre dijonnais, et qui fut maire de Talant, tous ses collègues, qui achetaient des ouvrages neufs à Paris, furent dispensés de les faire contrôler une seconde fois par le fermier de Dijon, et défense à celui-ci d'exiger aucun droit sur les ouvrages neufs remis en vente par les orfèvres de la ville.

En 1711, la corporation comptait 20 maîtrises, en voici la liste que nous croyons inédite :

Jean Michel, rue Poulaillerie.
Didier Burette, rue du Bas du Bourg.
Philibert Bouzereau, rue Madeleine.
Martin Brunot, rue de la Portelle.
Gilbert Delandre, devant la Sainte-Chapelle.
Bénigne Dargent, rue du Bas du Bourg.
Jean Dumont, rue Verrerie.
Etienne Ancemot, derrière Notre-Dame.
Claude Pidard, près le Palais.
Jean Liégeard, près le Palais.
Claude Dacatié, dit le fils, rue Saint-Philibert.
Joseph Dargent, au bas du Bourg.
Bernard Burette, rue Poulaillerie.
Pierre Mauny, rue Notre-Dame.
Guillaume Mauny, rue des Forges.
Joseph Déforge, rue Notre-Dame.
Charles Martin, au-dessus du Bourg.
Vve Etienne Papillon, rue Notre-Dame.
Vve Jean Chapuis, rue des Forges.
Bénigne Mauny, rue Notre-Dame.

Les derniers statuts des orfèvres dijonnais furent présentés en 1728, à Nicolas Rousselot, général des monnaies en Bourgogne, qui en référa à la cour des monnaies de Paris. Leurs 44 articles furent homologués en Conseil d'Etat le 3 septembre 1728, lus et publiés à la monnaie de Dijon le 31 août 1730 et en assemblée générale des maîtres le 23 septembre de la même année, et tout cela sans le secours de la mairie (1).

La confrérie des orfèvres siégeait au couvent des Cordeliers, sous le patronage de saint Eloi ; nous en savons peu de chose. Dans une réunion du 1er décembre 1714 il fut décidé que le tour du bâton étant épuisé, on recommencerait par le plus ancien maître en suivant l'ordre de réception, et que chaque bâtonnier verserait un droit de cinquante sols.

HORLOGERS (2).

PATRONAGE : La Trinité.

ARMOIRIES : *D'argent, à une fasce de gueules.*

C'est sous Philippe le Hardi que nous voyons paraître les premières horloges en Bourgogne ; elles furent d'abord fixes, c'est-à-dire installées à demeure dans le beffroi communal ou dans les églises, puis on en fabriqua des portatives comme celle de Marguerite de Flandre, femme de Philippe le Hardi, qui voyageait toujours avec sa charrette transportant son horloge avec son maître

(1) *Arrêt de la cour des monnoies de Paris du 3 septembre 1728, contenant réglemens et statuts pour les maîtres et marchands orfèvres de Dijon.* A Dijon, chez L. Hucherot, 1760, 40 pages, in-8. On peut consulter ces statuts à la Bibl. de Dijon. — L'ouvrage de Clément-Janin contient d'autres listes des orfèvres de Dijon.

(2) Arch. municipales, G. 44.

Jehan de l'horloge (1). Les châteaux du duc avaient tous leur horloge, Rouvres, Germolles, Villaines, etc. Le 10 octobre 1389, la duchesse étant à Villaines, manda aux maîtres de la Chambre des Comptes de lui envoyer le maître de l'horloge de Dijon, avec l'horloge qu'il pourrait avoir chez lui et les outils nécessaires pour raccommoder celle de sa chambre, qui était tombée et rompue. Si ledit maître n'a pas d'horloge chez lui, il devra en chercher une toute prête quelque part à Dijon et l'apporter devers elle (2).

Le maître horloger ainsi sollicité par la duchesse devait être Guillaume Trois de Hollande « gouverneur » de la légendaire horloge de Notre-Dame de Dijon le Jacquemart, et qui déjà en 1389 avait « reffait et mis à point loroloige des Chartreux » de Dijon (3).

Les serruriers de Dijon, qui devaient être les premiers ouvriers en grosse horlogerie, n'étaient pas encore assez habiles pour être « horlogeurs ». En 1398, Guillaume Trois fut remplacé par Barthelemy le Gentil, Dijonnais, un véritable horloger et reconnu comme tel parce qu'il avait déjà fait une « orloige de bois ».

Jaquemard lui succède en 1422 ; c'est lui qui a le « gouvernement » de « Jaquemard », rapprochement bizarre, mais qui, à notre avis, n'a aucun rapport de dénomination. Son successeur fut Jean Quenot, en 1430, véritable artiste en serrurerie et en mécanique, mais l'horloge se détraqua en 1454. C'est alors que Quenot fit avec la mairie un marché « pour et au proffit d'icelle ville et commune, de faire et asseoir à ses propres despens, frais et missions, un bon et notable orloge tout neuf au lieu auquel est ledit vieil assis, lequel sera tel et notable et

(1) M. Canat, *Marguerite de Flandre, sa vie intime....* Dijon, 1858.

(2) E. Petit, *Itinéraires des Ducs de Bourgogne......* Paris, 1888.

(3) C. Monget, *La Chartreuse de Dijon*, tome I, 1898. Plus tard ce fut le moine Odot, de Seurre, qui fut l'horloger de la Chartreuse.

de bonne valeur qu'il n'y en aura point de si bon et meilleur es pays de Bourgoingne ne à cent lieues à l'environ; et avec ce fera et assoiera ung cadran bon et bien clèrement montrant les heures du jour et une lune ou cadran, pour et soubz les conditions et choses cy-après escriptes, c'est assavoir que ledit Jehan sera et demeurera quicte entièrement de l'ampirance (des restes) dudit vieil orloge...... », qu'on lui donnera les matériaux nécessaires, des appointements annuels et qu'il sera exempt des charges et impôts de toutes sortes.

La notable horloge de Quenot eut néanmoins besoin de réparations en 1499. Moingin Bergier, « plombeur », lui fit un abri et Jean Guillemin, « lambroisseur » tailla « un Jaquemart de bois de nouhier (noyer) tout d'une pièce de la hauteur de six pieds de hault, armé et taillé en façon d'un homme d'arme, bien fait et assouvi de toutes pièces servans à homme d'arme, à la place de celui de présent qui est tout pourry et dépiécé ».

Jaquemart est encore « remis à neuf » en 1592 par J. Bargeret, horloger, moyennant 100 écus (1). Philippe le Hardi n'avait donc pas fait un cadeau bien solide aux Dijonnais.

Les paroissiens de Saint-Michel et de Saint-Jean s'offrirent aussi une horloge au commencement du XVIe siècle. Celle de Saint-Jean, édifiée en 1508, coûtait « mieulx de 600 livres » et était « bien somptueux, avec une cloiche » pour sonner les heures et le couvre-feu ; en 1534, on replaça une nouvelle cloche, l'ancienne étant rompue « à cause que l'horloge sonnait dessus ».

Marc Mathey, « prêtre chapelain de Saint-Michel », gouvernait lui-même l'horloge de son église dans les années 1537-1541, aux gages de 6 livres par an. En 1592 figure une dépense de 30 écus pour l'établissement d'une

(1) Arch. municipales, série K.

montre (cadran) à l'église Saint-Michel, placée du côté de la rue au Marché, c'est-à-dire dans le pignon du nord. Les traces des ferrements sont encore visibles.

Dans la suite les horloges de ces trois églises eurent le même « gouverneur » payé par la ville et c'était d'ordinaire un serrurier, car comme nous le verrons au chapitre des serruriers, c'étaient eux qui s'occupaient de la grosse horlogerie.

Nous ignorons à quelle date les horlogers, proprement dits, s'établirent à Dijon; mais en 1600, ils tenaient boutiques ; ce renseignement nous est fourni par une requête des jurés-orfèvres qui supplie la mairie d'intervenir auprès de l'horloger Claude Felisot (alias Felyot) pour l'obliger à verdir la « cage » de sa boutique « pour tesmoingner la différence qui est entre leurs arts et mestiers d'orfébvrerie et d'orologerie et pour éviter aux inconvéniens qui en pourroient arriver ». Les deux professions avaient chacune leur couleur différente dans la nuance de leurs boutiques, tel le bassin des chirurgiens et celui des barbiers ; nous ne connaissons pas la couleur des orfèvres.

Il ne parait pas que les horlogers aient eu des statuts avant le XVIIIe siècle, et le régime des offices les trouva indépendants de toutes associations. Leur nombre n'étant pas jugé suffisant, ils furent incorporés aux chaudronniers et fondeurs. Cette assimilation, qui comprenait d'habiles artisans, ne parut pas trop humiliante à des maîtres comme Louis Déforge et Joseph Cornibert qui, en 1715 et 1719, étaient de véritables fabricants ayant le titre de horlogers ordinaires de Mgr le Duc (1). Cependant en 1744, les horlogers tentèrent d'obtenir des statuts, tentative qui échoua sans doute, comme semble le prouver la requête d'un collègue qui demandait main-

(1) Un Joseph Deforge était établi orfèvre, rue Notre-Dame, en 1711.

levée sur des objets confisqués depuis huit ans par les horlogers. Quirin Halle n'avait pas produit de chef-d'œuvre et bien qu'il eût versé son droit de maîtrise de dix livres et payé l'habitantage, les autres horlogers voulaient l'empêcher d'exercer le métier et d'ouvrir boutique. L'ouvrier mit ses collègues en demeure d'exhiber des statuts prouvant qu'il était en contravention ; les horlogers s'empressèrent d'en rédiger, mais ils ne furent homologués que le 12 juillet 1788.

Voici le résumé des 25 articles : Nul ne sera reçu s'il n'a fait chef-d'œuvre, à peine de saisie des outils et de la marchandise et de 60 livres d'amende. Le juré aura droit de visite, en cas d'empêchement il sera remplacé par le plus ancien maître. Il y aura un registre pour inscrire les actes d'apprentissage et les réceptions, et un autre pour enregistrer les délibérations. Les titres seront casés dans un coffre à deux clefs dont l'une aux mains des jurés et l'autre en celles de l'ancien maître. L'élection du juré aura lieu le jour de la Sainte-Trinité, il devra avoir au moins trois ans de maîtrise et rendra ses comptes à la fin de son exercice. Une messe basse sera célébrée dans l'église choisie par le juré, le jour de cette fête, et le lendemain aura lieu un service mortuaire. L'aspirant devra produire son brevet d'apprentissage et avoir accompli un stage de deux ans comme ouvrier. Les veuves pourront continuer, mais ne prendront pas de nouveaux apprentis. L'apprentissage sera de six ans et les droits de 24 livres au juré-receveur, 3 livres à l'ancien et 6 livres au juré. Les droits de maitrise seront de 50 livres pour les fils ou gendres de maîtres et de 100 livres pour les étrangers. Le chef-d'œuvre sera une montre ou une pendule cheminante exécutée chez un maitre, cette pièce sera mise ensuite dans une boîte scellée du cachet de ce maître qui la présentera ainsi à l'assemblée, seule juge en la matière. Les maitres auront seuls le droit d'acheter, étaler, vendre en gros ou en détail, toutes montres, pendules, horloges, excepté les merciers et les « clinquailliers » qui les pourront tenir comme les horlogers et les fripiers qui les pourront vendre d'occasion. Les horlogers, suivant l'ancien usage, pourront tenir et vendre toutes sortes de clefs, verres, cordons, chaînes et boites et tout ce qui concerne l'horlogerie. Les colporteurs et forains ne pourront trafiquer ces différents articles qu'après la permission écrite de la communauté approuvée par la Chambre de police, sans néanmoins entendre déroger à l'usage observé pour les foires et marchés de la ville.

SERRURIERS (1).

Patronage : Saint Eloi, puis Saint Pierre es liens.

Armoiries : *D'azur, à un Saint Eloy d'or, crossé et mitré de même.*

L'ancienne profession de serruriers exigeait des ouvriers formés aux nombreuses manipulations du fer. Aux époques où la serrurerie n'était ni fondue, coulée ou exécutée à l'emporte-pièce, cet art demandait des aptitudes et une pratique parfaite. « La lime ne venait pas rectifier les maladresses du forgeron, comme elle le fait aujourd'hui, le marteau seul laissait son empreinte sur le fer. » Toutes les pièces se forgeaient et réclamaient de l'artisan l'adresse de la main, l'étude de la mécanique et la connaissance du dessin.

La serrurerie française eut peu de rivale dans son art; les grilles, rampes, balcons, suspensions, consoles, balustrades et tous ornements en fer forgé, surtout les anciennes serrures, attestent encore la solide et gracieuse beauté des œuvres de fer aux temps passés. Les ferrures

(1) Arch. munic., G. 67, 68.

des portes de Notre-Dame de Paris, qui sont du XIIIe siècle, n'ont pas d'égales en Europe. Au XVIe siècle, « la tôle en feuille joue son rôle et remplace le fer » ; peu à peu le mécanisme s'introduit et succède à la main et à la tête de l'artisan. Autrefois les serruriers faisaient eux-mêmes leur outillage ; comme forgerons ils furent les premiers artilleurs, et comme mécaniciens, les premiers horlogers. C'est même dans ce dernier genre qu'ils commencent à être connus à Dijon.

Lorsqu'il s'agit, en 1383, de mettre en mouvement l'horloge de Notre-Dame, « l'un des plus beaux qu'on seust trouver de çà ne de là la mer », la ville n'eut aucun mécanicien sous la main et c'est Guillaume Trois, serrurier de Hollande, qui vint « gouverner » cette horloge. Suivant une délibération municipale de 1387, Guillaume Trois est tenu « de faire sonner et maintenir le reloige de la ville à ses missions et despens pour le terme de dix ans..... faire sonner toutes heures de jour et de nuit et administrer cordes, marteaulx, comme poiz et autres ustilences appartenans audit reloige.... Sera tenu de faire une polie de cuyvre et ledit reloige maintenir de couverture, de charpente, de cloiches et de cloichettes » ; le tout pour la somme annuelle de 25 francs d'or.

Nous avons vu que le successeur de Trois fut le serrurier dijonnais Barthelemy le Gentil, aux gages de 18 francs par an. Il était encore en fonction en 1416 et pour les six mois de cette année reçut « IX frans ». La mairie lui avait confié, en 1408, la réparation des chaînes des rues et son nom figure en tête des maîtres serruriers dans les statuts de 1407.

En 1430, il est question d'un maître serrurier qu'on pourrait qualifier de *Maître des œuvres* : Jean Quenot semble avoir été en grande faveur auprès des magistrats ; il est appelé forgeur, canonnier, maréchal, serrurier, horlogeur. Les comptes des receveurs nous le montrent constructeur et fournisseur de l'artillerie des Ducs et de la ville avec lesquels il passa plusieurs marchés. Nous l'avons vu construire une « notable » horloge pour Notre-Dame; en 1465, il présente un mémoire de la ferrure de deux affûts de serpentines et de deux canons pour la ville. L'année suivante, il reçoit « seize gros pour trente-deux livres de fer ouvré par lui, livrés en douze grappes de fer qu'il a baillé audit Girard des frères mineurs pour les employer à cramponner les pierres » de la sépulture de Jean sans Peur (1).

Les premiers règlements du métier concernent les serrures, car leur bon fonctionnement tenait en souci nos magistrats pour la sécurité de leurs personnes et de leurs biens. Aussi il est délibéré :

Que nuls ouvriers de sarrurerie ne soient si hardiz de faire ou soffrir faire à leurs varlets clef sur clef ne sur empraincles ne aucune contreclef quelxquelles soient sans lever et sans eulx appourter les sarrures..... Que nul ne face quelconque ouvrage appartenant à sarrurerie qui soit brasé, excepté fer d'artillerie et campanes (clochettes) à beufs ou vaiches. Que toutes sarrures trifforées soient garnies de picolez à deux piés et un garde pèle devant et qu'icelles sarrures esquelles il aura veroux ronds soient enfourchetées. Que es pèles desd. sarures trifforées ait un coiche où chèse le resort devant et darière. Que nuls piés de gardes ne soient fandus et qu'ils ne soient que d'une pièce et aussi les souliers ne soient point fandus. Que es raiteaulx ne es gardes, que les piés ne soient fandus. Que toutes sarrures tournicées soient garnies à deux raiteaulx et que les raiteaulx tiègnent sur les souliers excepté celles à boce. Que es sarrures à resort, les resors ne soient mis se non à deux piés. Que nuls rouhes ne botereules ne soient mis esd. sarrures se non à deux piés et que les piés ne soient point quassés. Que nulles façons ne soient faictes en clef si les sarrures ne sont garnies à l'avenant. Que les sarrures ne soient point fandues es

(1) J. Garnier, *L'Artillerie des Ducs de Bourgogne*, Paris, 1895.

quarrons des peletraiges et appointans es pertuis des cloux. Que nul camboix ne soit mis en quelque ouvraige que ce soit du mestier. Que nul ouvraige ne soit paré de poix.... si les peintres qui l'auront fait faire ne le commande.... Que nuls viels ouvraige de sarrurerie, poumelle ne autres ne soient estaimé. Que nul ne face sarrure de bois vert et qu'elles soient garnies entièrement de leur garnison selon la façon de la clef et que nul ne s'en face à craienaul... Que tout ouvraige dud. mestier qui sera trouvé estre faulx et mauvais dont mencion n'est faicte cy-dessus sera amendable.... Que tout ouvraige qui sera trouvé faulx et mauvais par les commis sera dépiécé en pièce au martel....

Ces règlements, ne concernant que les clefs et serrures, furent bientôt insuffisants pour une profession qui prenait une extension proportionnée au mouvement industriel de l'époque ; la mairie voulant établir des statuts en rapport avec les besoins du métier, manda les ordonnances des serruriers de Paris et, les reproduisant presque mot à mot, les fit enregistrer comme suit à la date de 1407.

Ordonnances faictes sur le mestier de Serrurerie de la ville et commune de Dijon.

A tous ceulx qui ces présentes lectres verront et ourront, Aymé de Bretennières, clerc, mayeur de la ville et commune de Dijon et les eschevins de ladicte ville assemblez au chappitre des Jacobins, comme il est accoustume pour traicter et pour parler des besongnes d'icelle, salut. Savoir faisons que pour le prouffit et utilité de tout le commun et du bien publique, du consentement et à la requeste de Barthelemy Gentil, Regnault de Guyten, Gaulthiot, Jehan de Thoirey, Jehan le Lorrain, Perreaul de Nuys, Yvonet le Roy, Pierre Chastenaulx, Jaquet Heurduche et Monnot Paillot, tous ouvriers du mestier de serrurier de lad. ville de Dijon, où à tout le moins de la plus grante et saine partie d'iceulx, avons consentiz et passez........ les provisions et ordonnances..... cy-après déclairées :

I. Premièrement. — Nul ne peut estre serrurier ne tenir ouvreur à Dijon, s'il n'est filsde maistre demeurant en lad. ville de Dijon et natif en icelle, jusques à ce qu'il ait fait son chief-d'euvre tel qu'il sera ordonné par les gardes du mestier qui pour le temps seront, du pris et jusques à la valeur de six livres tournois par taxacion d'ouvrier ; et qui sera trouvé faisant le contraire, il paiera quarente sols tournois d'amende dont la ville aura les deux parts et Mgr Saint Eloy ou sa confrairie, se faire le vueillent iceulx ouvriers, le tiers.

II. *Item.* — Tous fils de maistres serruriers nez dedans lad. ville pevent tenir et lever leur mestier sans faire chief-d'euvre pourveu qu'ils soient souffisans audit mestier et que de ce il appaire aux jurés parmy payant cinquante sols tournois dont la ville aura quarente sols et lad. confrairie Mgr Saint Eloy dix sols et non autrement sur peine de lad. amende de cinquante sols.

III. *Item.* — S'il advientque aucun serrurier tenant son ouvreur et qui ait fait son chief-d'euvre comme dit est, aille de vie à trespas, la femme d'icellui deffunct pourra tenir led. mestier et joyr se lui plaît des privilèges d'icellui mestier durant sa viduité seulement pourveu que avec elle en sa maison, aura un homme seur et expert oudit mestier, et au cas qu'elle se remarie à homme de quelque estat qu'il soit, s'il n'est du mestier et expert et qu'il ait fait ou face son chief-d'euvre avant qu'il tienne son ouvreur en son hostel, elle sera forclose et déboutée desd. privilèges d'icellui mestier, et se elle trouvée avoir tenu son ouvreur, joy et usé d'icellui privilège depuis son dit mariage, sinon ou cas dessusdit, elle paiera soixante sols d'amende, dont lad. ville en aura quarente et led. Saint Eloy ou sadicte confraierie, vingt sols tournois.

IV. *Item.* — Nuls huchiers, coffriers, escriniers, maletiers neautre marchant de quelque estat qu'ils soient ne peuvent vendre ne acheter serrures dans la ville de Dijon, s'elles ne sont bonnes, loyaules et marchandes et qu'elles soient visitées par les gardes du mestier ; et qui sera trouvé faisant le contraire, il paiera vint sols tournois d'amende dont lad. ville en aura quinze et ledit Mgr Saint Eloy, ou sad. confraierie, cinq sols tournois.

V. *Item.* — Nuls serruriers, orfèvres, chauderonniers ne autre de quelque estat ou mestier qu'ils soient ne peuvent faire clef contre clef, ne gecter en mosle, ne faire clefs ou lecquetz de cuivre ne de louton, pour ce qu'il chiet mout grand péril de corps et d'avoir. Et pourroit une personne venir par devers un orfèvre ou autre ouvriers ou leurs apprentiz pour faire clefs, lecquets et gecter en mosle, pourquoy l'on pourroit perdre corps et avoir. Et qui sera trouvé le contraire, il l'amendera d'amende arbitraire, dont led. Mgr Saint Eloy ou lad. confraierie aura le quart ouquel quart le trouveur ou l'accuseur aura la moitié et la ville le demeurant.

VI. *Item.* — Nuls ferroniers ne revendeurs de fied fert ne doivent acheter nulles clefs ne lecquetz viez, ce n'est pour forgier et mectre en autre usaige tantost après qu'ils les auront acheter, se ce n'est qu'ils ayent acheté serrures avec clefz et lecquets, pour les périls qui de jour en jour s'en pourroient ensuyr. Et qui sera trouvé faisant le contraire, il paiera trente sols tournois d'amende dont lad. ville en aura vingt sols tournois et led. Saint Eloy, ou lad. confrarie, dix sols tournois.

VII. *Item.* — Lesd. serruriers peuvent tenir avec eulx tant de varletz, apprentiz qu'il leur plaira mectre avec eulx pour apprendre led. mestier, et se ne peult les tenir à moins de six ans d'apprantissaige, qui fera le contraire, il paiera soixante sols tournois dont lad. ville en aura quarente sols et led. Mgr Saint Eloy, ou lad. confrarie, dix sols, et lesd. gardes dix sols tournois.

VIII. *Item.* — Nuls varletz ne apprantiz serruriers servans deans lad. ville de Dijon, tant en taiche comme journée ne peuvent vendre ne acheter sans le congié du maistre où il sera demeurant ou au prouffit d'icellui son maistre ; et qui fera le contraire, il paiera vingt sols tournois d'amende dont lad. ville en aura les quinze et led. Mgr Saint Eloy, ou lad. confrarie, cinq sols tournois.

IX. *Item.* — Nul de quelque estat qu'il soit ne peult ne doit vendre à Dijon neufve serrure se elle n'est garnie de toutes gardes, car elle seroit faulce, et s'il est ainsi trouvé, il paiera vint sols tournois d'amende, dont lad. ville aura dix sols, les gardes du mestier cinq sols et les autres cinq sols à Mgr Saint Eloy ou à lad. confrarie ; et se seront lesd. serrures mal garnies arces de quelque lieu qu'elles viennent deans Dijon ne qu'elles soient trouvées deans la ville ne banlieue.

X. *Item.* — Nul serrurier ne peult ne doit faire clefz à serrure se la serrure n'est devant lui en son hostel, pour ce que il chiet moult grans périls, car s'il estoit trouvé qui fèse clef contre clef pour les périls dessusdiz, il lui doit estre à volenté de nous lesd. mayeur et eschevins.

XI. *Item.* — Nul serrurier ne peult ouvrer fors seulement à la vehue du jour de choses qui appartiennent aud. mestier de serrurerie du fait de la lime, car la vehue de la nuyt n'est pas souffisant à faire si subtille euvre comme il appartient ou mestier de serrurerie quant ou fait de la lime de serrure et pour la suspicion qui n'y face faulce euvre oudit mestier ; et se ils sont ainsi trouvez ouvrans, ils paieront quinze sols tournois d'amende dont les cinq seront aux gardes et le demeurant à la ville.

XII. *Item.* — Que nuls varletz servans oudit mestier de serrurerie qui seront louhez ou convenanciez tant en taiche comme en journée ne se peuvent louher ne enconvenancier à aucun maistre jusques à ce qu'ils aient accomply leur service; et s'ils sont trouvez faisant le contraire, ils paieront dix sols tournois à la ville et le maistre que les mectra en besoingne autant.

XIII. *Item.* — Nul serrurier ne peult garnir serrure sur fer tenre se le fer n'est souffisant, car le fer tenre n'est pas souffisant de pourter la garnison d'une serrure, et se elle lui est trouvée ainsi elle lui sera dépiécée dessus son bant et se paiera dix sols tournois d'amende de quoy le tiers en sera aux gardes et le reste à la ville.

XIV. *Item.* — Nuls serruriers fourains de quelque part qui viennent ne peuvent vendre ouvraige à Dijon jusques à temps qui soit visité et regardé par les gardes dud. mestier pour savoir se la marchandise est bonne, loyale et marchande ; et qui fera le contraire il l'amendera de dix sols à la ville et cellui qui l'achètera d'autant, et s'il est du mestier ou revand en coffres, escrins, masles ou autres choses, en laquelle les gardes du mestier auront cinq sols et la ville le résidu.

XV. *Item.* — Se aucuns bourgeois ou autres marchandent de faire ferrer chassis ou huis enchassillez et d'avoir bonne besongne et le serrurier le face de fer blant, et le bourgeois ou autres s'en plaignent, ils seront visitez aux despens de cellui qui sera trouvé en tort, et se le serrurier est trouvé en tort, il paiera vint sols d'amende dont les gardes du mestier auront cinq sols et la ville le résidu.

XVI. *Item.* — Nul serrurier de quelque estat qu'il soit, s'il va forger chié grossiers ou mareschaulx choses qui appartiennent au fait de serrurerie et il est trouvé faisant serrure pour cause des périls qui ils peuvent cheoir, il paiera dix sols à la ville et le grossié ou mareschal autant, dont les gardes du mestier en auront cinq sols et la ville le résidu.

XVII. *Item.* — Nul serrurier ne peult faire serrure à demy-tour se la bouterolle n'est rivée par le milieu, se elle n'est si petite qu'on ne la puisse river et qui ne la pourra river, que le retor de la bouterolle vienne jusques au parement devers l'entrée, et se autrement sont trouvée, ceulx sur qui elles seront trouvées l'amenderont de dix sols dont la ville aura les cinq et led. Mgr Saint Eloy, ou sad. confrarie, les autres cinq, et seront les serrures arces.

XVIII. *Item.* — Nul varlet ne peult ouvrer en chambre en aucune manière hors de l'hostel de son maistre pour suspicion qu'il ne face faulce clef ou autres faulx ouvraiges, et en ce cas qu'ils seront prins ou trouvez, ils paieront vint sols d'amende, les quinze applicquez à la ville et cinq es gardes du mestier.

XIX. *Item.* — Nul serrurier ne peult faire serrures dont les clefz soient forrées ou creuses se la broiche n'est rivée à deux rivets en couverture ou que iceulx rivetz soient faiz à la broiche mesme, et qui autrement le fera, il paiera cinq sols d'amende à la ville et seront les serrures arces.

XX. *Item.* — Nul serrurier ne peult faire serrure à tour et demy se les rouhes ne sont mis à deux piedz, car elle seroit faulce, et s'il y a reteaul à la clef et y en y a que deux à pied en la serrure elle sera faulce, et au cas qu'elles sont trouvées ainsi, ils paieront dix sols à la ville, dont les gardes du mestier auront le tiers, et seront les serrures arces.

XXI. *Item.* — Nul serrurier ne peult faire serrure de bois ne de fer à bannières, car elle seroit faulce, et ceulx du mestier ou revendeurs marchans comme dessus est dit, sur qui elles seront trouvées, paieront dix sols d'amende à lad. ville, dont led. Mgr Saint Eloy, ou sa confrarie aura la moitié, les serrures arces de quelque part qu'elles viennent.

XXII. *Item.* — Nul serrurier ne peult faire serrure de bois se tout quanques il a en la serrure n'est forgé les paillectes, car le fer tenre n'est pas souffisant d'en faire garnison, et se en chacune serrure de bois n'a deux pieds de girard l'un d'un côté et l'autre de l'autre, se ce n'est à une serrure de huches ou qu'elles soient fermant dedans ou dehors, ou à ressort dedans le bois, et se autrement sont trouvées faictes, elles seront faulces et paieront cinq sols d'amende à la ville.

XXIII. *Item.* — Nul serrurier de Dijon ne autres ne peult estamer ou blanchir serrure s'elle n'est pleine et garnie de toutes ses gardes, car elle seroit faulce et pour la fraude qui il peult estre et que les bonnes gens ne se congnoissent ; quilconque il mesprendra paiera dix sols d'amende à lad. ville, de quoy les gardes en auront le tiers et se seront les serrures arces.

XXIV. *Item.* — Nuls serruriers de Dijon ne autres marchans d'icelle marchandise ne peuvent vendre ne faire vendre serrure de fer où le perle soit forché, qu'elle ne soit faulce, et qui sera trouvé faisant le contraire, il l'amendera de dix sols à la ville dont les gardes du mestier en auront le tiers.

XXV. *Item.* — Nuls serruriers de Dijon ne peuvent limer de nuyt et que plus est s'il estoit trouvé que ung serrurier soit trouvé avoir détornez leurs bans hors de leurs ouvreurs, soit bas ou hault, l'on pourra nocter suspicion que ils aient limé ou liment ou facent autre fait ou vueillent faire faulx ouvraiges ; et pour obvier et pourveoir aux inconvéniens qui s'en pourroient ensuyr, les gardes du mestier feront leurs rappors au registre de nostre court et paiera icellui serrurier qui aura ainsy destorné ses bans, vint sols d'amende à lad. ville, dont les gardes du mestier auront cinq sols, et seront les gardes du mestier creuz dud. rapport se il n'est débattu par le serrurier qui aura ainsy destorné ses bans.

XXVI. *Item.* — Que les gardes dud. mestier qui y seront ordonnés comme dit est, par le temps qu'ils y seront, pourront aler visiter en toute la ville et banlieue de Dijon, toutes choses, ouvraiges ou marchandises dessusdictes et aucune faulte ils y treuvent eulx-mesmes, les pourront arrester jusques à temps qu'ils aient trouvé justice pour leur secours pour iceulx pugnir selon les ordonnances dessusdictes pour cause des périls qui s'en pourroient ensuyr.

..... Donné soubz le scel aux causes de nostre court le vendredy après la feste Saint Remy, l'an mil CCCC et sept.

Ces ordonnances, avons-nous dit, sont calquées sur celles de Paris données en 1393, à la seule différence que les droits de la ville de Dijon sont attribuées au roi à Paris. C'est aussi la première ordonnance dijonnaise du cartulaire, 1407 ; elles furent suivies de l'ampliation cy-après, publiée en 1466 par le vicomte-mayeur Pierre Mariot :

Que aucun serrurier ne pourra lever ne tenir ouvreur d'icellui mestier en lad. ville de Dijon et banlieue d'icelle, voire s'il et en tant qu'il seroit actainct et convaincu de villain cas ou cryme reprouchable à sa personne comme croucheteurs de serrures et autrement en quelque manière que ce soit touchant et observant le fait dud. mestier de serrurerie.

S'il advient que aucun tenant ouvreur dud. mestier en lad. ville de Dijon soit actainct d'estre croicheteur ou d'aucun autre villain cas ou diffamé touchant led. mestier de serrurerie, il sera forcloz, banny et débouté dud. mestier et de non plus ouvrer d'icellui en lad. ville de Dijon et banlieue d'icelle, se toutesvoyes, Mgr le Duc, comme prince, ne lui en fait grâce ou pardon.

Que en toutes serrures à demy-tort, les clefz seront percées et garnies sur garde à oche ou rouhet et garnies à deux pieds....

Que toutes serrures à ressort seront à soliot et à chapperon, ainsi qu'il est accoustume de faire.....

Que tous pieds de gardes ou de garnison seront rivez et rivetz qui seront trouvez fandus, ceulx qui ainsi les feront seront amendables....

Que nuls ne pourra faire clefz sur vieilles serrures sinon qui face garnison pareille et sortissant ausdictes clefz.....

Que les mareschaulx ou aucuns d'eulx ne pourront faire ouvraiges de serrures d'huis et de fenestres, pourveu que ledit ouvraige soit estamé de fueille.....

Une nouvelle addition eut encore lieu en 1500. Le premier article des statuts de 1407 fut maintenu, mais pour le chef-d'œuvre il fut établi « que cellui qui fera led. chef-d'euvre, le face meilleur s'il le veut faire pour son honneur ». Les fils de maîtres ne feront qu'un « demy » chef-d'œuvre. Les maîtres pourront faire des clefs sans avoir les serrures « devers eulx, s'ils en sont requis par les seigneurs, bourgeois, marchans et autres, en allant quérir eulx-mesmes les clefs aux serrures affin d'éviter les inconvéniens ».

« Usant de ses droits, privilèges, prérogatives et prééminances », la nouvelle reine de France, Claude, accorda, lors de sa venue dans nos murs, en 1515, deux lettres de maîtrise à deux compagnons serruriers, Jean Jacquin et Thibault Sarrazin, sans qu'ils soient tenus de faire chef-d'œuvre et sans payer de dîner ni d'autres droits que celui de confrérie. La mairie acquiesça-t-elle avec bonne grâce à cette faveur ? Il est permis d'en douter quand on lit la requête suivante : « Supplie en dehue révérence et humilité, Thibault Sarrazin, serrurier, demeurant à Dijon, combien que dernièrement à la venue de la Reine, qui Dieu doint bonne vie, fut donnée une lettre de maistrise à iceluy suppliant, ce néangmoins est advenu » le receveur qui l'a exécuté pour vingt sols comme droit de la ville, puis le sergent de la mairie, faisant l'office d'huissier, qui lui a saisi quatre « escuelles » et deux « brocs d'estain » en attendant le paiement « tellement que ledit suppliant est contrainct d'emprunter tous les jours une escuelle pour faire sa soppe et un pot pour avoir du vin s'il en veut boire ». C'était le revers de la bienveillance royale !

En 1517, les serruriers exposent qu'ils sont dix maîtres tenant « boticles et ouvreurs et sont chargés de femmes et enffens », malgré cela les « mareschaulx, forestiers, taillandiers empiètent sur leur mestier et font paumelles, gons, verroux et crampons, mesme des serrures et les vendent en plein marché ». La mairie s'empressa de remettre chacun dans son rôle ; seuls les maréchaux furent autorisés à vendre les serrures « robées » puisque leur métier n'était pas juré. Ce privilège de trafiquer des serrures paraît étrange ; les statuts des maréchaux, de 1601, sont muets à cet égard.

L'ordonnance du maire Pierre Sayve qui supprimait les maîtrises, en 1529, ne comprit pas les serruriers, les orfèvres, les apothicaires et les chirurgiens. Ces professions furent déclarées *métiers de dangers*, c'est-à-dire que la réception à la maîtrise fut conservée à la mairie qui seule pouvait juger l'admission des aspirants et reconnaître en eux toutes les garanties pour exercer ces métiers.

Un accord passé, en 1576, entre les serruriers et taillandiers, spécifie les attributions de chacun. Les articles de serrurerie sont : serrures, clefs, paumelles, gonds, crampons à fermeture, verroux, « venelles » et toutes serrures servant à fermer portes, fenêtres, coffres, buffets, cabinets, pont-levis en planchette, florins de balance, poids de fer, verges de vitres. « Et à l'égard des gros ouvrages contentieux entre les parties, comme barreaux, traillis, chevilles de fer à tenir bois, gros crochets servans à faire paulx de bannerettes en panonceaux, croix d'église, verges à tendre chambre, ferrure à cloche ou bateaux, ferrure de pressoir, d'artillerie et de moulins, couveaux servans à tenir channettes, crampons à tenir courbes pour avant-toit et non pour fermeture, lices et appuis d'escaliers, galeries, traveaux, poulies, chesnes, ferrures de sceaux, ferrures de pont-levis, comme bandes, chevilles, crampons et pivots seulement; la Chambre a permis et permet tant aux serruriers, taillandiers qu'aux forestiers, d'en user indifféremment ». Défense aux taillandiers d'acheter du vieux fer propre aux serruriers et *vice-versa*. Les jurés serruriers avaient droit de visite chez les menuisiers, tapissiers, coffretiers, malletiers, orfèvres, bahutiers, fondeurs, cloutiers, maréchaux, taillandiers, et en cas de refus, ils pouvaient ouvrir les portes eux-mêmes, c'était leur métier ! Mais d'un autre côté, gare aux serruriers chez lesquels on trouvait « arquebuze, arbalète ou lime douce ».

Dans tous ces articles, il n'est pas question d'horlogerie, elle était cependant encore pratiquée par quelques serruriers au XVIIe siècle. Ainsi Ambroise Cazal, de Béziers, dans sa requête de 1671, pour être admis à la maîtrise de Dijon, s'intitule « orlogeur en gros volume », Claude Auprestre, serrurier, est encore gouverneur de l'horloge de Saint Nicolas en 1667 ; c'est lui qui fit, en 1698, les consoles et les « boîtes de fer », pour remplacer celles en bois, qui servaient au système d'installation des lanternes publiques.

A partir de la création des offices, les serruriers quittent l'horlogerie, et les horlogers sont incorporés avec les chaudronniers. Ce nouveau régime imposa, comme ailleurs, de nouvelles charges aux serruriers qui y firent face en prélevant des impôts, notamment celui de trois sols par mois pour chaque ouvrier occupé, que chaque maître devait payer en 1706. Ce droit fut élevé à 5 livres par an en 1710 et jusqu'à 10 livres en 1760, mais réduit à 6 livres en 1785 par chaque ouvrier, manœuvres ou forgerons.

La situation réclamait de nouveaux statuts ; ils furent homologués le 24 août 1715 (1), et signés par Girard, P. Pichault, Claude Molle, J. Bionval, F. Sonnois, Claude Cazal, E. Piot, F. Bossus, Proyalle, J. M. Vopline, J. Chardenon, Léchelle, Dorse, C. Allard et Jacques Ducas. Ces quinze maîtres, sous le patronage de Saint Pierre es liens, s'assemblaient tous les premiers dimanches du mois à l'issue de la messe fondée pour eux à l'église Saint-Pierre, mais le siège de la confrérie était au couvent des Carmes où se tenaient les assemblées lorsqu'elles ne pouvaient avoir lieu chez l'ancien juré. Le bâtonnier devait verser 10 livres.

Les comptes des dernières années constatent une bonne situation financière. En 1776, il y avait un excédent de 145 livres 6 deniers, et en 1781, de 109 livres 6 sols 6 deniers.

Les chaudronniers furent réunis aux serruriers le 18 janvier 1786 et par arrêt du 15 juillet suivant, cette réunion fut confirmée et on ajouta les pochers-forestiers. Par une clause postérieure, les aspirants à la nouvelle corporation devaient faire chef-d'œuvre de serrurerie, à l'exception des fils de pochers qui pouvaient produire seulement un chef-d'œuvre de pocher-forestier.

(1) *Règles et statuts pour les maîtres serruriers de la ville de Dijon.* Nous en connaissons trois éditions : chez Sirot, s. d., 16 pages in-4°, chez Augé, s. d., 16 pages in-4°, chez Causse, 1761, 16 pages in-4° aussi.

CHAUDRONNIERS (1)

PATRONAGE : Saint Eloy, puis Saint Pierre-os-liens.
ARMOIRIES : *D'or à deux bandes de gueules.*

Les chaudronniers, batteurs, dinandiers (2), sont aussi anciens que le cuivre ; cette profession exigeait une grande aptitude, c'était de l'Art, aussi nous trouvons les statuts suivants dès 1437 :

Ordonnances sur le mestier de Chauldronniers.

A tous ceulx qui ces présentes lectres verront, Guy Berbisey, clerc, licencié en lois, conseiller de Mgr le duc de Bourgoingne et mayeur de la ville et commune de Dijon...... par l'advis et consentement de honorable homme Jehan Rabustel, procureur de lad. ville, de Jehan de Cirey, Moingin Colardot, Jehannot le Bachillet, Guillaume Colardot et Jehan Quarretier qui sont les plus souffisans et principaulx dud. mestier, avons fait..... sur le mestier de chauldronnerie les statuts et ordonnances qui s'ensuivent :

I. PREMIÈREMENT. — Que ung chacun ouvrier expert et congnoissant oudit mestier et marchandise et tel approuvé préalablement par les prudhommes et jurés dud. mestier pourra doresnavant tenir et lever ouvreur et soy entremectre du mestier et marchandise de chauldronnerie à Dijon en faisant un chief-d'euvre souffisant ; en payant aussy les droits d'entrée à lad. ville et aux jurés d'icelluy qui sont de soixante sols tour-

(1) Arch. munic., G. 22.

(2) Le nom de Dinandier vient de Dinant, ville belge, où se fabriquaient dès le XIIIe siècle les plus beaux ouvrages de cuivre jaune. Un ouvrier « basteur de la ville de Dignan », après le pillage et l'incendie de cette ville par Philippe le Bon, en 1466, vint s'établir à Dijon ; il se nommait Vathelet Dauvain. C'est un artiste d'un autre genre à placer à côté de ses nombreux compatriotes qui illustrèrent la capitale des Ducs.

nois dont la moitié sera au prouffit de lad. ville et l'autre moitié ausd. jurés parmy ce qui seront tenus de faire le sèrement es mains de nous led. mayeur ou de ceulx qui lors auront le gouvernement de la justice de lad. ville.

II. *Item.* — Si aucun ouvrier dud. mestier ou maignien portant tâche va parmy la ville pour besoingner ou refaire vasseaux ou autres dud. mestier et icelluy n'est expert ou souffisant pour faire ce que bailler luy aura esté au prouffit de la chose et à l'honneur du mestier, en ce cas sera tenu réparer la chose s'il y a faulte et payer vingt sols d'amende pour deffaut de l'ouvraige, à applicquer comme dessus.

III. *Item.* — Que nuls marchans estrangiers ne maigniens portant tâches ou autres quelxconques, ne vendent aucunes danrées appartenans oudit mestier et marchandise soit en l'hostel ou dehors jusques à ce qu'elles soient veues et visitées par lesd. jurés à peine de vingt sols à applicquer comme dessus.

IV. *Item.* — Que nuls marchans estrangiers ou maigniens portant taiches ne vendent aucunes danrées en lad. ville à foire ou marchié, sinon en la rue de la Chauldronnerie, et à la place où seront lesd. marchans et chauderonniers, à peine de l'amende de vingt sols à applicquer comme dessus.

V. *Item.* — Que nuls marchans estrangiers ne autres ne preignent estaulx jusques tous les marchans soient assemblez et soient prins lesd. estaulx par porcion chacun selon son estat, à peine de l'amende de vingt sols, à applicquer comme dessus.

VI. *Item.* — Que nul ne vende ou face vendre à fenestre ouverte aucunes danrées appartenans oudit mestier, et marchandise en lad. ville, se ce n'est ouvrier expert dud. mestier et tel approuvé par lesd. jurés, à peine de l'amende de vingt sols à applicquer comme dessus.

VII. *Item.* — Que nuls marchans nouveaulx venus ou maigniens portant tache ne vendent en lad. ville aucune danrée dud. mestier et marchandise jusques à ce qu'il ait payé son bien venu ausd. jurés et compaignons dud. mestier et marchandise comme est jà accoustume, et ce au regard de messgr les maieurs et eschevins, appellez avec eulx lesd. jurés et autres tel que bon leur semblera en regard aux facultés et chevances desd. marchans.

VIII. *Item.* — Que nuls maigniens portant taiches, ne portent parmy lad. ville aucunes danrées neufves dud. mestier, vendant quelles quelles soient, pour ce que les simples gens et autres cuident aucunes fois acheter le neuf et c'est chose vieille, ains sont fraudez et baretez et à peine de l'amende que dessus et à applicquer comme dit est.

IX. *Item.* — Se aucun esfoue ou fait esfouer (renforcir) danrées neufves dud. mestier pour icelles vendre comme vieilles, icelles danrées sont forfaictes et acquises à lad. ville, et se paiera dix sols d'amende à applicquer comme dessus et de l'achat sera creu l'acheteur desd. danrées par sèrement.

X. *Item.* — Un chacun dud. mestier à Dijon sera tenu faire et faire faire bonnes danrées, loyaules et marchandes, et se aucun dud. mestier fait ou fait à faire dorcsenavant aucunes danrées dud. mestier pour vendre en lad. ville dud. Dijon qui soient non souffisans en loyaulté de marchandise par le rapport des jurés, c'est assavoir que en ce qui servira à mectre sur feu ait soudure blanche, en ce cas icelles danrées seront acquises et confisquées à lad. ville et se paiera oultre et avec ce dix sols tournois d'amende à applicquer comme dessus, et quant aux autres danrées seront tenus icelles amendes se faire se peult, se non seront rompuz et dépiécez par lesd. jurés.

XI. *Item.* — Si lesd. ouvriers dud. mestier vueillent faire pourter doresnavant aucunes leurs danrées et marchandises parmy lad. ville, ils seront tenus d'icelles faire pourter par varletz et apprentiz expers et congnoissans oudit mestier et non par autres, à peine de quarente sols d'amende à applicquer la moitié à lad. ville et l'autre moitié ausd. jurés ; et pour savoir se lesd. varletz et apprentiz seront expers et congnoissans aud. mestier, seront tenus iceulx varlets et apprentiz servir préalablement lesd. jurés un chacun d'eulx un jour en leurs hostels aux despens d'iceulx jurés sans autre salaire.

XII. *Item.* — Que toutes danrées dud. mestier en laissant inventaire à lad. ville ou autrement soient tauxées par les jurés dud. mestier se prouffitablement faire se peult, et ainsi que sera advisé par les mayeur et eschevins de lad. ville.

Lesquelles ordonnances et statuts, led. Jehan de Cirey et consors dessus nommez ont promis et juré aux sains évangilles de Dieu, les entretenir et garder.... En tesmoing desquelles choses nous avons fait mectre le grant scel..... le vendredy septiesme jour du mois de mars l'an mil quatre cens trente et sept.

Malgré ces ordonnances, les « magniens » (1), gens entreprenants et pour la plupart étrangers à la ville, empiètent toujours sur le métier, tout en récriminant contre les jurés qui les poursuivent avec ardeur, se faisant parfois même insulter dans leurs fonctions. Dès 1441, les « maigniens de Clermont » et autres, voulant procéder contre les chaudronniers, sont renvoyés de leurs plaintes et invités à se conformer aux statuts. Les confiscations et les amendes se succèdent de jour en jour, et si l'on ne fait de bonne cuisine à Dijon, ce n'est pas la faute des jurés qui se montrent très exigeants dans la nature des ustensiles de ménage et qui un jour saisissent le déballage entier d'une des foires de la place Saint-Jean. Enfin des jours de réconciliation vont venir, les magniens trouvés gênants dans l'exercice du métier vont bientôt se voir déclarer d'utilité professionnelle pour le paiement des impôts. Au commencement du XVIIIe siècle et pour la plus grande prospérité des offices royaux, les *rabilleurs* font partie de la corporation des chaudronniers, puis, en 1732, de nouveaux statuts sont délivrés aux *chaudronniers, boitiers et ferratiers*. Ces statuts, en 23 articles, ne sont signés que par cinq maîtres, les autres, la plus grande partie sans doute, ne savaient pas signer. Ils prennent l'engagement de ne tenir aucun article de fondeurs ; les rabilleurs, comme par le passé, ne pourront débiter aucunes marchandises neuves ; ils ne seront imposés que pour un tiers du rôle total. Les forains se conformeront aux règlements des foires et marchés. La con-

(1) C'est le nom que l'on donne à Dijon aux étameurs.

frérie, établie à Saint-Michel, avait saint Eloi pour patron.

Tout semblait d'accord quant, en 1758, la guerre recommença avec les forestiers-pochers qui attaquèrent les chaudronniers pour l'éternel motif de concurrence. Les chaudronniers se vengèrent en faisant opérer, en 1766, la saisie d'une tourtière chez des troisièmes larrons, les potiers d'étain. Cette tourtière était en fer battu imitant le cuivre « étamée dedans et peinte en rouge par le dehors ». La vengeance, quoique indirecte, n'en fut pas moins complète et la pièce à conviction brisée à coups de marteau.

Une contestation s'étant élevée lors d'une réception à propos du chef-d'œuvre, en 1765, un orfèvre et un serrurier furent nommés experts, ils se prononcèrent pour la négative et la cuvette chef-d'œuvre fut refusée ainsi que l'aspirant. On n'est pas *maître* pour rien.

Enfin en 1766, parurent de nouveaux statuts et une nouvelle dénomination : *chaudronniers-poëliers*. Ils ont le droit d'étamer par le feu toutes espèces d'ouvrages en cuivre rouge, blanc ou laiton, et de les raccommoder, comme marmites, casseroles, braisières, passoires, tourtières, pourtonnières, poëlons, chaudrons, chaudières, bassinoires, bassins, trapes, poissonnières, cuillères à dégraisser, écumoires, léchefrites, bassins de balances, fourgs de campagne, arrosoirs, fontaines, cuvettes, alambics, lampes d'église, bénitiers, goupillons, encensoirs, navettes, chandeliers d'église et de table, porte-mouchettes, patons et carames, coquemards, caffetières, teyères, éguières, chauffrettes, réchauds, bassins, cruches à lait, trompettes, cors de chasse, moules à pâtisserie de toutes espèces et tous autres ouvrages qui pourront être fabriqués en laiton, cuivre rouge, blanc, plané, embouti, étiré ou retraint. La manière de bien étamer est sévèrement recommandée et il est défendu de vendre séparément les pièces de rapport à moins qu'elles ne soient adhérentes aux ouvrages; ces pièces de « raport » sont du domaine des forestiers-pochers.

Maintenant voici pour le chef-d'œuvre ; l'aspirant étranger devait faire : « Un alambic à tête de mort contenant environ cinq pintes, ou une fontaine et sa cuvette, lesquels alambics, fontaines ou cuvettes seront tirés de pièces plattes; l'alambic sera fait, savoir : la cucurbite ou poire d'une seule pièce, la tête de mort avec son canon de quatorze pouces de longueur sur quatre pouces d'ouverture d'une autre pièce, la rafraîchissoire aussi d'une seule pièce et ce tuyau qui sera au moins d'un pied, d'une seule pièce et tout sera embouti, étiré et retraint jusqu'à perfection, sans trou, cassure ny soudure. La fontaine sera à pan et à bourse tirée d'une pièce plate avec la cuvette assortissante, tirée d'une autre pièce platte, aussi sans cassure, trou ny soudure ».

L'aspirant de la ville devra faire : « Une lampe d'église ou un coquemard ovale d'environ une pinte tiré de pièce platte; la lampe d'église aura un pied de gros rouge et sera à double culot suivant le dessin qui sera donné à l'aspirant. Le coquemard sera de trois pièces, savoir : le corps à carré vif en haut et en bas d'un pouce d'épaule portant son pied et son fond lancé avec la moulure d'une pièce et le couvercle portant son endein avec gland au-dessus aussi d'une pièce ».

Et les fils de maitres devaient faire : « Un bénitier ou une cafetière portant son bec et ses trois pieds suivant le dessin qui sera donné ».

L'apprentissage n'était que de trois ans et le compagnonnage d'un an seulement. Au bout de quatre ans on pouvait donc passer maître et savoir fabriquer toute cette série d'ustensiles.

Ces statuts, en 42 articles très développés, ne furent pas longtemps en vigueur, car les chaudronniers furent réunis aux serruriers et aux forestiers-pochers, en 1786, sous le patronage de saint Pierre-es-Liens.

FORESTIERS-POCHERS (1)

PATRONAGE : Saint Eloi.

ARMOIRIES : *D'azur, à un Saint Eloy, habillé d'argent crossé et mitré d'or.*

Les ordonnances suivantes, de 1490, vont nous initier à ce métier disparu, absorbé par les serruriers, taillandiers et chaudronniers :

Ordonnances sur le mestier des Forestiers.

A tous ceulx qui ces présentes lectres verront, Henry Chambellan..... vicomte-mayeur.... et les eschevins de lad. ville..... nous avons receu humble supplicacion et requeste des ouvriers forestiers et faiseurs de foretz résidans en la ville de Dijon, contenant que....... n'a esté pourveu sur le mestier des supplians.... pourquoy inclinans à leur requeste comme raisonnable, avons sur ledit mestier fait.... les provisions et ordonnances qui s'ensuyvent :

I. PREMIÈREMENT. — Que désormais aucuns ne puissent avoir, lever ne tenir ouvreur dud. mestier de forestier, s'ils ne sont trouvez bons ouvriers et qu'ils soient passez maistres dud. mestier.

II. *Item.* — Que ceulx qui se vouldront passer maistres dud. mestier soient tenus de faire deux pièces d'euvre en la manière qui s'ensuit : assavoir : ung forret ferré à manche d'oz garny de quatre bandes lesquelles soient gravées deans led. oz et soient feulaigées tout alentour dudit manche, soubz lequel feulaige ait ravallement et soit faicte la moiche desd. forestz de

(1) Arch. munic., G. 42.

fin acier, blanchie et trampée ainsi qu'il appartient. Et seront tenus aussy de faire un barreur à usaige de tonnelier, auquel barreur ait deux bosses en façon de molures dont la première soit à demy-pied près du manche et l'autre à un pied et demy près de la moiche, laquelle moiche contienne demy-pied de longueur et soit faicte de fin acier, gravée, blanchie et mise au nect ; et se feront lesdiz chiefz d'euvre en l'hostel et ouvreur du maistre dudit mestier.

III. *Item.* — Iceulx chiefz-d'euvre estre vehuz par les eschevins et jurés dud. mestier, s'ils sont trouvez bons et souffisans et ceulx qui les auront faiz estre bons ouvriers, ils seront receuz et passez maistres dud. mestier moyennant ce qu'ils seront tenus de paier la somme de cinquante sols pour une fois, assavoir : vingt sols au prouffit de lad. ville, vingt sols pour les eschevins et jurés, cinq sols pour la confrairie de monseigneur Sainct Héloy et cinq sols au mayeur qui pour lors sera.

IV. *Item.* — Et quant aux fils de maistres, qu'ils ne puissent estre passez maistres dud. mestier, s'ils ne sont ouvriers souffisans et que pour leur chief-d'euvre ils aient fait un forrêt en l'hostel et ouvreur du juré en la forme, façon et manière que cy-devant est escript, et avec ce qu'ils soient tenus de donner vingt sols pour le disner desd. eschevins et jurés. Et s'ils sont trouvez bons et souffisans ouvriers qu'ils soient présentez aud. mayeur qui pour lors sera pour recevoir le serement pertinent; et de lad. récepcion seront tenuz ceulx qui seront passez de prendre lectre du scribe de la mayerie ainsi qu'il est accoustume de faire en tel cas.

V. *Item.* — Que les maistres dud. mestier qui sont à présent et autres que cy-après seront passez maistres ne soient si osez de faire tâtevins ne villectes qu'ils ne soient de fines estouffes trampées et blanchies ainsi qu'il appartient, ne aussi de faire gros forretz et moyens s'ils ne sont bien asserez, trampez et blanchis, à peine de dix sols tournois à commectre par ceulx qui feront du contraire et applicquer, assavoir : cinq sols au prouffit de lad. ville et les autres cinq sols au prouffit desd. eschevins et jurés.

VI. *Item.* — Ne soient si osez de faire triquoises, broncheurs ne bouteurs qui ne soient bien et convenablement asserez et blanchiz, à peine de dix sols tournois à commectre et applicquer comme dessus.

VII. *Item.* — Ne soient si osez de faire aucun forrêt à manche d'oz que la moiche devant ne soit asserée de fin acier, trampée et reblanchie et semblablement des regnectes doubles et des fers de vielz brequins, s'ils ne sont asserez de bon acier trempez et blanchis comme dessus, à peine de dix sols tournois à commectre et applicquer en la manière avant dicte.

VIII. *Item.* — Seront tenus lesd. maistres d'avoir leurs marques toutes différentes les unes des autres, desquels soient marquées leurdiz ouvraiges sans contrefaire icelles marques à peine de les rompre et de quarante sols tournois à commectre et applicquer comme dessus.

IX. *Item.* — Que pour soy prendre garde sur led. mestier et affin que lesd. ouvraiges soient vehuz et visitez au prouffit de la chose publique, seront commis chacun an ung des eschevins et ung maistre juré dud. mestier qui auront le pouvoir en tel cas pertinent sur la visitacion dud. mestier.

X. *Item.* — Que aucuns serruriers ne mareschaulx ne puissent et ne leur est loisible faire aucun des ouvrages dessus diz, ne aussy estrilles, campaines, tirefonds ne clef à vin servans et duisans aud. mestier de forecterie, actendu que lesd. supplians de riens n'entrepraingnent de faire chose qui soit du mestier desd. mareschaulx et serruriers ; et ce à peine de vingt sols tournois, la moitié à applicquer à lad. ville et l'autre moitié au prouffit desd. eschevins et jurés, synon toutesvoyes que ce soit pour l'usaige desd. mareschaulx et serruriers et non point pour vendre.

XI. *Item.* — Que aucuns estrangiers ne puissent appourter vendre ouvraiges dud. mestier de forecterie, s'ils ne sont bons et loyaulx, et pour le préalable visitez par les eschevins et jurés à peine de vingt sols tournois, la moitié à applicquer à lad. ville et l'autre moitié au prouffit desd. eschevins et jurés.

XII. *Item.* — Que tous varletz, apprentiz qui seront louhez et affermez ausd. maistres ouvriers seront tenuz de parfaire leur service entièrement sans pour ce aller servir l'ung des autres maistres sans la licence ou congié d'icelluy ou ceulx à cuy ils seront affermez, à peine de ceulx qui les recepvront en leur maison de vingt sols tournois d'amende, la moitié à applicquer à lad. ville et l'autre moitié ausd. eschevins et jurés.

XIII. *Item.* — Que aucuns desd. maistres ne soient si osez de substraire ne extraire lesd. apprentiz à semblable peine à commectre et applicquer comme dessus.

XIV. *Item.* — Que les femmes vesves d'iceulx maistres durant le temps de leur viduité, pourront tenir ouvreur dud. mestier en tenant avec elles bons et souffisans ouvriers ; et se elles se remarient en autres qui ne soient dud. mestier, dès lors elles en demeurent privées, et s'elles se remarient en un autre qui ne soit passé maistre, avant qu'il en puisse ouvrer ne tenir ouvreur, qu'ils soient tenuz de faire lesd. chiefs-d'euvre et payer les sommes dessus déclairées au prouffit de lad. ville et des eschevins et jurés et semblablement de lad. confrérie Saint-Héloy en la manière qui est cy-devant escript, autrement s'ils faisaient du contraire, lesd. eschevins et jurés leur puissent défendre de non ouvrer ne tenir ouvreur dud. mestier jusques à ce qu'ils aient satisfait à ce que dessus.

Toutes lesquelles ordonnances qui ont esté faictes, passées et accordées en présence de Jehan Baudrillet, Jehan Perrenot, Nycolas Berberot, Louis Challot et Pierre Chesault, forestiers tenans à présent ouvreurs dud. mestier en lad. ville de Dijon... En tesmoing desquelles choses nous avons fait mectre le grant scel .. à ces présentes... le lundy dixiesme jour du mois de may l'an mil quatre cens quatre vingtz et dix.

La corporation ne fut jamais importante et à part ces ordonnances, les forestiers pochers ne sont guère connus que par les nombreux débats postérieurs qu'ils eurent avec leurs concurrents jusqu'au jour où, par arrêt du 15 juillet 1786, ils furent réunis aux serruriers et chaudronniers pour ne former qu'une seule et même corporation.

TAILLANDIERS (1)

Patronage : Saint Adrien.

Armoiries : *D'or, à trois bandes de sinople.*

Au commencement du xvie siècle, les taillandiers dijonnais, sortant des ateliers de serrurerie ou de coutellerie, adressèrent à la mairie une requête contenant des projets de statuts. Sans date, pleins de ratures et de rectifications, ces statuts ne laissèrent pas d'autres traces et restèrent, sans doute, à l'état de projet. Mais en 1576, et à la suite de l'accord intervenu entre eux et les serruriers, la mairie s'empressa de leur délivrer les statuts suivants :

Taillandiers.

A tous présens et advenir, salut. Nous, Hugues Tisseran, seigneur de Courchant et Cheuge en partie, vicomte-mayeur... à la requeste de Edme Guyard, Jehan Monyn, Denis Roussy, Jehan Guillaume, Jehan Aulbry et Edme Monyn, taillandiers à Dijon..... faisons les ordonnances qui s'ensuivent.....

I. Que doresnavant nul ne sera receu à lever ny tenir boutique dud. mestier s'il n'a travaillé comme apprantif aud. mestier deux ans à la maison de l'un des maistres de la ville et qui ne soit trouvé bon ouvrier et capable pour l'exercice dud. mestier et d'icelluy fait chief-d'euvre et soit passé maistre.

II. Que ceulx qui se vouldront passer maistres seront tenus de faire trois pièces dud. mestier de celles cy-après declarées : la hache à parer, bec aigu et grande coignée servant au mestier de charpentier ; la doleur et aisolle servant au mestier de tonelier et la ache et oiaul servant au mestier de rouhier, lesquelles trois pièces seront données par l'eschevin sur led. mes-

(1) Arch. munic., G. 69.

tier par l'advis des jurés sur icelluy mestier qui ad ce seront commis.

III. — Que le chef-d'euvre sera fait en la maison et présence de l'ung des jurés et reporté au logis et par devant le vicomte-mayeur en présence de l'eschevin sur led. mestier et desd. jurés, lesquels jurés après estre enquis par led. sieur vicomte-mayeur des bonnes vie et réputation de celluy qui vouldra estre passé maistre et de la souffisance d'icelluy, s'il est ainsi trouvé et rapporté par lesd. jurés, il sera receu maistre dud. mestier et lui en sera passé lectre, paiant par icelluy à lad. ville dix sols, aud. sieur vicomte-mayeur, eschevins et au juré en la maison duquel le chef-d'euvre aura esté fait à chacun dix sols et a celluy en la maison duquel faict ledit chef-d'euvre (sic) cinquante sols et à la confrairie de leur société dix sols.

IV. — Les fils de maistres qui seront receus aud. mestier ne seront tenus que de faire souffisance telle qu'il leur sera ordonné et neantmoings paieront les droits selon qu'ils sont cydessus déclarez.

V. — Ceulx qui seront passez maistres seront tenus de faire toutes pièces bien émoulues et accarées et y mectre l'acier et fer apresté comme il est requis et l'ouvrage bien dressé et proportionné.

VI. — Et toutes et quantesfois que visitacion se fera, les maistres dudit mestier seront tenus de mectre en évidence et montrer incontinent tous les ouvrages qu'ils auront en leur puissance servans aud. mestier....

VII. — Que tous aprantifs et serviteurs qui seront affermez par les maistres seront tenus de parfaire leur service sans se pouvoir départir pour travailler ailleurs sans la licence et congié de leur maistre.....

VIII. — Que les vesves des maistres dud. mestier en pourront jouyr durant leur viduité à la charge d'avoir serviteurs capables et souffisans pour l'exercice d'icelluy mestier ; et où elles convoleroient par mariage à personnage d'autre art et mestier, elles n'en jouiront ni aussi quant oires ils seroient dud. mestier, s'il n'estoit passé maistre dud. mestier.

Lesquelles ordonnances on esté par lesd. taillandiers.... En tesmoing de quoy nous avons fait mectre le grant scel... faictes et données en la Chambre du Conseil de lad. ville le mardi quatriesme jour du mois d'avril MVC soixant et seize (signé) Bouyer.

(Ecrit en marge.) A la réquisition des maistres dud. mestier de taillandiers a esté extrait l'article suivant mentionné en une sentence donnée en la Chambre du Conseil de lad. ville le vendredy 18 juin 1599, écrit au registre de lad. année au feuillet 239 vo.

Déclare aussi les haches à parer, besaigues, grandes coignées servans au mestier de charpentier, la doloire, l'aissole servant au mestier de tonnelier et les haches et oiaulx servans au mestier de rouhier, les crochets, pelles-fortes, pics, pioches, fessous, évignées à bois, serpes, gouix, faux, faulcilles, fers de charrues et générallement tous ouvrages accarés et émoulus, estre du subjet du mestier de taillandier, sur lesquels deffendons aux serruriers de s'entremectre sur le mesme fait.

Aussitôt constitués en jurande, les taillandiers durent procéder contre quatre des leurs qui travaillaient sans lettres de maitrise et sans avoir fait chef-d'œuvre ; deux des contrevenants, qui étaient dijonnais, furent admis après les formalités ; quant aux deux autres, étrangers à la ville, ils furent mis en demeure de s'enrôler comme simples ouvriers ou de quitter la ville. Quelque temps après, les taillandiers assignèrent leur juré même, qui avait été élu sans avoir fait son chef-d'œuvre et sans être reçu à la maîtrise. Ce juré, nommé par la mairie, avait surpris la bonne foi des magistrats ; il fut obligé de cesser ses fonctions immédiatement.

L'aiguisage des lames était le privilège des taillandiers et des couteliers. Les premiers avaient loué un moulin où ils « repassaient » tous les jours non fériés. Quant aux rémouleurs ambulants, ils étaient impitoyablement mis en chasse, s'ils ne faisaient pas partie de la corporation ; les privilégiés ne se gênaient pas de les poursuivre et même de confisquer leurs meules. Ce n'est qu'au XVIIe

siècle que les « *régusous* » eurent le droit de crier par les rues :

Couteaux, ciseaux à repasser !

Les taillandiers voulant empêcher les maréchaux de se servir de la lime, un conflit s'éleva sérieux et menaçant. Le différend visait principalement un groupe de maréchaux qui prenaient le titre de *Ferreurs de carrosses*. Pour y mettre fin, la mairie détacha ces spécialistes pour les unir aux taillandiers en 1736. Les statuts de 1576, qui étaient encore en vigueur, s'augmentèrent alors de neuf articles dont voici un résumé : Les associés pourront faire et vendre : « arc-bouttant, arcs, liens d'assemblage, croisée de tiran, tirans, estriers, fer d'assy equinioné et moucheté, assieux de fer et à écroux, les écaires et ferrures des caisses de carrosses, chaizes, berlines, vergues d'impériales, cris, ressorts, boulons à écroux, ferrures de moulins à café et pressoir de tabac, etc... L'apprenti devait verser 8 livres dans la « boite de la confrairie » et pour passer maître faire chef-d'œuvre et payer les droits usuels. Les jurés devaient faire une visite tous les trois mois. Les maîtres ferreurs prendront pour patron saint Adrien dont la fête se fait le 9 septembre qui est le saint ordinaire des taillandiers.

Par une addition faite en 1784, ils eurent seuls le droit de travailler pour les ouvriers carriers, « d'appointer et réchauffer les marteaux et autres outils dont les perriers, tailleurs de pierre et leurs compagnons se servent nécessairement. » Cette clientèle ne leur fut pas avantageuse ; les carriers envoyaient leurs apprentis chez les taillandiers avec les fonds nécessaires, mais, paraît-il, la plupart des commis conservaient l'argent et faisaient inscrire le prix du travail par les taillandiers. Quand ceux-ci réclamèrent leurs salaires, les commis avaient vidé les lieux. Les patrons carriers, mis en demeure de payer, répondirent qu'ils l'avaient fait et que les taillandiers n'avaient pas d'autres titres que « quelques marques de craye qui occupent tous les murs de leurs boutiques. » N'ayant pas d'autres preuves, les taillandiers furent déboutés de leur demande mais ils déclarèrent que tous les noms des mauvais débiteurs seraient publiés et communiqués à leurs collègues taillandiers avec défense de travailler désormais pour eux.

La corporation des taillandiers-ferreurs devait depuis 1771 un capital de 435 livres 4 sols à J.-B. Vaillant de Meixmoron, les intérêts furent payés jusqu'en 1790, mais à la suppression des maîtrises, le créditeur dut passer capital et intérêts au compte de profits et pertes.

COUTELIERS (1)

Patronage : Saint Jean-Baptiste.

Armoiries : *De sable, à une molette d'or.*

Cette profession se composait à Paris des couteliers-fèvres et des couteliers de manches, mais à Dijon, il n'y avait que de simples couteliers. Ils devaient être forgerons, mécaniciens, et savoir tremper, braser et manipuler toutes les pièces à employer depuis les manches en bois, corne, ivoire, jusqu'à toutes espèces d'outils tranchants, y compris les trousses précieuses des barbiers-chirurgiens. Voici leurs ordonnances de 1407 (2) :

Ordonnances sur le fait de la Coutellerie :

I. Premièrement. — Que lesdiz coutelliers de lad. ville ne

(1) Arch. munic., G. 69.

(2) Cette date nous est révélée par les préliminaires de leurs statuts de 1481.

doivent ouvrer ou faire ouvrer de leur mestier, ne d'orfèvrerie ou fourbisserie, oultre les heures cy-après escriptes en lad. ville non à la banlieue, c'est assavoir que tous les samedis de l'an en doivent laisser euvre au second coup de vespres sonnans à la grosse cloiche chiez les Jacobins, excepté en karesme qu'ils doivent laisser euvre au premier coup de complie chiez les Jacobins.

II. *Item.* — Que toutes les vigilles de Nostre-Dame de l'an, ils doivent laisser euvre audit second coup de vespres, la voille de l'Ascencion, mesme la voille de la Feste-Dieu, la voille de la feste de Nativité de Saint-Jehan-Baptiste et la voille de Toussains.

III. *Item.* — Que ils ne doivent point ouvrer le jour des festes d'Apostres.

IV. *Item.* — Que ils ne doivent point ouvrer par nuit se non depuis la Saint Michel archange jusqu'à karesme prenant qu'ils doivent ou peuvent commencer à matines de Nostre-Dame et laisser euvre à la cloiche de Saint Jehan appellée couvre-feu.

V. *Item.* — Que ceste dessusdicte ordonnance de non ouvrer de nuit oultre les heures dessusdictes fut faicte et ordonnée en lad. ville par les maires et eschevins qui lors estoient et par les marchans pour éviter le péril du feu qui s'en pourroit ensuyr en lad. ville.

VI. *Item.* — Que pour estre plus certain desd. heures qu'ils doivent laisser euvre, ils ont un gros cor que l'ung d'eulx par deux fois l'un appellans ; et celui d'eulx qui ne laisse euvre après ledit cor corné, il est amendable envers lad. ville de dix soubz tournois pour chacune fois que il méprant, et doit garder chacun d'eulx à son tour ledit cor jusques à un an commençant le semady avant la Saint Michel archange.

VII. *Item.* — Que de toutes les ordonnances dessusdictes, celui d'eulx qui y méprant paie pour chacune fois dix soubz tournois envers lad. ville.

VIII. *Item.* — Que nuls ouvriers estrangiers ne puissent lever leur ouvreur en lad. ville sans la licence du maire de lad. ville et des deux maistres que les dessusdiz coutelliers y éliront pour garder lesd. ordonnances pour savoir se lesd. estrangiers seront suffisans ou non pour tenir leurdit ouvreur pour l'onneur de lad. ville et prouffit des ouvraiges, et que lesd. deux maistres qui seront esleuz par lesd. coutelliers en soient creuz par leurs sermens et puissent entrer es hostelz pour savoir si l'on y euvre ou non.

IX. *Item.* — Que celui d'eulx qui gardera led. cor, se il ne fait diligence de le corner à lad. heure, il paiera l'amende dessusdicte envers la ville, ou il ne sera creu par son serment se il aura fait bonne diligence d'escouter les heures que il devra corner auquel cas il sera et demeurera quite de lad. amende.

X. *Item.* — Que iceulx ouvriers facent bon ouvraige et convenable, et si ils ne le font bon et convenable, ils l'amenderont au regard desd. maistres et en l'amende dessusdicte, et sera refait et réparer l'ouvraige qui se pourra réparer et refaire et se il ne peut se réparer, l'on le dépécera. (G. 2).

On s'aperçut bientôt que « par inadvertance avoient esté omis et délaissez plusieurs pointz et articles très nécessaires » dans ces premières ordonnances qui ne parlaient guère que du cor. C'est pourquoi de nouvelles furent publiées en 1481, Etienne Berbisey l'aîné étant vicomte-mayeur.

Ordonnances des Couteliers.

I. Premièrement. — Que quiconque vouldra lever et tenir ouvreur dud. mestier à Dijon, feurbourgs et banlieue d'icelle, il sera tenu de faire son chief-d'euvre tel que lui sera ordonné de faire par les eschevins, maistres et jurés visiteurs dud. mestier qui seront pour l'année, et sera approuvé icelluy chief-d'euvre s'il est souffisant ou non par les dessusdiz avant qu'il puisse faire le sèrement dudit mestier ne lever sondit ouvreur ; et s'il est trouvé ouvrier souffisant sera receu et fera le sèrement pertinent es mains dud. mayeur, et de sa reception prendra lectre par devers le scribe de la mairie dud. Dijon et paiera pour son entrée la somme de quatre frans qui seront distribuez en la manière qui s'ensuit, c'est assavoir : six gros pour la part de monseigneur le mayeur qui sera pour l'année ; au procureur de lad. ville trois gros et quinze gros pour et au prouffit de lad. ville, six gros à la confrairie de monseigneur Saint-Jehan-Baptiste de Dijon, et le surplus sera pour lesd. eschevins, jurés et commis. Et en oultre ce que dit est, sera tenu de bailler et payer la somme de dix-huit gros pour le disner ou déjeuné desdiz eschevins, jurés et commis.

II. *Item.* — Et pour ce que plusieurs varletz servans dud. mestier font plusieurs fois entendre à leurs maistres qu'ils s'en vont jouer et esbattre, ce qu'ils ne font pas, ains praingnent es aucuns es ouvreurs de leursdiz maistres aucunes pièces d'euvre prestes pour mectre en euvre et les vont forgier es forges des mareschaulx, et les autres praingnent aultres pièces ailleurs où bon leur semble et les forgent es forges desd. mareschaulx, et icelles forgées en font d'ouvraiges dud. mestier en chambre secrètement en gros et en menu ainsi que bon leur semble en faisant d'ouvraiges à leurs maistres, esquels ouvraiges peult avoir des faultes, lesquelles ne peuvent estre visitées par les visiteurs dud. mestier obstant ce que dit est, au grant préjudice et dommaiges desd. maistres seullement et deshonneur dud. mestier, et pour obvier et remédier à ce avons ordonné et ordonnons que quiconque varlet servant dud. mestier sera trouvé doresnavant ouvrant d'icelluy mestier en lad. ville de Dijon et feurbourgs d'icelle hors l'hostel de son maistre ou ailleurs que es hostels desd. maistres ouvriers tenans ouvreurs en lad. ville, il paiera vingt sols d'amende pour chacune fois que reprins et trouvé y sera, la moitié à applicquer à lad. ville et l'autre moitié ausdiz eschevins, jurés et commis et seront les limes, croisies et autres utiz y trouvés confisqués à lad. ville.

III. *Item.* — Que tous fils de maistres coustelliers natifz à Dijon feront chief-d'euvre comme leur sera divisé avant ce qu'ils puissent tenir ouvreur et payeront ung desjeuné pour lesd. eschevins, maistres et jurés dud. mestier jusques à la somme de dix huit gros, et six gros à la confraierie Saint-Jehan Baptiste dud. Dijon et se prendront leurs lectres de récepcion en faisant le sèrement que dessus.

IV. *Item.* — S'il advient que aucung coustellier tenant son ouvreur aud. Dijon et qui ait fait son chief-d'euvre comme dit est, voise de vie à trespas, la femme d'icelluy trespassé pourra tenir son ouvreur dud. mestier durant sa viduité pourveu qu'elle est et tiègne avec elle en son ouvreur homme seur, expert et souffisant, bien ouvrant d'icelluy mestier ; et en cas qu'elle se remarie en homme qui ne soit dud. mestier et n'ait fait son chief-d'euvre, soit fils de maistre ou autre, il fera son chief-d'euvre comme lui sera ordonné aux frais et sous les condicions, manières et autres sommes et choses dont dessus est faicte mencion.

V. *Item.* — Que aucung ouvrier dud. mestier ne soustraieront apprentiz ne varletz d'autres maistres aud. Dijon pour iceulx mectre en euvre jusqu'à ce que les maistres dans lesquels ils seront deppertiz soient contens d'eulx à l'arbitraige desd. eschevins et jurés et ce à la peine d'un franc d'amende à applicquer, c'est assavoir : la moitié à lad. ville et l'autre moitié ausd. eschevins et jurés, pour chacune fois que reprins y seront.

VI. *Item.* — Que les maistres dud. mestier ne pourront faire ou contrefaire les marques des ungs des autres dud. mestier soit ou non voleur ou autrement, à peine de cent sols tournois d'amende, la moitié à applicquer à lad. ville et deux frans ausd. eschevins et jurés et six gros à la confraierie dud. saint Jehan-Baptiste, pour chacune fois que reprins y seront. Et seront tenus ceulx qui seront passez maistres dud. mestier d'en prendre leur marque en une platine, qui sera faicte et mise en la chambre de la ville de Dijon, à celle fin qu'ils n'en puissent mésuser avec celles des maistres jà passez, lesquelles seront mises es emprainles.

VII. *Item.*— Quiconque requiéra et despitera le nom de Dieu, nostre benoist Créateur, de sa glorieuse mère, ne de monseigneur saint Jehan-Baptiste, ils paieront pour chacune fois que reprins y sera une livre de cire à lad. confraierie saint-Jehan-Baptiste oultre et pardessus la peine et amende sur ce ordonnée par MM. les mayeur et eschevins de Dijon.

VIII. *Item.* — Est advisé et ordonné que tous ceulx qui seront trouvez ouvrans dud. mestier aux festes commandées paieront ung chacun d'eulx et pour chacune fois à lad. confraierie une livre de cire, oultre et pardessus l'amende de la ville sur ce ordonnée.

IX. *Item.* — Aussi tous apprantiz dud. mestier paieront à ladicte confraierie pour une fois, une livre de cire.

X. *Item.* — Toutes et quantes fois que visitacion dud. mestier se fera elle sera faicte par les eschevins et jurés dud. mestier qui à ce seront ordonnez par messeigneurs les mayeur et eschevins pour l'année.

XI. *Item.* — Que tous les ans seront esleus commis et députez par lesd. mayeur et eschevins de Dijon, ung ou deux de messeigneurs les eschevins et ouvriers dud. mestier pour avoir visitacion sur icelluy mestier.

XII. *Item.* — Et pour ce que plusieurs coustelliers estrangiers apportent vendre leurs couteaulx et autres ouvraiges de leur mestier en ceste ville de Dijon, es foires es marchiez et font entendre es acheteurs leurdit ouvraige que c'est de la forge et ouvraige dud. Dijon, ce que croyent lesd. acheteurs lesquels en sont souvent desceuz pour ce que esdiz ouvraiges sont grandes frauldes et faultes ou grant deshonneur des maistres ouvriers dud. Dijon et charge à ceulx qui ont le gouvernement de la justice et police de la ville dud. Dijon, et pour obvier et remédier à ce avons ordonné et ordonnons que lesdiz eschevins, jurés et commis visiteront doresnavant es foires et marchiez dud. Dijon, tous ouvraiges que apporteront tous coustelliers estrangiers ouvrans dud. mestier, tant cousteaulx, dagues, espées, poinsons, quenivetz (canifs), que autres y servans, et ce qu'ils trouveront faulx et que sera de rompre raisonnablement, ils le rompront et applicqueront les pièces rompues à la ville ; et se lesd. commis en treuvent jusques à deux pièces faulces, icelluy à cuy lesd. deux pièces d'ouvraiges faulx seront, paiera dix sols tournois d'amende, la moitié à la ville et l'autre moitié ausd. eschevins et commis. Et se par ce moyen aucun desbat eschiet entre lesd. commis et ouvriers ayans lesd. faulx ouvraiges, le différend et accord sera remis par devant mondit seigneur le mayeur de Dijon qui en ce cas en aura congnoissance comme raison est.

XIII. *Item.* — Que tous ouvriers facent bon ouvraige et convenable de bonnes et fines estoffes, et s'ils ne le font bien et convenable de bonnes et fines estoffes, ils l'amenderont au regard desd eschevins et commis à l'amende dessus dicte qu'est de dix sols et feront refaire et réparer l'ouvraige qui se pourra refaire, et s'il n'est réparable l'on le rompra et les pièces seront applicquées à la ville.

XIV. *Item.* — Seront tenus lesd. ouvriers de cesser l'ouvraige de leur mestier les veilles des festes solempnelles et aussi des festes Nostre-Dame, la veille de l'Ascencion de Nostre-Seigneur, la veille de la Feste-Dieu, la veille de la Nativité de saint Jehan-Baptiste et de Toussains au premier cop du salue que l'on chante chaque jour en l'église perroichiale Nostre Dame de Dijon, et semblablement cesseront lesd. ouvrages tous les samedis audit premier cop du salue, et ce à la peine de six gros pour chacune fois qu'ils feront du contraire à applicquer la moitié à lad. ville et l'autre ausd. eschevins et jurés et se sonnera ledit premier cop de salue en la matière accoustumée d'ancienneté.

XV. *Item.* — Ne ouvreront point lesd. ouvriers par nuyt à la chandoille dès caresmentrant jusqu'à la Saint Michel archange, à semblable peine.

XVI. *Item.* — Ouvreront lesd. ouvriers dès la Saint Michel archange jusqu'aud. jour de caresmentrant, assavoir dès quatre heures du matin jusques à la cloiche Saint Jehan que l'on sonne par nuyt appellée couvrefeug; et au commencement du son de lad. cloiche, sera tenu celluy qui gardera ledit cor entre eulx accoustumé, de corner icelluy cor par deux fois subséquent, à la peine que dessus, pourveu que se fault de corner lad. cloiche sonnoit et qu'il n'ait ouyr sonner il ne sera en riens amendable parmy ce que jurera non avoir ouyr sonner lad. cloiche.

XVII. — Et ainsy led. cor estre sonner et corner par deux fois, lesd. ouvriers cesseront de ouvrer, et ce à la mesme peine à applicquer comme dessus.

XVIII. — Et semblablement sera tenu celluy qui gardera led. cor de sonner lesdiz samedis et veilles des festes dessus déclairées au premier cop dudit salue, à la peine et à jurer de la deffaillance comme dessus.

Toutes lesquelles provisions et ordonnances, adjonctions et

ampliations desd. ordonnances anciennes en et parmy lesquelles les présentes sont infixées, nous lesd. mayeur et eschevins, voulons et ordonnons estre gardées, entretenues et observées par tous qu'il appartiendra, et icelles, Jehannin Leclerc, Estienne Chaffault, Lancelot Cordier, Jehan Faurte, Guyot Prudent et Huguenin Deberges, tous coustelliers..... En tesmoing desquelles choses nous avons fait mectre le grant scel... le jeudy seiziesme jour du mois d'aoust l'an mil quatre cens quatre vings et ung.

Cette sonnerie de cor, réglée par les coups de cloche des églises voisines, est unique dans les règlements des corporations dijonnaises ; elle nous indique que les ateliers de nos six maitres étaient à proximité des églises Saint-Jean et Notre-Dame. Il y a peu d'imagination à supposer qu'ils se trouvaient rue des Forges.

Aux siècles suivants la corporation se confond avec celle des arquebusiers et des armuriers.

ARMURIERS, ARQUEBUSIERS, EPERONNIERS, FOURBISSEURS (1)

Patronage : Sainte Baibe.

Armoiries : Les armuriers et lanterniers (2) portaient : *D'argent, à un sautoir de sinople* ; — celles des fourbisseurs, passementiers et brodeurs : *D'argent, à un pairle de sable.*

Les anciens armuriers fabriquaient toutes sortes d'armes offensives et défensives, on les nommait heaumiers, brigandiniers, haubergiers, arbalétriers, puis arquebusiers.

Les éperonniers, outre les éperons, faisaient les mors, brides, mastigadours, filets, caveçons, étriers, étrilles,

(1) Arch. municipales, G. 11.

(2) Les lanterniers figurèrent plus tard avec leurs collègues du chapitre suivant.

boucles, agrafes et toutes sortes de pièces en métaux divers pour l'équipement de la chevalerie.

Les fourbisseurs avaient la spécialité des armes tranchantes.

Aux XIVe et XVe siècles, ces professions étaient représentées à Dijon par les serruriers, couteliers et consorts. On connaissait aussi les *artillers*, mais ces derniers n'étaient employés que par les ducs ou la ville.

Ce n'est qu'en 1521 que nous trouvons l'ordonnance des fourbisseurs dont le métier paraît dérivé de celui des couteliers :

Ordonnances des Fourbisseurs.

A tous ceux qui ces présentes lectres verront, nous, Benigne de Cirey.... savoir faisons à tous présens et advenir que à la poursuite et requeste de Jehan Laurent dit Beurrey, Nycolas Mérignon, Robert Perrenot, et Jehan Cotheret, tous frebrisseurs et eulx meslans dud. mestier.... nous avons fait.... les statuts et ordonnances qui s'ensuyvent, saulf en tout et partout à nous et à nos successeurs.... l'auctorité et faculté de pouvoir adjouster, corriger et diminuer en ce que l'on congnoistra estre à faire pour le bien et prouffit de la chose publique d'icelle ville et les habitans d'icelle.

I. Premièrement. — Quiconque vouldra lever et tenir ouvreur dud. mestier de frebisseurs à Dijon, feubourgs et banlieue d'icelle, il sera tenu de faire son chief-d'euvre tel que lui sera ordonné de faire par les eschevins maistres et jurés dudit mestier qui sera d'une rapière et espée d'arme garnie de tout poinct sans or ne argent, et sera approuvé icelluy chief-d'euvre s'il est souffisant ou non par les dessus diz maistres avant ce qui puisse estre passé maistre dud. mestier ne lever sondit ouvreur. Et si est trouvé souffisant il sera receu et fera le serement partinant es mains du vicomte-mayeur dud. Dijon qui lors sera et paiera pour son entrée, assavoir : à mondit seigneur le vicomte-mayeur dix sols tournois, à la ville trente sols tournois, aux eschevins, jurés et commis aultres trente sols tournois et à la confrairie monseigneur Saint Jehan-Baptiste dix sols, et demeurera ledit chief-d'euvre à lad. ville pour en faire monstre et patron à ceulx qui vouldront faire chief-d'euvre pour passer maistres cy-après.

II. *Item.* — Et pour ce que plusieurs valletz servans dud. mestier font plusieurs fois entendre à leurs maistres qu'ils s'en vont jouer et esbattre, ce qu'ils ne font pas, ains preignent les aucuns es ouvreurs de leursd. maistres aucunes pièces d'euvre prestes pour mectre en euvre et les vont parfaire et parachever secrètement en gros et en menu ainsi que bon leur semble en faisant dommaige à leurs maistres, esquels ouvraiges peult avoir des faultes, lesquelles ne peuvent estre visitées par les eschevins, jurés et commis dud. mestier, et pour obvier et remédier à ce, avons ordonné et ordonnons que quiconque vallet servant dud. mestier, sera trouvé doresnavant ouvrant d'icelluy mestier en lad. ville de Dijon, feubourgs et banlieue d'icelle, hors l'hostel de son maistre ou alieurs que es hostels desd. passez maistres en lad. ville, il paiera dix sols d'amende pour chacune fois que treuvé y sera, la moitié à applicquer à lad. ville et l'autre moitié ausd. eschevins et jurés et seront les ouvraiges y treuvés, confisqués à lad. ville (1).

III. *Item.* — Que tous fils de maistres frebisseurs en ceste ville seront tenus de faire leur chief-d'euvre comme il est cy-devant divisé avant que d'estre passez maistres en ceste ville et si payeront ung desjeuné pour lesd. eschevins, maistres et jurés jusques à la somme de vingt sols tournois et six gros à la confrairie monseigneur Saint Jehan-Baptiste sans payer aultre chose, et se seront tenus de faire le sèrement es mains de nous, led. vicomte-mayeur et de prandre leurs lectres de récepcion du scribe de lad. ville.

IV. *Item.* — S'il advient que aucung frebisseur tenant son ouvreur aud. Dijon et qu'il ait fait son chief-d'euvre comme dit est, voise de vie à trespas, la femme d'icelluy trespassé pourra tenir son ouvreur dud. mestier durant sa viduité,

(1) Article II des ordonnances des couteliers, 1481. Voir jusqu'à l'article XII.

pourveu qu'elle ait et tienne avec elle ung serviteur qui soit souffisant et ydoine audit mestier, et au cas qu'elle se remarie en homme qui soit dud. mestier, soit fils de maistre ou aultre et ne soit passé maistre, il sera tenu faire son chief-d'euvre selon qu'il est cy-devant divisé et paiera les droits que dessus.

V. *Item.* — S'il advient que aucuns maistres soustroient aucun aprentif et le facent départir de chieux son maistre avant son terme fini, en ce cas led. maistre ayant soustrait led. apprentif sera amendable envers lad. ville de la somme de vingt sols tournois, s'il est dehuement prouvé, à appliquer assavoir : la moitié ausd. eschevins et jurés, pour moitié ausd. eschevins et jurés (*sic*) pour chacune fois que reprins y seront, et aussi sera tenu ledit aprentif de parachever son terme d'aprentissage. Et aussi lesd. maistres ne pourront soustraire aucungs valletz de leurs maistres que premièrement ils n'ayent parachevés leur terme et l'ouvraige par eulx commencé ou marchandé de faire en l'hostel dud. maistre.

VI. *Item.* — Que les maistres dud. mestier ne pourront faire ou contrefaire les marques les ungs les autres dud. mestier, soit en nom, couleur ou autrement, à peine de cinquante sols tournois d'amende, la moitié à appliquer à lad. ville et l'autre moitié ausd. eschevins et jurés pour chacune fois que reprins y seront. Et seront tenus ceulx qui seront passez maistres dud. mestier de prendre leur marque en une platine qui sera faicte et mise en la Chambre de la ville dud. Dijon, à celle fin qu'ils ne puissent mésuser de celles des passez maistres.

VII. *Item.* — Quiconque requira ne despitera le nom de Dieu nostre benoist Créateur, de sa glorieuse mère ne de monseigneur Saint Jehan-Baptiste, soit en passant maistre, levé le pied ou remué le pied, il paiera pour chacune fois que reprins y sera une livre de cire à lad. confrairie Saint Jehan-Baptiste, oultre et pardessus l'amende sur ce ordonnée par messeigneurs les mayeur et eschevins de Dijon.

VIII. *Item.* — Que tous ceulx qui seront trouvez ouvrans dud. mestier es festes commandées, ung chacun et pour chacune fois que reprins y sera, paiera à lad. confrairie une livre de cire, oultre et pardessus l'amende de la ville sur ce ordonnée.

IX. *Item.* — Aussi tous aprentis dud. mestier payeront à lad. confrairie, pour une fois, demye livre de cire.

X. *Item.* — Que toutes et quantesfois que visitacion dud. mestier sera faicte, elle se fera par les eschevins et jurés dud. mestier qui à ce seront ordonnez par messeigneurs mayeur et eschevins pour l'année.

XI. *Item.* — Que chacun an seront esleuz et depputez par lesd. mayeur et eschevins dud. mestier, ung ou deux de messeigneurs les eschevins et ouvriers dud. mestier pour se prendre garde de faire la visitacion sur icelluy mestier pour l'entretènement desd. ordonnances.

XII. *Item.* — Que tous maistres tenans ouvreurs et boticles aud. Dijon, sera tenu de faire son ouvrage bon, loyal et marchant, sans cassure ne rompure en la quehue de lad. espée ne en autres lieux, et s'il est trouvé qu'il ait cassure en lad. allemelle, led. ouvrier sera tenu d'avertir l'acheteur oïr de lad. cassure le premier que de luy vendre, et ce sur peine de dix sols tournois d'amende à appliquer comme dessus et ledit ouvrage perdu.

XII. *Item.* — Tous ouvriers tenans ouvreurs et boticles en ceste ville et banlieue d'icelle sera tenu de faire fourreaul de veaul et de bois de pleine sans côte, réservé quatre dois pour l'arrest du fourreaul, à peine de dix sols tournois d'amende.

XIV. *Item.* — Que tous maistres dud. mestier ne frebiront espées quelque qu'elle soit vieille ou neufve sans l'amoudre, et au cas qui se treuve que ladicte allemelle soit forbie sur reulle (rouille) oudit cas il paiera l'amende de dix sols pour chacune fois que reprins y sera à appliquer la moitié à lad. ville et l'autre moitié ausd. eschevins et jurés dud. mestier. Ils seront tenus d'en avertir les eschevins et jurés dud. mestier pour icelluy visiter avant que de la mectre en vente, sur peine de l'amende de vingt sols tournois à appliquer à lad. ville. Et ce paiera pour chacune douzaine pour la visitation un karolus, et s'il y a une pièce qui ne soit loyalle sera fait défense au vendeur de non la vendre en ceste ville, à peine de vingt sols tournois d'amende et perdition desdiz ouvrages.

Toutes lesquelles ordonnances..... faictes.... le seiziesme jour de décembre l'an mil cinq cens vingt et ung.

Presque un siècle après, le 23 mars 1612, à la requête de Thomas Couchey, Nicolas Sage, jurés, Laurent Couchey, Pierre Nudan, Jean Michelot, Jean de la Forest, Jean Couchey, Etienne Landry, Jean de la Vallée et Richard Bouvier, maîtres fourbisseurs, la mairie fit les adjonctions suivantes :

Nul ne pourra estre reçu et passé maistre dud. mestier pour fourbir ou garnir espées, dagues, lances, hallebardes, picques, javelines, espieux, masses, pertuisances et autres bastons maniables à la main et tenans au fait d'armes esquels l'on ne se sert de poudre ny de feu [qu'il n'ait fait un apprentissage de trois ans à Dijon ou autre ville de France et produit son brevet d'apprentissage].

Seront tenus de faire chef-d'œuvre d'une espée garnie en tous poincts ou d'une autre pièce [désignée par les jurés. Les fils de maistres seront exempts de chef-d'œuvre mais devront justifier d'un apprentissage de quatre ans].

Et pour davantage obliger ceux qui seront receus à y travailler loyaument et les rendre responsables de leurs ouvrages, dont les fautes sont autant ou plus importantes qu'en nul autre mestier, chacun d'iceux après qu'il aura esté receu sera tenu de faire choix d'une marque, laquelle avec celles des autres maistres, seront gravées en une lame de cuivre ou d'estaing qui demeurera en l'Hôtel de Ville....

Que nul n'accoustre ou mecte en euvre aucune allumelle ou lame d'espée, dague ou autres bastons de guerre qu'il ne soit bonne et loyalle, non rompus ny cassé en feuille ny en poignée, lesquelles au cas contraire ils fourbiront bien et dheuement et n'y mectront autre garniture que de fer non cassé ny rompu sy ce n'estoit d'or et d'argent, au cas qu'il leur fut commandé par quelque prince ou seigneur ou bien par le sieur vicomte-mayeur, et ledit commandement y retiendront par escript et signé par devers eux pour leur servir de décharge ; et feront la poignée de bois de hestre couverte de fil d'or, d'argent, soye, soyette, peau de chien de mer ou autre chose qu'ils recongnoistront estre pour le mieux.

Encore ne pourra aucun maistre faire exposer en vente aucun fourreau d'espée ou dague qui ne soit du bois de hestre faict à la plane, lesquels seront couverts de cuir de veau ou de maroquin ; et pour ceux qui seront couverts de drap ou de velours seront garnis de cuir sur le bois et seront sans colle.

Les fourbisseurs dénoncèrent comme concurrents les fondeurs, les doreurs, mais surtout les merciers-quincailliers qui vendaient des armes mal fourbies et mal garnies. Quant aux forains, ils ne pouvaient, à cette époque, vendre au détail que trois jours par an. La fabrique d'armes de Saint-Etienne était déjà réputée à Dijon, car en 1645, une contravention fut dressée contre un maître qui avait débauché de chez un collègue un ouvrier stéphanois.

En 1695, les fourbisseurs furent réunis aux potiers d'étain.

Maintenant, voici les ordonnances de 1633, sur les armes à feu :

Ordonnances des Arquebusiers.

A tous ceulx qui ces présentes lettres verront, nous, Jacques de Frasans, vicomte-mayeur et les eschevins... de Dijon... sur la requeste à nous présentée par les arquebusiers, forgeurs de canons et harquebuses, rouhets, pistollets et montures d'iceulx, demeurans à Dijon, nous avons statué et ordonné...

I. Premièrement. — Tous les arquebusiers de Dijon seront receus maistres par les maire et eschevins et presteront le serment de bien et fidèlement servir le roy et lad. ville, après toutesfois qu'ils auront fait paroistre les uns devant les autres en présence de l'un des eschevins, leur suffisance et capacité.

II. — Aucun ne pourra lever boutique ni travailler à Dijon, s'il n'est maistre et qu'il n'ait fait preuve de ses vie, mœurs, religion, expérience dud. mestier...

III. — Seront tenus les compagnons prétendans à la maistrise, forger un canon, iceluy ramassé et enculassé et l'espreuver ; et pour lad. espreuve sera mis de la poudre deux fois la pesanteur de la balle de calibre avant que d'estre lymé, et sera ledit canon de trois pieds et demy de long et après qu'il aura esté lymé et parachevé sera espreuvé de poudre de la pesanteur de la balle, plus sera ledit canon chargé de la charge ordinaire pour savoir s'il est juste ou non, et sera ledit canon parachevé, de lad. longueur de trois pieds et demy que de cinq livres de pesanteur pour le plus.

IV. — Fera aussi un rouhet bien forgé et lymé, adjusté et trempé comme il appartient.

V. — Il fera aussi l'arbre, la cheneste, la gachette détentillon (1), la hallebarde, la vis qui la tient, la grande vis du chien et toutes les coupilles, ressorts et rouhes, bien trempés comme il appartient, et de bon acier, et quant aux autres pièces de fer, seront bien dehuement trempées en la suye et se feront lesd. espreuves par lesd. jurés en présence de l'un desd. sieurs eschevins et procureur-syndic.

VI. — Seront tenus aussi de faire les bois et montures de bon bois de cormier bien adjustés soit d'arquebuses ou de pistollets.

VII. — Payeront ausd. jurés à chacun vingt sols pour leur peyne d'assister à lad. visite et recepcion.

VIII. — [Après les art. concernant l'apprentissage, les fils et veuves de maîtres, il est dit que nul maître ne pourra tenir plus d'une boutique, ni travailler les jours fériés. Nul maître ne pourra braser un canon neuf.]

IX. — Seront contraincts et subjects tous les maistres d'iceluy mestier d'avoir marque et ne vendront canon ni rouhet de leur façon qui ne soient marqués de leurs poinssons et lesd. poinssons seront tous marqués en la table qui à cest effect sera mise en la Chambre de ville.

X. — Il leur sera permis, tant en temps de paix que de guerre, de tirer et espreuver les canons pour savoir s'ils sont bons, pourveu que ce soit en lieu que personne ne puisse

(1) Dans les statuts des arquebusiers de Paris, qui ont beaucoup d'analogie avec ceux de Dijon, les éditeurs de ces statuts (*Les Métiers de Paris*) traduisent gachette détentillon par « gachette d'eschentillon ». (?)

estre incomodé, après néanlmoins en avoir heu la permission dudit sieur vicomte-mayeur.

XI. — [Les forains subiront la visite des jurés et ne pourront vendre qu'après permission ; si leur marchandise est défectueuse elle sera confisquée sans préjudice de l'amende de vingt sols.]

XII. — Il sera permis ausd. maistres arquebusiers en visitant les canons que s'ils doubtent qu'ils soient brazés, de les mettre au feu pour voir s'il y a de la faute et sera permis aux marchands les vendant d'y assister, et seront tenus lesd. maistres après avoir veu lesd. canons de les remettre en tel estat qu'ils estoient auparavant qu'ils les eussent mis au feu.

XIII. — [Nul maître ne pourra aller acheter au-devant des forains.]

Fait en la Chambre du conseil de la ville de Dijon le vingt-troisième d'aoust mil six cens trente trois.

Les arquebusiers, fourbisseurs, couteliers, éperonniers ne formèrent plus qu'une même corporation sous le patronage de sainte Barbe dont la confrérie était aux Cordeliers. En 1749, il y avait douze membres ; six arquebusiers, quatre couteliers et deux éperonniers.

POTIERS D'ÉTAIN, PLOMBIERS, FONDEURS, FERBLANTIERS, ÉPINGLIERS, LANTERNIERS (1)

PATRONAGE : Saint Eloi.

ARMOIRIES DES POTIERS D'ÉTAIN : *D'or, à trois fasces de gueules.*

De toutes ces professions, il n'y a que celle des potiers d'étain qui ait reçu des ordonnances au XVe siècle (1478). Pour les autres nous n'avons que des renseignements isolés sur des ouvriers, sans doute de passage à Dijon et n'y travaillant que pour la ville ou les ducs. En 1383,

(1) Arch. munic , G. 41, 42.

Bernard Perreaul *alias* Girard Perreaul d'Auxonne fond la cloche de l'église de Notre-Dame dans l'enclos des Jacobins, certes cet emplacement ne saurait être considéré comme un atelier de fonderie. « Jusqu'à 1500, le métier de fondeur de cloches était exercé par des nomades venant de la Lorraine ou du Barrois », dit M. J. Garnier. Ne serait-ce pas ce même Bernard, dit le Fontenier, qui exécuta la croix et l'écu du duc placés au sommet de l'abside de l'église de la Chartreuse? Les comptes de ce couvent mentionnent Bernard de Lanthenay et son fils, Perreau avec Laurent son valet (1385-86). Mais il fallait à Philippe le Hardi de véritables artistes ; il fit donc venir de Dinant, le pays du cuivre par excellence, un habile fondeur nommé Colas Josept et l'engagea au prix de 10 fr. par mois. Cet artiste, expert dans toutes les opérations qu'exige la fonte des métaux, dit encore M. Garnier, exécute d'abord des travaux pour la Chartreuse de Dijon ; il fond le coq du clocher de l'église pesant 100 livres d'airain, les colonnes du maître-autel et les « Angels », qui étaient au-dessus et l'aigle ou lutrin. Le duc, très satisfait de ses travaux, le gratifie de cent livres et porte ses appointements à 15 livres par mois. Deux ans après, en 1388, la cloche du château de Germolles, pesant 251 livres, sort toute brillante des mains de Colard. Entre temps il fabrique de la poudre de guerre et est qualifié de canonnier. On lui attribue la fonte de la cloche du beffroy de Beaune.

Colart (pour Nicolas) Joseph *alias* Josept (nom de famille) s'installa à Dijon en février 1385, dans un atelier loué à Jean Perrin, chaudronnier, près du marché au blé; il quitta Dijon en mars 1390, se réinstalla à Dinant et continua à travailler pour le duc Philippe (1).

(1) Monget, *La Chartreuse de Dijon*. Voir aussi sur C. Josept : *Notes sur les maîtres des œuvres des Ducs de Bourgogne*, par M. Canat, Paris, 1855, brochure.

Parmi ces artisans, nous rencontrons Gilet le Plombier, de Dijon, qui assiste en 1409 au siège de Vellexon; Rossignot, plombier-verrier à Dijon en 1423; J. Broscaille, potier d'étain en 1427, il fond deux oreillers de plomb pour des bombardes; Jean Belicque, plombier, répare en 1455 l'horloge de Notre-Dame; J. de Helque, plombier à Dijon, vend, en 1477, un millier de plomb pour l'artillerie du duc; Guillemin Lambeley, fondeur à Dijon, passe un marché avec la mairie pour livraison de deux faucons; en 1512 c'est Nicolas Robin qui traite pour quatre faucons de 100 livres chacun et douze bergières aussi de fonte de 25 à 30 livres et de trois pieds de long; Jean Lorenchet et Jean Raccard, plombeurs, mettent en 1517 une couverture de plomb sur le Jaquemart de Notre-Dame; en 1519, Guillemin, lanternier, fait pour 7 sols tournois, une lampe destinée à la Sainte-Chapelle. Nous rencontrons aussi un étranger: en 1497, le receveur municipal paye à « Josse Matryos, allemand de Saint.... en Allemaigne, ouvrier à faire pailles, pavemens et autres ouvraiges de plomberye, beaulx, honnestes et sombtueux à la mode et façon d'Allemaigne.... » une certaine somme pour travaux faits au compte de la ville.

Au XVIIe siècle, les fondeurs dijonnais travaillaient encore à l'artillerie: en 1651, Blondeau, fondeur, est empêché par la mairie de livrer à Arnault, gouverneur du Château, les moules de deux canons sans les ordres du roi: on était alors en pleine Fronde.

A défaut de statuts ces quelques renseignements nous mettent au courant du travail de ces artisans qui, excepté les potiers d'étain, n'étaient pas en jurandes; mais, sous le régime des offices royaux, ils subirent la loi commune. Nous voyons d'abord les lanterniers, au nombre de trois, se former en corps en 1695; le 16 juillet, ils reçurent des statuts sous le nom de *lanterniers et ferbanquiers*. Ces statuts furent renouvelés en 1750, il y avait alors quatre maîtres: Paul Goubault, Bologne, Talandier et Durand. Pour parvenir à la maîtrise, il fallait faire chef-d'œuvre, apprentissage de trois ans, et compagnonnage de deux ans. Outre les droits usuels, chaque récipiendiaire devait verser trente sols à la confrérie établie chez les Carmes, où se célébrait, le 25 juin, la Saint Eloi d'été. Les assemblées se faisaient chez le juré. Le bâtonnier devait offrir le pain bénit. Les maîtres ne devaient employer dans leurs ouvrages neufs « que de bon fer blanc, bien étamé, travaillé et soudé en étain et autres tous métaux ».

Les fondeurs, réunis le 23 juin 1696, en la maison du maître Duperrier, rédigèrent leurs statuts qui furent homologués en la Chambre de Ville le 13 février 1697. La corporation se composait aussi de quatre membres : Léonard Duperrier, Antoine Lacroix, J.-B. Laplatte et Vve Henri Chaillet. De nouveaux statuts furent délivrés le 10 mai 1782 à la corporation comprenant les *fondeurs, mouleurs en sable et boissetiers*. L'apprentissage et le compagnonnage étaient chacun de quatre ans et l'aspirant devait produire chef-d'œuvre. Les jurés avaient droit de visite chez les chaudronniers. Un emprunt de 300 livres ayant été voté en assemblée du 26 août 1739, chaque maître dut verser en surplus 20 sols par mois. Saint Eloi était leur patron (1).

Les épingliers eurent leurs statuts en 1758. Nul ne pouvait tenir boutique ni travailler en neuf ou en vieux sans être maître. Un juré était élu chaque année le jour de la translation de Saint Eloi que les maîtres ont pris pour patron : ce juré procédait aux visites et à la gestion des affaires. « Sera permis aux maîtres épingliers, à l'exclusion de tous autres, de faire des cribles d'Allemagne et

(1) Le fondeur Masson, de Dijon, commença à construire des pompes à incendie en 1706. L'année avant le fondeur Guebelin, de Dijon, transporte à Lyon sa fonderie de caractères d'imprimerie.

autres cribles à sable de différentes façons, des tamis servans aux huiliers et aux pâtissiers, cages de toutes espèces en fil de fer et en laiton, grillages, treillages, lanternes d'écurie grillées en fil de fer, couvertes tant en tôle qu'en bois, ratoires, souricières, toutes sortes de chaînes, aiguilles à faire des bas, boucles et crochets, de même que des chandeliers et falots en fil de fer et laiton.... Le juré ne pourra entreprendre aucun procès sans le consentement des maîtres »....

Fait en Parlement à Dijon, le 18e jour de janvier 1758 (1).

Il nous reste maintenant à transcrire les

Ordonnances sur les Potiers d'estaing.

A tous ceulx qui ces présentes lectres verront, nous, Estienne Berbisey l'ainsné... mayeur et les eschevins... faisons et passons les provisions et ordonnances qui s'ensuivent...

I. PREMIÈREMENT. — Que aucun quelqu'il soit, ne pourra lever ne tenir ouvreur dud. mestier de poterie d'estaing, en la ville de Dijon, feurbourgs ne banlieue d'icelle, se premièrement il ne fait un chief-d'euvre, lequel sera veu et visité par les jurés et commis qui seront pour l'année d'icelluy qui vouldra estre passé maistre et qu'il ait esté apprenti quatre ans aud. Dijon. Et s'il est trouvé ouvrier souffisant par lesd. eschevins, jurés et commis, il sera receu et tenu de faire le sèrement es mains de nous mayeur dud. Dijon ou de nos successeurs mayeurs, de prendre sur ce lectre du scribe de lad. maierie et si paiera pour une fois la somme de soixante sols dont la moitié sera au prouffit de lad. ville et l'autre moitié aux eschevins, jurés et commis qui pour lad. année seront. Et avec ce paiera ung disner ausd. eschevins, jurés et commis et es maistres dud. mestier.

II. *Item.* — Que aucun ouvrier tenant ouvreur dud. mestier ne pourra tenir avec lui que deux apprentis à une fois.

(1) Arch. départementales, E. 5.

III. *Item.* — Que aucun ne pourra porter ouvraige dud. mestier hors lad. ville de Dijon, soit aux foires ou autrement s'il n'est premièrement marqué à la marque du maistre et visité par lesdiz eschevins commis, à peine de vingt sols tournois d'amende à applicquer à lad. ville.

IV. *Item.* — Que lesd. ouvriers, tant ceulx qui sont à présent que ceulx que cy-après seront passez maistres, seront tenus incontinent mectre leurs poinçons ou marque en une platine d'estaing qui sera mise en la Chambre de ville.

V. *Item.* — Que aucun ne pourra faire ouvraige d'icelluy mestier s'il n'est de bon et loyal estaing et selon ce qu'on a accoustume en lad. ville de Dijon, semblable à l'essay que l'on mectra par devers la justice en la Chambre de lad. ville à peine de vingt sols tournois...

VI. *Item.* — Que aucun ne face ouvraige de mort estaing qui soit forgié en quelque ouvraige que ce soit, à peine de quarente sols tournois...

VII. *Item.* — Que aucun ne face potz couvers de mort estaing, à peine de vingt sols tournois...

VIII. *Item.* — Que ledit mort estaing soit à moitié plomb et estaing et que led. essay soit maintenu tout ung, tant pour ceulx qui feront faire led. ouvraige que pour l'ouvraige que l'on fera pour vendre.

IX. *Item.* — C'est assavoir que l'on pourra faire dud. mort estaing, pintes, mesures scellez d'estaing et autres accoustume de faire.

X. *Item.* — Que aucun ne pourra faire salières ne autres pièces de menuryes quelles quelles soient, se non de fin estaing sur peine de les perdre au prouffit de lad. ville et de l'amende de la somme de quarente sols...

XI. *Item.* — Et quand lesd. eschevins et commis visiteront l'ouvraige desd. potiers, et ils le trouveront mal fait et de mauvais estaing autre que l'essay dessus déclairé, en ce cas led. mauvais ouvraige sera rompu et rendu au maistre et s'il l'amendera de quarente sols...

XII. *Item.* — Et se led. ouvraige est trouvé de bon estaing, led. ouvrier n'en paiera point d'amende, mais seulement sera rompu led. ouvraige.

XIII. *Item.* — Et si l'on trouve aucune pièce d'ouvraige marquée qui soit de faulx estaing selon l'aloy dessus dit et semblablement de mort estaing elle sera confisquée à lad. ville et au prouffit d'icelle.

XIV. *Item.* — Que une femme vesve de maistre dud. mestier, pourra, elle étant en viduité seulement, tenir ouvreur après le trespas de sondit mary, parmy ce qu'elle tiendra bons compaignons qu'ils soient ouvriers et saichans audit mestier, et aussi sera tenue de faire marques neufves autre que celle de sondit mary et monstrées comme dessus ausd. eschevins et commis. Et se elle se marie à ung homme qu'il ne soit dud. mestier, lesd. compaignons ne pourront tenir ouvreur s'ils ne sont passez maistres et approuvez comme dit est. Et se elle prant un maistre en mariage estant estrangier ou ung compaignon, faire le pourra parmy ce que led. maistre ou compaignon paiera la somme de cent sols et fera son chief-d'euvre et le disner ausd. eschevins et es maistres ; desquels cent sols sera la moitié applicquée pour et au prouffit de lad. ville et l'autre moitié ausd. eschevins, jurés et commis de lad. année.

XV. *Item.* — Que ung fils de maistre ne sera point tenu de paier aucune maistrise se non un septier de vin, duquel septier il sera quite en faisant la pièce d'euvre, laquelle sera monstrée aux eschevins, maistres et jurés. Et s'il advenoit que led. fils demeurast en jeune caige tellement qu'il ne fut pas fort ouvrier, en ce cas led. fils pourra tenir son ouvreur parmy tenant bons compaignons bien ouvrant selon l'essay de lad. ville, affin que led. fils puisse entretenir l'ouvreur de son feu père, et que cependant led. fils puisse et saiche apprandre led. mestier de potier d'estaing. Et lesquels compaignons ne seront point tenus ne repputez pour maistres, se non par la manière dessus dicte et sans avoir esté apprentiz en lad. ville.

XVI. *Item.* — Et pour ce que souvent advient que plusieurs larcins se font en lad. ville et ailleurs au moyen de ce que ligièrement aucuns achètent grand quantité d'estaing dérobé, nous avons ordonné et ordonnons expressément que se aucuns se parforcent vendre estaing et ils ne soient bien congneuz, que celluy à qui sera porté led. estaing le retienne et incontinant l'apporte à justice et amaine le vendeur s'il lui est possible, sur peine de l'amender arbitrairement et d'estre tenu pour consentement du larrecin, et lequel qui rapportera led. ouvraige aura son vin de celluy à qui sera icelluy ouvraige.

Toutes lesquelles provisions et ordonnances faictes, passées et accordées en la présence de Huguenin Durant, Loyis Garnier, Nycolas Durant, Jehan de Vougeot *alias* Duban, Julien Bienmonté, Guiot Boissenet, Thiéry de Vaulx, Lancelot Prévost, Huguenin Quenenyer, Denisot Coffrier, Liénard Billocard, Gaultier Vinchois, Jaquot Chauldot et Jehan, tous, potiers d'estaing... En tesmoing desquelles choses nous avons fait mectre le grand scel... le XXVIe jour du mois d'octobre l'an mil quatre cens soixante et dix huit.

Confirmés en 1632, ces statuts furent imprimés la même année chez V[e] Cl. Guyot, à Dijon, sous le titre : *Confirmation des privilèges et statuts des maistres potiers d'étain de la ville de Dijon* (1). Comme pour les orfèvres, le dépôt du poinçon particulier était obligatoire, avec inscription du nom et du surnom. La plaque destinée à ces empreintes était surmontée des armes de la ville et portait, en 1640, la marque de sept maîtres potiers d'étain.

Par édit royal de 1691, fut créé l'office d'*Essayeur, Contrôleur et Marqueur d'étain* ; il ne restait que quatre maîtres à Dijon : Claude Mazien, Petitjean, Josserand, et J. Lebeaudet. Quatre ans après, les potiers d'étain étaient réunis aux fourbisseurs.

(1) C'est certainement l'imprimé le plus ancien des statuts, et nous croyons que l'exemplaire conservé aux Archives de la ville (G. 42) est unique.

MARÉCHAUX (1)

Patronage : Saint Eloi.

Armoiries : *D'azur à un saint Eloy habillé d'argent crossé et mitré d'or.*

Les documents du xve siècle donnent le nom de maréchal à tous les forgerons, sans que ce nom désigne spécialement les maréchaux-ferrants. En 1427, la mairie donne la permission à Jaquet Poillemaronl « de faire un travail pour ferrer les chevaux, rue Porte-Guillaume, contre les murs de l'abbaye Saint-Bénigne, moyennant 60 sols tournois. » C'est la seule pièce parlant de maréchal-ferrant que nous ayons rencontrée au xve siècle ; le métier n'était pas encore en jurandes. Le xvie siècle allait s'écouler de même, lorsque les maréchaux dijonnais adressèrent à la mairie une requête pour obtenir aussi le monopole de leur profession.

En premier lieu, dit cette requête de 1596, celluy qui voul-dra tenir et exercer l'art et mestier de mareschal en ceste ville de Dijon, sera tenu de présenter requeste à Messieurs les vicomte-mayeur et eschevins de lad. ville pour luy permectre la résidence d'exercice du mestier ; si icelluy qui se présentera est trouvé capable de y venir, sera examiné par les eschevins et jurés et par le syndic sur les sortes de maladies des chevaulx. Que par devant les sieurs eschevins... sera tenu de ferrer un cheval des quatre pieds à retour et rabattu. Et à cet effet, sera passé et receu à ferrer le cheval qu'il vouldra ferrer par plusieurs fois devant la boutique afin qu'il puisse congnoistre la proportion des fers... sans prendre mesure. Sera tenu aussi de barrer et arrester les quatre veines d'un cheval qui luy sera présenté par lesd. jurés. Aussi sera tenu de donner les feu bien proprement aux quatre jambes dud. cheval en lieux où

(1) Arch. mun., G. 49.

il sera tenu nécessaire. Et après que ledit personnage qui aura demandé le chef-d'œuvre sera esté jugé capable d'estre receu maistre dud. mestier, il sera tenu de prester le serment de vivre et mourir en la religion catholique, apostolique et romaine. Quoy fait-il paiera ung escu pour une fois, la moitié à la ville et l'autre à la confrairie.

La mairie ainsi éclairée employa cinq ans à réfléchir, après quoi et sur une nouvelle demande de Jehan Bregoing, Jacques Maréchal, Noël Carrey « et autres mareschaulx, résidans à Dijon », le maire, J. Jacquinot fils, leur octroya les statuts suivants en 1601.

Ordonnances pollitiques sur le mestier de Mareschaulx.

I. Premièrement. — Que personne ne pourra tenir ouvroir ou boutique en lad. ville de Dijon, faubourg et banlieue d'icelle, ny travailler et faire aucune chose dud. mestier, qu'au préalable il n'est fait chefz-d'euvre et qu'il n'est esté receu maistre.

II. — Celluy qui se vouldra faire passer maistre, pour son chef-d'euvre sera tenu faire et forger quatre fertz de cheval à retour et rabattu ; aussi de faire et forger les cloux propres à ferrer led. cheval, plus de barrer les quatre veynes d'un cheval, le tout en la boutique de l'un des jurés commis sur led. art et mestier en la présence de l'un des eschevins.... sans pouvoir estre contrainct à faire aucungs frais et deppenses soit de festin ou autrement..... Sera tenu néantmoins de payer un escu à la boîte de la confrairie pour estre employé au service divin ; et nul ne pourra estre receu à faire chef-d'euvre qu'il n'ait justiffié et fait apparoir par marchefz ou certifficat suffisant avoir servy d'apprenty, chez un maistre par deux ans consécutifs.

III. — Les fils de maistres seront tenus pour leur suffisance faire un fert à retour, rabattu, avec les cloux, ferrer un cheval et donner trente sols à lad. boîte pour l'entretien dudit service divin.

IV. — Les vesves pourront tenir boutiques pendant leur viduité, mais elles seront responsables civilement des valletz qu'elles tiendront, et où elles convoleroient en secondes nopces avec quelques compaignons dud. mestier, les compaignons seront tenus faire chefz-d'euvre et paier ung escu à lad. boîte.

V. — Tous maistres seront tenus aposer et imprimer leurs marques sur les ferts qu'ils feront, lesquelles marques ils seront tenus d'insculper à une lame d'estain qu'ils donneront à lad. ville pour y estre plantée et gardée affin d'y avoir recours quand mestier sera. Encore feront faire chacung leurdicte marque pour estre mise au coffre de leur confrairye.

VI. — Les maistres qui seront chacun an commis-jurés à la visitacion seront tenus de faire visite tant sur eulx que aux boutiques des serruriers et taillandiers avec les commis des serruriers et taillandiers, affin que s'il se trouve faulte ou malversation ou qu'ils entrepreignent les mestiers les uns sur les autres, faire confiscacion de lad. besoingne....

VII. — Encore est permy aux jurés assistés comme dessus faire recherche et perquisition sur eux et en leurs boutiques et au millieu dud. art et mestier seullement s'ils auront des fers de balle et cardinaux attachés à leurs boutiques qui ne soient par eux faits et marqués à leurs marques, et où il s'en trouvera, seront confisqués et le maréchal condempné à une amende.

VIII. — Et néantmoins ne se pourra empeschier que les estrangiers venans en ce lieu, ne puissent vendre et débiter aux habitans des fers de balle et cardinaux, ensemble des bandages de roues, clouxpar terre, tornure d'esseau, manselles, avalloires, frestes, heusses, ortois, liens à roues, aigneaulx de forcelles, esteloires, fers de charrue, fendants, chinons, surpendoires, que autres fèremens despendans tant de la charrue que autres, sans toutefois vouloir, soubz le bénéfice de lad. permission, déroger au règlement fait et donné en ceste chambre, le dix-huitiesme jour de juing mil cinq cens quatre-vingts et dix-neuf, lequel tiendra et aura son effect entre les serruriers et taillandiers.

IX. — Nul, soit serrurier, taillandiers, charrons ou autres, fors lesd. mareschaulx, ne pourront rembattre rouhes de char, chariots, charettes, coches, lictières, rouhes à canon, ny travailler en aucuns ouvraiges qui dépendent dud. mestier de mareschal, soit à fer de cheval, cloux, aler ferrer bandages de rouhes, cloux par terre, mancelles, avalloires, que autres fèremens despendans dud. mestier.... S'est réservé néantmoins lad. Chambre de faire faire les emballures de rouhes à canon et autres ouvrages pour lad. ville à qui bon lui semblera.

X. — Ne pourront lesd. charrons ou autres faire ou marchander aucunes choses pour le fèrement des rouhes, coches et autres despendances dud. mestier de mareschal.

XI. — Tous lesquels maistres dud. mestier qui seront receuz et ceux de présent payeront à lad. ville pour les droits d'iceux, chacun la somme de quarente sols, et vingt sols pour les fils de maistres outre ce qui est payé au sieur vicomte-mayeur et procureur sindicq pour lesd. droits.

En tesmoing desquelles choses nous avons fait mectre le scel de lad. ville à ces présentes et fait signer par le secrétaire d'icelle, ledit vingt uniesme aost mil six cens et ung (signé) Martin.

Au XVIIIe siècle, les maréchaux pratiquaient encore l'art du vétérinaire et servaient même d'experts en justice. Témoin une pièce des archives municipales (G. 49) du 17 avril 1714, signée N. Millot et E. Langlois, maréchaux, qui n'est autre qu'un procès-verbal de visite d'un cheval mort à Longvic, banlieue de Dijon.

Le régime des offices ne troubla pas l'autonomie des maréchaux qui continuèrent à former une seule corporation. Mais il y eut une scission en 1730 : les *ferreurs de carrosses*, comme nous l'avons vu, se rangèrent sous la bannière des taillandiers. Les *ferreurs-grossiers* qui travaillaient les véhicules ordinaires, autres que les carrosses, restèrent avec les maréchaux et formèrent la corporation des *maréchaux et ferreurs*.

En 1733, défense fut faite à ces derniers de laisser forger à leurs compagnons des fers d'argent et des « fers de gageures » (1) pour éviter le bruit et le désordre. Défense

(1) Ce morceau de fer pouvait être de la longueur d'environ deux

aussi aux maîtres de prêter leurs sceaux pour marquer les ouvrages qui pouvaient se forger pendant leur absence.

MARCHANDS DE FER (1)

Patronage : Saint Eloi.

Armoiries : *D'or à deux chevrons d'azur.*

Les fers de Bourgogne étaient déjà réputés au XIVe siècle ; il en est fait mention dans une ordonnance du roi Jean, en 1351. Mais les hauts-fourneaux étant éloignés de Dijon, n'étaient pas sous la juridiction du maire, leur établissement n'était même permis que dans un rayon au delà de cinq lieues de la ville. Plusieurs arrêts furent

pouces sur lequel étaient marqués en chiffres romains un I, un IX, un VI et un III, que le chiffre I signifie un crampon qui doit être à l'extrémité d'un des bouts d'un fer de devant d'un cheval ; que le IX signifie neuf livres en argent que gagne celui qui a le mieux forgé, à l'effet de quoi il n'y en a que deux qui forgent, celui qui présente le lopin et celui qui le reçoit. lesquels mettent chacun en dépôt entre les mains d'un tiers la somme de neuf livres ; que le chiffre VI signifie que le fer de cheval doit peser six livres ; que le chiffre III signifie qu'il doit être forgé par trois personnes ; pourquoi les deux qui doivent forger prennent, suivant le chiffre marqué pour le nombre des marteaux sur le lopin, chacun de leur côté autant de garçons qu'il est marqué, conviennent du jour et de l'endroit où ils doivent forger ; ce qui ne se fait jamais qu'en campagne ; que lorsque le fer est forgé, on le porte à un ancien garçon de la ville qui décide celui des deux qui a le mieux forgé et non chez les maîtres de crainte qu'ils ne le portent à la maison de ville (Archives du Loiret, B. 1657).

Celui qui a gagné le prix attache le lopin chez le maître où il travaille et c'est d'ailleurs le patron qui fournit les outils nécessaires pour cette opération. Tous les compagnons maréchaux présents dans la ville doivent assister à ce tournois et si le maître refuse de les laisser partir il risque de subir de mauvais traitements (Germain Martin, *Les Associations ouvrières au XVIIe siècle,* Paris, 1900).

(1) Arch. mun., G. 40.

rendus pour l'observation de ce règlement imposé dans le but d'éviter la rareté du bois à Dijon.

Nous ne trouverons donc à Dijon que des marchands de fer, et encore leur corporation est-elle née du régime des offices. En 1718, un marchand de fer, Provins, adjudicataire de l'entretien des portes et ponts de la ville, se plaint dans une requête que, malgré sa surveillance, il se commet beaucoup de dégradations au préjudice de la ville et... par conséquent du sien. « Certains malintentionnés, dit-il, enlèvent et détachent les ferrures qui soutiennent les gardes-fouts, les bochets de pierre, les portes et barrières de la ville, et notamment les ferrures des cinq ponts-levis, planches et planchettes... ces ferrures sont vendues aux marchands de ferrailles de cette ville... » et il termine en demandant que leurs jurés aient droit de visite chez les ferrailleurs.

Faute d'autres documents, il résulte de ceci que ces négociants étaient en jurandes et que les ferrailleurs étaient leurs concurrents ; en outre plusieurs autres marchands se mêlaient de leur commerce. Pour sauvegarder leur privilège, des statuts furent sollicités en 1734. Dans leur exposé, les marchands de fer font observer que « le commerce des fers, quoique des plus considérables de la province, n'est qu'un faible objet pour les marchands de fer de la ville qui en est le centre, parce que toutes sortes de personnes s'en mêlent sans être reçues parmi lesdits marchands de fer ni payer les charges de la communauté. »

Les magistrats donnèrent suite aussitôt à cette demande et des statuts furent homologués la même année 1734. Mais ici rien de curieux, c'est un acte purement commercial. Les huit maîtres eurent le privilège exclusif de vendre « fer en bande, en baraux, fer en martinet, embattage de roues, plattes ou socs de charrues, fer en verge, en paquets, fer d'espatard, autrement dit fer coulé, fer de batterie, fer en tôle longue et large dite tôle à sceau et rangette, fer battu, fer noir, fer blanc, tôle de serrurerie, bouchures de four, étrilles, douilles d'entonnoirs, réchaux, fil de fer, acier, faulx, pierres de faulx, flaux de balances, clouterie, tournure d'essieux, boëtes, pointes d'esseaux, pattes droites et coudées et autres ferrailles vieilles ou neuves, fonte coulée, contrecœur de cheminée, pots, chaudières, marmites, trappes, poids à peser, thuyères de soufflet, meules et meulardot. »

Ces statuts sont signés : Provin, Godard, Boulée, Pessard, Carteret, Mazières, Clerget, Lacroix.

PEINTRES, VERRIERS, SCULPTEURS, DOREURS, GRAVEURS (1).

PATRONAGE : Saint Luc.

ARMOIRIES : *D'azur, à une fleur de lys d'or accompagnée de trois écussons d'argent, deux en chef et un en pointe.*

Retracer l'existence de ces artistes, serait faire l'histoire de l'Art en Bourgogne ; tel n'est pas notre projet, nous avions plutôt l'intention d'écarter ce chapitre, mais il en résulterait une lacune trop importante dans notre tableau des métiers dijonnais. Autrefois, en effet, les artistes et les artisans ne faisaient qu'un, et il est à peu près impossible d'établir entre eux une ligne de démarcation ; c'est pourquoi, sans avoir la prétention de donner ici un tableau des arts dans l'ancienne Bourgogne, on mettra les artistes à la place qu'ils occupent dans les documents.

Les premières pièces d'archives qui font mention des peintres, « ymagiers », verriers, enlumineurs, emmailleurs, sont contemporains de l'avènement en Bourgogne de la seconde race ducale. Le règne de Philippe le Hardi

(1) Arch. municipales, G. 64.

marque d'une façon magistrale une ère de progrès artistique et industriel inconnue jusqu'alors et dont Dijon bénéficia spécialement. C'est pour l'édification de sa Chartreuse et de toutes ses demeures que le Duc convoqua dans nos contrées une armée d'artistes nomades, Flamands pour la plupart, et travaillant sous la haute direction du *Maître des œuvres*. Cette agglomération d'artistes, apportant chacun sa note personnelle, affranchis des entraves de la routine et de la copie, livrés à eux-mêmes, sans autre modèle que le vrai, sans programme, ce mélange intime créa ces chefs-d'œuvre que l'histoire a classés sous le nom d'*Ecole Bourguignonne*.

Pour connaître ces artistes on peut consulter les ouvrages de MM. de Laborde, J. Garnier, Bernard Prost, H. Chabeuf, Perrault-Dabot, etc., et plusieurs publications périodiques, mais aucun de ces travaux, croyons-nous, n'a transcrit les statuts des peintres-verriers de cette époque. Les voici tels qu'ils sont enregistrés, le 6 octobre 1466, au cartulaire des métiers :

Paintres et Verriers.

A tous ceulx qui ces présentes lectres verront, Pierre Marriot, mayeur de la ville et commune de Dijon et les eschevins de lad. ville assemblez en la Chambre où l'on a accoustume tenir le conseil pour traicter des besoingnes et affaires d'icelle, salut. Savoir faisons, nous avons receu la supplication et requeste de Anthoine Dubois, Jehan de Neufville, Adam Dumont et Jehan Changenet, tous paintres et verriers demourans audit Dijon, contenant en effect que en toutes les bonnes villes des pays de monseigneur le Duc et mesmement en ceste bonne ville de Dijon qui est la meilleure et chief de toutes les villes du pays de Bourgoingne, a ordonnances sur tous les mestiers excepté sur lesd. mestiers de verrerie et de paintrerie. Et toutesfois il est vray que lesd. mestiers pevent avoir et se pevent grossir une fois, pour les ouvriers commectre plusieurs faulte, par gens non expers qui se entremectent d'icellui mestier sans ce qu'ils fussent onques apprentiz et en scèvent seulement ce qu'ils en pevent avoir retenu par fréquenter avec les verriers et paintres à les veoir ouvrer, qu'il n'est pas chose qu'il se puist comprendre en entendement sans avoir déclaracion de certains secretz qui sont esdiz mestiers et principalement en cellui de verrerie, et à ce moyen peut estre desceuz plusieurs personnes tant prélatz d'église comme nobles, bourgeois et marchans qui en leurs églises, chasteaulx, forteresses et maisons, font souvent faire de grans et somptueulx ouvraiges desdis mestiers. Réquérans lesdiz supplians avoir sur ce provisions et ordonnances en telle manière que le temps advenir soit en lad. ville fait bon ouvraige et loyal en lonneur de Dieu et au prouffit de ceulx qui auront besoing desd. mestiers. Veue lad. requeste avec certains advertissemens contenuz en icelle et à nous baillez de la part desd. supplians, nous, sur ce désirans de nostre povoir mectre et entretenir en bonne reigle et police lesd. mestiers, au bien de la chose publique et sur ce eu grans advis et délibéracion avons sur le contenu en lad. requeste fait les provisions et ordonnances cy-après déclairées.

I. Et premièrement. — Quiconque vouldra dès cy en avant estre paintre ou verrier en ceste bonne ville de Dijon ou en la banlieue d'icelle, estre le pourra pourveu qu'il soit à ce ydoine et souffisant et que avant qu'il lève ne face ouverture d'ouvreur, il sera tenu de faire ung chief-d'euvre raisonnable et tel qu'il sera ordonné par les maistres visiteurs et gardes desd. mestiers, lequel chief-d'euvre sera veu et visité par lesd. maistres assavoir s'il sera souffisant et raisonnable.

II. *Item.* — S'il est trouvé que led. chief-d'euvre soit souffisant et recevable et que l'ouvrier vueille lever et tenir sondit ouvreur en lad. ville ou en la banlieue, faire le pourra pourveu que préalablement il sera tenu de paier la somme de quatre livres tournois dont la moitié sera consentie au prouffit et utilité de lad. ville de Dijon et l'autre moitié aux maistres visiteurs desd. mestiers.

III. *Item.* — Que s'il y a aucun qui vueille faire paindre ymaige soit en pierre ou en bois, se led. ymaige est estouffé de fin or, il n'y aura point d'or party se il n'est glassié et mectra l'on point ynde où il y aura fin or, mais il sera mis azur à huille se toutesvoyes led. ymaige est paint à l'huille.

IV. *Item.* — Au regard de estouffer ymaige, l'on mectra avec or party ynde et là où il y aura ynde ne sera point mis d'azur pour ce que plusieurs vueillent avoir ligière besoingne et autres la vueillent bonne et pesante. Et en tant qu'il touche plusieurs autres petites choses et besoingnes touchant led. mestier de paintrerie, elles sont remises à la bonne visitacion et disposicions des maistres commis et visiteurs d'icellui mestier. Et c'est assavoir que quiconque sera trouvé avoir commis faultes en aucunes des choses dessus touchées, il sera amendable à la somme de vingt sols tournois dont la moitié sera applicquée à la ville et l'autre moitié à iceulx visiteurs.

V. *Item.* — Il sera fait un pied pour mesurer verrières, lequel sera mis en la Chambre de Ville ou en tel autre lieu que advisé sera lequel sera patron et eschantillon de tous les autres. Et s'il y a aucun qui mesure d'autre pied que celui que dit est et auquel adjouster les autres pieds que auront les verriers, de lad. ville il sera amendable pour chacune fois que reprins y sera de la somme de dix livres tournois à applicquer c'est assavoir la moitié au prouffit d'icelle ville, et l'autre moitié au prouffit desd. visiteurs et commis.

VI. *Item.* — Que cellui qui sera trouvé avoir fait aucune besoingne de verrerie painte mal cuite et mal mise en ploms, et que lad. besoingne trouvée mauvaise, il l'amendra de la somme de quarante sols tournois à lever sur le deffaillant pour chacune fois que mesprins aura, à applicquer comme dessus et avec ce sera tenu de refaire bien et souffisamment l'ouvraige par l'advis et rapport desd. visiteurs.

VII. *Item.* — Les maistres desd. mestiers pourront avoir et faire apprentiz à tel terme et temps que avoir le pourront. Lesquels apprentiz seront tenus à la fin de leur terme et au départir de leurs maistres d'avoir leurs lectres d'apprentissaige et quittance de leurs maistres; et lors pourront lever et tenir ouvreur en lad. ville de Dijon, parmy faisans leur chief-d'euvre devant les maistres et visiteurs et aussi en payant la somme de quarante sols tournois à lever et applicquer comme dessus.

VIII. *Item.* — Les enffens desd. maistres du mestier de paintrerie et verrerie qui seront ouvriers souffisans pour lever et tenir leur ouvreur d'iceulx mestiers en lad. ville de Dijon et banlieue d'icelle en faisant leur chief-d'œuvre et en payant un disner seulement aux maistres commis et visiteurs d'iceulx mestiers. Et pourront les maistres, gardes, commis et visiteurs desd. mestiers aler veoir et visiter es ouvreurs ou hostels de ceulx qui tiendront ouvreur en lad. ville et banlieue d'icelle, toutes et quantes fois que bon leur semblera afin de veoir et savoir s'ils ont aucune besoingne mal faicte et qu'il soit amendable.

Et lesquelles provisions et ordonnances, nous, lesd. mayeur et eschevins ayans regard et considéracion au bien de la chose publique, voulons et establissons estre tenus, gardez et observez en lad. ville et banlieue de Dijon, sans les enfreindre aucunement sur les peines et condicions dessus déclairées, saulf toutesvoyes et réservé à nous et à nos successeurs mayeurs et eschevins d'icelle ville de y adjouster, corrigier, augmenter et diminuer toutes et quantesfois que bon nous semblera et à nos diz successeurs. Et icelles provisions, ordonnances et autres par nous et nosdiz successeurs, les dessus nommez Anthoine Dubois, Adam Dumont, Jehan Changenet, Jehan de Neufville et semblablement Guillaume Spicre et Thiébault Laleure, paintres et verriers estans personnellement en lad. Chambre de la ville, ont promis et juré sur sains évangilles de Dieu, nostre seigneur, es mains de nous mayeur, garder et observer sans y déffaillir en aucune manière et les faire tenir et garder par tous qu'il appartiendra de leur povoir, sur les peines avant dictes. En tesmoing desquelles choses... faictes et passées en la Chambre de la ville de Dijon, le lundy VIe jour du mois d'octobre l'an mil CCCC soixante et six (G. 3).

Quelques jours avant cette date, « le lundy XVIIe jour du mois de septembre, Messeigneurs estans en la Chambre de ville, ont donné temps et terme à un nommé Henry, painctre, nouvellement venu en ceste ville de faire un chief-d'euvre dud. mestier de painctrerye, d'un petit ymaige de Nostre-Dame ayant dessus un tabernacle, et ce deans Noël prochainement venant. » Il est à remarquer que cette « ymaige » pourrait bien être une sculpture et que rarement les peintres étaient en même temps des sculpteurs. Du reste Evrard Bredin, qui a laissé son nom au premier plan gravé de Dijon, et qui fut reçu maître en 1560, était aussi verrier puisque son chef-d'œuvre fut une verrière posée à l'église Saint-Michel. De même pour Pierre Fleury, reçu en 1553, qui avait fait pour chef-d'œuvre « une chapelle qui est à Saint-Estienne », de laquelle les jurés déclarèrent « n'estre contens d'icelle » et qui dut faire en surplus un tableau pour l'Hôtel de Ville. Mais sur la fin du XVIe siècle, l'art se spécialisa et chaque aspirant se localisa dans sa profession, chaque récipiendaire dut faire chef-d'œuvre du métier qu'il voulait exercer : chef-d'œuvre de peinture, de verrerie et d' « estoffe ».

L'entrée des souverains à Dijon, à commencer par Louis XI, donnait lieu à des travaux de décoration où nous voyons occupés tous les artistes de l'époque. L'arrivée de Charles IX, en 1564, est surtout signalée par une profusion d'ornements où prennent part un grand nombre d'artistes sous la suprême direction de Hugues Sambin « superintendant » des travaux. Nous voyons à l'œuvre Nic. Damas, Jacques Pageot, Heuvrard Bredin, Philibert Prevost, Pierre Tasset, Georges Testevuide, Cabasson père et fils, Noël Serpi, Estienne Ranguet, Bussigniet, Matuchet, Maitrot, Estienne de la Pierre, Crépin d'Asnières, Estienne Capien, Jean Gaulteron, Simon Colin, Sarragnot, Crépin du Montet, Simon Bessey, Ambroise Surtault, Louis Moret, Ranguet fils.

Bien peu de tous ces noms ont passé à la postérité, mais si nous abordons le XVIIe siècle, quelques notoriétés commencent à se faire jour : Quentin, Recouvrance, Dubois, sont des artistes dont la renommée mériterait de dépasser les limites de la ville et de la province.

C'est aussi l'époque de la création de la salle de peintures et d'objets d'art décoratifs, à l'Hôtel de Ville, dont il est fait une première mention en 1625. Cet embryon de musée, servant simplement à l'origine de dépôt au matériel obligatoire de décorations de la cité, peut être considéré comme l'humble précurseur de notre riche Musée actuel.

Quentin (1) et Recouvrance furent chargés par la mairie de l'ornement des arcs de triomphe dressés en l'honneur de Louis XIII pour sa réception à Dijon ; mais ces deux artistes « n'ayant poinct obtempérés » aux ordres de la mairie furent emprisonnés « et mis ensuite en liberté sous la promesse de travailler à la décoration desdits arcs moyennant un salaire raisonnable ». Par la suite, et pour éviter ces fougues d'artistes, qui pouvaient déshonorer là ville aux yeux des hôtes royaux, la mairie nomma un peintre à ses gages ; le plus ordinairement, le peintre de la ville remplissait les fonctions de conservateur de notre musée en germe.

Ce conservateur, aux gages de six livres par an, était chargé de la garde des « portiques, chariots, colonnes, figures, piédestaux » et du « gouvernement des peintures », tel que l'indique le catalogue rudimentaire mis entre les mains de Florent Despêches, conservateur en 1629. Jean de Montauban lui succède et Léonard de Recouvrance fonctionne aux mêmes gages de 1637 à 1647. Cette année-là, de Recouvrance, étant atteint de paralysie, sa place fut demandée et accordée à Luc Despêches (2).

Louis Rollin et Mugnier figurent comme conservateurs, mais en 1649 « Mugnier et Dubois sont nommés

(1) S'agit-il, comme il est probable, du peintre Nicolas Quentin mort en 1636 ?

(2) K. 27.

et institués à la place de Despêches à la charge et direction des peintures et autres ouvrages de triomphes estans dans une chambre à la Maison de Ville ». Les appointements sont toujours de six livres pour les deux ; en 1658, 1661, les reçus de six livres ne sont signés que par un seul : « B. Dubois père ». C'était Benoit Dubois (1) nommé titulaire en 1655. Alors commencèrent les précautions de conservation.... « La Chambre du conseil de la ville de Dijon a ordonné et ordonne que par les sieurs Valleret et Pidard, eschevins, qu'elle a commis avec le secrétaire, il sera fait inventaire de toutes les figures et autres choses étant en la chambre des peintures de la maison de l'Hôtel de Ville, pour en charger ledit Dubois et dont il demeurera responsable puisque la clef lui demeurera entre les mains pour, après ledit inventaire fait, estre pourvu sur les moulles qu'il a demandé que l'on fit faire pour servir en cas de nécessité ainsi qu'il appartiendra, a esté commis et député le sieur Pidard, eschevin, pour faire faire deux moulles de figures d'homme et de femme, deux casques et trois mains pour servir aux peintres pour les figures qui sont nécessaires à la ville, attendu qu'il n'y a aucun moulle en la Chambre des peintures » (2).

Cette décision donna naissance à un conflit dans lequel entre en scène Jean Dubois, le fameux sculpteur dijonnais. L'échevin Pidard, qui était aussi orfèvre, fit faire ces moules par Cassin et Potier ; ce choix ne fut pas du goût de J. Dubois, qui en manifesta publiquement son mécontentement et qui par là s'attira les foudres de Pidard. « Sur les plaintes faites à la Chambre par le sieur Pidard, eschevin, que plusieurs particuliers venans dans un cabaret, avoient tenu des propos injurieux contre son

(1) Ce Benoît Dubois serait-il le père de Jean Dubois ?
(2) B. 294.

honneur, particulièrement un nommé Dubois, sculpteur, dont il a esté adverty ce jourd'hui et que cela ne provenoit qu'en indignation de ce qu'il n'avoit fait le marchef de quelques moules de figures que le sieur Pidard heu ordre à faire faire pour lad. ville, ayant dit publiquement que s'ils eussent donnés l'argent audit sieur Pidard, qu'ils auroient heu ledit marchef..... La Chambre.... a ordonné... que le sieur Dubois sera assigné..... » (1).

Jean Dubois rentra bientôt dans les bonnes grâces de l'administration, ses nombreux travaux en font foi et témoignent qu'il aurait été capable de faire les maudits moules. En 1682, il reçut 150 livres pour avoir « crayonné » le dessin du feu de joie, donné des instructions aux peintres tant « pour les figures dudit feu de joie que pour la construction du théâtre et de l'ordre de l'architecture d'icellui et pris soin d'avoir fait dresser le tout, comme aussi pour avoir fait les originaux pour graver une planche tant de la figure dudit feu que celle du chariot de triomphe qui a marché par la ville, dont il a fait de chacun deux originaux l'un envoyé à monsieur le marquis de Châteauneuf pour le présenter au roy et l'autre à S. A. S. Mgr le Duc ». Ces deux planches, gravées par Le Bossu, accompagnent le texte des *Réjouissances faites dans la ville de Dijon au sujet de la naissance de Monseigneur le Duc de Bourgogne* (1682).

Jacques Sève, peintre ordinaire de la ville, présidait aussi, comme juré, aux travaux de peinture de cette fête, où, sous la surveillance des échevins de Derequeleyne et de Refroignet, furent employés les peintres Hugues Faux, Jacques Faux, Luc Mugnier, Jean Mugnier, Louis Hermil, François Hutte et Denis Chenevet. C'est donc comme architecte que Jean Dubois fut employé à cette occasion et, en passant, il se fit dessinateur.

(1) B. 294.

Au XVIIIe siècle, la chambre des peintures est toujours sous bonne garde; le traitement du conservateur est même doublé. Le titulaire J.-B. Bernard, père de l'avocat Bernard, fut nommé en 1727 et exerça jusqu'en 1772; son travail de réparation lui était payé à part, un bordereau de sa main porte la date de 1747. Il y avait alors deux salles dans lesquelles se trouvaient des tableaux de peinture.

Signalons particulièrement le peintre Gilquin, précurseur de F. Devosge, et qui serait bien oublié s'il n'avait laissé un opuscule recherché par les amateurs (1). C'est à lui qu'on doit le premier essai d'une école des Beaux-Arts à Dijon. Dans une requête à la mairie, il sollicite la permission d'établir à Dijon une école de dessin, et cette faveur lui fut accordée par le procureur-syndic, le 18 janvier 1727.

Cette école n'a laissé aucune trace et ne fut renouvelée qu'en 1766 par François Devosge qui, plus heureux, trouva les plus puissants appuis publics et privés.

Dans le classement général de 1711, la corporation des *peintres, doreurs, sculpteurs et graveurs*, fut comprise dans la seconde catégorie. Ces maîtres, négligeant de s'instituer en corps, furent plusieurs fois rappelés à ce devoir, mais ce n'est qu'en 1731 qu'ils furent assez menacés pour dresser des statuts et les présenter le plus tôt possible à l'homologation. La sommation fut adressée à Dubois, Martin, Champrenault, Saint-Père, Marion,

(1) *Explication des Desseins des Tombeaux des ducs de Bourgogne, qui sont à la Chartreuse de Dijon, présentez à S. A. S. Mgr le Duc, le 1er mai 1736, par le Sieur J.-P. Gilquin, peintre.* Nuits, 1736, Dijon, 1749 et 1767, trois éditions in-4o. Les photographies du dessin de Gilquin, quatre pour chaque tombeau, sont à la Bibliothèque publique de Dijon.

(2) Voir l' « Avis au Public » de Gilquin, reproduit dans la délibération municipale à cette date.

Rollin, Frochot, Buguet, de Verneville, Bizot, Maillot, Lemoine, Phelipeaux, Millot, Vita (1), Bernard, Gilquin, Prantenard, Brulé et Marlet. Le juré-peintre était Prantenard, et le juré-sculpteur, Martin. Dans la même année furent reçus : François Trouillet qui était déjà menuisier-ébéniste-tourneur, et Andoche Millot, natif d'Arnay-le-Duc. Outre ces noms, les statuts sont encore signés par Masson, Boucherot et Briandet (2).

En 1740, la corporation se divisait comme suit :

Peintres : Gilquin, Parizet, Maillot, Vittat, Prantenard, Bernard, Tassard, Briandet, Lacour, Camus, Brulé, Cottin et Ve Millot.

Sculpteurs : Dubois, Champrenault, Martin, Boucherot, Rollin, Buguet, François, Marlet, Bizacq, Verneuil, Saint-Père et Trouillet.

Doreurs : Masson, Lemoine, Leclerc, la Desjardins et la Démartinécourt.

Graveurs : Philippeaux et Millot.

Parmi les sculpteurs, il y avait des menuisiers-ébénistes, comme Marlet et Trouillet, qui étaient de la corporation dans le seul but de pouvoir sculpter leurs meubles ou boiseries.

La confrérie de Saint-Luc fut fondée aux Jacobins, le 15 juin 1635, par maîtres Luc Despêches et Philippe Quantin.

La gravure fut d'abord exercée par les potiers d'étain et les orfèvres et plus tard par les imprimeurs. Nous n'avons rencontré aucun document constatant que ce mé-

(1) Ou plutôt Vitat, c'est ainsi que sont signés trois grands tableaux qui se trouvent dans l'église de Saint-Seine-l'Abbaye, L. Vitat, 1718.

(2) Nous ne connaissons pas d'exemplaires imprimés de ces statuts, on peut prendre connaissance de leurs 34 articles dans le registre B. 124 aux archives municipales. (*Statuts et Règlemens de la Communauté des maîtres de l'Art de peintres et sculpteurs, doreurs, graveurs et enlumineurs de la ville de Dijon. Du mercredy 30 juin 1732*).

tier ait été en jurande, seul le règlement suivant de 1557 est enregistré au cartulaire des métiers.

Graveurs.

Que lesd. maistres dudit mestier de graveurs ne feront aucuns coings ni sceaux aux armes et coings du Roy, sans la permission et licence expresse dud. seigneur ou de ses officiers aïans de ce pouvoir.

Qu'ils ne feront aucuns cachetz ou marques que pour personnes à eulx congneues, mesmement ne feront aucuns cachetz ou marques neufves sur autres cachetz ou marques vieilles à peine qu'ils en seront responsables.

Et icelluy qui vouldra estre receu et passé maistre dud. mestier de graveur, lui sera baillé pierre pour faire son chief-d'euvre par les eschevins sur led. mestier par l'advis des jurés ou à leur deffaut par autre expert audit art.

Que led. chief-d'euvre sera fait en la maison de l'un desd. jurés ou autre maison qui sera ordonnée par les eschevins.

Que ledit chief-d'euvre sera présenté à monsieur le vicomte mayeur et s'il est trouvé souffisant par les eschevins et jurés sur led. mestier, suivant les statuts sur les autres mestiers de lad. ville, led. chief-d'euvre sera receu et celluy l'aiant fait passé maistre dud. mestier pour faire ce qui consiste en icelluy.

Assavoir : de forger tous métaux propres et concernans led. art et qui sont du subgect d'icelluy et sur lesd. métaux et autres graver toutes choses permises de graver qui seront marquées du poinsson du maistre les aiant gravées.

Que led. poinsson sera frappé et insculpé sur la table d'airin pour ce faire érigée en la Chambre de lad. ville pour y avoir recours se besoing faict.

Que celluy qui sera passé maistre dud. mestier paiera pour sa récepcion quarente sols tournois, assavoir : à monsieur le vicomte mayeur dix sols, au recepveur de la ville vingt sols et les autres dix sols aux eschevins et jurés dud. mestier.

Et le tout sans attoucher ne préjudicier aux autres mestiers esquels est requis led. art de graver, auquel art toutes personnes pour le subgect de leur mestier, pourront user ainsi qu'ils ont faict par cy-devant.

Les termes indécis de cette rédaction indiquent bien la position d'un métier cherchant à s'affranchir de ceux dont elle est issue. Au XVIIe siècle, les Spirinx et les Palliot ont porté l'art de la gravure à une perfection inconnue jusqu'alors à Dijon.

ÉCRIVAINS, GRAMMAIRIENS, MAITRES D'ÉCOLE (1)

PATRONAGE : Saint Nicolas.

ARMOIRIES : *D'or, à quatre fasces de sinople.*

Sans remonter aux sources de l'enseignement et sans recourir aux documents originaux, nous savons que des écoles dijonnaises prospéraient déjà sous l'abbé Guillaume de Saint-Bénigne de Dijon. Un peu plus tard, les Dominicains, établis en 1237 par la duchesse Alix, fondèrent une école de théologie réputée et fréquentée par un grand nombre d'étrangers. Quant aux écoles publiques de la ville, Courtépée nous apprend qu'elle en avait dès le XIVe siècle dans la rue du Chatel, vis-à-vis le logis des fillettes.... Dans la suite elles furent transférées dans la rue qui prit en 1513 le nom de rue Tour de la Trémouille. Au XVe siècle, dit M. J. Garnier, « si l'on excepte les cours de théologie professés dans leur couvent par les Dominicains et les Cordeliers, la ville n'avait pour toute sa jeunesse qu'un seul établissement d'instruction publique, ses anciennes écoles. Placées sous la direction suprême du chantre de Langres, elles avaient, dès le XVe siècle, soit à cause de l'éloignement de ce dignitaire, soit à cause de sa négligence, nécessité l'intervention de l'au-

(1) Arch. munic., G. 39.

torité laïque qui exerçait une surveillance constante sur ces écoles et s'était réservé le droit de présentation à toutes les fonctions (1) ».

Ces deux autorités, toujours en désaccord, nuisaient à la prospérité des écoles ; témoin la requête suivante, de 1480 environ, adressée par la mairie au Parlement : « Considérant que par suite des débats survenus entre maitre Jacques Juing, recteur des écoles de grammaire, et Ferry Potier, chanoine de Langres, le nombre des enfants qui allaient à l'école et qui dépassait 2.000, a été réduit à 600, au grand dommage de la fondation des petits enfants et de la renommée de la ville qui de tout temps a eu le nom de avoir en cette partie la meilleure manière d'instruction des autres villes et cités du royaume ». La mairie n'obtint que le droit de nommer « un notable commis » pour la surveillance de ses écoles.

Elles étaient dirigées, dit encore M. Garnier, par un recteur dont le grade ne pouvait être inférieur à celui de bachelier, et six régents maîtres es-arts, que secondaient des maîtres subalternes. On y enseignait la philosophie, la logique, les mathématiques, les langues grecque et latine, la grammaire et la musique. Quatre fois par an on y soutenait des thèses publiques auxquelles prenaient part les élèves des couvents. Aussi jouissaient-elles d'un grand renom. Le chantre de Langres s'intitulait dans ses lettres : *Collateur, proviseur, directeur des fameuses écoles de la célèbre ville de Dijon*, et les documents contemporains témoignent qu'elles étaient fréquentées aussi bien par les étrangers que par les étudiants de race française. Malheureusement le voisinage de l'Université de Dôle, ouverte en 1424, les fit peu à peu déchoir de leur splendeur. A la fin du siècle, elles n'étaient plus qu'une sorte de collège communal encore bien délaissé par suite des guerres et des malheurs publics qui, depuis 1477, avaient assailli la cité. Mais déjà s'était

(1) *Analecta Divionensia*, tome VI.

manifesté, à la suite des premières guerres d'Italie, un mouvement de renaissance dans les lettres et les arts, dont François Ier fut la glorieuse personnification, et dont nos magistrats ne tardèrent pas à subir l'influence. Informés qu'il existait à Autun « un notable et scientifique personnage » du nom de Turrel, elle (la mairie) le plaça à la tête de ses écoles où sa réputation attira de nombreux élèves.

Pierre Turrel prêta serment à Dijon le 2 décembre 1517. Pour faire honneur à son mérite, la ville restaura son ancienne école de la rue des Moulins de Suzon où « l'on souloit tenir la grande escole ». A l'école de Turrel, tombée en décadence, succéda le collège dit des Martin, fondé en 1531 et fermé en 1599, mais celui des Godrans fonctionnait brillamment depuis 1581 (1).

A côté de ces écoles supérieures il y avait de modestes établissements où les enfants du peuple pouvaient apprendre à lire et à écrire sous la direction de *Maîtres d'école* salariés par la ville sous son contrôle absolu. En 1401, il est délibéré « que veu que le maistre d'escole de Dijon ne peut bonnement maintenir son estat de la revenue de l'escole, pour la mortalité qui a esté grosse à Dijon où il est mort plusieurs enfans et aussi la grosse charge que doit ledit maistre pour ladicte escole, que la ville li donne dix francs d'or pour une fois » (2).

Cette rédaction fait supposer que la ville ne payait pas régulièrement son maître d'école, la « revenue » était à la charge des familles, mais quelques années après un « juif baptizé », nommé Poul de Bonnefoy, s'engage avec la mairie pour un an entier à partir du 1er mai 1420, « de aprandre ceulx de la ville qui vouldroient aprandre

(1) Nous laissons la parole à M. Ch. Muteau, qui s'est occupé des écoles de Dijon dans son livre *Les Ecoles et Collèges de Province*, Paris, 1882. — Voir aussi : *Les Ecoles de Bourgogne sous l'ancien régime*, Langres, 1875.

(2) B. 144.

à lire, escrire et entendre ébrief. Afin qu'il soit plus obligié de bien instruire ceulx qui vouldront aprandre de lui en lad. science, la ville donnera vingt frans pour une fois, qui lui seront payés par porcion durant ledit an » (1). L'année suivante ses gages furent portés à 30 francs. Donc la ville avait, comme aujourd'hui, son école communale et absolument indépendante des collèges supérieurs, et quand les établissements des Martin et des Godran rayonnaient sur la cité, nous voyons maître Denis Lucey recevoir des enfants pour les instruire « à l'abécédaire sans rien payer, vu que ce maistre est salarié par la ville ». En 1595, c'est Duval « maître expert-écrivain-arithméticien » qui est aux gages de la ville (2).

La gravure et l'imprimerie ayant presque détrôné les anciens enlumineurs, il ne resta guère que les simples écrivains avec la seule ressource, suffisante à ces époques, d'écrire pour ceux qui ne le savaient pas. Entre temps ils moulaient des modèles d'écritures pour les écoliers et grâce à eux les grimoires des XVIe et XVIIe siècles se transformèrent en calligraphie correcte. Nos statuts de métiers du XVe siècle furent en grande partie transcrits par les « escripvains » pour être affichés à l'Hôtel de Ville.

Ces humbles pédagogues donnaient aussi des leçons à domicile et nuls autres que ceux de la corporation n'avaient le droit de le faire, excepté les précepteurs, mais ceux-ci ne pouvaient donner des leçons qu'aux enfants des familles où ils étaient logés et nourris, hors de là il y avait contravention. Comme signe de leur profession, les maîtres admis officiellement avaient le droit, sous réserve des formalités exigées par la mairie, de mettre au-dessus de leur porte un écriteau annonçant leur titre et qualité.

(1) B. 150.
(2) B. 226.

Les maîtres d'école et d'écriture furent obligés de se constituer en communauté en 1654 comme nous l'apprend la requête suivante datée de 1669.

Veu la requeste de Jean Debalicourt, Hector Cousturier, Henry Petit, Jean Tournier, Samuel Joseph Regnier, Joseph Lebeuf, François Jubainville, Thomas Moret, Thomas Berthelot, Louis Vigeon, Hugues Besson, Estienne Dumont et Claude Alexandre, maistres escrivains à Dijon, disant que des personnes exercent sans estre approuvées; que s'étant formés en confrérie sous l'obéissance de la loi de 1654, on veuille bien empêcher les empiétements... La Cour du Parlement ordonne que ceux qui voudront faire fonction de maistres escrivains et de maistres d'escole, seront approuvés par l'évêque diocésain ou son grand vicaire et qu'ils se présenteront à la Chambre du conseil de lad. ville pour estre informé de leurs vie, mœurs, âge et religion, et qu'ils seront examinés sur leur capacité et expérience par deux maistres escrivains receus et approuvez (1).

Au seuil du XVIIIe siècle, nos maîtres eurent à lutter contre une concurrence qui leur porta un coup terrible : l'établissement des écoles des Frères de la doctrine chrétienne qui s'installèrent à Dijon le 16 mai 1705. Malgré de nombreuses requêtes où nos maitres donnaient cours à leurs doléances et à leur jalousie, les écoles des Frères

(1) C'est à ces treize maîtres experts et jurés écrivains que l'imprimeur dijonnais, Ant. Michard, dédie, en 1676, son livre *De l'ortografe françoise, ou Méthode nouvelle pour rendre notre langue. facile...* Quelques années après, son fils, Claude Michard, édite son fameux *Roti-cochon* ou méthode très facile pour bien apprendre les enfans à lire en latin et en françois, dont le seul exemplaire connu est à la Bibliothèque de l'Arsenal, à Paris. Rien de plus curieux que cet abécédaire ; les gravures provenant de publications antérieures, et dont le texte est approprié aux figures, sont d'un charme si naïf, si étrange, qu'une réimpression fac-similé en fut faite en 1890 par les soins et aux frais de la Société des Bibliophiles françois.

furent bientôt en vogue et prospérèrent sous la protection de la mairie qui souvent même leur vota des subventions. En 1718, l'école de la paroisse Saint-Philibert, dirigée par frères Barnabé et Cristophle, comptait 172 élèves ; celle de la paroisse Saint-Nicolas en avait 70 sous la direction de frère Antoine (1).

Cependant nos maîtres témoignaient des sentiments tout à fait religieux ; réunis en assemblée le 9 mai 1719, ils prirent la délibération suivante : Chaque maître paiera son droit de confrérie et chaque année, le jour ou le lendemain de la Saint-Nicolas, chacun devra se trouver aux offices ou services divins et sera tenu d'être présent aux assemblées où il ne portera la parole qu'à son tour de réception. Ceux qui enseignent sans avoir lettres de la Chambre de la ville ne pourront entrer aux assemblées qu'après avoir payé leur droit de réception. Le service de la messe, le jour de la Saint-Nicolas, se continuera comme les anciens faisaient cy-devant. Chaque maître fera dire à son tour une messe aux Cordeliers le premier dimanche de chaque mois. Deux jurés seront nommez tous les ans, ils rendront leurs comptes par recettes et par dépenses. Le dernier maître reçu convoquera les assemblées sur l'avis des jurés et donnera le pain béni le jour de la Saint-Nicolas (*signé*) Berthier, Pagot, Fertat, Sorlin, Thériot, Deselin.

La corporation reçut des statuts en 1734, elle comptait les onze maîtres suivants : Thériot, Fertat, Sorlin, qui figurent déjà en 1719, et Moreau, Ternant, Liger, Darson, Beaulieu, Gillon, Samson et Bernot. Les articles de ces statuts sont reproduits dans ceux de 1764 que nous donnons plus loin.

Une délibération corporative de 1758, porte les 21 si-

(1) Le conflit entre les maîtres laïcs et les Frères dura jusqu'à la Révolution, on peut en suivre les débats dans le travail de M. Muteau.

gnatures ci-après : Gillot, Briotet, L. Bauchetet, Saget, Bizouard, Buzard, Moratin, Durand, Degissey, Malcourant, Renaud, Juvernot, Rousseau, Lacroix, Bauchetet, Crozelier, Husson, Quantin, Lautrey, Malard, Pernot.

Maître Gillot, qui figure en tête, était déjà renommé en 1736, date à laquelle il fut exempté des charges publiques pour avoir « corrigé et augmenté le rudiment de Langres qui était regardé comme le meilleur de tous » (1). C'était sans doute un coup d'encensoir en faveur du nouvel évêché dijonnais ; en tout cas ce dégrèvement prouve que les maîtres d'écoles et écrivains avaient une situation peu brillante. « La plupart, dit M. Muteau, étaient misérables ; ils étaient alors très nombreux, ainsi que cela est constaté par une de leurs requêtes présentée en 1762. Beaucoup d'entre eux avaient peu ou point d'écoliers et, chargés de famille, étaient contraints, pour gagner leur vie, de chercher des ressources en dehors de leur profession, ce qui leur était interdit. »

La mairie pouvait donc charitablement leur venir en aide et leurs requêtes étaient souvent accueillies généreusement, ainsi en 1739, « Louis-François-Nicolas Duval, expert-juré écrivain et vérificateur de Paris », reçut une pension de 15 livres et exemption de tous impôts. Il est vrai que c'était un protégé de Mgr le gouverneur, tandis que d'autres, moins favorisés, donnaient des leçons de danses ou, comme Buchon, s'adonnaient à la musique. Quel métier avait bien pu entreprendre Jacques Gerboy quand ses collègues voulurent faire sauter son tableau qui portait : *Céans l'on transcrit toutes sortes d'écritures anciennes et modernes. Bonne ancre double et plumes taillées ?* C'était en 1731 et Gerboy comptait alors 21 ans d'exercice. Maître Antoine Ollivier, rue Roulotte, accuse, en 1719, que sa profession ne peut le

(1) B. 370.

faire subsister, « attendu que le petit nombre d'enfans qu'il enseigne ne lui donne que cinq sols par mois ». Le métier était maigre en effet; cependant les poursuites continuent : contre Durand qui n'est pas reçu maître, contre Ternant, contre Brideau qui tous deux enseignent le latin sans posséder leurs lettres de maîtrise; contre Bizouard qui est porté au rôle malgré sa réclamation certifiant que tous ses élèves sont des pensionnaires ; contre Patu, ecclésiastique professant le latin sans possession de maîtrise et qui avait arboré à sa fenêtre le tableau professionnel portant : *Au premier on enseigne la langue latine, on prend pensionnaire et demy-pensionnaire et on fait répétition.* Ses dictionnaires et rudiments furent saisis. Puisque nous parlons d'enseigne, rapportons encore les deux suivantes : *Argenteuil, écrit pour le public et deschiffre les titres*, le marguillier de Saint-Médard (un cumulard) portait sur son tableau : *Tranchant, déchiffre les anciens titres, écrit pour le public, et fait des comptes.*

Lues à la distance d'un siècle ou deux, ces enseignes, qui semblent faire l'éloge des maîtres de céans, ne sont pourtant qu'un faible reflet des louanges que s'adressaient les membres de l'Académie d'Ecriture de Paris, dont quelques maîtres dijonnais faisaient partie. Dans son *Histoire abrégée de l'Ecriture* (1), Jacques Dubois, expert-juré-écrivain de la ville de Dijon, associé de l'Académie royale d'Ecriture de Paris, nous apprend que sur la fin du XVIe siècle, « naquit en Bourgogne Lucas Materot, qui par ses talents peu communs s'acquit le titre de citoyen d'Avignon; il présenta à la France les premiers modèles de la *bâtarde-coulée*, dans un livre qu'il dédia à la reine Marguerite, dont voici le titre : *Les Sources de Lucas Ma-*

(1) Paris et Dijon, 1772, in-12. Jacques Dubois naquit à Précy-sous-Thil.

terot, bourguignon français, citoyen d'Avignon, où l'on comprendra facilement la manière de bien et proprement écrire toutes sortes de lettres italiennes (1608). Il en parut une seconde édition en 1628 ; le libraire qui l'avait entreprise la dédia à l'abbé de la Pélisse. Les poëtes de toutes les nations s'empressèrent de faire l'éloge de Materot et le regardoient comme le prince des maitres écrivains. La Bourgogne peut donc se glorifier de l'avoir produit. A peu près dans le même temps, la capitale de cette province donna le jour à Nicolas Gougenot, écrivain d'un rare mérite. Il crut qu'il ne devait pas enfouir ses talents, mais tâcher de se rendre utile à la patrie ; c'est pourquoi il composa un ouvrage sur l'art d'écrire, qu'il orna d'un très grand nombre de caractères. Ce qu'on y voit de remarquable est l'épître dédicatoire dont l'écriture ressemble beaucoup à la coulée dont nous nous servons. On doit donc le regarder comme celui qui le premier perfectionna la coulée et la porta presque où elle est maintenant. Avant lui on n'en avait vu aucun modèle ».

Jacques Dubois n'oublie pas de faire aussi l'éloge de son maître, Pierre Dominique, né à Moulins, qui exerçait à Dijon, où il laissa plusieurs pièces manuscrites et deux livres aussi manuscrits qui sont, dit-il, chez deux curieux de la ville. Il mourut à Dijon, de mort subite, le 10 novembre 1755, âgé de 63 ans environ. On peut dire « qu'il a été le restaurateur de l'écriture à Dijon et que s'il y a maintenant de bons maitres dans cette ville, c'est à Dominique qu'on le doit ».

Le fils de Pierre, Joseph Dominique, fut reçu maître en 1731 à l'âge de dix ans en « considération de ses aptitudes et dans le but de conserver à Dijon un maître appelé à illustrer, par ses travaux, la corporation et la ville ». Que devint Joseph Dominique, le jeune prodige ? Nous l'ignorons et perdons sa trace.

Voici les derniers statuts de la corporation :

Statuts des maîtres écrivains, grammairiens et d'école de la ville de Dijon, approuvés par la Chambre de Ville, le 23 juin 1764.

I. — Tous les maîtres se trouveront aux offices qui se célébreront à l'honneur de saint Nicolas, patron de la communauté, aux jours et heures indiqués, suivant l'usage....

II. — Les maîtres seront obligés d'assister aux convois des maîtres de même qu'aux services qui se feront pour le repos de leurs âmes......

III. — Le maître dernier reçu sera tenu de porter les billets de convocation aux assemblées....

IV. — Toutes les assemblées seront commencées et terminées par les prières accoutumées ; les assemblées pour affaires ordinaires seront convoquées à une heure et demie apres midi, pour commencer à deux heures précises ; celles pour affaires extraordinaires pourront être convoquées à toutes autres heures du jour ; les maîtres seront obligés de s'y trouver.....

V. — Tous les maîtres assemblés prendront leur place, tant à l'église qu'aux assemblées, selon l'ordre de réception et ne parleront qu'à leur tour.

VI. — Si quelqu'un dans les assemblées manque d'une façon grave à la décence, il pourra être mulcté d'une amende.

VII. — Les voix seront recueillies par celui qui se trouvera l'ancien à l'assemblée, lequel fera la rédaction de la délibération, et au cas qu'il y ait partage, pour le lever on fera le rapport de la matière de la délibération à un conseil choisi par l'un et l'autre parti des opinants, à l'avis duquel on sera tenu de se ranger ; les délibérations seront signées sur le champ....

VIII. — Aucun ne sera receu maître qu'il n'ait l'âge de vingt deux ans accomplis ; l'aspirant se présentera aux jurés qui instruiront la communauté qu'ils feront assembler le plus tôt que faire se pourra, des noms, surnoms et patrie de l'aspirant, pour, après le temps qui sera jugé convenable à l'effet de faire les informations nécessaires, en revenir à une assemblée où l'on admettra, s'il n'y a aucun empêchement légitime, l'aspirant à faire les expériences prescrites ; et si ces mêmes expériences sont jugées suffisantes, les deux jurés en exercice, ou à leur défaut, ceux qui seront députés et chargés d'un extrait de la délibération, présenteront l'aspirant à Mgr l'évêque ou à son grand vicaire pour avoir son approbation, et ensuite à MM. les officiers de police pour, l'information ordinaire faite, être pourvu à sa réception dont l'acte ne sera point porté sur les registres de la communauté qu'au préalable il n'ait fait visite à chacun des maîtres....

IX. — Les aspirants seront examinés et feront les expériences en présence de la communauté ; les aspirants grammairiens seront examinés par les maîtres grammairiens, et les aspirants écrivains par les maîtres écrivains. Chaque expérience durera trois heures ; chaque maître de la classe ou prétendra entrer le récipiendaire pourra l'interroger à son tour suivant l'ordre d'ancienneté.

X. — Les aspirants grammairiens subiront trois examens à trois jours différents: le premier jour le récipiendaire répondra sur les principes de la langue latine et de la langue françoise et fera une traduction de françois en latin. Le second jour il sera remis entre les mains du récipiendaire un auteur latin, tel que Cicéron ou Virgile, pour l'expliquer indépendamment d'une traduction de latin en françois. Le troisième jour, l'aspirant répondra sur les règles de la poésie latine, sur les figures de rhétorique et fera une composition de vers hexamètres et pentamètres. Les deux traductions de françois en latin et de latin en françois et la composition des vers seront dictées telles qu'elles le sont dans la classe des humanités. Chaque composition sera dictée par le maitre choisi par les grammairiens à chaque jour destiné pour l'expérience.

XI. — Les aspirants écrivains subiront trois examens à trois jours différents. Le premier jour le récipiendaire répondra sur les règles de la prononciation et de l'orthographe ; à cet effet, il fera des lectures en françois et en latin, même dans des pièces de procédures ; dans la même séance il fera des pièces d'écritures rondes, italienne et batarde, en grosse, moyenne, coulée et minutée et répondra sur la méthode d'enseigner toutes sortes d'écritures. Le second jour, le récipiendaire répondra sur l'art de jeter et compter tant aux jets qu'à la plume, et le maitre choisi par les écrivains lui fera une expérience sur chacune des quatre principales règles d'arithmétique simple et par fraction. A la même assemblée, les maîtres écrivains choisiront quatre d'entre eux, chez l'ancien desquels on fera l'expérience du troisième jour. Le troisième jour, les quatres maîtres députés examineront le récipiendaire sur les vérifications d'écritures et signatures naturellement ou artificiellement faites, lui feront faire les épreuves, expériences et démonstrations nécessaires pour l'intelligence et reconnaissance d'icelles écritures et signatures, ensemble de la manière de faire et dresser les mémoires instructifs et autres pièces concernant le fait desdites vérifications et reconnaissance en justice.

XII. — Les aspirants signeront et dateront les pièces d'expérience qu'ils feront à l'exception de celles concernant la reconnaissance et vérification d'écritures...

XIII. — Après les expériences faites, il y aura une assemblée générale dans laquelle on opinera sur la réception de l'aspirant, lequel sera admis ou refusé à la pluralité des voix, sauf néanmoins à l'aspirant, dans ce dernier cas, à se pourvoir à la Chambre de police...

XIV. — Défenses à toutes personnes, même aux ecclésiastiques, d'enseigner soit en ville ou dans leurs maisons, à moins que les écoliers ne fussent leurs pensionnaires, aucunes des parties dépendantes des arts et profession de maîtres écrivains et grammairiens. Pareilles défenses étant faites aux précepteurs d'enseigner d'autres enfans que ceux des maisons dans lesquelles ils seront nourris et logés...

XV. — Les frères de la doctrine chrétienne enseignant dans les écoles de charité en cette ville, se conformeront aux titres de leur institution, et en cas de contravention, pourront lesdits maitres, assistés d'un officier de police, faire visite chez lesdits frères.

XVI. — Si quelque maître commet une faulte notable ou exerce des fonctions serviles, les jurés en porteront plaintes à la Chambre de police en vertu d'une délibération du corps, pour y être pourvu ainsi qu'il appartiendra.

XVII. — Le dimanche qui précédera le six décembre, il sera convoqué une assemblée dans laquelle on nommera le nouveau bâtonnier ; chaque maître sera tenu de prendre le bâton à son tour, à peine d'être pourvu contre les refusants.

XVIII. — Il sera convoqué une assemblée dans le courant du mois de décembre de chaque année, dans laquelle il sera procédé à l'élection d'un nouveau juré, à moins que la communauté ne continue l'ancien juré d'une voix unanime ; il sera procédé à l'élection du secrétaire et il sera loisible de continuer tant les jurés que le secrétaire aussi longtemps qu'on le jugera intéressant à la communauté ; l'un des jurés sera de la classe des grammairiens et l'autre de celle des écrivains ; la recette des deniers communs sera confiée à celui des maîtres qu'il plaira à la communauté de choisir pour cette fonction et ce à la même assemblée convoquée pour les élections ; le receveur y rendra les comptes si faire se peut ou dans la huitaine suivante.

XIX. — Sera passé à la reddition des comptes douze livres pour les honoraires des jurés et trois livres pour les peines extraordinaires du secrétaire.

XX. — Ces jurés ne pourront faire aucun acte qui intéresse la communauté ni changer son procureur sans une délibération expresse, à peine de nullité et de cent sols d'amende.

XXI. — Dans le courant du mois de janvier de chaque année, il sera convoqué une assemblée pour prendre jour à l'effet de procéder à la confection d'un rôlle de répartition par les deux plus anciens maîtres, le bâtonnier, les deux jurés et le secrétaire, et sera ledit rolle signé desdits maitres... Et sera ledit rolle de répartition composé de quatre classes, la seconde desquelles seront moins forte d'un quart que la première, la troisième moins forte d'un quart que la seconde et la quatrième moins forte d'un quart que la troisième ; et les femmes et filles qui enseignent à lire ne pourront être comprises que dans la quatrième classe. Le rolle de répartition qui sera fait sera présenté à la chambre de police pour y être homologué s'il y échet et sauf l'opposition.

XXII. — A la suite de l'enregistrement des lettres de réception, le maître nouvellement reçu déclarera qu'il s'engage aux dettes de la communauté avec promesse de les ratifier à toutes réquisitions.

XXIII. — L'argent provenant des réceptions sera déposé dans le coffre de la communauté et conservé pour être employé au remboursement des capitaux par elle dus, sans que les maîtres puissent disposer du surplus des deniers à leurs dépenses ordinaires et annuelles, mais seront tenus de l'employer, le cas arrivant, en constitution de rentes au profit du corps.

XXIV. — Le coffre de la communauté sera déposé chez le maître qui sera agrégé à la pluralité des voix, pour y rester tant et si longuement qu'il plaira à la communauté, l'une des clefs dudit coffre sera remise au premier juré et l'autre au second.

XXV. — Il sera convoqué deux assemblées, savoir : l'une au mois de janvier et l'autre au mois de juillet de chaque année, dans lesquelles il sera fait lecture des statuts.

XXVI. — Aucunes des amendes ne pourront être exigées qu'après avoir été prononcées à l'audience de police sur une simple citation, la moitié desquelles amendes appartiendra à la communauté desdits maîtres et l'autre moitié à la ville.

Ordonne que le présent arrêt contenant lesdits statuts et règlemens sera lu, publié, imprimé et affiché en place publique et par tous les carrefours de cette ville et fauxbourgs d'icelle, à ce qu'aucun n'en puisse prétendre cause d'ignorance.

Fait au Parlement, à Dijon, le 9 août 1764.

Nous ignorons si ces statuts ont été imprimés et s'ils se trouvent aux archives de la ville. Cette copie a été puisée sur un manuscrit des archives départementales (E. 5) (1).

(1) Nous venons de découvrir un placard imprimé de ces statuts avec quelques variantes. Placard s. l. n. d.

BARBIERS, CHIRURGIENS, PERRUQUIERS, BAIGNEURS, ÉTUVISTES, AMIDONNIERS (1)

PATRONAGE : Saint Côme et saint Damien, puis saint Louis pour les barbiers.

ARMOIRIES DES CHIRURGIENS : *D'argent, à un Saint Côme en habit long de gueules, couvert d'un bonnet carré de sable.*

ARMOIRIES DES BARBIERS : *D'or à un pairle d'argent.*

Par une ordonnance royale de 1372, les barbiers acquirent le droit de servir à leurs clients des emplâtres et médicaments pour guérir plaies, bosses, aposthumes, cloux, tumeurs, et de panser et curer toutes les blessures non mortelles. Ce privilège fut la source d'innombrables débats, les barbiers usurpèrent peu à peu sur la chirurgie, la lancette et le rasoir firent si mauvais ménage que de nombreux règlements ne parvinrent jamais à établir la paix; elle n'eut lieu que grâce à la séparation des métiers sur la fin du XVIIe siècle.

A Paris, quand apparut la mode des perruques, les titulaires des maîtrises, malgré leur envie de cumuler, ne parvinrent jamais à raser, friser, saigner, panser tous les habitués de leurs officines. C'était une belle occasion pour imposer deux corps : Barbiers et Chirurgiens ; mais il y eut seulement distinction, d'un côté les Barbiers-Chirurgiens et de l'autre les Barbiers-Perruquiers, c'est-à-dire la permission ou la défense de faire des perruques.

Cette distinction n'eut pas lieu à Dijon où les barbiers-chirurgiens ajoutèrent à leur titre celui de perruquiers et continuèrent à opérer sous des ordonnances communes réglementant les attributions de chacun, poussant

(1) Arch. municipales, G. 12, 13.

même la complaisance jusqu'à dicter la rédaction de leurs enseignes et la couleur de leurs écussons.

La barbe, la chevelure, les perruques, ont subi de nombreuses transformations suivant les temps et les lieux ; plusieurs graves historiens n'ont pas dédaigné de nous apprendre les modes en usage aux temps passés, nous n'en parlerons donc pas. Notons cependant que la mairie de Dijon fit plusieurs règlements sur la façon de porter la barbe ; en 1534, le maire Sayve fit défense aux ouvriers, artisans et autres de porter barbe longue de plus de quinze jours, parce que plusieurs brigands, épieurs de grands chemins et coureurs, sous barbes longues, se rendaient inconnus. L'année après tous les Dijonnais devaient se raser sous peine de prison. De son côté le Parlement ordonnait à tous juges, lieutenants, avocats, greffiers, procureurs, huissiers et autres gens de justice de son ressort, d'ôter leurs barbes et de ne plus les porter longues sous peine d'amende arbitraire. Au siècle suivant la mairie délibéra que les étrangers, mendiants, fainéants, vagabonds, que l'on trouvera dans les rues, seraient rasés d'un côté puis expulsés immédiatement de la ville. Cette singulière mesure ne tint pas et quelques années après, ces intéressantes gens furent entièrement rasés ; en 1683, c'est dans la prison même que les barbiers les opéraient.

Le début des barbiers dans l'histoire municipale fut marqué par une usurpation de pouvoir ; réunis en 1392, à l'hôtel du *Chappeaul-Roige*, sous la présidence de leurs jurés, ceux-ci disant en avoir la permission, ils établirent un règlement en faveur de leur monopole et auquel nul confrère ne devait déroger : défense de faire la barbe à nulle personne, pauvre ou riche, à moins de deux deniers ; les saignées, suivant leur importance, furent taxées deux, quatre et cinq deniers, etc.

La mairie, apprenant ce délit de lèse magistrature, fit comparaître les jurés, les condamna à 25 francs d'amende et les priva de leurs offices jusqu'au rappel de monsieur le maire (1).

Il fallait des règlements à des gens si entreprenants, aussi la mairie leur octroya les suivants en 1426 :

Ordonnances sur le mestier des Barbiers et Cireurgiens de la ville et commune de Dijon.

A tous ceulx qui ces présentes lectres verront et ourront, Estienne Chambellan, clerc, mayeur de la ville et commune de Dijon et les eschevins d'icelle, assemblez au chappitre des Jacobins, comme de coustume pour les besoingnes et affaires de lad. ville, salut. Pour ce que le temps passé plusieurs barbiers tant ceulx de lad. ville comme des estrangiers qui sont venuz demeurer en lad. ville, ont lever leurs ouvreurs et bouticles en icelle ville, pendu bassins devant leurs maisons et ouvreurs et se sont entretenuz et entremectent ung chascun jour dudit mestier de barberie et cireurgie et de toutes aultres choses touchans led. mestier de barberie et cireurgie sans ce qu'ils ayent aucunement esté approuvez ne que l'on ait sceu s'ils estoient expers, habilles, souffisans et ydoines pour exercer led. mestier de barberie et cireurgie, dont plusieurs périls, dommaiges et inconvéniens se sont ensuys et ensuyvent chascun jour. Savoir faisons que pour le bien.... de la chose publique... establissons les statuz et ordonnances sur led. mestier de barberie qui s'ensuyvent.

I. Premièrement. — Que nul barbier quel qu'il soit ne tiendra ne pourra lever bouticle, pendre bassin ne lever ouvreur dud. mestier en la ville et banlieue de Dijon, s'il n'est premièrement approuvé et receu par les commis et maistres dud. mestier et avec eulx tous les plus souffisans dud. mestier, s'il est souffisant et ydoine pour tenir ouvreur dud. mestier ; et est l'appreuve telle, c'est assavoir que il sera tenu d'estre en l'hostel et ouvreur d'ung chascun maistre l'espace de huit jours, et là sera veu s'il est ouvrier pour bien servir une per-

(1) B. 135.

sonne entièrement comme il appartient en tel cas ; et sera tenu de faire lesdiz huit jours chiez chascun desd. maistres un fer de lancette bien tranchant et bien poignant pour bien doulcement et seurement saignier en tous lieux que l'on doit saignier sur corps domme et de femme.

II. *Item.* — Après l'appreuve ainsi faicte il sera examiné desd. maistres sur le fait des saignies pour scavoir se il scet l'art et la mesure de bien saignier et là où gisent les veines que l'on doit saignier et à quoy elles servent, et quant il fera bon saignier et quant les saignies seront nécessaires et quant non, et quel temps est bon pour saignier et quant non. Et sera aussi examiné sur la division des membres et du corps humain qu'est à entendre de l'anathomye et aussi des appostumes qui peullent survenir sur ledit corps, tant simples que composées ; et aussi de Algebra, qu'est à entendre des fractures et deslocacion et aussi du chappitre de leppre ; et sera examiné s'il congnoit qui sont les membres principaulx qui peullent estre blecciés en temps de pestilence et quelle saignie doit estre faicte et quel temps la saignie peut amer. Et s'il n'est souffisant à répondre à cecy, il ne sera point passé à tenir ouvreur.

III. *Item.* — Que ung barbier maistre ou varlet ne pourra ne sera tenu de besoingner aux festes qui s'ensuivent, c'est assavoir : les dymanches de l'an, les quatre festes solempnelles, comme le jour de Noël, le jour de Pasques, les jours de Nostre Dame, la Feste-Dieu, l'Enscencion, la Toussains, Sainct Jehan-Baptiste et le jour de la Saint-Cosme et Saint-Damien, à peine de dix sols d'amende chascun barbier qui fera le contraire, la moitié à applicquer à lad. ville et l'autre moitié aux commis.

IV. *Item.* — Une femme vesve dud. mestier, elle pourra toujours tenir son ouvreur dud. mestier de barberie, et se elle se remarie à ung homme dud. mestier et il ne soit approuvé par iceulx maistres et commis, elle perdroit la franchise de tenir son ouvreur jusques à ce que son mary ait esté approuvé comme dessus.

V. *Item.* — Que nul maistre dud. mestier ne pourra soustraire ne faire soustraire aucun varlet, à peine d'un frant d'amende à applicquer la moitié à lad. ville et l'autre moitié ausd.

commis, à lever sur cellui qui soustraira, et sera deffendu par iceulx commis ausd. varlets le mestier en lad. ville jusques à ce qu'il ait accomply le service de son premier maistre.

VI. *Item.* — Que nul barbier ne pourra aler besoingner es estuves, car il n'est pas chose licite ne honneste aud. mestier, sur peine de vingt sols d'amende à applicquer comme dessus.

VII. *Item.* — Et pour savoir se aucun à enfrainctes les ordonnances dessus dictes, lesd. commis dud. mestier manderont et feront venir par devers eulx tous les barbiers tenans ouvreurs, ensemble leurs varletz et apprentifz qui pourront et sauront besoingner dud. mestier pour avoir les sèrements d'iceulx et pour savoir s'ils sauront nul qui ait besoingné dud. mestier aux festes, excepté aux choses nécessaires comme les saignies et remuemens de malades.

VIII. *Item.* — Seront tenus lesd. commis de venir présenter à nous ou à ceulx qui lors auront le gouvernement de la justice de lad. ville, ceulx qui par eulx seront approuvez et trouvez souffisans à tenir leur ouvreur, pour recevoir d'iceulx le sèrement ainsi que en tel cas appartient avant ce que lesdiz approuvez puissent lever et tenir leurdit ouvreur.

IX. *Item.* — Que lesd. passez et examinez ne pourront tenir ne lever que une botique, laquelle ne pourront lever ne faire tenir à autres, sur peine de dix frans pour chacun an à applicquer comme dessus et perdre les franchises dud. mestier.

X. *Item.* — Que nuls de quelque estat qu'ils soient, cireurgiens, tailleurs de pierres et de roptures ne pourront ne feront incision sans la licence de nous lesd. mayeurs ou desd. commis de lad. ville, sur peine de cent sols à applicquer comme dessus.

Après lesquelles ordonnances ainsy faictes, nous, confians à plain des sens loyaultés et bonnes diligences de Huguenin Vigoreulx, Huguenin Vienoche, Jehan Masselin et Arnolet Enilet, barbiers jurés de lad. ville, iceulx avons nommez et instituez et commis par ces présentes, les ordonnons, instituons et comectons maistres et visiteurs sur led. mestier de barberie tant qu'il nous plaira pour faire tenir, garder et observer icelles ordonnances, tant par la forme et manière qu'elles sont dessus escriptes, appelé avec eux maistre Nycolas Joliectet, maistre François Chevalier et maistre François de Manteaulx, physiciens demeurans à Dijon, les trois ou les deux d'eulx. Lesquels Huguenin le Vigoreulx, Huguenin Vinoiche, Jean Masselin et Arnolet Enilet en ont prinse et acceptée la charge et fait le serment aux sains évangilles de Dieu es mains de nous lesd. mayeurs de bien et loyaulment exercer led. office et rapporter les amendes qui trouveront au registre de la Court de lad. maierie de Dijon et faire tout ce que bons et loyaulx commis peuvent et doivent faire de ce faire et les choses y appartenant et nécessaires, leur avons donné et donnons par ces mesmes présentes plain povoir, auctorité et mandement spécial, mandons et commandons à tous les subgects et sergens de lad. ville, prions et requérons tous autres que ausd. commis faisans et exerçans led. office, obéissent et entendent dilegemment et leur prestent et donnent conseil, confort et ayde se mestier est et requis en sont. En tesmoing de ce nous avons fait mectre à ces présentes lectres le scel aux causes de la Court de lad. mayerie, faictes et données le XXIIe jour du mois d'avril après Pasques, l'an mil CCCC vingt et six.

Telles sont les premières ordonnances sur le métier, mais dans ces temps où la salubrité publique était si souvent mise en danger par les épidémies, les barbiers-chirurgiens furent encore soumis à de timides règlements d'hygiène. Ces règlements, parfois naïfs, nous montrent l'impuissance de la science d'alors pour combattre les fléaux à fréquents retours comme la peste. Par mesure de précaution et dès 1401, la mairie avait bien prescrit aux chirurgiens de verser le sang des saignées aux champs hors la ville, mais les magistrats, doutant de leurs connaissances, eurent recours aux médecins qui leur adressèrent un curieux mémoire d'hygiène et de chirurgie dont nous extrayons ce passage :

Pour passer maistres barbiers et chirurgiens, ne vous fiez au petit nombre des examinateurs, mais soient tous appellez les maistres et serviteurs avec deux médecins et eschevins pour vous rapporter le savoir dudit cas ; ce tenez ordre au commencement la fin sera bonne et orez gens seures et expérimentez à cause de l'étude. Que nuls cirurgiens estrangiers soient receu en pratique qu'il n'ait esté examiné par les maistres jurés à ce commis par vous et qui ne ait sa lectre de maistrise en lieu famé et convenable. Nul barbier ou cirurgien aye à malade baillé médecine ou faire saignie sans médecin veu le petit salaire dont il se contente, et aussi soit taussée (taxée) la visitacion première du barbier pour survenir au peuple, car par saignie et médecine illicitement baillée ce ensuit grand inconvénient. Que en les passant maistres soient tenus en leur nombre ; baillé en temps de péril deux ayant la charge de visiter les malades sous condition à eulx par vous selon le temps déclairée et les laisser en nombre de maistres barbiers et cirurgiens, car la multitude fait la confusion. Pour ce présent temps sont deux causes communantes, maladies accrues comme fièvres continues et peste, à cause que la mutation du temps en diverses natures tant en ung jour que en une sepmaine et non l'autre a esté. Aussi pour les putréfactions estans es maisons non aérées, comme par les rues, dont soit prohibé garder urines es potz le jour, de uriner es lieux obscurs et non aérés, de recevoir es rues ordures comme cendre, fumier, putréfaction de cuisine, putréfactions fécales, ne faire le *retrait* es rues comme il est de coustume ; aussy non souffrir es maisons non aérées les latrines pleines de paludes, car, soit par pluye ou air chaud ou vent aucun, la région en est infectée. Que les infections de la ville soient gectées au vent non venant du côté de la ville. Prohibez soient tous jeux et violences du corps. Prohibez soient tous fruys et toutes espèces de champignons. Défendues soient toutes congrégations. Pour obvier à dangier des personnes, frais et despens de la ville, sera baillé au barbier à ce commis bon régime préservatif et curatif pour le remède de la maladie, sans ce que médecin ait gage ce il ne luy plait usier pour son plaisir de vouloir. Et se entretenez médecins califiez et approuvez, aussi apothicaires bien scechans et cirurgiens en deffendant à tous autres non examiné vostre ville, vous serez bien servi et seurement et se trouveront bonne alliance desdits en ceste ville, car plusieurs ne viennent que pour leur

expérience et par astusse et décepcion rober or et argent, non ayant amour ne honneur en iceulx, et ce preuvé par le temps passé dont tout le erreur en procède.....

Malgré toutes ces précautions et ces prescriptions qui nous montrent que la ville ne brillait pas par la propreté au XVe siècle, il arrivait parfois que la maîtrise était donnée à un privilégié sans qu'il subisse aucune épreuve; témoin la délibération du 13 septembre 1485 : « Vu la requeste du mareschal de Bourgogne, Philippe de Hochberg, et de sa femme Marie de Savoie, pour qu'on permette à Jean Leclerc de tenir botique de barberye à Dijon, on consultera là-dessus les jurés barbiers, mais néanmoins pour l'honneur de Madame, issue de sang royal, et comme c'est sa première requeste, on permettra audit Jean de tenir botique de barberye à Dijon, sans néanmoins exercer le mestier de cyrurgien sinon en ferongles, couppures et petites choses. »

La profession ne s'en exerça ni mieux ni plus mal et la peste continua de décimer la population. En 1444 parut un règlement faisant défense aux barbiers d'exercer la médecine et la chirurgie, cependant ils ne laissaient échapper aucune occasion pour prouver leurs connaissances en chirurgie; dans un rapport adressé à la mairie en 1466, au sujet d'une contestation de métier, ils démontrent que la saignée pratiquée sur un nommé Guillaume Vincent a été faite dans les règles de l'art, « car incontinent que une personne a commis aucune cheute ou concussion, la saingnée se doit faire le plus tôt que l'on peut de la partie oposite à la partie blessée, et s'il advenait que il fut blessé par tout le corps, ladicte saingnie se doit faire en la partie moins blessée pour eschevier les inconvéniens comme apostumes, fièvres et plusieurs autres maladies qui y pourroient survenir se ladicte saingnie ne se faisoit ».

Ils connaissaient aussi la qualité des fers de lancettes et lorsque l'aspirant Baudichon présenta son chef-d'œuvre, l'un des quatre fers examinés fut reconnu brûlé et brisé de suite. Devant des preuves de compétence aussi manifestes, la mairie ne put empêcher les barbiers de continuer, en partie au moins, la chirurgie.

Les barbiers ont une belle page d'histoire en ces temps d'épidémies : quand les hôpitaux refluaient de malades, quand les familles contaminées n'avaient plus qu'à mourir abandonnées, et que les *mogoguets* avaient vidé et cadenassé leurs maisons, alors que le clergé opposait ses seules prières au fléau, et que les gens fortunés, magistrats en tête, évacuaient la ville pestiférée, il s'est rencontré des compagnons barbiers assez courageux pour assister les malades avec un dévouement absolument désintéressé. Telle la conduite de Girard Saulvestre ; sa requête pour être admis à la maitrise nous le montre « povre compaignon » à Dijon, « comme ledit suppliant, le temps de la peste regnant audit Dijon dernièrement, il ait servi de son art et pratiqué au mieux qu'il a sceu et secoru à toutes heures les habitans dudit Dijon, assavoir ceulx qui estoient entachez de la contagieuse et périlleuse maladie d'épydémie lors régnant, autant le petit que le grand, et sans pour ce abandonner la ville dont partoient plusieurs de sondit art.... » Si les termes de la requête sont peut-être exagérés, la récompense ne le fut pas, le suppliant fut reçu maitre mais dut payer les frais de réception.

Ce dévouement spontané pouvant faire défaut, la mairie y pourvut en délibérant qu'il serait choisi parmi les barbiers-chirurgiens deux maitres pour soigner les pestiférés. Cette désagréable corvée ne fut pas acceptée avec empressement et la mairie dut nommer d'office les *barbiers de peste*. En 1507 et 1508, plusieurs mandats de paiement furent délivrés pour rétribution de cette fonction. En 1520, le barbier Pierre Meure, dont la femme et les enfants étaient morts de la peste, fut nommé barbier de peste et reçut cent sols d'indemnité. Ces fonctionnaires devaient porter des bonnets jaunes semblables à ceux des maugoguets, fuir la compagnie des gens sains et éviter toutes les réunions ; il leur était cependant permis d'assister à la messe, mais à la plus matinale. Comme les lépreux, ils devaient avoir, eux et leurs chevaux, des sonnettes et les agiter à la rencontre des passants pour éviter tout contact, et de même qu'on isolait les contagieux, on parquait ceux qui les soignaient dans des asiles spéciaux ; en 1517, les barbiers de peste logeaient à la Tour-aux-Anes, ensuite rue de Cherlieu, côte à côte avec les funèbres maugoguets (1). Au XVIe siècle, ils étaient élus pour cette fonction dans les assemblées corporatives et ils devaient se rendre partout où ils étaient demandés.

Tout en observant le règlement de 1444, qui défendait aux barbiers l'exercice de la médecine et de la chirurgie, les premiers statuts furent confirmés par Louis XI en 1479. La confirmation du roi n'était qu'un honneur, car de nouveaux statuts reconnus nécessaires furent bientôt délivrés. Ceux-ci, de 1486, ne font aucune distinction de métier, ils s'adressent indifféremment aux barbiers et aux chirurgiens sans délimiter les attributions de chacun. En voici quelques curieux articles :

Pour ce que plusieurs inconvéniens et maladies peuvent survenir à corps humains entrelesquelles y peut avoir relaxation, rouptures, pierres et autres accidens es parties inferiores là où

(1) La *Tour aux Anes,* ou tour de la *Trémouille* était sur le boulevard actuel de ce nom. La rue de *Cherlieu* était la rue Richelieu. « *Maugoguets* ou sacards, « mot de Dijon » ; gens qui emportaient les morts en temps de peste pour les enterrer et qui, en même temps, pilloient les maisons. » (Ducange, au mot *Saccarii*).

il est besoing de faire incisions et y peut avoir perdicion de membres, et semblablement vient es yeux aucunes fois toilles (membranes) et empeschement de vue pour le remède desquels faut ouvrer de dracme (petite dose) et caterater, desquelles choses les maistres cirurgiens et barbiers de la ville de Dijon ne s'entremectent pas voulontiers pour les dangiers et périls tant de morts comme d'autres périls qui s'en peuvent ensuir, pour obvier esquels périls soit deffendu à tous cirurgiens et autres de quelque estat qu'ils soyentestrangers, qu'ils ne soyent si osez de ouvrer en lad. ville et banlieue des incisions et choses dessus dictes où il peut avoir dangier de mort, se non que ce soit du consentement et congié de monseigneur le mayeur de Dijon et par le conseil et advis des jurés et commis sur led. mestier.

Que se aucun barbier ou cirurgien... se vouloit mesler et entremectre de tailler, oudit cas qu'il s'en voudroit mesler, il ne pourra tenir ouvreur de barberie et cirurgie... pour ce que ledit mestier de tailler est chose infâme...

Ne pourront aussy... ouvrer es estuves chauldes se non en chambre honneste se requis en sont par les gens de bien.

Que aucun barbier ou cirurgien ne pourra entreprendre de gouverner aucune personne blecée, ne lever bendes ou emplastres que autres barbiers ou cirurgiens auroient mis et dont il auroit commencé et entreprins la cure se non que ce soit par ordonnance de justice...

Que aucuns ne tiendra en son hostel jeux dissolus et deffendus ne aucun malvais commerce en quelque manière que ce soit...

[Pendant les huit jours de l'épreuve, s'il se présente des malades chez le maître, l'aspirant devra les saigner, les « ventouser » et leur faire « barbe et petits cheveux. »]

Il y a dans ces statuts des passages qui vous laissent rêveur, des sous-entendus qu'on a peur de comprendre : les chambres honnêtes, le mauvais commerce, font supposer que la moralité des barbiers avait besoin d'être surveillée. Et la taille infâme ! qui remet en mémoire la légendaire enseigne dijonnaise : *Céans, on tond les chiens et on taille les chats.*

Le monopole de nos maîtres n'échappait pas à la concurrence ; en 1507, la mairie constata que des « varlets barbiers se entremectoient de ouvrer tant de cirurgie que de barberie en plusieurs chambres et hostels et pourtoient bassins, sans qu'ils soient approuvez ne passez maistres ». Un nommé Muretousjours avait ouvert boutique sans lettre de maîtrise ; des veuves employaient de simples apprentis au lieu d'ouvriers ydoines, etc. La mairie redressa ces abus et fit défense en même temps aux veuves et à leurs valets de s'occuper de chirurgie « ains s'entremectront seulement de faire barbe et de laver teste ».

Ce fut le premier pas vers la séparation des métiers ; le second eut lieu l'année suivante, 1508. A ces époques d'épidémies le nombre des barbiers-chirurgiens était parfois insuffisant et les magistrats informés « que plusieurs d'entre eulx saignoient et habilloient dans les boutiques des personnes ayans plaies chancreuses, maladies de Napples et autres maladies secrètes et dangereuses, et les oignaient en présence et au grant regret de ceux qui se barboient, et qu'enfin ils se promectoient de soingner en secret des maladies de peste dont plusieurs inconvéniens estoient survenus, » les magistrats, disons-nous, résolurent d'épurer ces salons de coiffure interlopes. Ils choisirent donc, hors des maîtres, quatre bons compagnons experts en l'art de barberie et les établirent gracieusement dans quatre quartiers différents de la ville « pour bien servir un homme de bien, le barber et laver sa teste ».

L'effort s'arrêta là, le troisième et dernier pas ne devait être franchi que bien longtemps après, mais la cause principale de cette interruption fut l'édit royal qui créa en 1611 l'office de *Premier barbier-chirurgien du Roi.*

Nos sociétaires continuèrent donc d'opérer sous la même bannière et sous les ordres de ce premier barbier-chirurgien royal qui lui seul nommait, dans toutes les villes de France, un lieutenant ou commis qui lui servait de substitut, avec plein pouvoir de juridiction sur les maîtres et avec des statuts communs à tous les barbiers-chirurgiens de France (1).

Ces statuts ne modifièrent guère la situation et furent une nouvelle source de débats entre ce premier Barbier tout puissant et l'autorité municipale. La mairie, écartée du droit de nomination à la maîtrise, voulut au moins conserver celui de nommer les jurés, que s'attribuait le lieutenant des barbiers dijonnais. La cause fut portée, suivant les statuts, au grand Conseil du roi qui voulut bien maintenir le privilège de la mairie, mais le lieutenant fut investi de la présidence des assemblées où s'élisaient les jurés. La mairie ne faisait donc que ratifier le choix du lieutenant, mais les apparences étaient sauvegardées; les maîtrises, du moins celles des barbiers-chirurgiens, relevaient maintenant de la royauté ; la mairie ne sert plus que d'intermédiaire comme dans le cas suivant (2) :

Le 9 février 1668, l'intendant Bouchu écrit d'Auxonne au maire de Dijon de lui « envoyer incessamment deux maîtres chirurgiens des plus experts avec six autres servans chez les maîtres, auprès de lui pour de là passer au camp devant Dolle, pour y traiter les malades et blessés, et sera pourveu par nous à leur subsistance et payement. » La mairie s'empressa de provoquer une assemblée corporative et de lui communiquer les ordres de l'intendant ; le choix se porta sur Pernot et Lorial qui se

(1) *Statuts, privilèges et ordonnances accordez par le Roy à son premier chirurgien et à ses Lieutenans ou commis établis dans toutes les villes et bourgs du Royaume*, du 28 mars 1611 (Imprimés).

(2) Nous verrons plus loin que le pouvoir du premier Barbier mit longtemps à s'implanter dans la « généralité de Dijon ».

mirent en route de suite avec six compagnons. Après les chirurgiens de peste, nous avons les chirurgiens de guerre, heureusement Dôle ouvrit ses portes quelques jours après.

Nous avons aussi la catégorie des « chirurgiens de rapports », c'est-à-dire préposés aux expertises de justice sur les personnes blessées, tuées ou noyées, et qui payaient leur office en conséquence de cette spécialité. « En 1665, en 1668, on se plaint fort des chirurgiens inexpérimentés et suspects qui ont obtenu l'autorisation du roi et la nomination de son premier barbier pour être dits *chirurgiens des rapports*, prétendant au moyen de cette qualité forcer les parties et les juges à leur confier par exclusion à tous autres la visite des personnes blessées, tuées ou noyées, avec menace en cas de contravention de faire assigner lesdits juges au Conseil. En 1700, on n'a point encore oublié l'origine de ces pauvres officiers et l'on réclame la permission de les rembourser ; on les rembourse en 1702 (1).

Un arrêt du conseil du roi du 6 août 1668 déposséda le premier Barbier de tous ses droits en faveur du premier Chirurgien. C'est le nom seul qui fut changé, les privilèges furent les mêmes, les charges aussi, de plus les attributions s'étendirent sur les perruquiers et sur les baigneurs.

A Dijon, comme à Paris, les perruques furent du ressort des barbiers, défense aux chirurgiens de s'en occuper ; cependant les chirurgiens conservaient le droit de faire « le poil et la barbe », mais, paraît-il, ils s'en acquittaient très mal et d'une manière peu édifiante en employant des apprentis mal propres et peu versés dans l'art de barberie, car, avec les mêmes outils, ils traitaient la barbe et les tumeurs ! Ils ne furent pas punis pour si

(1) A. Thomas, *Une province sous Louis XIV*, Paris, Dijon, 1844.

peu, néanmoins la mairie résolut de porter à douze, au lieu des quatre de 1508, le nombre des barbiers de quartier et défense leur fut faite en même temps de s'occuper de chirurgie et de médecine. Cette délibération de 1672 détermina les barbiers à rompre définitivement leurs lancettes pour tresser des perruques et se plonger dans les bains. Ils prirent donc le titre de *Barbiers-Perruquiers-Baigneurs et Etuvistes* et demandèrent des statuts avec le monopole des bains et étuves. Ce qui leur fut accordé par délibération municipale du 15 mars 1678. Parmi leurs 31 articles, nous relevons les suivants :

Estant nécessaires que lesdits barbiers-baigneurs-étuvistes et perruquiers ayent des marques visibles de la nécessité de leur art, il leur sera permis ainsy qu'il a esté pratiqué du passé, d'avoir des boutiques fermées de chassis à grands carreaux et verres, sans aucune ressemblance aux monstres des maistres chirurgiens jurés, et de mettre à leurs enseignes des bassins blancs pour marque de leur profession, à la différence desdits maistres chirurgiens qui en ont des jaunes, avec cette inscription : *Barbiers-Baigneurs-Étuvistes et Perruquiers, céans on faict le poil proprement et on tient bains et étuves ;* et que défenses seront faictes ausdits maistres chirurgiens et à tous autres de faire mettre sur leurs boutiques de semblables chassis à ceux des barbiers et aux barbiers d'avoir des monstres pareilles à celles des maîtres chirurgiens, à peyne de deux cents livres d'amende pour chacune contravention.

Aux seuls barbiers, perruquiers, baigneurs, étuvistes, du nombre dedit vingt appartiendra de faire le poil, bains et perruques et toutes sortes d'ouvrages de cheveux d'hommes et de femmes sans que autres s'y puissent entremettre, à peine de cent livres d'amende ; n'entendant néanmoins oster la liberté à tous chirurgiens ny à leurs garsons apprentifs de faire le poil et la barbe.

Demeurera néanmoins permis aux barbiers des maisons roïalles de faire leurs fonctions comme ils ont accoustume de faire conformément à leurs lettres et déclarations à eux accordées par lesdictes lettres, servant actuellement par quartiers.

Demeurera permis aux barbiers, baigneurs, étuvistes et perruquiers de faire et vendre en leurs boutiques des poudres, opiat pour les dents, savonnettes et autres senteurs, essences, pâtes à laver les mains, nettoyer les dents et générallement tout ce qui est propre pour l'ornement, propreté, netteté et santé du corps humain.... Comme aussi leur demeurera permis de vendre et négocier de cheveux tant en gros qu'en détail, et deffense à toutes personnes de s'y entremettre, synon en apportant lesdits cheveux au bureau des barbiers ...

La séparation des métiers n'est pas absolument complète, mais le public ne peut s'y tromper, il saura facilement s'il va chez un barbier ou chez un chirurgien. La confrérie des barbiers reste aussi sous le patronage de saint Côme, chaque confrère devait verser 15 sols le jour de la fête pour l'entretien des services qui se disaient au couvent des Carmes et qui consistaient en premières vêpres la veille de saint Côme, une messe solennelle et vêpres le jour même, et un service mortuaire le lendemain.

Quelques règlements supplémentaires vinrent compléter ces statuts qui furent confirmés en 1693. Une amende de dix livres fut appliquée à ceux qui manqueraient aux assemblées sans cause légitime ; en 1700 le don de bâton fut porté à 50 livres pour subvenir aux frais du luminaire de la confrérie ; un bureau tenu par un clerc « suivant qu'il se pratique à Paris, Lyon et dans les autres grandes villes », fut établi pour le placement des garçons ; en 1736, la défense aux chirurgiens de s'occuper de perruques fut renouvelée plusieurs fois ; enfin le nombre de maîtrises n'était pas toujours de 20 ; en 1700, il y en avait 15 : Humbert, Sauteray, dit la Sallée, Sureau, Berteau, Cossard, Judrin, Demange, Hudelot, Fortier, Saint Yves, Mamert, Blanchetet, Mathiolet, Lagrave et Dijot. En 1781, on en pouvait compter jusqu'à 35.

Par édits royaux de 1669 et 1756, les chirurgiens

furent autorisés à se porter candidats aux élections municipales ; ils purent faire partie de leur académie fondée à Paris en 1731. Leur profession se rattache désormais à la médecine et nous les abandonnons à leurs hautes fonctions.

Si les chirurgiens ne troublèrent plus les barbiers, une nouvelle concurrence, non prévue par les statuts, ne tarda pas à se produire : il s'agit des « coëffeuses qui taillent et frizent les cheveux des dames ». Elles apparaissent dans nos documents vers 1750. Il fut très difficile aux barbiers de se procurer des armes contre elles ; le mutisme des statuts était si réel à cet égard que beaucoup de garçons barbiers délaissèrent leurs patrons et se déclarèrent « compagnons coëffeurs ». Réduits à l'impuissance, les maîtres proclamèrent qu'ils n'emploieraient plus aucuns garçons coiffeurs de dames, attendu que sous ce prétexte, il serait facile à ces garçons de faire les « chambrelans ». Loin d'être un remède, cette décision consolida, en l'isolant des maîtrises, l'industrie des coiffeurs et coiffeuses à domicile. Les ouvriers n'eurent plus de patrons et pratiquèrent ouvertement le « chambrelandage », c'est-à-dire le travail en chambre. Le métier devint si fructueux que plusieurs patrons même vendirent leurs lettres de maîtrises pour avoir la faculté de coiffer les belles dames du XVIIIe siècle, chose très onéreuse pour les finances de la communauté qui était déjà (comme en 1700 où il n'y avait que 15 maitres) propriétaire de cinq de ces lettres et qu'elle dut céder à un prix au-dessous de leur valeur. La maîtrise se payait, dans les grandes villes, de 1500 à 2400 francs.

On a remarqué que, dans ces derniers règlements, le pouvoir du premier barbier ou chirurgien du roi n'était pas invoqué, en voici la raison : Depuis les statuts de 1611, qui plaçaient les barbiers-chirurgiens de tout le royaume sous la juridiction du premier chirurgien du roi, jusqu'en 1678, il s'était fait octroyer par deux fois des statuts pour tous les maîtres de France, mais l'enregistrement de ces statuts communs fut suspendu dans plusieurs provinces, notamment dans la généralité de Dijon, « de sorte que les communautés de cette ville et du ressort de la Cour vivoient depuis ce temps dans une espèce d'anarchie sans savoir positivement les règles qu'elles devoient suivre, ne pouvant, faute d'enregistrement, se prévaloir en justice des statuts de 1725 ; que c'est ce qui a engagé le premier chirurgien, la communauté de Dijon et plusieurs autres de la province à solliciter un nouvel arrest et d'autres lettres patentes qui auraient été accordées au premier chirurgien le 14 août dernier (1768) au moyen de quoi il était question de procéder à l'enregistrement du tout... » (1). Ces lettres patentes furent donc enregistrées au Parlement de Dijon le 27 octobre 1768 et servirent de statuts aux barbiers-perruquiers, baigneurs et étuvistes de Dijon. Cette fois il n'est plus question de chirurgiens ; le saint patron de la nouvelle corporation est saint Louis, comme pour toute la France et le patron laïc est le premier chirurgien du roi, représenté à Dijon par son lieutenant.

En 1781, la composition de la corporation était la suivante :

Lieutenant : J. Galleton.
Receveur : J.-B. Thibault.
Syndic : Esprit Gouveau.
Doyen : Fr. Bourgeois.
Buraliste : Sarold.
Membres : Ant. Perrier, Cl. Paillot, Michel Peltret, J.-P.

(1) *Lettres patentes en forme de statuts pour toutes les communautés des maîtres Barbiers....* Dijon, Hucherot, 1768, in-4°, 25 pages.
Pour les *Etuvistes* voir : *Les Etuves dijonnaises,* par M. J. Garnier, Dijon, Jobard, 1867 ou *Annuaire de la Côte-d'Or,* même année.

Ogé, H. Marillier, J.-B. Gelin, J.-B. Bechon, J.-B. Paicheur, L. Riboulot, Harel puiné, Fr. Gaudelet, Ant. Gay, J.-B. Joanne, Harel aîné, J. Sylvestre, Cl. Larue, J.-B. Gerbois, L. Jomain, Ab. Lérigé, P. Tanière, J.-H. Duffaut, Yves Pierre, A. Falgoust, E. Martin, E. Houperet dit Belcour, Cl. Gaudelet, H. Fouquet, Cl. Charolet, J.-P. Cazotte, J. Rénon. Soit 35 maîtres.

Dans les fêtes célébrées à Dijon, en 1788, à l'occasion de la « rentrée du Parlement », les perruquiers dijonnais se distinguèrent par des manifestations et des décorations « éclatantes et ingénieuses ». Le lieutenant Galleton chanta des couplets de sa composition, il y eut bal et spectacle, le tout au profit des pauvres. Galleton est connu aussi par quelques pièces rimées en patois bourguignon et surtout par sa fin tragique. Pour des causes concernant les intérêts de sa corporation et jugées contraires au bien de la nation, il fut emprisonné à Dijon avec les plus militants de ses collègues et lorsque le représentant Bernard de Saintes, qui avait pris le nom de Pioche Fer Bernard, envoyé en mission à Dijon, passa l'inspection des prisonniers, il en envoya trois des plus mal notés à Paris où ils furent guillotinés le 17 floréal an II (6 mai 1794), ces trois ex-perruquiers étaient Joseph Galleton, Claude Joudrier, âgés tous deux de 36 ans, et François Bille, de 26 ans.

Les 25 offices des perruquiers furent liquidés en 1792. Fixée d'abord à 61.000 livres, la liquidation acceptant la réclamation des titulaires fut portée à 118.867 livres 13 sous 8 deniers (1).

Ces chiffres prouvent que Galleton et consorts étaient dans leur droit. Mais la peine capitale fut prononcée contre eux pour avoir, *étant en prison*, pratiqué des

(1) Loi relative aux perruquiers de la ville de Dijon. Dijon, Capel, 1792, 2 pages in-4°.

manœuvres tendant à la dissolution de la Convention, au rétablissement de la royauté, et pour propos tenus contre la République. On avait une certaine liberté, en prison !

« Je ne suis pas barbier pour me montrer les dents » est un ancien proverbe qui prouve que les barbiers s'occupaient d'art dentaire. A la séparation des professions de barbiers et de chirurgiens, ceux-ci prirent le nom de chirurgiens-dentistes comme spécialistes. Ces praticiens avaient une concurrence redoutable dans le charlatanisme et les véritables dentistes ont laissé peu de trace à Dijon. Le 22 décembre 1696, Jean-François de Monty, natif de Venise, « opérateur pour les dents », est reçu habitant de Dijon moyennant la somme de 12 livres ; c'est, croyons-nous, le premier dentiste sédentaire à Dijon. Peu après, le nommé Villetard alias Devilletard, malgré les tracasseries du lieutenant de chirurgie, obtient le droit « d'opérer pour les dents », attendu qu'il est reçu maître à Paris et que le roi permet aux maîtres parisiens d'opérer en province sans participer aux charges des corporations. Le sieur Leclerc, « turc de nation », n'a pas le même succès, il est au contraire condamné à trente sols d'amende avec défense d'exercer le métier. En 1740, Antoine Forcheron, dentiste, « le seul qui opère avec quelque succès à Dijon » sollicite une pension de dix livres par an, son travail ne suffisant pas à l'entretien de sa famille ; la mairie lui accorde et paye chaque année cette somme ; en cas de réclamation de la part des héritiers, les archives de la ville peuvent produire les reçus signés de Forcheron, dont le dernier porte la date de 1751.

Par l'emploi de leurs produits, les Amidonniers (1)

(1) Arch. munic., G. 8.

peuvent se rattacher aux perruquiers. Le premier auteur qui parle d'amidon est Pierre de l'Estoile, dans son journal comprenant la période de 1540 à 1611 ; les comédiens seuls alors usaient de poudre d'amidon pulvérisée et parfumée pour se blanchir les cheveux ou les perruques ; cet usage s'étendit peu à peu, et au XVIIIe siècle, la noblesse et le clergé poudraient leurs perruques comme de véritables comédiens (1).

Ce n'est qu'en 1731 que les cinq maîtres amidonniers de Dijon font acte de présence par les statuts suivants homologués à la Chambre de Ville :

Statuts des maîtres Amidonniers.

I. — Nul personne ne pourra faire amidon et poudre à poudrer dans la ville et banlieue de Dijon, qu'il ne soit reçu maître dans led. corps et n'ayt prêté serment entre les mains de messieurs les magistrats.

II. — Que nul personne ne pourra être reçu maître amidonnier qu'il n'ayt fait son apprentissage et n'ayt demeuré trois mois au moins chez un maître de cette ville.

III. — Que chaque apprentif sera tenu de donner dix livres à la boîte desd. maîtres amidonniers pour l'enregistrement de son brevet d'apprentissage.

IV. — Que chaque maître sera tenu d'avertir le juré et le procureur de la communauté qu'il a un apprentif huit jours après qu'il sera rentré chez lui, à peine de six livres d'amende moitié au proffit de la ville et l'autre à celui de la commuauté.

V. — Que chaque maître qui sera reçu sera tenu avant sa réception de payer audit corps la somme de cent livres.

VI. — Qu'il sera nommé le lendemain de la Notre-Dame de décembre, deux jurés dont le dernier deviendra le premier l'année suivante.

(1) On se servait déjà de poudre, mais avec discrétion sous Louis XIV.

VII. — Que lesdits jurés assistés de M. le procureur-syndic ou de l'un de ses substituts seront tenus de faire tous les ans quatre visites chez les maîtres pour reconnaître si les amidons et poudres qu'ils fabriquent sont de bonne qualité, et au cas qu'elles se trouvent de mauvaise qualité de même que l'amidon, ils pourront les faire saisir et en poursuivre la confiscation moitié au proffit de l'hopital général de cette ville et l'autre moitié au proffit de la communauté desdits maîtres amidonniers.

VIII. — Qu'aucun marchand étranger ne pourra vendre ni débiter en cette ville l'amidon et des poudres à poudrer, que le tout n'ayt été préalablement visité par l'un des jurés de la communauté qui donnera son certificat de la bonne qualité desd. amidons et poudres.

IX. — Qu'aucun étranger ne pourra apporter de l'amidon et des poudres en cette ville pour les y débiter que de trois mois en trois mois.

X. — Que chaque maître sera tenu à son tour de prendre le bâton de la confrairie et de payer pour son don de bâton la somme de 15 livres.

XI. — Que tous lesdits maîtres seront tenus d'assister aux premières vêpres qui se diront la veille de la Conception ledit jour, et ledit jour de la Conception à la grande messe et aux vêpres et d'aller prendre le bâtonnier en sa maison et le reconduire en sa maison, et d'assister le lendemain de la fête de la Conception à la messe qui sera célébrée pour le repos des âmes des deffunts, à peine contre les deffaillans auxdits services de vingt sols d'amende applicable au proffit de la confrairie à moins d'empêchemens légitimes.

XII. — Que toutes les assemblées seront convoquées de la part de l'ancien ou du juré et seront faites en la maison du bâtonnier et les maîtres seront avertis de s'y trouver par le dernier reçu, à peine de dix sols d'amende applicable au proffit de la confrairie sans cause ou empêchement légitime.

XIII. — Que le coffre sera déposé en la maison de l'ancien et sera garny de deux serrures différentes et les deux clefs remises l'une à l'ancien et l'autre au juré.

XIV. — Que lesdits jurés seront tenus de rendre annuellement compte des sommes qu'ils recevront et de celles qu'ils dépenseront pour les affaires de la communauté au sortir de la jurande ; seront les lettres attachées au double desdits comptes et remis au coffre de la communauté.

XV. — Qu'il sera enjoint à tous ceux qui exerceront la profession d'amidonnier de se faire recevoir dans la communauté et jusqu'à leur réception, défenses leur seront faites de fabriquer des poudres et amidon, à peine de confiscation desd. marchandises et outils servans à ladite profession et d'amende arbitraire, le tout sera applicable un tiers au proffit de la ville, un tiers au proffit de l'hôpital général et le dernier au proffit de la communauté desd. maîtres amidonniers (1).

Ces statuts sont signés : Etienne Clié, Claude André, J.-B. Debout, Jean Mathieu, Joseph Raffet.

(1) G. 8.

CONSTRUCTION, AMEUBLEMENT, EQUIPAGE.

MAÇONS, TAILLEURS DE PIERRE, PAVEURS, COUVREURS (1).

PATRONAGE : Les quatre couronnés, c'est-à-dire saints Sévère, Sévérien, Carpophore et Victorin, martyrs sous Dioclétien, qui ont une église à Rome.

ARMOIRIES : *D'argent, à quatre lions de gueules, couronnés d'azur, cantonnés et tenans chacun de leur patte dextre une palme de sinople.*

La profession de maçon est aussi ancienne que l'origine des habitations et se perd dans la nuit des siècles, mais sortons de ces temps obscurs et arrivons de suite au XVe siècle (2). Nous trouvons à Dijon, sous Philippe le Hardi, le début du *Maître général des œuvres* ayant sous sa direction le *Maître des œuvres de maçonnerie* et en dessous les *Ouvriers des œuvres*. Le dernier maître des œuvres de maçonnerie des Ducs, Jean Nourrissier, fut continué dans ses fonctions par Louis XI, pour la construction de son château. Les maçons qui travail-

(1) Arch. munic., G. 48, 27.

(2) Au XIVe siècle, les ducs de Bourgogne avaient déjà leurs « Maitres des Œuvres » : Geoffroy de Blaisy, Simon de Montmirel, Jean de Saint-Julien.

laient à la Bastille dijonnaise étaient exempts d'impôts ; les lettres du roi, du 21 juin 1494, qui exemptent Nourrissier, sont parvenues jusqu'à nous :

..... Pour et affin que nostre chier et bien amé Jehan Nourrissier, maistre de nos œuvres de maçonnerie en nos pays de Bourgoingne, puisse mieulx vacquer au fait des ouvrages batimens et édiffices que nous faisons faire en plusieurs de nos places..... en recongnoissance des services qu'il nous y fait..... voulons..... qu'il soit et demeure doresnavant, sa vie durant, franc, quitte et exempt de toutes charges, tailles, aydes, etc...

Les comptes de la construction du château de Dijon font venir Jean Nourrissier alias Morrissier, de Moulins ; il tient une grande place dans les documents de l'époque et est encore cité en 1511. C'est lui aussi qui fournit la première pièce concernant le régime du métier, un projet de règlement adressé à la mairie en vue d'établir les statuts :

C'est l'opinion et advis de maistre Jehan Nourrissier...... les massons habitans de la ville de Dijon entendent à faire une...... (1) à messieurs les mayeur et eschevins de lad. ville de Dijon, sauf qu'ils feront aucune entreprise ne aucune ordonnance qui pourte dommaige à la ville ne aux champs à l'office du maistre des euvres de maçonnerie présent et advenir et demorer ledit office à la liberté et franchise comme il a esté de temps passé et de présent.

Et premièrement qu'il soit le plaisir de mesdisseigneurs pour le prouffit du bien commun, des bourgeois et des marchans et de tous autres qu'ils font édifier et bastir, pour ce qu'il y a de grands abus comme l'on peult veoir quothidiennement ung chacun jour en lad. bonne ville quar il y en a et en y vient que l'on cuide qu'ils sont ouvriers qu'ils ne font ne scèvent faire chose qui vaille, et en sont trompez mesdisseigneurs.

Supplient lesd. maistres et ouvriers qu'il plaise à mesdis-

(1) Ces mots manquent dans l'angle déchiré de la pièce.

seigneurs mayeur et eschevins de la ville de Dijon, que par le maistre masson et de eulx compaignons qu'ils seront esleuz le mieulx seront de lad. bonne ville et seront ydoines et souffisans ; que quant il viendra aucun masson estrangier ou aucun qu'il ne soit ouvrier qu'il veuille besoingner ou prendre besoingne en lad. ville, entendent qu'il soit interrogié et examiné de la science de l'art de massonnerie, et seront appellez les deux jurés de la ville avec le maistre masson pour veoir s'il est ouvrier ; et s'il n'est ouvrier qu'il luy soit deffendu qu'il ne preigne charge de besoingner, et aussi qu'il soit deffendu que nul d'autre mestier ne soit si hardiz de soi mesler dud. mestier de massonnerie à peine de émende que de raison. Et prient lesd. supplians que par un de mesdisseigneurs les eschevins, le maistre masson, les deux esleuz ou les deux jurés, que les ouvraiges de massonnerie soient souvent revisitez et si l'on treuve faulte, que celluy qui aura faicte la faulte, que répare lad. faulte et le dommaige et l'émende telle que la faulte réquierra, dont le tiers de l'amende au prouffit de lad. bonne ville et l'autre tiers au prouffit de la confrairie des quatre saints couronnés, patrons desd. massons, et l'autre tiers à ceulx qu'ils feront la visitacion. Et qu'il plaise à mesdisseigneurs souffrir que tous compaignons qu'ils viennent gaigner leurs journées de l'art de maçonnerie qu'ils soient tenus de payer dix sols tournois à lad. confrairie, et s'ils sont de lad. confrairie, ils ne paieront que leur confrairie, et ains seront tenus lesd. compaignons de lad ville qui les auront besoingner de leur baillergaingnier à leurs pièces ou à la journée.

Ce mémoire nous apprend que les maçons institués en jurandes avaient pour chef le maître des œuvres de maçonnerie et comme jurés les deux jurés-maçons de la ville. Mais la corporation ne semble pas encore en possession de statuts et c'est dans ce but que la mairie reçut en 1588 un nouveau *Mémoire des articles qu'il convient faire pour l'art de massonnerie.* Ce mémoire, amplement corrigé, rectifié, modifié dans sa rédaction même, semble prouver qu'il fut présenté à la sanction municipale. Mais il y manquait encore une clause principale dont les maçons réclamèrent l'insertion : c'était que nul autre ne puisse exercer le métier qui « est l'un des septs arts libéraux », sans avoir fait le chef-d'œuvre accepté par les jurés. En même temps ils demandaient l'enregistrement de ces statuts qui leur était nécessaire pour assigner les membres se refusant à payer leur quote-part. Voilà bien la constitution d'une corporation, mais nous n'en avons pas trouvé les statuts officiels.

Les paveurs se présentent aussi sous Philippe le Hardi et grâce à ce prince qui y participa pécuniairement, le pavage des rues de Dijon fut commencé en 1390. De son côté la mairie préleva l'impôt du « pavement », mais le clergé refusa cet impôt et ne paya que fort tard, après avoir épuisé la série des juridictions ; aussi le pavage continua-t-il très lentement. Philippe le Bon y contribua comme son grand-père et, par lettres-patentes de 1428, autorisa les Dijonnais à prendre les pierres nécessaires dans ses carrières de Talant. Les paveurs et les riverains des rues, qui devaient participer aux frais du pavage, allèrent donc chercher des pierres dans la « carrière du Duc » et dans celles de *Montchaumont*, de *Changey*, de *Gouville*, et les firent tailler en *pavé mué neuf*, en *pavé remué* et en *boutavant*. Par marché passé en 1485 : les pierres des *charrières* (1) devaient avoir dix à douze pouces de « profond » et les *pierres d'à côté*, huit pouces. En 1599, la rue du Bourg n'était pas entièrement pavée. Mais bientôt les rues intérieures furent toutes pavées avec écoulement des eaux au milieu, sans trottoirs, véritables ruisseaux en temps de pluies où les chéneaux déversaient directement l'eau des toits.

Il n'y avait alors que des paveurs municipaux ; en 1548, ils étaient trois : Thiébault Bourdot, Antoine Mi-

(1) Milieu de la rue où passent les charrettes.

chel, Jean Ayer, aux gages de 10 livres par an. Ces noms nous sont révélés par leur requête demandant leurs lettres de maîtrise afin d'empêcher les maçons, couvreurs et plâtriers d'usurper leur profession. Les notables habitans commençaient sans doute à faire paver leurs cours. En 1692, nous n'avons toujours que trois maîtres, membres d'une confrérie, probablement sous le patronage de saint Louis, puisque leurs armoiries portaient: *D'azur, à un saint Louis d'argent.* Peu de temps après ils se rangèrent sous la bannière des Quatre Couronnés.

Pour les couvreurs qui étaient aussi sous les ordres du Maître des œuvres de maçonnerie, nous avons des ordonnances dès le xve siècle, concernant la « moison », dimension des matériaux et le prix du travail, telles sont d'abord celles de 1418.

Ordonnances sur le fait et mestier des Recouvreurs de Dijon.

I. Primo. — Que tous les recouvreurs et autres ouvrans en ceste ville de Dijon, n'auront par jour depuis Pasques jusques à la Toussains, que deux gros, sur quoy ils seront tenus de faire leur despens, ou six blans de demeurant (1) lequel que mieulx plaira à celluy pour qui ils ouvreront.

II. — Auront par jour, depuis la feste de Toussains jusques à Pasques sept blancs, ou ung blanc de demeurant en la manière que dessus.

III. — Auront les recouvreurs pour la toise de layve en tout neuf, c'est assavoir : en toit moyen dix blans, et au plus haut trois gros et non plus et faire toute montée.

IV. — Auront les recouvreurs de la toise de thieulle endoulée ou latée et contrelatée, dix blans, et celles qui ne seront point contrelatées et ne seront que latée, deux gros.

(1) S'ils sont nourris chez les patrons.

V. — Auront de la toise de thieulle retournée, quinze deniers tournois.

VI. — Auront lesd. recouvreurs de la toise du toit de recouvrir, deux gros.

VII. — Auront lesd. recouvreurs du toit d'essaimes royé et à une douyte ou à plusieurs douytes, un gros, et seront tenus lesd. ouvriers de faire toutes montées à leurs despens.

VIII. — Seront tauxées les journées des varlets et apprentis par l'advis des jurés commis sur la visitacion du mestier de recouvreurs.

Confirmées entre les années 1439 et 1450, par le maire Philippe Machefoing, ces ordonnances furent renouvelées en 1490 dans un but d'uniformité des matériaux.

Ordonnances sur le fait du mestier des thieulles et quarrons.

Le jeudy huitième jour du mois de juillet mil IIII^{c} IIII^{xx} et dix, en l'hostel de monsieur le mayeur sire Henry Chambellan, où estoient avec luy honorable homme Girard de Saint-Ligier, maistre Drouhin d'Eschenon, eschevins de ceste ville, Jehan le Féaul, contreroleur des ouvraiges de la fortiffication et du pavement de ceste ville, Pierre de Florange, Girard Garu, maçons, Jean Lesourt, Nicolas Grosperrin, Guillaume Mongin, Mathey Chaussey, Jehan Chaussey, Jehan Nicole alias Moireaul, Jehan Choblanc, Jehan de Saint-Didier dit de Dijon, Richard Choblanc, Thomas Jacquelin, Thevenin Jouvret, Nicolas Tixot, Jehan Bossandet et Jehan Fleurol, recouvreurs, illec assemblez pour adviser de mectre ordre, forme et moison, longueur, largeur et grosseur sur le fait de thieulles, quarrons et pavemens que l'on vendra doresenavant en ceste ville de Dijon, pour ce que l'on a faictes plusieurs plaintes et doléances à mons. le mayeur, que l'on y a amené par cy-devant plusieurs pièces desd. ouvraiges qui ne sont pas de moisons souffisant ne convenable, au moyen de quoy et de la diversité des moisons d'iceulx ouvraiges, les ouvriers se trouvent en grande contrariété en la conduite desdiz ouvraiges dont ils ont charge, pourquoy les acheteurs ont esté et sont grandement intéressez et adommagez et plus seront se provisions et ordre n'y est mise. Et après ce que lesd. matières ont esté débattues bien longuement et que sur ce ont esté apportées et vehues plusieurs pierres desd. ouvraiges de diverses moisons ensembles ausd. maçons et couvreurs dessus nommez et sont d'avis tous ensembles d'un commun accord que doresnavant l'on pourra faire et faire faire lesd. ouvraiges des moisons cy-après déclairées.

Assavoir : Quant aux quarrons que l'on les facent de neuf poulces et demy de long, de quatre poulces trois quars de largeur et d'un poulce et deux tiers de poulce de grosseur.

Au regard du pavement, l'on le pourra faire en largeur de toutes moisons et aura le plus petit pavement un poulce de gros en espesseur et les autres qui seront de plus grandes moisons seront engrossis d'espesseur selon leur moison et seront de bonnes et souffisantes quarrures.

Et en tant qu'il touche la thieulle, que l'on fera aussi doresnavant de douze poulces de long, de six poulces de large et de trois quarts de poulce d'espesseur, et sera le croichet bon et convenable et en chacune thieulle aura deux petits partuis de çà et de là dudit croichet.

Et en oultre, semble au devant nommez recouvreurs que doresnavant l'on devra faire la latte pour couvrir de thieulles, de quatre pieds et demy de long et deux dois de large, sans aubert ne bois rouge et sans estre vermicelé et d'espesseur d'environ demy poulce.

Et deffend l'on à tous ouvriers thieulliers et autres doresnavant ils ne soient si hardiz de vendre ne faire vendre en ceste ville de Dijon thieulles, quarrons, ne pavemens qui ne soient de la longueur, largeur, espesseur et moison telle que dessus à peine de vingt sols tournois d'amende à lever sur un chacun faisant au contraire et pour chacune fois que reprins y sera à applicquer à lad. ville.

Toutesvoyes ceulx qui ont thieulles, quarrons et pavemens d'autres moisons et façon s'en pourront despêcher et les vendre sans amende deans la feste de Toussains prouchainement venant, lequel terme leur a esté accordé pour cest cause.

Et affin que aucun n'en puisse avoir cause d'ignorance, mesdits seigneurs ont fait mectre et attacher contre une colonne de bois estant en l'auditoire de la maison des prisons de lad. ville, les patrons de la moison, longueur, largeur et grosseur desd. thieulles et quarrons que lesd. thieuilliers et autres pourront prandre et avoir toutes les fois que bon leur semblera.

Outre les toits d'essaimes (de *ais*, petite planchette) dits aussi de *clavin*, qui ont disparu comme couverture et les toits de tuiles et de laves, il y avait encore au XVIe siècle des toits de chaume à Dijon ; en 1567, on en ordonnait encore la suppression et le remplacement par des toits de tuiles ou de laves. Vers cette époque, la mairie avait son juré-couvreur chargé de l'entretien des bâtiments communaux et en même temps préposé à la garde des ustensiles servant à combattre les incendies. En 1509, Richard Choublanc était couvreur-juré de la ville. En 1535, une grêle terrible ayant dévasté les toits de Dijon, les couvreurs voulurent en profiter pour majorer leurs prix, la mairie autorisa alors des couvreurs étrangers à venir travailler en ville pour y faire les réparations nécessaires.

Nos documents sont muets sur la tuile vernissée de couleurs qui fut employée dès la construction de la Chartreuse de Dijon (1) et dont il reste encore de beaux spécimens sur les toits de la ville. Quant à l'ardoise, il en est question dans les statuts suivants délivrés par le maire Hugues Tisserand en 1570, et qui mettent dès lors la corporation en jurandes :

(1) Voir : *La Chartreuse de Dijon*, par M. C. Monget, tome I, 1898.

Ordonnances politiques sur le mestier de Couvreur.

I. Pemièrement. — Que nul ne sera receu à ouvrer dud. mestier de couvreur en lad. ville pour luy et en son nom, s'il n'est maistre dud. mestier et ait fait son chef-d'euvre, mais seront tenus ceulx qui ne seront maistres et qui n'auront fait chef-d'euvre, d'ouvrer soubz les maistres, lesquels seront responsables civilement de leurs faultes, des dommaiges et intérêts des présentes.

II. — Et pour autant que aud. mestier y a de cinq sortes d'ouvraiges, scavoir est : d'ardoise, de plomb, de thuilles, de clavin et de laves ; ceux qui voudront s'emploier en lad. ville esdiz cinq ouvraiges seront tenus de chacun d'iceulx faire chef-d'euvre selon et en la forme qu'il est cy-après déclaré.

III. — Scavoir est que celluy qui voudra ouvrer d'ardoise sera tenu pour son chef-d'euvre faire une nouhe ou un revers ou un cornier couvert au quart, bien et convenablement, et souffira qu'il en face l'un ou l'autre pourveu qu'il sera tenu faire celluy qui sera dit et donné par les jurés de l'année de l'authorité des eschevins commis sur ledit mestier, tellement qu'il ne sera en la présence de celluy qui voudra led. chef-d'euvre, de choisir laquelle des susdictes pièces il voudra pour sondit chef-d'euvre.

IV. — Celluy qui voudra ouvrer en plomb, sera tenu pour son chef-d'ouvre faire et parfaire bien et deuement un corps de plomb bien et deuement soldé à sodure pleine et unie, ou gecter une table de plomb de dix ou douze pieds et demy de long et deux pieds et demy de large et d'espesseur telle que peult estre le gect de trois, ou faire un forneaul distilateur à distiler eaus et que le bassin d'icelle, la chatte et le corps soient bien faitz de sorte que l'eau ne se puisse perdre, selon que l'une des trois pièces luy sera délivrée et baillée par lesd. jurés comme dessus.

V. — Celluy qui voudra ouvrer de thuilles sera tenu pour son chef-d'œuvre faire un cornier, une nouhe et un orlot à chaulx, sable et cyment, bien et convenablement et de faire six thoises de couverture de thuilles plombées et autant de thuilles rouges et les bien latter au quart.

VI. — Celluy qui voudra ouvrer de clavin sera tenu pour son chef-d'euvre faire nouhe croisé à demy-rond de clavin mesme, comme aussy un cornier et une thoise de plain pand, et enchores sera tenu faire d'asseimes une aultre nouhe d'une thoise de hault et trois thoises de couverture bien et convenablement.

VII. — Et celluy qui voudra besoingner de laves sera tenu pour son chef-d'euvre faire une nouhe d'une thoise de hault et croiser et autant à demy-rond, couvrir aussy une cornière d'une thoise de hault, et trois thoises de couverture de laves duittées et bien posées sur la latte par le meilleu d'icelle, et sera lad. lave taillée à bas selon les lieux où il la conviendra mectre en besoingne et le tout bien et deuement fait selon qui requiert lesd. mestier et la place.

VIII. — Et pour ce queles ouvriers dud. mestier de couvreur ne sont pas tousjours expérimentez esd. cinq sortes d'ouvraige, est dit que celluy qui ne voudra ouvrer que l'un desd. ouvraiges ne fera son chef-d'euvre que d'icelluy ouvraige et à l'équipolent celluy qui voudra ouvrer de deux, de trois ou de quatre desd. ouvraiges sera tenu de faire de chacun d'iceulx chef-d'euvre ; et de tous les ouvraiges esquels il aura fait chef-d'euvre et est approuvé, il pourra librement travailler sans estre contrainct à une sorte ou espèce d'ouvraige.

IX. — Et affin que en ce ne puisse advenir aucun intérêts à la république, est estroitement deffendu à celluy qui sera passé maistre et aura fait chef-d'euvre en l'un desd. ouvraiges de s'amploier en un aultre ouvraige duquel il n'aura fait chef-d'euvre, sur peine de l'amende.

X. — Et pour savoir de quoy ils auront fait chef-d'euvre et auront esté passez maistres, seront tenus le faire déclarer en leurs lectres de maistrise et icelles dénoncées au greffe de la mayrie en présence desd. jurés avec justiffication desd. eschevins pour y avoir recours quand besoin sera.

XI. — Et n'entend l'on empescher que celluy qui n'aura fait chef-d'euvre que de l'un desd. ouvraiges, advenant plus grande expérience et luy faire autre chef-d'euvre en tels desd.

autres ouvraiges que bon lui semblera selon la forme cy-dessus désignée.

XII. — Et pour l'exécution des susdiz articles, chacun an sera deputez deux eschevins et deux jurés sur led. mestier selon que l'on a accoustume faire en lad. ville sur les autres mestiers.

XIII. — Et affin que ceulx qui ouvreront esd. ouvraiges scachent ce qui appartient aud. mestier, il fault que l'ardoise soit bien duytte et conduitte droite et bien lattée, la latte à un poulce près l'une de l'autre ou au moins d'un poulce et demy et que lesd. lattes soient bien clouées, autrement il y a amende.

XIV. — La latte de quoy l'on ouvrera et que l'on mectra en euvre soit en ouvraige d'ardoise ou de thuille doit estre de cœur de chaigne non vermisselé ny de bois blanc; et s'il est trouvé que lesd. maistres couvreurs mectent en euvre de la latte qui sois de bois blanc ou vermisselé, ils seront amendables si c'est eulx qui fournissent lad. latte.

XV. — La thuille qui sera mise en euvre doibt estre bonne, bien cuite et de bonne forme, autrement les maistres qui la fourniront et mectront en euvre seront amendables.

XVI. — Doibt l'ouvrier latter au quart et si bien prendre son quarré qu'il n'y ait point de faulces duittes, aultrement il y a amende.

XVII. — En l'ouvraige de clavin l'on ne doibt mectre bois blanc ny bois pourry aultrement l'ouvrier est amendable si c'est luy qui le fournit.

XVIII. — Doibt led. ouvraige estre bien et deuement duytté, conduit et cloué, à peine d'amende.

XIX. — Ne pourront estre mises en besoingnes channettes ny channetons qui ne soient de bois sec, non fendu, pourry ny vermisselé, aultrement il y aura amende si c'est l'ouvrier qui fournit lesd. channettes et channetons.

XX. — Quiconque sera passé maistre dud. mestier prestera le serment entre les mains de mons. le vicomte-mayeur et les eschevins dud. mestier de bien garder de tout son pouvoir lesd. ordonnances et d'advertir ceulx pour qui ils feront de la besoingne, du vice et qualité des matériaux qui leur seront donnez pour mectre en euvre affin que par faulte de tel advertissement et congnoissance celluy qui fera faire tel ouvraige et fournira lesd. matériaux ne puisse estre intéressé et faire plainte.

XXI. — L'amende de contravention des susdictes ordonnances en chacun cas sera de soixante sols tournois, applicable à lad. ville pour les deux tiers et l'autre tiers aux jurés.

XXII. — Et d'autant que jusques à présent led. mestier n'a esté juré et que par ce moïen ny en a aucuns maistres, les deux jurés qui ont esté establys pour la présente année, commenceront à faire chef-d'euvre qui sera visité par gens congnoissans en l'art en présence des eschevins commis sur led. mestier et après eulx ceulx qui se voudront passer à faire chef-d'euvre y seront receuz, lequel chef-d'euvre sera fait en la présence desd. jurés et de ceulx qui seront esleuz chacun an en présence de celluy qui par eulx sera commis.

XXIII. — Ceulx qui se passeront maistres paieront vingt sols chacun pour le droit de la ville et pour l'advenir ceulx qui seront fils de maistres qui se voudront passer n'en paieront rien.

En tesmoing desquelles choses nous avons fait mectre le scel de lad. ville à ces présentes et icelles fait signer par le secrétaire de la Chambre du conseil l'an mil cinq cens soixante et dix, le vendredy seiziesme jour du mois de juing (signé) Bouyer.

En vigueur pendant plus d'un siècle, ces statuts ne furent remplacés qu'en 1692 par d'autres dont voici un résumé :

Les six premiers articles concernent la confrérie établie « pour la gloire de Dieu et en l'honneur des Saints Martirs les Quatre Couronnés », en l'église des pères Carmes, où une messe était célébrée le troisième dimanche de chaque mois. Le bâton était pris à tour de rôle de réception, le bâtonnier devait au moins verser la somme de dix livres. Les aspirants n'étaient reçus qu'après information de leurs vie, mœurs, religion et capacité, où les jurés devaient déposer à l'information et recevoir pour leur journée 20 sols, et à l'ancien maître, 10 sols. Les deux jurés devaient faire une visite au moins par semaine. Ils devaient aussi visiter les « thuilles, lattes, ardoises, faitières-cornières, nouhes, chanlattes et autres matériaux » qui entraient en ville. Les tuilles devaient être semblables à l'échantillon-matrice déposé à l'Hôtel de Ville. Les revendeurs ne pouvaient acheter des matériaux qu'après l'achat des particuliers. Signés : Hector Daviot, Etienne Pierrot, Antoine Tupin, Charles Lanier, Edme Fornerot, Philippe Villemot, Etienne Genret, Pierre Mercier, Jean Gaulard, Edme Jacquier, Bernard Sire et Edme Nallot.

L'homologation eut lieu en Parlement le 4 juillet 1693 (1).

En 1719, il y avait 17 couvreurs divisés en quatre classes pour la répartition des impôts ; la dette corporative était de 114 livres 10 sols. Dans une assemblée, en 1739, les couvreurs constatent que les matériaux amenés en ville sont tellement défectueux qu'ils sont la cause qu'on les accuse du manque de validité de leurs travaux ; délibération prise, et pour y remédier, les maîtres s'engagent à n'employer que des matériaux sévèrement visités et reconnus bons. A cet effet, chaque voiture qui entrait en ville était expertisée par un juré et si la marchandise n'était pas recevable, la voiture devait immédiatement faire demi-tour.

La formalité du chef-d'œuvre était encore en vigueur en 1760, il y eut même une contestation à ce sujet où tous les maîtres furent appelés à se prononcer.

Nos renseignements sont rares sur les maçons et nous croyons que la corporation ne fut jamais bien compacte avant le régime des offices. En 1692, huit maîtres d'entre eux essayèrent la formation d'un corps distinct sous le patronage de l'*Ascension*, mais les dissidents rentrèrent la même année dans le rang de leurs collègues et dans la

(1) Imprimé chez Sirot, à Dijon, s. d., in-4o.

confrérie des Quatre Couronnés dont faisaient aussi partie les tailleurs de pierres, les paveurs, les couvreurs et même les plâtriers.

Les derniers statuts de la corporation comprenant les architectes, entrepreneurs, tailleurs de pierre, maçons et paveurs, furent enregistrés au Parlement le 5 août 1760 (1).

Voici les noms des 21 maîtres de 1761 : Gabriel Cabaret, Jean Boisot, Melchior Rieux, Jean Cortot, Jacques Marchand, Louis Loujot, Philippe Duleux, Fr. Bigot, Jean Caristie, Nicolas Petit, Joseph Taisand, Fr. Boussard, Jean Bontemps, Jacques Artot, Cl. Buguet, Léonard Guillebaud, Cl. Vacherot, Ant. Viard, Fr. Blaise, J. Laurençant et J.-B. Grandjean.

BLANCHISSEURS, PLATRIERS (2)

PATRONAGE : Les Quatre Couronnés.

ARMOIRIES : *D'azur, à un sac de plastre d'argent.*

Les blanchisseurs qui apparaissent au xve siècle sont les plâtriers d'autrefois ; leur existence est unie aux corporations précédentes et ils avaient la même ancienne confrérie. Pour cette profession, nous avons des statuts en 1478 où sept maîtres sont signalés :

Ordonnances sur la Blanchisserie.

A tous ceulx qui ces présentes lectres verront, nous Estienne Berbisey l'ainsné, licencié en lois, conseiller du roi nostre sire,

(1) *Statuts et règlemens pour les architectes, entrepreneurs, tailleurs de pierre, maçons et paveurs de la ville de Dijon*, 41 articles, Dijon, A. de Fay, 1761, in-4, 11 pages et chez Causse, 1777, in-4, 11 pages.

(2) Arch. mun., G, 48.

mayeur et les eschevins de la ville et commune de Dijon, salut. Savoir faisons que veuz par nous et aucuns des officiers de lad. ville de Dijon, les articles cy-après contenus et escripts, à nous présentez de la part des ouvriers blanchisseurs d'icelle ville, avons pour le bien de la chose publique et mesmement des manans et habitans de lad. ville de Dijon, et après et toutevoyes que les articles ont esté corrigiés en aucuns points, fait et estably et par la teneur de ces présentes lectres, faisons et establissons de et sur le mestier de enduire et blanchir, les ordonnances qui s'ensuivent :

I. Premièrement. — Que aucuns ne pourront ouvrer dud. mestier de blanchisserie ne aussy de enroichier aucuns parois ou murailles où l'on a accoustume de mectre chaux et arane, fors que les ouvriers cy-dessoubz nommez soient passes maistres par ceulx qui seront députez sur le fait dud. mestier.

II. *Item.* — Que se aucuns se vueillent faire passer maistres dud. mestier, ils seront tenus de faire leur chief-d'euvre deans le jour qui leur sera assigné par les eschevins, jurés et commis qui de par nous et nosdiz successeurs seront, lesquels s'ils sont trouvez ydoines et souffisans, seront tenus de les mener à nous mayeur affin, oye la relation en rapport d'eulx, le sèrement prins comme l'on a accoustume de faire, le passer maistre en lui donnant povoir et puissance d'ouvrer dud. mestier; lesquels maistres ainsy passez seront tenus d'en avoir lectres du scribe de la maierie dud. Dijon pour justifier au temps advenir de sa maistrise.

III. *Item.* — Que cellui qui ainsi se vouldra passer maistre et qui soit souffisamment approuvé par son chief-d'euvre sera tenu de bailler pour lad. maistrise un frant seulement lequel se départira par moitié, assavoir : six gros à lad. ville de Dijon, et les autres six gros à ceulx qui pour lad. année seront commis sur le fait dud. mestier.

IV. *Item.* — Sera tenu aussi cellui qui ainsi se fera passer maistre de donner pour une fois trois gros à la confrairie desd. blanchisseurs qu'est les Quatre Couronnés, fondée en l'église des Carmes de Dijon, affin de participer es biens fais d'icelle confrairie.

V. *Item.* — Que se aucun dud. mestier est prins en faulte

par les eschevins et jurés qui y seront commis touchant ouvraige dud. mestier de blanchisserie et d'anroicher, pour une chacune fois et pour un chacun ouvraige, sera amendable à lad. ville de six gros, la moitié à applicquer à icelle ville et l'autre ausd. eschevins et commis, et aussi sera tenu l'ouvrier qui aura fait led. mauvais ouvraige icellui refaire à ses missions et despens.

VI. *Item.* — Et seront tenus lesd. commis de jurer es mains de nous mayeur et de nos successeurs de faire bon et loyal devoir sur la visitacion dud. mestier et de rapporter au contrerole de lad. ville toutes amendes qu'ils trouveront et qui se devront rapporter.

VII. *Item.* — Que les dessus nommez et autres qui cy-après seront passez maistres en observant le contenu des articles précédans et tous autres non maistres ne approuvez aud. mestier pourront tourcher palix et autres tels ouvraiges d'argille seulement sans dire que par ce ils soient reprins ne mis à l'amende.

VIII. *Item.* — Et doit estre le chief-d'euvre tel qu'il soit, assavoir : cellui qui vouldra estre passé maistre, sera tenu de faire trois toises de son mestier de blanchisserie, premièrement une d'andeu plein sans bourre ne autre chose, une autre d'andeu à tout blanc à bourre et une autre toise d'enroichissement.

IX. *Item.* — A esté ordonné que lesd. blanchisseurs doresnavant ne prendront pour leur journée dès le jour de feste Saint-Remy jusques au jour de Pasques charnel pour chacune journée qu'ils ouvreront la somme de cinq blans, et dès led. Pasques jusques à la Saint-Remy lesd. ouvriers prendront pour chacune journée la somme de deux gros et seront tenus lesd. ouvriers de besoingner et ouvrer aux prix tels que dessus en la ville et banlieue de Dijon pour ceulx dont ils seront requis.

X. *Item.* — Et se d'avanture aucuns bourgeois, marchans et autres habitans de ceste dicte ville vouloient marchander ausd. ouvriers, ouvrer à la toise, faire le pourront lesd. ouvriers parmy ce que lesd. ouvriers ne prendront ou auront de la toise qu'ils feront contre mur de chaulx ou sablon en soingnant par lesd. ouvriers toutes matières et icelle toise rendre toute parfaicte, c'est assavoir : toute blanche et enroichie et les croisées et cheminées pouchellées, ainsi que ceux qui feront ouvrer le vouldront avoir, iceulx ouvriers n'en auront pour chacune toise que dix blans, et en mesurant lesd. toises, assavoir, en paroy, sera mesuré le plain aussi bien que le vuit et laisseront le bois net.

XI. *Item.* — Et quant lesd. ouvriers enduiront sur tourchis en la manière que cellui qui fera ouvrer vouldra soit de bois ou tout plain en soignant toutes matières par lesd. ouvriers, ne prendra pour chacune toise que deux gros à mesurer en la maniere avant dicte, mais se l'ouvraige est de deux paremens l'on mesurera des deux coustés.

XII. *Item.* — Et se d'adventure ceulx qui feront ouvrer lesd. ouvriers vouloient soingner toutes matières et marchandises, faire le pourront à la toise, lesd. ouvriers seront tenus de besoingner à bourre ou tout plain ou enroichir où le maistre qui fera ouvrer ordonnera, et pour chacune toise prendront lesd. ouvriers pour leurs peines la somme de cinq blans à mesurer en paroy en la manière dessus déclairée.

Lesquelles ordonnances ainsi faictes et passées en la présence de Jehan Alaix, Jehan Thierry, Germain Besson, Jehan Jobin, Perrin Pasquier, Jehan Vinet et Guiot Jobin, tous ouvriers dud. mestier...... En tesmoing desquelles choses nous avons faict mectre le grant scel.... à ces présentes lectres faictes et données le pénultiesme jour du mois de mars avant Pasques l'an mil CCCC LXXVIII (N. s. 1479).

Quelques années plus tard, en 1486, nos maitres « tourcheurs et blanchisseurs » adressèrent à la mairie une requête pour obtenir l'adjonction à ces statuts de deux « poinctz très nécessaires » : « qu'il soit deffendu ausd. supplians et à tous autres qui cy-après seront passez maistres, que en quelque marchandise qu'ils facent des ouvraiges d'icelluy mestier, ils ne mectent ou associent ne accompaignent avec eulx aucungs varlets, car il advient bien souvent que par telle association les ouvraiges sont dommaigicz parce que lesd. varlets ne sont pas à ce souffisans ». Ensuite « que nuls varlets ne se entremectent de entreprendre ne trouver aucunement es lieux et places dont lesd. supplians aient marchandé ».

Par la suite les blanchisseurs firent partie des corporations qui étaient sous le patronage des Quatre Couronnés, mais en 1692, tout en demeurant dans la même confrérie, les blanchisseurs demandèrent et obtinrent des statuts particuliers qui furent homologués en Parlement en 1719 seulement (1).

« Noms et surnoms desdits maîtres blanchisseurs et plâtriers assemblez au couvent des RR. PP. Carmes, qui ont fait et dressé lesdits statuts, tant pour eux que les absents : Fr. Brenot, Etienne Blency, Pierre Denizot, Lazare Pernet, Philibert Blency, Pierre Jolibois, Jean Nogaret, Grégoire Gauvain, Philippe Vionnois, Pierre Gamet et Etienne Gamet. »

La corporation payait les intérêts d'une dette de 760 livres empruntée le 25 février 1700 aux « vénérables de l'église Saint-Michel ». A remarquer aussi l'article 17 : « Si aucuns desdits maistres par chute ou accident tombait en pauvreté, sera en ce cas de maladie et de blessure, assisté par lesd. maistres, et pour cet effet il sera pris sur le fond, s'il s'en trouve, trois livres par mois, et à deffaut de fond, chaque maitre fournira cinq sols par mois et pour trois mois seulement ».

(1) *Statuts et règlemens faits entre les maistres Blanchisseurs et Plâtriers de la ville de Dijon..., qu'ils demandent être exécutez entre eux, attendu qu'ils ont été désunis depuis longtemps des quatre corps, Massons, Charpentiers, Couvreurs et Blanchisseurs.* Imprimé sans lieu ni date, 7 pages petit in-folio.

CHARPENTIERS (1)

Patronage : Saint Jacques, les Quatre Couronnés, puis Saint Joseph.

Armoiries : *D'azur, à un Saint Joseph d'or tenant dans sa main dextre une tige de lys d'argent, fleurie de trois pièces.*

La charpenterie primitive comprenait les menuisiers, les sculpteurs sur bois, les charpentiers de tonneaux et les charpentiers proprement dits ; ces derniers étaient aussi appelés *chapuis*, et on trouve ce nom jusqu'au milieu du xve siècle dans les rôles d'impôts de la ville de Dijon. En 1361, Jean Chapuis amodie une terre au nom et comme procureur de la confrérie des chapuis et recouvreurs (2). Monin Gauthier « chapuis » et son fils Demoingeot Gauthier, travaillaient en 1415 à l'hôtel des Ducs à Dijon. Demoingeot Gauthier fut nommé *Maître des Œuvres de charpenterie* le 23 décembre 1434, il ne remplit ses fonctions que pendant quatre ans, et, à sa mort, eut pour successeur Estienne le Tascheret (3) qui était encore en place en 1445.

C'est sous la maîtrise d'Estienne le Tascheret que nous rencontrons la première trace de règlements sur la charpenterie, ou plutôt sur les métiers travaillant le bois.

Advis fait par maistre Estienne Tascheret, maistre des euvres de charpenterie de Monsgr le duc de Bourgongne, Gaultier Menestrier, varlet de chambre de mondiseigr, juré de la ville de Dijon, et Pierrebelle, charpentier, sur le fait des métiers qui appartiennent à charpenterie en la ville de Dijon, c'est assavoir : charpentiers, huischiers, tonneliers, charrons, couvreurs de maisons et toutes manieres d'autres ouvriers qui ouvrent de tranchans en marriens.

(1) Arch. munic., G. 20.

(2) Arch. dép., B., 11.264.

(3) B. Prost, *Gazette des Beaux-Arts*, 1894.

Que l'on face jurer à tous les maistres de la maistrise dud. mestier de charpenterie qu'ils n'ouvreront au jour de samedy que jusques heures de nones sera sonnée à Nostre-Dame ou de mons. Saint Jehan.

[Les huchiers et huissiers, fabricants de huches et de huis, ne pourront faire] trappes, huis ou fenestres sans goujon de fust ou de fer. Que l'on face jurer aux charrons qu'ils ne mectent nuls aissis (essieux) es chers ne charrettes, s'ils ne sont aussy souffisans comme ils voudroient que l'on leur mist se ils estoient charretiers.

Jureront sur sains évangilles que quelques besoignes qu'ils prendront, ils les feront bien et léalment soit à leur perte ou dommaige, et sy soigneront bois ils n'y mectront bois qui ne soit léal, marchant et raisonnable.

Se ung ouvrier compaignon vient en ung astelier qui requère à ouvrer, se l'on ne le peult mectre en besoigne, tous les compaignons dudit astelier seront tenus de luy donner par porcion cinq souls tournois et ung repas.

Se les apprentiz font chose contraire ce que ne doivent, il en seront baingner en une cuve d'eaul froide.

Depuis le jour de Pasques jusques audit jour de saint Remy, les ouvriers dessusdiz auront trois heures pour chacun aler boire, maingier ou dormir, c'est assavoir : à huit heures le matin disner jusques à neuf heures, à douze heures pour dormir jusques à une heure après midy et à trois heures jusques à quatre pour ressir. Et depuis la Saint Remy jusques à Pasques auront deux heures par jour à prendre leur récréacion.

Ce règlement ne subit sans doute pas la sanction municipale, mais il est très curieux et nous montre que la mutualité n'est pas d'invention moderne ; la punition des apprentis fautifs, le vieux terme ressir (on dit encore *ressigner*) sont des particularités à retenir et qu'on lit deux fois avant de les transcrire. Homologué ou non, ce règlement ne fut pas de longue durée ; bientôt chacun de ces métiers s'affranchit de la tutelle du Maître des œuvres : les tonneliers en 1444, les huchiers en 1466, les couvreurs en 1490 reçurent leurs statuts particuliers. Quant aux charpentiers, c'est seulement en 1521 que nous trouvons leurs premiers statuts, confirmés en 1525 sous le maire Pierre Sayve et rendus à la requête des 17 maîtres suivants : Jean de la Goutte, Jehan Guyot, Nicolas Dufour, Hugues Fault, Philibert de Maison, Aubert Perollus, Cl. Lavigne, Girard Talachot, Symon Triboulet, Jacques Fleurey, Laurens Isabeaul, Thibault Chappuis, Marc Bardin, Thibault Gomot, Jaques Rateaul, Jehan Barruet et Jehan Champyon, tous maîtres charpentiers à Dijon, lesquels remontrèrent à la mairie que plusieurs étrangers avaient fait de si mauvais travaux « qu'ils ne tiennent pas debout, ainsi que l'on a vu advenir es rue du Paultey, de la Parcheminerie et des Cordeliers, où sont tombées des maisons toutes neuves ».

Nous lisons dans ces ordonnances : « Tous compaignons dud. mestier qui seront estrangiers et viendront en l'estably de l'ung des maistres demander à besoingner, et ledit maistre ne le puisse mectre en besoingne oudit astelier, iceulx des compaignons qui seront oudit astelier seront tenus par ensemble donner à icelluy estrangier ung grant blant, et ledit maistre lui donnera à disner pour une fois pourvheu que ledit compaignon affermera non avoir point d'argent pour vuivre. »

Les charpentiers pouvaient emporter à leur profit « tous plots et recoupes de bois, ensemble les estalles de bois qu'ils fourniront », mais ils ne devaient pas se les approprier s'ils n'avaient pas fourni le bois brut. « Quant les charpentiers besoingneront entre deux voisins, ils seront tenus de garder le droit de saisine et possession de l'une et l'autre partye.... seront tenus aussi garder les saisines entre deux voisins et quant ils trouveront icelles y estre, ne les osteront point ne n'y toucheront aucunement sans le consentement des deux parties. » Le chef-d'œuvre exigé pour l'aspirant était l'une des sept pièces suivantes :

Un pan de bois coppé éligné à faire molures et tenu en couche. Une lucarne selon qu'elle sera remise par les jurés, qui sera tenue en couche. Un corniau selon que la besoingne le réquerra, tenu en couche. Une colomne sur quarrées à desviers revêtue de liens ou la place le requerra, qui sera tenue en couche. Une vifz et un escrot à treul. Une vifz à arbres rampans pour monter en maisonnement. Une lanterne sur charpenterie taillée en couche, selon que la place le requerra.

Une délibération corporative de 1635 défend aux « journalliers, valets, compaignons, terrillons ou autres qui travaillent soubz les maitres charpentiers, d'empourter les rongnures, bouts d'ais ny bois fendu » se trouvant sur les chantiers.

Saint Jacques était alors le patron des charpentiers, mais en 1692, ils ne faisaient qu'une confrérie avec les maçons et consorts sous le patronage des Quatre Couronnés. A cette époque eut lieu la séparation des divers métiers de cette confrérie : les plâtriers d'une part, les couvreurs de l'autre, et tandis que les maçons, paveurs et tailleurs de pierre restaient réunis, les charpentiers s'ingénièrent à rédiger des statuts et d'en demander, par requête apostillée le 23 février 1730, l'homologation à la mairie. Ces statuts furent bien enregistrés « le tout néanmoins sans préjudice ni novation aux anciens statuts dudit jour 28 mars 1521, qui demeurent en leur force et vigueur, pour être exécutés et observés pour tous les autres articles qui ne sont compris dans les dix-neuf articles dont l'homologation est accordée » (1).

Les statuts de 1730 placent les charpentiers sous le patronage de saint Joseph au couvent des Carmes où une

(1) *Extrait des registres des délibérations de la Chambre du Conseil et de Police de la ville et commune de Dijon du mercredi 22 novembre 1730.* S. l. n. d., 9 pages in-4°, contenant la Teneur des articles des Statuts et réglemens desdits maitres charpentiers de Dijon.

messe basse devait se célébrer le deuxième dimanche de chaque mois, la fête se faisait en commençant la veille, se continuait le jour et se terminait le lendemain par une messe de *requiem*. Il y avait aussi un service particulier aux maîtres charpentiers : « tous les quatriemes dimanches des mois de l'année, il sera célébré une messe basse au même autel pour la conservation de sa Majesté de toutte la maison royalle et pour la prospérité de ses armes..... » Ces statuts furent délivrés à Guillaume Duclos, Pierre Munier, Jean Tortauchaut, Jacques Sire, Etienne Pomier, René Sauvestre, Mathieu Bonvalet, Nicolas Tremeau, Pierre Guyoton, Nicolas Gueneau, Fr. Tomberet, Etienne Roch, Claude Dairey, Jean Sire, Antoine Poyet, Michel Munier, Pierre Richard, Ant. Drouhin, Cassien Tubet, Etienne Tourneur et Jean Pommeret, « qui se sont soussignés, ceux le sachant faire », soit 17 sur 21 qui savaient signer.

Le bureau de placement des compagnons était tenu en 1762 par un maître charpentier.

MENUISIERS, ARCHERS, HUCHIERS, BAHUTIERS, LAMBROISSEURS, ÉBÉNISTES, TOURNEURS (1)

PATRONAGE : Sainte Anne (Les tourneurs du XVIe siècle célébraient la Saint-Claude).

ARMOIRIES : *D'azur à une sainte Anne d'or, montrant à lire à une sainte Vierge de même.*

Le menuisier sort de l'atelier de la charpenterie : on distinguait jadis les charpentiers de la *grande cognée*, et ceux de la *petite cognée* ou menuisiers. A Dijon, on ne trouve les menuisiers, de nom, qu'au XVIe siècle ; avant cette époque on les distinguait par leurs spécialités :

(1) Arch. municipales, G. 9 et 10.

Archers, faiseurs d'arches; *huchiers*, de huches ou armoires; *huissiers*, de huis, portes et fenêtres ; *bahutiers*, de bahuts, pétrins ; *lambroisseurs*, de lambris. C'est aux archers que s'adressent les premiers règlements rendus vers l'an 1400.

Que l'on ne face ouvraige du mestier d'archerie où l'on mecte bois de chaigne avec le bois de foul. Que l'on ne mecte en icelle ouvraige aucun albe, c'est-à-dire bois blanc, c'est assavoir de bois de chaigne. Que l'on ne face en coffres, arches ou estuis, fons ne couvercles de deux pièces, si l'arche coffre ou estuis n'est si grant ou six gros que une ais ne puisse faire le fons ou le couvercle. Que esdiz ouvraiges ne soit mise boite ou fardure, mès soit de bonne ais et bon ouvraige (1).

Ce nom d'archer, comme beaucoup d'autres, paraît être un vocable local ; à Paris au XIIIe siècle, les archers étaient les fabricants d'arcs et de flèches d'arbalètes. Ce nom disparut bientôt et le cartulaire des métiers, en 1466, enregistre les ordonnances suivantes du métier de lambroisseur et huchier.

Ordonnance sur le mestier de Lambroisserie.

A tous ceulx qui ces présentes lectres verront, nous Pierre Marriot, escuier,... mayeur... et les eschevins... avons fait... sur le fait et conduite du mestier des huchiers et des dépendances d'icelluy, les statuts, provisions et ordonnances cy-après qui s'ensuivent et ce en la présence et du consentement de Jehan Rabustel, clerc, procureur de la ville et commune de Dijon.

1. Premièrement. — Que quiconque vouldra lever ouvreur dud. mestier de huchiers en lad. ville de Dijon, faire le pourra pourveu qu'il soit ouvrier souffisant et qu'il ait esté examiné

(1) G. 2.

par les maistres et jurés dud. mestier et aussi qu'il ait fait son chief-d'euvre de sa main bon et souffisant à l'ordonnance desd. jurés et en l'hostel de l'ung d'iceulx, lequel chief-d'euvre sera de la valeur de quatre ou six frans ; et en oultre paiera et sera tenu de paier la somme de dix huit gros d'entrée, dont lad. ville aura ung frant et lesd. jurés six gros pour leurs peines, saulf toutesvoyes que lesd. fils de maistres dud. mestier ne paieront aucune somme d'argent pour leur entrée.

II. *Item.* — Que aucuns dud. mestier ne facent huys enchasilez ne chassis à verre ne à fenestre où il y ait point d'aubey tant en membrures que en panneaulx ne en lieu où il puisse pourter préjudice, et qui sera trouvé faisant le contraire, il perdra l'ouvraige, lequel sera syé de la resse comme faulx devant son huis, et en oultre paiera ung frant d'amende dont les huit gros seront consentiz au prouffit de lad. ville et quatre gros aux commis et jurés dud. mestier.

III. *Item.* — Que nul ne face tournevans où il ait point d'aubey tant en membrures que en panneaulx ne en lieu qui pourte préjudice, sur la peine que dessus.

IV. *Item.* — Que nul ne face huis ne fenestre de chaisne où il ait point d'aubey qui puisse pourter préjudice comme dit est, ne que ait point de bois pourry et aussi qu'ils ne soient faiz à leur droit bien et souffisamment et sur les peines dessus dictes et applicquées comme dessus.

V. *Item.* — Que nul ne face table de quelque bois que ce soit où il est point d'aubey en joincture ne aucune pourriture sur les peines que dessus.

VI. *Item.* — Que nul ne face porte où il ait point d'aubey dessus tant en membrures qui seront enchassilées, comme en l'ais dont elles sont enfoncées qui puisse pourter préjudice sur les peines dessus escriptes.

VII. *Item.* — Que nul ne face bans de taille à colombe (colonne) ne d'autre façon s'il n'est de bois bon et convenable et par semblables de dresseurs de taille ne d'autre façon, où il ait point d'aubey en membrures ne es panneaulx en lieu où il pourte dommaige, sur peine de paier l'amende dont dessus est faicte mencion et refaire l'ouvraige à ses despens.

VIII. *Item.* — Quelconque fera bant de dix pieds, il sera

tenu de y mectre deux barres pour mieulx tenir le fond et un pied par terre et aussy de y mectre membrures raisonnables selon leur longueur des bans et qui n'y ait point d'aubey dommaigeable, sur les peines dessus dictes.

IX. *Item.* — Que nuls ne facent coffres à queue d'aronde où il y ait point de marlain pourry ne aucuns noudz qui voisent oultre et que le fond soit si long et si large, qu'il emple raingneur du bout à autre et d'un lez à autre, c'est assavoir d'estre syé et de paier l'amende devant déclairée.

X. *Item.* — Que nul quel qu'il soit, soit ouvrier ou revendeur de fustaille ne puisse jaunir vielz coffres ne vieilles aulmaires, s'ils ne sont avant vendues, sur les peines que dessus.

XI. *Item.* — Que nul ne face trappes où il ait point d'aubey tant ès membrures comme es hais en lieu où il puisse pourter préjudice comme dit est, et soient icelles trappes gousjonnées bien et souffisamment en la manière comme il appartient, c'est assavoir entre deux barres, un gousjon, sur les peines que dessus.

XII. *Item.* — Que nul ne face chaiges (cages) taillisées à fenestre ne autrement ne aussi lambrois de chaisne ne de fol qui ne soit bon et souffisant et qu'il n'y ait point d'aubey en lieu préjudiciable à la peine de lad. amende et de refaire la besongne à ses despens.

XIII. *Item.* — Que nul ne face huches de quelque bois que ce soit qu'elle ne soit bonne et souffisante sur les peines que dessus.

XIV. *Item.* — Que nul ne face lembrois de foul qui ne soit houldry ne eschauffey ce se n'est toutesfois en réparacion, sur les peines de l'amende et de refaire l'ouvraige à ses despens.

XV. *Item.* — Que nul ne face chambre de bois de noyer où il ait point d'aubey, merrien eschauffey ne aucuns noudz qui voisent oultre et semblablement es effonsures, membrures ne es guichez, sur les peines dessus dictes, c'est assavoir d'estre ressé à la sye et de paier l'amende dessus déclairée.

XVI. *Item.* — Que nul ne fera aulmaires quelles qu'elles soient à poteaulx échassillez où il ait point d'aubey tant es membrures comme es effonsures, guichez ne en autre lieu où il pourte préjudice, sur les peines dessus dictes.

XVII. *Item.* — Que nul ne face contors (comptoirs) qu'ils ne soient où il ait point d'aubey, vouture ou pourriture ne aucuns noudz qui voisent oultre, sur les peines dessus escriptes.

XVIII. *Item.* — Que nul ne face tresteaux ployans ne autres s'ils ne les font bons et souffisans sur les peines que dessus.

XIX. *Item.* — Que nul ne face suspendues (bahuts sans pieds suspendus au mur) à panneaulx où il ait point d'aubey en lieu où il porte préjudice et aussi qu'elles soient souffisantes et qui fera le contraire, il sera tenu d'amender l'ouvraige à ses despens et de paier l'amende dont cy-dessus est faicte mencion.

XX. *Item.* — Que nul ne face huis à clef qui n'y ait un goujon entre deux clefs et qui n'y ait point d'aubey et de pourriture et soit bon et souffisant et celuy qui fera le contraire encourra les peines dessus dictes.

XXI. *Item.* — Si aucun ouvrier va ouvrer en l'hostel d'un bourgeois, marchand ou autre personne, soit à journée ou autrement, ledit ouvrier sera tenu de conseiller ledit bourgeois ou autres personnes, de luy faire sa besoingne bien et loyaulment selon les ordonnances dud. mestier ; et après led. conseil donné, led. ouvrier pourra faire tel ouvraige que ledit bourgeois vouldra pour son user, pourveu que icelluy bourgeois quierre et soigne marrien et autrement non, sur les peines que dessus.

XXII. *Item.* — Que pour la conduicte dud. mestier, seront par nous et nos successeurs mayeurs et eschevins de lad. ville de Dijon, estably, ordonnez et députez deux commis jurés, ou plus se mestier est, ainsi que semblera bon à nous et à nosdiz successeurs, lesquels auront visitacion sur tous les ouvraiges dud. mestier et sur tous ceulx qui feront lesd. ouvraiges où ils verront et cuideront en leur conscience avoir faulte ou repréhension, appellé à ce faire ung ou plusieurs des sergens de la maierie dud. Dijon, selon que bon leur semblera, et ce tant en la ville de Dijon comme en la banlieue d'icelle.

XXIII. *Item.* — Que aucun varlet ou ouvrier alhoué à aucun dud. mestier ne pourra ouvrer en l'hostel d'autre d'icelluy mestier sans le congié de sondit maistre à cui il est alhoué à peine d'un frant d'amende dont la moitié au prouffit de lad.

ville, et l'autre moitié au prouffit des gardes et jurés dud. mestier.

XXIV. *Item.* — Que les maistres dud. mestier pourront avoir et tenir avec eulx tant d'apprentiz et varletz que bon leur semblera et à tel temps et terme que avoir le pourront.

XXV. *Item.* — Que nul dud. mestier tenant ouvreur et hastelier ne puisse mectre en euvre aucuns varletz qui soient alhoués à autres maistres dud. mestier pourveu toutesvoyes qu'il le saiche bien, sur les peines dessusdictes et semblablement se le varlet qui est alhoué une fois et qui se alhoue à d'autres autrement qu'il ait fait et accomply son service, il paiera l'amende dessusdicte.

XXVI. *Item.* — Que nul ne pourra faire scabelles se elles ne sont souffisamment faites et de bon bois convenable tel qu'il appartient sur la peine que dessus. Et se aucun maistre dud. mestier va de vie à trespas, la vesve d'icelluy pourra tenir ouvreur et avoir un varlet souffisant et ydoine durant sa viduité, et se elle se remarie à ung qui soit comme à son varlet ou à autre, il ne sera point passé maistre s'il ne fait les droits dud. mestier en la manière dessusdicte, non obstant qu'il ait servy sa maistresse en viduité.

Toutes lesquelles provisions et ordonnances ainsy par nous faictes et passées en la présence de Guillaume Anceaul, Thomas Lenoir, Jehan de Villers dit de Sens, Guiot Martenot, Jehan Patin, Guérard de Verdun, Jehan Boussard, Jacot Myneaul, Michelet Guyon, Pierre de Lendure et Guéniot Baron, tous ouvriers et tenans ouvreurs d'icelluy mestier en lad. ville de Dijon..... En tesmoing desquelles choses nous avons fait mectre le grant scel... à ces présentes..... le vendredy second jour du mois de janvier l'an mil quatre cens soixante et six (N. s. 1467) (1).

Le xve siècle se ferme sur le nom de Jean Guillemin, lambroisseur, qui, en 1500, taille en plein bois de noyer un *Jaquemart* de six pieds de haut pour l'horloge de

(1) Calqués sur ceux de Paris, de 1382, au lieu de scier les ouvrages défectueux, on les brûlait à Paris.

Notre-Dame ; ce lambroisseur se rapproche beaucoup d'un sculpteur. Le XVIe siècle nous fournit peu de documents sur la profession ; les anciens archers, huchiers, lambroisseurs font place aux menuisiers qui bientôt prennent le nom d'ébénistes et vont s'élever jusqu'à la sculpture même. Les anciens « ymaigiers » sont morts mais les sculpteurs les remplacent et donnent un nouvel essor à l'Art bourguignon. Et c'est de l'art pur : les meubles, les boiseries, les plafonds, semés à profusion dans les églises, dans les cloîtres et dans les fastueux hôtels parlementaires, nous montrent, à défaut de documents, que l'art du bois est en pleine puissance et qu'il a atteint un degré de richesse inconnu jusqu'alors.

C'est dans les ateliers comme celui de « maistre Jehan Boudrillet et Hugues Sambin, son gendre », qui occupent « huyt serviteurs qui sont du pays, excepté l'ung qui est frère dudit maistre Huguet, natifs de Gray » (1), que va se poursuivre l'œuvre de Claus Sluter et se créer cette nouvelle école rivalisant avec celle de Paris (2).

Hugues Sambin fut reçu maître menuisier à Dijon le 8 mars 1548 et fut plusieurs fois juré du métier. Il aurait pu recevoir le titre de Maître général des œuvres, car c'est l'artiste universel et indispensable à toutes les entreprises qui demandent du talent et de l'imagination : il est menuisier, sculpteur, architecte, ingénieur et sa renommée est telle que bien des pièces d'art lui sont attribuées, tout en lui étant étrangères parce qu'il est représentatif de toute une époque. Il travaille aux devis des entreprises municipales, aux réparations des fortifications, il visite le vallon de Suzon et la source du Rosoir

(1) Arch. municipales, H. 16 (1557).

(2) « On disait d'un meuble : *fasson de Dijon*, comme on disait d'un autre : *fasson de Paris* ». — *L'Art en Bourgogne*, par Perrault-Dabot, 1894.

pour reconnaître les eaux nécessaires à l'alimentation de la ville, etc.

Pour une cause qui nous est inconnue, mais qu'on peut attribuer à la création des offices, ou à l'ingérence de la sculpture dans la menuiserie, les maîtres cherchèrent en 1671 à se diviser en deux catégories. Le juré Marcisiaux dénonça ces agissements à la mairie, laquelle recommanda aux menuisiers de s'en tenir à leur seule confrérie et d'observer leurs ordonnances, soit pour la présentation du pain bénit, soit pour l'obligation du bâton. Ces recommandations ont peu de rapport avec le travail du métier, mais on sait que la confrérie était intimement liée à la corporation, et celui qui négligeait ses devoirs de confrère était considéré comme dissident ; enfin le régime de la communauté manquait d'autorité, car une visite de 1674 se fit avec un simple maître au lieu du juré, puis des menuisiers, comme Symon Mousson et Jean Jambe-de-Fer, exerçaient la profession sans avoir produit de chef-d'œuvre. De nouveaux statuts étaient donc nécessaires ; ils furent réclamés par seize maîtres et délivrés en 1678, mais par un oubli, peut-être volontaire, la formalité du chef-d'œuvre fut négligée et tout fut à recommencer. Ils furent remplacés par les derniers statuts datés du 23 janvier 1718 (1).

Ce qui prouverait que la sculpture fut la cause de la dissidence de 1671, c'est que, dans la rédaction de ces derniers statuts, les menuisiers s'attribuèrent le droit d' « enrichir leurs ouvrages de tous ornements et pièces de sculpture à bas relief, ainsi que bon leur semblera ». Mais cette clause fut rayée lors de l'homologation en Parlement et l'art. VIII fut ainsi rédigé : « Lesdits mais-

(1) *Statuts et Règlemens pour les maîtres menuisiers de Dijon.* S. l. n. d., 16 p. in-4 ; *Statuts et Règlemens pour les maîtres menuisiers de Dijon.* Dijon, Causse, 1774, 16 p. in-4.

tres menuisiers ne pourront faire aucuns ouvrages de sculpture, soit en creux, relief, bas-relief, figures et représentation, ni tenir en leurs maisons aucuns compagnons sculpteurs, sauf, quand ils seront engagés à faire quelques ouvrages de sculpture, de les faire faire par les sculpteurs, pour ensuite, lesdits maistres, les coller et rapporter sur les pièces d'assemblages ». Un véritable artiste devait donc faire partie des deux corporations.

Célébreront chacun an le 27 juillet la fête de sainte Anne, par eux prise pour patronne du métier, et à cet effet ils seront tenus d'assister aux services divins qui se font tant la veille, le jour, que le lendemain de ladite fête en l'église Notre-Dame de cette ville où ladite confrérie est établie...

Pour augmenter les ressources financières, une délibération corporative porta le droit d'apprentissage à 12 livres et les amendes pour contravention au règlement de confrérie furent appliquées au paiement des charges, puis le recouvrement de ces amendes fut affermé à un maître responsable. Cette délibération, soumise à la sanction municipale, fut signée par Doublet, Denis Potier, Ph. Marchand, Breton, Mercerey, J. Camuset, Maigrot, Guenin, Jeannin, J.-B. Canit, J. Beque, Louis Carré, Royé, Bichot, Gassendy fils, Garraud, Lacour, Ch. Chalont, Neflié, Lingé, Foroy et Besançon, juré, etc.

Dans une assemblée de 1785, les menuisiers prirent une délibération qui honore les auteurs et le maître qui en fut l'objet.

Cejourd'hui... la communauté des maistres menuisiers ébénistes de la ville et faubourg de Dijon, assemblée aux RR. PP. Cordeliers, lieu ordinaire de leurs assemblées, a délibéré à la pluralité des voix que par reconnaissance des bienfaits qu'ils ont reçus de feu Gabriel Camuset, leur ancien confrère, et pour honorer sa mémoire, il sera annuellement célébré une grande messe pour le repos de son âme, à laquelle tous les maitres de la communauté seront tenus d'assister, aux peines ordinaires, auquel effet le juré en exercice sollicitera l'homologation de la présente...

Cette délibération, signée de 60 membres fut parfaitement homologuée mais il est regrettable que la cause n'en soit pas mentionnée.

Malgré le bureau de placement fonctionnant en 1639, les compagnons menuisiers donnèrent lieu à de fréquents règlements, avant et après cette date. Ils fondèrent même en 1667, une véritable confrérie religieuse avec siège au couvent des Cordeliers, mais l'autorité défendit à tous les membres du clergé de leur prêter leur concours et ordonna aux compagnons si pieux de s'unir à leurs patrons pour célébrer la sainte Anne.

***

Les Tourneurs (1) ne figurent pas au cartulaire des métiers; cette profession si ancienne était sans doute exercée par les charpentiers et les menuisiers. Une requête du XVIe siècle, adressée à la mairie, par cinq maitres tourneurs demandant des statuts, est la seule pièce ancienne que nous ayons rencontrée :

Exposent humblement Guillemin Chandelier, maistre visiteur sur le mestier de tourneurs, Chrétien Guy, Jehan Regnauldot, Perrin Regnauldot et Jehan Colinet, tourneurs, demeurans à Dijon, comme soit ainsy que par cy-devant n'ait encoires esté fait aucun esdit, statut ou ordonnance sur ledit mestier de tourneur, à raison de quoy plusieurs gens ignoires et non saichans led. mestier de tourneur se sont entretenuz et travaillez dud. mestier.., qu'il est nécessaire mectre ordre

(1) Arch. municipales, G. 74.

et règle sur led. mestier... que doresnavant et cy-après ne soit permis à aucun de quelqu'estat qu'il soit, lever ouvreur dud. mestier et boutique ne y tenir serviteur soit appranti ou autre que premièrement il n'ait fait son chief-d'euvre, assavoir : celuy qui ouvrera du fer croichu, que pour son chief-d'euvre il sera tenu de faire une boëte ronde à ressort et à trois enchatiés de bon bois loyal et marchant au dit d'ouvriers jurés qui sur ce seront choisis et esleus ; et celuy qui ouvrera de fer plain, fera un brey (berceau) au dit et rapport desd. maistres ouvriers qui sur ce seront cy-après jurés comme dit est... [Chaque aspirant paiera cent sols pour une fois dont la moitié à la ville, le quart aux eschevins et jurés et l'autre quart à la confrérie] Saint Claude, constituée en l'église paroichiale Saint Jehan-Baptiste. [Les fils de maîtres, au décès de leur père, seront reçus sans formalité et verseront un demi-franc à la ville et un demi-franc à la confrérie Saint-Claude].

Nous ignorons si cette requête fut prise en considération et il nous faut arriver à la délibération municipale du 13 juin 1687 qui oblige les tourneurs à se constituer en corporation. Ils étaient alors quinze maîtres et la rédaction de leurs statuts, élaborée en 1692 et 1695, remaniée par suite du règlement général de 1711, aboutit enfin à une homologation en 1716. Vingt ans après, en 1736, de nouveaux statuts furent délivrés.

Délaissant leur vieux patron, les tourneurs se rangèrent sous la bannière de sainte Anne, avec confrérie aux Cordeliers où une messe basse se célébrait le deuxième dimanche de chaque mois. Les maitres pouvaient faire et vendre « bois de chaises tournées, fauteuils, berceaux, chariots pour enfants, chariots pour vaisselles, écueilles, rogeoirs, poches, dévidoires, bondons, mesures à légumes, quenouilles, fuseaux, rouets à fil, pied de quenouille, chandeliers de bois tournés et tous autres ouvrages tournés, même de raccommoder et recouvrir chaises et fauteuils, à paille ou joncs. » Ils ne devaient employer aucun bois gâté, pourri, corrompu, piqué, défectueux... Les menuisiers, taillandiers et autres, ne pouvaient posséder aucun tour, mais, par modification du procureur de la ville, ils eurent le droit de posséder des tours à condition de ne pas s'en servir pour tourner le bois.

Quelques années après, les 17 maîtres en exercice, voulant faire de l'innovation, prirent le titre de *Tourneurs, Tabletiers et Faiseurs de peignes.* Ils demandèrent alors des statuts en 1750 et, après l'avis des fripiers, menuisiers, fondeurs en cuivre et tripiers, la mairie leur délivra ces statuts qui furent homologués en parlement le 16 juillet 1751 (1). En plus des articles précités, les tourneurs pouvaient « façonner des écritoires, peignes, tabatières, étuis, et autres ouvrages en écaille, corne et ivoire » et « aucuns des maîtres ne pouvaient enharrer des tripiers, les cornes au préjudice de ses confrères ». En 1787, le bureau de placement était tenu par l'ancien juré.

Nos renseignements se ferment cette même année sur un fait qui est une tache dans les annales des jurés dijonnais. L'un des deux jurés tourneurs, Lequin, est en fuite avec la caisse. A cette nouvelle, le procureur et l'autre juré se rendent à sa maison où sa femme leur remet les registres et papiers de la communauté, quant à l'argent, dit-elle, son mari ne lui en a point laissé ! Ce fait, absolument isolé, sert à nous faire remarquer que les jurés ont toujours rendu leurs comptes avec ponctualité.

(1) Imprimés chez Hucherot, 1751, 7 p. in-4 ; chez Capel, 1785, 8 p. in-4.

CHARRONS, ROUHIERS (1)

PATRONAGE : Sainte Catherine.

ARMOIRIES : *D'azur, à une sainte Catherine de gueules ayant sa main droite posée sur une roue de sable.*

Les charrons reçurent leurs premiers statuts en 1601, quelques mois après les maréchaux ; nous aurions pu placer ces deux professions dans le même chapitre, mais les charrons ne travaillant à cette époque que le bois, n'auraient su trouver place dans notre chapitre des *Arts et Métaux*. Voici ces statuts :

Charrons, Rouhiers.

A tous qu'il appartiendra, salut, nous vicomte-mayeur et eschevins de la ville de Dijon, assemblez en la Chambre du Conseil pour les affaires d'icelle, scavoir faisons que sur la requeste présentée à la Chambre par André Pelletret, Louis Balbastre, David Bertrand, Germain Monyot, Louis Mercier, Jean Grébille et Pierre Bourrelier, tous rouhiers et charrons à Dijon... contenant... qu'il ne se fait aucune maitrise ou chef-d'euvre du susdit mestier... La Chambre du Conseil de ville a ordonné, statué et réglé, ordonne, statue et règle ce qui s'ensuit qui sera accomply en tous ses points par tous ceux qui se meslent et mesleront dud. art et mestier de rouhier et charron, dans lad. ville et banlieue d'icelle.

I. Que personne ne pourra lever ouvroir ou boutique dud. mestier, vendre ou débiter aucune chose qui concerne et regarde icelluy mestier, que premièrement il n'ayt fait chef-d'euvre et qu'il ne soit receu maistre dud. mestier ainsi qu'il est accoustume de faire aux autres arts et mestiers de la ville.

II. — Que celluy qui vouldra estre resceu maistre sera tenu

(1) Arch. mun., G. 21.

faire chef-d'euvre pour lequel il fera lui-même une paire de rouhe à canon ou bien une roue servant à espinglier et à potier d'estain, ou d'une garnison du devant d'un char avec ses rouhes, ou bien d'une charrette de marchandise garnye pareillement de ses rouhes et de douze pieds de charge.

III. — Qu'une desquelles pièces qui voudra estre resceu maistre sera tenu la faire en la maison de l'un des maistres jurés non suspect, en la présence de l'un des eschevins qui sera commis et des deux jurés de lad. année sur led. mestier, tant seulement sans pouvoir estre contrainct à faire aucun frais et despens soit de festin ou autrement de l'amende arbitraire envers la ville.

IV. — Et lequel chef-d'euvre il sera tenu de faire dans six sepmaines après qu'il luy aura ordonné, icelluy fait sera visité par lesd. maistres-jurés en la présence dud. eschevin pour estre après représenté par devant les sieurs vicomte mayeur pour estre prononcé à sa réception, prestation de serment comme il est accoustume faire aux autres mestiers, ou cas que led. chef-d'euvre sera treuvé bien et deheuement fait et tout avant que lad. besoingne soit férue.

V. — A la confection desd. ouvrages celuy qui fera chef-d'euvre et comme aux semblables tous autres maistres dud. mestier ne pourront employer aucungs bois de tremble, viorne ou thillot ny autres bois qui seront varreux, pouilleux, pourry ou gasté.

VI. — Ainsi seront tenus faire, savoir, pour la rouhe à canon les boutures et gentes de bois d'orme et les rayts de bois de chaigne.

VII. — Les roues d'espingliers et potiers seront faictes, assavoir : les boutures d'orme, les rayts de cœur de chaigne, et quant aux gentes elles seront faictes de telle sorte de bois que semblera à l'ouvrier pourveu que ce ne soit du bois cy-dessus réservé.

VIII. — La garnison du devant du char sera faicte, savoir la limonière de bois de fresne, chaigne ou arrable et les rouhes savoir : les boutures d'arrable ou de fouteau et le reste de tel autre bois que voudra l'ouvrier pourveu que ce ne soit du bois cy-dessus excepté et toutesfois les rayts qui seront faictes de chaigne ou de fresne.

IX. — La garnison du coche sera faicte, savoir : les roues de tel bois qu'il est cy-dessus dit et quant au reste de lad. garnison, elle sera faicte d'orme ou de fresne.

X. — La charrette de douze pieds de charge de marchandise sera faicte de bois de chaigne et les rouhes comme celles des chars, comme aussi tous autres chars et charrettes, toutes lesquelles besoignes seront faictes selon les proportions requises.

XI. — Le fils de maitre sera tenu faire pour sa suffisance la garnison du devant d'un char, fors et réservé les rouhes.

XII. — Qu'en toutes besoignes dud. mestier les maitres seront tenus d'y aposer leur marque en lieu éminent de laquelle marque tout aussytôt qu'ils seront resceus, seront tenus de donner une pareille en lad. Chambre d'icelle ville, où en une lame d'airain ou d'estain qu'ils mectront en icelle où leurs dictes marques seront insculpées pour y avoir recours si besoin est, à peine d'en estre repris et d'un escu cinq sols d'amende pour une fois envers la ville.

XIII. — Que toutes personnes qui ameneront des besoignes dud. mestier en lad. ville pour les y vendre et débiter seront tenus rendre icelles aux halles pour y estre visitées et marquées par lesd. jurés en la présence dud. eschevin commis, si elles sont loyables, et si elles ne sont de la dicte qualité, seront confisquées au profit de lad. ville ou bien rompues et condamné celuy ou ceux à qui elles appartiendront, à l'amende arbitraire.

XIV. — Les besoignes que feront les rouhiers et charrons seront visitées par lesd. jurés en la présence dud. eschevin commis du procureur syndic ou de son substitut si elles sont faictes et du bois qu'il est ainsy prescrit et où elles ne se trouveroient de la qualité et bien traitées seront confisquées au profit de lad. ville et condampné en l'amende d'un escu cinq sols envers icelle.

XV. — Les rouhes qui seront faictes pour canon pour led. chef-d'euvre de celuy qui se voudra passer maistre dud. mestier, seront et demeureront à lad. ville à l'exclusion de tous autres, pour un pris honnête et médiocre dont l'on pourra accorder et convenir avec celuy qui l'aura fait.

XVI. — Seront tenus ceux qui seront resceus maistres dud. mestier y compris les fils de maistres, chacun paier à la boitte de la confrairie d'iceluy mestier, la somme de quarante sols pour estre employés au service divin.

XVII. — Tous lesquels maitres qui seront resceus audit mestier et ceux de présent payeront à lad. ville pour les droits dus la somme de trente sols, et quinze sols pour les fils de maitres que ce qui est accoustume se payer audit sieur vicomte mayeur et procureur syndic pour lesdits droits de lad. réception.

En tesmoing desquelles choses... nous avons fait mettre le scel de lad. ville, ce jourd'hui premier du mois d'octobre, mil six cens ung.

Le régime des offices ne semble pas avoir mis du désordre dans la communauté. En 1700, la confrérie Sainte-Catherine fut fondée au couvent des Carmes et en 1731, les charrons reçurent leurs derniers statuts (1).

Les fils de maîtres devaient faire pour chef-d'œuvre : « une roue de berline à double échasse ou une roue de coutelier aussi à double échasse et à double épaulement, si mieux n'aime ledit aspirant faire une roue de charette de la portée de six pièces de vin. » Les aspirants de la ville ou étrangers devaient faire « un train de carrosse ou berline suivant l'usage ou d'une charette, de seize pieds de charge avec ses roues propres à l'usage d'un roulier. » Si l'aspirant fournissait le bois nécessaire et s'il était reçu maître, son chef-d'œuvre lui revenait en sa possession. La marque personnelle était imposée. Les ouvrages de charronnage étaient exposés en vente sur la place Saint-Etienne, après avoir reçu le coup de marteau des jurés.

La confrérie et les assemblées se tenaient au couvent des Carmes où un service solennel était célébré le 25 novembre en l'honneur de sainte Catherine.

(1) Imprimés à Dijon, chez J. Sirot, sans date, 10 pages in-4, avec le titre : *Extrait des registres du Parlement, du 16 mars 1731.*

Ces statuts sont signés : Etienne Thomas, Claude Pruneau, Jean Arnaut, Jean Martin et Etienne Laroche ; les autres maîtres ne savaient signer.

GAINIERS, COFFRETIERS, FOURIERS, MALLETIERS, FORMIERS-TALONNIERS (1)

PATRONAGE.....

ARMOIRIES : *De sinople, à un coffre d'or.*

De tous ces artisans, les gainiers seuls apparaissent au XVe siècle, il n'est question des autres que deux siècles après. Donc, en 1451, les gainiers, à la requête des maistres Jehan Chauldot, Huguenin Bonamy, Henry Corderot et Jaquot Chauldot, reçurent les statuts suivants :

Ordonnances des gainiers.

I. *Premièrement.* — Que aucun ouvrier dud. mestier degaignier ne pourra doresenavant tenir ne lever ouvreur dud. mestier en lad. ville et banlieue d'icelle, s'il n'est bon ouvrier expert et bien congnoissant et qu'il n'ait faire son chief-d'œuvre tel et en la manière que cy-après sera déclairé, et deffend l'on à tous que désormais autrement ne le facent, sur peine de cent sols tournois à lever sur ceux qui seront trouvez faisant le contraire...

II. *Item.* — Que aucun dud. mestier ne face ouvraige qui ne soient de bonnes estouffes, c'est assavoir : de bon cuir et de bonne cole, et ceulx qui feront ouvraige doré, ne vendent point or party pour fin or et aussi que led. ouvraige soit fait de bonnes couleurs comme de bon azur et autres bonnes et loyalles couleurs.

III. *Item.* — Que aucuns ne facent escriptoires ne gaingnes

(1) Archives munic., G. 15.

doubles à mectre plusieurs couteaulx que tous les cuirs ne soient tout du long desdictes escriptoires et gaingnes et que les pendans ne soient point de terre... sur peine de perdre le mavais ouvraige dont la quarte partie sera brulée et arse devant l'hostel de cellui qui l'aura fait...

IV. *Item.* — Que aucun ne face gaingne sainglé pour un cousteaul seul qui ne soit de deux cuirs l'ung cousu et l'autre coley, et que celluy qui sera coley soit si large qui queuvre bien la cousure du cosu tellement que on ne peut bouter l'ongle dedans lad. cousure...

V. *Item.* — Que aucun ne face esteuz de tasses, de calice ou autre grosserie comme esteuz à barbiers ou gaingnes pour tranchoir à princes, prélatz ou autres séculiers, qu'ils ne soient de quatre cuirs bien ouvrez et bien garnys de bois.....

VI. *Item.* — Que tous petiz esteuz, c'est assavoir : esteuz à barbiers, esteuz à cirurgiens, boite à mectre pain à chanter, (hosties), et autres petiz esteuz, soient bien garnys de bois entre deux cuyrs, c'est assavoir : lesd. esteuz à barbier sur le fond et là où il appartient... et au regard desd. petiz esteuz comme boite à mectre pain à chanter, et tous autres petiz esteuz à lancectes, seront garniz de bois comme il appartient...

VII. *Item.* — Et pour ce que aucuns se pourroient entremectre de faire gaingnes sans couteaulx pour les vendre et qui y trouveront faulles diroient qu'ils les auroient achetés, par quoy y pourroit estre comise fraude et déception, on deffend à tous que aucuns ne vendent lesd. gaingnes sans couteaulx qu'ils ne soient bonnes et loyaules, faictes de bonnes estouffes, visitées et approuvées par lesd. jurés...

VIII. *Item.* — Et pour ce que cy-dessus est dit, que aucun ne pourra lever ne tenir ouvreur dud. mestier jusques à ce qu'il ait fait son chief-d'euvre, nous ne entendons point en ce comprendre les fils de maistres dud. mestier, ains déclarons qu'ils ne seront tenus aucunement de faire leurdit chief-d'œuvre quant ils seront ouvriers et vouldront tenir leur ouvreur se non en la manière cy-après déclairée, c'est assavoir que si durant la vie d'un maistre dud. mestier, icelluy maistre estoit empeschié par ancienneté, par maladie ou aultrement, tellement qu'il ne peust ouvrer, icelluy maistre aura en ce cas puissance de faire euvre et tenir le fait et estat de son ouvreur par son fils, lequel le pourra faire durant la vie de sondit père sans faire aucun chief-d'euvre ne aultrement estre à ce subjet se non à bien ouvrer et selon l'ordonnance cy-dessus escripte. Mais se durant la vie de son dit père, il se vouloit départir et oster de lad. compagnie d'icelluy son père, par mariage ou autrement, il sera tenu de faire son chief-d'euvre et faire les droits dud. mestier en la manière que les autres non fils de maistres, et ce affin de tenir la chose en tel estat que lesd. fils de maistres ne se mectent point à tenir leurs ouvreurs ne habandonner leurs pères jusques à ce qu'ils soient ouvriers et souffisans pour ce faire.

IX. *Item.* — Que tous ceulx qui viendront de dehors pour tenir et lever leur ouvreur en lad. ville seront tenus de faire leur chief-d'euvre tels que lesd. maistres et visiteurs leur ordonneront, c'est assavoir : se lesd. maistres leur baillent à faire un esteuz de cirurgien dorey et enleviey et une escriptoire, ils seront tenus de les faire pourveu que la pièce d'euvre ne puisse valoir ne excéder oultre le pris de deux escus d'or. Lesquels chiefs-d'euvre seront mis et demeureront en la Chambre de lad. ville pour mémoire et monstrer le fait, estat et science dud. mestier quant ouvriers estrangiers viendront ou autrement là où il appartiendra, et avec ce paieront et seront tenus de paier lesd. estrangiers, lorsqu'ils seront passez maistres et ouvriers dud. mestier, et pour leur bien venue, la somme de quatre livres tournois dont la moitié sera au prouffit de lad. ville et l'autre moitié ausd. maistres visiteurs et jurés dud. mestier. Et au regard de ceulx qui auront esté apprentiz en lad. ville et qui feront leur chief-d'euvre et seront passez maistres, ils paieront pour leur bien venue la somme de deux frans seulement, à applicquer comme dessus.

X. *Item.* — Et en tant qui touche lesd. fils de maistres qui feront leur chief-d'euvre en la manière cy-dessus déclairée et seront passez maistres dud. mestier pour honneur de leurs pères et avoir aucune prérogative plus avant que les estrangiers et aussi que les apprentis non fils de maistres, ils seront exempts de paier aucune chose pour leur bien venue.

XI. *Item.* — S'il advient que aucun desd. maistres dud.

mestier voise de vie à trespas, la vesve d'icelluy qui ainsy trespassera pourra tenir ou faire tenir son ouvreur dud. mestier par un homme ouvrier et souffisant durant le temps de sa viduité, sous les conditions, ordonnances et amendes et soubz les visitacions que dessus. Et si elle se remarie à un homme qui ne soit dud. mestier, elle ne pourra plus faire ouvrer, ains sera tenue de cesser. Semblablemeut celluy qui aura tenu sondit ouvreur, s'il n'est approuvé et ait fait son chief-d'euvre et devoir ainsy et en la manière que dessus est dit et déclairée des autres. Et en oultre, se lad. vesve se remarie en homme dud. mestier qui ne soit maistre passé par avant, il sera tenu de faire son chief-d'euvre, paier et faire au surplus ainsi et selon que dessus est déclairé, tant des estrangiers comme des fils de maistres et apprentis de la ville.

XII. *Item.* — Et ne pourront lesd. maistres substraire aucuns apprentiz ne varlets l'ung de l'autre pour venir à leur service...

XIII. *Item.* — Que toutes fois que aucun maistre se passe et approuvé estre souffisant et ouvrier dud. mestier, lesd. maitres et visiteurs seront tenus de le présenter au régistre de la court et ycelle certifié de sa souffisance pour estre inscrit audit régistre et avoir lectre de lad. ville.

XIV. *Item.* — Et affin que lesd. provisions et ordonnances soient bien entretenueset pour ce que est besoing y avoir chacun an ung homme dud. mestier, bien expert et congnoissant pour estre avec un des eschevins garde et visiteur dud. mestier tous les maistres d'icelluy bon mestier seront tenus chacun an, environ la feste Saint Jehan-Baptiste, de eulx conseiller et élire l'un d'eulx pour estre, avec led. eschevin, garde et visiteur dud. mestier, et le jour que l'on institue les commis aux visitacions des mestiers de lad. ville qui est communément le lundy ou le vendredy après la feste de Nativité Saint Jehan-Baptiste, présenteront ledit maistre ainsy esleu aux mayeurs et eschevins qui lors seront, lesquels le recevront et institueront garde et visiteur dud. mestier, s'il est ad ce ydoine et souffisant.

Toutes lesquelles provisions et ordonnances... avons fait mectre le grand scel.. à ces présentes lectres faictes et données en la Chambre du Conseil d'icelle ville, le vendredy xviie jour du mois de mars mil quatre cens cinquante et ung.

Les documents font défaut jusqu'à la création des offices ; nous trouvons alors, en 1679, les statuts des *Gainiers, Coffretiers, Fouriers et Malletiers*. Les maîtres, est-il dit, feront communauté entre eux et paieront chacun trois livres pour subvenir aux frais d'une confrérie, les apprentis paieront aussi la même somme.

Que toutes sortes d'estuys et gaynes de chagrin ou façon de chagrin seront commancés d'un bon cuir tout d'un long, que les pendantes seront commancé de gourganne ou de deux cuirs l'un sur l'autre. — Qu'il ne sera mis en œuvre aucun or ou argent sur lesdits ouvraiges qu'il ne soit fin. — Que toutes cassettes à la guainière ou autres seront engorgées de bons cuirs ou de toille et de charnières de fer couvertes de bon cuir de veau. — Que tous estuys à tasses, calices ou autres grossiers estuys seront faits de bon bois engorgé de bon cuir ou de toille couverte de bon cuir. — Pour ce qui est des coffres de trois à quatre pieds de longueur, ils seront couverts d'un cuir de porc. — Nul ne fera valize, estuy chapeau, sacoche, qu'ils ne soient d'un bon veau bien apresté et passé en suif, de la longueur de deux pieds et demy pour les valizes. — Que les malles fabriquées avec des lattes seront couvertes de vache bien apprestée et les autres malles seront couvertes d'un bon cuir de porc ou d'un bon veau bien apresté. — Que les fourreaux de pistollets qui seront faits de bois seront commancés d'un cuir et couverts d'un bon veau, et ceux de cuir bouilly seront d'une bonne vache, bien cirée et bouillie.

Les formiers-talonniers, qui devaient plus tard être réunis aux précédents, eurent des statuts le 29 novembre 1678.

Statuts des maistres Formiers et Talonniers qui se présentent pour estre érigés en corps de communauté.

I. — Scavoir que ceux qui voudront cy-après travailler dud. mestier et lever boutique en cette ville de Dijon et faubourgs d'icelle, ne le pourront faire que pour avoir travaillé chez les maitres de la ville pendant six mois.

II. — Que deffenses demeurent faictes à tous habitans de retirer aucuns façonneurs de formes et de talons et de souffrir qu'ils travaillent en leurs maisons ; et ausdits façonneurs d'y travailler à moins qu'ils ne soient receus maistres...

III. — Que aucuns autres que ceux qui seront receus par la Chambre ne pourront exposer ny débiter par la ville et faubourgs aucuns talons et formes à peine de confiscation et de six livres d'amende.

IV. — Que ceux qui seront receus par la Chambre paieront chacun la somme de dix livres au proffit d'une confrairie qui sera par eux établie sous le bon vouloir et plaisir de la Chambre.

V. — Quelesdits maistres receus par la Chambre ne pourront prendre aucun apprentif qu'à la charge de payer trois livres au proffit de la confrairie, et où il ne se trouveroit qu'ils en reçoivent quelqu'uns en apprentissage sans le paiement de lad. somme, ils seront tenus de la payer en leurs propres et privés noms.

VI. — Que l'on paiera pour chaque maistre ou femme de maistre qui viendra à décéder, trente sols au proffit de la confrairie.

VII. — Que chacun des maistres paiera annuellement dix sols pour les services qui seront fondés en lad. confrairie.

VIII. — Que tous les talons seront faits de bois de tillot coupé en saive, et les formes de bois de foyard, charme ou de noyer coupé du moins un an auparavant, et quand il s'en trouvera estre fabriqués d'autres bois, ils seront confisqués et ceux qui les exposeront ou qui s'en trouveront saisis, condamnés à l'amende de six livres...

IX. — Et pour reconnaitre lesd. contraventions, lesd. maistres se pourvoieront à la Chambre incessamment pour faire nommer un juré d'entre eux chacun an, lequel prestera serment de bien et fidèlement faire ladite charge, ensemble celle de réception de la confrairie, attendu le petit nombre des maistres.

X. — Sera tenu ledit juré de faire au moins deux visittes par an, avec un de messieurs les eschevins ou le sieur procureur-syndic.

Ce qui sera publié et affiché afin que personne n'en prétende cause d'ignorance.

(Signé) : Louis Fouras, Didier Honoré, Degrini, Claude Pany.

Tous ces artisans furent réunis en une seule corporation vers 1694. Leurs statuts mentionnent bien la confrérie mais n'indiquent pas le patronage.

BOURRELIERS, SELLIERS, LORMIERS, CARROSSIERS (1)

PATRONAGE : Saint Eloi.

ARMOIRIES : *D'or à une barre de sable* (Selliers, Carrossiers). *D'azur à une selle de cheval d'argent* (Bourreliers, Carrossiers).

« La chevalerie et les habitudes des nobles donnaient beaucoup d'occupation aux métiers de la sellerie et harnacherie ; diverses corporations y trouvaient leur subsistance, telles que les selliers, les chapuiseurs, les cuireurs, les bourreliers, les lormiers... (2). » Les bourreliers et les selliers ont conservé leurs noms et leurs métiers ; les lormiers fabriquaient les freins, longes, estriers, mors et clous pour le cuir et tous ornements de harnais

(1) Arch. mun., G. 14.

(2) Depping, *Règlements sur les Arts et métiers de Paris*, 1837.

en fer, argent et or. Les cuireurs ne travaillaient que le cuir, et les chapuiseurs étaient les fabricants d'arçons ou charpentes de bois pour les selles. Au xve siècle, on ne rencontre à Dijon que les selliers et les bourreliers, c'est dans leur communauté que la ville recrutait les préposés à la garde des « soillotz de cuir » pour la « rescousse de l'incendie ».

Ces deux professions ont tant d'analogie que le simple bon sens aurait dû les placer dans la même corporation mais le contraire eut lieu et leur réunion fut éternellement ajournée. Ce sont les selliers qui, les premiers, eurent les statuts suivants en 1469.

Ordonnances sur le mestier de Sellerie.

A tous ceulx qui ces présentes lectres verront, nous Jaques Bonne, escuyer, mayeur et les eschevins de la ville et commune de Dijon, assemblez en la chambre du conseil de lad. ville pour traicter des besongnes et affaires d'icelle, salut. Savoir faisons nous avons receu la requeste et supplicacion des ouvriers du mestier de sellerie demeurans aud. Dijon, contenant en effect que combien que ceste ville de Dijon soit la principale ville du duchié de Bourgoigne, à l'exemple de laquelle les autres bonnes villes du duchié avoient et ont accoustume de elles reigler et conduire néantmoins n'avoient esté encores faictes aucunes ordonnances sur le faict et conduicte dud. mestier qui estoit en très grant dommaiges et préjudice des habitans de lad. ville de Dijon et autres y fréquentans et de la chose publique, et plus seroit se provision n'y estoit mise. Pourquoy inclinans à leur resqueste comme raisonnable et veullans pourveoir aux frauldes et decepcions qui se font et commectent en diverses manières oudit mestier de sellerie dont avons esté et sommes souffisamment acertenez et pour entretenir bonne reigle et police sur le fait d'icelluy mestier, avons fait, ordonné et estably et par la teneur de ces présentes lectres, faisons, ordonnons et establissons sur icelluy mestier les statuts, provisions et ordonnances qui s'ensuivent.

I. Premièrement. — Que aucuns dud. mestier ne soit si ozez de mectre bois vert en cole et que la cole soit bonne et necte et le bois bien adjousté et nervé souffisament, à peine de douze sols tournois d'amende...

II. *Item.* — Que tous panneaulx de selles soient fourez tout de long de toille et le cuir des housses bien rembouré...

III. *Item.* — Que tout harnois de chevaulx soient faiz de bon cuir bien engraissé sans ouvrer de cuir de chevaulx de quelque manière que ce soit...

IV. *Item.* — Que tous chevestres, longes et licoz qui seront de cuir blant, soient bien engraissé et courroyés à bon alun...

V. *Item.* — Que les bourreliers ne besoingneront en aucune manière du fait et ouvraige de sellerie, tant de faire chevestre, rembourer selles, faire housses, bahus, sommiers, verroles, houssières de cuir, comme autres choses appartenans audit mestier de sellerie.

VI. *Item.* — Que aucuns bourreliers ne se entremectent de faire verroles sans seillier, ne seillier sans bourrelier.

VII. *Item.* — Les selliers ne se pourront entremectre de chose qui touche l'ouvraige des bourreliers et semblablement les bourreliers de l'ouvraige des selliers...

VIII. *Item.* — Que aucun ne pourra lever ne tenir ouvreur de sellier en lad. ville de Dijon, feurbourgs et banlieue d'icelle se premièrement il ne fait son chief-d'œuvre soit en selles d'armes, selles de dames ou de mules, lequel chief-d'œuvre ainsy fait sera et demeurera aux eschevins, jurés et commis et députez sur ledit mestier de l'année en laquelle sera fait le chief-d'œuvre ; et avec ce paiera et sera tenu de paier pour une fois la somme de soixante sols tournois dont la moitié sera et demourera au prouffit de lad. ville et l'autre moitié aux eschevins, jurés et commis dud. mestier.

IX. *Item.* — Se aucung fils de maistre dud. mestier de la ville de Dijon, veult lever et tenir son ouvreur dud. mestier en la ville, feurbourgs et banlieue d'icelle, faire le pourra moyennant et parmy ce qu'il sera tenu de faire son chief-d'euvre comme dessus est dit, lequel chief-d'euvre sera au prouffit desd. eschevins, jurés et commis.

X. *Item.* — Que les vesves des maistres selliers pourront durant leur viduité tenir ouvreur dud. mestier, pourveu toutesvoyes qu'elles aient ouvriers souffisans pour tenir leur ouvreur qui seront subjectz à visitacion comme les autres.

XI. *Item.* — Les selliers seront tenus de rembourer les selles tout du poil de cerf, ou tout du poil de vaiche, sans mesler l'ung parmy l'autre, et quand les selles seront rembourées du poil de vaiche, qu'ils ne mectent point du poil de cerf es pertuis des panneaulx.

XII. *Item.* — Et finalement celluy qui vouldra faire son chief-d'euvre sera tenu de le faire en l'hostel de lung des maistres jurés pour l'année aux frais missions de celluy qui ainsy fera ledit chief-d'euvre.

Après lesquelles ordonnances et constitucions ainsy par nous faictes et passées à la requeste et en la présence de Jehan Contesse, Jehannin Parent, Jehan Vaultier, Grégoire Demons, Pierre Taboureaul, Jacotin Paigeot, Gobin Longis, Pierre Lambert et Jacotin Groingneaul, tous selliers et maistres tenans ouvreurs en lad. ville de Dijon... le vendredy xxIIIIe jour du mois du juillet, l'an mil quatre cens soixante et neuf.

Les bourreliers auraient dû recevoir leurs statuts en même temps, mais, soit de la faute des intéressés, soit de celle de la mairie qui traversait une époque critique, les bourreliers n'eurent les leurs qu'une vingtaine d'années plus tard

Ordonnances des bourreliers

A tous ceulx qui ces présentes lectres verront, nous Phelippe Martin, escuier, seigneur de Bretennières, conseiller du roy nostre sire, et mayeur de la ville et commune de Dijon et les eschevins de lad. ville, salut. Savoir faisons que inclinans à la requeste à nous présentée par les bourreliers tenans ouvreurs dud. mestier en lad. ville de Dijon, réquérans instamment ordonnances estre faictes sur led. mestier, avons fait et estably, faisons et établissons de et sur icelluy mestier de bourrelier et pour le bien et prouffit de la chose publique, les provisions et ordonnances qui s'ensuivent.

I. Premièrement. — Quiconque vouldra lever et tenir ouvreur dudit mestier de bourrelier en lad. ville et banlieue de Dijon et feurbourgs d'icelle, il sera tenu de faire pour son chief-d'euvre le harnois d'un cheval de lymont, et s'il est trouvé ouvrier souffisant, il sera receu et passé maistre dud. mestier, fera le serement partinant es mains de nous mayeur et nos successeurs et prendra sa lectre de licence et de récepcion par devers le scribe de la maierie dud. Dijon, et avec ce sera tenu de bailler et paier la somme de cinquante sols tournois monnoye courant, assavoir : vingt sols tournois au prouffit de lad. ville, autres vingt sols au prouffit des eschevins-jurés et commis pour l'année et dix sols au prouffit du mayeur qui lors sera, et moyennant ce son chief-d'euvre demourera aud. ouvrier pour en faire son prouffit.

II. *Item.* — Les fils de maistres dud. mestier, s'ils sont ouvriers d'icelluy mestier pourront lever et tenir ouvreur en lad. ville de Dijon, feurbourgs et banlieue d'icelle, sans aucune chose paier, excepté qu'ils seront tenus de donner ung disner aux eschevins, commis et jurés seulement, ou à chacun cinq sols tournois.

III. *Item.* — Les vesves des maistres dud. mestier pourront se bon leur semble durant le temps de leur vesvage et viduité, tenir ouvreur d'icelluy mestier en lad. ville et feurbourgs d'icelle, pourveu toutesvoyes qu'elles auront ouvriers souffisans pource faire et lesquels seront subjectz à visitacion comme les autres ouvriers et compaignons d'icelluy mestier.

IV. *Item.* — Que aucun ne pourra ouvrer dud. mestier de cuir s'il n'est gras des deux coustés en neuf ouvraiges. Mais l'on pourra bien ouvrer de moutons pour refaire viez ouvraiges. Et sur neufs ou viez coliers n'aura point de pièces de mouton sur la haulte pièce.

V. *Item.* — Les colliers de mouton : la toille du colier ne sera point passée s'elle n'est de bon byoie et bonne toille.

VI. *Item.* — Et sur collier, l'on pourra ouvrer de tous cuirs tannez pourveu qu'ils ne soient point aponduz au-dessus de la bretissure et que la cousture soit en l'anéal de bon byoie.

VII. *Item* — Semblablement l'on pourra ouvrer de tous cuirs es avaloires, mais qu'elles tiennent du maistre cuir deux pointz pour le moins, lesquelles sur le faible ne le peuvent renforcer se ce n'est de cuir neuf.

VIII. *Item.* — Touchant les mantillons : l'on en pourra faire de tous cuirs tannez, que l'on ne pourra faire s'ilz ne sont bradié de cousture à neuf pointz sur les six sur le maistre cuir, lesquels mantillons l'on ne pourra renforcir se ce n'est de bon cuir neuf.

IX. *Item.* — Lesdits ouvriers pourront faire bas à charroyer de tous cuirs tannez pourveu qu'il n'ait en siège point de cousture.

X. *Item.* — Que en fourreaulx l'on pourra ouvrer de tous cuirs tannez mais que la cousture soit de bon byoie.

XI. *Item.* — Et semblablement en brides, l'on pourra ouvrer de touz cuirs pourveu qu'il soit gras. Et sera chacune pièce d'ouvraige trouvée en faulte, ainsy que dessus est dit, amendable de dix sols tournois pour chacune fois que l'on y sera reprins, dont la moitié sera au prouffit de lad. ville, et l'autre moitié pour les eschevins, jurés et commis sur ledit mestier.

Lesquelles ordonnances ont esté faictes, passées et accordées en la présence de Jaquot Prétet, Jehan de la Grange, Joffroy Brichet, Girard Perrenot, Jehan Guaillot, Jehan Martel, Jehan Burot et Guérin Huard, tous bourreliers à Dijon.... le mardy xxixe jour du mois de janvier, l'an mil CCCCIIII^{xx} et sept (N. s. 1488).

Voici donc nos maîtres bien délimités dans leurs attributions professionnelles ; les uns, pourrait-on dire en langage moderne, étoient les ouvriers de l'aristocratie, et les autres, ceux de la démocratie, et la preuve s'en trouve encore mieux établie lors de l'apparition des carrossiers qui furent incorporés aux selliers en 1493. Des statuts, copiés sur ceux de Paris, réglementèrent la corporation dès selliers-carrossiers jusqu'en 1681. A cette époque, du régime des offices, l'union était nécessaire pour faire face aux charges financières.

Il y eut alors un bon mouvement, mais de peu de durée, ce fut la réunion des trois professions avec des statuts communs du 4 avril, homologués en parlement le 24 octobre de la même année 1681.

En voici un sommaire :

Statuts des Bourreliers-Selliers-Carrossiers.

I. — [Nul ne sera reçu maître s'il n'a été apprenti et s'il n'a servi deux ans au moins chez un maître de la ville. Un maître étranger devra faire preuve de suffisance pour s'établir à Dijon.]

II. — Les maîtres bourreliers et carrossiers pourront, suivant l'ancienne coutume de cette ville, faire carrosses, coches, chaises roulantes, littières, brancards couverts et escarcelles, comme encore faire et debiter tout harnois de selles à chevaux, scavoir comme testières, reines, poitral, sangles, surfais, croupieres et contre-sanglons, le tout de bon cuir... »

III. — [Les brevets d'apprentissage seront enregistrés sur un registre tenu par les jurés.]

IV. — Les maîtres ne pourront faire ny rendre aucun ouvrage auquel il y ait allongissure, parce que s'il estoit allongé, le fille pouriroit et se romperoit et de conséquence l'ouvrage ne vaudroit rien....

V. — Feront lesd. maistres les dossières, avalloires, brecolles, manivelles, chaisnettes, hagneaux de cuivre graissé, recullement et autres, même les dossiers, surpentes, testières, guides et longes, tant pour littières, carrosses, coches, chariots, que autres arnois, lesquels seront faits tout d'une pièce sans allongissure....

VI. — Les surpentes des carrosses seront faictes de quatre bons cuirs de Hongrie, entre les plus longs qu'il se pourra trouver et en cas que les cuirs ne se trouvent pas assez longs, il sera permis d'allonger les deux longueurs, l'une par le bout d'en haut, l'autre par le bout d'en bas, afin que les deux ne se rencontrent pas à un mesme endroit, et pour ce qui est des chaisnettes et des courroys pour lesdits carrosses, elles ne seront allongées....

VII. — Les surpentes bordées seront garnies de trois cuirs neufs de Hongrie bordés de bonne vache bien et deuement estoffée tant noire que roussie qu'autres cuirs en couleurs ; ladite bordure ne se pourra allonger que d'un bout seulement d'autant que la vache ordinairement ne se trouve pas assez longue.

VIII. — Le dessus des harnois de carrosses sera fait d'un bon cuir neuf à grain sans estre allongé et un bon blanche sans estre pareillement allongé, bien cousus de trois rangs et la coussinière dudit poitral d'un bon veau bien et deuement corroyé et fourny d'un empiècement et bredié par les deux bouts de quatre pointes et un quarré.

IX. — Les traits seront fournis d'un bon cuir neuf à grain et deux cuirs d'Hongrie et deux blanches sur les deux bouts du mesme cuir et lesd. traits sans allongissure bien et duement cousus à quatre rangs et seront lesd. traits et bredis à trois points et un point quarré.

X. — A l'égard des harnois brodés tant de vaches noires qu'autres vaches de roussy et autres couleurs, ils seront faits et fournis de deux bons cuirs neufs de Hongrie ; et à l'égard de la bordure, elle sera faicte sans aucune allongissure, à la réserve des recullemens et des traits à six chevaux...

XI. — Les ouvrages susdits seront faits... les brecolles, avalloires, dossières, surpentes servans à littières, de bon cuir à grain doublé de cuir de Hongrie neuf et bredis bien et deuement faits à quatre points et coussins faits de bons veaux...

XII. — Feront aussi... couvertures à chevaux et autres bestes chevalines tant de cuir de veaux gras doublés servant tant aux chevaux des coches, harnois qu'autrement.

XIII. — Feront colliers, sellettes, harnois de limon, dossiers, avalloires, brides, chesnettes, testières servans aud. chevaux d'harnois, de laboure, roulage, de bon cuir suffisant, c'est assavoir : les colliers de bon cuir de bazaine arasé des deux costés, les tassets de bon cuir suffisant et sans allongissures, et seront lesd. tassets cloués de trois cloux pris sur la pointe de la courbe ; les sellettes, les dossiers et avalloires de bon cuir de bœuf sans allongissures et la bride de bon cuir suffisant...

XIV. — Sera aussi permis de faire bas et panneaux servans à chevaux, mulets, asnes et autres bestes portans fardeaux, lesquels seront faits de bon cuir gras neuf...

XV. — Feront toutes sortes de sceaux de bon cuir de bœuf, baudriers cousus à deux rangs de cuir de veaux gras tout d'une pièce sans allongissures ni largissures...

XVI. — Pourront enrichir et enjoliver leurs ouvrages de toutes sortes de façons et enjolivemens selon l'ordre qui leur en sera donné par ceux qui feront faire les ouvrages, soit pour chevaux, carrosses, calaisches...

XVII. — Pourront aussi faire licol; les monter, garnir les filets, masticadours et camisons servans à chevaux...

XVIII à XXII. — [Art. concernant les forains, les veuves, les compagnons et les visites.]

XXIII. — [Les maîtres pourront employer toutes sortes de cuirs.]

XXIV. — [Article concernant les droits de maîtrise et de confrérie.]

XXV. — [Défense aux hôteliers, maîtres de coches et loueurs de carrosses de faire travailler autres que lesd. maîtres dans leurs maisons pendant plus de trois jours.]

XXVI. — Les colliers de moutons gras des deux costés seront rentrayés d'une couture toute d'une longueur et non de fil, et s'ils estoient rentrayés de fil, seront amendables, de nulle valeur et confisqués. Comme aussi sera la pièce du dessus dud. collier, toute d'une pièce cousue de couture et non de fil et seront les prenans bredis de sept points sur l'emboiture et autres sept points quarrés, et le tout de bon cuir gras des deux costés à peine de vingt livres et confiscation contre les contrevenans à ce que dessus.

Ces statuts ne furent pas longtemps en vigueur ; douze ans après il y eut une scission dont nous ignorons la cause et les bourreliers furent exclus de la corporation qui prit le nom de selliers-lormiers et carrossiers, en 1693, avec des statuts très étendus comprenant 31 articles. Le monopole des nouveaux confrères est tellement étendu, qu'il ne reste guère aux bourreliers que le travail commun des chevaux de traits ; ainsi ils peuvent vendre des fouets ordinaires, tandis que la cravache est réservée à leurs anciens collègues selliers-carrossiers. La corporation des bourreliers n'était donc pas florissante, outre le rachat laborieux de leurs offices, il fallait encore passer par le comptoir des *jurés-hongrieurs* pour l'achat de cuirs de Hongrie qu'ils devaient employer et défense à eux de se servir de contrefaçon de ce cuir. Un édit royal de 1707 leur interdisait spécialement d'occuper le cuir gris ou blanc, ou cuir à la mode, qu'ils auraient pu livrer comme cuir de Hongrie. Aussi dans toutes leurs réunions, tenues alors à la sacristie de l'église Saint-Jean, leurs plaintes sont générales et ils s'évertuent à répartir tant bien que mal les taxes individuelles.

Quant aux selliers-carrossiers, voici leurs rôles d'impôts pour 1719 :

1 maître	de 1re classe,	taxé	à	20	livres.	
3	—	de 2e	—	à 12	—	
4	—	de 3e	—	à 8	—	4 sols 6 deniers.
7	—	de 4e	—	à 4	—	10 sols.

Soit quinze maitres. En 1738, il n'y avait plus que trois classes.

A la date du 8 janvier 1721, nous trouvons encore les *Statuts et règlemens des Maîtres Selliers, Lormiers et Carrossiers de la ville de Dijon*, qui consolident le privilège des maitres, « sans cependant déroger aux arrêts rendus entre lesd. maitres et les maitres bourreliers contenant règlemens entre eux. » Cet accord entre les deux professions ne nous est pas tombé sous la main.

Nous avons vu, à l'article des *Taillandiers*, que les *Ferreurs de Carrosses*, travaillant spécialement le fer, se séparèrent des selliers-carrossiers pour s'unir aux taillandiers.

TAPISSIERS (1).

PATRONAGE : Saint François.

ARMOIRIES : *d'azur à un saint François d'or.*

Aucun document ne signale l'établissement de fabriques de tapisseries dans nos pays. Les tapissiers dont il est fait mention aux XIVe et XVe siècles étaient de simples serviteurs aux gages des ducs et chargés de tendre et meubler les logis. Mais si la Bourgogne française ne produisit aucun ouvrage de basse ou haute lisse, la Bourgogne du Nord se chargea d'approvisionner abondamment la cour ducale. C'était pour l'entretien de cette collection de tapisserie, la plus belle et la plus riche de l'époque, que les ducs engageaient des tapissiers, valets de chambre.

Il nous faut arriver à 1531 pour trouver trace des tapissiers contrepointiers, dans une requête qu'ils adressèrent à la mairie de Dijon, pour obtenir des statuts.

Supplient très humblement et en toute révérence, Jehan Bergier, Jehan Courtoys, Thiennot Bergier, Jehan de Salins et Hugues Chifflot, tous ouvriers en mestier de contrepoinctier et tapissier, Messeigneurs, il vous plaira avoir comme ainsi soit que en toutes les villes et cytés du pays de France il n'y a personnaiges de quelque estat ou condicion que ce soit qui ozat tenir boutique ne ouvrer dudit mestier..... qui ne soit passé maistre et faire chief-d'œuvre comme il est escrit en

(1) Arch. munic., G. 70.

tel cas. Or il est vrai que en ceste ville de Dijon qui est le membre capital de Bourgoingne et qui est ville jurée, on a souffert par le passé ouvrer et besoingner dud. mestier de contrepoinctier et tapissier plusieurs personnaiges sans faire chef-d'euvre ne sans veoir ne visiter les ouvraiges qu'ils ont fait par le passé, auxquels on a pu faire de grans abus et mechanssetez ou dommaige perte et interêts au pouvre peuple ; par quoy remonstrent, lesd. supplians, que l'on ne doit permettre en ceste ville a aucuns personnaiges ouvrer ne besoingner aud. mestier que premièrement n'ayt fait chef-d'œuvre comme il appartient en tel cas, et que pour le bien, honneur, proufit et utilité de lad. ville et de tous les habitans, il soit nécessité de y bailler ordre et pouvoir.....

En même temps, ils présentaient les projets de leurs statuts. La mairie nomma des experts pour examiner cette revendication ; elle leur parut en partie « estre raisonnable et partie contraire ». Il suffirait, disent les experts, d'imposer la visitation sur tous les ouvrages et de confisquer les défectueux ; on pourrait aussi, tout en conservant la formalité du chef-d'œuvre, recevoir les aspirants sans tenir compte de leur apprentissage, pourvu qu'ils aient fait preuve de capacité et sans être obligés aux frais de réception et de banquets.

Une autre entrave vint encore arrêter l'enregistrement de ces statuts : elle provenait des *contrepointières*. Ces ouvrières exposent qu'elles sont tout aussi capables de faire le métier que leurs compétiteurs, qu'il ne serait pas raisonnable de les en écarter et qu'elles étaient tout aussi habiles que maître Jehan Bergier et consorts dont la requête était dictée par la jalousie, comme s'il fallait une grande science pour remplir cette profession de contrepointier !

Malgré ce coup de contre-pointe et peut-être après les modifications voulues, les statuts furent enregistrés au cartulaire des métiers, mais il n'en reste que la fin, sans date, car il manque une dizaine de pages au cartulaire. Faute de ce document, il nous reste les statuts élaborés par les maîtres eux-mêmes, vers 1531 ou 1532. Nous y voyons que l'aspirant devait verser trois francs à la ville, trois francs aux échevins et jurés et trois francs à la confrérie de Saint-François. Les lodiers (couvertures piquées) devaient être faits de bonne bourre blanche ou laine et de trois grandeurs : lodier de grand lit, lodier bâtard et lodier de couchette; ceux mal faits étaient confisqués au profit de l'hôpital du Saint-Esprit avec 60 sols d'amende. Les grands « contrepoincts » devaient être faits de « bourre lanisse ». Le chef-d'œuvre était de « faire lit de coin, courtines de couleur, robbes et pourpoincts piquez ». Les aspirants fils de maîtres ne devaient que verser cinq sols à la confrérie.

Nous arrivons sans document jusqu'à 1676, où le 21 août, les tapissiers-contrepointiers reçurent de nouveaux statuts dont voici un résumé :

[L'apprentissage était de quatre ans ; le service comme ouvrier de deux ans; les maîtres ne pouvaient occuper qu'un apprenti à la fois. Les aspirants étrangers devaient justifier de leur capacité et verser 10 sols à la confrérie. Les maîtres pouvaient acheter toutes sortes de tapisseries neuves ou vieilles. « Nul ne pourra doubler aucune tapisserie, si premièrement la toille n'est lessivée ou du moins mouillée, et sera défendu de coudre les relais de fil blanc, mais de toutes autres sortes de couleurs assortissantes et le tout par l'envers... Que tout marchand de tapisserie de hautelisse étrangère soit de Flandre ou d'Auvergne apportant des tapisseries en cette ville pour y être distribuées, seront obligés de porter leurs tapisseries aux halles de lad. ville pour être déballées, visitées et marquées par les jurés en présence d'un échevin, du syndic ou de l'un de ses substituts. » Les forains ne pourront déballer que tous les six mois et pendant huit jours.

Toutes les marchandises nécessaires au métier comme « bourre, lanice, laveton, crin », seront vendues aux halles. « Nul ne pourra faire couverte piquée qu'elle ne soit remplie de bonne bourre lanice, sans mêler aucun laveton ni autre bourre. » Défense de mêler dans la garniture des chaises « du poil de vache dans le crin, ains tout crin pur ou tout poil, et l'on pourra aussi mettre la bourre lanice seule et laveton seul, sans mêler les uns parmi les autres. Que nul ne pourra mêler parmi la bourre lanice dans les matelas, de laveton ni de la bourre tontisse. » Deux jurés, dont l'un sera renouvelable chaque année, seront élus le lendemain de la Saint-François pour prendre garde aux fourberies qui se peuvent faire, en sorte que chacun s'acquitte fidèlement de son devoir.]

En 1695, les statuts furent déjà modifiés ; les apprentis durent verser 40 sols à la confrèrie, puis arriva le règlement de 1711 qui nécessita de nouveaux statuts qui furent homologués en Parlement le 19 décembre 1714 et enregistrés à la chambre de ville le 15 juillet 1715 (1).

Il fut alors permis aux tapissiers de vendre toutes sortes d'étoffes de leur métier, mais à condition qu'elles soient confectionnées. Les habitants pouvaient occuper chez eux les maîtres et maîtresses qui leur plaisaient. Les forains se conformaient aux règlements généraux des foires et marchés. Les fripiers et autres ne pouvaient vendre aucuns des meubles particuliers aux tapissiers, etc.

En 1743, il y avait treize maîtres à Dijon dont un Parisien reçu en 1724. La corporation était prospère puisqu'elle avait à son actif la somme de 3 livres 8 sols.

(1) *Statuts et Règlemens pour les Maîtres Tapissiers et Coutrepointiers de la Ville de Dijon.* A Dijon, chez Ant. de Fay, 1767, in-4, 8 pages.

Les halles dijonnaises donnèrent souvent asile aux tapisseries du XVIIIe siècle et de toutes provenances. Nos jurés-visiteurs n'eurent jamais, à notre connaissance, le mauvais esprit de refuser leurs marques à ces produits étrangers à la ville, soit qu'ils vinssent d'« Haubuisson » ou d'ailleurs.

CORDIERS (1)

PATRONAGE : Saint Pierre.

ARMOIRIES : *D'or, à un chef de sinople.*

Au XIVe siècle, les cordiers dijonnais émargeaient au budget de l'artillerie des Ducs et de celle de la ville : Perrin le Courdié fournit, en 1358-59, « 1220 livres de poy de couhes de chevaulx pour garnir les espingoles » (2). Mais les statuts suivants de 1488 n'obligent pas les maitres à travailler leurs cordes avec du poil :

Ordonnances des courdiers

A tous ceulx qui ces présentes lectres verront, nous Phelippe Martin, escuier, seigneur de Bretennières, conseiller du roy nostre sire et vicomte-mayeur de la ville et commune de Dijon et les eschevins d'icelle ville et commune, salut. Savoir faisons, nous avons receue et veue la requeste des ouvriers à présens tenans ouvreurs du mestier de corderie en la ville de Dijon et feurbourgs d'icelle, réquérans en effet par icelle leur requeste, mectre et constituer ordonnances sur icelluy mestier. Pourquoy inclinans à lad. requeste comme raisonnable pour le bien et prouffit de la chose publique et pour éviter les fraudes qui se peuvent et pourroient faire et commectre oudit mes-

(1) Arch. munic., G. 23.

(2) J. Garnier, *L'Artillerie des Ducs de Bourgogne*, 1895 ; — *L'Artillerie de la commune de Dijon*, 1863.

tier, avons fait et estably et establissons de et sur led. mestier de corderie, les articles et ordonnances qui s'ensuivent :

I. PREMIÈREMENT. — Que quiconque vouldra lever et tenir ouvreur dud. mestier de corderie, en ceste ville de Dijon, feurbourgs et banlieue d'icelle, il sera tenu de faire pour son chief-d'euvre ce qui s'ensuit, assavoir : une paire de trait de cher (char) du pois de sept livres de bon chenoves de femelle bien et deuement fait ; une paire de graille (grêle) corde à estendre buée (lessive) et une pièce de chasseure (fouet très long) qui sera de douze fils pour le moins, et lequel chief-d'euvre sera et demeurera à celluy qui ainsi sera passé maistre.

II. — Et s'il est trouvé ouvrier souffisant par les eschevins et commis jurés qui pour ce seront ordonnez sur la visitacion des ouvraiges dud. mestier, il sera receu et passé maistre pour tenir ouvreur et besoingner dud. mestier, fera le sèrement à ce pertinant es mains de nous mayeur et nos successeurs mayeur et prendra sa lectre de recepcion et licence par devers le scribe de la maierie dud. Dijon, auquel il paiera pour le droit d'icelle lectre la somme de trois gros pour une fois et avec ce sera tenu de bailler et payer la somme de cinquante sols tournois, assavoir : vingt sols au prouffit de lad. ville, semblable somme de vingt sols aux eschevins et commis-jurés qui seront, et dix sols au prouffit du mayeur qui lors sera.

III. *Item*. — Le fils de maistre dud. mestier, s'il est ouvrier d'icelluy mestier pourra lever et tenir ouvreur.... sans aucune chose paier, excepté qu'il sera tenu de donner ung disner aux eschevins, jurés et commis ou à chacun cinq sols et cinq sols au mayeur....

IV. *Item*. — Les vesves.... pourront se bon leur semble durant le temps de leur viduité et vesvage tenir ouvreur.... pourveu qu'elles auront ouvriers souffisans.....

V. *Item*. — Que aucuns estrangiers ne pourront vendre en aucune manière en ceste ville... ouvraige dud. mestier, qu'il ne soit subgect à visitacion avant qu'ils les puissent mectre en vente, et ce à peine de vingt sols tournois....

VI. *Item*. — Et pour obvier au domaige qui se fait aux habitans de ceste ville, sera deffendu et interdit tant ausd. ouvriers tenans ouvreurs, comme à tous autres, qu'ils ne voisent ne envoyent pourter chassoires au devant des charretiers et harnois qui amènent en ceste ville bois, fagotz, foing et autres denrées, au moyen de quoy aucuns qui ont ce fait par cy-devant en ont fait grand amas de bois, fagotz et foing au grand domaige desd. habitans, à peine de vingt sols tournois d'amende....

VII. *Item.* — Que aucun ne pourra tenir ouvreur... jusques à ce qu'il ait fait son chief-d'euvre et qu'il soit receu et passé maistre par la manière avant dicte.....

VIII. *Item.* — Que tous ceulx qui à présent sont tenans ouvreurs et autres que cy-après seront receuz et passez maistres dud. mestier, seront tenus de ouvrer bien et loyaulment dud. mestier et de faire bon et suffisant ouvraige de bonnes estouffes et ne se pourra faire aucun ouvraige sinon chevestres, loyens de bestes et vantrières de chevaulx couvertes, et seront faictes les chassoires de douze fils pour le moins dont lesd. vantrières se pourront bien et deuement fourrer.

IX. *Item.* — Que tous ceulx qui seront trouvez avoir ouvraiges non souffisans, seront amendables de dix sols tournois pour chacune fois que reprins y seront.... et tant ceulx qui tiendront ouvreurs et seront passez maistres, comme ausd. estrangiers ouvrans dud. mestier qui appourteront ou amèneront vendre ouvraiges en cestedicte ville.

X. *Item.* — Que aucun maistre... ne pourra soubstraire ne faire à soubstraire à autre maistre d'icelluy mestier, aucun varlet et apprenti dud. mestier, à peine d'ung frant d'amende... et sera deffendu par iceulx commis ausdiz varletz et apprentiz le mestier en lad. ville et feurbourgs d'icelle jusques à ce qu'il ait accomply le service qu'il doit faire à son premier maistre.

Lesquelles ordonnances ainsy faictes et passées en présence et du consentement de Girard Colibet, Michiel Lordelot, Jehan Monin, Jehan Guillaume *alias* de Cheuges, Droyn Fornier, Philippe Fornier, Jehan Doly, Jehan Cueurdemoy, Jaquote, vesve de Jehan Colin et Richard Massuot, tous maistres cordiers à Dijon... le vendredi XXIe jour de novembre l'an mil CCCCIIII^{xx} et huit.

La formalité du chef-d'œuvre fut exigée de nouveau en

1540, et si nous notons une contravention relevée en 1700, contre deux personnes de la grande rue Saint-Nicolas, qui allaient au-devant des marchands de chanvre et de crin, c'est à peu près toutes les pièces que nous trouvons sur le métier dont il s'agit.

Au commencement du XVIIe siècle, les cordiers avaient obtenu le droit de visite chez les merciers, les terribles concurrents de tous les industriels, mais ces derniers en furent bientôt affranchis, et tandis qu'ils rayonnaient dans la première classe des métiers, nos pauvres cordiers n'étaient classés que dans la quatrième et dernière.

PAPETIERS, CARTIERS, CARTONNIERS, TAROTIERS, FEUILLETIERS ET DOMINOTIERS (1)

L'industrie du papier fut représentée à Dijon par quelques fabricants de cartes à jouer. Ils nous sont connus par l'impôt établi en 1587 sur les cartes et dés à jouer, et qui ne se révèle à Dijon qu'en 1701. C'était alors Thibaut Gaudelet, avocat à la cour, qui était chargé de cacheter et marquer les jeux de cartes sortant des fabriques dijonnaises et de percevoir le droit de 18 deniers imposés sur chaque jeu. En 1703, l'impôt, réduit à 12 deniers, était perçu par le mercier Moreau ; en 1706 par Cazotte, en 1710 par Fiacre, etc. Ce dernier demande en outre la permission de perquisitionner chez les marchands et fabricants de la ville afin de prévenir les fraudes.

Il y avait donc à Dijon des fabricants de cartes à jouer au commencement du XVIIIe siècle, mais cette industrie devait être récente puisqu'en 1657, la chambre de

(1) Arch. mun., G. 15.

ville permit à Pierre Romain, maître cartier, demeurant à Lyon, d'apposer, à l'exclusion de tous autres, les armes de la ville de Dijon sur les cartes de sa fabrique ; or, s'il y avait eu des fabricants dijonnais cette permission n'aurait pas été accordée à un Lyonnais (1).

Ce n'est qu'en 1733 que furent rédigés en assemblée générale des maitres les Statuts et Règlemens premiers proposés par les maîtres Cartiers, Cartonniers, Papetiers Tarotiers, Feuilletiers et Dominotiers de la Ville de Dijon. Voici un résumé des articles qui furent homologués en 1734 :

[Nul ne peut travailler de ces métiers s'il n'est reçu maître. L'apprentissage sera de quatre ans et le service comme ouvrier de trois ans. L'aspirant fera pour son chef-d'œuvre une demi-grosse de cartes fines. Les maitres ne tiendront qu'un apprenti, ou deux s'ils emploient aux moins six ouvriers. Les filles ou veuves de maitres pourront continuer le métier mais si elles se marient elles seront déchues. Le juré ne pourra faire un procès qu'après l'avis des autres maîtres. Le maître qui adoptera une marque devra la continuer et ses fils la conserver. Le juré sera élu le lendemain de Noël, à l'assemblée générale tenue aux Cordeliers. Ce juré et l'ancien visiteront partout où ils le jugeront à propos pour empêcher les contraventions et faire enlever les outils, cartes raccommodées et autres effets de ceux qui se mêleraient de la profession. Un juré trouvé en contravention pourra

(1) On lit au tome X des *Mémoires de la Commission des Antiquités de la Côte-d'Or*, p. LXVI, qu'il a été déposé aux archives de la société « un certain nombre de cartes à jouer du XVIe siècle, portant les noms de Pierre Chelein, François Chelein, Pierre Romain et Nicolas Bouillen qui les auraient fabriquées. » Si ce Pierre Romain est le même individu, nous sommes donc en complet désaccord avec cette note, car nos renseignements puisés aux archives de la ville, G. 15, donnent ce nom de Pierre Romain dans des documents du XVIIe siècle.

être dénoncé par un maître et condamné arbitrairement. Les maîtres auront le droit de vendre et d'acheter toutes sortes de papiers pour l'utilité publique (1).]

En 1745, il y avait sept maîtres ayant des « moules » pour la fabrication : Boissat, Chenevet, Cambrogé, Jacotot, Gaulin, Charles Madenié et veuve Madenié.

Voulant encourager cette industrie, les Elus votèrent en 1768 la somme de 150 livres en faveur du sieur Madenié, qui avait fondé une cartonnerie, rue Maison-Rouge, dans l'ancien local d'une faïencerie incendiée en 1704.

L'intendant de Bourgogne renouvela en 1772 le règlement sur les marchands papetiers et cartonniers de Dijon, concernant les impôts sur le « papier commun nommé Trasse, Etresse ou Mainbrune servant à la carte... de même que le Domino : » [Les fabricants devront déclarer tous les papiers, cartons et dominoterie fabriqués ou à fabriquer. Ils déclareront avant l'enlèvement les cartons qu'ils enverront dans les villes sujettes aux droits et si les droits ne sont payés à l'arrivée les fabricants les payeront. Les ventes à l'intérieur de la ville seront déclarées au moment de la vente ; pour la vente au détail les fabricants pourront, du consentement de la régie, avoir un registre d'inscription. Les fabricants devront se rendre au bureau de la régie aux heures fixées seulement. Tout papier cartier, fin ou commun, tant celui destiné à recevoir l'empreinte de la carte, que celui servant à remplir le milieu, paiera le droit entier. A l'égard du papier appelé Domino, on se conformera à l'arrêt du Conseil du 16 octobre 1771] (2).

En 1650, Michel Monin était papetier à Bruant, entre

(1) B. 368.
(2) Imprimé chez Frantin, à Dijon, 1778.

Dijon et Plombières; il nous est connu par des requêtes demandant des réparations à ses glacis dégradés par le flottage du bois sur l'Ouche (1). Un de ses confrères à Bruant, nommé Pierre Ranglet, avait en 1779 sa papeterie à Dijon, dans un local loué par la ville, en l'Isle, près du bastion des Docteurs, à la suite des moulins de l'Ouche. Nous n'avons rencontré que cette papeterie à Dijon (2).

VANNIERS ET SAPINIERS (3).

PATRONAGE : Saint Antoine, Sainte Madeleine.

ARMOIRIES : *D'argent à un saint Antoine de sable.*

L'industrie des vanniers s'acclimata à Dijon aux abords des anciens marchés aux grains, rue du Vieux-Marché, place Saint-Nicolas, place Saint-Michel. Le nom actuel de rue Vannerie indiquerait au besoin l'ancien quartier de ces industriels qui déballaient naturellement à la portée de ceux qui employaient leurs produits : les vans, les *benatons*, les *bruchons* (4), convenaient aux habitués des marchés. Au XVIIe siècle, les vanniers et sapiniers, avant de s'offrir une boutique, quittèrent le pavé des rues et s'installèrent au Bourg dans les caves que les bouchers leur amodièrent. Les vanniers se rangèrent même dans la confrérie Saint-Antoine des bouchers, mais les sapiniers conservèrent la patronne des tonneliers dont le métier avait beaucoup d'analogie avec le leur. Telle était la situation avant le régime des offices.

(1) Arch. départ., B. 12265.

(2) Requête manuscrite de notre collection.

(3) Arch. munic., G. 75.

(4) *Benatons*, grands paniers où chaque vendangeur verse le sien. *Bruchons*, paniers où fermente la pâte avant de la faire cuire.

En 1713, les onze vanniers payaient chacun 5 sols par mois, et en 1720 ils devaient en plus verser chacun par mois 4 sols pour chaque ouvrier occupé chez eux, le tout en paiement des intérêts de la dette corporative. Les sapiniers n'étaient que quatre : Elie Bizot, J.-G. Prunier, Claude Lefranc et N.-G. Prunier, lesquels devaient un capital de 194 livres 15 sols. Ces deux professions furent réunies en 1731 par des statuts enregistrés en Parlement le 8 août 1733 et à la Chambre de ville le 20 mars 1734. Chaque profession conserva ses droits respectifs, comme nous l'indiquent les statuts (1).

[Les deux corps de métiers réunis n'auront à l'avenir que les présents statuts, sans que les maitres de l'un des deux corps puissent faire aucun ouvrage du métier de l'autre. Les vanniers feront des « vans, bruchons, hottes, benatons, charpaignes, corbeilles, paniers, saladiers, boutillons, verriers, cages de toutes sortes d'espèces et généralement tous ouvrages d'osier. » Les sapiniers feront « sapines, seaux en ferrures neuves et vieilles, boisseaux ou mesures ferrées à mesurer le grain, huches de bois de hètre, ratières et souricières de bois, coffres de bois cloués, toutes sortes de balances grandes et petites, toutes sortes de boites de bois de hêtre, tous tableaux à mettre images de moulure, toutes layettes et boites de façon ovale de toutes sortes de bois, tambours, tous cribles, lanternes à fil de fer, parapluies, barrils, brocs ferrés et toutes sortes d'écrins généralement quelconques.» Comme ouvrages communs aux deux métiers, ils pouvaient vendre « courges ou calebasses, quenouilles, fuseaux, cuillers, rablons, jattes, tranchoirs, pelles, rondeaux ou cuviers, tines à porter le vin, broquereaux, écuelles, sabots, berceaux, fourches, râteaux, chaises tournées,

(1) *Statuts des maîtres vanniers et sapiniers de Dijon.* Dijon, Frantin, 1786, in-4, 20 p.

cordes de tilleul et des mules de tilleuls couvertes de cuir et de tilleul. » Les vanniers auront toujours pour patron saint Antoine et les sapiniers sainte Madeleine. Les forains déballeront sur la place de la Sainte-Chapelle ; les marchands d'osiers exposeront leurs denrées rue des Forges, vis-à-vis le Présidial ou le long des halles. Dans les assemblées, le vote de l'ancien juré comptera pour deux voix. Les vanniers supporteront les deux tiers des charges corporatives et les sapiniers l'autre tiers. Si un maître va faire des achats d'osiers à Magny, à Arc-sur-Tille ou ailleurs, il devra déballer son achat sur la place de la Sainte-Chapelle et tous les maîtres en seront prévenus pour faire leur provision en cas de besoin. L'acheteur sera d'abord remboursé de la marchandise et de ses frais et pourra prendre sa part ; ensuite les maîtres choisiront ce qu'ils voudront. Cette mesure était pratiquée pour éviter l'accaparement par un maître seul, de cette façon, toute la marchandise appartenait à toute la corporation.]

Tant que le nombre des maîtres conserva la même proportion dans chacun des deux métiers, la répartition des impôts fut équitable, mais bientôt l'équilibre fut rompu ; un demi-siècle après, les sapiniers, qui payaient un tiers du rôle, étaient plus nombreux que les vanniers.

Après plusieurs entrevues des jurés, une assemblée des deux corps fut décidée pour remédier à la situation. Elle eut lieu le 24 juillet 1780, dans une salle des Jacobins, où François Rémond, juré des vanniers, exposant que les vanniers étaient onze maîtres et les sapiniers dix-huit, « tous en meilleures facultés » fit délibérer et voter que les deux corps seraient réunis, qu'ils jouiraient des mêmes charges et privilèges, et qu'ils ne formeraient plus qu'une confrérie sous le vocable de saint Antoine, tout en réservant qu'une messe perpétuelle serait célébrée aux Jacobins le jour de la Sainte-Madeleine, à laquelle tous les nouveaux confrères seraient tenus d'assister. Cette délibération fut homologuée et signée par Jean Chauvenet, Prunier l'aîné, Lécurieux, Legras, Cl. Leclerc, Laillet, Louis Prunier, Prunier, L. Clerc, Prevel, Rigaud fils, Fr. Rambot, Orange cadet, Guichard, Cl. Laborey, Monny, F. Rémond et J. Sauvage. Quant à Etienne Coulon, Jean Bouchot, Gaspard Barral, Antoine Varenne et François Marmin, ils déclarèrent ne savoir signer.

Cette délibération fut enregistrée à la Chambre de Ville le 5 août 1780 et au Parlement le 16 mars 1782 (Imprimée à la suite de leurs statuts).

Les tourneurs, pour les articles faits au tour, et les épingliers, pour les articles en fil de fer, revendiquèrent le monopole de la vente de ces objets, mais les vanniers-sapiniers furent maintenus dans leurs droits par arrêt de 1753 et 1773.

VITRIERS (1)

PATRONAGE : Saint Marc.

ARMOIRIES : *D'azur à trois losanges d'argent, deux en chef et un en pointe et une fleur de lys d'or en cœur.*

L'humble vitrier sort de la grande famille des peintres-verriers. En 1671, ceux-ci ne voulurent plus recevoir les vitriers dans la corporation sans qu'ils soient reçus maîtres peintres-verriers. Les pauvres vitriers n'essayèrent point d'établir leur capacité et, délaissant saint Luc et ses protégés, ils se groupèrent dans leurs modestes fonctions et fondèrent, le 11 mars 1677, une confrérie aux Jacobins en l'honneur de saint Marc, leur nouveau patron. Les sept vitriers de Dijon, Bernard Daoust, Jacques Véron, Jean Chuffin, Bernard Roy,

(1) Arch. mun., G. 64.

Jean Prade, Pierre Leroy et Fr. Lajoux, versèrent pour cette fondation la somme de six vingt livres entre les mains de l'un d'eux, Bernard Daoust, par devant le notaire Claude Briois.

En même temps ils adressèrent à la mairie une requête pour obtenir des statuts : « Supplient humblement les maitres vitriers disant que anciennement les vitriers et paintres en verres ne faisoient qu'un même corps et une même société, mais comme depuis quelque temps, il y a eu division, vous avez permis aux supplians, par votre délibération du 23 octobre 1671, de faire un corps séparé... » il vous plaise leur accorder des statuts. Le 9 août 1677, le procureur de la ville fit donc enregistrer les statuts suivants :

Statuts des maîtres vitriers de Dijon.

I. — Que nul ne pourra être receu aud. métier qu'il n'ayt demeuré chés les maitres, soit en cette ville ou ailleurs, pendant deux ans, dont il justiffiera, et fera preuve de ses vie, mœurs, religion et capacité et à la charge de payer pour son droit de société et confrairie six livres.

II. — Qu'un apprentif ne pourra quitter son maître pour aller demeurer chés un autre qu'il n'aye fini son temps d'apprentissage, à peine de l'amende de vingt livres et de parachever son temps, moins toutesfois qu'il n'y ait cause légitime, laquelle amende appartiendra moyttié à la ville, et l'autre à la société et confrairie des dits vitriers.

III. — Que les maitres ne se pourront débaucher ou faire débaucher leurs compagnons, ni les compagnons quitter un maitre de cette ville pour aller travailler chés un autre de lad. ville, à peine contre les uns et les autres de trois livres d'amende au proffit de la ville et des jurés tel qu'ils seront arbitré par la Chambre.

IV. — Que les vesves ou enfans des maitres déceddés pourront tenir des compagnons et travailler à boutiques ouvertes comme les autres maîtres à condition que les compagnons qu'ils auront seront capables.

V. — Que chacun des maîtres qui prendra des apprentifs sera obligé de donner trois livres pour chacun pour employer en achat de cire pour la confrairie, sauf audit maître de s'en faire rembourser par lesd. apprentifs.

VI. — Que chacun des maîtres qui achètera une voiture de verres donnera quatre sols à la confrairie pour chacune voiture pour être aussi employés à de la cire pour ladite confrairie.

VII. — Que lesdits vitriers ne se serviront point d'autre pied pour mesurer, vendre et débiter leur ouvrage, que du pied de roy de douze pouces de long et chaque pouce douze lignes, à peine de l'amende de dix livres...

VIII. — Qu'il sera choisi et nommé par la Chambre chacun an, un juré dudit métier qui prestera serment à la Chambre de veiller aux contraventions et ouvrages mal faiz et sera tenu de donner avis au procureur-syndicq de la ville.

IX. — Que ledit juré pourra toutes les fois qu'il jugera à propos faire visite chés les maîtres pour recongnoistre leurs ouvrages et s'ils travaillent fidèlement, et pour cet office prendra un de messieurs les eschevins avec le procureur-syndicq ou l'un de ses substituts pour assister à lad. visite et dresser procès-verbal quand besoin sera, pour être, sur ledit procès-verbal, les contraventions punies d'amende et confiscation comme il appartiendra et suivant les peines prescrites par les statuts.

X. — Que deffenses sont faites à tous les maîtres d'acheter en gros les marchandises et verres qui seront amenez et exposez en vente en cette ville, que lesd. marchandises n'ayent été exposées pendant un jour en la place de la Sainte-Chapelle à ce destinée, affin que chacun desd. maîtres en puissent acheter suivant qu'il en aura besoin ; lesquels maîtres ne pourront même acheter qu'après les neuf heures du matin, affin que les bourgeois ayent le temps de s'en fournir s'ils en ont à faire et sans que lesdits maîtres puissent enharrer ou faire enharrer les dites marchandises, le tout à peine de dix livres d'amende et de confiscation audit cas d'enharrement.

Dans une assemblée de 1723, pour parer au mauvais état financier, les maîtres décidèrent de créer de nouveaux impôts ; il fut donc décidé que chacun verserait dix sols pour achat de chaque panier de verres de France, si le panier est acheté par plusieurs confrères, les dix sols seront répartis proportionnellement, et celui qui aura l'emballage donnera en plus, « pour le boire, quatre sols ». Chaque voiture de verres de Lorraine paiera trente sols, et en cas de lotissement, l'emballage sera payé dix sols. Les achats seront déclarés à peine de dix sols. Les maîtres se réuniront chez le bâtonnier la veille, le jour et le lendemain de la fête de Saint Marc, leur patron, pour l'accompagner aux services qui se font chez les Jacobins et pour la reddition des comptes qui se rendent par les jurés. Le droit de confrérie sera de dix sols ; le droit de bâton sera de six sols. Lorsqu'il arrivera un marchand forain, tous les maîtres seront prévenus et ne devront pas faire leurs achats séparément. Ils devront assister aux convois et services mortuaires, ainsi qu'à la messe qui se dit aux Jacobins, les troisièmes samedis de chaque mois. Le pain bénit sera offert par le dernier maître reçu.

Ces différents règlements, rendus par les dix maîtres d'alors, complétaient les statuts de 1677 ; il manquait encore la formalité du chef-d'œuvre, cette lacune fut comblée par les derniers statuts homologués en Parlement le 4 juillet 1730 et à la Chambre de Ville le 19 juillet suivant (1).

Le chef-d'œuvre consistait en un travail de 21 pouces carrés. Si l'aspirant n'était pas reçu, il ne pouvait se re-

(1) *Règlemens et statuts des maîtres vitriers de la ville de Dijon.* Dijon, J. Sirot, sans date, in-folio, 8 pages. Le même, Dijon, Causse, 1768, 8 pages in-folio. Ces deux éditions ont le même en-tête gravé, portant un écusson aux armes de la corporation. C'est un cas unique dans tous les imprimés que nous avons signalés.

présenter que trois mois après. Les maîtres ne pouvaient peindre qu'à la grosse brosse, sans dessein, à l'exception seulement des écussons mortuaires, etc. Ces derniers statuts sont signés par Daressy, Desquart, juré, Chuffin, Pérille, Locquin, Bourgoin, Lorot, Munier, C. Chuffin fils, juré, Hillerain, Dubuis, Malteste, Bourdot et Marion ; les cinq maîtres suivants ne savaient pas signer : Chamenault, Nogaret, Rolet, Boulmier et Bourgoin.

En 1768, il y avait 17 maîtres vitriers dont les noms sont inscrits sur les statuts qu'ils firent imprimer la même année.

TABLE DES MATIÈRES

Alimentation.

Habillement.

Arts et métaux.

Construction, Ameublement, Equipage.

DIJON. — IMP. DARANTIERE